ヴァルター・ベンヤミン
グレーテル・アドルノ
往復書簡

1930 - 1940

ヘンリー・ローニツ／クリストフ・ゲッデ 編
伊藤 白・鈴木 直・三島憲一 訳

みすず書房

Gretel Adorno, Walter Benjamin
BRIEFWECHSEL 1930-1940

ed. by Henri Lonitz and Christoph Gödde

First published by Suhrkamp Verlag, Frankfurt am Main, 2005

ヴァルター・ベンヤミン／グレーテル・アドルノ往復書簡　1930–1940

目次

凡例

＊書簡中の（　）は原著者、［　］は編者による注記である。
＊編者による注は文中に（1）（2）（3）…の番号を振り、各書簡の末尾に記した。
＊訳者による注は文中に〔　〕で挿入したものと、（訳注1）（訳注2）…として編者注の後に記したものがある。
＊強調のためのイタリック体・大文字・下線などは、訳文中では傍点ルビないし「　」で表記した。

I　ヴァルター・ベンヤミンから グレーテル・カープルス宛

トロンハイム、一九三〇年七月二五日

カープルス様

ひとたびベルリンを離れてしまえば(1)、世界は美しく、広くなります。おかげで、雑多な旅行者連中が行きかう二千トンの蒸気船の中にも、言葉少なに満足感に浸るあなたの従僕《しもべ》のための居場所があります。ちょうど今、その広くなった世界に、私はちょっとしたお芝居をお目にかけているところです。演じるは口ひげを生やした変てこりんなおばあちゃん役。コーヒーカップを脇に置いて、甲板のテラスでデッキチェアに座って日光浴をしている——そう、これはどうしてもテラスでなければ、さまになりません。街の大通りであろうが、フィヨルドの中であろうが、ね。そしてこのおばあちゃんが手芸よろしく、なにやら書きなぐっているというわけです。ですからどうぞ、私たちの絆を守るためにおばあちゃんが編んでくれたこの簡素な手芸品を、長年のよしみの印としてお受け取りください。性懲りもなく旅を続けるシェルムフスキー(2)の末裔より。W・B

［原文：手書き、トロンハイムの絵葉書。
消印はトロムソ、一九三〇年七月二五日］

(1) ベンヤミンは七月末にハンブルクからスカンジナビア旅行に出発している。『旅行記』(GS IV, S. 419-422) 参照。この手記をもとに断章「北の海」が書かれ、一九三〇年九月一八日の『フランクフルト新聞』に発表された。(GS IV, 1, S. 383-387)

(2) シェルムフスキーは、クリスティアン・ロイターの一六九六年初版の風刺旅行小説『シェルムフスキーの奇妙で危険な陸海旅行記』の主人公。ベンヤミンはその年の三月二八日に西南ドイツ放送のラジオ番組でこの小説のことを語っている。シェルムフスキーの旅行も、起点は同じハンブルクで、そこからスウェーデンに向かっている。(GS II, 2, S. 648-660)

(訳注1) この往復書簡集では、ヴァルター・ベンヤミンとグレーテル・カープルス（アドルノ）のあいだのやりとりは、初期のもの（書簡 1〜5、7、9、11〜16、18、19、21）を除いて親称（Du　フランス語の手紙では tu）で書かれている。当時、通常の交際では敬称の Sie が使われており、親称は相当に親しい同士でのみ使われた。なお、手紙に併記されたベンヤミンとアドルノとのやりとりはすべて敬称である。

2　ヴァルター・ベンヤミンから グレーテル・カープルス宛

サン・アントニオ（［スペイン］、イビサ島）
一九三二年五月半ば頃[1]

グレーテル・カープルス様

えてしてこうしたものですが、あなたへの最後の手紙を投函してから十二時間後に、あなたからの手紙がこちらに届きました。[2]そしてこの手紙を読んで心底ほっとしています。私の最後の手紙には、心を苛む疑念の数々があちこちに顔を出していたことでしょう。でもそれは、次々とやってくる雲ひとつない日々をうまく受け入れられなかっただけのことかもしれません。この土地と自分たちの間に、ある程度、快適なホテル生活が割って入ってくれないと、これほど気候の異なる場所に適応するには長い時間を要します。そして、ここの生活が快適なホテル住まいとは似ても似つかぬものであることは、同封した小さな写真[3]からもお分かりいただけるでしょう。何年も荒れ放題になっていたこの家を、友人達は何週間も手をかけて復活させ、十分に暮らせる場所にしてくれました。何より素晴らしいのは窓から見える海と岩の小島の眺めです。その小島からは夜になると灯台の光が漏れてきます。そしてもう一つよいのは、巧みな空間配置と厚い壁で居住者同士が互いに隔離されていることです。壁の厚さは一メートル近くもあり、音（と熱気）をさえぎってくれます。私の一日といえば、百歳の老人が長生きの秘訣としてレポーターに漏らすような生活です。七時に起床。見渡すかぎり人影のない海辺での海水浴。眼に入るものといえば、自分の額の高さくらいの水平線に浮かぶヨットくらい。それから森の中で身体にしっくりくる樹の幹に寄りかかりながらの日光浴。日光浴がもたらす癒しの力は、プリズムを通過する光のように、ジッドの諷刺小説（パリュード）[4]を通って私の頭のなかに拡散していきます。そのあとに続くのは、多くのものがないのを我慢しなければならない長い一日。電灯、バター、酒、水道水、女性とのきわどい会話、新聞。でも、それを諦めるのは命を縮めないためではなく、そもそもそんなものがまったく存在しないか、そうでなければこちらから遠慮したくなるほど質が悪いためです。なぜといって一週間遅れのフランクフルト新聞など熟読してみても、ほとんど物語を読んでいるようにしか感じないからです。私の郵便物もすべてヴィッシング[5]のところに届きますが、彼からは今まで一通も音信がありません。それを思えば、私の話も誇張ではないことがおわかりでしょう。このところ私はずっと読書と執筆に集中していました。ほんの数日前にようやく海岸歩きを卒業して、もっと広々とした寂しい地域に何度か一人で長いハイキングにでかけました。自分はスペインにいるんだなと、はっきり意識したのはこの時が初めてです。このあたりの景色は、およそ人が住める場所としてはこれまで見てきた中で間違いなく一番人を寄せつけない、人跡未踏の景色です。それをはっきりと言葉に表現するのは難しいですが、もし最終的にうまく文章にできれば、あなたにも読んでいただくつもりです。[6] 今のところ、こうした意図から書きとめたものはまだわずかですが、それでもひとつ驚いたことがあります。それは、『一方通行路』で、あの本と重要な関わりを持つ対象を描くのに用いた描写形式を自分がここでふたたび採用しているということです。もしかするとベルリンで、その文章のいくつかを、お見せできるかもしれません。その時にはコルシカについても語り合いましょう。[7] コルシカをご覧になったのは、本当によかったですね。あそこの景色には本当にスペイン的なものがあります。それでもコルシカの夏は、当地ほど峻厳で圧倒的な景色を土地に刻むことはなかったろうと思います。あなたもアジャクシオ〔コルシカ島の町〕の素晴らしく静かで古風なグランドホテルで数日を過ごすことができたことでしょう。ヴィーゼングルント〔アドルノのこと〕のマルセイユでの様子についても詳しく聞かせてください。数週間したら、ここを引き上げるつもりです。でも、はっきりした日程はいつまでも決められないでいます。ここではベルリンの生活費の何分の一かで済むことを思えば、その理由もお分かりになるでしょう。ですから私としてはできる限りこちらの滞在期間を引きのばし、八月初旬以前には戻らないつもりです。でもそれまでのあいだ、あなたからのお手紙はとても心待ちにしています。

　もう一つ、私を喜ばせてくれたあなたのお手紙に勇気づけられて、もし小さなプレゼントをお願いしてよければ、小袋（封筒）入りのまともなタバコを「試供品」扱いで送っていただけますでしょうか。銘柄はフォン・アイケンでも他のものでも結構です。この島には吸えるものが何一つないのです。

　私もダーガ〔ベンヤミンの一時期の恋人であるアーシャ・ラツィスの娘〕から一通、彼女の母親からも直前に手紙をもらいました。[8] ちなみにこの二週間はロシアものに没頭していました。最初にトロツキーの二月革命史を読み、今はもう少しで彼の自伝を読み終えるところです。何年ものあいだ、これほど息詰まる緊張感をもって読書にのめり込んだことはないような気がします。この二冊は、何はともあれ、ぜひとも読まなければいけません。革命（十月）史の第二巻は[9]、すでに刊行されたかどうか御存知ですか。これを読み終えたら、またグラシアン[10]に戻るつもりです。たぶんまた何か書くことになるでしょう。

　ではくれぐれも御身お大切に

ヴァルター・ベンヤミン

［原文：手書き］

（1）日付について。ベンヤミンはトロツキーの『二月革命』の巻を五月一〇日の時点ではまだ読了していなかったと思われる（GB IV－734 参照）。グレーテル・カープルスに対しては読み終えたと書いているので、この手紙は五月半ば頃に書かれたのではないかと想像される。

（2）ここで言及されている「あなたへの手紙」と「あなたからの手紙」はどちらも残っていない。

（3）文面から想像される家の写真は、編者たちには知られていない。しかし、これまでは一九三三年のものと思われていた写真、すなわちベンヤミン、ネッゲラート、セルツ［ネッゲラートについては書簡**6**注（1）、セルツについては書簡**3**注（6）参照］がこの家の粗末なテラスに写っている写真が、ここで言われている写真である可能性もある。

（4）ジッドの『パリュード』は一八九五年に初版が刊行された。

（5）エーゴン・ヴィッシング（一九〇〇—八四）はベンヤミンの母方の従弟。医学を学び、のちに放射線科医としてボストンのマサチューセッツ・メモリアル・ホスピタルに勤務。最初の結婚では、ゲルトルート（ゲルト）・フランク（旧姓ファイス?）と結婚したが、彼女は一九三三年一一月にパリで死去している。

（6）ベンヤミンは「イビサ組曲」や「短き影」の第二シリーズを書いている。（GS IV, 1, S. 402-409, S. 425-428 参照）GB－734 および注も参照。

（7）グレーテル・カープルスとアドルノは三月末にコルシカに渡り、周遊旅行でコルシカ島南端のボニファシオまで行った。彼ら二人は四月三日からアジャクシオに滞在。ベンヤミンは一九二七年六月に一週間コルシカに滞在している。

（8）記述から見ると、グレーテル・カープルスは、アーシャ・ラツィスおよびその娘と彼女らのベルリン滞在中に知り合いになったものと思われる。

（9）この巻は一九三三年になってようやく刊行される。

（10）ベンヤミンは当時、『文学世界』誌のために［バルタサール・］グラシアン［一六〇一—五八］についての論文を書くことを考えていた。これは「プロジェクト」と銘打った小さなリスト（GS IV, S.157）から見てとれる（GB IV－741 も参照）。グラシアン注解の計画をベンヤミンが考えたのはその一年後、やはりイビサ島でのことだった（BG IV－780）。ただし、この計画についてのメモは残っていない。インゼル叢書（Nr.423）に収録されたバルタサール・グラシアンの『賢人の知恵』の版は、「アルトゥール・ショーペンハウアーの翻訳をオットー・フォン・タウベ男爵が新たに編集した」ものだが、この本をベンヤミンは、一年たらず後に、グレーテル・カープルスに贈っている。献辞には「一九三三年三月三日、ヴァルター・ベンヤミンよりグレーテル・カープルスへ」とある。同書に、ベンヤミンによる書き込みはない。

3　グレーテル・カープルスから　ヴァルター・ベンヤミン宛

ベルリン、一九三三年三月二九日

一九三三年三月二九日

ヴァルター・ベンヤミン様

電報と素敵なお手紙(1)を本当にありがとうございます。わたしのお返事が遅れたからといって、できるだけ早く次のお手紙をくださることをためらわないでくださいね。とくに、わたしたちの友人デトレフ(2)がどうなっているかを知らせてください。彼のことがとても心配です。あなたならきっと彼と話をしたはずですから、彼が本当のところどうなっているのか、今どんな見通しをもっているのかを、あなた以上に詳しく教えてくれる人をわたしは知らないのです。

わたしは春の風邪にはけっこうまめに罹りました。でもそれ以外は元気でやっています。月曜からは奉仕活動を始めるつもりです。そこではみんな、とても親切にわたしを迎えてくれます。旧会社は多分、売却せず、土地譲渡をしないで工場だけを賃貸しすることになるでしょう。テディ〔アドルノの名前テオドーアの愛称〕の計画は、まだまったくの白紙状態です。それでもベルリンは、彼にとってまた少し魅力的な都市になってきたようです。ここ何日か、わたしたちはウィーン弦楽四重奏団の人たちと多くの時間を過ごしました。彼らは今、ベルリンで三つのコンサートを開いています。ルーディ(3)は、たしかあなたもご存知ですよね。賃借人のSch氏(4)は、電話で聞いたところによると、自分で戸棚を買ったそうです。というわけで当面はクルメ通りを見に行く機会はなさそうです。カローラのお友達(5)がグラウビュンデンのベルヴューホテルから素敵なご挨拶を送ってくれました。ところで、今まであなたがわたしに内緒にしてきた、去年あなたの秘書をしていた男性(6)のことですが、あなたの書きようが、あんまり魅力的なので、もうほとんど彼に嫉妬を感じてしまうほどです。わたしには自由時間がかなりたっぷりあるので、ある知人(7)が自分の図書の維持管理助手としてわたしを雇ってくれました。とても面白い書物がありますので、分類が終わり次第、その目録をあなたにもお送りします。

愛情と真心をこめて

あなたのフェリツィタス

［原文：手書き］

（1）この電報も手紙も残存せず。

（2）ベンヤミンは、ドイツで刊行された著作にデトレフ・ホルツの筆名を用いた。グレーテル・カープルスは以後、この名前で彼に呼びかけている。

（3）ルーディとは、いくつかの弦楽四重奏団の第一ヴァイオリン奏者を務めていたルードルフ・コーリッシュ（一八九六―一九七八）。アドルノは、ウィーンでアルバン・ベルクに師事していた時に、彼と親交を結んだ。

（4）ベンヤミンがベルリンで最後に住んでいたプリンツレゲンテン通りの部屋の賃借人ヴェルナー・フォン・シェラーのことと思われる。

（5）これはエルンスト・ブロッホのことをさす。ブロッホは一九二七年以来、カローラ・ピョトロコフスカ（一九〇五―九四）と親交があり、一九三四年一一月に彼女と結婚した。グレーテル・カープルスはベルリン時代に二人と知り合い、エルンスト・ブロッホとは文通があった。しかし残念ながら、残されているのはグレーテル・アドルノが一九七〇年一一月一六日に書いた後年の手紙一通のみである。

（6）これが誰を指すのかははっきりしない。たぶん、ベンヤミンは手紙の中で、一九三二年にイビサで親しく交際したジャン・セルツ（一九〇四―九七）のことを話したのだろう。ベンヤミンとセルツは、共同で『一九〇〇年前後のベルリンの幼年時代』のフランス語訳を計画していた。フランス語版（*Enfance berlinoise*）の五編は一九三三年春に完成した（GS IV, 2, S. 979-986）。

（7）もちろんベンヤミンのこと。彼はグレーテル・カープルスに、プリンツレゲンテン通りの住まいに残していった書籍の管理を依頼していた。

4　グレーテル・カープルスから
ヴァルター・ベンヤミン宛

ベルリン、一九三三年三月三〇日

一九三三年三月三〇日

ヴァルター・ベンヤミン、愛しい方へ

昨日返信したばかりですが、今日あなたの二通目の手紙[1]をいただいたので、すぐにお返事を差し上げます。そうすればあなたがパリにいるうちに、同封の写真[2]を受け取れるでしょうから。あなたが今まったく一人ぼっちというわけじゃないとしても、やっぱり、こんないささかプリミティブなやり方であなたのお供をさせていただきたいのです。あなたが一人じゃないということは、それはそれでとてもうれしいのですけれどもね。写真のために緑の服を着てみました。また髪型は一九三一年のものですが、おゆるしいただけると思います。今少し思い浮かべやすくするために、布地見本の小さな端切れを入れておきますね。――撫でられるように。

あなたがブライさん(3)について書いておられることは、あなたも我が家でいちど会ったことのあるマリー＝ルイーゼ・フォン・モテシツキー(4)から聞いて、すでに存じております。(訳注1) 彼女のおじさんのエルンスト・フォン・リーベンは、ビリーの別れたご主人ですが、彼もたぶんいっしょに〔マジョルカ島に〕行っていると思われます。確実なのは、彼が全部の資金を出していることです。もしもなにか必要なものがあったらピッツ（マリー・フォン・Mのことです）にぜひ一筆書いてください（ウィーン、第四区、ブラームス広場七番地）。もしもそのほうがよろしければ、わたしからも彼女に知らせておくことはできます。

最近のフランス文学でなにかお薦めのもの見つかりましたでしょうか。あなたのお手紙は現在わたしが手にできる一番愛しいもの、最もたいせつなものです。しあわせは目下のところ今少し待たねばならないようですが。次のお手紙楽しみにしております。心からあなたの

フェ＝リ＝ツィ＝タス(5)

わたしに満足していらっしゃいますか、知りたいです。

〔原文：手書き〕

(1) 現存していない。

(2) どの写真を指すかは不明。

(3) フランツ・ブライ（一八七一―一九四二〔『同時代人の肖像』などで知られるオーストリアの作家、批評家。カフカやムージルとも知己があった〕）は娘が養鶏場を経営していたマジョルカ島に、経済的な理由から、一九三一年以降定住していたらしい。またマジョルカ島のカラ・ラトハダにはフリードリヒ・ブルシェル（一八八九―一九六九〔ルートヴィヒスハーフェン出身のジャーナリスト、作家、エルンスト・ブロッホの生涯の友〕）とカール・オッテン（一八八九―一九六三〔ミュンヘン革命のサークルにも近かったアナーキスト系のジャーナリスト〕）が滞在していた。

(4) グレーテル・カープルスは、ウィーン出身のマリー＝ルイーゼ・フォン・モテシツキー（一九〇六―九六〔ロンドンに亡命後はエリアス・カネッティの恋人〕）、愛称ピッツの親しい友人だった。

(5) ベンヤミンとの往復書簡でグレーテル・カープルスが用いるこの名前は、ヴィルヘルム・シュパイアーのベンヤミン

との共同執筆の戯曲『外套、帽子、手袋』の登場人物から取られている。〔シュパイアーはベルリンで活躍していたユダヤ系ドイツ人作家。ナチの政権奪取後、オーストリア、フランス、アメリカに亡命。ゴルトシュミット＝ロートシルトが資金提供したパリの住居にベンヤミンが移り住む仲介もした。ベンヤミンの長きにわたる友人であった〕

（訳注1）フランツ・ブライの娘のジビュレ（愛称ビリー）は、銀行家エルンスト・フォン・リーベン〔有名な物理学者ロベルト・フォン・リーベンの兄〕の三番目の妻だった。

5　グレーテル・カープルスから ヴァルター・ベンヤミン宛

ベルリン、一九三三年四月一四日

一九三三年四月一四日

親愛なるヴァルター＝D様

今日は急いで以下のことをお知らせします。テディがベルリンでとても寂しがっているため、おそらく来週半ばにはプリンツェン・アレー(1)に移ってくることになります。ですから、お手紙は〔アドルノに見られてよいものとまずいものと〕二重にしてください。時には片方は、ドレスデン通り五〇番地一のゲオルク・テングラー付でわたし宛にしたほうがよいかもしれません。また週の特定の日を決めておいて、局留め＊ということも可能です。ご提案をお待ちしています。あなたのお手紙が今か今かと待ちどおしく感じられます。心からの挨拶を。イビサ島への引っ越しがうまくいきますように。心を込めて、いつも

あなたのフェリツィタス

＊第一四局　ドレスデン通り九七番地

この葉書は市電の中で急いで殴り書きしたものです。なんと奇妙なことと思いませんか。ＧＴ〔上記のゲオルク・テングラーの略〕は、あなたのお友達のショーさんたち(2)の家に事務所を持っていたのですよ。当時ショーさんの家の方々はあそこでまだ印刷所をされていましたね。この葉書が事務的な調子なのをお許しください。

F.

〔原文：葉書。消印は、三三年四月一五日。手書き〕

（1）グレーテル・カープルスは両親といっしょにこの通りに

住んでいた。

（2）ベンヤミンの友人のゲルショム・ショーレム（一八九七―一九八二〔ユダヤ神秘主義の思想家。一九二三年よりパレスチナに移住していた。一九三三年からはヘブライ大学教授〕）の両親は、ベルリンのシャルロッテンブルク区のノイエ・グリューン街で印刷所を営んでいた〔ベンヤミンはゲルショム・ショーレムの兄のヴェルナーとも友人だったので「たち」と複数になっていると思われる。ヴェルナーはドイツ共産党員で国会議員でもあったが、一九四〇年七月にブーヘンヴァルト強制収容所で虐殺された〕

6　ヴァルター・ベンヤミンから グレーテル・カープルス宛

サン・アントニオ（イビサ島）、一九三三年四月一五日

親愛なるフェリツィタスへ

この一〇日のあいだ、睡眠は別にしてなんらかのかたちで落ち着ける時間があったら、とっくにあなた[訳注1]に私からの知らせ、そして周囲の状況についての知らせを書けたはずなのですが、できませんでした。今でも、およそ世界のなかで最もひどい灯りでがんばる勇気がなかったら、それも果たせていないでしょう。灯りというのは、ろうそくではなく、途方もなく高い天井で鈍く光る電灯のことです。パリからここまでの旅は一週間かかりました。バルセロナに滞在したあと、イビサ町にも滞在して、そのあと新居への入居さわぎです。去年借りた家は、この冬のあいだ私の想像のなかで結構大きな部分を占めていたのですが、私がここに着く数時間前にネッゲラート[1]家が人に貸してしまっていました。もっとも、彼らが貸さなかったとしても、家の中が大きく模様替えされていたので、どのみち私が泊まることはできなかったでしょう。

鈍く光る電灯のついた天井というのは、去年とは別の家なのです。この別の家は去年の家に較べれば、ほんの申しわけ程度に快適なのが利点ですが、逆に短所もあって、場所がよくないのと、建築的には愚劣そのものです。この家はサン・アントニオのはずれに、当地の医者が建てたものですが、彼は引っ越さねばならなかったわけです。去年の夏を過ごしたすばらしい森のはずれから歩いて四五分ほど離れています。しかしこの程度のことは、私の個人的生活の基準における大きな公的変化を、寸法を小さくして報告したいだけです。つまり、サン・アントニオではあまり優雅とは言えないかたちで家がどんどん建てられていますが、

それにもかかわらず、目下のところ住むところはまず見つからないからです。それにつられて家賃もまた上がっています。こうして去年の夏以降、経済上の変化と風致上の悪化とが相互に釣り合っていることになります。とはいえ、この両面とも、全体の物価水準がきわめて安いので、それほど強くは感じられません。それといささか異なるのが、この地域の人間の数が増えていることです。人と会わずに暮らせた昨年の夏のような環境は、風景上の変化だけでなく、「夏の休暇の客」がたくさん出現したせいもあって難しくなっています。もっとも、彼らを見ると、夏季のためなのか、晩年のためなのかの区別がかならずしも明確につけられないのですが。当地にいる人々のなかでご存知なのは、ラウル・ハウスマン(2)くらいだと思います。とはいえ、彼にはまだ紹介してもらっていませんし、それ以外にも、できるだけ人とは知り合いにならないようにしています。

　しかし、知り合いになる必要もないほどです。ここでは彼らの出自や、どういう人であるかについて、ベルリンの数年間以上のことを時には数日のうちに聞いてしまうからです。それゆえ、もしもあなたが数か月後にこちらに来られたなら(3)、当地の運命パーク〔政治の運命に翻弄されてヨーロッパの果てまで来た自分たちをちゃかしている〕をかなり詳しく案内してあげられると思います。ついでに言えば、多くの知己との複雑な関係の新たな結び目とも言えるものが出来上がりつつあります。あるフランス人が——前にお話しした夫婦の弟(4)なのですが——イビサ町の港のすぐそばにバーを開くからです。この建物の輪郭が次第にあきらかになってきて、とても気持ちのいい一角になりそうです。

　ジュネーブのマックス(5)から詳しい手紙をもらいました。この手紙からある程度読み取れることは、雑誌〔社会研究所の機関誌『社会研究誌』のこと〕は今後も続き、また私の寄稿も予定されているということです。とはいえ、まず私に期待されているフランス文学の社会学(6)という論文はここにいてはそう簡単に書けないことは、あきらかです。パリにいたあいだにできるかぎりの準備はなんとかしてきましたが。それができたあとは、また書評を載せてもらえそうです。書評は目下のところ他の雑誌のためにも書いていますが、編集部でどういう不確かな運命が原稿に待ち受けているかに関して幻想は抱いていません。これに関してあなたにちょっとお願いがあるのですが、よろしいでしょうか。実は、『フランクフルト新聞』〔ナチス以前は最もリベラルな新聞。ナチス支配確立後もしばらくはドイツの中では比較的リベラルだった〕が送ってきたダウテンダイ(7)の書簡集の書評用の一冊をこちらに送ってくれるように、パリからわが家のお手伝い(8)に依頼したのですが、まだ着いていません。早く手に入れたいと思っています。できたら電話で問い合わせていただけるでしょうか。ところで、ヴィーゼングルントの本に関する私の書評[9]が四月二日か九日の『フォス新聞』の文学付録に載ったとの連絡がきました。著者分の献呈をまだもらっていません。もしも二部ともこちらに送っていただけたら、あるいは、おそらく私の住居に届いているのをこちらに転送してもらうように言っていただけたら、大変ありがたいです。

もちろんのこと、あなたの四月一日からのお仕事の様子について詳しいことを早く聞きたいと思っています。そのことだけでなく、健康のことも。またヴィーゼングルントのさまざまな計画がどのような展開を見せているかについても。[10]彼は、私が最後に口頭で述べた提案を受ける方に傾いているとほぼ確信しているのですが。マックスも先に触れた手紙で多少とも心配しながら、彼はどうしているかと尋ねていました。そのことも彼に言ってください。あなたのことに関するかなめは、夏の旅行とその旅先に関する質問です。ヴェストエント〔フランクフルトではなくベルリンのヴェストエントと思われる。どちらも当時の市郊外の高級住宅地〕で長時間語り合った今後の展望をもしもお忘れになっているとしたら、私は大変がっくりすることになります。とはいえ、あなたはいつもわたしが知っているとおりに、賢明にかつ正確にいっさいの手筈をされると確信しています。細かいことが決まったら書いてください。

私はスペイン語の勉強をまじめにはじめました。その際に三通りの異なったやり方をしています。お決まりの文法、そして単語を千語、そして新しい、きわめて巧妙に頭に入れる方法です。そう遠くないあいだに多少の成果が得られるものと思っています。明日は復活祭です。そこで、島の奥に向かって初の長めの散策をするつもりです。今までにした何回かの小さな散策でも、町の家並みから三〇分も離れると、昔ながらの美しく、人気のない一帯が開けてくることが、はっきりとわかりました。そして今回は、そうした地帯を発見する散策にときには誰かつき合ってくれるといいと思っています。ついでに言えば、昼間はときとしてものすごく暑いですが、夜は一年前とまったく同じで、まだ涼しいです。

この手紙を書き始めてから、この新しい家の様子が今少しわかってきました。私が入居している部屋はそれなりに凝っていて、化粧室までついているうえに、洗濯用の容器で時間をかけて湧かしさえすれば、風呂桶に入って熱いお湯を使うことができます。イビサとしては、夢のような話です。おまけにこれは大変便利です。なぜなら海水浴はまだ四ないし六週間経たないと私には無理ですから。そのうえに家具としては本棚と食器棚がついているので、いくばくかの持ち物や書類を丁寧に整理できます。
　エルンストの住所をありがとうございます。数日のうちに彼に葉書を書いておきましょう。政治の世界については、ここに着いてからまだあまり多くのことを聞いていません。それについてもあなたの次の手紙で、これまでの埋め合わせができるのではないかと期待しています。
　今日のところはここまでにします。深く心をこめて
デトレフ
一九三三年四月一五日
イビサ（バレアレス諸島）
サン・アントニオ、ミラマール館にて
〔原文：手書き〕

（1）ニューヨークに生まれたフェリックス・ネッゲラート（一八八五—一九六〇）のこと。彼は一九〇九年にドイツ国籍を取得している。ベンヤミンはネッゲラートがミュンヘン大学で哲学、インド学、インド＝ゲルマン語学を専攻していた一九一五年に彼と知り合う。ネッゲラートは彼の三番目の妻と、当時ベルリン大学でロマンス語文学を学んでいた息子のハンス・ヤーコプ（もしくはジャン・ジャック、一九〇八—三四）とともにイビサ島で暮らしていた。
（2）画家かつ詩人のラウル・ハウスマン（一八八六—一九七一）は、一九一八年の〔ベルリンでの〕ダダ・クラブの創設者のひとり。一九三三年にスペインに亡命し、一九三六年まで滞在。その後、スイス、チェコスロヴァキア、パリ、そして終世の地となったリモージュに住む。
（3）グレーテル・カープルスは、サン・アントニオ滞在中のベンヤミンを訪ねることはなかった。
（4）ギー・セルツのことだが、詳しいことは分かっていない。
（5）一九三三年四月三日の〔マックス・〕ホルクハイマーの手紙。Vgl. Max Horkheimer, *Gesammelte Schriften*, Bd. 15: *Briefwechsel 1913-1936*, hrsg. von Gunzelin Schmid Noerr, Frankfurt a. M. 1995, S. 99 f.（以下では Horkheimer, *Briefwechsel 1913-1936* と略）。〔ホルクハイマーは一九三〇年六月より、フランクフルトに一九二三年に設立された社会研究所の所長をしていた。フランクフルトにあった社会研究所は一九三三年三月に閉鎖され、ジュネーヴに移設されていた〕
（6）『社会研究誌』に掲載された「フランスの作家たちの現在の社会的立場について」というベンヤミンの論文を指す。*Zeitschrift für Sozialforschung* 3（1934）, S. 54-78; GS II, 2, S. 776-803.
（7）マックス・ダウテンダイの『さわがしい世界の中の心友人たちへの手紙』（ミュンヘン、一九三三年）についてのベンヤミンの書評は『フランクフルト新聞』の一九三三年四月三〇日号の文学付録に「マックス・ダウテンダイの手紙」という標題で掲載された。Vgl. GS III, S. 383-386.
（8）ベンヤミンのベルリンでの家政婦の名前はエルナ・ドーアマン。

(9) キルケゴールについてのアドルノの教授資格請求論文を論じたベンヤミンの書評は、『フォス新聞』の四月二日号に掲載された。Vgl. GS III, S. 380-383.

(10) アドルノは一九三三年の夏学期は講義が許されなかった。彼の教授資格は、「職業官吏制度再建法」のアーリア人条項のゆえにこの年の秋に剝奪された。彼はこの年の一月ベルリンで、作曲と理論の音楽個人教師の国家資格の取得をめざしていた。〔シェーンベルクによる〕好意的な推薦状があったにもかかわらず、資格は得られなかったようである。逆に、簡素化された試験を受けるようにと、二月になって暗々裏に勧められた。四月末になってもアドルノはクラカウアー宛の手紙で、音楽個人教師の試験を受けると書いている。同時並行的にアドルノは雑誌や新聞への寄稿を試みている。ベンヤミンがアドルノにベルリンで行ったとされている「最後に口頭で述べた提案」の内容については、解明できていない。

(訳注1) この往復書簡において「あなた」にDuが初めて使用された。

7 ヴァルター・ベンヤミンから グレーテル・カープルス宛

サン・アントニオ(イビサ島)、一九三三年四月一九日—二〇日頃

親愛なるカープルス嬢

現況について、報告が欲しいとのことでしたね[1]。そうですね、先週になって、報告を送れるくらいには状況が見えてきたところです。ただ、本当はもう少しソフトな好ましい報告ができたらいいと思うのですが、なかなかそうはいかないようです。

確かに私は、基本的には満足してよい状況にあると言えるでしょう。少なくとも二か月間は、頭の上に屋根が保証されているのですから。そしてこの屋根の上には青い空があり、周りには素晴らしい風景が広がっています。とはいえ、すべてのことが、二つの極——これはただの宿泊所なのだという醒めた認識と、私は今楽園にいるのだというロマンチックな思い——のあいだのどこかにあって、かなり困難な様相を呈しています。そのことは、今ではまったくはっきりしています。

ネッゲラートが借りてくれたこの家は、この土地の他の建物とはかなり違う建築様式で、そのため私は最初からすでに不信感を持っていたわけですが、どんな仕事にも、それどころか読書に集中するのにすら不向きだということが分かってきました。輪郭をお伝えすればだいたいのところはお分かりいただけるだろうと思いますが、そうは言っても、この部屋を駆けめぐる風のことや薄い角材にすぎない

ドアのこと、口に出すすべての言葉があちこちの隅に反響して帰ってくるこだまのことは、決して理解していただけないでしょう。災難の集積による災難の克服というブレヒトの上手い格言[2]を、私も信じなければならない時期にきています。というのも、ここを行き来する束の間の客に加えて、まもなく長期滞在客も来ることになるでしょうから。そうなったら、私は一日じゅう家から出て去年の森で過ごすことになるでしょう。いや、もしもここ数日の午後、風がたえず吹いていなかったならば、私はとっくにそうしていたかもしれません。字を書きながら紙をしっかりと押さえておくことが、私の名人芸をもってしてもできないほどだったのです。

　けれども、この気候のなか一日中そういうふうに屋外にいるとどうなるのか、それはまだわかりません。遠いので、たとえば昼食などで帰ることは考えられません。引っ越しが考えられないのと同様です。引っ越しなどしたとしても、移る先は安宿に決まっていて、仕事のための条件が今よりよいなどということは決してありえないわけです。

　こうしたことすべてにかかわらず、ここに来たことは間違いなく完全に正しかったし、去年からのあらゆる新参者のいないところで、私はまた自分の仕事に取りかかれるだろうと思っています。去年は仕事を始める前に何週間か休んだものです。今年はそんなことはありえません。でも、ここ数日の非常に困難な状況においてすら、新しい原稿を二つ、発送しました。いずれにせよ私はサン・アントニオやイビサの町にオープンする予定のカフェやバーに希望を抱いています。ひょっとするとそこに仕事部屋を見つけることになるでしょう[訳注1]。

　あなたにここの様子を伝えるために書かれているこれらの短い手紙は、こんな状況を舞台として書かれているわけです。私の描写があなたに思いやりや尊敬の念を引き起こしてくれるなら、それだけでもうこれを書いたことは意味があります。

　そんなわけで私は、去年以来おなじみの習慣すべてを再開することはできていません。ただしその代わりに、もう一つの習慣――そう言ってよいならですが――が継続中で、今はあの、昨年読み始めた強烈な農民小説のうちの第二巻[3]、『十月』を読んでいます。第二巻では、ツキートロ[訳注2]の文章の上手さは、第一巻よりも上かもしれません。もう少ししたら、あらためて『ベルリンの幼年時代』に取りかかりたいものです。ただしこれはもちろん、仕事をある程度は確実に続けられる方法について、解決策が見つかってからということになりますが。その間に、ちょっとばかり私の道楽、つまりユーゲント様式にふける機会がありました。これは、ダウテンダイの遺作のきわめて面白い書簡集を扱った書評でのことです。

さて、次の仕事は、すでにベルリンでお話ししましたとおり、フランス小説の社会学についてです。もちろん、この地からこれについて書くのは非常に困難です。マックスへのこの前の手紙(4)で、必須のものを何冊かここに送ってくれるよう頼まざるをえませんでした。ひょっとすると私の未来の報酬の内金としてということになるかもしれません。頼んだのは、もちろん私が所有していないものです。しかし残念なことに、私が所有している何冊かについても、それなしに済ますことができないことがわかってきました。その書名をメモに書いて同封しました。これらの本をフランス語のペーパーバックスの中から探し出して私に送るようお願いするなどほとんど不可能ですし、そのためにはあなたが日曜日を半日使わなければならないことも、すべてわかっていますけれど、他にしようがないのです。私がお尋ねすることができるかもしれないとしたら――その場合にもあなたが誤解しないかどうか自信がないのですが――、ヴィーゼングルントがこんな大サービスを私のために嫌がらずにやってくれるかどうかです。もしやってくれるのであれば、彼には、平日の午前中、間借り人が仕事に行っているあいだに上の階に行くことができるというメリットがあります。

いずれにせよ、ドーアマンさんに、あなたの家に一時四五分に電話をさせます。いつ私の荷物の残りをあなたに送ってくれるか、彼女と約束ができるかもしれません。

たっぷりと、十分すぎるほどに書きました。できるだけ早いうちに詳細をお知らせください。ヴィーゼングルントによろしくお伝えください。彼からの手紙もいただけるとうれしいです。

心を込めて

あなたの　Wデトレフ・ホルツ

［原文：手書き］

（1）敬称Sieを使うこの手紙は、四月一四日付のグレーテル・カープルスからの絵葉書［書簡5］に応えて書かれたものである。再び親称で書かれた次の書簡8は、折り方が同じであることからも十分推測されるように、本来書簡7とセットであった可能性が高い。

（2）このモチーフは頻繁に現れるにもかかわらず、この格言の出典は突き止められていない。ひょっとすると単に口頭で伝えられたものかもしれない。ベンヤミンは「ブレヒトの詩への注釈」の中で、「困難の集積による困難の克服」を「古い弁論術の格言」と呼んでいる。

（3）レフ・トロツキーの十月革命を描いた『ロシア革命の歴史』第二巻（ドイツ語の翻訳で一九三三年にアレクサンドラ・ランム社から出版された）。

（4）残っていない。

（訳注1）ベンヤミンはベルリン時代からカフェで原稿を書くのが好きだった。

（訳注2）原文は Kritrotz でトロツキーを指す。

8　ヴァルター・ベンヤミンからグレーテル・カープルス宛

サン・アントニオ（イビサ）、一九三三年四月一九日‐二〇日頃

親愛なるフェリツィタス様

ベッドに寝そべって、中世の年代記によくあるように、熱いお風呂を用意しています。実際にすべてはまったく中世風なんです。唯一中世に合わないのは、エナメルの浴槽くらいでしょう。とはいえこれは、すでにあなたに書いたようなさまざまなことの代わりに、この新しい住居が提供しなければならない大真面目な代償なわけですが。

しかしそれにしても外は、凍りつくような風が吹いています。

復活祭の手紙と、それからカードも受け取りました。手紙のほうには、さしあたり次のように申し上げるしかお礼のしようがありません。つまり、私が週に一度企てるイビサの町へのちょっとした遠出[1]に、この手紙によってあなたは同行したということです。というのも、私の求める「都会の」楽しみ、つまり映画館は空気が悪すぎるので、まずカフェということになりますが、これはごくささやかとはいえ、いつもであれば予算という名の杓子定規な枠からははみ出してしまったでしょうから。

でも今日はこうやって二杯目のアニスを（ラムというわけにはいかないにせよ）、あなたの健康を祈って空けるつもりです。今言ったラムというのは、いずれにしてもこの島で楽しむことができる最も洗練されたもので、しかも、そのボトルは一見の価値があります。どうしてか？　それは言わないことにします。あなたがここにきた時にもう一つ小さなセンセーションを楽しむことができるように。

このことについて、そしてそもそも先週書いた長い手紙について、近いうちに詳しいことが聞けることを願っています。あなたの復活祭の日の手紙に書いてあった新しい家の算段が、あなたにとっても快適なものであることを願っています。これら全部のことについて返事をお待ちしてい

ます。
　そして心よりの挨拶を

デトレフ

［原文：手書き］

（1）ベンヤミンは、イビサの町に住んでいたジャン・セルツをだいたい七日から一〇日ごとに訪問していた。このことは、一九三三年四月八日のドーラ・ゾフィー・ベンヤミンからの手紙の裏にベンヤミンがメモした、四月九日から六月七日までのリストから読み取ることができる。

9　グレーテル・カープルスから　ヴァルター・ベンヤミン宛

ベルリン、一九三三年四月二四日

親愛なるヴァルター・ベンヤミン様
　少なくともいくつか、未来への展望がわずかでも開けたと聞いて、心が軽くなりました。マックスのことを考えて、別の可能性を聞けたらよかったのにと思いました。わたしのイースターエッグは受け取っていただけましたか？　ちゃんとあなたの好きなクリームのイースターエッグでした？　そういえばこの前、郵便局で聞いてきました。一〇ライヒスマルク＝二七・七五ペセタで郵便為替で送れるようです。かわいいデトレフのためにそれでもまだ何かできることがあるのかもしれないという点では、これはわたしにとって大きな慰めです。あなた一人に彼の世話を委ねないといけなかったとしたら、わたしにはつらいことでしょう。
　それはそうと、わたしが前の葉書に書いた警告は根拠のないものでした。テディはペンションに残っていて、わたしたちの状況は以前のままです。彼のお父様はイギリスへの旅行に賛成ですが、それもさしあたりはまだ性急なものではありません。彼はここで『欧州展望』誌[1]のために記事を書いていて、そのほかの時間は音楽三昧です。これ以上によいことはわたしには考えられません。復活祭に遠出しなかったので、次の週末にはマルクヴァルト城[2]に出かけます。健康上の理由から休養が絶対に必要です。以前からのいろいろな症状の偏頭痛がまたひどくなっていて、今度、腸浴[訳注1]を試してみたいと思っているところです。
　あなたの家政婦さんとは、運が悪く、まったく連絡がとれません。今も彼女に手紙を書いてあなたの希望を繰り返し、わたしに電話か手紙をくれるようにお願いしたのですが、まだ残念ながら返事がありません。これは、とても残念です。というのも、わたしに任された役目をどう見てもわたしがおろそかにしているように見えるだろうからです。でも、ものすごく緊急というわけでもないのに出向くには、わたしには本当に時間がないのです。あなたからお返事が届き次第、『キルケゴール』についての批評の載ったウルシュタイン社の『フォス新聞』の当該号だけでも注文することにします。わたしの本箱にある本のうちのどれがあなたのものかがいつでもわかるように、念のためにあなたのもののリスト(3)を同封しておきます。あまり徹底したリストではありませんが、それでもこの目的のためには十分でしょう。

　あなたのそちらでの生活をもっと詳しく報告して欲しいと言ったら、わたしのことを厚かましいと思うでしょうか。毎日をどんなふうにお過ごしでしょう。仕事のために必要な静かな場所はもう見つかりましたか。ビーフステーキを食べたくて仕方がないんじゃないですか。それから、そちらには蓄音機があって、パリの新しい素晴らしいレコードが聴けるのでしょうか。わたしにとっては、あなたに関わることはすべて、このうえなく重要なのです。提案なのですが、わたしたちの手紙に番号をつけるというのはどうでしょう。これまでにわたしはあなたから四通の手紙をいただいていて、わたしからは今日のものを含めて手紙を四通と葉書を二枚送っています。そういえば今思い出したのですが、テディには、マックスが彼のことを心配している話はまだしていません。そうしたほうがよいとお考えでしたら、直接彼に書いていただけますか。ウンター・デン・リンデン通り六二番地三です。わたしは適任ではないように思えるのと、それから彼に手紙を見せたくないからです。

　ヴァルターさん、わたしにはありとあらゆる面でハンディがあって、あなたを十分にお助けすることができませんが、どうか友情をお捨てにならないでくださいね。どんな悪い出来事が起きたとしても、掘り崩すことのできない友情の礎石があることを、わたしとともに信じてくださいますか。わたしのことをひどく長く待っていなければならないように感じることがあっても、どうぞお赦しください。短い休息のあいだに、より自由になれる方向を選びそこなったため、当面、以前よりも窮屈な生活になることを今覚悟しているところです。わたしの孤独はまたほとんど完全なものになっています。単に表面的なものとはいえ、あなたの不在はわたしにとって破滅なのです。あなたがそこにいらっしゃるということは、たとえそれが非常に遠い場所であったとしても、わたしにとって大きな慰めです。すぐにセンチメンタルとお叱りになり、自分に厳しくあるようにとおっしゃることでしょう。喜んでそういたしますね。
そして、心からのご挨拶を。
　いつもあなたの友人の
　　　　フェリツィタス
〔原文：タイプ原稿〕

（1）一九三三年から一九三八年まで、『欧州展望』誌〔これは『ヨーロッパ・レヴュー』の間違い〕の編集長はヨアヒム・モーラス（一九〇二‐六二）。アドルノはこの雑誌の五月号に「ジャズとの別れ」（GS 18, S. 795-799 参照）を、七月号に「ヴァーグナーについての覚え書き」（同 S. 204-209）を発表した。

（2）マルクヴァルト城はポツダムに近いオストハーフェルラントにあり、一九三二年にホテルへと改築された。この城については〔テオドーア・〕フォンターネが『マルク・ブランデンブルク周遊記』第三巻で扱っている。

（3）三枚に及ぶタイプライターで書かれた本のリストがベンヤミンの遺品の中にある。これが手紙の中で示されたリストかどうかは定かではない。

「 現代ドイツの作家
ベルトルト〔・ブレヒト〕：試作（灰色のペーパーバックで何冊も）
：家庭用説教集
：〔イングランドの〕エドワード二世〔の生涯〕
：都会のジャングル
：夜打つ太鼓
ルドルフ・ボルヒャルト：デュラント
：雑多な数冊
シュテファン・ゲオルゲ：入門書
：盟約の星
：シェークスピア〔ソネット〕
：手書きのダンテの書き写しのコピー
ゲオルク・ハイム：人生の影
〔パウル・〕シェアバルト：レサベンディオ
：雑多な数冊
アドルフ・ロース：空に向かって話す
：にもかかわらず
〔クリスティアン・〕モルゲンシュテルン：パルマ・クンケル
：絞首台の歌
：パルムシュトレーム
：戯画のホラティウス
〔ローベルト・〕ムージル：士官候補生テルレスの惑い
〔ファニー・ツー・〕レヴェントロフ〔伯爵夫人〕：ダーメ氏の手記
〔ライナー・マリーア・〕リルケ：神様の話
：オルフェウスに寄せるソネット
：旗手クリストフ・リルケの愛と死の歌
ローベルト・ヴァルザー：助手
：タンナー兄弟姉妹
ドナルト・：山の向こう側

ヴェーデキント
フランク・ヴェーデキント：ミネハハ

翻訳
ボードレール：非道の男
：冥府
：カルクロイトの翻訳による詩集、赤い総革装
：詩とスケッチ
：散文詩
ボッカチオ：デカメロン（茶色い総革装三冊）
セルバンテス：ドン・キホーテ
：短編集（二冊）
ダンテ：神曲（バッヘンシュヴァンツによる翻訳）
（厚紙の小さな八折り判三冊）
ジョイス：ユリシーズ
ジャコモ・レオパルディ：格言集
ルクレティウス：事物の本性について
マンゾーニ：婚約者（二冊）
ガダラのメレアグロス：花輪
ペトラルカ：後世の話
スウィンバーン：ボルヒャルト訳の詩
ラブレー：レギス訳のガルガンチュア
ローレンス・：トリストラム・シャンディ
スターン：センチメンタル・ジャーニー
ジムロック：ラテン語とドイツ語の教会用聖歌集
サッカレー：虚栄の市

ゲスタ・ロマノールム：

画集
アジェ：写真集
オクタヴィウス・ヒル：写真集
グットマン：古い写真集
レヒト：初期写真集
：ヴィクトリア王朝の時代（写真集）
ブコヴィッチ：パリ（写真集）
シドロフ：モスクワ（写真集）
グレーバー：子どもの古玩具
ルンプフ：諸民族の玩具（カラー図版つきの大きなバインダー）
ホプレッカー：古い絵本
フォン・ベーン：人形と人形劇（二冊）
ルメルシエ・ド・ヌフヴィル：マリオネット
そのほか多数の文化史の図録

全集
ハウプトマン：全集
イプセン：全集

その他
クロイツァー：神話と象徴の図解書（小さな四折判）
モリトーア：啓示の哲学（あるもの全部）」

（訳注1）洗腸用ゴム管で腸内を洗浄する医療方法か。

10　ヴァルター・ベンヤミンから グレーテル・カープルス宛

サン・アントニオ（イビサ）、一九三三年四月三〇日

親愛なるフェリツィタス様

私が今、いちじくの樹の下で、どんな舞台装置に囲まれて手紙を書いているのか、きっと想像もつかないことでしょう。どんよりと雲に覆いつくされた空、一筋の陽も射さず、そよとも風の吹かない日曜日の午後。とはいえ風がないのはありがたく感じます。というのも、たいていいつも戸外では仕事にならないほど強い風が吹いているからです。今は足元にコートを掛けていますが、それでも寒さに変わりはありません。私の気持ちもこの自然と同じように、かなり陰鬱なものになってきました。でも悲しいことに、その陰鬱さは自然に由来するわけではありません。この家の住み心地は、その間にほんのわずか改善された程度です。町はずれの製粉所に隠棲するという計画にも、いろいろと難点があり、しかも実現の見込みがそれほどあるわけでもありません。書評の仕事は、まだいくつか続いています。でも、それも打ち切りにならないだろうかとか、これまで折にふれ新刊の書評を引き受けてきた努力が最終的に何か実りをもたらすだろうか、などと自問してしまいます。

本はそこそこ足りているのですが、誰かと言葉をかわす機会がありません。イビサに滞在しているパリの友人たちとは、ほとんど毎週一度は会っていますが、それ以外には、そうした機会は皆無です。あの昨冬、N〔ネッゲラートのこと〕はまだ、一時は息子と二人きりで、ここで過ごしていましたが、あの冬を境に、Nの以前の関心と、現在のNとの間には越えがたい壁ができてしまったようです。Nは──理由は一目瞭然ですが──私以外の下宿人も何人か受け入れました。それでも事情は好転しそうもありません。もちろんこの状態がさらに深刻化するのはもう少し先のことでしょうが、何か別の解決策がない限り、その時点は容赦なくやってくるだろうと懸念しています。

こうした中で、あなたのお手紙が私にとってどんなに大切かを多くの言葉を費やして書き送るのは、二重に余計なことでしょう。昨日拝受した二四日付のお手紙(1)をあなたが書かれた時には、私が最後に書いた長文の手紙はまだ読んでおられなかったようですね。私はそこに、復活祭のプレゼントへの心からのお礼と、マックスに頼まれた原稿を書

くのにどうしても欠かせない数冊の本を私の書庫から送っていただけないかというお願いをしたためました。その手紙は、もう、きっとお手元に届いていることでしょう。

もしその手紙がどこかにいってしまったとしたら、悲劇的とまでは言いませんが、残念なことです。というのも、私はそこに、当地に到着した時の最初の印象を綴っておいたからです。お願いした書籍ですが、一部は窓ぎわの書棚の下の方の列に、大部分はその向かい側の書棚の、やはり下の方の列にあるフランス装の書籍の中にあると思います。重要なのはE・ベルルの三冊の本、『ブルジョワ道徳の死』『ブルジョワ思想の死』『ブルジョアと愛』[2]、およびティボーデの『教授たちの共和国』[3]です。最後に、ソファの上の棚に、サンドラールの翻訳が一、二冊[4]並んでいると思いますが、それも私には重要です。繰り返しになりますが、こんな面倒なことをお願いして本当に申しわけありません。場合によったらヴィーゼングルントに頼めないものか、どうぞご検討ください。

彼の『キルケゴール』についての私の書評はもう刊行されているのに、彼からその後、なんの音沙汰もないのは、正直いって、ちょっと意外な感じがしています。私はまだ書評の現物は手にしていないのですが、まちがいなく原稿どおりに印刷されたものと思っています。目下、手がけているのは、ベネットの『二人の女の物語』についての書評[5]で、この小説はぜひお読みになるよう、もう一度お薦めします。この書評には、小説についていくつかの原則的なことを書くつもりで、うまくいけば何かそこから出てくるかもしれません。

数日間、マルクヴァルト城の方にお出かけになるとのことで、喜んでいます。ただ、あなたがそんな気晴らしを必要としていることには、心が痛みます。夏には、あなた自身のためになることが何かできないものか、今のうちからお考えおきください。私が最後の手紙に書いた提案についてもよく考えて、お返事をください。あなたが、あれほど親身に私のビーフステーキ願望を気にかけてくださったおかげで、今までは高望みと思っていた欲求がいろいろと内側から湧いてきていることを——ゲーテとツェルターの文通スタイルを真似して[6]——こうしてお伝えできるのはうれしいことです。とくに感じるのは、たまには雑誌類に目を通したいという欲求です。もしあなたやヴィーゼングルントが『ヨーロッパ・レヴュー』『ノイエ・ルントシャウ』その他を入手することがあれば、お役御免になったあとで、こちらに回していただければとてもうれしく思います。

というわけで、今後も引き続き、かなり孤立したわれわれ二人の居場所を結ぶ架け橋を築いていくことにしましょう。そして、ご提案どおり、その橋脚の一つ一つに喜んで番号を振っていくことにします。この手紙にはよく見えるように3という数字を書き込みます(7)。
　あなたの書いてくださる一行一行に、そしてその行間に、あふれるご好意を感じながら、心よりの感謝をもって

デトレフ
一九三三年四月三〇日
イビサ（バレアレス諸島）
サン・アントニオ　ミラマール館にて
追伸　フランクフルトのエルンストのことは、何かお聞きになっていますか。もう一人のエルンストと同じく、彼からもほとんど音信がありません(8)。それから、あの素晴らしく貴重な書籍リストついて、あなたにお礼を申し上げるのを、あぶなく忘れるところでした！

〔原文：手書き〕

（1）四月二四日付のグレーテル・カープルスからの手紙〔書簡9〕。ベンヤミンはこれを二九日（ここで言う「昨日」）に受け取っている。
（2）最初の二冊はそれぞれ一九二九、三〇年に、三冊目は一九三一年に書籍として出版された。ベンヤミンは、『ブルジョア思想の死』を、評論「フランスの作家たちの現在の社会的立場について」の中で、あるいはその三年前の「パリ日記」の中でも引用している。
（3）Albert Thibaudet: *La République des Professeurs*, Paris 1927.
（4）ベンヤミンが自分の評論のために利用したのは、リシー・ラーダーマッハーの翻訳で一九二八年にミュンヘンで出版されたブレーズ・サンドラールの『モラヴァジーヌ』（パリ、一九二六年）のみである。ドイツ語ではこれ以外に、以下の翻訳が出版されている。Blaise Cendrars, *Gold. Die fabelhafte Geschichte des Generals Johann August Suter*, übersetzt von Yvan Goll, Basel 1925.
（5）Arnold Bennett, *Konstanze und Sophie oder Die alten Damen*, übers. von Daisy Bródy, München 1932. 原書の『二人の女の物語 *The old wives' tale*』は一九〇八年刊行。ベンヤミンの評論「炉端にて――ある小説の二五周年に寄せて」は一九三三年五月二三日、『フランクフルト新聞』に掲載された。(GS III, S. 388-392)
（6）原文では ich という主語が省略されているが、この省略語法はゲーテとツェルター（ドイツの作曲家）の文通でもよく用いられていた。
（7）ベンヤミンはイビサからグレーテル・カープルスに宛てた手紙に番号をつけていた。そのさい、前出の書簡7と8は一つの手紙として数えている。
（8）フランクフルトのエルンストとは、ベンヤミンの青年時代からの友人エルンスト・シェーン（一八九四―一九六〇）。

彼はフランクフルトの西南ドイツ放送のラジオ番組制作部長として一九二〇年代後半にベンヤミンのために多くのことをなした。もう一人のエルンストはエルンスト・ブロッホ（一八八五—一九七七）。

II　グレーテル・カープルスからヴァルター・ベンヤミン宛

ベルリン、一九三三年五月六日

（5）

一九三三年五月六日

親愛なるデトレフ様

あなたの二通目のお手紙にもぜひともお返事をさしあげなくてはと、良心の声に促されて、お昼寝を早々に切り上げました。その間に、五月一日付のわたしの葉書と[1]、ご所望の書籍はそちらに届いたことと思います。『ブルジョアと愛』は、あの時、いっしょに書いてくださっていれば、前回すでに送ることができましたのに。他の本を探すとき、この本はよく手にとっていました。あなたの文書類はあんなにきちんと取り決めておいたのに、まだ送ってきません。月曜の朝にもう一度、電話で確かめてみます。

あなたが書いてくださった書評について、テディがまだ何も書き送っていないこと、どうかお気を悪くしないでくださいね。彼はひどく神経をすりへらして、消沈しています。昨晩は、あなたのムンメレーレン[2]が『フォス新聞』に出ているのをみて有頂天になりました。ほかには、近いうちにどんな作品が載るのかしら。ほかにどんな約束をなさっているのでしょうか。あなたの胸算用について、ちょっとだけ教えてくださったら、とてもうれしく思います。なんといっても商売のことはわたしのほうがあなたよりは上なので、何かとお役にたてたり、お力になれたりすると思うのです。最後の手紙の調子には、ちょっと悲しくなりました。だってあんまりよそよそしくて、まるでもうわたしのことを親友の一人とは思っていらっしゃらないみたいだったからです。何かわたしが気にさわることをしてしまったのかしら。わたしの言い方が悪かったり、わたしの配慮が足らなかったことでもあったのかしら。わたしは自分の失策には本当にまったく気づいていないのですが、でもやっぱり何かやってしまったのでしょうね。でもそれはまったくわたしの意図ではなかったことを、あなたなら一番よくわかってくれているはずです。

わたしの健康の方は、また主治医の教授に診てもらっていて、毎日胃洗浄を受けています。その他は元気です。新しい仕事の方は、最初の一か月が過ぎて、これまでのところ、まったく申し分のないよい職場です。仲間も上司も魅力的な人たちですし、仕事量は多いですが、順調に身についています。みんなもわたしに満足してくれていると思います。わたしの妹[3]が婚約したことはお話ししましたよね。でも残念ながら、相手の方が何週間か前に解雇され、しかも仕事で事故にあって、まだその経過がどうなるかわからないため、結婚は当分のあいだ延期になりました。雑誌の方もお送りします。テディは、あなたのことで『ヨーロッパ・レヴュー』誌のドクター・モーラスと話をする予定です。カローラはまた引越しました。フェルデック通り六九番地、オーバーホルツァー荘です。彼〔カローラ・ピョトロコフスカの交際相手ブロッホ〕は間違いなく、わたしのことをとても怒っていることでしょう。わたしがどうしても彼に返事をしようとしなかったからです。

フランクフルトのエルンストのことは何も聞いていません。面白い話がありますが、ジビル・カールの夫[4]が、どうも映画会社でトップの右腕的存在になるようです。かなりの影響力をもっていて、何人かを雇い入れたようです。まるでおとぎ話みたいですね。

親愛なるデトレフ様。島の生活であなたの神経がまいってしまわないかと心配です。わたしがあなたに、本当は言ってはいけないのに言ってしまったことすべてを思いおこしてください。そうすればわたしがあなたから何を求めているのか、わかっていただけることでしょう。でも、わたしからこんなわけのわからない謎をかけられるくらいなら、ちょっとのあいだ、わたしに腹をたてていらしたほうが、まだましね。わたしがあなたの人生の重荷を少しでも軽くしてあげられるなら、あなたはそれによってわたしをかぎりなく幸せにしてくれているのです。ですから、年始めの数か月以来、わたしがあなたにどんなにたくさん借りがあるかということを、どうか忘れないでくださいね。どうぞわたしを信じて、こんなに離れてはいますが、遠慮なくわたしを使ってください。週に一度、お手紙をいただければうれしいです。あなたがわたしのためにグラシアンの本に書きこんでくれた言葉を思い出してね。

これまでにもまして、あなたのことを大切に思っている

あなたのフェリツィタス

〔原文：タイプ原稿〕

（1）この葉書は残っていない。

（2）のちに『ベルリンの幼年時代』に収録されたこの断章は、五月五日付、『フォス新聞』の文化欄に掲載された。〔この断章には、ドイツのお伽話によく出てくるムーメ・レーレン（レーレンおばさん）をムンメ・レーレン（姿を消したレーレン）と聞き違えて連想を拡げた幼少時の言語体験が綴られている〕

（3）リーゼロッテ・カープルス（一九〇九年生まれ）、歯科学を学んだ。彼女は当時、エルンスト・シャハテル（一九〇三―一九七五）と婚約していた。シャハテルは法律家として働いていたが、その後、精神分析医となり、一九三三年にイギリスに、一九三四年にスイスに移住し、一九三五年以降はニューヨークの社会研究所の所員となった。

（4）ジビル・カールの夫とは、フランクフルト生まれのカール・ドライフース（一八九八―一九六九）で、一九三三年以前は、社会研究所の非常勤研究員だった。一九三三年に、彼は産業界のトップ・マネージャーとしての経験を活かして『ホワイトカラーの職業とイデオロギー』という著作を刊行した。彼はルートヴィヒ・カールスという名前で活動し、一九三三年のストックホルム滞在を除けば、少なくとも一九三五年まではベルリンに滞在し、主に演出部門の顧問として、ベルリンの映画会社で働いた。彼の最初の妻、ジビルについては一切不明。

12 ヴァルター・ベンヤミンから グレーテル・カープルス宛

サン・アントニオ（イビサ）、一九三三年五月一六日

親愛なるフェリツィタス様

今日は気分転換のために、カフェに場所を移して書きものをすることにしました。森の隠れ家にまさるところはほとんどありませんが、それでも、ここにはろくにない文明の代役として、たまにはコーヒーカップを目の前に見ていたくなります。今年は、ここではコーヒーにミルクまで入れてくれます。近くで子供の叫び声やイビサの地元論議が聞こえてきても、私たち二人の邪魔はさせません。ようやく、よいタイミングであなたにこうして手紙を書けることを、よかったと思っています。私の最後の手紙には、もしかすると少しばかり雲が垂れ込めていたように見えたかもしれませんし、じっさい垂れ込めていたのでしょう。たしかにときどき、雲が集まってくることがあって、それが私の書きものの苗床に影を落とすのです。でも今は、マックスがジュネーヴから送ってくれた小さな書籍小包[1]が届いたおかげで気分が晴れました。この本と、あなたが送ってくださったものを頼りに、ようやく希望をもって仕事にかか

ることができそうです。これでみすぼらしい仕事にほんのわずかな装いをほどこすことができるでしょう。というのも、こういう試みは、どんなに豊かな技術的手段があっても、先行する仕事がほとんど無きに等しいため、みすぼらしいものにならざるをえないのです。この試みについて最初の着想を得たのは、あなたももちろんご存知のセリーヌの『夜の果てへの旅』(2)を読んでいる時でした。でも、この分厚い本を最後まで読み終えるまでには、まだしばらくかかりそうです。ですからその着想については、今日のところはまだ胸中にしまっておくことにします。この原稿の締め切りまでには、まだ二週間ありますので、そのあいだは朝から晩までこの仕事に没頭したいと思っています。

ですから少なくともこの点では、私のこれからの二週間は、あなたのこれからの二週間と似たようなものになるでしょう。もちろんあなたの胃洗浄がなければ、あなたにも私にも、もっとよかったでしょうが。胃洗浄は、時間のロスもさることながら、さぞ苦痛なことでしょう。これからも長く続けねばならないのでしょうか。できるだけ早く効果が出て、止められるといいですね。おわかりのように、あなたの六番の手紙はすでに受け取りました。そして手紙だけではなく、とてもうれしいことに『ルントシャウ』誌(3)もちょうど届いたところです。本が着いた時、その受け取りのお知らせは、すぐに葉書(4)でお送りしました。私にできることといえば、お礼を言うことくらいしかありませんので、礼状が二回届いてしまうことは、どうかご容赦ください。これも、内なる声が私にこんなことをささやいたからなのです。私が何度も繰り返さなくても、私の質問に手紙で答えてくれる人は誰かいないだろうか。こまごましたことが含まれるだけに、ひどく煩わしい願い事を聞いてくれる人は誰かいないだろうか、と。そしてこの内なる声にあなたは答えてくださったのです。それがどんなに大変なことか、私が十分に承知していることは、どうか信じてください。残りの雑誌や、仕事でいつ必要となるかわからない資料類があなたの手元に届くまで、私も心穏やかではいられないでしょう。ただし、それを送っていただくために、しょっちゅうあなたを煩わせるようなことはしませんので、ご心配は無用です。近日中にある知人がこちらに来るので、彼に頼んで、資料類をこちらに届けてもらえる可能性がありそうです。それがうまくいけば、あなたが前に送ってくださった目録に載っている資料と、残りの雑誌類を、その知人にお渡しくださるようお願いします。雑誌については、私の手伝いをしてくれる娘さんが近日中にお届けにあがると思います。運搬役の知人の身元を確認するために、この手紙に同封したサイン(5)の欠けた半分を、彼の方に渡すようにします。とはいえ、これがうまく行く前提は、資料がすべてあなたのお手元にそろっていることです。というのも知人の好意に頼ってのことなので、まさか二か所に取りに行ってもらうわけにはいかないからです。もちろんその資料は、今度書くフランス文学についての評論にはもう間に合わないでしょう。でもその後で、ベネットについての評論を書く予定です。彼の有名な作品『二人の女の物語』については、つい先日、書きましたね。今日、ライン出版から知らせがあって、ベネットのもう一冊の大著[6]を私に提供してくれるそうです。

あなたが新しい職場にすっかりとけこんでいるとのこと、とてもうれしく思っています。でも、あなた自身のための時間も、もう少しあるといいですね。テディの調子が悪いというのは、私も気がかりです。でもあの粘り強い仕事ぶりを思えば、またそのうち、新しく集中できることを見つけ出すでしょう。それが私への手紙でなくても、悪くとるつもりはまったくありません。それでも私の書評について、ここまで彼が沈黙を守っているとなると、私としてはやはり印刷された書評をじかに確認してみたい気になります。ひとつには私の保管資料として手元に置いておきたいのですが、もうひとつには、はたして原稿どおり忠実に印刷されたかどうかを確かめたいのです。もし、あの書評とムンメレーレンを各一部（できれば二部）、私に送っていただければ、とてもうれしいです。私のところには、抜き刷りがまったく送られてきていないのです。

ごらんのように、どの手紙にも、小さな願い事が紛れ込んできてしまいます。

そこで、あなたにそれを少し忘れてもらうために、私の一日の流れを、その中で去来するさまざまな思考や企画をとりまぜながら、紹介しておきましょう。起床は六時半、時には六時です。七時に、椅子代わりの樹が隠れているどこかの山の斜面に向かいます。それから八時になると、どこかの錬瓦積み職人の徒弟か、石工みたいに、保温瓶の栓を抜き、朝食を始めます。その後、一時まで執筆や読書。今後の企画でめぼしいものといえば、せいぜい推理小説の企画[7]くらいですが、それももちろん、うまくいきそうだと思えた時にしか書きません。今のところは、大いに迷いながら、ひとつ考えているだけですが、あとでじっくり考えるために、とりあえずは小さな紙片に場面や動機やトリックをメモしている段階です。一二時頃に森のなかを少し散歩すると、時にはパリのことが心に浮かんできます。去来するのは私がここにいれば迎えることになる冬の陰鬱な光景だけではありません。パリに戻れば戻ったで、少なくともしばらくのあいだは、あれこれやらねばならないことが押し寄せてくることでしょう。でもそんなことを考えるのは、全体としてはかなり気が滅入ることです。というのも、これまでのところ島を離れる可能性などとても考えられないからです。こうして私は少し暗い気持ちになってデッキチェアにもどり、『ベルリンの幼年時代』の新しい頁にとりかかります。今は「夜中に目覚める」[8]や、その他いくつかの断章のことを考えています。しかし、当面やらねばならない仕事があるため、そんな想念も今はまだ背後におしやられてしまいます。

書評のための本を送ってくれないかと強く頼んでも、これまでのところいずれもなしのつぶてです。とはいえ現物を先に送ってもらう形での仕事依頼はなんといっても一番確実なものなので、もしヴィーゼングルントが本当に『ヨーロッパ・レヴュー』誌から、このような、あるいはその他のやり方でも、仕事を私のためにとってくれるなら、非常にありがたいことです。現在は、知らない編集者を相手にした内容紹介的な形式の書評のほうが私には好ましいくらいです。というのも、ひとつには献本によって私のわずかな蔵書が増えますし、ひとつには双方に義務が生じて仕事がはかどるからです。

文筆関係の見通しは以上のようなところです。午後二時になると長いテーブルについて昼食です。ここでは「お行儀よく」するよう頑張っています。今のところはまだ、食後に昼寝が必要なほど暑くはありません。だいたいは家の前のいちじくの木の下に座って、読書や書きものをしています。チェスの相手を見つけて夕暮れ前の午後の時間を気分よく過ごすという計画は、残念ながら今のところ不首尾に終わっています。私ならシックスティ・シックス〔カードゲームの一種〕やドミノでもそれなりに満足できるのですが、大部分の人たちはまともに熱中できるものが他にないので、勝負にこだわりすぎます。この手紙を書きはじめたカフェでは、ときどき、ちょっとした会話を交わすことがあり、今もちょうど一人の客が現れて私と二、三、言葉を交わしたところです。というわけで手紙を書くのも中断されました。今はその続きを、三百匹のハエと同居している自分の部屋に戻って書いています。

九時か九時半にはベッドに入って、何本かのろうそくが妖精のように放つ光の下で、贅沢な読書を楽しみます。すばらしい推理小説を書いたジョルジュ・シムノン[9]を知ったのも、この読書のおかげです。ところで、この二週間、ぶっ続けで仕事をしたことが、予期せぬ結果を招きました。つまり、以前より自分の孤立感に敏感になってしまったのです。昼のあいだにたくさん読んで、ある程度の分量を書きおえると、夕方、いつでもというわけではないのですが、少し時間がたった頃から、無性に何か意味のある言葉を話したくなる、あるいはそれ以上に耳元に言葉を聞きたくなるのです。しかし、話そうと思ってもすぐに限界があることに気づきます。去年のサン・アントニオでの冬は、ネッゲラートの心に悲しい自然の痕跡を消し去り難く残していったようです。残念ながら、彼はもうまじめな話し相手にはなりません。新しくやってきた見知らぬ人々の中には何人かの若者がいます。しかし彼らは、語りかけられるのは拒まないものの、自分のほうから話かけてくることはありません。そんなわけで、一日が終わってみると、夜になってはじめて花開くはずの最上のことが実現せずに失われてしまったことになるのです。これは、今後もあまり大きく変わることはないでしょう。そんなわけで、私はときどきブライが住んでいるマジョルカ島のカラ・ラトハダに渡ろうかと夢想することがあります。ベルリンなら彼の魅力もまあ、そこそこといったところでしょうが、こちらでは、所持しているといわれる蔵書によって、彼は確たる名声を博しています。もちろん今のところは、そんなことは考えられません。でも、寝る前にはもう一度、あなたからのおやすみの挨拶が、ドアの隙間から、大騒ぎをすることなく、こっそり滑り込んできます。そんな時は、こうした夢想がどんなに居心地よく、軽やかに感じられることでしょう。そしてもう一度、少し夢を見てみようかという気になるのです。あなたにだって、それは願ってもないことでしょう。

私はこの手紙をイビサの高いテラスの上で書き終えるところです。町は私の眼下に横たわっています。鍛冶屋や工事現場からの騒音が、まるでわが砦の土台部分から始まる土地の呼吸のようにこちらに響いてきます。この棒状の街は、それほどに細長い形をしています。家々の右側には海が見え、家々の向こう側では、島が次第にゆるやかにせり上がり、粘り強く地平線に寄り添う丘の連なりの向こう側で、ふたたび海の中へと沈んでいきます。「島」とはいったいどういうものなのかを、あなたは感じることができるでしょう。そしてこの私の挨拶を、小さな島の模型としてあなたの両手にすべりこませてください。

いつも変わらぬ思いをこめて

あなたの

デトレフ

一九三三年五月一六日

イビサ（バレアレス諸島）

サン・アントニオ

フォンダ・ミラマールにて

〔原文：手書き〕

（1）マックス・ホルクハイマーから送られてきた書籍については詳細不明。
（2）Céline, *Voyage au bout de la nuit*（『夜の果てへの旅』）、パリ、一九三二年刊行。ヴェルナー・レープフーン訳ドイツ語版 *Reise ans Ende der Nacht* は、一九三三年ライプツィヒで出版。
（3）グレーテル・カープルスが『ノイエ・ルントシャウ』の何号を送ったかは、判明しなかった。それ以前の時期に出た号を通覧しても、ベンヤミンの興味を特別に引く論文が載っていたために当該号が送られた、と判断するに足る手がかりは見つからなかった。
（4）この葉書は残っていない。
（5）この「知人」が誰を指すのかは判明せず。サインの半分だけが書かれた紙片は残されていない。
（6）ベネットのもう一つの大著とは、一九一〇年と一一年に刊行された小説『クレイハンガー家』と『ヒルダ・レスウェイズ』。両著のドイツ語版は一九三〇年にデイジー・ブロディの翻訳で出版された。ベンヤミンはこれらの小説を読んではいるが、それについて書いてはいない。
（7）GS VII, 2, S.846–850 所収の草案参照。おそらく、この時期に「推理小説のための素材」（同上 S. 846 以下）が書かれたと思われる（書簡34と、注（10）も参照）。
（8）この構想から、一九三三年八月中旬に「月」（GS IV, 1, S. 300–302 および GS VII, 1, S. 426–428 参照）が書かれた。
（9）ベンヤミンはイビサで、シムノンの以下の作品を読んでいる。『アルザスの宿』『一三人の被告』『死んだギャレ氏』『サン・フォリアンの首吊り男』『霧の港』。〔シムノンはメグレ警部シリーズが有名〕

13　グレーテル・カープルスから ヴァルター・ベンヤミン宛

ベルリン、一九三三年五月二五日

（6）

一九三三年五月二五日

親愛なるデトレフ様

あなたの最後の詳しいお手紙を、とてもうれしく読みました。あなたからの知らせに、わたしがどんなにほっと胸をなでおろしているか、あなたにはおわかりにならないでしょうね。

あなたの文書類は[1]、先日、プリンツェン・アレーの住居に到着しました。例のドーアマン嬢が、遅くなったことを詫びていました。彼女は引っ越しをしたようで、新しい住まいでは彼女のボーイフレンドと兄弟が、その手伝いに駆りだされたそうです。ここにあなたのものが置いてあるおかげで、なんだかあなたの一部がいっしょにいてくれている感じがしていたのに、こんなに早く、またそれを手渡さなくてはならないなんて、ほとんど悲しい気持ちです。もちろんわたしには判断がつきませんが、あなたにとって重要な原稿類だけ持っていっていただいて、貴重な本類はやっぱりわたしのもとに保管しておいたほうが、なにかと安全だということはないでしょうか。多くの複写類は、場合によっては、かえってあなたの負担になるかもしれません。わたしのことをまったくの役立たずだと思わないでいただきたいのですが、実はあなたのお友達の身元確認のためにいただいた署名が、どこを探しても見つからないのです。ファースト・ネームがHで始まっていたような気がするのですが。誤認はありえないと思いますが、どうしてもあなたが慎重を期したいと思うなら、あの身元証明を再発行してください。ご所望の二つの『フォス新聞』の記事は印刷物扱いで本日、発送しました。入手するのに、あいにくこんなに長くかかってしまいました。テディは今、『レヴュー』誌に常勤として雇われています。モーラス氏にあなたの住所を渡したとのことで、氏から連絡がいくと思います。問題はただひとつ、出版社にお金がないことです。あなたの作品が発表される際には、どこに掲載されるのかを、そのつどわたしに知らせてくださると、とてもありがたいです。そうすればわたしがそれを入手できますから。たとえばベネットの本についての批評など、ぜひ読んでみたいものです。

親愛なデトレフ。わたしはとてもあなたのことが心配です。つまり、島ノイローゼのことです。今のように外の世界から切り離された生活には、長期的には耐えられないのではないかと思うのです。ですから、マジョルカに渡ることや、パリで冬を過ごすことを考えておられるというのを読んで、少しほっとしました。もう一度、心からお願いしておきますが、わたしがあなたのためにできることがあったら、今あなたが感じてらっしゃる抵抗感や遠慮に逆らってでも、少し早めにわたしに知らせてくださいね。なぜって、万一あなたの身に何かがあったら、わたしは自分のことを絶対にゆるせなくなるでしょうから。人間の力のおよぶかぎり、わたしはあなたのお役にたつことができると思います。とまあ、こんな大言壮語をしてしまって、その舌の根もかわかぬうちに、じつは、あなたを置き去りにして、がっかりさせるはめになりました。じつは土曜日にまた、ひどい偏頭痛発作が起きて、その後、医者から安息と休養をとるように言われたのです。そんなわけで聖霊降臨祭の土曜日に、三週間の予定で、バルト海のリューゲン島にでかけることになりました。ビンツ〔リューゲン島の有名な保養地〕はわたしにとって、子供時代の夏のリゾート地でしたが、その思い出は別にしても、今でも素晴らしいところです。とくに、まだ人気《ひとけ》のない六月はね。テディもわたしについてきますが、七月にはそこからたぶん、会合のためにフランクフルトに移動します。あなたの計画、いいえ、わたしたちの計画を、わたしがあっさりと残酷にも打ち砕いてしまったことで、どうかわたしのこと悪く思わないでくださいね。そのあとまだ一週間休暇が残っていますから、そこでミーティング〔原文 meeting〕をセットすることもできるかもしれません。近いうちに、ビンツの方にあなたからのお手紙が届くことを願っています。住所はリューゲン島、ビンツ、ギープス氏所有のヴィラ・エーギルです。今日は昇天祭。当地では、恒例の男同士の遠足が雨で散々でした。〔昇天祭には嵐が戻ってくると言うけれど〕お天道さまも義理堅いことね。聖霊降臨祭はどうぞ快適に過ごしてくださいね。心からの思いをこめて、いつもあなたのフェリツィタス。

〔原文：タイプ原稿〕

（1）ベンヤミンの手書き原稿、タイプ原稿、印刷された作品等を集めたものを指す。

14　ヴァルター・ベンヤミンより グレーテル・カープルス宛

イビサ（イビサ島）、一九三三年五月二六日前後（1）

告白風に始めますが、親愛なるフェリツィタス、この手紙といっしょにあなたが受け取るのは、若い果実のような早朝の時間、ある特殊な環境のもとで特別に熟した一時間です。願わくは、この手紙の上に絞り出したその色と香りのすべてが失われてしまわぬことを。果実の輪郭については、ある程度しっかりと描けるような気がします。でも今の私には、こんな育ちそこないの灌木のようなものしか、あなたに送り届けることができません。なぜといって、ここ数日間、私が時間をかけて育ててきた木々は、ほとんどがしおれてしまったからです。そして、それがしおれてしまったことには、あなたも関係しているのです。ですから私が、これらの言葉とともにあなたに捧げるもの、朝の風に揺れる、熟した丸い時間の果実にも、あなたは当然のことながら関係しているのです。

というのも、なぜあなたは私に手紙を書いてくれなかったのでしょうか。もし、書いてくれていれば、ここ数日はもっと成果があがっていたでしょうに。ただ、そうなっていれば、今始まりつつあるこの日は、これほど安堵をもたらすものにはならなかったでしょう。あなたを申し訳ない気持ちにさせるのは、このくらいにして、あとでもう少し心のこもった言葉を送りたいのですが、ひとつだけ打ち明けると、実は今回、この安堵感をもたらしたのは、残念ながら、私が今日も虚しく待ちわびているあなたの手紙ではありませんでした。それはどこからやってきたのか。それを当てるのは、今から私があなたの目の前に浮かび上がらせる部屋の描写を注意深く読んでくれさえすれば、そう難しいことではないでしょう。ただし、私が何年か前に逃げ口上としてときどき使った例の手口、そう、あなたといっしょに使うことを約束したあの手口を、今回も使っていることは、お忘れなく。でも、そんな話はここまでにして、さっそくあなたを友人たちの部屋にお連れしましょう。彼らについてはすでにお話ししたことがあり、私の記憶違いでなければ、彼らの技法についても、それとなく話題にしたことと思います。

最近では、私もその技法を彼らから十分に習い覚え、部屋の天上まで煙が昇るようなことはまずありません。それほど深く、煙を竹製の長い管から私の内部へと吸い込むことができるようになりました。これをあなたに打ち明けていると、自分が一晩中、口にしていたフランス語から離れられなくなります。穏やかな風を送って暖炉の火を守るように、私は自分の声で、フランス語の火種を絶やさぬようにしていたのです。この晩が近づいてきたとき、私はとても悲しい気持ちになっていました。でも私は、内部からの締め付けと、外部からの締め付けとが、ちょうど正確に平衡を保っているという奇妙な状態になっていると感じたのです。そういう時こそ、本当のところ、唯一、安堵感を得られる気分になってきます。私たちにはそれが一つの合図のように思えました。夜のあいだには誰も動く必要がないように、事情通たちが時間をかけて綿密な準備をした後、夜中の二時頃に事にとりかかったのです。前歴から言えば、これは初回というわけではありませんが、成功という点から言えば、まず初めてと言ってよいでしょう。非常に慎重を要する相互の手渡しの際は、誰もがサービスの提供者であると同時に享受者にもなるように、われわれのうちで役割分担がなされています。しかも手渡しの中に、会話が織り込まれていくのです。それはあたかも、ゴブラン織りの糸が背景の空を色づけ、前景に描かれている戦闘場面に色を織り込んでいくようです。

その会話がどんな話題に向かい、どんな話題に沿って進んだのかを、あなたに説明することはできそうもありません。でも、こうした時間について私はこれから手記[2]を書いていく予定で、もしそこである程度、正確に描写できたなら、そしてあなたもご存知の作品群[3]に収録されたものとあわせて一冊にまとめることができたなら、あなたにその中のいくつかを読み聞かせてあげられる日も来るでしょう。今日は、カーテンについての探求[4]で大成果を挙げることができました。というのも、一枚のカーテンによって、われわれは、街と海に向かって突き出たバルコニーから隔離されていたからです。でも、その成果よりもたぶん先にお手元に届くのは、物語芸術についての私の新たな発見です。これは私の古くからのテーマですが、いまだに念頭を離れず、ますます私を捉えて離しません。さまざまな夢想や、やらねばならない作業に中断されながら、私は今、ある長い物語を分節化する試みに[5]、かつてないほど熱中しています。

私は近いうちにフランス語を、完璧とはいわないまでも、問題なく書けるようになることをめざして勉強しています。この一見したところ、つまらない平凡なニュースで、この頁を終えることにします[6]。

それでもこのニュースは、ここ数日間、あなたに伝えなくてすんで本当によかった他のニュースのことを考えれば、あなたが思うよりずっと明るいニュースなのです。私の住んでいる家には、恐ろしく凡庸な二人の女[7]が泊まっていて、彼女たちの会話で、家中にまるでノミがわいたような感じでした。今日までは我慢しなければならなかったのですが、幸い本日、ここを発っていきました。それまでの雰囲気は最悪でした。こういう雰囲気が掻き立てる雑念に加えて、ようやく終わりかけている仕事についての雑念が襲ってきます。この作品のために、本当はそれよりずっと興味のある仕事、とくに子供の本のいくつかの章には、なかなか取りかかれずにいました。

ここから先の数日は、ずっと静かになることでしょう。いくつかの作品を口述筆記してもらえる可能性さえあるかもしれません。そのあとで、ここに送ってもらったベネットの新しい小説にとりかかります。親愛なるフェリツィタス、あなたの気分のこと、体調のこと、日課のこと、そして何かと世話のやける坊や[8]のことを尋ねるのが、手紙の末尾になってしまいましたが、でもどうか、気の利かない鈍感なやつだと思わないでください。私をふたたび、こんなに待たせることはしないでください。私はこの手紙を、文書としてではなく、プレゼントとしてあなたに差し上げたかったのです。それをどうぞわかってください。そして、この手紙の中から、デトレフがなかなか言い出せないでいる「さようなら」の声だけではなく、朝らしい響きをもった「おはよう」の声をも聞き取ってください。

［原文：手書き］

（1）ベンヤミンは、彼自身の言葉によれば五月二五日から三一日までイビサ市に滞在した。したがって、この手紙に書かれている麻薬吸引は、一番早くて二五日の夜から二六日の朝にかけて行われた。五月三一日のショーレム宛の手紙（GB IV－788）の中で、ベンヤミンはこの町で――本文で言われている「ようやく終わりかけている作品」である――エッセイ「フランスの作家たちの現在の社会的立場について」を口述筆記させたと書いている。

（2）「麻薬陶酔のノート」（GS IV, S. 603-607 参照）をさす。したがってこの作品の完成年は、一九三二年ではなく、一九三三年五月末ということになる。

（3）「麻薬実験の記録」をさす。ベンヤミンはこれらの記録を、計画していたハシッシュについての本のためにまとめていた。（GB IV－744 および注を参照）

（4）GS IV, S. 604 f. も参照のこと。

（5）おそらくベンヤミンは、ここで言われているような仕方で、ひとつの物語を朗読したか、あるいは即興的に語ったか、したのだろう。詳細は不明。

（6）手紙の原本では、二頁目の中程に書かれている。

（7）おそらくフェリックス・ネッゲラートの三番目の妻マリエッタ（Gershom Scholem, *Walter Benjamin und sein Engel*, hrsg. v. Rolf Tiedemann, 2. Aufl., Frankfurt a. M. 1992, S. 108）と、ネッゲラートの義理の娘（名前は不明）であろう。

（8）アドルノのこと。

15　グレーテル・カープルスからヴァルター・ベンヤミン宛

ベルリン、一九三三年六月四日

（7）

一九三三年聖霊降臨祭

親愛なるデトレフ様

いただいた手紙になんどもお礼を申し上げます。この小さな贈り物を、特別にわたしのために考えだしてくださることができるのは、あなただけです。いくどもいくども読み返しながら、手紙のなかのことをあなたといっしょにできなかったことを大変残念に思っています。わたしからの手紙が欲しいと言われて、いささかいぶかしい気持ちです。いつもかなり規則的に、お手紙をいただいてから五日以内にはお返事を差し上げているのですが。途中で行方不明になったということはないかしら。郵便為替は払い出してくれたでしょうか。それなら、わたしもあなたの夜の催しに加わったのだと空想ができます。

フランス語で書けそうだというお言葉から希望をかすかに読み取っております。いつ読む機会があるかどうかわかりませんが、もしも可能なら、タイプライター原稿をいただけるとすれば、とてもありがたく思います。

フランクフルトのエルンスト[1]はロンドンにいるようです。彼の奥さんはドイツのようです。キュスナハトのもうひとりのエルンスト〔キュスナハトはチューリヒ郊外。エルンスト・ブロッホはこのころスイスに亡命していた〕からはなんの連絡もありません。わたしは、いまではあなたもご存知の、熊さんの足をかたどったトレード・マークがかわいいお店で、この六月一日から最終的な取り決めができるまで代理店長をしています。これは他の方に話さないでいただきたいのですが、電話で優しい言葉を聞くこともできないこの大都市ベルリンでまったくひとりぼっちなので、少し怖いのです。でもわたしはとんでもないエゴイストですね。だって、あなたの孤独はもっと比べものにならないのに、わたしのちっぽけな悩みを話しているのですから。

わたしの問題児〔アドルノのこと。多少の本音とてらいのまじった表現〕は金曜日に帰っていきました。彼の試験[2]のことは黙っていてくださいね。彼が近いうちにまたベルリンに戻ってくるかどうか気になっています。いろいろな計画や予定をいっぱいもってです。三か月間いっしょにいたあとでは、いろんなことがとても簡単に思えてきますが、じきにまたいろいろとつらくなると、もう今から思っています。厳しい現実が彼のために重要な役割を果たし、これまでできなかったいろいろなことがよい方向に動くということも十分考えられます。目下のところは手探り状態です。

愛しい方、わたしはあなたからすでに〔ベンヤミンの誕生日が七月一五日であることを〕聞いているのですから、ご遠慮なさらないでくださいね。お誕生日に喜んでいただけるお祝いはどうしたらよいでしょうか。ともかく大変遠く離れているので、たとえまだ五週間先だとしても、早めにお伺いしなくてはなりません。二年前には、このお誕生日にエルンストと、がさつな詩人の息子さん[3]とその奥さんとともにあなたのところに招かれましたね。どうぞ遠慮なさらないで、楽しいことばかりでなく、あなたを重たい気分にさせる暗鬱なことも書いてください。もしかしたらわたしたちがいっしょに考えれば、出口が見つかるかもしれません。もう遅い時間です。おやすみなさい。いい夢をみてください。そしてときどきは、思い出してくださいね。

　あなたの小さなフェリツィタスのことを

私の名前
エッセイ論
フランス文学の紹介
非政治的
一九〇〇年頃のベルリンの幼年時代
最も重要なエッセイの標題：ゲーテの親和力論
　ケラー、ヘッベル
　プルースト、クラウス
　グリーン、シュルレアリスト
　ジッド
ユダヤ百科事典
リヒテンベルクの伝記

〔原文：タイプ原稿、裏にベンヤミンの手書きでキーワードが記されている〕

（1）エルンスト・シェーンのこと。
（2）アドルノは音楽個人教師の資格試験を受けようと思っていた。
（3）不詳。

16　ヴァルター・ベンヤミンから　グレーテル・カープルス宛

サン・アントニオ（イビサ島）、一九三三年六月一〇日頃[1]

親愛なるフェリツィタス

　傘松の根元に座って、軽い風の音楽を流すと梢が揺れています。その下で四枚のお礼を描いています。あなたのこの前の手紙のお礼としてこの四枚を摘み取ってください。聖霊降臨祭にはできたら、バルト海の砂丘に生えている乾いてちくちくした萱《かや》の方をあなたにお渡ししたかったところですが。あなたが波間に頭からもぐるのでなく、熊さんの足〔グレーテルが仕事をしていた店のエンブレム。熊はベルリンの紋章によく使われる。書簡15参照〕の下に隠れ込まねばならないのは、悲しいことです。いつになったら思いきって頭を上に出してもかまわなくなるのか、早く教えてください。

　しかし、問題児の代理責任に熊さんの子どもの代理責任が加わるのは、心安まることです。ただそのために、あなたが自分自身で担っている代理責任が完全に失せてしまうことにならなければいいのですが。決定的な問題についてもお知らせください。胃洗浄をまだ続けねばならないのでしょうか。胃洗浄はつらいでしょうか。また偏頭痛はおさまってきたのでしょうか。気分を明るくするために時おりどういったことをされておられるのでしょうか。そして、問題児がいなくなったあと、どういう方にお会いしておられるのでしょうか。問題児というキーワードのついでに、『キルケゴール』〔の書評の〕著者献呈を送っていただいたことにお礼を申し上げたいと思います。そして、編集部がこの書評の重要なパラグラフを――終わりの方ですが――削ってしまったことを言っておかねばなりません。『ヨーロッパ・レヴュー』からはまだなにも言ってきていません。

　このところは勤勉に仕事をしていて、フランス現代作家の社会的位置についてタイプ原稿で四〇枚ほどの論を書きました。書くにあたっては、イビサの町で得られた厚情にすがりました。というのも、ここサン・アントニオでは、大分前からすでに予想されていたこの地の地理的な不都合が目立つようになってきたので、イビサ市への引っ越しはもう決まったも同然だからです。イビサの町では、ここで使っている額を超えた費用がかかることは避けられないでしょう。でも、ここサン・アントニオで、ある程度じゃまされずに仕事ができるかもしれない技術的可能性を、いろいろと工夫もしながら、すべて試してみましたが、そのどれもだめでした。そこでこういう結論を出さざるをえなかったのです。そのうちこの家の様子と、サン・アントニオに住み着いた人々がこの地で徐々に醸し出すようになってきた雰囲気の秘密をあなたに詳しくお話しできるのを、もう今から楽しみにしています。

　私にはこの雰囲気がたまらなくいやなので、大分前からここから出かける口実ならなんでも使ってきました。そのおかげで最近、この島のとびきりきれいでまったく人里離れた場所を新しく知ることができました。というのも、この島で一番高いサン・ホセのアタラヤ山[2]に月影の下、ひとりで出かけようとしていたちょうどそのときに、この家の住人たちがちょっと知っている、スカンジナビア出身の若者が現れたのです。よそ者のいるところには滅多にあらわれず、隠れた山里の村に暮らしている人です。ついでに言えば彼は画家ポール・ゴーギャンの孫[3]で、名前もおじいさんとおなじです。また別の日には、この人物ともっと近づきになりました。たったひとりのよそ者として住んでいる山村も魅力的ですが、それと同じに、大変魅力的な人物です。朝五時にエビ漁の船で海に出て、まずは三時間ほどあちこち漂いながら、エビ漁というものを徹底的に学びました。六〇ほどの筌《うえ》を使って、終わって見ると三尾の獲物が得られたという、なんとも気の滅入る見せ物でしたが。もちろんすごく大きなエビでしたし、当然他の日にはしょっちゅうもっとたくさん獲れるのでしょうが。それから奥まった人気のない湾でおろしてもらったところ、そこには、動かし難く完璧な光景がひろがっていました。そのため私の中になんとも奇妙なこと、しかし、まったくわからないわけではないことが起きたのです。つまり、その光景は、本当のところは目ではなにも見えなかったのです。なにも目にはいらなかったのです。それは、不可視の境界に達した完璧さでした。

岸辺には建物がなく、上がって奥まったところに石造りの小屋が立っているだけでした。岸には四艘ないし五艘の漁船が引き上げられていました。この漁船の横に、上から下まで完全に黒ずくめの服で身を覆って、硬くこわばった顔だけを出した数人の女性が立っていました。彼女らがそこにいる不思議さと服装の尋常ならざるところが均衡を保っているようで、いわば秤の針がとまって、私にはなにも奇妙に映りませんでした。ゴーギャンは何が起きているか、知っていたと思いますが、彼の特徴は、きわめて無口なところです。そのまま私たちは、ほとんど口をきかずに一時間少し登って行ったのですが、めざしていた村の少し手前のところで、子供用の小さな白い棺を脇にかかえた男がこちらに向かってきました。下の石造りの小屋で子供が亡くなったのです。黒衣を纏った女性たちは泣き女でしたが、彼女らはお役目があるのに、〔私たちの乗った〕エンジン付きの小舟が入ってくる滅多にない光景を見逃したくなかったのでした。一言で言えば、この光景を特別と思うには、まずはそれを理解しなければなりません。そうでないかぎりは、この光景を軽率にお手軽に、フォイアーバッハの絵[4]かなにかと同じに見て、そこから、岸の岩のほとりの悲劇的な群像にはそれなりの理由があるのだろう、などとぼんやりと考えるだけのことでしょう。

山奥では、この島の最もよく耕作（kultiviert）された、そして最高に肥沃な土地に遭遇しました。地面には深く掘られた水路がめぐらされていますが、その水路の幅はきわめて狭く、かなりの区間にわたって濃緑に染まった背の高い草のために見えないところを、水が流れているのです。この水の流れの音は、ほとんど呼吸するような音です。傾斜地にはイナゴマメ、アーモンド、オリーブなどの木々、それに針葉樹などが並んでいて、谷の底の平地にはトウモロコシと豆類が植わっています。山の岸壁の方には、いたるところに夾竹桃《きょうちくとう》が立っています。これは私が以前に『魂の年』〔一八九七年のゲオルゲの詩集〕のなかで愛した風景です。今日では、こうした風景が、緑のアーモンドのつかの間のすがすがしい味わいとともに、当時よりもずっとしっとりと心の中にしみいってきます。緑のアーモンドの実は、その翌日の朝六時に木からもいで盗みました。朝ご飯はあてにできないのです。この村は文明のいっさいから遠く離れています。私の同伴者は、この一帯を行くには考えられるかぎり最も完璧な存在です。この地域と同じに文明と無縁で、そして同じに高度に文化的に洗練された(kultiviert)方です。彼はあのあまりにも早く死んでしまったハインレ兄弟[5]のひとりを思い起こさせます。彼の歩き方は、一瞬姿を消すかのように見えます。自分はゴーギャンの絵から受けた影響に対して闘っているのだと、彼は言っていましたが、もしも他の人がそういうことを言ったとしたら、簡単に信用しなかったでしょう。でもこの若者の場合には、彼がどういうことを言いたかったのか、よくわかりました。

まったく別の話になりますが、およそ三週間前から『チューリヒ画報』に、一九二五年ブラジルの原始林で行方不明になったフォーセット大佐を扱ったテックス・ハーディング[6]とかいう人の本が連載のかたちで出ています。冒頭のところを読んだのですが、この本を書いたと称する――そしておそらく実際に書いたと思われる――流れ者かつカウボーイは、きわめて重要かつ希有の才能を持った作家だと思います。五月初めの号に――あるいは、四月最後の号かもしれません――出た第一章をお読みになったら、おわかりのことと思います。この『チューリヒ画報』の当該の何号かをお求めいただいて、息もつけぬ思いで読んでから、私に送っていただけるでしょうか。いいでしょうか？

その代わりにベネットについての書評のコピーが手元にあるので、お送りしましょう。

またもや郵便為替をいただき、これまでに引き続いて重ね重ねありがとうございます。予定どおりに着き、また一対二・七という比較的有利な交換率でおろすことができました。この為替のひとつひとつがわたしにとっては、安らかな生活の小さな模型です。ひょっとすると建築家が作る小さな模型と同じかも知れません。こうした模型は、本当の家ができてからその中で営まれる生活よりも、しばしばずっと魅力的に見えるものです。そしてあなたはもう私の誕生日のことを考えてくださっています。いろいろ考えてみましたが、できたら、私の最も思いのこもった望みとあなたを結びつけてみたいです。マック・オーラン(7)は、四〇歳の男にとっては、新しい背広を着るとき以上のお祭りは本当のところありえないだろう、と書いています。それはそれでいいのですが、私は今度の誕生日で四一歳になります。とするなら、お祭りよりも慰めが必要です。誕生日にはできたら、青い煙を私の煙突から出してみたいものだと考えています。しかし、この煙はもう長いこと、私の屋根の上で渦巻きを作らず、この前の手紙に同封した絵が煙の作った最後の図形です。もしもあなたが、高級な薪を何本かわたしの暖炉に置いていただけるなら、私の最もすばらしい時間は感謝の気持ちであなたとつながることになります。そして家の上にたなびく私の紫煙は、一五日には、あなたのところまで流れて行くことと思います。

愛しいフェリツィタス様、今日はこれで終わりにします。もちろん私の本はあなたのところに置いておいてくださってかまいません。ただ原稿だけはこちらに送ってください。それも簡単にするためにどうか全部まとめて送ってくださ い。あなたがどれかに特別な価値を置いておられるなら、それは別にしてくださってかまいませんが。でもそうすると、それは他の原稿に不快な思いをさせることになるでしょう。ですから、どれかひとつだけ取っておくことになるとはまず思えません。私の便箋はこれで終わりです。そして私が好きになった——そして望むらくはあなたも好きになられたであろう——封筒が手にはいりません。そのためにこれまでよりもぶっきらぼうにあなたの手にはいるであろうこの文章を、それでもやさしく受け入れてくださいますように。

いつもと変わらぬ

あなたのデトレフ

追伸 『ヨーロッパ・レヴュー』からの丁寧な手紙がたった今着きました。(8)

［原文：手書き］

（1）ベンヤミンのこの返信は、六月四日だった聖霊降臨祭の日付で出され、六月一〇日頃に着いたと思われるグレーテル・アドルノの手紙に対するものである。『チューリヒ画報』に載ったテックス・ハーディングの連載のはじまりと期間についてのベンヤミンの記述は記憶のあやまりと思われる。

（2）サン・ホセのアタラヤ山は、サン・アントニオの南にあり、標高四七六メートルの、イビサ島最高峰。

（3）デンマーク〔生まれのノルウェー人〕の彫刻師のポール＝ルネ・ゴーギャン（一九一一—七六）。

（4）ベンヤミンが考えていたのはおそらく、後期ロマン派の巨匠アンゼルム・フォイアーバッハの「イフィゲネイア」（一八六二年および一八七一年〔ヘッセン州立美術館蔵〕）と「メディア」（一八七〇年〔ノイエ・ピナコテーク蔵〕）であろう。

（5）ベンヤミンは一九一三年にクリストフ・フリードリヒ・ハインレ（一八九四―一九一四）とフライブルクで知り合っている。ここで考えられているのは、その弟のヴォルフ・ハインレ（一八九九―一九二三）であろう。〔第一次大戦の勃発に絶望して恋人とともに自殺したフリードリヒ・ハインレとベンヤミンはとくに親しかった。のちにハイデルベルクのマックス・ヴェーバー家のサロンで彼の詩について講演しており、彼の思い出に捧げた文章もある〕

（6）テックス・ハーディング（本名はハリー・ブラウン）の本のタイトルは『行方不明　フォーセット大佐の行方を追って』で一九三三年刊行。『チューリヒ画報』の連載については不詳。

（7）小説『ドックス』の終わりに次のようにある。「今日でもわたしは思うのだが、四〇を超えていない男にとって、最も心地よい喜びは、気に入った服を着ることである。新しい服は、新しい人生を、また新しい彼女をもたらしてくれる。目の前の関心に満ちた人生を、そして文学上の、新しい、逸話に溢れた、社会的な、そして個人的な満足を一度に満たしてくれる」現在の版では、Pierre Mac Orlan, *Sous la lumière froide*. Paris: Gallimard, collection folio, 1979. S. 162 参照。

（8）ベンヤミンの遺品にはない。

17 グレーテル・カープルスから ヴァルター・ベンヤミン宛

ベルリン、一九三三年六月一七日

昨日はあなたのことがとても心配で、電報[1]を打ってしまいました。ところがこの電報が郵便局でいろいろ厄介なことを引き起こしました。実際に無事に着いたか、わたしとしても確信は持てません。わたしはあなたの手紙をとても誇りにしていて、全部たいせつに保存してあって、わたしたちのなんどかの夕べのとても小さな代用にしています。おわかりでしょう。今日は少しおかしくなっていて、あなたをとても想ってしまいます。こういうときは検閲の心配も消えてしまいます。

わたしの方は目下のところ健康の面では悪くありません。胃洗浄は、五回でやめました。今は薬を飲んで、日曜日には手漕ぎボートの上で横になってひなたぼっこをしています。今週の夜は全部埋まっていますが、名前を挙げてもせんないことでしょう。カールちゃん、ポジターノのアルフレート[2]、テディの学生[3]でベンヤミン文学の熱狂的な崇拝者などです。最近、女性の知人の家で、まったく予想もしていなかったのですが、ベルト〔ルト・ブレヒト〕の女友達のエリーザベト(4)に会うという幸運に恵まれました。彼女は遠くから見て知っていただけでしたので。ベルトは、少し前からパリにいます。彼女のことはとても気にいったので、これからもときどき会えるといいと思っています。ひょっとしたら彼女を通じてあなたの友人の銀行家(5)とも知り合えるかもしれませんね。その人に理由もなくいきなり電話したくはないので。

無事に着くことがわかったので、これまでよりもっとしょっちゅうピンクの紙片(6)を送ることにしますね。ひょっとしたらそちらでのあなたの生活を少し楽にできるかもしれません。この紙片を誕生日の贈り物と考えていただけるなら、それも結構です。わたしもそのように考えたでしょう。そして本当は、あなたがそちらで手に入らないもので、ここでなら簡単に求められるものがあるかな、とも考えました。残念なのは、わたし自身がハンディを背負っていて、昔のようになんでも自由にできるわけではないことです。でも、それはあなたもご存知のことです。わたしの善意を思ってくださることと思います。思ってくださるだけでわたしはうれしくなります。なんでわたしが今働いてお金を稼がねばならないかもよくわかるからです。わたしは子供を産むことはないでしょうから、子供の代わりにあなたを養子にしますね。シュテファン(7)から連絡は定期的にあるでしょうか？彼のところは、うまくいっているのでしょうか。この手紙はいささか抑えた内容になりました。あなたには楽しい気分で書きたかったのですが、そのとおりになりませんでした。ひょっとしたら、状況にやられてしまわないように頑張ろうというわたしの気持ちの反映かもしれません。あなたがわたしのことを思い出してくださっているのがうれしいです。ではお元気で。おやすみなさい。いい夢を見てくださいね。また手紙をしょっちゅうお願いします。

いつもあなたのフェリツィタス

〔原文：タイプ原稿〕

(1) 残存せず。
(2) アルフレート・ゾーン＝レーテル（一八九九―一九九〇）とベンヤミンは、ハイデルベルクで一九二一年に知り合っている。
(3) 不詳。
(4) 作家エリーザベト・ハウプトマン（一八九七―一九七三）。一時期ブレヒトの作劇上の助手だったことがある。
(5) ウィーン出身のグスタフ・グリュック（一九〇二―七三）は一九三七年末まで、帝国信用銀行の外国部長であった。一九三八年にイギリスを経てアルゼンチンに亡命。
（6）郵便為替のこと。
（7）シュテファン・ラファエル・ベンヤミン（一九一八―七二）。ドーラ・ゾフィー（旧姓ケラー、一八九〇―一九六四）との結婚によって生まれた子。

18　ヴァルター・ベンヤミンから グレーテル・カープルス宛

サン・アントニオ（イビサ島）、一九三三年六月二五日頃

親愛なるフェリツィタス様

長いこと計画していたのですが、生活費が増えないで済むようになるまで延ばしていた新しい段取りをようやく果たしました。昨日からのあらたなこの段取りが、少なくともこれまでのと同じぐらいの期間続くと期待できるなら、それだけでうれしいです。でもそれだけ続くかはきわめて危ういところがあります。とはいえ、目下のところは、ここで可能なかぎり最もよいかたちで住めるようになりました。去年と同じ岸辺にまた住んでいます。冬の間なんども夢みたあの岸辺です。この岸辺はそれほど寂しいところではなくなっていて、窓からは夜にカニホラ島、ハンニバルが生まれたあの島の灯台[1]はもう見えません。でも、海は私の部屋から二〇歩しか離れていません。すぐに小さな砂浜になっています。隣には小さな家があり、そこにはその家の持ち主であり、かつ副業的に私の秘書をしてくれているとても気持ちのいい若者[2]が何人かの客といっしょに住んでいます。私はその家のすぐそばの新築の建物に泊まっています。この建物はまだ一部屋が完成しているだけ、その部屋以外は工事中で、勤勉に作業が続いています。それゆえ昼間は居るわけにいかず、森を頼りとせざるを得ません。森はすぐそばにあってとても静かです。でも食事は、少なくとも目下のところは、さっき触れた隣の家でとっています。

ここに住むという、少し長めに続きそうな段取りは、できたらもっとずっと早くにしたかったのですが、この部屋は数日前にようやくできあがったので、仕方ありませんでした。私の次の仕事もおなじくできあがりつつあるといいたいところです。まずは『ベルリンの幼年時代』の新しい文章です。すべてが整って、またいろいろと着想が湧いて来るまでにはまだ数日はかかることでしょう。そこでこの数日を、ベネットの小説を読みながら過ごすのはなんでも

ないでしょう。この小説は相当の量がありますが、質では『コンスタンスとソフィア〔二人の女の物語〕』には適いません。とはいえ大いに読む価値はあります。タイトルは『クレイハンガー家』というものです。

もしも家族小説を書くのが著述家としての私の仕事ならば、この地に外からきて住みついている興味深い家族のいくつかで観察できた、さまざまな動きや事件を記録して、何冊かの大きな本に膨らませることができそうです。とりわけトーマス・マンが『ブッデンブローク家の人々』で調べあげた「ある家族の崩壊」も、ネッゲラート家の崩壊と比べたら、まだ軽いものに見えます。去年この家族と、あまり知的な側面はなかったものの、何度かつきあったものです。

最近、切り出したばかりの木《ホルツ》でまたひとつ小さな像[3]を彫ってみました。すでにお目に触れたことと思います。実際には新しいものではまったくなく、すでにベルリンであなたに読んでさしあげた文章の改良版のはずです。それ以外の文章はこれからお目にかけます。こちらは実際にまったく新しいもので、もしかしたら、あなたが見ればすぐおわかりになるでしょうが、形式では十分に新しいというわけではありません。つまり「子供の本」[4]です。もしも出たら、手直しした版をお送りしましょう。というのも、この文章は送ってしまったあとで、また全体にわたって加筆訂正したからです。とはいえつけ加えれば、これからの数日はこれに関連したことはしないつもりです。ベネットを読むのを我慢できるかぎりは、二〇年の間隔が空いて書かれたふたつの論文を比べながら作り直す仕事[5]にするつもりです。「言語一般と人間の言語について」という私の最初の言語関係の論文のコピーを入手しました。この論文が、今年の冒頭に私が書き記した考え方とどのように絡んでいるかを検討してみたいと思っています。今年書いたこの文章の完成が、エルサレムで大いに待たれています。それだけにちょっとこわばってしまうところがあります。

ベルトルト[6]からはなんの連絡もありませんが、エリーザベトからはときどき手紙がきます。あなたが彼女に会ったという話はとてもうれしいです。ふたりのエルンスト[7]はただのひとことも言ってきません。私は文通が少ないことがおわかりでしょう。手紙ではあなたが第一ヴァイオリンを弾いておられるということが、あなたにとって重要なことかどうかすら、私にはわかりません。このオーケストラは、その編成の大きさよりも、むしろそれに耳を傾けている唯一の人間の注目度で評価してください。あなたと並んでゲルハルト[8]も確実に大きなパートを占めています。エルサレムからの手紙は、あなたにも想像できると思いますが、目下のところ、とくに興味深いもので、[9]二週間に一度はほぼ確実に着きます。

胃洗浄が終わったと聞いて大変うれしいです。またボートで過ごされる日曜日もよい効果があると期待しています。ここの人々で親戚とまだ手紙を交わしている方々から、いろいろ話してもらっています。たとえば、今年のドイツはひどく雨が多い、などということです。こちらでは今年の夏は、嵐と雨の少なかった去年の夏とは違っています。でも、私は南にいても北にいても曇った憂鬱な日が好きなのです。

親愛なるフェリツィタスさん、ときどき思うのですが、子供たちの存在があなたにつらくないでしょうか。問題児と養子がひとりずつですから。ときには大人が欲しいなあと思うことはないでしょうか？　もしあなたが目の前におられるなら、私が大人の役を受け持つのはなんでもないのですが。しかし、今の状態では遠いために私の輪郭も縮んで見えることでしょう。私は手紙でこの輪郭を少なくともはっきりさせようとしたいのです。もしかしたらときどきは私のシルエットがうっすらと浮かび上がるかもしれません。でもこのシルエットの核が濃い黒だとしたら、それはいつも必ずオリジナルを写しているわけではないものの、この技術的手続きは時として人生の真理をいささか心配なまでに写しているのかもしれません。ここであらためて「ピンクの紙片」にお礼を言わせていただければ、色彩の象徴の領野に今なおとどまっていることになります。この紙片は、さきほど述べた黒を背景にしながら、そのあちこちに浮かび上がって慰めとなっています。ボードレールが「赤と黒の宝石の秘めた魅惑」[10]と巧妙に述べた小さなペン画で、受け取り確認のお返事を差し上げる以外に方法がありません。

なさっていること、考えておられること、読んでおられるものについて早めにお手紙ください。私はベルリン生まれですから、[訳注1]熊には多少の力を持っていると思うので、ゲオルク・テングラーの熊にお願いして、その最も柔らかい足先であなたに触っていただくようにしましょう。

これが、行間にお読みいただけたはずのたくさんの小さな挨拶をまとめて一束に結べるように描いたリボンです。[11]

あなたの

デトレフ

［原文：手書き］

（1）イビサ島の伝説によれば、このコネヘラ（Conejera）という名の小島で、ハンニバルが生まれたとされている。

(2)ハンブルク出身のマクシミリアン・フェルスポールかもしれない。(GS IV－754および当該箇所の注を参照)

(3)一九三三年六月一六日に『フォス新聞』に掲載された『ベルリンの幼年時代』の「ふたつの判じ絵」(GS IV, 1, S. 254 f. および GS VII, 1, S. 400 f. 参照)。ベンヤミンがグレーテル・カープルスに読んで聞かせたとおぼしきいわゆる「フェリッィタス稿」のヴァージョンは、「クノヘ氏とプファール嬢」というタイトルだった。この二人のベンヤミンの先生についての文章はこれより前に『ベルリン年代記』に収められている。(GS. VI, S. 503–505)

(4)この文章は「古本」というタイトルで一九三三年九月一七日に『フォス新聞』に掲載された。この初掲載時のタイトルがベンヤミン自身に由来するかどうかは、手紙のこの箇所から見るときわめてあやしい。GS IV, 1, S. 274 f.(当該箇所は初掲載時のタイトルのまま)および GS VII, 1, S. 306 f も参照。

(5)「今年の冒頭にわたしが書き記した」「類似についての説」と、一九一六年のベンヤミンの最初の言語論のこと。この「作り直す仕事」の産物が「ミメーシス能力について」である。

(6)ベルトルト・ブレヒトのこと。

(7)エルンスト・シェーンとエルンスト・ブロッホのこと。

(8)ゲルショム・ショーレムのこと。

(9)パレスチナにおけるシオニズムに関する報告と、大変な数のドイツからの亡命者のゆえである。とくに、六月一五日付のショーレムからの手紙を参照(『ベンヤミン・ショーレム往復書簡集』S. 74–76〔日本語版八六―九〇頁〕)。

(10)エドゥアール・マネの描いた「ヴァランスのローラ」と題したスペインの踊り子の肖像画に献じた詩の最後の行。この詩は、『漂着物』の「エピグラフ」に含まれている。

(11)ベンヤミンは文頭の「これが Hier」の冒頭のHの字を大きくくねった曲線で書いている。

(訳注1)「ベルリン Berlin」という地名は「熊 Bär」に発すると言われている。グレーテルの働いている会社が熊の商標であることにかけている。

19 グレーテル・カープルスから ヴァルター・ベンヤミン宛

ベルリン、一九三三年六月二七日

親愛なるデトレフ様

今日はほんの数行しか書けませんが、これは、黄色い紙片で、わたしの世話している子供たち[1]をちゃんと送ったことをあなたにお知らせするものです。無事に旅を乗りきればよいのですが。

どうやら『フォス新聞』にF・Z〔『フランクフルト新聞』〕の一部が移ってきている[2]らしいのをご存知でしょうか。ヴェルターとその子分たちです。六月一日からはグープラー[3]もです。あなたに有利に働くでしょうか。同封した小さな記事[4]を読んで、最近男の人が電話をしてきて、その際にホルツさんのアドレスを尋ねてきました。彼に重要な話があるとのことですが。当時小さい女の子[5]だったルイーゼ・フォン・ランダウは亡くなってはおらず、幸せな結婚をしてイギリスで暮らしているというのです。

　わたしの電報[6]に心休まる返事をありがとうございます。お手紙もその後頂戴し、お返事も差し上げました。そわそわしながら、あなたの次のお手紙をお待ちしております。短くてごめんなさい。

　心の底からあなたを待っているあなたの

フェリツィタスより

［原文：手書き］

（1）ベンヤミンの原稿のこと。

（2）エーリヒ・ヴェルターのこと。彼は『フォス新聞』が廃刊になった一九三四年三月に、また『フランクフルト新聞』に戻っている。

（3）スイス人のフリードリヒ・T・グープラー（一九〇〇―六五）は、『フランクフルト新聞』の文芸担当部長であった。一九三三年六月一日直後に『フォス新聞』で仕事を始めている。

（4）一九三三年六月一六日の『フォス新聞』に掲載された「ふたつの判じ絵」のこと。GS IV, 1, S. 254 f. 参照。

（5）「彼女の名前はルイーゼ・フォン・ランダウといった。名前はじきにわたしを魅きつけて止まなかった。今日にいたるまでこの名前は生き生きとわたしの中に残っている。しかし、それゆえではない。むしろこの名前は同年の仲間のなかで、死のアクセントが降りかかるのを聞いた最初の名前だった」（前掲書、S. 254 参照）。ルイーゼ・フォン・ランダウは未詳。

（6）残存せず。

20　グレーテル・カープルスからヴァルター・ベンヤミン宛

ベルリン、一九三三年七月六日

一九三三年七月六日

親愛なるデトレフ様

　残念なことに、前の手紙で新しい住所を教えてくれませんでしたね。ピンクの紙片が古い住所にまだ届くのかどうか、不安です。そんな状況ですので、間が空いてしまったことをお赦しください。それから、出来るだけ早く、今後どちらに宛てればよいかをお知らせくださいね。『チューリヒ画報』を注文したいとおっしゃっていたけれど、その願い、残念ながら叶えてあげられそうにありません。ここベルリンでは入手できないためです。直接エルンストに頼めばなんとかしてくれるかもしれません。住所はキュスナハト、シートハルデンシュタイク一二番地です。

表面的にはわたしの生活は以前とほとんど変わりません。健康状態はひどいものですが、そうはいっても去年よりは耐えようもあるといったところです。フランクフルト〔エルンスト・シェーンのこと〕からは、いつもと同じで、ほとんど何の知らせもありません。そんなわけで今ではもう、例の試験が目下進行中なのではと思っています。でもわたしの間違いかもしれません。わたしの両親[1]は目下五週間ほどガシュタイン〔オーストリアの保養地〕に行っていて、土曜日に戻ってきます。一人でここにいるのは快適です。ただ、義理の弟の病気がどうなるかいまだにわからないため、少し暗い影が射しています。仕事の面ではこの一か月は静かでした。旧会社の整理と新しい職場での休暇の代替があって、若干の変化はありましたが。冬のモデルが二つできましたので、ぜひともあなたにお見せしたいところです。わたし自身が開発にかなりかかわったものです。それにしても、髪型を変えたわけでも、太ったわけでも痩せたわけでもないのに、新しいシーズンが来ると旧式の服や帽子を身につけるなんてありえないと思うのは、なぜなんでしょうね。ファッションというものは、実際にわたしたちを変えてしまい、それで自分自身に対して違った印象を抱くようになるのでしょうか。ファッションの長年の愛好家のあなたに訊いてみたくなります。

さて、お誕生日おめでとうを言わせてもらいます。というのも、考えたんです。どっちみちわたしたちはプライベートな手紙ではDuを使い続けたいわけですよね。あなたがよろしければ、ですけれど。公的な手紙で使うことだってできたと思うけれど、それがわたしたちの望んでいることなのか、わかりません。いずれにしてもわたしはほんの少し秘密を持っていることが好きで、ほとんど他の誰も使っていない、このデトレフとフェリツィタスの名前に隠れて文通をするのも素敵だと思っています。養子の提案であなたを侮辱しようというわけでは絶対にありませんよ。要するに言いたかったのは、あなたがわたしのところにいるときには少しばかりくつろいでいること、あなたが誰のものなのかはわかっていること、そういうことです。それ以外は、あなたのおっしゃるとおりです。わたしは小さな女の子にすぎなくて、誰か大人をどうしても必要としています。あなたがわたしのためにこの役割を買って出てくれることが、とってもうれしいです。馴れ馴れしくしすぎるとあなたが嫌がるかもしれないと不安ですので、こんなことはお願いしない可能性もあったわけですが、でも実際は、あなたの小さなフェリツィタスはあなたといっしょだと守られているように感じるのです。そしてこの珍しい花束に何度も感謝するのです。

あなたへのお祝いなのに、ここまでわたしのことばかり書いてしまいました。あなたが、そう遠くないうちにゆっくりできますように。身ひとつの不安定な生活を心配していつまでも悩まされることのないように。近くには良い友人もいますし、その中にはわたしもどうしても含ませていただきたいものです。それから、あなたの仕事が本当に成功して評価されますように。一度に願うには多すぎると思うかもしれませんね。でも空想は、今のところ非常に大きな活動の余地を持っていて、やすやすと遠くへ飛んで行ってしまうのです。それに、これだけ願ってもまったく十分ではありません。わたしの大事な大人のお友達さん、わたしは言うべきことのごくわずかしか口にしていないんですよ。あなたの暗号解読術をもってすれば、行間にまだ多くのことを発見できるでしょう。切り出したばかりの木の棒ではあるけれど、安心して身体を支えて、あなたの方に弾みをつけて飛んで行きたい気持ちです。

あなたの　　フェリツィタス

［原文：タイプ原稿］

（1）アマーリア・カープルスとヨーゼフ・アルバート・カープルス。

21 ヴァルター・ベンヤミンから グレーテル・カープルス宛

サン・アントニオ（イビサ島）一九三三年七月八日―一〇日頃[1]

親愛なるフェリツィタス様

あなたに前の手紙を書いてからまだあまり経っていないと思います。でも、手紙と返信から頼れる全体像というべきものが見えてくるまでには、何週間もかかってしまうものです。そんなわけで、住居を変えるという、何度も仄めかした私の決意の実現について、あなたがどのくらいのことをご存知か、正確にはわかりません。あなたの二七日の手紙は受け取りましたが、これは私の長い手紙と入れ違いになったに違いありません。たしかその中にはすでに私の新しい居どころについて伝えるべきことが書かれていたはずなのですが。

要するに、私は今ようやく、また反対側の海岸に住んでいます。ようやく一人きりで、やっと海岸のすぐ近く、森のすぐ近くに。これでまたこの森で邪魔されることなく仕事ができるというわけです。それはそうと、私が引っ越してきたこの宿は、一風変わっています。つまり、新築の建物の中に一つだけ部屋があって、それ以外はまだほとんど何も出来上がっていないのです。出来上がっている部屋というのも、私にではなく家の持ち主の家具のために宿を提供しているようなもので、これらの家具と私は宿をシェアしているというわけです。窓ガラスもまだないし、家の横の井戸もまだ存在しません。でも、これらもみな、私には合わない共同住居の欠点や、騒々しい村の宿と比べるなら、まったく耐えられるものです。私の住所は変わっていません。

フェリツィタスさん、『ベルリンの幼年時代』の第一の断章「ムンメレーレン」を覚えていますか？　そこで私は自分の子供の時の写真について語っていますが、その写真そのもの[2]を一度あなたにお見せしたかと思います。一張羅の上着を着て、ヤシの木の前に立っている写真です。その三五年後、再びヤシの木の前に立った私の写真を、同封しておきます。室内のヤシではありませんが、ヤシの木のあるこの写真は、子供の写真の仮装が外的な理由で仮装だったのと同じくらい外的なきっかけで生まれたものです。つまり、これはパスポート用の写真[3]で、マジョルカ島で撮ってもらったのです。悪くない写真だと思いますが、とはいえこの写真はその目的たるパスポートにはまだ使われていません。というのも、ベルリンの役所からの返事がまだないからです。この機会を利用して、マジョルカ島を少し回ってみました。去年から知っていたのはパルマだけでした。今回は二日間の徒歩旅行でマジョルカ島の高い山脈の一部を見てきました。たわわに実ったレモンやネーブルの農園のあるデヤ村や、ジョルジュ・サンドとショパンの恋愛物語がカルトジオ会の修道院[4]で繰り広げられたヴァルデモッサ村、四〇年前にオーストリアの大公が住んで、膨大な、しかし驚くほど根拠のないマジョルカ島の年代記[5]を執筆した数々の崖の上の城などです。風景に関して言えば、この島にはイビサ島と似たところがまったくありません。確実にイビサ島の方が豊かでまとまっています。ドイツ人居留地のあるカラ・ラトハダにも行って少しばかりフリードリヒ・ブアシェルを訪ねました。近いうちにフリッタ・ブロートといっしょにうちに来てくれることになっています。[6]

いずれにしても、おそらく少なくとも九月一日まではここにいるつもりです。でもその後、もしできたらですが、パリに行くつもりです。そうしたら、会えるまであと数日、遅くとも数週間ということになります。そう確信しています。思うに、あなたのハーフェル川での手漕ぎボート三昧の日曜日は、それまでのあいだ邪魔されることなく続いていることでしょう。中断されるとしたら、それは私の望むところですが、もうすぐやってくる休暇のためだけでしょう。どこでどのようにお過ごしになる予定ですか？　あなたの健康状態について、前の手紙には何の報告もありませんでした。それを良い意味にとってもいいのでしょうか？

このあいだ、保存されている原稿の移送[7]について聞きました。この移転があまり遅くならずに進むことをただただ願うとともに、あなたのご尽力に心から感謝します。あなたのお手紙がイビサに到着したと思われる頃に、私はブアシェルからグープラーの新しい地位について聞きました。これによって、説明するにはあまりに長くなくなる理由から事態は非常に込み入ったことになり、この新しい組み合わせが私にとって最終的にメリットなのかデメリットなのかもわからないし、[8]見定めることもできないほどです。

どうか穏やかにお過ごしください。私はまったく元気だと考えてみてください。そうすることが役に立つのであれば。そして、私はときどきまるで元気ではないと考えてみてください。というのも、こう考えることもときには慰めとなるからです。どちらをお考えになるにせよ、あなたは間違っていません。

いつものように

あなたのデトレフ

［原文：手書き］

(1) ベンヤミンは七月一日にマジョルカ島のパルマに行き、七月一〇日のパスポート発行の前に再びサン・アントニオに戻ってきた。

(2) 五月五日の『フォス新聞』に掲載され、GS IV-1の二六〇頁から二六三頁に再録されている初版にのみ、子供の写真について言及した一節がある。ベンヤミンは後に――おそらくフランツ・カフカについての論文の「子供の写真」の節の導入部を「ムンメレーレン」の一節のヴァリエーションを使って書いた際に――この一節を『ベルリンの幼年時代』から削除した。ベンヤミンの写真そのものは残っていない。しかし、この写真の描写はカフカの写真（『ベンヤミン・カタログ』二四七頁にある写真九〇を参照）にきわめて合致しており、いわばこのカフカの写真がベンヤミンの写真の代理なのではないかと思われるほどである。

（3）ベンヤミンの表現からは、これはドイツ・シラー協会によって絵葉書として複製された写真をさしているにすぎない可能性がある（Hans Puttonies und Gray Smith, *Benjaminiana*, Gießen, 1991, S. 82を参照）。この写真はこれまで「イビサ、一九三二年」が日付とされていた。写真撮影の目的だったパスポートは残っていない。
（4）ジョルジュ・サンドの『マジョルカ島の冬』の第三部を参照。
（5）オーストリア・トスカーナ大公ルートヴィヒ・サルヴァトール（一八四七―一九一五）の、一八六九―九一年に出版された七巻本のスケッチ『言葉と絵によるバレアレス諸島』。二巻本の版は一八九七年の出版となっている。大公は一八四七―一九一三年まで主にバレアレス諸島で暮らした。
（6）ブアシェルは後に結婚して二人目の妻となった女優のフリッツタ・ブロート（一八九六―一九八八）と共に、三月半ばにドイツを出、ベンヤミンと同じく四月にパリからスペインに移っている。フリッタ・ブロートとブアシェルは一年間マジョルカ島に滞在した。
（7）ベンヤミンの原稿の束を、名前は示されていないベンヤミンのある知り合いにグレーテル・カープルスが引き渡したことを意味している。この人物はこの原稿をパリに移送することになっていた。
（8）ベンヤミンはグープラーとの緊張関係をほのめかしている。

22　グレーテル・カープルスからヴァルター・ベンヤミン宛

ベルリン、一九三三年七月一五日

一九三三年七月一五日

親愛なるデトレフ様

まさに今日、あなたの誕生日にあなたの写真が届きました。どれほどうれしかったか、とても言葉になりません。あなたの写真が欲しいとあなたにこれまでに書いたことがあったかどうか覚えていないのですが、あなたがわたしの考えをまた読んでしまったという可能性の方が高そうですね。おそらく九月一日まではそちらにとどまって、それからパリに行くとのことでしたね。この一文を読んで、あなたが冬のあいだ良いところに居られることを知って、とてもうれしく思いましたが、強くお願いしたいのは、フランスでどんな生活になると考えているのか、ベルリンで幾度か過ごした日曜日の午後にそうであったように、引き続きあなたの小さな助言者でいたいので、詳しく書いていただきたいということ……（この「……」が示しているのは単に、あれこれ途中で書いたにもかかわらず、わたしが「とてもうれしく思った」というこの文章の最初の話を忘れていないということです。）それから、あなたは、わたしが口にするのをためらっていたこと、つまりイビサでの再会はないということを、喜ばせてくれただけでなく、わたしが口にするのをためらっていたこと、つまりイビサでの再会はないということを、思いやりぶかくおっしゃってくださいました。そちらへ行き、滞在することをあまりにもしばしば頭の中で思い描いていたので、それが実現しないということがまだわたしにはまったく理解できないほどです。でも、ひょっとするとわたしたちは二人ともそのことを最初からわかっていたのかもしれません。でも、冬の予定は今まだ立てられない状況にあるとはいえ、パリ行きはどんなことがあっても諦めません。八月九日に、テディとリューゲン島ビンツのヴィラ・エーギルに行きます。ひょっとすると彼は何日か早くベルリンに来るかもしれません。プリンツェン・アレーに住むかどうかの問題がまた出てくるでしょう。九月、一〇月、一一月はわたしの仕事が一番忙しい時ですが、その後は？　でもパリはファッションのことを見聞きしたり調査したりするにはよいという理屈が成り立つでしょう。たった二、三日のことだったとしても、それにあなたと散歩する以外にはパリの町は見なくてもいいぐらいです。散歩といえば、ヴェストエントでいっしょに午後を過ごした後にすでに一度楽しんだようなものですね。でもこれについてあの問題児は何と言うでしょう？　それに、いっしょに行きたいなどと言い出したら？　おわかりのとおり、まだ先の楽しいことで大真面目に頭を悩ませていると、わたしはまだまだ元気になるに違いありません。

いつもわたしの健康状態について尋ねてくださって、ありがとうございます。しばしばとても疲れますし、休暇を大いに必要としています。頭痛も多いです。天気のことも、退屈かもしれませんがお話ししましょう。日曜日はほぼ一日中雨で、そうでないときはたいてい蒸し暑く、ときどき夕立でした。とても早く就寝するのであまり読書はしませんが、現在は『夜の果てへの旅』を読んでいます。あなたは読み終わってからこれについて何も書いてくれていませんね。

火曜日におそらくエリーザベトに会います。幸運は前と変わらずわたしを避けて通っていくようです。ご参考までにお知らせするだけですが。もう一度心から写真に感謝します。昔からいつも贈り物はうれしいものですが、あなたからのものは特別です。だってあなたはいろんなことを思いついて、今でもわたしを本当に驚かせてくれるのですもの。手紙を書くのに、いつでも思い出すことのできるお別れの儀式を決めておくのはとても便利かもしれません。いつもと変わらず

あなたの

フェリツィタス

〔原文：タイプ原稿〕

23　グレーテル・カープルスから ヴァルター・ベンヤミン宛

ベルリン、一九三三年八月五日

親愛なるデトレフ様

休暇に出発する前に急いでもう一筆書くため、今日は仕事を一時間ほどサボっています。いただいた二通の手紙(1)に、お返事を差し上げなければならないことがあまりにたくさんあったので、どこから始めてよいのかわからないくらいです。でもまずは、お加減はいかがですか？　脚のけがはよくなりましたか？　面倒なことになってはいませんでしょうか？　また歩けるようになりましたか？　どうかすぐに、リューゲン島ビンツのヴィラ・エーギルに一言書いて送ってください。でないと、三週間わたしはこれっぽっちも安心できないでしょう。

あなたから頼まれたことにはすぐに取りかかりました。「サボテンの生垣」の原稿(2)はもうまもなくそちらに着くでしょう。キーペンホイアーには、原稿を送ってほしいと手紙を書いておきました。切手を貼った書留用封筒も同封しましたが、今のところ返事がありません。ひょっとするとあなたのところに連絡がいったのではないでしょうか？　急いでもらうために、おそらく来週には人に頼んであなたに持って行ってもらえるだろうと書いておいたのですが。『フランクフルト新聞』もその後、同封のもの(3)を急ぎ送ってきました。フリーデル(4)の経済状況がどれほどひどいかをときおり耳にしますが、そのたびに、あなたに何か起こるのではないかと恐怖を覚えます。そして、あなたが再びわたしへの信頼を示してくださったことに、この上ない喜びを感じています。わたしのパスポートにあなた宛に一四〇ペセタを書き込んでもらい、すでに送金しました。あなたの残りの一〇マルクは郵便為替で送ってみました。もしうまくいかなかったら、一四〇ペセタと同様の方法でまた送ります。あなたが後で腹立たしく思うことがないように、願わくはそちらの仕立屋がまずまずの腕だとよいのですが。どうかわたしを笑わないでくださいね。わたしは、あなたがこの時期を乗り切ることに、本当に責任を感じているのです。どれだけ強くお願いしても足りないくらいです。問題があったらなんでも言ってきてください。今はわたしも倹約すべきと非難されそうなので、先に言ってしまいます。すべてを失ったとはいえ、会社の解散によってわたしは解放されたように感じているのです。もうわたしは三人の共同経営者のことを気にしなくてもいいわけです。それに取り立てて言うほどの財産なんて今ではまったく当てにしていないわけですが、なまじ財産があって、それを失うかもと心配していると、わたしはおかしくなってしまうでしょう。今はどのくらいしかないかを知っているので気が楽です。テディにとっては〔金銭的〕保証はすばらしいことだし、わたしは貰えるものはなんでも貰う気でいますし、それに素敵な格好もしたいです。でもわたしはちゃんとわかって生活しているし、不都合を感じることなく以前より慎ましくしています。あなたのほうがもっと切実にお金を必要としているのに、不必要なものを何でも自分にだけ買うのは、心が休まりません。センチメンタルなわたしをお赦しくださいね。そしてどうか拒否しないでくださいね。

　月曜日にはテディは小さなサークルで、あのとてもよくなった「トム」(5)の原稿を朗読します。あなたが参加できないのが残念です。エリーザベトも来ます。昨日の夜いっしょだったものですから。彼女は、女性であるわたしが本当に仲良くなりたいと思える数少ない女性のひとりです。でもそうするためにはわたしには時間がないかもしれないし、それに彼女もそうしたいのかどうか、わたしにはまったくわかりません。それにしても、彼女は面白いほど単純で、あなたの手紙を読んで、あなたはそちらで万事うまくいっているのだと思い込んでいるんですよ。でもまあ、そんなふうでなければ、あれほど多作というのは想像できませんが。彼女は、あなたがグリュックさんに書いて送ったとかいう短い素敵な物語(6)のことを話してくれました。何のことか、覚えていますか？〔『フランクフルト新聞』に〕注文していた〔あなたの〕「ゲオルゲ」についての文学付録の原稿(7)はまだ届いていません。それから『ベルリンの幼年時代』の一番大事な断章(8)、絶対に送ってくださいね。「バルコニー」の断章は「熱」の断章(9)と関係があるように思えます。「バルコニー」の断章に出てくる中庭の本物の木の役をしているのが、「熱」では絨毯叩きの竿ということなのでしょうね。

　モーラス博士には何部か送ってほしいという願いをもう一度伝えておきます。そういえば彼には可愛らしい奥さんがいて、この奥さんというのは、一時期ゴルトシュミット＝ロートシルト〔いわゆるロスチャイルド〕の子(10)の家庭教師だったそうですよ。ものすごく嫌なのですが、パウル(11)が今年はリューゲン島のザスニッツにいて、もちろんわたししたちを訪ねてくる予定です。これはもう決まってしまったことのようです。わたしの妹が今ツォポット〔ダンツィヒ近くの海水浴場。休暇地として有名〕に行っています。彼女に勧められるような、とくに見るべきところはありますか？

　あなたのことをたくさん考えます。わたしたち二人に良いことがありますように。いつもあなたの

フェリツィタス

〔原文：手書き〕

(1) 一通は残っていない。

(2) ベンヤミンはこの原稿を、今は残っていない手紙の中で所望していた。『フォス新聞』の初版が完全版ではなかったためである。ベンヤミンは『ベルリンの幼年時代』の中の「月」の断章のために、このいくつかの部分を読み直そうと思っていた。原稿の行方はわかっていない。

(3) 七月一四日の『フランクフルト新聞』に掲載された「戸棚」のコピーのこと。この記事のためにルードルフ・ゲックはC・コンラートというペンネームを選んだ。(GS IV-1 S. 283-287 参照)

(4) ジークフリート・クラカウアー（一八八九―一九六六）のこと。彼は三月のはじめに、妻のエリーザベトとともにパリに移住し、八月にそこで長編小説『エニシダ』がクララ・マルローのフランス語訳で出版された。一九三三年八月末に一一年間勤めた『フランクフルト新聞』を解雇され、生活に困窮した。

(5) アドルノは一九三二年一一月から一九三三年八月にかけて、計画していた〔マーク・トウェインの『トム・ソーヤの冒険』を題材にした〕歌唱劇『インディアン・ジョーの宝』を執筆し、脱稿後ベンヤミンに一冊送った。Adorno, *Der Schatz des Indian-Joe. Singspiel nach Mark Twain*, hrsg. und mit einem Nachwort versehen von Rolf Tiedemann, Frankfurt a. M. 1979 参照。作曲は「オーケストラの伴奏による二つの歌曲」のみ。Adorno, *Kompositionen*, hrsg. von Heinz-Klaus Metzger und Rainer Riehn, Band 2, München [1984], S. 63-72. アドルノがベンヤミンに送ったタイプ原稿には「ヴァルター・ベンヤミンへ／挨拶として／島から島へ／リューゲン島ビンツ、三三年八月／テディ・ヴィーゼングルント」との献辞がある。(タイプ原稿のコピーがモスクワの国立文書館に所蔵されている)

(6) 七月二二日に「中国風」というタイトルで『ケルン新聞』に掲載された「警告」のこと(GS IV, 2, S. 757 f. 参照)。

(7) 「シュテファン・ゲオルゲ回顧」は一九三三年七月一二日にK・A・シュテンプフリンガーのペンネームで『フランクフルト新聞』に掲載された。(GS III, S. 392-399 参照)

(8) おそらく「ムンメレーレン」のこと。手紙21の注(2)を参照。

(9) 「バルコニー」は八月一日に『フォス新聞』の「娯楽ページ」に掲載された。「熱」も一九三三年三月一七日の同じ箇所に掲載。

(10) おそらくゴルトシュミット＝ロートシルト男爵令嬢マリ

ー＝アンネのこと。
（11）一九二九年から三三年にかけてフランクフルト・アム・マイン〔フランクフルト大学〕で哲学と社会学の教授職に就いていたパウル・ティリヒ（一八八六―一九六五）のこと。まだ夏のうちにアメリカに渡った。

24　ヴァルター・ベンヤミンから グレーテル・カープルス宛

サン・アントニオ（イビサ島）、一九三三年八月一二日頃（1）

親愛なるフェリツィタス様

昨日、いくつか印刷物の入った封筒をリューゲン島に送りました。まず「シュテファン・ゲオルゲ回顧」を読んでください。というのも、申し訳ないのですが、このささやかな郵便物に、ちょっと条件としてのお願いをつけ加えねばなりません。つまり、「回顧」をこちらに送り返してほしいのです。まだコピーを持っていないもので。

お察しのことと思いますが、あまりにたくさん感謝することがあって、もしこの手紙を感謝の言葉で始めていたとしたら、どこから始めるべきかわからなかったほどです。冒頭で言及した郵便物がお礼になるとはとても言えないでしょう。もしあなたが感謝の言葉をちょっとでも期待してくれているなら、むしろ私は、あなたがパリのどこか場末のビストロに座っていて、私の感謝の言葉など最も予期していないときに、うしろからいきなり感謝の言葉をあなたに向けることができるのを願っています。その時には、あなたのくださるスーツを着ずにとっておくようにします。このスーツを着ていると、感謝だけではなく、もっと好き勝手なことができてしまうからです。とはいえ、とりあえずさしあたっては、防水包装されたこの少ない感謝の言葉を受け取ることで我慢してください。

あなたが休暇をとれたことをうれしく思います。素敵な休暇になることを願うばかりです。パウルに関しては、私の共感を期待しても無駄です。以前には似たようなケースでどこまでも共感したものでしたが、今回の場合は、共感よりも妬みを抱いてしまいます。事情によって異なってくるものです。彼を尋問するという楽しみは、休暇の計画としては悪くないように思えます。いずれにしても、願わくはもっとよい計画があることを、そしてそのよい計画に「トム」の朗読が含まれていますように。もし原稿を見ることができるなら、もちろん大変うれしいです。ここでは読む物がないというわけではありませんが、大変興味を持っています。

今言った読む物に関してですが、読書欲は、ときどき緊急性と反比例の関係にあるようです。たとえば、『フランクフルト』新聞からヴィーラントの誕生二百年の記念記事(2)を頼まれましたが、レクラム〔文庫〕の彼の作品の大部分を送ってもらわなければなりませんでした。これまで読んだことがなかったので、この短い時間に、そして当然のことながらごく限られたスペースに何かひねりのきいたことを書くには、思考力よりも幸運が必要なようです。でも、この読み物に埋没してしまう前に、『ベルリンの幼年時代』の続きの部分を書き終えてしまいたいと思っています。「月」(3)というタイトルです。あなたが「バルコニー」と「熱」に見出した類似性は、もちろんあります。ただし、私自身への近さという意味では、これらの二つの作品は大きく異なります。先に書いた「熱」よりも、前者、「バルコニー」の方が私にはずっと親密で、その中に私はある種の自画像を見出しています。おそらくこちらの方を、本の最初の部分に、「ムンメレーレン」にある写真のような自己描写の代わりに入れることになると思います。フランス語への翻訳は、非常にゆっくりですが、でも確実に進んでいます。

「手紙」のいくつかのコピー(4)を入手してくださいましたね。あなたのご尽力に心から感謝します。せめてこれだけでも手元にあるのをうれしく思います。このシリーズの全作品は『ベルリンの幼年時代』とともにキーペンホイアー社にあります。こういうものを扱う際のあの出版社の無責任さは、類を見ません。もしあなたがまださらに何か介入する機会があるとお思いでしたら、決然としたやり方で臨むのがよいでしょう。「サボテンの生垣」の抜けていたところは、うれしいことに、あなたのおかげで再び埋まりました。モーラスさんからはまだ雑誌は届いていません。

最後に、この手紙の冒頭に書いた小さな郵便物にまた戻りましょう。エリーザベトがあなたに話したという短い物語とは、「中国風」のことです。別のタイトルの方がふさわしいかと思いましたが、それでも実際に印刷されたとおりこのタイトルを付けました。もっと複雑であまりうれしくない状況にあるのは、「戸棚」です。ルードルフという著者名は勝手に選ばれたもので、私の目に触れたのすらかなり遅くなってからのことです。今まさに『ベルリンの幼年時代』のような試みがどんな風に人目から隠されてしまうのか、時間が経つにつれてより正確に知るようになっているのでなかったら、このシリーズの出版上の運命は私をときどき絶望させたことでしょう。けれども今では、この運命は、覆いの中でのみそのようなものは書き進めていくことが可能なのであって、したがってそのような覆いは必要なのだという私の確信を強めるばかりです。そしてこの確信は、このシリーズをもう終わりにしたくなる誘惑に抵抗するのを当面助けてくれています。その際、うまくいくのは、それほど長い時間をかけて計画された作品ではなく、書く直前になってやっと思いついたような作品なのです。

パリの私の部屋探しのことで昨日受け取った手紙(5)によると、九月一五日まではここを発つことはできなさそうです。私が何の幻想を抱くこともなくパリに向けて出発することは、あなたには想像できるでしょう。これまでのところまだ、知識人界の状況には、私の作品の理解に有利になるような要素はあまりありません。ただ、クラーク(6)の場合には、もちろんこれについては噂で聞いているだけなのですが、状況をとりわけ難しくしたのは、ひょっとすると、まさにあの根深い彼独特の幻想なのではないでしょうか。これについてはもう以前からあなたとときおり話してきましたが。

またすぐにお手紙をいただけることを願っています。そして願わくは、私がときどき仕事のための森の中の隠れ家で過ごす時のような調和のとれた日々を、休暇があなたにもたらしますように。

心を込めて

あなたのデトレフ

［原文：手書き］

（1）この手紙を書いたときには、ベンヤミンは八月五日のグレーテル・カープルスからの手紙〔書簡 **23**〕をもう受け取っていたはずである。

（2）一九三三年九月五日に「コンラート」のペンネームで『フランクフルト新聞』に掲載されたベンヤミンの「クリストフ・マルティン・ヴィーラント 誕生二百年に」（GS II-1, S. 395-406 参照）。

（3）この作品は一九三三年九月八日の『フォス新聞』に掲載された。

（4）『フランクフルト新聞』に印刷された、ベンヤミンの注釈付きの手紙のこと。のちに『ドイツの人びと』というタイトルで出版された。

（5）残っていない。

（6）ジークフリート・クラカウアーのこと。

25 グレーテル・カープルスから ヴァルター・ベンヤミン宛

リューゲン島ビンツ、一九三三年八月三一日

親愛なるデトレフ様

お手紙、ありがとうございます。今回は、ずっと目の覚めるような晴天続きで、ここ何年かで一番のんびりした、のどかな休暇になりました。あなたは、ご自分の健康状態のことを、もうちっとも知らせてくれなくなりましたが、消印はマジョルカでしたね。足の怪我はまだ痛むんでしょうか。

多分あなたは面白がるでしょうが、じつはエルンストがあなたの住所を尋ねてきたんです。きっと近いうちに何か言ってくることでしょう。あなたが「トム」を読んでみたいとのことで、わたしたちはとても喜んでいます。ちょうどあの前日に、郵便物はあなた宛に発送しました。

キーペンホイアーの態度は本当にひどいと思います。エリーザベトの話からすると、彼女は彼と仲がいいようなので、彼女を通じてあなたの原稿を取り戻すようにしてはどうでしょうか。わたしの手紙にもまったく動じる気配がなかったことを思うと、キーペンホイアーが個人的にわたしに会ってくれるとはとても思えません。

あなたの、あのきれいな黄色の便箋は、本当にもう使い切ってしまったのでしょうか。近いうちにパリにいらっしゃるわけではないなら、ベルリンから少し送りますよ。わたしとしては、せめてもの慰めに、似たようなものを自分用に買うことにします。今こちらで読んでいるのはムージルの『特性のない男』ですが、この本をあなたはどう思われますか。

この秋には、まちがいなく現在の運命を、そしてひょっとすると将来の運命をも左右する、ありとあらゆる決心をわたしたちは迫られることでしょう。わたしの願いはたくさんあります。なによりもあなたといっしょにいること。ベルリンの懐かしいヴェストエントで過ごした、あの最後の数時間のように。あの時間は、今でもこんなに身近に感じているのに、日々の生活からはこんなにも遠ざかってしまったのですから。

元気に過ごして、新しい住所を早く知らせてくださいね。引っ越し当初は、いろいろ雑用があるでしょうが、それでも、わたしに手紙を書く余裕があるかしら。あなたの幸せを心から願いつつ

あなたの　フェリツィタス

一九三三年八月三一日

ところで、あなたの「月」は、どこに発表されたのでしょうか。

［原文：手書き］

26　グレーテル・アドルノから ヴァルター・ベンヤミン宛

ベルリン、一九三三年九月一三日

一九三三年九月一三日

親愛なるデトレフ様

とりあえず今回が、イビサ宛の最後の手紙になるかもしれません。オデュッセウスの航海のことを書いたあなたの素敵な手紙(1)に心から感謝です。体調はどうですか。足はまた使えるようになりましたか。喉の痛みはなくなりましたか。

その間に、「月」を読ませていただき、とても心を揺さぶられました。パリに着いたら、フランス語への試訳もいくつか送っていただけるとうれしいです。

テディは大学から最終的な教職停止通知(2)を受け取りました。他の面でも見通しは明るくありません。一〇月中にでも、またしばらくベルリンに来るかもしれませんが、状況が変わる可能性もあるでしょう。わたしの方は、新しい会社での仕事が今でもすごく気に入っているのですが、目下の状況では、新しい事業契約を結んで自分を縛ってしまうのはとても難しいことです。

あなたからの最新のご報告を心待ちにしています。パリなら、二人を隔てる距離が今よりはいくぶん縮まるかと思うと、それだけで心がなごみます。数日もすれば、あなたがベルリンを離れてからすでに半年になります。手紙を読み直して気づいたのですが、この手紙には「今」という言葉が怪しいくらいしょっちゅう登場していますね。あなたの手紙の中に、よく理解できないコメントがひとつだけありました。それはコンラートと料理本についてのコメントです。

あなたから詳しいお手紙を、それもすぐにいただけるのを心待ちにしています。当地では今日、はっきりと秋が始まりました。この秋があなたに、不快な驚きではなく、できるだけたくさんのうれしい驚きを届けてくれるようにと願いつつ。

あなたのフェリツィタス

新聞記事によると、ニューヨークでまもなく公演(3)が始まるそうです。今から初日を楽しみにしています。

〔原文：葉書、消印なし。手書き〕

(1) この手紙は残っていない。
(2) アドルノは九月八日付の文書により、教員資格を剝奪された。
(3) シュパイアーの芝居をさす。

27 ヴァルター・ベンヤミンから グレーテル・カープルス宛

イビサ(イビサ島)、一九三三年九月一九日前後(1)

親愛なるフェリツィタス様

一三日付のお手紙〔書簡26〕を受け取りました。結局、予定が延びたため、これなら心待ちにしていたあなたからのお手紙を少なくとももう一通はここで受け取れたはずでした。ところで今回、出発が遅れたのは、もう健康上の理由からではなく、私の思いどおりにならないパリの拠点(2)からの指示によるものです。私としてはそこに住まいを得られるかもしれないと期待していたのです。ところが電報で、手紙が到着するまで出発を見合わせるようにとの指示がありました。でも実際のところ、それからすでに八日以上が経っています。来るはずの手紙は今日になってもまだ届かず、それが届いた時に、そこに何が書いてあるのかも見当がつきません。

サン・アントニオの私の宿は諦めるよりほかありませんでした。新規に長期契約を結ぶ気はありませんでしたし、サン・アントニオなんかにいたら足はすぐには治らないという医師の忠告にも逆らう気になれなかったからです。事実、サン・アントニオを離れたら、二、三日でもう回復が実感できるようになりました。今では、用心しながらですが、また歩けるようになりました。

リューゲン島での写真(3)、本当にありがとう。優しい、考え深げな表情ですね。ベルリンでも、こんな瞬間がまったくないわけではないんだなと思いました。いずれにしても、あなたが「月」について書いてくださったとても好意的な言葉は、そんな瞬間のひとつから発せられたメッセージだと私は受けとめました。そして、そのことをとてもうれしく思いました。痛みのために、二週間、いやおそらくそれ

以上に、仕事の時間を失ってしまいました。そして今はじめて本気で『ベルリンの幼年時代』の一話、学校の雰囲気を伝える部分にとりかかりました。(4) この仕事に力をそがれ、そして残念なことに、それ以上に環境の変化が身体にこたえて、正直に言うと、ヴィーゼングルントのオペラはまだ読んでいません。でも近日中には読むつもりです。

どこで読むかって？　多分パリになると思います。先方から当面連絡がなかったとしても、一週間ほどしたらここを発って、自分の目であちらでの可能性を調べてみるつもりです。私はこれまで役所の書類を数多く集めてきました。いざとなればそれを利用して――ドイツ人にはますます難しくなっていますが――当地で亡命できる道も、できるだけ確保しておくようにしてきました。

コンラートの料理本(5)とは、あなたにもお分かりだと思いますが、彼の文書類すべてです。彼は馬鹿としか言いようがなく、これからもそれは変わらないでしょう。

あなたが受け取りを確認した手紙のほかに、少なくとももう一通、私からの新しい手紙が届いているはずです。そして私の方も、あなたからの最新の配達物(6)を拝受しました。これらすべてに深く感謝しています。パリ来訪はぜひとも具体的に考えてみてください。最悪の場合でも、あなたに一度も会わずにパリを旅立つなんて考えられません。

ムージルの後、もっとよい物を読みましたか。私は一七世紀を生きたラファイエット夫人の『クレーヴの奥方』(7)を読んでいるところです。その他、イビサにまだいる間は、『ベルリンの幼年時代』のフランス語訳を進めることになるでしょう。「ロッジア」のとても上出来な訳がたった今、できあがったところです。

エルンストはもちろん何も書いてよこしませんでした。モーラスはもちろん『ヨーロッパ・レヴュー』を一号も送ってくれませんでした。でも、いずれも大したことではありません。

あなたの方の具合はどうなのか、知らせてください。どうぞ早く手紙をください。転送の手続きはしておきます。

心をこめて

あなたのデトレフ

〔原文：手書き〕

(1) 九月一三日付のグレーテル・カープルスの手紙〔書簡**26**〕を受け取ったベンヤミンは、この手紙を、イビサを出発した九月二五日、または二六日の約八日前に書いている。

(2) ここで言われているパリの拠点、電報の主は、ゴルトシュミット＝ロートシルト男爵夫人。ただし、夫人ないしはその代理人からの電報も手紙もベンヤミンの遺稿の中にはない。

（3）前々頁の写真参照。

（4）この記述に合致し、かつ完成されたとみなしうる唯一の保存されたテクストは「学校の図書館」だが、これはベンヤミンの生前には印刷されず、また一九三八年の『自家用完本』には収録されなかった。しかし、そこに添付された手書きリストには「要修正」（GS VII, 2, S.695）のメモを付してタイトルが記載されている。この作品は、あらゆる点から見て、ずっと早くに書かれていたと思われる。「シュテファン稿」は編者によって一九三二年末に作成されたとされているが（GS VII, 2, S.700［691の間違い］）、ここにはこの作品が収録されている。ベンヤミンがここで考えていたのが、「フェリツィタス稿」（GS IV, 1, S.276–278）に収録された「学校の図書館」の改訂稿だった可能性も否定できない。あるいはベンヤミンは、『ベルリン年代記』（GS VI, S.473–475）中のカイザー・フリードリヒ学校に関する二頁半の文章を修正しようとしていたのかもしれない。ただし、その証拠となるテクストは残っていない。

（5）意味不明。ベンヤミンの「戸棚」は、ルードルフ・ゲックが選んだC・コンラートというペンネームで発表された。これはいわば「ベンヤミンのペンネームである」デトレフ・ホルツのペンネームとも言えるが、ベンヤミンがあえてこのペンネームを利用したのは、グレーテル・カープルスに、キーペンホイアーのもとにある『ベルリンの幼年時代』の草稿と、彼の近年の出版物の校正刷りを入手してくれるように、密かに依頼するためだったのかもしれない。それらが、とくに亡命中に書かれた『ベルリンの幼年時代』の諸話に関しては、唯一の真正なテクストだったからである。

（6）確認できず。同封物あるいは郵便為替の入った手紙が紛失していたのかもしれない。

（7）マリー＝マドレーヌ・ピオシュ・ド・ラ・ヴェルニュ・ラファイエット公爵夫人（一六三四―九三）の一六七八年初版の小説。

28 グレーテル・アドルノから ヴァルター・ベンヤミン宛

ベルリン、一九三三年九月二四日

一九三三年九月二四日

親愛なるデトレフ様

最後のお手紙には本当にびっくりしました。だって、あなたがイビサでたった一人、世話をしてくれる人もなく病床に臥せっているなんて、考えるだけでも本当に不安だったからです。とくにフルンケル（癤腫《せっしゅ》）だとすれば、かなり長引く可能性があります。こちらでも治療法がそれほど進んでおらず、イースト菌治療や、切開手術が行われています。でもこんないい加減な遠隔診断をしてみても何の役にも立たないでしょう。なにか少しでも効きそうな薬をこちらから送れないか、すぐに知らせてください。どうしたらいいのか分からなくて、少なくとも応急処理ができるよう、とりあえず郵便為替を発送しました。

パリとの交渉は原則的にはどうなっているのでしょうか。少なくとも、元気になったらすぐにあちらに向かえるように、あなたの部屋は空けてもらっているのでしょうか。

あなたが「トム」のことについて、何も書いてくださらないので、ちょっと不安になっています。とくに、あなたが当時、あの下書きを気に入っていなかったことを思い出すと、なおさら気がかりです。ほとんど悪い予感さえしています。でも少なくともわたしにはあなたの正直な意見を伝えてくださいね。いえ、テディだって、あなたから批判してもらえれば、むしろ感謝すると思います。

エリーザベトとは電話で少し話しをしました。デンマークにいるわたしたちの友人[1]のところが、すごく気に入っているとのことでした。彼らは、新しい小説[2]の前払金で海辺に小さな家を買ったとのこと。住民は素敵な人たちだそうですが、神様の話だけは受けつけないようです。

あなたがお話ししてくださったおかげで、プラハからヴィリー・Hが、新しく創刊した雑誌[3]への定期的な寄稿をテディに求めてきました。ヴィリーにはあなたに頼みたい仕事がきっとたくさんあるでしょうし、どうも少し良心の呵責も感じているようなので、昨日、急いであなたの住所を送っておきました。

前にもう書いたかどうか覚えていないのですが、エルンストは春にはスペインに行くことを考えているようです。というのもあちらで、カローラに請負いの仕事がありそうだからです。エルンストの本[4]の第一巻はもうすぐ出るはずで、二巻は今、執筆中です。手紙を見る限り、彼はまったく変わっておらず、無頓着で、あれならきっとどうにか生き延びていけることでしょう。少なくとも一人くらい、絶対めげない人がいるというのは、わずかな慰めです。こう書いているうちに、自分の勘違いに気づきました。スペインじゃなく、デンマークでしたね。テディは残念ながら、ひどく鬱気味で、フランクフルトではまったく気が晴れないようです。これからどうしたらよいのか、ほんとにわからず、とても神経質になっています。あなたに倣ってドイツを出ることもできるでしょうに。

あなたのお手紙から察するに、ヘッセル[5]はベルリンにいるようですね。彼には何回か、あなたのところでお会いしましたが、わたしに何かできることがあれば、喜んでお手伝いしたいと思っています。でもわたしのことを覚えているかどうか、まったく自信がありません。ですから一度、わたしに電話をくださるように、そちらから彼に手紙を書いていただけるでしょうか。とくに差し迫った用事がなくても、彼には喜んで会いたいと思っています。なんといってもあなたと彼のおつきあいは、わたしたちよりずっと長いわけですし、あなたのことでわたしがまだ知らないことや、お二人のパリやベルリンの街歩きのお話もうかがえると思いますから。

パウルは今、ベルリンにいます。たぶん来週、会うことになると思います。今は、理論的人間の起源について考えこんでいるようです。ちなみに彼は多分、アメリカに行くことになるでしょう。アメリカからの申し出は、今までさんざん断ってきたのにね。

ごめんなさい。便箋がこんなにしわくちゃになって。タイプライターに挟まっちゃったんです。

そちらでは手に入らない睡眠薬、お送りしましょうか。葉書でもいいですから、何が必要なのか、あなたの具合はどうなのか、できるだけ早く知らせてくださいね。

一日も早い回復を祈っています。

いつまでもあなたの

フェリツィタス

［原文：タイプ原稿］

（1）ブレヒトとヘレーネ・ヴァイゲルのこと。彼らはデンマークの〔フュン島にある〕海浜の町スヴェンボルで生活していた。

（2）『三文オペラ』のこと。ブレヒトは一九三三年八月、アムステルダムの出版社 Allert de Lange と『三文オペラ』の出版契約を結び、同書は一九三四年一一月に出版された。

（3）ヴィリー・ハース（一八九一―一九七三）は、一九三三年まで、ローヴォルト出版から刊行されていた雑誌『文学世界』の編集者だったが、オットー・ピックとともにプラハで雑誌『言葉の中の世界』を創刊した。その第一号は一九三三年一〇月五日に刊行され、ベンヤミンは一二月に「経験と貧困」「J・P・ヘーベルの『ラインの家の友、珠玉集』」を投稿している。一九三四年一月一一日に、この週刊雑誌の最終号が出ている。

（4）エルンスト・ブロッホの『この時代の遺産』をさす。同書は、一九三四年末、チューリヒの出版社エーミール・オプレヒト社から刊行された。ブロッホはこの他、後に『唯物論の問題　その歴史と実体』というタイトルで出される本を執筆していた。

（5）フランツ・ヘッセル（一八八〇―一九四一）は、一九一九年から三三年までローヴォルト出版の編集者を務めた。ベンヤミンは、フランツ・ヘッセルといっしょに、「パサージュ論」を書くつもりだった。

29 グレーテル・カープルスからヴァルター・ベンヤミン宛

ベルリン、一九三三年一〇月六日

一九三三年一〇月六日

親愛なるデトレフ様、わたしは今、頭の中で、あなたをいったいどこに探し求めたらよいのでしょう。あなたにハンス・ブルック(1)のパリの住所をお伝えしておけば、ひょっとして何かの役に立つかもしれないですね。彼のことは多分、覚えていらっしゃるでしょう。住所は、パリ八区フリードラン通り三五番地のフリードラン館です。

あなたはよくコンラートと彼の料理本のことを話題にしますが、この名前をどう扱ったらよいか、わたしにはほんとによくわかりません。最近わたしが読んだのは、とくにヴァルター・ベンヤミンです。その関係であらためて、自分で選ぶ名前というものの重要さに気づかされました。わたしたちはそれによって、あたかも別の人間になったように感じます。じっさいそれは、愛称のような単なる遊びではないのです。そこには多くの憧れが捉えられていて、それはしばしばありのままの現実とは正反対のものでさえあります。とくに今、その現実はわたしを、朝早くから夜遅くまで、事務所の椅子に縛り付け、できるだけその場を離れないように強いています。それでもわたしはありのままの現実を否認したいとは思いません。ヴィリー・Hからはもう連絡がありましたか。あなたから早くお返事がいただけるよう、そしてたくさんの朗報が聞けるよう願っています。最後に行が縦になってごめんなさいね。今、手元にはこの葉書しかなくて、かといって今さら黄色以外のものと浮気したくはありませんので。

心をこめて　あなたの

フェリツィタス

〔原文：消印なしの葉書。手書き〕

(1) この指揮者についての詳細は不明。〔ただし書簡169注(5)参照〕

30　グレーテル・カープルスから　ヴァルター・ベンヤミン宛

ベルリン、一九三三年一〇月一〇日

一九三三年一〇月一〇日

親愛なるデトレフ様

いったいなんというおばかさんなことをあなたはしておられるのでしょう。それでも、あなたが今パリにおられて、お医者さんに診てもらっていることを知って、うれしく思っています。体をもう少し大切にされるようにお願いしたいです。デトレフ・ホルツという方はたったひとりしかおられないのですし、その方には、これからするべき大きな仕事があるのですから。だから、どうかできるだけ体をいたわってください。わたしのためにもね。あなたのお話からすると、ただの感冒かとも思われます。いずれにしてもこちらでの風邪はそんな症状ですが、とくに今回厄介なのは、後遺症のようです。

わたしの電報[1]とピンクの紙片は、どれほどわたしがあなたのことを思っているかをわかっていただくためのものです。それに回復して元気になるためにも、使っていただけることと思います。わたしがそちらに行くのは目下の状況では、きわめて難しそうだからなおさらです。プライベートな理由は、必要とあればなんとかなるのですが、少なくともわたしが聞いてきたところでは、わたしたちには出国ヴィザの発行が停止されているからです。わたしに関してこれはとりたてて騒ぐほどのことでもないのですが、わたしがパリに行ってお役に立ち、支えになることができないのは、なんといっても悔しいではありませんか。あなたがどんな様子か、ここからできることで必要なものがあるのか、またすぐに書いてくださいね。愛しい方、どうかお大事になさってください。愛しい思いを込めて

いつも

あなたの　フェリツィタス

数日前にハンス・ブルックのアドレスを書きましたが、彼はその後、アムステルダムで職を得ることになりました。

［原文：手書き］

（1）存在せず。

31　グレーテル・カープルスから
ヴァルター・ベンヤミン宛

ベルリン、一九三三年一〇月一二日

一九三三年一〇月一二日

段ボール
本に関しての送付方依頼
レイ／~~イエツォウア／アルゴー号~~
蔵書の扱い
一編の終わり
蔵書のかたづけ
他人が考えていること

親愛なるデトレフ様

あなたのこの前のお手紙からの推測ですが、わたしの最後の郵便をあなたが受けとるまでに、相当に時間がかかったようですね。おそらく引っ越しのためでしょう。最後の手紙では本に関してあなたから細かい指示がいただけないかとお願いしたのですが。その後、この手紙は受けとっておられるでしょうか？　またお部屋の床に大きくて重たい、開けることのできないトランクがふたつあるそうです。このふたつはあなたのものでしょうか。探しておられる段ボール箱がそのなかにあるということはないでしょうか。

ところで「せむしの侏儒」(1)は時とともに一層よくなりましたね。読んだ時、とてもいい感じがしました。お優しいことに、わたしの様子を聞いてくださったので、はっきりお答えしますが、最悪です。大きな籠に入れられていて、逃げ出すほんのちょっとの希望もない状況です。わたしの生活は以前も孤独に苦しんでいました。それも、当時はアドリエンヌ・ムジュラ以上でした(2)。もっとも、家族の重荷はとっくに乗り越えましたが、この孤独は日ごとに耐えがたくなってきています。誰ともまともな会話のない日々です。仕事場では皆さん親切ですが、雰囲気は暗く小市民的ですし、いつもいつも手袋ばかりです。職業としてはすべて問題ないのですが、いわゆる私生活は満たされないことばかりです。夜は何もする気にならないのがとてもつらいです。なにも考えないで済むために、寝たいだけです。あるいは、深く考えないで済むために映画に行くだけです。わたしは人生を無駄に過ごしていて、また一週間がすぎ、また一か月がすぎるのがうれしいようなありさまです。余計な望みは抱かなくなりましたが、それでも楽しみに待っていられることがなにもないのはやりきれません。そして、もっと悪いことが起きるのではないかという恐れがふと来

18

12.Okt.1933.

Puppkastens
Anweisungen wegen Bücher: ~~oskaikon~~
Rey / ~~Lorenz~~ / ~~Augenste~~

Behandlung der Bibliothek
Schluss des Stückes
Bibliothek reinigen
Alexandre danken

Lieber Detlef,

aus deinem Brief entnehme ich, dass du meine letzte Post oder sehr spät bekommen hast, wahrscheinlich durch den Umzug, im letzten bat ich um deine genauen Anweisungen wegen der Bücher, hast du sie unterdessen bekommen? – Auf dem Boden stehen noch 2 große Kisten nicht zu öffnende Koffer Sachen, gehören die der Mutter, könnte es denn der gesuchte Puppkasten sein?

Das unheimliche Männlein ist mit der Zeit noch schöner geworden, ich war sehr glücklich als ich es sah. Du fragst so lieb wie es mir geht. Nur offen könnte ich dir nur antworten jämmerlich, in einem großen Käfig ohne die leiseste Hoffnung jemals entweichen zu können. Die Erholung unter dem Druck meines Lebens auch früher gefunden hat, allerdings damals noch nie in der Adriana Heimat, während die Familie als belastender Faktor schon längst für mich überwunden ist, wird von Tag zu Tag unerträglicher, mit keinem Menschen kann ich ein vernünftiges Wort sprechen, ein Geschöpf aller Art mehr als doch frühere Kleinbürgerlichkeit und immer nur Handschuhe. Als Ursache ist zu allem ein Hang aber wenn der gesprochene Briefstelle völlig ausfällt. Mich verwundet der so völlig, dass ich am Abend zu nichts mehr unternehmen mag, am liebsten schlafen um nichts mehr zu wissen, als Kind, und nichts

ることがなんどもあります。こうやって仕事があり、手紙が書け、あなたにふたたび会えると思えるのも、今のうちではないのかという恐怖の幻影です。おわかりでしょうが、わたしには、あなたといっしょに過ごせ、あなたにいろいろ言っていただくことが、少なくともあなたにとってと同じぐらいに必要なのです。クリスマスになるか――ヴィーゼングルントにはタブーです――、あるいはもっと後になるか、それは気にしないことにしましょう。それよりもまずは、わたしのナンセン・パスポート(訳注1)が今の事情に合っているのかどうかを確かめねばなりません。更新の時期がこの一一月なのです。詳しいことはいずれ口頭で。

ベルリンもしくはドイツのどこかで会うというのは、やはりまったく無理なのでしょうか？　どうか、どうか、すべてが簡単にすぐには実現しないことに怒らないでくださいね。最後にはうまくいくはずですから。あなたに会うのをほんとうに楽しみにしています。

テディが数日のうちに来るのを依然として待っている状況です。どのくらいこちらにいるつもりなのかはわかりませんし、彼が当面、そして今後に向けてどんな計画をもっているのかも知りません。

なんとなくパリに嫉妬しています。だってパリにはあなたがいるのですもの。

あなたからの馴染みの愛しい便箋を楽しみにしています。またすぐに送ってくださいね。わたしのこの黄色い紙は、あなたに挨拶を、そしてあなたが聞きたい優しい言葉をすべて乗せています。

いつも

あなたのフェリツィタス

［原文：手書き。冒頭にベンヤミンの手によるメモが記されている。七三頁の写真参照］

（1）『フランクフルト新聞』の八月一二日号に掲載された。Vgl. GS IV, 1, S. 302-304.［ハンナ・アーレントはそのベンヤミン論の一節の標題をこの断章から引いている］

（2）一九二七年にパリで出版されたジュリアン・グリーンの小説を指している。［アドリエンヌ・ムジュラは小説のタイトルかつ主人公の名前。厳格な父の監督下に育った主人公の数奇な運命が描かれている］

（訳注1）第一次大戦後に無国籍となったロシア人難民のために、国際連盟の難民高等弁務官を務めた、北極探検で有名なナンセンが提案した難民用パスポート。当該難民の滞在している国が発行する。グレーテル・アドルノの場合にどうであったかははっきりしないが、難民としての出国用に第三帝国が発行したものなのかもしれない。だがナンセン・パスポートは原則一年有効なので、この段階で更新というのは、はっきり

しないところがある。

32　グレーテル・アドルノから ヴァルター・ベンヤミン宛

ベルリン、一九三三年一〇月二五日

一九三三年一〇月二五日

親愛なるデトレフ様

今晩がこんなことになるとは思ってもいませんでした。あなたがたちの悪いマラリアにかかっているという知らせを受け取った瞬間からわたしには、一日か二日の予定であなたのところに行くということしか考えられなくなってしまいました。頭の中ではもうあなたに手紙を書いて、あなたにとってわたしが必要か、またわたしの住むところがあるかを問い合わせていたところです。でも、これまでそれなりの理由があって嘆いてきたわたしの健康状態ではとても無理なことがわかりました。そうしたきつい旅にはとても耐えられないでしょう。そのことを抜きにしても、目下のところベルリンを離れるわけにはいきません。パパがちょうどメラノに保養に行っているため、いくつかの理由から、わたしがここベルリンで我が家を支えねばならないのです。親愛なる方、わたしはあなたにどうしても話したいことがたくさんあり、その気持ちをこうやって書かねばならないほどです。どうか堪忍袋の緒を切らないでくださいね。今こそあなたと話さねばならないし、いくつかの特定のことはいつまでも無際限に引き延ばすことはできないということもよく知っています。それに恢復に向かう時こそ、わたしのいるべき場所はあなたのそばのはずなのですが。ところがこういう時にわたしはあなたのところに行けないのです。いったいなんと説明したらいいのでしょう？　そのためには、ほとんど非人間的なほどの信頼感が必要です。いったいこうした信頼をあなたから得られるなどということがありましょうか。それどころか、二年前のことですが、エルンストに会うのにわたしが抵抗した事実をたまたまご存知なので、当時と今とのあいだに馬鹿げた並行関係を作らねばなりません。いえいえ、このふたつを比較するなどということ、ただの一分でも考えないでね。だって当時はたとえ素敵だったとしても、遊びだったことが、今ではわたしたちにとっての必然なのですもの。デトレフとフェリツィタスのことは誰も知らないのよ。わたし自身は、わたしたちの関係についておぼろげな気持ちをいだいているだけです。どうしてこの関係について人に話すことができるでしょう。わたしたちの関係は目に見えないけれども、わたしがもっているものの中でひょっとすると最も堅固なもの、わたしが、不安を抱いたり、注意深くなったりする必要もなく、信じられる唯一のものなのかもしれません。こんなにいろいろ話して、ごめんなさい。でも、話さないと息が詰まりそうなのです。仕事の合間をぬって短い時間だけでもお目にかかるというのはまず無理なので、わたしはクリスマス頃の一週間に期待しています。あるいは一月になるかも知れません。その頃はわたしたち二人とも、空いているでしょう。とくにわたしはプライベートな障害から解放されていることでしょう。

　実際問題として、これからわたしがどうなるか、どこに落ち着くことになるか、今のところまったくわかりませんが、わたしの想像のなかでは、あなたがわたしたちの近くに住むことを考えています。いちばんよいのは、皆でいっしょにこれを実現させることですが、あなたがどう考えておられるかも知りませんし、このことについてT〔アドルノ〕と話し合ったこともありません。目下はここベルリンで、いささか陰鬱な気分で、それでもなんらかのかたちであなたのお役に立てるのではないかという幻想を抱きながら暮らしています。したがって、どうしたら本当にお役に立てるか、早く言ってくださいね。——書いているあいだにあなたからの二通目の手紙[1]が来ました。できれば、あなたのお手伝いさんと連絡して、あなたがお望みの品々を取りに行くことになるでしょう。彼女の名前と住所は残念ながら忘れてしまい、あなたの家の住所だけが頼りです。雑誌や書籍はもちろんのこと、わたしの手元にあります。これらは、書留小包でパリに送ることは可能と思いますが。——エルンストの原稿もこうして送りましたが、うまく行きました。グープ〔ラー〕にあなたのためと言ってクラカ〔ウアー〕のアドレスを聞いてみましょうか。

　わたしはやることがたくさんあります。それだけでなく、あちこちかけずりまわらねばなりません。ちょっとした理由から会社の支配人契約をできるだけ早くまとめてしまいたいのです。もっともこの契約にはいつでも抜けられるように小さな抜け穴を入れてあります。この大きなベルリンの中でわたしは友達もなく、自分がとても孤独で閉じ込められている気がしています。あなたにお会いしたくてたまりません。わたしが言うことを感じ取っていただけるかしら。でもそのためには、わたしがソファに横になって、あなたが近くの快適な安楽椅子に座っていなくてはね。わたしはあなたに他の方々が見るのとは違った見方をしている気がしています。でも、他の方々の見方より悪い見方ではないのよ。なぜなら他の方々があなたについて知っていることもわたしは知っているのですから。だからといって他の方々のように、そのためにあなたの他の部分を探索するのを怖がらなくてよいのですから。

目下のところ、テディがどこにいるのかまったく知りません。ひょっとしたらマックス〔・ホルクハイマー〕のところに行っているのか、あるいはあなたのところにも行くかも知れません。彼はわたしたちが親称を使っていることをまったく知りません。彼から見るなら同時進行関係なのですが、それについて彼がどう見ているかについては、ほんの少し軽く話しあったことがあるだけです。あなたに知っておいていただきたいのですが、わたしから見れば、今のままでまったく問題ありません。ただあなたがなにか嫌な気分になるのはどうしても避けたいのです。わたしのことでなにか問題があると思われたら、はっきり言ってくださいね。いつもここベルリンで必要とあれば批判の言葉を言ってくださったでしょうし、また実際に言ってくださったのと同じにね。

デトレフ、なにか新しい文章ができたらぜひ送ってくださいね。「せむしの侏儒」ですら印刷されたヴァージョンを見ていないのですから。それに『幼年時代』の翻訳もまったく知りません。あなたの文章に飢えています。おやすみなさい。わたしの木片さま〔デトレフ・ホルツの「ホルツ」には「木」の意味がある〕。ゆっくり眠ってね。そして早く元気になってね。お返事を渇望しています。

あなたの　フェリツィタス

〔ヴィリー・〕ハースのための評論　歳書
マラーの印刷所　クラカ〔ウアー〕
シュパイアーの作品
ホテル　蔵書売却
ベルトルト

〔原文：タイプ原稿にベンヤミンの筆跡によるメモが書き込まれている〕

（1）残っていない。

33　グレーテル・カープルスからヴァルター・ベンヤミン宛

ベルリン、一九三三年一一月四日

一九三三年一一月四日

親愛なるデトレフ様

あなたの今回のお手紙は、とても悲しそうで、はるか彼方からのように思えます。これだけ遠いと、奥にある理由を見つけ出すことすら無理です。テディの旅行は目下のところ計画にすぎません。わたしも細かいことは知りません。クシェネク〔ウィーン出身の作曲家エルンスト・クシェネク。クレネク、あるいはクルシェネクとも〕がいろいろな人を助けてくれるという噂は、わたしのところにまで来ています。彼と連絡がおありでしょうか？

木曜日にあなたに三百フラン送りました。それ以上は無理でした。パスポートに送金経歴を記さねばならず、その際に多少ともいやがられるためです。あなたの本もまだ売っていません。その分のお金を立て替えたことにしておきます。こういう微妙な問題はあなたと細かく話しあってからにしたいので、性急にことを進めたくないのです。こういうことに関してはまったく慣れていません。本屋に関してはわたしはいつもポツダム橋のところの本屋を使っていましたが、この店も最近相当に縮小されました。それに古本を買い取ってくれるかどうかも知りません。あなたの貴重な本に関心のある方をどなたか言っていただけないでしょうか。あなたがベルリンの家を完全に放棄するつもりだとは思っていませんが、いずれにしても、まずはあなたの正確な指示をいただいてからにしたいと思います。もしかしたら、とくにあなたの心にかかっているいくつかの品々をわたしが代価を支払って引き受けたほうが、あなたにとってうれしいのではないでしょうか。そうすれば、少なくともどこか知らないところへ行ってしまったわけではないことになるでしょうし、これから何回かのお誕生日のプレゼントの心配がなくなります。この手紙は少しビジネスライクかもしれませんが、こうした具体的な問題に関しては、この文体がいちばんよいのではないかと思います。

健康に関して言えば、なんとなしの不快感が相当にきつい風邪で吹き飛んでしまいました。もうじきこの風邪も終わることでしょう。

心からの挨拶を。すぐにお返事くださいね。

あなたのフェリツィタス

〔原文：手書き〕

34　ヴァルター・ベンヤミンから グレーテル・カープルス宛

パリ、一九三三年一一月八日

親愛なるフェリツィタス様
　あなたからの葉書[1]をいただいて大変喜んでいます。お葉書から推測するかぎり、すべて順調に行っているようですね。ただドーアマン[2]さんが現れることを望むだけです。なんと言っても彼女はちょっとした守護霊に思えるからです。このように言っても、きわめて当然なあなたの自尊心を傷つけることにはならないと思います。なぜならその一帯にあなたが現れるのがドーアマンさんよりずっと少ないのは、おそらく同じ守護霊でもより高い魂のあり方を暗示していると思えるからです。

　この魂のあり方にはいくらかの変化があったようですね。それについては、あなたの口からお話ししてくれることでしょう。当然のことながら、写真や、私の文章の載った本類をもうじき受領できるなら大変うれしいです。

　また昨日はあなたの郵便為替も着きました。この数日は、どんなに頑張ろうと思っても私のやる気を萎えさせていた陰鬱な気持ちがこの郵便為替のおかげで取れました。売れたものをときどき教えてください。あなたの仲介にとても感謝しています。

　今はもう夜も遅い時間なのですが、半時間ほど前にあなたも私の家で一度か二度会ったことのあるゲルト・ヴィッシング〔書簡2の注（5）参照〕の夫〔エーゴン〕からの電話で、彼女が今日亡くなった[3]との知らせがありました。彼女は私たちがパリで葬儀に立ち会う最初の人となるでしょう。しかし、最後の人というわけにはまずいかないでしょう。この手紙を、彼女のとても素敵で、値の張る万年筆で書いています。これは教皇の召使いとの大恋愛物語[4]が書かれた時のもので、遺品となってしまいました。

　再び外出できるようになってからの私のさまざまな動きのおおよそをどうやってあなたにお伝えしたらよいのか、ちょっとわかりません。そのうちの多くは無駄なことになるかもしれず、ほとんど報告するにも値しないでしょう。プルーストの伝記作者のレオン・ピエール＝カン[5]を家に訪ねたのですが、これは予期したよりも気持ちのいい訪問でした。長い目で見れば、ひょっとして重要な意味をもつことになるかもしれません。フックス[6]にも一度会いましたが、彼の活力にはいささか驚くべきものがあります。ベルトルトには毎日、それも時には長時間会いますが、彼はわたしのために出版社とのつながりをつけようとしてくれています。昨日は突然ロッテが彼女の夫[7]といっしょにベルトルトのところにやってきました。でも、目下のところ、彼らがなにかいっしょに計画しているようには思えませんでした。『フランクフルト新聞』は、新しい原稿を採用してくれました[8]。ハースも近いうちにひとつ掲載してくれます。彼の方からの原稿依頼には事欠かないようです。でも、原稿料で、それにかかる費用だけでもカバーできるかどうかは、まだわかりません。今日は「せむしの侏儒」をあなたに発送します。

あなたの様子を教えてください。読んでいるもの、考えていること、しようとしていることなども。クリスマスはわれわれのために取っておいてくださると期待し、またそう思っておきますね。私に関して言えば、片手間にリオナルド[9]を読んでいます。いくつか驚くべきことが見つかっていますので、お見せしますね。ベルトルトとは探偵小説の理論について議論しています。もしかしたら、この議論を受けて、探偵小説を書く実験的な企て[10]をするかもしれません。

真夜中を過ぎました。今日の分は、いや、昨日の分も含めてここまでにしておきます。あなたがこの手紙を受け取る時は、落ちついた時間であることを望みます。あるいは、静かな時間を作ってくださることを。

かぎりなく心を込めて

あなたのデトレフ

一九三三年一一月八日
パリ四区
デュ・フール街
パラス館

［原文：手書き］

(1) ベンヤミンがグレーテル・カープルスから受け取った最後の葉書は、一〇月六日付であるが、ベンヤミンが葉書について記していることから見て、この葉書を指しているとはほぼ思えない。むしろ一〇月二五日付のグレーテル・カープルスからの手紙［書簡**32**］の方が、内容的に合っている。受け取ったとされる葉書が後に紛失したのか、ベンヤミンの思い違いかは、はっきりしない。

(2) エルナ・ドーアマンは、一二月中旬まで病気で、ベンヤミンのベルリンの住居のことはなにもできなかった。

(3) 両面肺炎で亡くなったらしい。これについては、クラウス・マンの日記参照（Klaus Mann, *Tagebücher*, hrsg. von Joachim Heimannsberg, Peter Laemmle und Wilfried F. Schoeller, München 1980, S. 179（6. XI）〔クラウス・マンの日記の当該箇所にはこうある。「ドリスから手紙。手紙のある箇所は、ゲルトが亡くなったことをはっきり示しているように思えた。大変なショック。悲しみに愕然としながら、こちらからすぐにパリのD〔ドリス〕に電話。まだ亡くなってはいなかった。だが、重篤とのこと（両面肺炎）。奇妙なことにすぐに気持ちがやすらぐ。なんにも起きていないかのように」〕

（4）不詳。

（5）作家のレオン・ピエール゠カン（一八九五―一九五八）は、一九二五年に『マルセル・プルースト、その生活と作品』と題した大きな著作を著していた。ベンヤミンの「パリ日記」も参照のこと（GS IV, 1, S. 572, 585 所収）。

（6）著述家、収集家、かつ芸術批評家のエドゥアルト・フックス（一八七〇―一九四〇）は、一八八六年にドイツ社会民主党に入党し、政治活動のゆえに一八八八年および八九年に入獄した。一九〇〇年以降、著述家としてベルリンで暮らしていた。フランツ・メーリングと友好があり、彼の死後は、遺稿の管理を委ねられた。なによりも三巻から成る『中世から現代までの絵入り図解つき風俗史』〔安田徳太郎訳『風俗の歴史』光文社および角川文庫〕および『エロチック美術の歴史』で有名。一九三三年にパリに亡命し、その地で生涯を終える。一九三三年夏の住所はパリ一区のボジョレー街のボジョレー館であった。

（7）一九三三年三月二三日以降パリで暮らしていたロッテ・レーニャとクルト・ヴァイルのこと。ブレヒトとヴァイルが一九三三年春に共同制作した『小市民の七つの大罪』というバレエは、同年六月三日にシャンゼリゼー劇場で初演された。ロッテ・レーニャは登場人物アンナ役の二人の女性の一人を演じた。音楽監督はヴァイルの弟子のモーリス・アブラヴァネル、振付はジョルジュ・バランシーヌが、舞台装飾はカスパー・ネーアがそれぞれ担当。この共同作業以降、ヴァイルとブレヒトの協力による作品は存在しない。

（8）ベンヤミンが述べているのは、おそらくこの年の一一月一五日の『フランクフルト新聞』に掲載された「思考形象」であろう（Vgl. GS IV, 1, S. 428-433）。〔すべて『ベルリンの幼年時代』の思考形象内の短文〕。それより前の一一月一二日の同紙には、「ノルウェーにおけるドイツ語」という〔ノルウェーの高校用のドイツ語教科書に関する〕ベンヤミンの書評が載っている。（GS III, S. 404-407）

（9）不詳。

（10）ブレヒトとベンヤミンは探偵小説を一冊、あるいは数冊のシリーズもので書こうと計画していた。「事実小説」というタイトルでブレヒトの遺稿のなかから出版された、探偵小説シリーズのためのノートや構想は、小説のなかの多少とも長いエピソードを含んでいる（Vgl. Brecht, *Werke*, Bd. 17. *Prosa 2 Romanfragmente und Romanentwürfe*, Berlin/Frankfurt a. M. 1989, S. 443-455）。ベンヤミンの筆跡になるこの小説（vgl. ebd., S. 447-455）の章立ての見取り図も残っている（vgl. GS VII, 2, S. 847 f.）。この見取り図とそれに続くモチーフ・リスト（vgl. ebd., S. 848-850）は、一九三三年秋のパリで書かれたものであろう。

35 グレーテル・カープルスからヴァルター・ベンヤミン宛

ベルリン、一九三三年一一月二二日

親愛なるデトレフ様

ごめんなさい、あなたが欲しいと言っていた本や写真のこと、誤解していました。すぐにでも送って欲しいのだと、この前の手紙ではじめてわかったところです。一七日に書留小包で送ったので、もうあなたのところに届いているといいのですが。

でも、本の売却のことでは、売らないでどうしても手元においておきたい本はどれなのか、正確に書いていただけるとうれしいです。それに、どのくらいの金額を見込んでいるのか、そしてどうやって送金することになるのか、ぜひ知っておきたいです。毎月の定期送金はもう許されていないので。前の手紙(1)で書いていた人たちに、そちらから手紙を書くつもりはないのでしょうか？　未婚の女性にはあまり大きな権威はないので——とは言っても仕事では別ですよ、会社の名前がバックにありますから——、グリュックさん〔書簡17注（5）参照〕の方からそういうことに関心のある人たちと連絡をとってもらうようにした方がよいかもしれませんね。彼は為替送金の手続きについても銀行を通じてもっといろいろな可能性をお持ちです。それに、彼ならあなたの家にもいつでも入れるんです。誤解しないでくださいね、この役目を人に押し付けて逃げようというわけではないのです。あなたにとってベストな方法をアレンジしたいだけです。

新聞で、あなたたちの作品〔『外套、帽子、手袋』のこと〕がルネサンス劇場で上演されるという記事を読みました。今日こちらに来ることになっているテディと数日中に観にいきます。この芝居では、フェリツィタスは夫のところに戻っていくんですね。とても驚いています。それともこれはもう当時から決まっていたことなのでしょうか。フォースター(2)が弁護士役を演じるというのなら、年上の殿方に対するわたしの好みには反するけれど、夫のところに戻ることも納得ですが。

あれ以来、「トム」を読む時間はありましたか？

ところで、他の人たちがあなたについてどう思っているか、一度でも知りたいと興味を持ったこと、あるでしょうか。多くの場合、おかしなズレがあって、自分のことだとはわからないくらいですよね。
前の手紙のことで怒らないでくださいね。あなたのお気に障ったことは十分想像できます。早くお返事をいただけるとうれしいです。心をこめて
いつもあなたのフェリツィタス
［原文：手書き］

（1）残っていない。
（2）ルードルフ・フォースター（一八八四―一九六八）。この名前は配役表になく、演出を行ったのは新しい劇場監督アルフレート・ベルナウ。初演は一一月一九日に行われたらしい。

36　グレーテル・アドルノから ヴァルター・ベンヤミン宛

ベルリン、一九三三年一二月一四日

親愛なるデトレフ様
一九三三年一二月一四日

あなたの前のお手紙[1]を読んで、少し悲しくなりました。とっくにご承知のはずですが、とりわけ、不誠実というのは本当にわたしの落ち度ではなく、あなたをパリに訪ねていないのも、それはあくまでも外的な理由からです。わたしも自分の望むとおりにはできず、うまく行くのをいつまでも待つしかないのです。誰もかれもが、どうしてもやらなければならない自分自身の問題で手いっぱいで、他のことのためには時間がないのです。わたしたちの関係以上に気をつけていることはわたしにはありませんし、このことについては誰にもしゃべりたくありません。というのも、秘密のわずかな名残だけが、誠があることを保証してくれるように思えるからです。親愛なるデトレフさん、あなたといっしょにクリスマスを過ごせたらと思います。でもそれは無理でしょう、テディが許さないでしょうし、ご存知のとおり、いろんなことがあったにもかかわらず、わたしはフランクフルトに執着しているのです。

本は売っておきます。二五ライヒスマルクは、来週のはじめにわたしの共同経営者を通して送ります。というのも、わたしが送るにはまず新しいパスポートを申請しなければならないからです。このこともわたしの抱えている困難の一部だとわかっていただきたいです。この困難はいずれにしてもバカバカしい偶然によるものだし、今に至るまで恐

ろしいというよりは不快です。さしあたり、ドイツで自宅にいる限り、わたしのことは心配いりません。無理をしてあなたにクリスマスのお祝いを言うことはしませんが、新年には必ずもう一度書きます。
どうかもう少しわたしを信頼してください。心を込めて
いつもあなたの

フェリツィタス

［原文：手書き］

(1) 残っていない。

37 ヴァルター・ベンヤミンから グレーテル・カープルス宛

パリ、一九三三年一二月三〇日

親愛なるフェリツィタス様
この手紙は、新年にとは言いませんが、あなたがベルリンに戻ってくる頃には確実に届くことでしょう。というのも、新年にはあなたはまだフランクフルトにおられることと思うからです。またもやたくさんのことにお礼を言わなければなりません。フランクフルトからの催促[(1)]についても感謝いたします。他のもっと重要なことについてはすでに対処済みです[(2)]。でもありません。この件については言うまでもありません。この件についてはすでに対処済みです。

まだ何の返事もありません。はじめに予想したとおり、この対処は無駄であったと思うだけの理由が私にはたくさんあります。もちろん、結果が予想できていたからといって、その結果がよくなるというわけではありません。
そんなわけで、私が今、一年の終わりのみならず知力の限界をも迎えていて、何をすべきか皆目わからない状況だということは否定できません。確かに、あなたにおそらくお知らせしたとおり、最近当地での初の仕事を片づけました。ナポレオン三世統治下でパリの改造を行ったセーヌ県知事オスマンについてのエッセイです[(3)]。ほかにもあれやこれやとすることがあります。でもこうしたことすべてをもってしても、今後の見通しの暗さや、すでに私を取り囲んでいるさらに暗い孤独には、とても太刀打ちできません。私が何よりも力を振り絞って決断しなければならないのは、ここを去るということでしょう。ただ、まだここで待っていなければならないことがあります。第一に、まだ私はここにあなたが来てくださることを期待していますし、それ

にまだ、デンマークの冬が怖いのです。そこではある人に頼りきりにならなければならず、その状態はいとも容易く別の形の孤独を生み出してしまうでしょう。さらには言葉が全然わからないことに怯えています。日常のことを全部自分で片づけなければならない状況においては、それは気を滅入らせるものとなるでしょうから。

新しい学校法(4)について知り、シュテファンのことが心配です。

目下のところ、仕事は私にとって、私の存在を肯定する力とはなっていないようです。というのも私が一番心惹かれる仕事、つまり『ベルリンの幼年時代』を進めることができていないからです。

「トム」については次回書きます。「連弾」(5)は読んで面白かったです。奇妙に聞こえるかもしれませんが、私もいつか、同じような回想録を思いきって手がけてみなければならないのだろうと思います。回想録の習作(6)も試みましたが、あまり進んではいません。

休暇のあいだ健やかに過ごされたことを願っています。それにいつもの頭痛からも解放されたことを。できるだけすぐにお返事をください。そして私の心からの想いを新年に持ち込んでください。

一九三三年一二月三〇日

あなたのデトレフ

［原文：手書き］

（1）現存していないフランクフルトからの絵葉書で、グレーテル・カープルスはアドルノの歌唱劇についてのベンヤミンの評価を催促した（書簡42を参照）。ベンヤミンはアドルノに一月二九日に手紙を送ったが（GB IV, Brief Nr. 831）、これは文通が一年間中断したあと、初の手紙だった。〔なお、ベンヤミンはこの手紙でトム・ソーヤをテーマにしたアドルノの歌唱劇について、音楽についてはまったくわからないので差し控えるが、と言いながら、テクストについては丁寧ながらも、かなり否定的な見解を述べている。他方で「連弾」は賞賛している〕

（2）不詳。

（3）おそらくアルフレート・クレラ〔一八九五—一九七五。ドイツの作家で共産党員。ベルンハルト・ツィーグラーのペンネームで、『ダス・ヴォルト』誌上でクラウス・マンとともに表現主義論争の口火を切ったことで知られる。一九三四年にソヴィエト連邦に亡命。終戦後、ドイツ民主共和国の芸術アカデミーの指導的幹部となった〕が週刊誌『モンド』のためにベンヤミンに依頼したエッセイ。これは結局書かれずに終わった。一九三四年一月のクレラの離職後すぐに、この仕事は編集部の支持を失った模様である。ただし、ベンヤミンの「パサージュ論」（GS V, 1, S. 179-210）の「オスマン化」についてのスケッチや、ジョルジュ・ラロンズの『オスマン男爵』（パリ、一九三二年）について『社会研究誌』（一九三四年第三号、現在は GS III, S. 435 f.）のためにベンヤミンが書いた書評が参考になる。さらにオスマンは、一九三四年三月に書かれ、「パリ　十九世紀の首都」（GS V, 2, S. 1220 f.）というタイトルが付けられた「パサージュ論」のための構想メモにも登場している。

（4）ベンヤミンは、「ドイツの学校及び大学の学生数過剰に関する法律施行令」に基づき、プロイセンで大学入学資格の認定を受ける学生の数を一九三四年に八九八一人に限定するという記事を、一二月二九日の『フランクフルト新聞』で読んだ可能性がある。この認定に使われる基準は「精神的、身体的成熟、性格的適性及び国家的な信頼性」というものだった。

（5）アドルノの回想録「連弾、もう一度」は一二月一九日の『フォス新聞』に掲載された。（現在は GS 17, S. 303-306）

（6）このことから、ベンヤミンは『ベルリンの幼年時代』およびこの本を構成する数々の断章をこのような「回想録」とは見なしていなかったことになる。とすると、ここで言う「習作」とは、ベンヤミンが「ベルリン年代記」に書き留めたもので、後に手を加えた形で『ベルリンの幼年時代』に収録されることのなかったもののことを指しているのだろう。Materialien zu einem Selbstporträt, GS VI, S. 532 も参照。

38　グレーテル・カープルスからヴァルター・ベンヤミン宛

ベルリン、一九三四年一月四日

一九三四年一月四日

親愛なるデトレフ様

いつもどれほどあなたを心配しているか、言葉にもできないほどです。しかも、このところのあなたの手紙を読めば、それもまったく見当違いでもないようですね。わたしがあなたにしてあげられることは、残念ながら本当に少なくて、まだパスポートが入手できていないため、あなたに会いに行くことすら約束できません。デンマークはベルリンにもう少し近いなどといったところで、何の慰めにもなりません。少し躊躇う気持ちから、今そこに住んでいるあなたのお友達について話したことはありませんでしたが、その件については必要であればすぐにわかり合えるでしょう。そうしたらあなたの心配もよく理解できるに違いありません。こんな状況ですから、お金のある、わたしのというよりはテディの友人たち[1]にあなたのことに目を向けさせようとしたことも、悪くはおとりにならないでしょう。うまくいけば、とてもうれしいです。でも、うまくいかなかった場合にも、どうかおゆるしください。どうしてもやらずにはいられなかったのです。

ところで、以前、ひょっとしたらパレスチナに行くつもりとおっしゃっていましたが、今でもそれを考えたりするのでしょうか。わたしが知る限りですが、ゲルハルト［・ショーレム］は今では重要な地位にいるそうですよ。誤解しないでくださいね、あなたのことをこちらで勝手に先に決めてしまおうというわけではありません。ただ、どうしても、あなたの状況を何とかしなければという気がしてならないのです。ひょっとしたら何かわたしがきっかけを作ることもできるかもしれません。

わたしのベルリンでの仕事は継続しています。一月一日から共同経営者になりました。うれしいことにというべきか、大変なことにというべきか、難しいところですが。テディに関してはまだすべてが霧の中です。フランス、オランダ、それにイギリスに行くかどうかは、イスタンブール行きの話以上に不確かです。

Allerhandmann（第三巻八月号）(2)を薦めてくれましたが、いいアドヴァイスでした。ピンクの紙片でアルコールを買えば、少なくとも少しのあいだは元気になるのではないでしょうか。

新しい年にも、一週間か十日ごとにお手紙をくださる習慣を忘れないでください。心をこめて

いつもあなたの

フェリツィタス

「わたしのというよりはテディの友人たち」と書いたのは、あなたも知っている人ですが、上手くいくかどうか確信がないので、名前はまだ伏せておこうとおもいます。

［原文：手書き］

（1）ガブリエレ・オッペンハイム＝レラとその夫パウル・オッペンハイム（一八八五―一九七七）。ブリュッセル出身。一九三三年までフランクフルトに住み、アドルノが回想しているように、「いくらかでも万年筆を持つことができる人がすべからく集うような、影響力のある知的サロンをフランクフルトに持っていた」（パウル・ティリヒについてのアドルノの回想 *Werk und Wirken Paul Tillichs. Ein Gedenkbuch*, Stuttgart 1967, S. 24）。パウル・オッペンハイムはギーセンで化学を専攻し、一九〇八年から二六年までN・M・オッペンハイマー・ナーハフォルガー社で重要な役職に就き、その後IG・ファーベン社に勤務した。一九二七年からはフランクフルト大学の私講師も務めた。関心分野は科学哲学。夫婦は一九三三年に共にブリュッセルに、三九年にアメリカへ亡命した。

（2）判読不能。意味も不明。

39 ヴァルター・ベンヤミンから グレーテル・カープルス宛

パリ、一九三四年一月四日以降[1]

親愛なるフェリツィタス様

ベルリンに帰ってこられたわけですね。フランクフルトでは楽しい日々を過ごされたのではと思います。ヴィーゼングルントの未来を覆う不透明さはあるにしてもですが。あなたの願いのうち私が叶えることのできる部分はごくわずかですが、それを私が放っておいたわけではないことは、前回の手紙から今回の手紙までの間隔がごく短いことから、あなたにも理解していただけることでしょう。

もちろん、あなたに言わなければならないお礼がいつもあると、私の功績も小さくなってしまいます。それに、お礼を繰り返しているとワンパターンに思われるのではとの不安があります。そのお礼のきっかけはさまざまで、毎度私を大いに元気づけてくれるのですが。そんなわけで、送ってくれた紙片に感謝して、たっぷり飲ませてもらうつもりです。フランクフルトで進めてくださっている援助の依頼に関しても、私のこの状況——これは何の秘密でもありません、たとえ私がこれを秘密にしたいと思ったとしても——においては、ただただ感謝して待つことしかできません。

当地の雑誌からの依頼でオスマン県知事についてのエッセイを用意していること、あなたに書いたかどうか忘れてしまいました。いずれにしても、数日来、この本来堅実な、決して歴史が浅いというわけでもない雑誌が、困難に直面しているのだと思うようになりました。このところ小さな記事を一つ[2]——私の初のフランス語の記事です。フランス人に見てもらいましたが、たった一つしか間違いが見つかりませんでした——この雑誌のために書きました。でも、この雑誌の将来がどうなることか、わかりません。いずれにしてもオスマンについての記事は書くつもりです。一つには、このための準備がすでにかなり進んでしまっているからで、もう一つには、ベルトルトがこのテーマを高く買っているからです。それにあなたも、このエッセイを書くことで私が再び「パサージュ論」の圏内に戻って来ていて、この原稿が何年もの中断を経て再び名誉ある扱いを受けていると聞いたら、喜んでくれることでしょう。国立図書館が館外への貸し出しをしていないので、昼間はずっと図書館の閲覧室に座っています。

　ところで、この「パサージュ論」の原稿に関連して、一つ小さな、変わったお願いがあります。この原稿の基になる研究メモを大量に作り始めてからというもの、私はこのメモのためにいつも同じ種類の用紙、つまりMK〔マックス・クラウゼ製〕の便箋を使ってきました。最近そのストックを使い切ってしまったわけですが、私はこの念入りに作成している膨大な原稿の、外見の同一性をぜひ保ちたいと思っています。どうか同じような便箋を送ってはもらえないでしょうか。もちろん便箋だけです。封筒は要りません。見本となるものを同封しておきます。

　最近、素晴らしい絵画コレクション[3]を見ることがありました。二回目です。あなたも機会があればきっと見せてもらえるでしょう。すでにお話ししたか忘れてしまいましたが、このコレクションは八年前からパリに住んでいるドイツ人[4]のもので、現代の素朴派の絵画も含んでいますが、大部分は十九世紀のものです。ある家に収められているのですが、そこは、当時のヘッセルの部屋のように、時間が静かに止まっているかのようです。昔のゲットーの近くの、住み心地のよいエリアにある家です。

　ところで、パスポートの発行にどんな問題があるのか、お知らせいただけませんか。どういうことになっているのか、まったく要領を得ません。ここから役に立つアドヴァイスをすることなど不可能そうに見えるかもしれませんが、でもひょっとすると不可能というわけではないかもしれません。いずれにしても最近、手紙ではうまく伝えられないことというのはたくさんあるものと思うようになりました。ショーレムとの長い文通もその一つです。もちろん、パレスチナ行きの問題が話題に上っていました。これがどんなふうに終わったのかは、口でお伝えするのはまったく簡単でしょう。そしてこの終わりが撤回の効かないものだということは、誰でも推測できるでしょう。

　すぐにでもお返事をください。そしてあなたの健康状態についても一言お知らせください。心からの挨拶を。

あなたのデトレフ

〔原文：手書き〕

（1）ベンヤミンの手紙は一九三四年一月四日のグレーテル・カープルスの手紙〔書簡38〕への返信である。ベンヤミンはインク汚れのためどうやら手紙をもう一度書き直したようで、汚れのついた方を保管していた。この手紙はグレーテル・カープルスの遺品には残されていなかったが、受取り主に届いたことは、一月一五日の、MK〔マックス・クラウゼ製〕の便箋の見本が届いていないと苦情を伝える彼女の返信で裏付けられている。
（2）この時期に書かれたベンヤミンのフランス語の記事は不明。
（3）不詳。
（4）不詳。

40　グレーテル・カープルスから
ヴァルター・ベンヤミン宛

ベルリン、一九三四年一月一五日

一九三四年一月一五日

親愛なるデトレフ様
　いただいた最後の手紙には、本当はもっと早くにお返事を差し上げたかったのですが、この手紙には、あいにくMK社の便箋見本が同封されていなかったので、毎日、その到着を待っていました。便箋はできるだけ早くお届けするつもりです。なんといっても、これは今のところ、「パサージュ論」の筆が進むようにわたしがお手伝いできる唯一のことですから。というわけで、今日の手紙は、こちらでのわたしたちのことをお伝えするものになりそうです。パスポートに関しては、七月の規則[1]によって、多分わたしたちは、東方ユダヤ人として、ドイツ国籍を剝奪されたようです。パパは四七年前からプリンツェン・アレーに住んでいて、パパの父親もウィーンですでに大企業家だったというのに。いずれにせよ、この問題の解決は少し長丁場になるでしょう。わたしの健康の方は、妙な具合になっていて、主治医の先生がイギリスに行ってしまったため、彼の方針にそって、わたしが自己治療を続けています。まあまあの状態ですが、いつでも疲労感があって、あまり多くの仕事には堪えられません。根本治療となると、完全な休息、つまりは仕事の放棄か、そうでなければ自分で医学を勉強するしかないでしょう。場合によっては、わたしのことをすみずみまでわかってくれて、この風変わりな症状に興味を持つお医者さんがいてくれるといいのですが。というのも、わたしの場合には、いろいろな機能的障害、とくに胃腸関係の障害があるにもかかわらず、臓器の器質的健康は保たれているという状態なのです。
　先方からは、折り返しとても好意あふれる返事をいただきました。そこで例の「謎の」女性の名前を安心して明かすことができます。彼女はガビー・O夫人といって、目下、ブリュッセルに住み、パリに広い交友関係をお持ちです。彼女からあなたに連絡があれば、わたしとしてもとてもうれしく、また興味もあります。ところで、あなたのフランス語の論文のコピーで、余っているものがあるでしょうか。外国語であなたの文体に接するなんて、さぞ刺激的なことでしょう。

テディは、もうじきベルリンに戻ってきます。ひょっとすると音楽の方面で何か仕事のあてがあるのかもしれません。それはそうと、突然の情勢変化について、すでにお聞きですか。じつはF・T・G[2]がスイスに戻ることになったのです。暫定的な編集長は、W・v・E[3]が引き受けることになりました。彼は、カッシーラー出版の編集者T[4]の親友です。フリーデル〔書簡23注（4）参照〕はこのことをあなたに何も伝えなかったのでしょうか。

それにしても、あなたが「トム」についての意見表明を、こんなにも長く躊躇されているのは、何か特別な理由があってのことなのでしょうか。どうか、知らせてください。これについてあなたが沈黙していることが、わたしにはどうにも説明がつかないので、やっぱり理由は作品そのものにあるに違いありません。郵便受けにあなたの手紙を見つけると、いつでもすごくうれしいです。どうかあまり長く待たせないでね。

心をこめて

いつも　あなたのフェリツィタス

〔原文：手書き〕

（1）グレーテル・カープルスがここで念頭に置いているのは、おそらく一九三三年七月一四日に閣議決定された「国籍取得取り消し」および「ドイツ国籍剥奪」に関する法律のことと思われる。

（2）フリードリヒ・テオドーア・グープラーのこと。彼が編集部から強制的に排除されたきっかけは、『フォス新聞』の新年号に発表されたマックス・ルネ・ヘッセ（一八八五—一九五二）の反軍国主義的物語『ノッテボーム伍長の誇大宣伝』であり、この物語に一人の将軍が抗議した。グープラーはゲッベルスのもとに呼び出され、スイスに帰国しなければ収容所送りにすると脅された。（これについては以下を参照。Claudia Maurer Zenck [Hrsg.], *Der hoffnungslose Radikalismus der Mitte. Briefwechsel Ernst Krenek-Friedrich T. Gubler 1928-1939*, Wien/Köln 1989. S. 274, Anm. 441）

（3）フランクフルト新聞でも働いていた文学史家で翻訳者でもあるヴォルフガング・フォン・アインズィーデルのこと。彼は『フォス新聞』の芸術・科学・娯楽部門の編集者となった。

（4）作家で出版社の編集者でもあったマックス・タウ（一八九七—一九七六）のこと。彼は一九三五年帝国著述院〔ナチ時代に宣伝省の下に設置された文化・芸術・報道の統制機関、帝国文化院の下部組織。帝国文化院のいずれかの下部組織に所属することなしにドイツ国内で出版することは禁じられた〕

から除名され、一九三八年にノルウェーに、一九四二年にスウェーデンに亡命した。

41 ヴァルター・ベンヤミンから グレーテル・カープルス宛

パリ、一九三四年一月一五日頃[1]

親愛なるフェリツィタス
　あなたのお手紙が途切れてから、しばらくの時が経ちました。それが、あなたの健康のせいなのかどうか、私は自問し、そして今、こうしてあなたにもお尋ねしています。こちらはすばらしい天気で、少なくとも春の到来を喜べるほどに元気な人が――自分も含めて――せめて何人かはいてほしいと願わずにはいられません。というのも、ここにいると、本当に冬はもう終わったように思えてくるからです。私の部屋からは、あまりたくさん世界は見えませんが、それでもサン・シュルピス教会の塔のひとつが見え、その塔の上方や後方では、たいてい、お天気は自分自身の言葉を語っています。

　三月になった時、慣れ親しんだ思考や考察をめぐらしながら、リュクサンブール公園を散歩できるくらいに心のバランスや健康が回復していれば、それだけでもう大いに満足しなければならないでしょう。あなたの計画[2]に垂れこめていた暗雲は、まだ晴れていないのでしょうか。

　前の行で書いてしまった変則的なPl〔Pläne（計画）の冒頭文字〕を眺めながら、今晩知り合いになるシェアマン[3]が、これを見たら何と言うだろうかと考えています。これ〔筆跡鑑定〕は一種の暇つぶしで、もっとよい暇つぶしがあれば、やめるかもしれません。というのも、それほど益のあるものにも思えないからです。でも、シェアマンは育ちがよく、非常に人当たりのよい人だとみんなが折り紙をつけています。

　いくつか、注目すべき本を入手しました。ドルフ・シュテルンベルガー[4]は、驚くべきことに、彼の最新の仕事を出版してくれる出版社を見つけたようです。これは――小声でささやくように――ハイデガーに一矢報いた本で、じつに皮肉の効いた『理解された死』というタイトルがついています。ざっと目を通した後で、彼に祝辞を送りました。これほどやっかいな分野で、彼は目下の状況下でなしうることすべてをやり遂げたように思います。パレスチナからは、アグノンの短編小説を集めた小さな選集[5]が届きました。

その中のいくつかはショーレムが翻訳しています。この本は近日中にそちらにお送りします。きっと気に入る箇所が、たくさん見つかることでしょう。

　私の方は、先週は、マルローの一番新しい小説[6]にかかりきりでした。これについての考察を、先にマックスの雑誌に投稿した詳しい論文の中に、あとから差し込む羽目になりました。私には、この本は非常に面白く感じられ、また魅力的でもあるのですが、仕事の役に立つようなものではありません。ドイツ語訳は、そう遠くないうちに出るだろうと思います。いずれにしても、機会があれば目を通してみてください。この作品はどこかで一度、それにふさわしく、詳しくとりあげたいと思っていますが、どこがいいのかは、まだ見当がつきません。

　グープラーがもうウルシュタインにいないことは、あなたはもう前からご存知だったと思います。あそこにも、また別のところにも、まだ私の原稿を預けてあるのですが、それが印刷される見込みはほとんどなさそうです。近々、フランスの首席ラビ[7]を訪問する予定ですが、その結果についてはまたご報告します。

　『モンド』の立場は、かなり怪しいものですが、それでも依頼の仕事は引き受けざるをえませんでした。でもそのことはもう書きましたね。とりあげるのはオスマンのパリ改造計画のことです。——友人のハースは、まったく支払いをしてくれません。彼に対して、弁護士から無料で手紙を書いてもらえるチャンスがあるので、近日中にその手を使わせてもらう予定です[8]。シュパイアーには、思い切って少し強い調子で当方の状況について話をしましたが、それ以来、彼はだんまりを決め込んでいます。しかし、彼に対しても多少は強い態度で話し合いに応じるよう求めるつもりです[9]。

　どうぞ、冒頭に書いた私の懸念があたっているのかどうか、できるだけ早く知らせてください。それとも、そんなにも仕事に追われているのでしょうか。

心をこめて

いつものように　あなたのデトレフ

［原文：手書き］

(1) この手紙は、一月一〇日のシュテルンベルガー宛の手紙(GB IV-826)のほんの数日後に、かつグレーテル・カープルスの一九三四年一月一五日付の手紙〔書簡40〕の到着以前に書かれている。

(2) パリに住むベンヤミンを訪問する計画。

(3) クラクフ生まれの著名な筆跡心理学者ラファエル・シェアマン（一八七四—一九四一?）。彼は、人の筆跡を見て、その人物の性格特徴のみならず、外見上の特徴や行動様式まで当てる才能があったと言われる。一九二九年には、彼の著書『筆跡は嘘をつかない』が出版されている。

（4）ベンヤミンはエルンスト・シェーンの家で、シュテルンベルガー（一九〇七―八九）と知り合った。シュテルンベルガーが一九三二年に博士号を取得した際の博士論文『理解された死――マルティン・ハイデガーの実存論的存在論について』は一九三四年、ライプツィヒのS・ヒルツェル出版から刊行された。

（5）シュムエル・ヨセフ・アグノンの短編集『敬虔な人々の共同体で　ヘブライ語の六つの短編』（S. J. Agnon, *In der Gemeinschaft der Frommen. Sechs Erzählungen aus dem Hebräischen*, Berlin 1933, Bücher des Schocken Verlag. 5）。この本は、ほどなくベンヤミンからグレーテル・カープルスに送られており、そこには「パリの旧友Dの思い出として」という献辞が付されている。

（6）アンドレ・マルロー『人間の条件』（André Malraux, *La condition humaine*, Paris 1933）。カローラ・リントによる最初のドイツ語訳は一九三四年に『かく、人間は生きる』（*So lebt der Mensch*）というタイトルで、チューリヒにて出版された。ベンヤミンの論文「フランスの作家たちの現在の社会的立場について」の中のマルローに関する箇所は以下を参照。GS II, 2, S.800 f.

（7）イスラエル・レーヴィ（一八五六―一九三九）。一九一九年から三八年まで、パリの首席ラビを務めた。ベンヤミンの訪問についての詳細は不明。

（8）この時に書かれた手紙は、これまでのところ知られていない。

（9）ベンヤミンはシュパイアーの戯曲『外套、帽子、手袋』に協力していたため、その興行収入の一〇パーセントの配当を期待していた。一九三四年一月一五日付の弁護士からの手紙のタイプコピーが残っているが、それによると以下のような状況であったようだ。すなわち、シュパイアーは――ベンヤミンの遺稿には含まれていない――二通の手紙、一九三三年一二月一日付、および一九三四年一月一三日付の手紙で、ベンヤミンと親しくしていた弁護士（おそらくマーティン・ドームケ）に対して、ベンヤミンへの支払いは、自分のドイツでの税金負債のために、その時点では支払えない旨を伝えていた。シュパイアーは、ドライマスケン出版社が自分に支払うべき金額の受取人をベンヤミンに付け替えるという提案をしたが、ベンヤミンの弁護士はこれを拒否した。そして三月一八日にやむなく、スイスに居住するシュパイアーに対し、スイスで活動資格をもつ弁護士を通じてこの件を継続交渉することを通告するにいたった。書簡45も参照。

42
グレーテル・カープルスから
ヴァルター・ベンヤミン宛

ベルリン、一九三四年一月二〇日

一九三四年一月二〇日

親愛なるデトレフ様

　ベルリンのことをまとめて報告したわたしの最後の手紙は、どうもあなたからのお手紙とすれ違いになったようですね。でもそのほうが、わたしにはよかったです。今なら、あのわたしの葉書(1)について説明をする勇気がもてますから。あなたに、その間のできごとを全部ちゃんと理解していただき、わたしのちょっとむずかしい立場のことを分かっていただくには、すこしさかのぼって詳しく、正確にお話ししなければなりません。テディは夏に、「トム」の草稿をあなたに送って、じりじりしながら、あなたの批評とお手紙を待ち続けていました。そして今、テディは、あなたから音信がないことで、ちょっと気分を害しています。とくにあなたが、ドルフ・シュテルンベルガーには、すぐさま長い手紙を書かれたので、なおさらです。あの本はドルフの博士論文ですが、テディの示唆を受けて書かれたものなので、状況はますます気まずくなっています。手紙を一通書いて事を収めることは、あなたにとっては、なんでもないことでしょう。あなたが長く沈黙を守ってこられたので、あなたの批評も、今となってはあいにく、そのまま素直には受け取られないかもしれません。でもあなたなら、ぴったりの言葉を容易に見つけられるはずです。一年離れていたことで、すべてがこんなに簡単に変わってしまうなんて。あなたがた二人の関係に暗雲がたれこめてしまうと、わたしはいったいどうしたらいいのか途方に暮れてしまいます。お願い、わたしの大切な方、どうかわたしを助けてちょうだい。一九三三年一月の時にも、助けてくださったように。わたしたちの文通がまだ続いていることをわたしはうれしく思っています。わたしたちがまたすぐにコンタクトをとれることを信じています――

　エルンスト・Bが、またあなたの住所を問い合わせてきました。もしかすると、近いうちにお互いに文通ができることでしょう。できるだけ早くお返事をください。そして一言、わたしたち二人の関係がもとどおり変わらないと、おっしゃってください。心をこめて。

いつも　あなたの

フェリツィタス

［原文：手書き］

(1) クリスマスにフランクフルトで書かれた葉書。アドルノの作った歌唱劇について、ベンヤミンの評価を尋ねていた。

43　グレーテル・カープルスからヴァルター・ベンヤミン宛

ベルリン、一九三四年二月一〇日

一九三四年二月一〇日

親愛なるデトレフ様

たった今、あなたからの二通目の手紙[1]が届いたところです。まだ一通目の手紙にもお返事を差し上げていなかったので、とても恐縮しています。でも説明すれば、きっとゆるしてくださると思います。わたしの以前の共同経営者が、またもや負債の清算で大変な頭痛の種を作ってくれたのです。しかも今回の失態は、その案件がすぐにでも起訴される可能性があるほどひどいものでした。もちろんこんなことを気にかけすぎるのは馬鹿馬鹿しいことだと自分を責めてはいました。しかも、幸運な偶然でお金があり、しかも数か月後には戻ってくる見通しなので、なおさらのことです。でもこれは、やっぱりわたしにとって憂鬱なことで、しかも評判を落とすことにもなります。そんなことで、何日も身体がすっかりまいってしまい、立ち直るのに時間がかかってしまいました。

「トム」の件でのあなたの優しさと細やかな配慮[2]には、何と御礼を言ってよいか分かりません。これでテディも、あなたと冷静に議論が交わせることでしょう。いずれにしても、どちらか一方が、わたしが二人を引き裂くようにして間に割って入っていると感じるようなことは、絶対に避けたいのです。わたしになにか役目があるとすれば、それはむしろ逆に、お二人の違いを埋めていく役割だと思います。

わたしはいまだにパスポートを持っていません。しかも、この状況がいつ変わるのかは、まったく見通せません。ちょうど昨日、ヴィッシング博士が、書籍のことで電話をくれました。電話での受け答えはしっかりしていましたが、声はまるでおばあさんのようでした。いつ頃本を取りに来たらよいかを、来週初めにもう一度問い合わせてくるそうです。ですから、彼には、わたしのところにあるあなたの本を全部ではなく、本当にご希望のものだけを選んで、受領証と交換に渡すのが一番かと思います。彼に渡した本のリストはすぐあなたにお送りします。わたしは彼のことをほとんど知らないので、ほんのつかの間の対面にあまり大きな信頼はかけたくありません。わたしに何か嘘をついているかもしれませんし、出発日を正しく伝えてくれているかどうかも分かりません。このあいだは、来週末に出発すると言っていました。それとも本は、やはりわたしが直接、書留でお送りしたほうがいいでしょうか。

大切な方、すぐにお返事をくださいね。そしてわたしたちの関係が昔と変わらぬものであるだけでなく、離れ離れに過ごした昨年を通じてむしろ内的にはより確かなものになったことを（具体的な成果はなくても）信じていてください。いつも変わらぬ思いをもって

あなたのフェリツィタス

［原文：手書き］

（1）一通目の手紙は紛失したようである。
（2）これについては、アドルノに宛てた一月二九日のベンヤミンの手紙を参照。*Briefwechsel Adorno*, *S*. 35-37.

44　ヴァルター・ベンヤミンから グレーテル・カープルス宛

パリ、一九三四年二月一〇日—一一日頃(1)

親愛なるフェリツィタス様

今は朝の六時ですが、今日のうちにも、あなたが予告されていた手紙(2)がこちらに届くといいのですが。いずれにせよ、私の方はもう、こうして手紙を書き始めています。まずは例のものが期日どおりにこちらに届いたことに感謝します。おかげでホテルに対する義理を果たすことができ、どんなに私がほっとしたか、お分かりでしょう。ところで、私の部屋については大いなる不満があります。せっかくホテルが騒乱の中心地に位置しているというのに、部屋は中庭に向いていて、このまたとない利点が活かせないのです。サンジェルマン大通りの（デュフォー通りとぶつかる）この一角は、じっさい、戦略的に特別に重要な場所(3)だということが立証されました。ちなみに、目下の運動が何か具体的な形をとるようになるとは思えません。しかし、この動きを追うのはきわめて興味深いことです。私は今も、優れたパリの歴史本(4)を読んでいるところなので、まさにこの闘争と騒乱の伝統の中に身をおいているというわけです。

両極相通ずとは、よく言ったものです。まったく心配事のない時にしかできなかった仕事——「パサージュ論」の執筆——が、これ以上ないほど無防備に危険にさらされているところで、再び手につくようになってきました。あな

たにすでに送ったオスマンについての仕事は、これまで書きとめてきた草稿集を新しく、また豊かにしてくれました。おかげで、この目的のための紙の在庫が底をついてしまったほどです。今日は、MK社の用紙を一枚同封します。これは大きな便箋を折りたたんだものです。もし、同じ色と質の便箋を送る手配をしていただけるなら、非常にうれしいです。

ところでヴィッシングが、ベルリンに滞在していることをご存じですか。彼はいろいろな事情——奥さんの死、経済的困窮、そしてとくにアヘン——のために惨めなことになっているので、私の用事を頼むのは本当のところまったく気が進まないのです——といって、ほかにどんな手段があるでしょうか。彼がこの仕事を引き受けないかもしれないと思うと、半分は危惧、半分は安堵といったところです。つまり彼は彼で、こちらにもう一度来るつもりになっており、私は私で、あなたのところに置いてある多色刷りの大衆向けイラスト本の小さなコレクション(5)がしょっちゅう恋しくなっているのです。それで彼に——といってもずいぶん前のことですが——あなたのところにそれを取りに行って、こちらに持ってきてくれるよう頼んだというわけです。たぶん彼は、その依頼をとっくに忘れてしまっているので、私の方でも彼にそれを思い出させる気にはなりません。それでも、もし彼があなたのところにやってきたら、彼の様子をすみずみまで観察して、もしあなたの目から見て、あまりに惨めな状態だったら——彼は今、酒に溺れています——本は彼に渡さないほうがいいでしょう。理由はいかようにも取り繕ってください。もう少し正確に言うなら、いずれにせよ彼の出発日が確定している時にのみ、彼に本を渡してください。というのも、彼が本当に戻ってくるかどうかは、まったく分からないからです。彼は「基本的」には、こちらに戻ってくることを望んでいますが、彼の場合は、意志などというものは、もう重要な役目を果たしていないのです。要するに私としては、彼があなたにもう連絡してこないことを願い、また連絡してこないだろうとふんでいるということです。ちなみに、彼の状態が非常に危機的だと私に感じさせたのは、彼が最後に私にくれた何通かの手紙です。

ここで一行、とんでいる行間は、あなたからの手紙を待った一日です。結局、手紙は届かなかったので、この手紙はこれ以上、手元に置かずに発送します。この手紙と同時に、小さな本を送りますので、プレゼントとして受け取ってください。そこには、私が一番素晴らしいと思い、愛着をもっている物語のひとつが含まれています。

心をこめて

あなたのデトレフ

〔原文：手書き〕

（1）この手紙は、明らかに二月六日に発生した二月騒乱の開始後、かつ二月九日の合同左派の大規模デモの後に書かれているが、エーゴン・ヴィッシングからの電話連絡について報告している二月一〇日付のグレーテル・カープルスの手紙〔書簡43〕が届く前に書かれている。

（2）おそらくグレーテル・カープルスは、冒頭でベンヤミンが感謝している郵便為替に、二月一〇日付の手紙〔書簡43〕の予告を添え書きしていたのであろう。

（3）一月三〇日に成立したダラディエ内閣は、二月六日に「フランス国民議会」で信任を得る必要があったため、社会主義派の議員への譲歩として、二月四日に右派のパリ警視総監ジャン・シアップを解任した。これに対して「アクション・フランセーズ」「クロワ・ド・フー（火の十字架団）」「愛国青年同盟」などの極右組織が暴動を起こし、内閣成立を阻止しようとした。七日にダラディエ内閣は辞職。右派の暴動に対抗して、社会主義政党と共産主義政党、およびそれに近い立場にあった労働組合が、二月九日に大規模な反対デモに結集した。この連帯がのちの人民戦線政府の萌芽となった。

（4）おそらく以下の書籍だろう。Lucien Dubech, Pierre D'Espezel, *Histoire de Paris*, Paris 1926. 同書は、「パサージュ論」のオスマンの章で何度も引用されている。

（5）これがどのような書籍なのかは不明。

45 ヴァルター・ベンヤミンから グレーテル・カープルス宛

パリ、一九三四年二月後半（1）

親愛なるフェリツィタス

あなたの名前のもとになった幸運の女神にまだ希望の糸が結びついていた時代は、どこに行ってしまったのでしょうか。舞台に彼女が出ていた短い現役時代は終ってしまったようです。そしてシュパイアーと私の友情も、彼女がいっしょにその早すぎた墓穴へと引き連れて行ってくれました。

薄暗い日々にこの友情のことをなんども考えていました。シュパイアー自身の状況はたしかにいきづまっているとはいうものの、それほど悪くないのですが、そうしたなかで、私の取り分のほんのちょっとでも私に分けずに騙しとる手練手管は、まさに苦々しい賞賛の気持ちすらわき上がらざるをえないほどのものです。

ひょっとしたらスイスで差し押さえ命令を得られるように試してみようかと思っていますが、どのくらいの成功率かは、あなたも想像がつくことでしょう。こうした恥さらしな行為を彼としては自分のためにも避ける力は持っていたはずなのですが。いや恥さらしだけではなく、やけっぱちからの麻酔〔ヤケ酒のことか〕を私がしないで済むようにもできたはずです。この数日私はこの麻酔からほんのときたま醒めているだけです。

これから一体どうなるのでしょうか。このような問いを発するのは私だけではありません。ようやく今日になってショーレムからの手紙を受け取りましたが、(2) その彼も同じ問いをそのなかで発しています。実際に彼も——もっともかなり先の見通しなのですが——なにか動く予定のようです。こちらも、それに応じて長い目で、彼のこの活動が実ることを願いましょう（ヘブライ大学とはなんの関係もありません〔一時ショーレムはベンヤミンをヘブライ大学に招聘することを企図していた〕。そもそもパレスチナともまったく関係ありません）。私がデンマークでゆっくりできるのではないかとのお問い合わせですが、ベルトルトからはもう長いことなんの連絡もありません。それに第三者からですが、彼の奥さんが重い病気だと聞いています。つまり、出発の時期はまだ来ていないようです。

このところわたしの方の状況はますます悪化しています。必要最小限の生活費はなんとかなっていたのですが、今やそれも間に合わなくなってきました。家賃を払ったあとのこの二週間はがっかりすることばかりが続きました。『モンド』からは、原稿料支払い日がいつになるかの約束がいぜんとして来ません。この支払日が四月一日以前ということは、まあありえないのですが。ハースの雑誌は本当につぶれてしまい、原稿料などはまったく期待できなくなりました。

でもこの話をこれ以上続ける気はありません。あなたの助けがなければ、これからの数週間が来るのを絶望か無気力で待つことになるでしょう。絶望と無気力のふたつの状態については、もう私は素人ではありません。とはいえ、あなたを頼りにしてもいいでしょうか。

今の状態では、このお尋ねをする気力もほとんどないのですが。もう何日も前から——ただなにも使わないために、そして誰にも会わないで済むために——横になっていて、仕事はできるときに少しずつしている状態です。

あなたに何ができるか、お考えいただけないでしょうか。必要最小限のことをまかなうために、そしてなんとか三月を切り抜けるために千フランは必要です。四月はジュネーヴから支払って貰える可能性があります。[3] でも今はまったくどうしようもないのです。

あなたにもっといろいろと書きたいのですが、こういう手紙は書く方以上に受け取る方を消耗させることはないでしょう＊。畝の間に蒔かれた種のように行間にこめられたこと以外は、もう何も付け加えることはできません。したがって今日はあとはただ送っていただいた紙に感謝するだけです。「パサージュ」の仕事は目下のところ、私と運命のあいだで喜んでいる第三者 *tertius gaudens* です。

ヴィッシングに本をわたさなかったとのこと、喜んでおります。書留小包での郵送は急ぎません。

思いを込めて

あなたのデトレフ

〔原文：手書き〕

＊もちろん、私は、書く方と同じに受け取る方も消耗するでしょう、と書こうとしたのですが。（なんという書き間違いでしょう！）

（1）この手紙は、ベンヤミンが二月一〇日もしくは一一日になってはじめてそのサンプルを同封して発送したＭＫ紙を受け取ってからなので、二月一六日もしくは一七日以前に書かれたということはまずありえない。「ようやく今日になってショーレムからの手紙を受け取りましたが」というベンヤミンの表現を、「二月初め」に出されたショーレムの手紙が、通常ならざる遅配でベンヤミンに届いたと理解すれば、多分二月も終わりになってからであろう。

（2）ショーレムとの往復書簡一二四―一二六頁参照（邦訳『ベンヤミン・ショーレム往復書簡 1933-1940』山本尤訳、法政大学出版局、一五二―一五四頁）。ショーレムは、ザルマン・ショッケン〔一八七七―一九五九。ユダヤ人の豪商、出版社経営者。最終的にはアメリカに亡命〕がベンヤミンの仕事に関心を抱くように仕向けるつもりだった（前掲書一二五頁参照、前掲邦訳一五二頁）。

（3）ベンヤミンは四月に社会研究所から、彼の論文「フランスの作家たちの現在の社会的立場について」およびオーギュスト・ピノルシェの『フーリエと社会主義』並びにジョルジュ・ラロンズの『オスマン男爵』の書評の原稿料として一二〇スイス・フランを受け取った。（GS III, S. 427 f. および S. 435 f. 参照）

46　グレーテル・カープルスから ヴァルター・ベンヤミン宛

ベルリン、一九三四年三月三日

一九三四年三月三日

親愛なるデトレフ様

あなたの何通もの手紙にお返事を差し上げないままなので、だらしない不誠実な人だと必ずや思っておられることでしょう。でも今回は少なくともいくつか、重要でないとは言えない事情をお伝えできるのが、その口実となります。テディはあとほんの少しベルリンにいますが、今週中にフランクフルトを経由してロンドンに行きます(1)。あの地でなんとかならないか様子を探るためです。こちらでとくに急ぐこともないので、帰路はもしかしたらパリ経由となるかもしれません。わたしの職場の人たちと反対に、わたしはまだ旅券が手にはいりません。そして目下のところ、手続きを早くしてもらえる可能性はまったくありません。あなたのひとつ前の手紙がテディがここにいるうちに着いたのはとてもよかったです。彼がこの手紙を読んだことはゆるしていただけると思います。というのも、彼が読んだ効果があったからです。今日は案件を簡単に予告的にお話しするだけにしておきますが、テディ自身があなたに詳しく書くことでしょう。つまり、わたしの以前の共同経営者のH家のことです(2)。H家は、ヴィーゼングルント家と何十年も前から深い付き合いがあります。たしか、同家のエルゼさんとはフランクフルトでお会いになりましたよね。彼女と、場合によっては彼女の兄弟のアルフォンスに、テディのおばさんのアガーテさんを通じてあなたのために働きかけてもらうことにしたのです。その方々が援助を確実に約束してくれました。当座のためにテディとわたしでピンクの紙片を三月一日付で送りました。いずれにしても状況をたえず知らせてくださいね。そしてこれまでと変わらず、わたしを最後の避難所と思ってくださるようにお願いしますね。

数日中にあなたに発送する予定の本のリストを同封します(3)。探偵小説はいただければ、たいへんありがたいです(4)。フランス語なのはまったく問題ありませんので。アグノンはこのところ大変面白く読ませてもらいました。頭巾の話と本の番人のふたつの話が一番気に入りました。いっしょに詳しくお話できないのが残念です。どの物語があなたから見ると一番よいでしょうか。

あなたが強くおっしゃるので、昨日パパの医者のツィン教授のところに行ってきましたが、教授も——これまでの他のお医者さんも皆そうでしたが——内臓疾患などはないので、体質を強化するようにやってみようということでした。まあこれからも気をつけて、よくなるのをひたすら待っているより仕方ないでしょう。

一番気にかかるのは、あなたの将来のことです。いつかもう一度ドイツに戻るなどと考えたりはしませんか？——わたしは復活祭までの孤独な数週間を、ゆっくり休むことと、服の手入れと読書と仕事でなんとか満たすつもりです。

もうそろそろ「じゃ、またね」って書ければいいのに。一年間離ればなれというのは、気が遠くなるほどの長さです。ベルトルトからなにか新しい知らせがありましたか？今日のわたしの手紙であなたがちょっとだけでも喜びを感じ、少しは明るい気持ちになってくれるのならいいのですが。

愛しい気持ちと心を込めて
いつもあなたの

フェリツィタス

［原文：手書き］

（1）「大学援助相談局」と連絡していたアドルノは、彼の哲学研究をどのように継続すべきかの相談に来るように、この局から連絡を受けた。この時点ではアドルノはまだ、イギリスで教えることができるのではないかと期待していたが、四月にイギリスに行ってみると、院生としてオックスフォードに入れるだけであること、それもまた、青年期にイギリスで暮らした父のオスカー・ヴィーゼングルント（一八七〇—一九四六）の財産がまだイギリスにあったので、奨学金の必要のない場合に限ってということだった。

（2）ザール地方のノインキルヒェンの富裕な百貨店経営者エルフリーデ・ヘルツベルガー（一八七七?—一九六二）〔以下エルゼ〕とアドルノのおばのアガーテ・カルヴェリ＝アドルノ（一八六八—一九三五）は、ベンヤミンを経済的に援助する約束をしてくれた。さらにエルゼの兄弟でパリに住んでいたアルフォンス・ヘルツベルガーも援助に加わり、その代わりに「パサージュ論」の献本用の一冊を受け取ることになっていた。

（3）おそらくは、ベンヤミンの遺品のなかにあった三枚の紙片のことであろう。本書の書簡9と注（3）を参照のこと。

（4）不詳。おそらく散逸した手紙のなかで、この探偵小説について書いていたのだと思われる。

47　ヴァルター・ベンヤミンから　グレーテル・カープルス宛

パリ、一九三四年三月九日

親愛なるフェリツィタス様

ようやくこれで少しは楽な数日と数週間が見えてきました。

これは本当にあなたのおかげで、感謝いたします。しかし感謝といっても——なによりもこんなに遠くからの感謝では——なんとも弱い表現ですね。これからまだどのくらい長く、この感謝という表現を頼りにして生きていかねばならないのでしょうか。本当にひどい状況から助け出していただきました。このあなたの援助から想像するに、(1)あなたは私の置かれた状況を理解し、私がそのひどさについてことさらに書かないでいいようにしてくださったのだと思います。

あなたとテディのおかげで得られた新たなやる気を早速二方向に用いることにしました。ひとつはまたはじめている「パサージュ論」の仕事ですが、これについて詳しいことはまたの機会に書きましょう。もうひとつは、本当に小さなものですが、ある美術サロンを何回か講演のために提供してもらえたことを踏まえてのことです。その部屋で、フランス人の聴衆に私のやっている分野について、講演会シリーズをフランス語でやることになりそうです。(2)例えばカフカ、クラウス、エルンスト・ブロッホ、その他についてひとつのまとまりになるような話をするつもりです。もちろん、実現するかはまだわかりません。言えることは、私は実現を大いに望んでいて、この地での人間的繋がりを総動員しようと思っているということです。

昔からのフランスの知り合いたちとの通常の経験から見ると、かつての知友関係を再開するのはあまり気乗りがしないのですが、それでもこの計画を実現するためにはためらいの気持ちを抑えねばなりません。そこで数日のうちに最も古い知友関係をまた掘り起こそうと思っています。かつて出版社をしていたフランソワ・ベルヌアールをご存知かどうか知りませんが、(3)彼はいろいろと運命に翻弄されたあげくに現在は印刷会社をやっています。彼はまたある文学クラブ——一九一四年の友人と称するクラブ——の音頭取りになっていて——いささか問題的な——文学状況も作っています。多分定例会の火曜日にこの会に出なければならないでしょう。その前には彼を個人的に訪ねて、どういう〔政治的〕風向きの人か見なければならないでしょう。

すでにときたまお話ししたことのあるジョイスの出版社

をやっているシルヴィア・ビーチのところにも、同じような考えから最近行ってきました。彼女はここの地区で英語の本の貸本サービスをやっていますが――少なくとも彼女の言うところによれば――、パリにはもうイギリス人はひとりもいなくなってしまったそうです。実際に彼女の店もとても静かで、壁にかかっているウォルター・ホイットマン、オスカー・ワイルド、ジョージ・ムーア、ジェイムズ・ジョイスその他のすばらしい写真と手稿をゆっくりと見ることができました。イギリスの雰囲気に浸ったこともあり、モームの探偵小説を明日送るつもりですので、ゆっくりお楽しみください。最近、偶然のことから、今では成功した人生をニースで振り返っているこの老人の自伝的回顧を『リュ』誌〔両大戦間に、政治雑誌の草分け的編集者のリュシアン・ヴォーゲルがやっていた左翼急進主義の雑誌〕で読みました(4)。この総決算の文章はいささかメランコリックですが、ともかくわかったのは、モームは諜報機関で活動していたことがあり、彼の描くアシェンデン氏は、彼自身の人生が下敷きになっているということです。

送っていただけることになっている本のリスト、ありがとうございます。あくまで二次的なことですが、ひょっとして『偽りの像』とその範疇に属する別の一冊か二冊があなたのところにないでしょうか。いや、もう一度リストを見たところ、足りないのは『偽りの像』（多色図版で面白い、目で見て楽しい模様が載っている本です）だけです(5)。まあ、それほど重要なことではないです。

アグノンに親しみを感じていただいて、うれしく思っています。私の好きなふたつの話は、本の番人と大きなシナゴーグです。大きなシナゴーグの話は、今から一五年前のことですが、私の『新しき天使』〔計画だけで終った雑誌です〕の第一号に載るはずでした。

私の名前で――テディを通して――ノインキルヒェンから親切にも小包を送っていただいたお礼を言ってください。

ヴィッシングはまだアルコール禁断治療から退院していません。治療が終ると彼を待っているのは、奥さんがなくなった直後に彼が引き起こした個人的な厄介ごとです(6)。自己抑制が極度にきかなくなった状態で起きたことだと思っています。いずれにしてもこの女性はとんでもないのです。彼女と喧嘩別れする方が――それがいかに彼にとって大変なこととなろうと――、なんとか彼女とやっていこうとするいかなる試みよりもましでしょう。どういう顚末になるにせよ、彼女がいる以上、彼はしばらくのあいだ、私にとっていないのと同じになるでしょう。

こうして昔からの知り合いですらいなくなります。残っている数人の価値がますます強く感じられてきます。こうしてこの手紙のはじめのところにもどってきてしまいました。残るのは最後に、ツィンの言うことをよく聞いて(7)、また私に早く手紙を書いてくださいと言うことだけです。

昔ながらの愛しさで

あなたのデトレフ

一九三四年三月九日
パリ六区
デュ・フール街一番地

［原文：手書き］

（1）グレーテル・カープルスとアドルノは三月一日付でベンヤミンに送金している。

（2）ベンヤミンは産婦人科医のジャン・ダルザス（一八九三―一九七〇）の持っていたメゾン・ドゥ・ヴェール［ガラスの家。ピエール・シャローとベルナルト・ベイフットの建築になる有名なモダニズム建築］（サン・ギヨーム街三一番地）の私邸で、ドイツのアヴァンギャルド文学について一連の講演をする約束をしていた。ダルザスはフランス共産党員で一九三四年には「テールマン委員会」を支持する組織の会長をしていた。［一九四四年にブーヘンヴァルト強制収容所で銃殺されたドイツ共産党員エルンスト・テールマン（一八八六―一九四四）はすでに一九三三年に逮捕、投獄されていた。彼を援助する組織がパリにもあったらしい］。ダルザスはまた、一九三五年三月九日にパリで設立された「ファシズムについての国際展覧会」の「発起人会」のメンバーでもあった。ベンヤミンの講演会シリーズは、ダルザスが重病に罹ったため、行われなかった。「ダルザス家での講演計画のためのメモ」GS VI, S. 181-184 および S. 741-746）は、とくに四月一三日に予定されていた「ドイツ文学における政治思潮」と題した第一回の講演のためのもの。

（3）ベンヤミンはすでに一九二六年に詩人かつ出版社経営者のベルヌアール（一八八三―一九四九）と知り合いになっていた。文学クラブや個人的訪問についての詳細は不明。

（4）モームの探偵小説および自伝は以下のとおり。Somerset Maugham, *Mr. Ashenden, agent secret*. Texte français de Mme E. R. Blanchet, Paris, 1933.（モーム『アシェンデン　英国情報部員のファイル』中島賢二、岡田久雄訳、岩波文庫、二〇〇八年）S. Maugham, Je suis espion par vocation, in *Lu dans la presse universelle*, 2.3. 1934, p. 17.

（5）不詳。

（6）不詳。

（7）ツィンとはおそらく内科医ヴィルヘルム・ツィン教授（一八六九―一九四三）のこと。彼は当時グレーテル・カープルスの治療をしていた。

48 ヴァルター・ベンヤミンから グレーテル・カープルス宛

パリ、一九三四年三月一八日以降(1)

親愛なるフェリツィタス様

あなたの具合がとても悪いとのこと、大変心配しております。(2)

そもそも思い出せるほんのわずかな人々のことを、多少なりともうれしく思い出すことすらやめねばならないとは！

ご自身のためにできる精いっぱいのことをなさってください。人のためならば、人は時には自分のこと以上にできるのだということを、あなたはなんども示してくれましたから。

私がまた自分のことができるようになるなら、それはあなたのおかげです。そして自分のことができるようになるというのは、自分の仕事に向かえるということです。実際に、ちょっと前ならば自分でも考えられなかったほどに「パサージュ論」の仕事に立ち戻り、没頭しています。この仕事が新しいかたちになってきました。

おそらく最終的な姿になったというわけにはいかないと思いますが、それでも、前の状態から進んだ距離は、最終状態との距離よりも大きいでしょう。これについては口頭でならお話ししたいことが山のようにあるのですが、書くのは無理です。ただ、この数日で暫定的な章立てができたということだけは、申し上げておきましょう。(3) ここまで進んだことはまだありませんでしたので。

〔国立〕図書館が六時に閉まってしまい、長い夕刻ひとりぼっちになってしまうのは、つらいです。人に会うのは本当に例外的な場合だけなので、時には小説が必要になります。モームがとてもよかったので、今は彼の二冊目となる『逃亡者』を読んでいます。(4)

またグリーンの新しい小説も出ました。(5) これは手に入れてあなたに送ることができるでしょう。

テディに詳しく返信したことは、多分彼自身から聞いていることと思います。あなたの方からも――もしもあなたにその気があればですが――彼がくれた新たな希望にどれほど私が感謝しているか、繰り返しておいてください。この希望が、私自身がとても予想できなかったほどに直接の刺激となって、「パサージュ論」の仕事が進みました。このことについては、ほのめかす程度のことは書いておきました。

反対にエルンストには書いていません。(6) 私の手紙に返事をくれたことがいちどもないのがひとつの理由ですが、もうひとつは、講演の企画がまだ固まっていないからです。決まるのは多分、復活祭のあとでしょう。

本の小包は着きました。心からお礼を言いたいです。あとは、小包に続いてあなたがいらしてくれればいいのですが。

この手紙を読む頃には、発作がとっくにおさまっていますように。変わらぬ愛しい気持ちを込めて。

あなたのデトレフ

［原文：手書き］

（1）この手紙はアドルノに手紙を書いた三月一八日とグレーテル・カープルスからの手紙を受け取った三月二六日のあいだに書かれた。

（2）情報源は、残っていない手紙か、二人のあいだの電話か、あるいは共通の知人であろう。

（3）［この時点で作成された構想メモ（書簡37の注（3）参照）によれば］「パサージュ論」は、「パリ　十九世紀の首都」というタイトルで、六章構成になるはずだった。（vgl. GS V, 2, S. 1220 f.）

（4）William Somerset Maugham, *Le fugitive*. Texte français de Mme E. R. Blanchet, Paris 1933. 一九三三年に出た南洋ものの小説『片隅の人生』のフランス語訳（W・サマセット・モーム『片隅の人生』大野隆司訳、ちくま文庫、二〇一五年）。

（5）パリで一九三四年に刊行されたジュリアン・グリーンの『幻を追う人』。

（6）一九三四年一月か二月のエルンスト・ブロッホ宛の手紙は残っていない。ベンヤミン宛のブロッホの最初の手紙の日付は一九三四年四月三〇日。（vgl. Bloch, *Briefe 1903–1975*, hrsg. von Karola Bloch u. a., Bd. 2, Frankfurt a. M. 1985, S. 652 f.）

49
グレーテル・カープルスから
ヴァルター・ベンヤミン宛

ベルリン、一九三四年三月二六日

一九三四年三月二六日

お日様が照ると
小鳥さんたちが笑いはじめる。

親愛なるデトレフ様

こんなに長くお手紙を差し上げませんでしたし、とても面白くまた楽しいモームのお礼ものべていませんが、それはもっぱらわたしの健康状態のせいです。こちらの思いをあなたが身体で感じ取ってしまうに違いないと思うくらい、あなたのことばかり思い出し、あなたがここに現れないかと切望していました。エゴイスティックなことこの上ないですが、わたしのつらい状態のあれやこれやを、本当はあなたと詳しく話し合いたかったのです。事態はますますわけの分からないことになっています。身体的にも、そしてわたしの考えでは精神的にも、どこにもなんの病気も確認できませんし、明確にこれだと認定することもできません。体のバランスが崩れているのですが、理由がわからないのです。精神分析ですって？　でも、わたしよりもずっとおばかさんな人がどうやってわたしを助けようっていうのでしょうか。わたしの考える理屈ですって？　それは、わたしがこの体に強いたありとあらゆる無理がたたって、体の側からの一種の反抗が起きているということでしょう。わたしの人生の流れに対する猛烈な反抗なのです。こんなこと嘆いていて恥ずかしいかぎりです。だってあなたは、自分のことができないくらい、せっぱつまった金銭的心配に襲われているのですものね。でも、あなたにことの次第を可能なかぎりお伝えしないうちは、あなたを頼りにするわたしの気持ちが落ち着きません。日常の大変な数の細々したことが多すぎて、負担過剰です。そして今また機械がおかしくなり、その修理がとても大変なのです。このところわたしの神経科の医師は、インシュリン治療や、マッサージ、電気治療をしてくれたりしています。本当に助けになるのは誰でしょうか？　テディは残念ながら役にたちません。どうしたらいいのか、途方にくれています。

復活祭に三日ほどコペンハーゲンに、ということであれば喜んで行きたいところだったのですが、旅券問題でだめでした。ひょっとしてハンブルクという決断は無理でしょうか。

「パサージュ論」が書けそうだという見込みを聞くと大変うれしくなります。わたしの愛しい気持ちや、うまく行くようにと祈る気持ちをこのお仕事に向けて総動員しますね。思いのなかではあなたのすぐそばにいるので、書くのがとても難しいです。なぜなら、わたしが言えることは、あなたにはもうとっくにわかっているような気がするからです。どんなにたくさんのお手紙を書くよりも、たったひとつのちょっとした仕草でもっと多くのことが言えそうです。もしかしたら愛しい仕草というのが一番ぴったりの言葉かもしれません。

カール・ティーメ(1)の『宗教の思い』という雑誌に〔アド

ルノの」『キルケゴール』のとてもいい書評が出ていますが、そのなかで、あなたのほとんどすべての著作が引用されています。この人はあなたの書いたものを、新聞のも含めて、熱心にフォローしているに違いないです。クラウス論も。

　最近のアメリカの映画はご覧になっていますか。『金曜の夜八時』(2)や『踊る夢』(3)などの最近の奇抜な動向には驚き、同時に感嘆しています。これについてはたくさんお話ししたいことがあります。映画がやはりまた芸術に転向したようにも思えてくるくらいですね。

　『フォス新聞』が四月一日で消えることは、もうお聞きになったと思います。テディはひどい状況にもかかわらず元気で、ことのほかたくさん書いていていますが、彼にとっては――四月中旬のイギリス旅行は予定どおりです――書いたものを載せてもらえる可能性がひとつ減ったことになります。現在の事態ではたして個人的生活というのは本当のところ可能なものなのでしょうか。

　もしもわたしがカトリックになると決めたら、あなたはどうお考えでしょうか、ヴァルター・ベンヤミンさん。今日は約束を破ってあなたをあなたの名前で呼びたいのです。デトレフとフェリツィタスという仮面をかぶるのもいいですが、本名で呼ぶと、やはりわたしはあなたをあなたのご友人たちとは違ったふうに、また彼らよりもよくあなたを知っているような気が、そしてあなたへの本当の通路を見つけたような気がするのです。

　わたしからの復活祭の挨拶を受けてください。色彩を施した卵とリボンも。愛しさとお慕わしい気持ちで

あなたのフェリツィタス

〔原文：手書き〕

(1) ライプツィヒ生まれの歴史家・神学者・著述家クルト・オットー・ティーメ（一九〇二―六三）は、一九二七年から三一年までドイツ政治大学で、その後は東プロイセンのエルビングにあった教育アカデミーで教えていたが、一九三三年に勤務停止になり、短い拘束期間を経て、同年一一月五日に解雇された。ティーメは宗教的社会主義者同盟のメンバーであった。一九三五年にスイスに移住し、四三年にはスイスの市民権を得た。ティーメは『宗教の思い――キリスト教的深化と教会一致のための相互理解の季刊誌』の最終号に「セーレン・キルケゴールとカトリックの真理――個人的弁明報告」と題した論文を載せた。この論で彼はベンヤミンのバロック悲劇論の存在を指摘している。これを契機にベンヤミンとティーメは手紙を交換するようになった。

(2) 『金曜の夜八時』とはアメリカ映画『晩餐八時』（ドイツ語タイトル Dinner um acht）のこと。ジョージ・S・カウフマンとエドナ・ファーバーのブロードウェイ作品に依拠した、監督ジュージ・キャーカー、出演ジーン・ハーロウなどによ

る一九三三年制作の作品。
(3)『踊る夢』という映画は不詳。

50　グレーテル・カープルスから ヴァルター・ベンヤミン宛

ベルリン、一九三四年四月三日

Dr・M・カープルス
ベルリン、N二〇
プリンツェン・アレー六〇

Dr・ヴァルター・ベンヤミン様
パリ一六区
ジャスマン街二五番地裏

親愛なるデトレフ様！

復活祭の少し前に詳しいお手紙を書きましたが、もう受け取っている頃でしょうか。

あなたの状況が依然として不安定なようで、胸が潰れる思いです。前の送金以来、状況はましになっているとわたしは思っていたのですが。テディはもう一度例の方々に連絡をしてみるつもりです。うまくいけば定期的に一定の金額を当てにできるし、最低限の必需品への不安にも悩まされるということはなくなるでしょう。一度正確な金額を教えてくれませんか。

今回、わたしは良い医者に巡り合えたようです。というのも、最初の週で四ポンドも体重が増えたのです。二週間前と比べてとても楽になっているように感じます。

サマセット・モームの長編『逃亡者』[1]を買いました。ドイツ語ではタイトルが違いますが。南洋の物語ですよね？主役はニコル船長とフレッド・ブレイクと医者でしたでしょうか。

昨晩、エーリヒ・ライス出版の元編集顧問[2]が、うちに来ました。彼はライスさんとは個人的にごく親しい仲だったのに、ほとんどでたらめのアーリア条項のために残念ながらその地位を手放さざるをえませんでした。彼はライスさんに『ベルリンの幼年時代』に興味を持ってもらえるよう働きかけてくれるつもりです。加えてゲルハルトから短い推薦の言葉があれば、とても有利に働くことでしょう。すぐにでも印刷できる原稿を近いうちにあなたに依頼するということも、十分ありうることです。

工場から二、三軒のところ、ドレスデン通りに素晴らしい建物があります。シティ・ホテルです。あなたにお見せできないのが残念ですが。このおかげで、パサージュを研究するのに、わたしはあまり遠くまで行く必要がありません。

今日のところはご挨拶まで。お元気で。

いつもあなたの

フェリツィタス

あなたは帝国著述院〔書簡40注(4)参照〕に所属していますか。これが『ベルリンの幼年時代』に関するタウさんの最初の質問でした。

〔原文：タイプ原稿。追伸は手書き〕

(1) サマセット・モームの長編『片隅の人生』のミミ・ツォフによる翻訳のタイトルは *Ein Stück Weges. Ein Südsee-Roman* (Berlin 1934)〔『ちょっとした道のり――南洋小説』〕。

(2) マックス・タウのこと。

51 ヴァルター・ベンヤミンから グレーテル・カープルス宛

パリ、一九三四年四月三日頃(1)

親愛なるフェリツィタス様

不安な気持ちであなたの手紙(2)を読みました。あなたの状況のためだけではなく、私たちが長く離れているという、従来の理由からです。あなたの健康状態に関して私たちが話し合ったとしても、治すのにいい方法がみつかるかどうか、私にはわかりません。でも、面白いことに、最近――これが手紙をいただく前だったか後だったか忘れてしまいましたが――奇妙な夢を見ました。私が医者になったというものです。しかも、その治療方法(3)が、患部に手を当てるというもので、それを私はまさに学ぼうとしているのでした。

遠くから何か言うなんてありえないですよね。それに、ひょっとして私がそちらに行って眼の前に現われるよりも、別の第三者のほうが、役に立つことだってあるでしょう。私のヴィッシングへの信頼が、現在ごく限られたものであることはあなたもご存知ですよね。それにあなたにお話ししていない理由もあります。でも、彼は私にとっていつも非常に近いところにいる男でしたし、ひょっとすると今後またとても近い関係になるかもしれません。彼の医者としての能力を私は高く買っていますし、それも単に純粋に職業上の能力を評価しているだけでなく、性格や精神に関係のある限界領域を評価しているわけです。今日でも、私個人としては、医学的なことに関してはいつでも彼に問い合わせたいところです。私があなたの近くにいるのなら、彼のところにあなたを連れて行くのは、なによりも自然なことだろうと思います。

　でも今はそれができないので、あなたが私の考えを受け入れて、私が直接に仲介者としてその場にいあわせなくても、ヴィッシングのところで診察を受けてくれるといいと思っています。彼はほぼ確実に近いうちにベルリンに行く予定です。あなたがはっきりと同意してくれれば、こちらで彼にあなたのことを話しておきます。同意がすぐにいただけるといいのですが。

　その対価として、私はあなたがカトリックに改宗することに、あっさりと同意しましょう。あっさり言ってしまったからといって、苦もなく言ったとはお思いにならないでしょう。それで十分です。

　あなたを軽いショックにさらすことになってしまいますが、続けて、あなたが口にした『宗教の思い』の話です。その論文を所有できないまでも、一瞥することは大歓迎です。送っていただけませんか。

　さらに続けて二つ。ゴットフリート・ベンが綱領的な論文[4]を書きました。「新しい国家の詩人」とか何とかです。できるだけ早くこの論文を入手したいのです。ご想像のとおりかと思いますが、講演のためです。別刷りの特別号なのではと思います。すぐにでも送っていただけないでしょうか。

　もう一つは、私の仕事についての批評が綴じてあるファイル[5]です。あなたのところにないでしょうか。すぐにでも必要というわけではないのですが、どこにあるのかが分からないというのは気持ちのいいものではないもので。

　あなたの言っていたアメリカの映画というのは、『晩餐八時』のことかと思われます。何か月か前に見ましたが、とても面白かったです。

　ハンブルクの件はどうなっていますか。私の今年の復活祭は、講演の準備のために書き散らしているうちに終わってしまいました。外はとてもよい天気で、中庭の木の芽が青い空に映えています。

　すぐにでもお返事をください。そして身体がよくなりますように。いつものように

あなたのデトレフ

パリ一六区
ジャスマン街二五番地裏

〔原文：手書き〕

(1) この手紙は四月二日の復活祭休暇の直後に書かれている。
(2) 三月二六日の手紙〔書簡 49〕のこと。
(3) ベンヤミンの「物語と治療」(GS IV, 1, S. 430) およびその基となったメモ (GS IV, 2, S. 1007 f.) も参照。
(4) ベンヤミンがここで念頭に置いているのは一九三三年七月に出版された特別号「新しい国家と知識人」のことで、これと同じタイトルの講演が一九三三年四月二四日にベルリン・ラジオで放送され、翌日の『ベルリン証券取引所新聞』に掲載された。ベンの政治的態度に対する、ドイツから亡命した作家による批判、とくにクラウス・マンのベン宛の一九三三年五月九日の手紙がきっかけとなって、ベンは「亡命文学者に答える」を執筆した。これも同様にまずラジオで放送され、一九三三年五月二五日に『ドイチェ・アルゲマイネ・ツァイトゥング』に掲載された。その後、著作集に収められている。
(5) ベンヤミンの仕事に対する批評を集めたものは残されていない。

52 ヴァルター・ベンヤミンから グレーテル・カープルス宛

パリ、一九三四年四月七日

親愛なる友へ

ついによい医者が見つかったのですね、よかったです。とはいえ、だからと言って前の手紙はもう不要などと言うつもりはありません。ヴィッシングがあなたを診てくれるなら、きっと効果があると思っていますから。彼が正確にいつベルリンへ行くのか、目下のところはまだわかりません。ここ二、三日は当地を空けています。

慰めの星がひとたびこのフランスの空に昇ると、奇妙な偶然がいろいろと待っているものと相場が決まっているようです。その結果、星は消えなければならないのです。ついに、私の講演の準備がすべて終わりました。この講演から何の直接的な収入も期待できないとしても、そうはいってもこの講演が今後の展望を開いてくれたはずです。私の仕事が表に出ることの意味――その可能性はこんなに制限されているのですから――については、言うに及びません。

ところが、今日になって、私に家と知己を提供しようとしてくれた医者が肺炎を患っていることを知りました。これが事実であって、口実ではないなどといったところで大した慰めにもなりません。講演の日を延期していずれまた開催しようとしていることも疑っているわけではありません。でもいったいどれだけの、貴重とは言えなくても、高価な時間が失われたことか。結局私は、この催し物シーズンのまさに終わろうとするところでスタートすることになってしまいそうです。シーズンは、私が始める前に終わろうとしているのです。

それにしてもこの講演の準備は進みすぎてしまい、仕事の中断が正当化できないところまで来てしまいました。そんなわけで、最後まで終わらせてしまうつもりです。その後すぐに、計画していたとおり「ドイツの書店の歴史[1]」の仕事に取りかかります。

マルティン＝シュヴァルツさん[2]に新しい住所[3]を電話で伝えたのですが、このとき彼は私に、復活祭の後で連絡すると約束してくれました。残念ながら連絡はまだありません。そんなわけで、あなたの前の手紙の質問に二重に感謝します。金額については、四五〇フランです。この金額を、あるいはなおよいことには五〇〇フランを当てにできるのであれば、それは大きな意味を持つことになります。つまり、ほんの少額でもほかに報酬として入ってくる別の収入があれば、私の生存を可能ならしめることになるわけです。パリでは、何か幸運でもない限りは長期的には無理でしょうから、どこか生活の楽な田舎ででも。

私は帝国著述院には属していません。でも、よく考えたら、この質問にはタウさんが思っているような重要性はないかもしれませんよ。『幼年時代』の原稿はいつでもお見せできます。ゲルハルトの推薦の言葉ということをおっしゃっていましたが、何のことを言っているのか、よくわかりません。テディの旅行計画がどうなっているか、教えてください。

別送の同便で印刷物[4]を送りました。楽しんでいただけるといいのですが。

『逃亡者』の感想を聞かせてください。私にとってはつらい時間を乗り越えさせてくれた本です。私は私の見方で読んだつもりです。

春が再び、いたずら小僧のようにつぼみを啄んでいます。

心を込めて

あなたのデトレフ

一九三四年四月七日

追伸　ベンの演説のタイトルは「知識人と新しい国家」でした。

たった今、葉書[5]が届きました。私の持っている一番状態のよい一部をお送りします。ただし、残念ながら版が少し異なります。断章の順番は本のものと同じです。

〔原文：手書き〕

(1) 一九二三年に完結したフリードリヒ・カップとヨーハン・ゴルトフリートリヒの四巻本の作品。ベンヤミンはこれを所有していたが、これについて論文を書くことはなかった。
(2) シュヴァルツ氏あるいはシュヴァルツ＝マルティン氏は、エルゼ・ヘルツベルガーの甥アーノルト・レヴィ＝ギンスベルクの知人で、パリに在住していた。詳細は不明。
(3) ベンヤミンは二、三週間前から一時的に、パリ一六区のジャスマン街にある妹ドーラのところへ身を寄せていた。
(4) 〔マックス・〕コメレルの『ジャン・パウル』についてのベンヤミンの書評のこと。「浸された魔法の杖」というタイトルで三月二九日の『フランクフルト新聞』に掲載された。
(5) 残っていない。

53 グレーテル・カープルスから ヴァルター・ベンヤミン宛

ベルリン、一九三四年四月九日

一九三四年四月九日

親愛なるデトレフ様

春が来て、わたしたちの文通も芽吹き始めたようですね。日曜日の素敵な散歩の代わりにはなりませんが、それでも。あなたの前の手紙は、出来るだけ早く処理できるよう、すぐにフランクフルトのテディのところに送りました。あなたの疑問にはテディが手紙でもう答えているはずです[1]。『宗教の思い』の冊子の当該号は注文済みで、ベンの演説は今日発送したところです。頁を切って読んでみましたが、正しいことも書いてあるにもかかわらず、結局のところ幻滅しました。ベンについてあなたはもっと知っているのでしょうか。あなたの仕事についての批評は、持っていませんし、どこかで見たという記憶もありません。今回読んだモームの本は、前に読んだものと違って、また大いに気に入りました。コンラッドを彷彿とさせるところがありますね。でも、薦めてもらって間違いなくよかったです。よくしてくれるそのお医者さんの肺炎は不安です。あなたの講演が終わるまで待てなかったとでも言うかのようですね。医者と言えば、いくつかお伝えしたいことがあります。S教授のインスリンの肥満療法を三週間続けたところ、本当に具合がよく、元気なのです。わたしのバカバカしい心気症をいつまでも思い続けることを、ついに諦めなければならないほどなんですよ。成功の秘訣は、単に継続してこの薬を服用することです。内科医がみなわたしを健康と見なしたのに対して、彼はわたしの状態をきわめて心配なものと診断し、わたしが「神経への餌やり」と名づけた精神的治療を施すことなくわたしを元気にしてしまいました。彼はわたし以上にわけがわからず行き詰っていましたが、それでも上手くいきました。医者に何を求めるべきかを決めることは、本当に難しいですね。方法は冒険的であったとしても、結局のところは、患者を何とかして助けてほしいわけですが。

わずかな例外はありますが、医者というのは大学入学資格のある召使にすぎません。ここまでの長い導入部は、ヴィッシング博士の診察をさしあたりお断りするというささやかなお願いのためです。目下のところそれはもはや必要ないですし、このことによってわたしたちの友情をわずかでも危険に晒すようなリスクは冒したくないからです。わたしには、精神的なことに第三者に介入させるべきではないように思われます。そういうことをする特権は魂にとっておいてあげましょう。マイネッケ通りやプリンツレゲンテン通りの家での会話を思い出しますが、今こうやってお断りすると、あの時にあなたのおっしゃっていたことを理解できるように思います。あなたはもうあまり覚えていらっしゃらないかもしれませんが。そんなわけで、申し訳ないけれど、この話はなかったことに！

フランスの田舎で暮らすという計画はどうなりましたか。北が好みですか、それとも南でしょうか。小さい町ですか、それとも夏の別荘ですか。

アインズィーデル〔書簡40注（3）参照〕はタウといっしょに『フランクフルト新聞』主催のパレスチナとエジプトの旅に行きます。頻繁に連絡をください。どれほどお便りをいただいても十分とは感じることができませんから。

心より、いつもあなたの

小さなフェリツィタス

〔原文：手書き〕

（1）四月五日のアドルノの手紙のこと。*Briefwechsel Adorno*, S.52–55 を参照。

54 グレーテル・カープルスから ヴァルター・ベンヤミン宛

ベルリン、一九三四年四月一三日

ベルリン、一九三四年四月一三日

ヴァルター・ベンヤミン博士
パリ一六区
ジャスマン街二五番地裏

親愛なるデトレフ様！

たった今、『宗教の思い』を送りました。ちょっと前に聞いたのですが、最近新聞でよく名前を見るカール・ティーメは、有名なプロテスタントの神学者なんだそうですね。カトリックとプロテスタント教会の統合についてローマ教皇に公開書簡を書き、長く書簡を交わし続けているとのことです。あなたもひょっとすると読んだかもしれません。

『ベルリンの幼年時代』にますます夢中です。できれば一編一編を暗記したいくらいです。むろん、これをちゃんと理解するには、『一方通行路』の方法に従って書き写さなければならないわけですが＊。

コメレルの書評をありがとうございました。この本を入手できるか見てみます。そのほうがあなたの批評がどれほど素晴らしいか、もっとよくわかりますから。

愛をこめて、そして心をこめて

いつもあなたの

フェリツィタス

＊わたしの治療はクアフュアステン通り八〇番地で行われています。ゲンティーン通りとシュテークリッツ通りの角（訳注1）のすぐ近くです。

［原文：タイプ原稿に手書きの補足］

（訳注1）『ベルリンの幼年時代』にこのタイトルの断章がある。

55 グレーテル・カープルスから ヴァルター・ベンヤミン宛

ベルリン、一九三四年四月一九日

一九三四年四月一九日

親愛なるデトレフ様

あなたのお手紙に、すぐにお返事をさしあげたいと思います。ただし、ささやかな願いごとを添えて。どうぞ、言うべきことについては、さしせまった日々の雑事に紛れさせないで、どんなことでもすべてわたしに書いてくださいね。

あなたの新しい住所は関係箇所にもすぐ伝えました。まだ配達途中の郵便物については、いずれにせよ妹さんがきちんと転送してくれることでしょう。

差出人の件ですが、彼女は五十代半ばの、まだとても活動的な女性で、ファースト・ネームはエルゼ＝マリアンネ、未婚ですが、呼称には「夫人Frau」を使って欲しいようです(訳注1)。テディはあなたへの援助を彼女に熱心に頼んでくれたのだと思います。金額は少し増えたのかしら。それとも四〇〇フランのままでしたか。この額はテディとエルゼとアガーテの三人分を合わせたものです。彼女は定期的に仕送りをするって書いていましたか?!

わたしはまた体重が増えました。一番きつい治療は来週で終わりだと思いますが、ドクターには引き続き経過観察をしてもらうつもりです。わたしが〔ヴィッシングさんの診察を〕お断りしたことを、あなたにちゃんと理解していただけて、とてもうれしいです。それでもやっぱりわたしの状態が悪化してしまうようなことがあれば、もちろんわたしの懸念を振り払って、お願いしなければならないかもしれません。

ドイツであなたの本を出版することを考えると、あなたが帝国著述院に入っていることは、やっぱり絶対に必要だと思います。入っていないと出版社はあなたのものを何一つ印刷できないのです。そちらから加入の手配をするのが難しければ、その手続きのために、しばらくの間（二週間から四週間）、ベルリン＊に来ることができないかどうか、真剣に考えてみたほうがいいかもしれません。こんなふうに言うのは、もちろん、あなたに再会したいという切なる願いがあるからですが、でも、本当にそれだけの理由ではありません。あくまでこちらから見た状況をふまえたうえでの相談です。今日までのところ、ライスさんからの知らせはまだありません。でも結局、〔帝国著述院加入という〕この一点だけが問題だということであれば、お金のことはなんとかなるはずです。こちらに来た時には、場合によればGl①さんのところに住めるでしょう。

できるだけ早くお返事をください。

とても心配しながら、あなたに想いを寄せる

フェリツィタス

＊ただしプリンツ〔レゲンテン通り〕ではありません。

〔原文：手書き〕

（1）グスタフ・グリュックのこと。

（訳注1）当時は現在と異なり、未婚女性には年齢と無関係に Fräulein を使うのがまだ一般的だった。

56 グレーテル・カープルスから ヴァルター・ベンヤミン宛

ベルリン、一九三四年五月三日

一九三四年五月三日

親愛なるデトレフ様

本日やっとお手紙[1]、落手。例のエッセイ[2]は、あなたのご希望とはちょっと違う形でお送りします。アーノルト・レヴィ＝G[3]は典型的なプチ・インテリで、かなり退屈な人物ですが、親切な人なので、おつきあいを続けていかれればと思います。わたしの旅券などはまだ入手できていません。入手していれば、少なくとも聖霊降臨節の何日かは、パリ経由でロンドンに向かっていたかもしれません。詳しいことはまた近日中に。そのときはよいニュースをお伝えできるとよいのですが。

心を込めて

いつもあなたのフェリツィタス

シュパイアーともめている時に、フェリツィタスという名前を使い続けてよいものかしら。

〔原文：「ゲオルク・テングラー／革手袋工場／卸売と輸出」社の営業用箋書への手書き〕

（1）残っていない。

（2）おそらくベンの講演「新しい国家と知識人」であろう。

（3）アーノルト・レヴィ（レヴィ＝ギンスベルクとも）は博士号をもつ美術史家でエルゼ・ヘルツベルガーの甥。彼は妻のミリィと共に、ベンヤミン晩年の最も親しい知人の一人だった。彼はフランスに残り、戦後、アルマン・レヴィリエと改名して、古書店を営んだ。

57 ヴァルター・ベンヤミンから　グレーテル・カープルス宛

パリ、一九三四年五月六日前後[1]

親愛なるフェリツィタス

昨日、あなたからのお葉書、受け取りました。私がしばらく沈黙していた理由は、もうとっくにおわかりのことでしょう。

あなたにすっかりご心配をおかけしてしまった日々の償いのために、うまく償えるかどうか分かりませんが、ほんの少しだけ書かせていただきます。

今はまた自分でも驚くほど活力を取り戻しつつあります。ただ、自分の周囲にできあがってしまった完全な孤立状態のために、かすかな、たとえ見込みのないものであっても、何かしら人々と接触する努力はするようになっています。

「マルセイユのハシッシュ」はご存知ですね。私はあれをフランス語に訳してもらいました。[2] 専門家に言わせると、この翻訳はひどい代物のようです。それでも、つてを頼りに、なんとか『カイエ・デュ・シュッド』誌にこの作品を載せてもらう努力をしています。この雑誌はマルセイユで発行されており、それが、わずかながら頼みの綱です。しかし何より努力したのは、翻訳の問題を、もう少ししっかりと任せられるような手立てを講ずることでした。私の作品の場合、翻訳は私自身が思っていた以上に難しいようです。でも近々、ドイツ語に本当に精通している翻訳者とコンタクトをとれそうな見通しが少しあります。もうひとつ、この人物のよいところは職業翻訳家ではないことです。ブノワ゠メシャン[3]という人物ですが、あなたにこんな名前を言ってみてもしかたありませんね。

あとは大きな百科事典の編集[4]に加わる努力をしています。これはかつての文部大臣ドゥ・モンズィが推進した企画で、今は準備が始まったばかりの段階にあります。もちろん具体化するのは早くても冬になると思います。

バッハオーフェンに関する評論のことで『新フランス評論』と接触したことは、多分もう書いたでしょうね。[5]

いろいろな翻訳企画があるので[6]、雑誌に載った私のエッセイで、まだあなたのお手元にあるものについては、やはりこっちに送っていただくようお願いしたほうがいいのかなと思っています。でもそうなると、また貴重品小包として送る手間をおかけすることになるのが気がかりです。かといって、紛失すると取り返しのつかないものも入っていますので、ただの書留で送っていただく度胸もわいてきません。

それはともかくとして、『ヘッセン州立劇場雑誌』に載ったエッセイ「演劇とラジオ放送[7]」については、送っていただくようにすでにお願いしましたね。まだ発送されていなければ好都合で、その場合には、ついでに『新スイス展望』誌に載った「ジュリアン・グリーン」論[8]も同封していただけますか。当地では、これがとくに受けがよいようです。これらについてはもちろん、通常書留で十分です。

小説のたぐいがたくさん送られてきます。何か掘り出しものがあればお送りしますが、これまで読んだなかには、さほどのものはまだありません。グリーンの『幻を追う人』にはひどくがっかりさせられたことは、すでに打ち明けたとおりです。それと、分野はまったく違いますが、似たりよったりなのは、クロスターマンが出版したあのビンスヴァンガーなる人物の『フローベールの美的問題[9]』です。これは大言壮語にみちた、まれに見る愚作です。

夜はいつも自分の部屋で本を読んでいます。ルターの落雷と同じく、インク壺は私の人生に一つの画期をもたらしました（ちなみにルターの手元にもインク壺はありました[訳注1]）。日中は国立図書館での読書です。今のところは、こんなささやかな変化をつけることで、よしとしなければなりません。

そう、書いてくれたように、すぐに手紙をください。テディは何か言ってきていますか。あなたの神経の方はどうなのでしょう。

忘れないうちに書いておきますが、エルンストが手紙をくれました。カローラはバルセロナで建築の注文を受け、少ししたら二人であちらに出かけるようです。

あまり字面の美しくない手紙になってしまいましたが、終わりよければ、といいますから、あなたへの尽きぬ思いを言葉にして締めくくることにします。

あなたのデトレフ

追伸　たった今到着した論文[10]の御礼をあなたに言うために、やっぱりもう一枚新しい便箋を使うことにします。ついでにグリーン論も送っていただくこと、できるでしょうか。同じように書留で。それが可能なら、一括送付や貴重品小包の件はもう少しあとにしましょう。なぜといって、あなたがいつの日か、それを自分でこちらに持ってきてくれる日が来ることを、おたがいまだ諦めてはいないのですから。

聖霊降臨節、あなたが出かけられれば、どんなにか素晴らしかったことでしょうに。

できるだけ早く、詳しいお手紙をください。

あなたの手紙が届いたちょうどその日に、シュパイアーが出てくる奇妙な夢を見ました。その夢によれば、あなたが触れていた名前の問題〔書簡56参照〕については、当面どんな措置もとらない様子でしたよ。

〔原文：手書き〕

（1）ベンヤミンのこの手紙は、グレーテル・カープルスの五月三日付の葉書〔書簡56〕に対する返信。さらにこの手紙から分かるのは、カローラ・ブロッホへの建築の仕事依頼に言及している四月三〇日付のエルンスト・ブロッホの手紙を、ベンヤミンが受け取っていることである。

（2）翻訳者はアンナ・マリア・ブラウポット・テン・ケイトとルイ・スィリエで、一九三五年、『カイエ・デュ・シュッド』一六八号、二六一―三三頁に掲載された。

（3）パリ生まれのジャック・ブノワ゠メシャン（一九〇一―八三）は第一次世界大戦後、フランス占領下のドイツで兵役を終え、ドイツ文化に深く感化された。音楽や文学に取り組んだほか、早くからフランスの右派に接近し、ドリオ〔共産党員からファシストに転向したフランスの政治家〕が結成したフランス人民党（ＰＰＦ）に近い立場にいた。ブノワ゠メシャンは一九四〇年以降、コラボラシオン〔対独協力〕の支持派に属し、一九四七年に死刑判決を受けたが、一九五四年、恩赦により釈放。一九三六年から三八年にかけて二巻本の著書『ドイツ軍の歴史』が出版された。ベンヤミンがどのようにしてブノワ゠メシャンと知遇を得たのかについては詳細不明。

（4）おそらく『フランス百科事典』〔一九三五―六六、全二一巻、L・フェーブル他編集による部門別百科〕の中の「現代社会における芸術と文学」を扱った一六巻と一七巻のことだろう。これらは一九三五年と三六年に刊行されている。ベンヤミンが一九三九年初頭に『社会研究誌』のために書いた書評は生前には出版されなかった。ベンヤミンが計画していた編集参加については資料が残っていない。次の手紙〔書簡58〕でベンヤミンはグレーテル・カープルスに、百科事典の二つの巻の編集責任者ピエール・アブラムとの会合予定について書いている。ベンヤミンはその第二巻目の性格を「第二巻目は現代の芸術生産を個別に取り上げ、その目録作りをめざしている」と書いている。ここから分かるように、いずれにせよ、計画されていた編集参加がベンヤミンの評論「複製技術の時代における芸術作品」の萌芽になったということは考えられる。

（5）ベンヤミンは五月二五日にジャン・ポーラン〔書簡58注（3）参照〕から「気送速達郵便」で次のような招待状を受け取った。「お目にかかれるのを楽しみにしています。来週の（月曜と土曜を除く）どこかの夕方六時ぐらいにN・R・F〔『新フランス評論』〕にお越しいただくことは可能でしょうか」。しかし、フランス語で書かれたエッセイ「ヨハン・ヤーコプ・バッハオーフェン」は一九三五年五月八日、ポーランによって却下され（*Benjamin-Katalog*, S.235f.）、生前には刊行されなかった。（GS II, 1, S.219-233）

（6）ドーラ゠ゾフィー・ベンヤミンのほか、エリーザベト・ハウプトマンとビアンカ（・マーガレット）・ミナットが、ベンヤミンの著作をイギリスと北米で売り込もうと努力したが、うまくいかなかった。その他のフランス語への翻訳計画については不詳。

(7) GS II, 2, S.773-776 参照。

(8) 一九二九年のベンヤミンの論文。GS II, 1, S.328-334 参照。

(9) ベンヤミンはパウル・ビンスヴァンガーのこの本の書評を、一九三四年八月一二日付『フランクフルト新聞　文芸版』に発表している。GS III, S.423-425 参照。

(10) おそらく「演劇とラジオ放送」であろう。現在は残っていない手紙の中で、ベンヤミンはこの論文の送付を依頼していたことがうかがわれる。

(訳注1) ルターは雷に打たれて死を予感し、それを神の告知とみなして人生行路を転換したと言われる。また、聖書のドイツ語訳を行ったヴァルトブルク城では、出現した悪魔にインク壺を投げつけたとされる。

58　ヴァルター・ベンヤミンから グレーテル・カープルス宛

パリ、一九三四年五月二四日前後[1]

親愛なるフェリツィタス様

ピンクの台紙に描かれたあなたのシャクヤクの花にちょっと形をつけてみました。これなら気に入ってもらえるかなと思っています。大きなバントケーキ[訳注1]の真ん中に見えないカップがひそんでいて、花はそこから顔を出しています。こうしたケーキは、こちらではパン・ドゥ・ジェーヌと呼ばれていて、花はスズランです。私の大好きな花はまだ季節ではありません。それはいつでも私の誕生日〔七月一五日〕の頃になって初めて咲く、赤いケシの花です。

あなたの状況がまたゆっくりとしか好転しなくなったと聞くと、悲しくなります。あなたにとっても本当に大変ですね。私の命の樹はかなり枯れ木に近いですが、それでもあなたはどんなにエキゾティックな、冬の寒さにも負けない花を咲かせてくれていることでしょう。そのことを、あなたがわかってくだされば、あなたの気分も、時には少しやわらぐかもしれません。

花のことはこれくらいに。いや、もう一本だけ、小さな希望が葬られたお墓にも供えることにしましょう。この墓にはこれまで、不快きわまる若芽《ライス》(同胞の編集者エーリヒ・ライス)がはびこっていました。パレスチナから聞こえてきた彼に関する良からぬ噂は本当だったのですね。リヒテンシュタインに対しても、同じような警戒心をもつ必要があります。もちろん私としては、どんなにわずかであろうとも可能性を手放そうとは思いません。とはいえ、彼がもう自分の出版社をもっておらず、例のユダヤ人書籍協会の責任者を務めているだけだとすると、(2)私の『幼年時代』にユダヤ的傾向が欠けていることが障害になるかもしれません。

あなたと話ができることを、今の私がどんなに切実に願っているか、あなたには想像できないでしょう。離れ離れになってからすでにもう二年目に入り、近いうちに再会できる見込みもなさそうです。しかも私はパリを去って、デンマークの田舎に向かいます。パリに長期滞在するのは、もはや経済的に申し開きができません。というのも六月には、ここではもう何一つ仕事のあてがないのです。ただしここ数日は――私の出発は早くとも六月四日になります――まだいくつも重要な話し合いがあります。ジャン・ポーラン、(3)シャルル・デュ［・］ボス、(4)ポール・アブラム(5)などとの面談です。主要な話題は今までのところ未解決の三つの問題、つまり百科全集への参加の件、よい翻訳者を見つける手立てがあるかどうかの件、そしてバッハオーフェン論文の件です。ひとつがうまくいかなくても、別のがなんとかなるかもしれません。ジュアンドーとグリーンのことをお尋ねでしたね。(6)彼らは、私の活動基盤がもう少し安定すれば、そこでようやく役に立つかもしれない人々です。

ただし、そうなっても、ことグリーンに関しては、ほとんど期待できません。彼の最近の小説類も、また一般読者の受けも、この人物が重要性を失いつつあることを示唆しています。そしてそれも十分に理由のあることです。重要なことは、その理由が、かつて――彼にとっても私にとっても――もう少しましだった時代にすでに二人の対話を極度に狭い範囲に閉じ込めていた理由ときわめて近いということです。

これまでも楽しみによく覗いていたユダヤ教徒向けの新聞(7)を、今回はいつにもまして興味深く読みました。この新聞があつかうテーマは当然のことながらきわめて限られています。なんらかの形でユダヤ的な文化、教育制度の中に身をおくことなく話を聞いてもらえるものかどうか、私には分かりません。いずれにせよ、『ベルリンの幼年時代』について、リヒテンシュタインと交渉する全権をあなたに委ねる委任状を同封します。このためにあなたが労力と時間を費やしてくださることについて、あらかじめ御礼を申し上げます。しかし同時に、相手側の関心がまじめなものだという具体的確証がないかぎり、労力と時間を最小限にとどめておくよう、お願いしておきます。私は経験的に、出版社――ことに二流出版社――というのは、なにかと偉そうなことばかり言う抗しがたい傾向をもっていることを知っています。

「親和力論」の原稿については、あなたの手元にあることを確かめたかっただけです。それが最高の保管場所ですから。

アーノルトに会うこと、ありますか。五月の半ばにはまたこちらに来たいと言っていましたが、今のところはまだ音沙汰がありません。デンマークに発つ前に彼に会えればもちろんとてもうれしいです。すでに書いたように、六月四日までは出発しませんので、うまくいけばそれまでになんとかなるかもしれません。

ひょっとしてその時までに、花模様〔郵便為替〕をもう二つ送っていただける可能性があるでしょうか。そうしていただければとてもうれしいです。

私は、あなたがベルリンに舞い戻った直後に、こうして手紙を書いているわけですね(8)。どこに行っていらしたのか書かれていませんが、何時間かでも気分よく腰を落ち着けて、あまり寂しさを感じないで過ごせたことを願っています。みんながありとあらゆる場所にばらばらになってしまったのはひどいことです。テディからも、ここしばらくはまったく音信がありません。しかし、彼はあちらで首までどっぷりと仕事漬けになっているのでしょう。

あなたにはきっともう書いたと思いますが、私のかつての知り合いで、ハノーファーの図書館員をしていたヴェルナー・クラフトには、ときどき会っています。今、手元には、〔カール・〕クラウスの二つの詩について彼が書いた良い論文があります。『ブレンナー』の最新号に載ったものです(9)。

ちょっとした気晴らしと、夏の読書用に本を二冊送ります(10)。一冊は私の知らない本ですが、何枚かきれいな写真が入っています。もう一冊はなかなか品の良い、読ませる、肩の凝らない本です。

心からの思いを込めて
お返事を待ちながら

あなたのデトレフ

〔原文：手書き〕

(1) グレーテル・カープルスはベンヤミンのこの手紙を五月二七日に受け取っている。したがって五月二五日以後に書かれたものではありえない。

(2) 演劇・文芸批評家エーリヒ・リヒテンシュタイン（一八八八―一九六七）は一九二〇年にタンクマール・フォン・ミュンヒハウゼンと共に出版社を創設した。第二次世界大戦後は批評家として『ノイエ・ツァイトゥング』〔米国占領地で発行された戦後期ドイツの代表的新聞。英国占領地で発行された『ヴェルト』紙と双璧をなす」と『ターゲスシュピーゲル』〔戦後ベルリンで発刊された日刊紙〕に寄稿した。ユダヤ人書籍協会については不詳。

(3) 作家ジャン・ポーラン（一八八四―一九六八）は雑誌『新フランス評論』の編集長。

(4) エッセイスト・文芸批評家、また翻訳家でもあったシャルル・デュ・ボス（一八八二―一九三九）。ベンヤミンは六月一〇日にヴェルナー・クラフトと連れ立って彼を訪問している。以下を参照。*Für Walter Benjamin. Dokumente, Essays und ein Entwurf*, hrsg. v. Ingrid und Konrad Scheurmann, Frankfurt a. M. 1992, S. 49.

(5) ポール・アブラムとは作家・批評家・翻訳家でもあったピエール・アブラム（本名はピエール・アブラム・ブロック、一八九二―一九七四）のこと。兄はジャン＝リシャール・ブロック（一八八四―一九四七）。また詩人・作家・政治家で、一九三二年から三四年までドゥ・モンズィ文部大臣の首席顧問官を務めたマルセル・アブラム（一八九八―一九五五）は弟にあたる。ピエール・アブラムは『フランス百科事典』の一六巻、一七巻の監修者で、ブレヒトの『第三帝国の恐怖と悲惨』を翻訳している。彼の著書『プルースト――知的創造の探求』（パリ、一九三〇）は、ベンヤミンが自分の書籍リストの一つに書き込んでいる。演劇批評家としては、一九三七年から三九年八月まで『ス・ソワール』紙に寄稿していた。

(6) このことを問い合わせているグレーテルの手紙は残されていない。

(7) たぶん雑誌『ユダヤ展望』と、そこに掲載された彼の「カフカ論」を指していると思われる。ひょっとすると、残されていないベンヤミンとグレーテル・カープルスの手紙の中で、このことがすでに話題になっていた可能性もある。

(8) グレーテルがベルリンを離れることについて書いているはずの手紙は残っていない。五月二七日付の彼女の手紙〔書簡59〕では、もうこのことは話題になっていない。

(9) クラフトは、クラウスの六〇歳の誕生日を祝う『ブレンナー』誌四月号に「カール・クラウスの二つの詩について」という論文を投稿していた。

(10) 書名は不詳。

(訳注1) リング状の型で焼いた中央に穴があいているケーキ。

59 グレーテル・カープルスから ヴァルター・ベンヤミン宛

ベルリン、一九三四年五月二七日

一九三四年五月二七日

親愛なるデトレフ様

この間にすでにピンクの紙片を受け取られたことと思います。これが、便宜上、パリ宛に発送したいと思った最後のものです。でも、あなたの新住所が分かり次第、後続の紙片が、そこであなたを迎えてくれるはずです。あなたに関係する事柄については、新しいことはまだ何一つ聞いていません。本のプレゼントもまだ届いていません。そちらでの最近の交渉がうまく運んだようにと願っています。話の結果については、あなたから詳しくお聞きしたいと思っています。

聖霊降臨節のあいだ、そしてその後も、またしてもひどい偏頭痛発作に苦しみました。ほんの少しずつ回復しつつあるところです。これは、ヴィッシング博士の診察も一度受けてみるようにと言われたことに逆らった、わたしへの罰かもしれませんね。時間をかけて考えた結果、彼が次にベルリンにいらした時、やっぱり一度わたしのところに電話をくださるよう、あなたにお願いすることに決めました。あくまで、彼の状態からみて、今でもそれが望ましいとあなたが判断されたら、の話ですが。時間が限られているため、もう一度連絡できるかどうか分かりませんので、病状について、ここであなたに手短にご報告しておきます。もっとも、遠隔治療などが可能だとは思いませんし、いわんやヴィッシング博士にそれを要求することはできないでしょう。器質的には何ら問題なく、真性の体質性偏頭痛だということは確かなように思います。となると問題は、偏頭痛の原因をなす脳の中の血管痙攣を防ぐことです。目下わたしは、いろいろな偏頭痛薬を飲んでいますが、それらは十分に時間をかけて試す必要があり、今のところそれが良い方向に効いているかどうかについては言えません。インプレトール注射、ルミナレット、デホリン、そしてフェナシティンとテオブロミンの配合剤。こんなたくさんの名前を聞いたら、薬嫌いのあなたがどんなに怖がるか、想像できます。病像は典型的なもので、主として右のこめかみの強度の頭痛、むかつきと嘔吐で、それがしばしば栄養を摂取できないほどに高じます。強度な鬱状態になり、何もする気が起こらなくなり、さらには視覚障害や、時には言語障害まで伴います。

こうした状態が続くと、現実生活への関心がどんどん失われていきます。もちろんそれは、こうした時代と深い孤独感を耐えぬくための助けとなる面もあります。しかし、この状態を新たな恒常的状況と考えるというのはいかにも難しいことです。いっそのこと小説の主人公に、つまりほとんどフェリツィタスになってしまいたいという、かつてのわたしの子供っぽい願望が、こうしてまた非常に切実なものになっています。

コメレルを読んで、とてつもなく失望しました。そこから見ると、あなたの批評はあまりにも甘くて、拒絶感が足らない感じがします。対照的に感動したのは、何年か前にあなたが奨めていた『ジャマイカの烈風』[1]です。

あなたのデンマークへの移住については、わたしは少し不安を抱いています。ただ、これを言い出すと、今日は一番やっかいなテーマの一つに触れなければなりません。文章でそれをするのは好みませんが、他に手段がないのでやむをえない選択です。わたしがその人のもとに行かないことで、その人を見捨ててしまったように見えた時にも、一度たりとも言葉で不満をもらさなかった人。相手がいるわたしとの関係をずっと受け入れ、けっしてそれを妨げようとはしなかった人。そんな人であるあなたなら、わたしに向かって「なぜわたしたちがかつて決めたルールを踏み越えて、自分の個人的問題にあえて介入するのか」とお尋ねになるのは当然のことだと思います。あなたの側から見れば、それはそのとおりです。でもわたしはわたしで、あなたのなかにある客観的なものを守らなければならないのです。わたしは自分の力がおよぶ限り、全力でそれを守っていくつもりです。B［ブレヒト］についてわたしたちはこれまでほとんど話し合ったことはありません。わたしはたしかに、あなたのようには彼のことを知りません。でも彼に対してはとても大きな警戒心をもっています。そのうちのほんの一つだけ、もちろんわたしが認識できる範囲で挙げるとすれば、しばしば彼に感じられる明瞭さの欠如です。わたしにとって今重要なのは、彼について事細かく議論することよりも、むしろあなたにとって大きな危険となるような影響をあなたが彼から受けているのではないかしらと、わたしがときどき感じてきたことです。今でもはっきり覚えているのは、プリンツェン・アレーで議論をした晩のことです。言語の発展についての議論で、あなたは彼のいろいろな理論に同意していましたが、その時、わたしは彼の影響力をはっきりと感じたのです。わたしは不安からこのテーマを避けていました。なぜといってこの関係があなたにとってはひどく感情の絡まったもので、本当はなにかまったく別のものがその背景にあるのではないかと思ったからです。でも、これ以上の言葉を語るのは行き過ぎなのでしょうね。なんといっても今、この危機的な状態にあるあなたを支援してくれた唯一のお友達ですし、わたしたち全員に迫りつつある孤立から逃れるために、あなたがこの関係を必要としていることもよく分かっています。もっとも、こうした孤立は、ことあなたの著作活動にとっては、場合によっては、より小さな害悪だと思いたい気持ちもあります。この手紙はわたしたちの友情の多くを、いやひょっとするとすべてを失わせるおそれがあることをわたしは知っています。ただただ長い別離が、わたしにこのようなことを語らせたのです。もしわたしが出すぎたことをしてしまったのなら、できることならわたしをゆるしてください。
今日もまた、いつもと同じ尽きせぬ思いをこめて。

あなたの旧友　フェリツィタス

〔原文：タイプ原稿〕

（1）リチャード・ヒューズの小説『ジャマイカの烈風』（英語版一九二九年〔晶文社、一九七七年〕）のドイツ語訳で、*Sturmwind auf Jamaika* というタイトルで一九三一年に出版された。

60　ヴァルター・ベンヤミンから グレーテル・カープルス宛

パリ、一九三四年六月初め[1]

親愛なるフェリツィタス様

あなたのこの前の手紙にお答えするためには、少し距離をとる必要がありました。距離というのは二重の意味です。あなたの手紙と私の今やっている仕事の両方からの距離のことです。あなたは、お手紙からわかるとおり、お触れになっているデンマーク問題を手紙で論じるのがどれほど難しいか、はっきりとわかっておられます。あなたは大変な気遣いをしながら問題に触れておられます。あなたが書いておられることがすべて間違っているわけではありません。しかしまた、あなたが述べているすべてのことが、Bのところに私が行くことに対する反論になっているわけでもありません。

最も重要な問題を取り上げたいと思います。私に対する彼からの影響として語っておられることは、私のこれまでの人生で繰り返しなんどもやって来た重要なめぐり合わせ（Konstellation）を思い起こさせてくれました。友人たちの見解では私にこうした強い影響を与えたのはC・F・ハインレ[2]でした。同じくこうした強い影響を与えたのは、ジーモン・グットマンです。この影響を押さえ込もうと激論した、その後私の妻になった女性の見解によればです。グットマン[3]に関する議論はもうほぼ二〇年も前のことなのに、忘れ難いものとなりました。激しい言葉が交わされ、最後には、私はグットマンのいいなりになっているとさえ言われてしまいました。こうしたことをこれほど迂遠に説明するのは、もしかしたらあなたにはいぶかしく思われるかもしれません。しかし、なぜ私が――あなたのおっしゃることは否定しないままに――あなたのご意見を前にしても、見解を変えないのかをわかっていただくためには、こうやって遡った話をせざるをえないのです。

じっさい私の人生の家計においては、私のもともとのあり方をひとつの極とすれば、その対極にあるような主張を可能にしてくれる数少ないいくつかの関係が一定の役割を果たしています。こうした関係はいつも、私に近い人々のそれなりに厳しい批判を惹き起こしてきました。目下のところはBとの関係で――あなたに比べればずっと遠慮のない――ゲルハルト・ショーレムの抗議を惹き起こしています。こういう場合に私としては、危険のあきらかなこうしたつながりがそれなりに生産的なものであることがいずれ明らかになるだろうという考えを信頼するようにと、友人たちにお願いする以上のことはなにもできません。他の誰にもましてあなたは、私の生活も思想も、極端な立場の間で動いていることを、明白に感じておられます。こうして発揮される幅の拡がり、結びつきようがないとされる物事や思想を並べてみる自由、こうした拡がりや自由は、危険を通じてのみそのかたちをとるのです。この危険は私の友人たちにも、よく言われる「危険な関係」のかたちでしか見えてこないもののようです。

この問題についてはこれだけにしておきましょう。あなたには、こうした答えを差し上げるべきだと思うからです。これやあれやのいい加減なお返事をすることもできるかもしれませんが。いずれにしても――この問題との関連で触れねばならないもうひとつのモチーフを述べさせていただくなら――近いうちにこの問題をやはりいっしょに論じあえるという希望を持たせてください。あなたのパスポートの問題について、今後とも連絡を怠らないようにお願いします。

ついでに言えば私は出発を遅らせて、一七日にここを出ることにしました。ひょっとしたら、花模様はこちらに送ることがあなたとしても可能かも知れません。残念ながらこれは私としてとても必要なのです。出発を延ばした理由はカフカ論ですし、(4)またこの論文に対して距離をとる必要があることです。つまり、この手紙の最初に触れたふたつめの距離のことです。準備作業は昨日で終わりました。問題に含まれるとてつもない難しさについてはここでお話しするつもりはありませんが、周辺状況に由来する難しさについては述べておきたいです。とりかかっているこのカフカ論は、長いこと計画していたものなので、分量的にとても大きなものになります。それなのに原稿は、『ユダヤ展望』に掲載してもらえるには、完成したあとで三分の一に減らす必要があるでしょう。あまり楽しくない先行きです。カフカの本は全部集めることができましたが、大変に苦労しました。

数日前——本当のところ、もう一週間前ですが——あなたに送った本の小包がもどってきました。受付の人が、まちがった住所を貼ってしまったようです。今度は正しい住所で送るので、私がパリを出る前に確実にそちらに着くでしょう。

ヴィッシングは目下のところベルリンにいるはずですが、第三者から聞いたところでは、あまり好ましい状態ではないようです。ともかくここに彼の電話番号を書いておきますね。よくなったといっても、今またもとに戻ってしまっているなら、彼に電話してみるといいかもしれませんね。番号はシュタイン広場＊——。このところメスカリンを服用する機会がありました。サボテン（アンハロニウム・レヴィニイ）(5)から得られる有名な麻薬で、メキシコのインディアンたちが使っていたものです。彼らが祭儀のときの陶酔に使う飲み物のプルチェ（Pulche）は、これから作られています。服用は大変面白い試みでした。ハシッシュのときほど体がうまく乗っていかなかったのですが、長い夜のおかげで、きわめて重要な知見も相当に得られました。とくに、カタトニー〔緊張病〕のとても興味深い心理学的説明が得られました。大量の記録を記しました。

ヴィーゼングルントからはなにも連絡がありません。どうしてでしょうか。

すぐにお返事をくださいね。いずれにせよ、まだここにいるうちに。どうかお大事に。愛しい思いをたくさんこめて。

あなたのデトレフ

〔原文：手書き〕

＊書類のなかにヴィッシングの電話番号が見つかりません。でもそちらでもすぐにわかるはずです。彼はカント街一五〇aのゾフィー・コーンの家に住んでいます。

（1）五月二七日付のグレーテル・カープルスからの手紙〔書簡52〕への返事である。

（2）詩人のクリストフ・フリードリヒ・ハインレ（一八九四—一九一四）は、アーヘンの高校時代以来フィリップ・ケラーおよびルートヴィヒ・シュトラウスと友人関係にあった。最初ゲッティンゲン大学に入ったが、一九一三年夏学期にフライブルク大学の文学科に入学した。自由学生同盟でベンヤミンといっしょに活動し、「芸術および文学」部門の責任者となった。第一次世界大戦勃発直後にハインレは自死したが、ベンヤミンはその後の数年のあいだに彼に捧げたソネットを書くことになった。(GS VII, 1, S. 27-67 参照)
(3) ジーモン・ヴィルヘルム・グットマン(一八九一―一九九〇)。ゲオルク・ハイム〔表現主義の詩人〕の友人で、彼の遺稿詩集を編纂している。またベルリンの「新クラブ」〔表現主義文学者の集まり〕の共同創立者のひとり。
(4) カフカ論はGS II, 2, S. 409-438を参照のこと。そのなかの「ポチョムキン」および「せむし」は、一九三四年一二月二一日と二八日の『ユダヤ展望』に掲載された。
(5) 一八九七年にはじめて単離に成功したメスカリンは、アンハロニウム・レヴィニイ(Anhalonium lewinii)種のサボテンから得られるもので、それに対してアズテク人の麻痺用飲み物のプルケ(Pulque〔本文中のPulcheはベンヤミンの誤記と思われる〕)は、リュウゼツランの花軸の切り口から出る液から得られる。

61 グレーテル・カープルスから ヴァルター・ベンヤミン宛

ベルリン、一九三四年六月一二日

一九三四年六月一二日

親愛なるデトレフへ

送っていただいた本、ありがとうございました。ちょうどわたしの誕生日(1)に着きました。一度まちがった住所宛だったことが結果としていいことになりましたね。――あなたがこの前のわたしの手紙をちゃんと理解してくださったこと、そのためにわたしたちのあいだがなにも変わらないで済んだこと、とてもうれしく思っています。ついでに申し上げれば、わたしたちは手紙に頼る以外になくなっているのですから、今回のことを教訓にして、話しあわねばならないことをできるだけ書くように努めようと思っています。そのためには本当に深い、根の張った友情が必要ですね。でも、わたしたちはお互いにそうした信頼を抱いていると言っていいですよね。ゲルハルトもこの問題について書いてきたというあなたの言葉でわたしも大いに意を強くしました。デンマークはベルリンから見るとたしかにパリよりも近いですから、週末にデンマークに行くのはまったく不可能ではないと思います。それに物価が安いのなら、あなたが思いきってコペンハーゲンまで出てくることも十分に可能ではないかしら。なんと言ってもコペンハーゲンはわたしにとっては行くのに一番便利ですから。わたしの側での問題は、仕事のパートナーがまだ重い病気にかかっていて、普段よりもさらに動きのとれない状況だということです。大変心配しているのです。なぜって、彼が死んでしまったら、わたしに大きな問題がのしかかって来ることになるからです。夏の休暇は、ドイツに居るなら八月にバーデン・バーデンで過ごそうかと思っています。それ以外にわたしたちが行ってみたいと思っているのは、マドンナ・ディ・カンピリオです。ドロミテ地域では、高いところを歩かないで済む数少ない場所のひとつです。もしかすると、そこへ行くのもわたしのパスポートの関係でとても厄介かも知れません。テディは今オックスフォードにいて、あなたの新しいアドレスの知らせを待っています。でも、最近あなたに手紙を出したと思うのですが。彼は七月はじめまでイギリスにいます。彼からの報告、とくにカレッジ生活についてのそれはとても面白いですが、他方できわめてわからない世界です。とはいえ、オックスフォードにいる彼というのは、イメージしやすいです。それでも一九三三年にいっしょにドイツに居られたのは、いろんな点でよい面がありました。わたしは以前よりもずっと静かな生活になりました。そうなる現実の理由があると思います。

リヒテンシュタインは、――それでよかった、とほとんど言いたいところですが――うまく行きませんでした。なんでもやってみるために、『フランクフルト新聞』の、パレスチナ旅行から戻って来たタウにあなたの原稿を読んでもらいます。もちろん、わたしたちが知っているとおり、あなたとしては受け入れるわけに行かない条件を彼は出してはいますが、もしも読んでとても気に入ったら、他の可能性もあたってくれるに違いないでしょう。

いずれわたしの義弟になるはずのエルンスト・シャハテルから聞いたところでは、あなたは、彼の親友で精神分析家のエーリヒ・F[2]さんといっしょに論文を書こうとされているとか。もっとそれについて詳しく教えていただけないかと興味を抱いています。ヴィッシングのアドレスをありがとうございます。目下のところわたしは新しい治療を試していますので、ヴィッシングと連絡をとる前に、結果が出るのを待ってみたいと思います。

前の頁でタイプ活字のお行儀が悪いのをゆるしてくださいね。花模様はすぐに発送したので、もうとっくにあなたのもとに着いているといいのですが。

Bのところでの生活と夏のお仕事の計画を急いで詳しく教えてくださいね。冬はまたパリに戻るおつもりでしょうか？　そうできる展望があるのでしょうか。エリーザベトは、何か私のことを言っていました？

わたしは、知り合う以前のあなたの生活についてはほとんど知りません。そういう話をするところにちょうどなりかかっていたのですが。ハインレというのは、わたしが遺稿をあなたに送ったお友だちのことでしょうか？　グットマンについてはなにも知りません。それどころかあなたの現在の友だちでも、ベルリンに住んでいる方々ですら、時には名前しか知りません。お友だちとお近づきになりたいとお願いした時も、あなたに断られました。つまり、あなたの特定の面しかわたしが知らないのは、あなたの意図だということです。したがってわたしがときどき間違っても、ゆるしていただかねばなりません。だからわたしとしても、ためらいなく認めたいことがあります。それは、こうしたわたしたちの関係のあり方は、大きな危険を伴うものの、また特別な長所もあるということです。とくに、絶対的な独自性というか、唯一性というか、そして、他の関係といっしょくたにされたりして、特別なあり方がぼけてしまうことがありえないという長所です。

おやすみなさい。親愛なるデトレフさん、もう遅くなりました。そしてもう長いことあなたのところでおしゃべりして過ごしてしまいました。遅い時間のお別れです。心をこめて、そしてどうかご無事で。

いつも　あなたのフェリツィタス

［原文：タイプ原稿］

（１）グレーテル・カープルスは、一九〇二年六月一〇日生まれ。

（２）精神分析家のエーリヒ・フロム（一九〇〇―八〇）は、社会研究所の所員であった。彼はバッハオーフェンの母権制論を研究したことがあったので、ベンヤミンは、自分のバッハオーフェン論との関係でフロムとコンタクトをとろうとした。

62　グレーテル・カープルスからヴァルター・ベンヤミン宛

ベルリン、一九三四年七月一五日

一九三四年七月一五日、デトレフの誕生日

愛しいデトレフへ

今日はあなたの誕生日ですね。わたしは一日中あなたのことを考えていました。いろいろすてきなこと、いいことがありますように。とくにこれからの一年がこれまでの一年よりあなたにとって憂いの少ない年になりますように。今朝はあなたの手紙をいろいろ読んでみて、あなたのすぐそばにいるような、ほとんど手で触れる近さにいるような気がしていました。「あなた」と言えることが何を意味しているかが今日ほどはっきり感じとれたことはありません。控えめなやさしさ、試練に耐えてできあがってきた友情で、わたしたちの生活の中の隠れ家みたいな感じです。こういうことを言っても、あなたから見ればそのどれも、わたしが長いことお手紙を差し上げなかった理由としては、あるいは、定期的に手紙を書かなかった理由としては十分ではないでしょう。もっとも普段ならばわたし自身、信頼できる文通相手としては特別な資格を持っていると自分では思い込んでいるのですが。このところ大変なことがたくさんあり、それにともなって頭痛も大変でした。わたしが近くにいることを感じていただけるような手紙らしい手紙をどうしても書きたかったのですが。わたしの共同経営者が三か月半の病気ののちに、脳溢血で亡くなりました。取り残されてしまい、仕事の責任はとても重くなりました。この点でも取り返しのつかない孤独です。身体的にさえなんとか耐えられれば、精神的には仕事をきちんとやっていけるとは思っています。そこで今日の朝ヴィッシングのところに行ってきました。でも、目下のところは発作が起きていないので、彼もなにもしようがなく、とても好意的で、次になにかあったときには、診てくれるとのことでした。彼が女性に大変な魅力を感じさせるであろうことは想像がつきます。ワルなのとサディスティックなのを女性たちが感じとるからです。でも彼に惚れるということは、わたしには考えられません。ついでに言えば、今通っている神経科の医者とは相性がよさそうです。ただ彼は、以前の経験から、お金と時間のかかる方法を言うのですが、わたしはそれにつき合う気がないのです。サナトリウムとか似たようなたわむれです。

テディは今晩からまたドイツです。ベルリンではありませんが。わたしたちの望みでは八月はじめに休暇の旅に出たいと思っています、イタリア入国許可を得るのは大変厄介です。保証人、ヴィザ、外貨購入などです。その上に、現在の事情では、三週間休むのが精一杯でしょう。とはいえ、うまく行ったらイタリアのあと、ウルティモ〔ドイツ語でUlten南チロルの町〕を経由して九月に一週間ガルミッシュ〔バイエルンの南部の保養地〕に行きたいと思っています。ガルミッシュには、ゼーリヒマン一家[1]が家を持っていますが、彼らのところに泊まるつもりはありません。テディは九月半ばにはまた向こう〔オックスフォード〕に戻らねばなりません。オックスフォード大学に出すつもりのフッサールの認識論についての論文の概略を仕上げるためです。

前々回のお手紙であなたは隣のすてきな子供たちの話を書いておられましたが、実際に最近アルフレート・ゾーンのところの今年で一二歳になる娘ブリギッテ[2]に会いました。とってもすてきで可愛かったです。何年か前に会ったダーガと同じです。ときどきは彼女から連絡があるでしょうか。ところでシュテファンはどうされていますか。ハンス[3]の話を書かれていますが、作曲家のハンスのことでしょうか。彼の女友達には会ったことがありません。彼はとても頭がいいですが、ちょっと意地悪ですね。六年前の方が一九三二年のときよりもやさしかったです。クルトやロッテ[4]とは連絡があるでしょうか。エリーザベトはまだアメリカでしょうか。

　ベルリンの奇妙な建物のこと、覚えていらっしゃいますか。入り口の階段を上がるところの大きな窓に、色彩のついた服を着た大きな女性像の飾りがついているあの家です。あなたのお話にでてきそうなままです。今日、そのうちのひとつとお話をしてきました。

　わたしたちの友達のエルンストについて話をしたときにあなたは、男は浮気をしないならば、本当に相手を愛していると言えるけど、女性の場合はちがう、と言っていましたね。あのときは、どういう意味なのかもっと詳しく聞く勇気がありませんでした。でも、わたしたちがもう愛ということを言わなくなってしまったのは、残念です。でも誤解しないでくださいね。覗き見的おしゃべりなどは興味がないのです。『一方通行路』のなかのあなたの素敵な言葉[5]がたいせつなのです。

　親愛なるデトレフさん、事情が変わったなかで、秋に数日ベルリンに来るのは今でも本当に無理だとお考えでしょうか。グスタフ[6]、ヴィッシング、わたし、他にあなたの友人の誰でもいいですが、どなたかいっしょに〔資金援助に〕加わってくれて、うまくフランツ[7]のところに泊まれたら、経済的にはなんとか支払いが可能でしょう。旅に出るのはお金もかかりますし、わたし自身前よりも縛られている身なので、こういうことを言うのですが。このわたしの計画について考えてみてください。そしてお返事をください。もしも、なんの変化もないならば、わたしの側からの旅行の準備はとてつもなく面倒で、そのうえ、うまくいくかわからないでしょう。

　あなたのこの前のお手紙で[8]、「コ」で始まる男の方のことを尋ねておられましたが、名前のその先が読めません。まだ覚えているでしょうか。――それからフロムとの約束についてもこんど書くつもりだとおっしゃっていましたよね。ところでこのフロムはわたしの将来の義理の弟の親友なのです。この義理の弟がいることについてはすでにお話ししましたよね。彼はわたしの青春時代の友人で、その妹は子供の頃、わたしとクラスが同じでした。彼はベルリンで弁護士をしていましたが、今はスイスに居ます。わたしの妹はようやく国家試験の願書を認めてもらえました。すべて身分証明書に関する予想もしなかった変更で、のびのびにされていました。

愛しい方へ、ご希望に添えないこと、おゆるしいただけるよう、もういちどお願いします。怒らないでくださいね。長く待ち続ける罰を与えないでください。心を込めておやすみなさいを言わせてください。

今日もいつも

あなたのフェリツィタス

〔原文：タイプ原稿〕

（1）ミルトン・ゼーリヒマン（一八六六—一九四八）とその妻のマリー・ベルンハルディーネ（一八六七—？）の家はフランクフルトの社交好きな家族で、演奏旅行中の音楽家たちがよく泊まっていった。

（2）アルフレート・ゾーン＝レーテルとティラ・ヘニンガー（一八九三—一九四五）のあいだに一九二一年に生まれた娘のこと。

（3）〔作曲家〕ハンス・アイスラー〔一八九八—一九六二〕のこと。

（4）クルト・ヴァイルとロッテ・レーニャのこと。

（5）「回廊」というタイトルのアフォリズム群のこと。

（6）グスタフ・グリュックのこと。

（7）フランツ・ヘッセルのこと。

（8）現存しない。

63 グレーテル・カープルスからヴァルター・ベンヤミン宛

ベルリン、一九三四年七月二五日

一九〇（？）年六月一〇日生まれ[訳注1]

一九三四年七月二五日

親愛なるデトレフ様

航空便のお手紙[1]ありがとうございます。わたしの思い込みにすぎないのか、あるいは本当にそうなのかわかりませんが、デンマークから届くあなたのお手紙はこれまでより少しよそよそしくなった感じがします。わたしが嫉妬を抱いていることはたしかでしょうし、書く方も、いつも同じ気分でいるとはかぎりませんよね。でも、わたしは悲しい気持ちになり、考え込んでしまいました。もしもなにか気に入らないことがあったら言ってくださいね。わたしは、八月一日にドロミテに行くことにしました。住所はイタリアのトレント市、ゴルフーホテル・カンポ・カルロ・マグノです（場所は、マドンナ・ディ・カンピリオの上の方です）。休暇の継ぎ足し〔ガルミッシュ行きのこと〕がどうなるかは、まったくわかりません。でも、テディが数日わたしを訪ねてベルリンにやってくることと思います。彼は九月一五日にはまたロンドンに行っていなければなりません。したがって、九月末か一〇月初めには、週末は自由になります。とはいえ、わたしがすぐに問題なく出国ヴィザとデンマークのヴィザを貰えるというのはまずありえないことです。それまでに市民権を再び得る手続きが終っているかどうかは、かなり疑問です。それゆえ、あなたがベルリンに来ることができないかどうか、お尋ねしたいのです。あなたがどうしてもベルリンを避けたいならば、場合によっては、ヴァルネミュンデ〔バルト海に望む有名な保養地〕で会うこともできるのではないでしょうか。

わたしの仕事のことをお尋ねくださって、うれしく思います。手短かに報告したいと思いますが、あなたが退屈しないといいのですけど。一九三三年にこの職場に入りました。まずは見習いです。でも二か月後にはすぐに代理人になり、三四年一月一日には、副経営者となりました。三月にはテングラーが病気になりました。職場に入って一年になるかならないかです。それ以来、単独で責任者となっています。会社の契約ではテングラーの未亡人が新たな資本参加者になりますが、ビジネスの責任者はわたし一人です。ですから、通常の状態が続けば、つまりわたしが一定の利益をあげ続けるかぎりは、実際にはなにも変わらないことになります。もちろん責任は大きいですし、銀行からの信用供与でも、原材料の取得でも、今は決して簡単なご時世ではありません。でも新しい共同経営者を入れるのは、またそれなりに大きなマイナス面があるので、そんなことをするよりわたしとしては一人で事を処して行きたいと思っています。わたしの技術的知識や化学の勉強はほとんど無関係となりました。逆に皮革について詳しい知識があることが、資材購入にとても役立っています。わたしを助けてくれるのは、女性部長がひとり、縫合部長がひとり、倉庫の責任者たち、そして第一会計担当者と工場長です。さらにツィーゲンハルス〔ベルリン南部シュプレーヴァルト地方〕に工場支社があります。そこでは縫製と皮革のカットだけをしていますが、それは、田舎のずっと安い賃金を徹底的に利用するためです。体がもつなら、精神的にはなんの心配もしていません。とはいっても、内輪で相談しないでひとりで決定を下さねばならないのは、結構大変です。わたしが思いついてやろうと言わないかぎりは、なにもはじまらないのですから。もしもあなたがベルリンにいるならば、わたしの新しい世界がどういうものかおおよそわかっていただくために、喜んで会社をお見せするのですが。

エルゼはマリエンバートに行っています。ひょっとするとあなたの手紙が転送されたかも知れません。彼女からなにか連絡があったでしょうか？

休暇の前でベルリンに居るうちに、もういちどあなたからお手紙をいただけるとうれしいのですが。大変愛しく思っています。

いつもあなたの

フェリツィタス

［原文：手書き］

（1）現存しない。

（訳注1）アドルノ・グレーテルは一九〇二年六月一〇日生まれであるが、なぜここに記されたかは不明である。ベンヤミンがメモとして書き込んだ可能性もあるが、編者の注はない。

64 ヴァルター・ベンヤミンから グレーテル・カープルス宛

スコウスボストラン、一九三四年七月二六日頃(1)

親愛なるフェリツィタス様

今日は本当に短く書くにとどめます。というのも、私の状況がきわめて危うくなってきたからです。Bが泊めてくれるおかげでここに居られるのですが、どうしても外部的に必要にならないかぎり、そのうえお金を貸してくれるように頼むことはしたくありません。そうはいうものの、普段の支出に最低限必要な分もありません。

はっきり言うと、エルゼ・Hと彼女の甥から連絡が来ないことに望みをつないでいるのです。自分たちの援助が私にとってとても大きなものであることを知っている以上、なんの連絡もないままに援助を止めるということは、私には考えられません。

でもこのところ、時間がどんどんすぎて行きます。それとともにますますにっちもさっちもいかなくなってきました。こんなことになるとあらかじめわかっていたなら、乏しい現金を、パリから身の回り品を送るのに使わねばよかったのですが。しかし、保管料を避けるためとはいえ、もう払ってしまいました。

あなたの方から彼らを動かすことができるか、考えてみてください。すぐにお返事をください。

あなたに心からの気持ちを――いつものとおりに

あなたのデトレフ

〔原文：手書き〕

（1）ベンヤミンは、エルゼ・ヘルツベルガーがマリエンバートに行っている旨を知らせたグレーテル・カープルスの七月二五日の手紙〔書簡63〕をこの時点では、まだ受け取っていない。グレーテル・カープルスの方も、ドロミテで八月一日からアドルノと過ごす休暇に出発する前にこのベンヤミンの緊急連絡を受け取った形跡はほぼない。これに対する返事は、休暇から戻った八月二七日になってからだった。グレーテル・カープルスは間違って七月二七日の日付を書いている。〔次の書簡65を参照〕

65 グレーテル・カープルスから ヴァルター・ベンヤミン宛

ベルリン、一九三四年八月二七日

一九三四年七月二七日

〔日付については書簡64注（1）参照〕

親愛なるデトレフ様

わたしの旅行のために文通が少しばかり中断してしまいましたが、意地悪したのだとは思わないでくださいね。時間がいつもあまりにも足りなくて、一、二週間いっしょにいただけでまた何か月も離れなくてはならないという状況。これがわたしたちの場合は、これからもまだ何年も続くのです。でももちろん、わたしにはあなたの前で未来を嘆く権利はありません。あなたには、もっと大きな、そして差し迫った心配事があるのですから。

テディはエルゼ・Hと話をしてくれるつもりです。最悪の場合には手紙を書くかもしれません。一〇月一日から定期的に一定の額が行くものと思っています。アーノルトからは長いことなにも便りがありません。

あなたにあの三文小説が気に入ったかどうか、大いにお聞きしたいです。でしゃばりながら、あのタイトルではあまり気に入らなかったのではと思っています。

でも、何よりもあなたにとってうれしいのは、わたししたちの国籍剝奪が撤回されたこと、そしてわたしの古いパスポートが返送されてきたということでしょう。目下のところはものすごく忙しいので、九月二二日から二三日にかけての週末を考えています。そうはいってもコペンハーゲンまでの旅行はとても遠いので、ゲッサーまで四時間ほどかけて出てきてくれるなら素敵です。ただ、そこで宿泊ができるのか、一日過ごせるのかはわかりません。家を空けるのは土曜日だけにしたいので、〔コペンハーゲンだと〕夜行列車に二回乗ることになってしまい、それはかなりストレスですし、高くもつきます。コペンハーゲンはわたしもよく知っているので、〔ゲッサーで〕誰にも邪魔されずにあなたと時間を過ごしたいです。ただ、あなたが調べて提案してくれるなら、それが一番です。

この一年半ぶりの再会のためにあなたが何か計画を立てるのかどうかということについても、わたしは実際のところ少し興味がありますが、それ以上に知りたくてたまらないのは、あなたがどんな様子なのか、あなたのこの冬の計画がどうなっているのか、そして何よりもわたしたちの関係がどうなるのかということです。わたしの方はあなたに比べればすべてずっと簡単で、そんなに語るべきこともありませんし、ちょっといくつかのことをお話ししたり質問したりすればいいだけですが、あなたについては何もかもが違っていて、新しいこと、馴染みのないことで驚かされるに違いないと思っています。

わたしからの連絡が遅いからといって、お返事をあまり待たせないでくださいね。そうすれば再会をそれにふさわしい気持ちで心待ちにできますから。わたしのところにある本で必要なものがあったり、あるいは他になにかわたしにできることがあったりしたら、お手紙をください。他になにか準備が必要ですか？

愛を込めて幸運を祈りつつ

いつもあなたのフェリツィタスより

フェリツィタス[1]

あれほど気品のある立ち居振る舞いをフランスで見たことがありませんし、彼女の洗練された装いについては言うまでもありません。あなたが彼女とコンタクトを絶ってしまったことは残念です。そうでなければ、彼女はあなたから影響を受けて、内なる自然を美しいほうへと開花させたでしょうに。高貴な容姿が内面の豊かさの表れだというような女性は、残念なことに少ないものです。

この手紙をまさに送ろうとしているところに、あなたからの手紙が届きました。

［原文：タイプ原稿。裏面にベンヤミンが返信の草稿を手書きしている］

（1）タイプで打った名前の後に手書きで名前がもう一度記されている。

66 グレーテル・カープルスから ヴァルター・ベンヤミン宛

ベルリン、一九三四年九月三日

一九三四年九月三日

親愛なるデトレフ様

残念なことに、コペンハーゲンまで戻るこの秋の列車はもう売り切れています。それに、連絡もあまりよくなくて、選択肢は二つしかありません。

ベルリン発	ゲッサー	コペンハーゲン	
8：45	14：35	18：14	
19：10	1：45	6：05	
19：58	14：00	10：30	帰り
10：05	4：08	0：08	（これは無理です。

朝早く事務所にいかなければならないとしたら、夕方には家にいないといけないので。）わたしとしては、ゲッサーで会えるのならそれが望ましいです。金曜日の夕方に出発して日曜日のお昼まで時間があることになります。要はただただお話がしたいのであって、宿については特段の要望はありません。ついに「またね」と書けるんですね。心を込めて。

あなたのフェリツィタス

テディの教え子をシュテルンベルガー以外に知っていますか？

［原文：葉書。消印はベルリン、一九三四年九月三日。手書き］

67　グレーテル・カープルスから ヴァルター・ベンヤミン宛

ベルリン、一九三四年九月一一日

一九三四年九月一一日

親愛なるデトレフ様

二二日にお会いできること、もう今からものすごく楽しみです。お願いですが、わたしにも一部屋用意しておいてくださいね。ステーションホテル以外は考えられないだろうと思います。時間はたった一日半ですが、こんなに長くいっしょにいたことはないわけですから、それでもすごいことです。念のためもう一度、直前に正確な到着時刻を確かめます。スコウスボストランにはいつまでいるのか、ベルリンからの手紙は何日かかっているのか、教えてください。行き違うわけにはいきませんからね。心を込めて。

いつもあなたのフェリツィタス

［原文：葉書。消印はベルリン、一九三四年九月一一日。手書き］

68　グレーテル・カープルスから ヴァルター・ベンヤミン宛

ベルリン、一九三四年九月二一日

一九三四年九月二一日

親愛なるデトレフ様

わたしたちの再会について、もう一度詳しく書かなければいけません。是非とも書きたいと思うのは、いっしょに過ごせる時間を短くせずに今のうちに片づけておけるいくつかのことが、先週ごたごたとわたしたちのあいだに押し入ったからです。こう思ったのは、あなたからの電話のときです。予期しない長距離電話というのはいささか難しいもので、相手の声がよく知った、思いやりのあるものにはあまり聞こえなかったり、質問が無言の要求に聞こえたりしてがっかりしてしまうことがしばしばですが、わたしの場合には、あなたが、わたしたちが手紙で使っているデトレフではなくてヴァルターと名乗ったことで、とにかくもうびっくりしてしまったというわけです。

でも、今この心配よりも重要なのは、あなたの苦痛です。診てくれる人はいるのでしょうか、世話してくれる人はいるのでしょうか、わたしはあなたのために何かできるでしょうか。――わたしにとっては、やっぱりゲッサーの方がずっと望ましいです。コペンハーゲンに行くとしたらあまりにたくさんの障害を越えなければならないですし、それに本当にそれを実現するためには、金曜日の午後にここから飛行機で行く必要があります。帰るのは日曜日の早朝になるので、少なくとも土曜日をゆっくり過ごしたいと思えば、そうするしかないわけです。でも、それは四〇ライヒスマルクも余分にお金がかかることを意味しますし、そんなお金の一部でさえ、わたしたちどちらも手に入れるのは無理です。飛行機はまだまだとても高いです。一等車並みです。学生だけは三等車程度で済むかもしれませんが。それに、遅くとも木曜日には座席を予約しなければならないでしょう。でも、デトレフ、わたしとしてはそれは最後の選択肢で、可能な限りこれを避けることができるよう、あなたにもう一度心からお願いしたいのです。

　以前は無茶苦茶な生活をしていたようですが、医者としてのヴィッシングのところにやっぱり行こうかと思い悩んでいます。いろんな他のことに関心を持っていたり、会話を楽しむことができるといっても、医者は医者なんだから、助けにならないということはないんじゃないかしら。すぐにお返事ください。幸運を。そしていつものとおりの愛情を込めて。

あなたのフェリツィタス

〔原文：手書き〕

69　グレーテル・カープルスから ヴァルター・ベンヤミン宛

ベルリン、一九三四年一〇月三日

三四年一〇月三日

親愛なるデトレフ様、いかがですか、ちゃんと完治しましたか。小さな花模様を二つ、急ぎ送りました。エルンスト・ブロッホはまたもやパリには行かないかもしれませんが、行くとすれば彼の住所はこちらです。マディソンホテル、サンジェルマン大通り＊。Wはその本を知っています。わたしはちょっと良心が痛みます。というのも、まさにこの本のタイトルを旅行しているあいだに忘れてしまったからです。『ユダヤ展望』のための手紙も忘れていましたね。そういえば同紙は昨日『攻撃』〔ヨーゼフ・ゲッベルスが創刊した新聞〕の中でひどく攻撃されていました。カーネーションはまだ咲いていて、多色で美しいです。ブリーガー[1]もサン・レモに行く予定なのを知っていますか。お聞きするのを忘れたのですがD・S[2]とはまだちゃんと話ができるのでしょうか。こんなふうにたくさんの質問をするのをやめることができるのは、まだまだ先のことになりそうです。

愛を込めて。あなたのフェリツィタス

＊わたしがゲッサーに行ったこと、彼に言ってもかまいませんよ。

〔原文：絵葉書「大陸―スカンジナビア間はゲッサー・ヴァーデミュンデ経由で」。消印は残っていない。手書き〕

（1）作家ロタール・ブリーガー（本名ブリーガー＝ヴァッサーフォーゲル、一八七九―一九四九）。この年の冬にサン・レモに滞在し、ベンヤミンの元妻のドーラ・ゾフィーが当地で経営していた宿に宿泊した。

（2）ドーラ・ゾフィー・ベンヤミンのこと。

70　グレーテル・カープルスから　ヴァルター・ベンヤミン宛

ベルリン、一九三四年一〇月四日

一九三四年一〇月四日

親愛なるデトレフ様

あなたのお手紙[1]がどんなにかうれしかったことでしょう。もうずっと首を長くして待っていたのですもの。わたしの気持ちを良しとしていただけたのは、願ってもない喜びです。おかげで、すべてを語りあうというわたしたちの間の習慣を手紙でも続けていこうと勇気づけられたくらいです。そうなれば、あなたはわたしの中で年長のお兄さん役を引き受けることになりますね。でも、その兄をわたしは優しい聴罪司祭と思っています。だから、わたしと同じように、あなたもまたその兄の姿を、家族としての気持ちではなく、聴罪司祭だと思って見ていてください。そうすればすべてのことが、それぞれ所を得ておさまることでしょう。それから、もう一つだけわたしからのお願いです。わたしが詮索好きな態度をとっているからといって、わたしとテディの間がうまくいっていないなどとは思わないでくださいね。こんなふうに言うとあまりにも感情的に聞こえるかもしれませんが、ここは本当に頑張りどころです。そのことをわたしも決して忘れないつもりです。時には少し長い待ち時間をがまんしなければならないかもしれませんが。

テディがイギリスであなたのご近所さん[2]と話をしてみても、意味はないでしょうか。それも他ならぬあなたのためです。いずれにせよ、あなたにはテディの住所をお知らせしておきます。オックスフォード、バンベリーロード四七、ミセス・ナイ方です。あなたの最後の手紙については、イギリスに詳しく書き送ります。シュテルンベルガーについてなにか分かったら、すぐにお知らせします。

以下に手短かに、まだわたしのもとにあるあなたの上製本[3]を列挙しておきます。

風流滑稽譚
あなたのバルザックの翻訳
アスリノー
ハウフの童話
J・G・シーベル
ある若き物理学者の遺稿断章

ところで、ゲルト・ヴィッシングのことについて、何かもう少し教えていただければとてもうれしいです。彼女のことは残念ながらほんのわずかなことしか知らないのです。

彼のほうは、とても愉快な方だと思います。ただ、彼から見ると、わたしはあまりにも気どって見えるに違いないと懸念しています。というのもわたしの良い所や魅力が引き立つような、わたしに合った想像上の舞台を彼が創りだしてくれることなど、ほとんど考えられないからです。

出発前にもぜひまめに手紙をくださいね。つきせぬ想いをこめて

あなたの　フェリィツィタス

〔原文：タイプ原稿〕

（1）この手紙は残っていない。
（2）ブレヒトのこと。ブレヒトは『三文オペラ』の出版交渉のために一〇月から一二月までロンドンに滞在した。
（3）『風流滑稽譚』はバルザックの小品集。バルザック『ユルシュール・ミルエ』のベンヤミンによる翻訳は一九二五年、ローヴォルト出版のフランツ・ヘッセル編バルザック選集に収録された。アスリノーの本とは *Mélanges tirés d'une petite bibliothèque romantique*. Paris, 1866〔ロマン派小ライブラリー・セレクション〕。*Bibliographie anecdotique et pittoresque des éditions originales des œuvres de Victor Hugo*, - Alexandre Dumas, - Théophile Gautier, - Petrus Borel, - Alfred de Vigny, - Prosper Mérimée 他を収録。ヨハン・ゲオルク・シーベルの本は特定されていない。『ある若き物理学者の遺稿断章』

とは、〔ドイツの物理学者〕ヨハン・ヴィルヘルム・リッター（一七七六―一八一〇）の遺稿集。

71　グレーテル・カープルスからヴァルター・ベンヤミン宛

ベルリン、一九三四年一〇月一五日

親愛なるデトレフ様

なんとか出発前には、ピンクの花模様がお手元に届いたことと思います。

カフカ論の複写がすでに半分完成した状態で保管されていましたので、こちらではそれを完成してもらうのが精一杯でした。そのことを言いそびれてしまったのは、こちらではいつも、完成するまで原稿を金庫に保管しなければならず、シーズンで仕事が増えたために、作業がいくぶん遅れ遅れになってしまったからです。研究所のための例の仕事[1]には、テディとは一部別の理由からですが、それほど私も大喜びしていません。あの論文を読めば、本当はどこか別のところに出すつもりで書かれたものだと読者は気づきますし、この素材には、もっと分量があってもよかったと思います。――ドルフは相当なおバカさんで、残念ながらなかなかつかまりません。――フロムの論文[2]はすでに投函していただいたでしょうか。――マックスとフリッツ[3]がいつジュネーヴに行くかはまだはっきりしません。ひょっとするともう行かないかもしれません。彼らの住所はニューヨーク市、西七二番街一二、ホテル・オリヴァー・クロムウェルです。――テディは学期が始まってしまったので、あいにく今はパリへは行けません。彼から何か知らせがありましたか。――エルンスト・Bはようやく長い晩夏の眠りから覚めて、わたしをあちらに連れて行くために迎えに来たいとのこと。実現すれば、それは素敵なミーティング〔原文 meeting〕になるでしょうが、どんな面倒が待ち受けているのか思い描くにはわたしの想像力ではとても足りません。ヴィ〔ッシング〕は、あの手この手でわたしの気持ちに張りをもたせてくれているようです。テディは高尚な修道院に住んでいますが、あれから九年経った今、わたしの方はかなりうんざりした気分になっているみたいです。ところが不思議なことに、目下のところは食欲が出ています。そして全体としては元気になっています。でもあなたなら、わたしがあなたに言えるより、ずっとたくさんのことをわたしに言ってくれることでしょう。エルンスト・Bまで含めて、これは初めての真剣な実験です。このところは、三か月以上先まで計画を立てておくというわたしの習慣をやめなければなりませんでした。
こんなに機嫌よく、生意気なことを言っているのをご覧になれば、わたしがまた元気にやっていけそうなことがお分かりでしょう。パリからまたすぐにお手紙をください。よいご旅行を。心をこめて。

あなたのフェリツィタス

［原文：手書き］

（1）『社会研究誌』1934,（Heft 3）に発表されたベンヤミンの論文「フランスの作家たちの現在の社会的立場について」をさす。（GS II, 2, S. 776-803 参照）
（2）『社会研究誌』3, 1934, S.196-226（Heft 2）所収のエーリヒ・フロム「母権制理論の社会心理学的考察」を参照。
（3）フリードリヒ・ポロック（一八九四―一九七〇）。彼は当時、社会研究所の副所長を務めていた。

72 ヴァルター・ベンヤミンから　グレーテル・カープルス宛

パリ、一九三四年一〇月二九日

親愛なるフェリツィタス様
私が気に入ったこの絵葉書が、あなたにも気に入っていただけるといいのですが。私の手紙も、もうそろそろ届いた頃でしょうか。早く返事をくださいね。遅くとも金曜日にはここを発ちますが、もし、あなたの手紙がそれまでにこちらに届かなければ、マルセイユに転送されます。マルセイユではいったん旅を中断し、『カイエ・デュ・シュッド』誌の編集者ジャン・バラール[1]と話をします。たぶんもうお話しをしたと思いますが、この雑誌が私のエッセイを掲載してくれるのです。『新フランス評論』の編集長ポーランとも、こちらで話し合いました。この雑誌に投稿された別の二編のバッハオーフェン論[2]を却下して、その代わりに私の論文を掲載する見込みだということです。サン・レモではいったいどこで秘書を見つけられるでしょうか。サン・レモの住所はヴィラ・エミリーです。ジークフリートとは話をしました。彼は小説を完成し[3]、こちらでそれを出版したいという意向でした。テディに手紙を書きました[4]。

手紙は書き終えたのですが、肝心の住所を持っていないことに気づきました。住所をすぐこちらに知らせていただくのがベストです。もう引っ越しはやめましたので、住所はリトレ街九、ホテル・リトレです。

心から思いをこめて、あなたのデトレフ

［原文：絵葉書（パリ・サンドニ門、消印は一九三四年一〇月二九日、パリ）に手書き］

(1) ベンヤミンは、ジャン・バラール（一八九三―一九七三）とは一九二六年にすでに知り合いになっている。

(2) これらの論文は不詳。

(3) ジークフリート・クラカウアーの二冊目の小説『ゲオルク』をさす。この小説は生前には出版されなかった。

(4) この時期にアドルノに宛てたベンヤミンの手紙は知られていない。

73 グレーテル・カープルスから ヴァルター・ベンヤミン宛

ベルリン、一九三四年一〇月三一日

ベルリン　一九三四年一〇月三一日

ヴァルター・ベンヤミン博士

パリ六区

リトレ街、ホテル・リトレ

親愛なるデトレフ様

今、あなたからこんなにたくさんの郵便物をいただいてとても感激しているところです。何か特別扱いしていただいたような気分です。その間に、わたしたちが連名で書いた葉書[1]も届いたことと思います。

フランスでまだいくらか可能性が見つかった様子で喜んでいます。どうか引き続き、最新情報をこちらに知らせてください。E・F〔エーリヒ・フロム〕のバッハオーフェン論にはそれほど感動しませんでした。間違いなく、あなたの論文のほうがずっとよいものです。

お問い合わせの住所は以下のとおりです。

イギリス、オックスフォード、マートン・カレッジ、

Th・ヴィーゼングルント＝アドルノ

最近はイギリスからの便りもそれほど多くありませんが、イギリスのバラにも十分多くのトゲがあって、現実にはそれほどバラ色でもなさそうだという印象を持っています。でも、このことは、ここだけにしておいてね。

たぶんあなたには関心があると思いますが、『フランクフルト新聞』がまったくうまくいっていないようです。新たに雇い入れた人たちの採用をすべて撤回することを余儀なくされたようです。ドルフ・シュテルンベルガーもそのあおりを受けたかどうかは知りませんが。

エルンスト・Bは目下、ウィーンにいます。今はわたしにプラハでのミーティング〔原文 meeting〕を提案してくれていますが、でもわずか五週間前にわたしが自分で言い出したことが、残念ながら今や不可能になってしまいました。『独身者たち』(2)は、ようやく読み始めたばかりです。でもカフカ論の方はすぐに読み終え、各章をイメージとして描くというあなたの思いつきに感嘆しました。ここに「せむしの小人」が再び登場するのは十分に理由のあることです。ただ、わたしにはこの文章は短すぎるように感じます。これについてはもっとずっとたくさんのことをあなたから聞きたくなります。各部分が互いに緊密に絡みあっていて、この短さが読む者をほとんど悲しくさせてしまいます。

二枚目の葉書へのあなたのお返事をとても心待ちにしています。次の手紙はサン・レモに送ります。

尽きせぬ思いをこめて

いつもあなたのフェリツィタス

〔原文：タイプ原稿〕

（1）これらの葉書は残っていない。

（2）アンリ・ド・モンテランの小説『独身者たち』Henry de Montherlant, *Les Célibataires*, Edition Bernard Grasset, 1934.

74 グレーテル・カープルスから ヴァルター・ベンヤミン宛

ベルリン、一九三四年一一月一五日

一九三四年一一月一五日

親愛なるデトレフ様

あなたの急ぎのお手紙(1)に、こんなにお返事が遅れてしまってごめんなさい。でもわたしが今どんな状況に置かれているかは、すぐに分かっていただけることでしょう。でもその前に、まずあなたのご質問についてのお答えです。残念ながら今のところ、あなたのためにしてあげられることは何もない状態です。E・H〔エルゼ・ヘルツベルガー〕計画も不可能ですし、今のところ、わたしがクリスマスにフランクフルトに行くことも、かなり怪しくなっています。マックスからの手紙をもう一度同封します。[2]あなたは、あいにくこれについては何も書いていらっしゃらないですが、そこから察するに、あなたのヨーロッパ関連の計画が予算削減でさらに難しくなるのでしょうね。文面からは、あなたがアメリカにあまり魅力を感じていらっしゃらないことが感じられます。でも、ヨーロッパにいまさらどんな未練があるというのか、わたしにはよく分かりません。どうかせめて、あなたがなぜ気が進まないのかを説明してくださ い。とはいえ、もう一つの周知の例のように、きっぱりと「ノー」という返事を聞かされるのも怖いですが。

さてそこで、わたしのことです。わたしはすでに一度、一九三三年の一月に、絶望のどん底に陥って、あなたのもとに伺ったことがあります。今は、書くことしかできないのですから、その時よりもずっとつらいです。ですからどうぞこの手紙は読んだらすぐに破棄してください。あなたから手紙が来た時、わたしはちょうどいろんな症状を伴った偏頭痛発作のまっさかりでした。ヴィ〔ッシング〕が診てくれて、器質的には問題ないことを確認したうえで少しマッサージをしてくれ、応急措置が必要な身体の方の鬱状態は取り除いてくれました。多分ご存知でしょうが、少し前に、婚約一〇年目を迎えたというのに、[3]いまだにすべてがもとのままで、それどころか変化の兆しはこれまで以上に乏しくなっています。テディのフッサール研究はまだ二年はかかりますし、そうなるとわたしは一一年前と同じように大きな疑問符の前に立たされます。テディにはやるべき仕事がたくさんあり、新しいことがいろいろあり、手紙を書く時間などほとんどありません。わたしは手紙を受け取るたびに手が震え、切ない思いにかられながら一人ベルリンで朽ち果てようとしています。このことを親しい友人デトレフはわかっていました。だからヴィ〔ッシング〕への紹介もわたしには単なる偶然とは思えません。そしてデトレフは間違っていなかったのです。もちろんわたしの家族はすぐにそれに気づきました。だってほとんど毎日いっしょにいたのですから。そしてみんなテディに味方してわたしをたしなめました。オックスフォードにはこんなことはまったく知られていません。そして、あちらからは何の音沙汰もありません。デトレフ、わたしは自分の仕事がほとんど手につかないほど動揺してしまうことがよくあります。わたしの思考力が減退していくのが感じられるような気がします。テディのことは愛していますし、彼のためなら、友人を裏切ったり、悪事を働いたりすることだってできるかもしれません。ごめんなさい、こんな支離滅裂なことを書いてしまって、あなたがついてこられるかどうか、もうまったく分かりません。わたしは自分が大好きな、そしてあちらにとってもわたしの愛情が役立っているかもしれないE〔エーゴン・ヴィッシング〕を苦しめています。わたしは彼のそばにいる時だけ少し落ち着いていられます。でも状況はまったく変化しそうもありません。テディは、このベルリンの啓示に理解を示してくれないのではないかと心配です。そうなったらもうわたしは引き返せなくなるでしょう。妙なもので、テディと私はいっしょにさえいれば、すべてはすぐに丸く収まります。近年は、彼もわたしをまちがいなく気に入ってくれていましたし、それは単なるわたしの思い込みではないはずです。にもかかわらず、どこかうまくいかないところがあって、わたしがどういう状態でいるのかがテディには分からないのです。そしてわたしは彼を失うほかないのかと思うと、耐え難い気持ちになります。あなたはテディのことをよく知っています。彼がわたしにとってどんなに重要かを、あなたはご存知のはずです。わたしの口にする一言一句が彼と関係しています。もしこのつながりを失ったら、わたしはもう存在しないのと同じです。多分わたしはテディに、一二月半ばに＊、ベルリンに来てくれるよう頼むことになるでしょう。この件の見極めをつけるまでの四週間はわたしにとっては拷問です。ただ時には、必要なのはほんの些細なことで、それさえあればすべてはうまく修復できるかもしれないと感じることもあります。Eとの旅行[4]でさえそうで、それによって彼もついには健康と自由を取り戻すかもしれないのです。イギリスであろうが、アメリカであろうが、たとえ地の果てであろうが、もし、いつの日か確実にわたしのことを迎えに来てくれるのであればいいのですが。ひょっとするとわたしの信頼感が足らないのかもしれません。ひょっとすると責任はわたしにあるのかもしれません。でも現実は無限に耐え難く感じます。ごめんなさいね。よりによってこんな時期に、わたしの悩みであなたを煩わせてしまって。でもあなたなら、もしかすると優しい言葉を見つけてくれるかもしれません。心からの感謝をもって

あなたのフェリツィタス

＊あるいはクリスマスに（？）

〔原文：手書き〕

（1）この手紙は残っていない。
（2）一九三四年一〇月一七日付のホルクハイマーのベンヤミン宛手紙には、アメリカの研究奨学金がもらえた場合にはアメリカに来る気があるかどうかをベンヤミンに尋ねる一文が

含まれていた。ちなみにそこにはホルクハイマーの次のような一文もあり、これがベンヤミンに少なからぬショックを与えた可能性がある。「われわれの次年度予算は、こちらの文部や一連の他の状況による負担増のために大幅なカットを余儀なくされており、われわれの側からの研究委託はおそらく当分の間、休止せざるをえないでしょう」

（3）この記述からすると、グレーテル・カープルスとアドルノは一九二四年秋に婚約したと思われる。

（4）詳細不明。

75 グレーテル・カープルスから ヴァルター・ベンヤミン宛

ベルリン、一九三四年一一月二一日

贖罪の日

親愛なるデトレフへ

少なくともわたしたちのどちらかが助かったようです。わたしたちが手紙を「ようやくなんとかなる方向の道が見つかりました」[1]という文章ではじめられたらいいなあ、と思っています。これからの四ないし八週間で決定がくだるでしょう。結果としてなにが（誰が？）残ることになるのか、わたしはまったく想像すらつきませんが。

明日は二五番の手はずを整えます。

あなたはなんどかヴァルター・フランク[2]のことを尋ねておられましたね。彼はまたパリにいます。彼のことは好きじゃないとあなたから聞かされてきましたが、わたしも彼とEが親しくしていることは楽しくないと告白せざるをえません。

あなたとお話しできないのがとても残念です。話さなければならないこと、明らかにしなければならないことがたくさんあるのに、どこもかしこも邪魔がはいります。はやめにお手紙くださいね。

心から

あなたのフェリツィタス

［原文：タイプに手書きで補足］

（1）ベンヤミンからの現存しない手紙に依拠している。

（2）ゲルト［ゲルトルート］・ヴィッシングは最初にヴァルター・フランクと結婚していた。

76 ヴァルター・ベンヤミンから グレーテル・カープルス宛

サン・レモ、（訳注1）一九三四年一一月二五日頃

われわれが今どこかで会えるなら、そのためにはなんでもしたい気持ちです。本当に。あなたからのこの前の短いお手紙[1]を読むと、あなたには、つらい時間がまだ続いていることがはっきりわかります。私は自分がなしうることを過大評価しないように日頃から気をつけているほうですが、それでも、もしも今いっしょにいられるなら、あなたのお手伝いができることはたしかです。残念ながら、あなたのそばにいない以上、ほとんどなにもお手伝いできないことも、ほぼ同じぐらいたしかなのですが。

それゆえ、今この地でどんな気持ちかお伝えした以上は、私に関しても今ここで起きていることを耐え忍び、辛抱しなければなりません。ところで、あなたもそろそろ旅行に伴う面倒なことは考えないで、クリスマスを、新しい環境で、新しい見通しと行動の機会が開けてくるように、手筈する時期が来たのかもしれませんね。

この考えは、最近この家に出入りしている壁職人や内装職人の立てる騒音と一生懸命戦いながら得たものだけに、騒音が激しいほど、それだけまた適切なはずだと、私には思えます。私の生活はいつも建築工事中の家でなされるように、生まれたときから決まっているのか、あるいは、そういう星回りになっているのか、と、時おり自分で考えざるをえません。イビサからの手紙でも、新築中の家に住んでいる様子を書いたのを覚えておられるかもしれません[2]。あの家は、本当のところ、私が居るときに私のまわりに建てられたといった感じでした。

仕事は当然、ほとんど家の外でしています。今では、またしてもあなたのおかげで、仕事ができるようになっています。そして今、あなたがいれば、直接にお礼を述べられるのに、その代わりに、またしても手紙でお礼を言わねばなりません。仕事ですが、——ひょっとしてしつこいのに驚かれるかもしれませんが——最初に『ベルリンの幼年時代』を再開しました。もう何年も前からいくつかの文章が念頭にあるので、仕方ありません。そのうちのひとつはようやくなんとかできたような気がしています。そのタイトルを見れば、それがいかに私にとって中心的な位置を占めているか、おわかりでしょう。「色彩」[3]というものです。これを書写してくれる人が見つかったら、あなたに送りますね。それ以外にも「ハレ門」[4]と「クリスマス・ソング」[5]

を書く予定です。

　カフカは[6]、ショッケン文庫からアンソロジーが出ました。編集部の棚に眠っている私の原稿もこれで起こしてもらえるかもしれません。

　デンマークを離れてから、ベルトルトからはなんの連絡もありません。彼はまだロンドンにいるのだと思います。ロンドンからは、〔エルンスト・〕シェーンの長いけれども、陰鬱な手紙が来ました。エルンスト〔・ブロッホ〕はウィーンにいるとか。でも、それはあなたが私に書いてくれたことですよね！　私は出版社に私の本について聞いてみましたが、まだまだ時間がかかるようです。

　今日のところはここまでにしておきましょう。次の手紙ではひょっとするとアンドレ・ブルトン[7]についてちょっと書けるかもしれません。目下のところ、シュルレアリスムについてのブルトンのエッセイ集を丁寧に読むつもりでいますので。

　心からの気持ちをこめて、また慰めの言葉も送ります。すぐにお返事をくれることを期待しています。

あなたのデトレフ

〔原文：手書き〕

（1）日付について。グレーテル・カープルスからの「この前の短いお手紙」というのは、一九三四年一一月二一日の「贖罪の日」に書かれたもの〔書簡75〕。この手紙に対する彼女の返事は、一一月二九日付である。
（2）書簡21参照。
（3）この文章の最初の部分は、一九三四年一一月二日付のレオ・レーヴェンタールの手紙の裏側に記されたもの。この文章については以下を参照。GS IV, 1, S. 263 および GS VII, 1, S. 424.
（4）『ベルリン年代記』を書いている時期にこのタイトルで書かれ、またその韻文体も存在する。（vgl. GS VII, 2, S. 705 f.）この文章は、のちに「冬の夜」というタイトルになった。（vgl. GS IV, 1, S. 288 および GS VII, 1, S. 414）
（5）書かれなかったか、失われた。
（6）Franz Kafka, *Vor dem Gesetz. Aus den Schriften Franz Kafkas zusammengestellt von Heinz Politzer*, Berlin 1934（Bücherei des Schocken Verlags. B. 19）
（7）Vgl. André Breton, *Point du jour*. Paris 1934.
（訳注1）ベンヤミンの別れた妻のドーラは、当初イタリアに亡命し、サン・レモでペンションを営んでいた。ベンヤミンはフランス亡命中になんどか、彼女の元に、主として経済上の理由からと思われるが、滞在していた。ドーラはのちに二人の間の息子のシュテファンとともにロンドンに亡命。シュテファン（一九一八—七二）は戦後ロンドンで本屋の店員をしていた。

77 グレーテル・カープルスから ヴァルター・ベンヤミン宛

ベルリン、一九三四年一一月二九日

一九三四年一一月二九日

親愛なるデトレフ様

やさしい理解のあるお手紙をありがとうございます。その後わたしも少し落ち着いてきました。こちらも変化があるのではないかと期待しているところです。オックスフォードに電話したところ、テディは一二月半ばにはこちらに来るのではないかと思っています。ひとつだけあなたとちょっと意見が違うところがあります。それは、こうした緊急の場合には、どんなにしたくても、わたしがお手伝いできる可能性よりも、わたしの方が助けてもらえる可能性の方が高そうだということです。

取り急ぎ手短かに。

クリスマスの贈り物に、『ベルリンの幼年時代』の新しい文章をお願いしますね。

昔からの友情をこめて。いつもながらあなたの

フェリツィタス

［原文：手書き］

78 グレーテル・カープルスから ヴァルター・ベンヤミン宛

ベルリン、一九三四年一二月一〇日

一九三四年一二月一〇日

（1）

親愛なるデトレフ様

あなたのところにもエルンストの本が来たでしょうか。思いもかけぬほどがっくりされることでしょう。でも、わたしの方からはなにも言わないことにします。最大の驚きともいうべき新たな解決策についてあなたに書くわけにいかないのが、大変悲しいのですが、でもE〔エーゴン・ヴィッシング〕が自分から連絡したい、というのです。――「破壊的性格」を一部送っていただけたら大変うれしいのですが。マックスへの返事(1)はどんな具合になったでしょう

か？ 今日はプラハからヘルマン・グラープの「都会の公園」が送られてきました。すでに原稿段階から知っています。ほとんど、あまりにプルースト的です。『ベルリンの幼年時代』をウィーンかプラハで出すというわけにはいかないのでしょうか。シュテファン[2]と過ごす日々が楽しいものでありますように。心からの気持ちをこめて

つねにあなたの

フェリツィタスより

［原文：郵便葉書、消印なし。裏面にははさみで切り取ったグレーテル・カープルスのシルエットが貼られている］

（1）一〇月末のベンヤミンのマックス・ホルクハイマー宛の返事。Vgl. GB IV, S. 520–522.

（2）まだドイツで学校に通っていたシュテファンは、クリスマスにはサン・レモに来ることになっていた。

79 エーゴン・ヴィッシング、グレーテル・カープルスおよびテオドール・ヴィーゼングルント＝アドルノから ヴァルター・ベンヤミン宛

ベルリン、一九三四年一二月一六日[1]

（2）（前便参照）

走り書きですが、心からのクリスマスの挨拶を送ります。ヴェストエントのクアハウスで療養をしています。一月三日に半年の予定で自動車でアフリカ奥地への探検旅行に出かけます（エジプト→スーダン→東アフリカ／タンガニカ、ニャッサ）。ジェノヴァに一月六日か七日に着く予定です。

以下のアドレスに返事をください。ヴェストエント・クアハウス、ヌースバウムアレー

親愛なるデトレフ様、わたしはとても気分がいいです。もう一枚の葉書は、もう関係ありません。いずれもっと詳しく書きますね（二〇日にでも。週が始まったら）。昨日の晩は三人でクランツラー［?.］〔クアフュアステンダムに最近まであった有名なカフェ。とくに戦間期は、文人や芸術家の

出入りで有名〕に行き、〔ヴィッシングとアドルノが〕シギ肉の料理とクレープ・シュゼッテ〔洋酒とオレンジ風味の温かいクレープ〕のデザートで友情を誓い固め合いました。

心からあなたのフェリツィタス

ベルリン　一九三四年一二月一六日　＊間違い[2]

親愛なるヴァルター・ベンヤミン様、ヴィッシング＊のおかげで、貴兄のカフカ論を読ませてもらいました。今日のところは、この論文の種々のモチーフに大変な感銘を受けたことだけ言わせていただきたいと思います。クラウス論が完成してから貴兄の書いたもので一番大きな感銘を受けました。これから数日のうちに、もっと詳しく書く[3]時間があるのではないかと思っています。今のところは、第三章の終わりに出てくる、祈りの歴史的形象としての注目に関するすごい定義[4]のことを特記して、その前触れとしておきたいと思います。ついでに言えば、哲学的中心問題に関してわれわれが一致するところが、私にとってこの論文以上にはっきりしたことはありません！　当地では楽しく過ごしています。

いつも貴兄のテディ・Wより

〔原文：消印なしの郵便葉書。手書き〕

（1）この二枚の郵便葉書はおそらくいっしょに封筒に入れて一二月一六日に発送されたものと思われる。一二月一六日にグレーテル・カープルスが、「もう一枚の葉書は、もう関係ありません」と書いている。

（2）エーゴン・ヴィッシングの筆跡。

（3）一二月一七日のアドルノのベンヤミン宛の手紙参照。*Briefwechsel Adorno*, S. 89–96.

（4）カフカ論に次のように記されている。「カフカが祈りをしなかったとしても――それについてわれわれは知らないが――、マールブランシュが「魂の自然の祈り」と呼んだもの、つまり注目が、カフカには本来的に備わっていた」（GS II, 2, S. 432）

80　グレーテル・カープルスから ヴァルター・ベンヤミン宛

フランクフルト・アム・マイン／ベルリン、一九三四年一二月二六日

ペンション

ファザーネンエック・アム・クアフュアステンダム

フランクフルトからベルリン行きの急行電車にて

祝日二日目

親愛なるデトレフ様

こんなに長くお便りを差し上げなくてごめんなさい。でも、あなたに報告する前に、まず少し確かめなければならなかったんです。確かに、ベルリンでの三か月は素晴らしいものでしたし、今もわたしはまったく心安らかでいますが、そうはいってもすべてが片付いたわけでも確かというわけでもないのです。残念ながら、ゆっくりすべてを報告することはできないので、いくつか抜けているところを埋めるだけにしておきます。Eが一二月に警察本部に監禁されていたとき、何かしなければならないことはどう見ても明らかでした。でも、何を？　なんとか出口を見つけようと昼も夜も考えましたが、どんな道も塞がれていて、諦めるほかない状況でした。手をこまねくばかりで助けてやることができず、最近になって見つけたばかりの友人を手放さなければなりませんでした。終わりを予感していました。——もちろん彼はクリスマスまでなんてもう待っていたくはありませんでした。破滅のあらゆる苦しみと甘さを嘗め尽くしました。わたしたちが車でブランデンブルクに行ったあの日曜日（一二月二日）のことが忘れられません。月曜日の晩にブリストルホールで会ったとき、彼はすでに彼の投書に対して電話があったと言っていました（『ベルリン新聞』に載せた、アフリカ旅行の同行者を探すとかなんとかの広告のことです。その続きはご存知でしょう）。デトレフさん、そのとき、もう一度奇跡を信じてみようと思いました。わたしは小さな取るに足らない人間ですが、この経験を良い結果に導くためにわたしにできることは、すべてやりたいと思います。人の人生を破壊するのはこんなにも簡単で、再び立て直すのはこんなにも難しいのです。

わたしの方にもいくつか変化がありそうです。プリンツェン・アレーでの暮らしはだんだん耐え難くなってきているので、自分の小さな住居を持とうかと思っています。それから、ドイツにいるあいだ、テディにベルリンのわたしのところに移ってきてもらうようにしてはどうかと考えています。

あなたはどのくらい長くサン・レモにいるつもりですか。わたしたちは復活祭にヴィラ・ヴェルデ〔ベンヤミンの前妻ドーラがサン・レモで経営している宿〕に旅行に行くことを真剣に検討したところです。

シュテルンベルガーのユーゲント様式についての論文(1)はいただいていません。前にスコウスボストランに忘れてきたと書いていらっしゃいましたが、こちらでなんとか入手しましょうか？

カフカについての原稿はシュピッツァー(2)のところに送りました。この手紙を『バラントレーの若殿(3)』の上に乗せて書いています。まだ読み始めたばかりですが。

汚い字でごめんなさい。それから、はじめの方のあまりに感情的な文章も。でも、率直に書いたものです。この手紙も処分していただくのがいいかと思います。すぐにでもお便りいただけることを願っています。あなたに良い大晦日の夜を、そして一九三五年には良いことがありますように。そして再び会えますように。

昔からの忠実な友情を込めて

あなたのフェリツィタス

〔原文：手書き〕

(1)〔ドルフ・シュテルンベルガーの〕論文「ユーゲント様式　概念と観相学」は『ノイエ・ルントシャウ』の九月号に掲載された。

(2) インド学者モーリッツ・シュピッツァー（一九〇〇―八二）は一九三二年から三八年までベルリンのショッケン出版の社長だった。一九三九年にパレスチナに亡命した。

(3) グレーテル・カープルスがロバート・ルイス・スティーヴンソンのこの小説を読んだのは、明らかにベンヤミンの勧めがあったからだろう。ベンヤミンは、一一月一二日にヴェルナー・クラフトに宛ててこう書いている。「筆を措く前に、少しばかり有名なある小説のことをお話ししましょう。最近読んだもので、たいていの偉大な小説を超えるほどの意味が私にとってありました。〔スタンダールの〕『パルムの僧院』の次くらいに位置すると言っても過言ではありません。それはスティーヴンソンの『バラントレーの若殿』のことです」(GB IV-913)

81　グレーテル・カープルスから
ヴァルター・ベンヤミン宛

ベルリン、一九三五年一月一七日

一九三五年一月一七日

親愛なるデトレフ様

何日も前から、あなたの素敵な新年のお便り(1)への感謝の気持ちを伝えようと思っていましたが、今日やっとそれが実現しそうです。でも長いお詫びであなたを煩わすつもりはありませんし、こちらの状況について少しばかり報告をしたいと思います。

テディはまたイギリスに戻ってしまいましたが、残念ながらわたしにはまだ、彼がこの春をどう過ごすつもりなのか、お伝えすることができません。どんな場合でも、三月には彼に会うつもりでいますが、でもどこで会うことができるものやら、まったく見えない状況です。ひょっとすると彼の目論見について、あなたの方から一度聞いてみるのがベストかもしれません。意味なく待ち続けることであなたのほかの企画が邪魔されるのを避けるためには、いつまでに詳細を知る必要があるでしょうか。そもそもあなたのところではどんな状況なのか、うまくいっているのか、知りたくて仕方がありません。Eとも話したのですが、あなたに共同で提案をしたいと思っていたところです。つまり、ひょっとしてパリで、あまり調子の良くないらしいあなたの妹ドーラの面倒を見る気はないのでしょうか。誤解しないでくださいね。これはもちろん善意からするにすぎない提案で、現実的なことはなにひとつできない無力さから生まれたものだし、それにあなたがデンマークで、妹との関係が今では改善したとほのめかしていらっしゃったがゆえの提案です*。あなたがEとほとんど話ができないだろうことは、残念です。というのも、彼の船は昨日アントワープを出発したはずだからです。この損失があなたにとってどれほどのものか、あまりにもよくわかります。それに、彼は本当に最近になって、カフカについての素敵な着想をまたたくさん思いついていたので、あなたにそれをどんなにかお話ししたかったことかと思います。——あなたのパレスチナに行く見通しは何か少しでも現実味を帯びてきているのでしょうか。

ところで、エルンスト・ブロッホの本についてどんな印象をお持ちか、書いていただけるととてもうれしいです。彼は、わたしが予言したとおりですが、テディの正当な批判(2)にまったく耐えられず、今回はもはや修復は不可能ではと恐れています。彼を失うのは残念です。でも、わたしはもちろん、客観的にも個人的にもテディの意見に賛成です。し、あなたも、どうしてもという場合にはわたしたちのグループに入る三人目であると、基本的に確信しています。

今後しばらくは、本職をこなしながら静かな生活を送る計画です。仕事の財務状況も悪くないので。それから、もっと英語に力を入れて学ばなければなりません。そして気候がよくなったら家を探さなければなりません。さようなら、デトレフ。あなたと話をする友情に満ちた時間があったら、どれほど気持ちが楽になるものでしょうか。心深くあなたを思い出しながら。

いつもあなたの

フェリツィタス

*それからもう一つ、「パサージュ論」を続ける可能性が出てくることも提案の理由です。

［原文：手書き］

（1）残っていない。
（2）『この時代の遺産』についてアドルノがエルンスト・ブロッホに書いた手紙はおそらく残っていない。

82　グレーテル・カープルスから ヴァルター・ベンヤミン宛

ベルリン、一九三五年一月二二日

親愛なるデトレフ様

一九三五年一月二二日

あなたがベッドに横になっていなければならないとは、そしてそんなにひどく痛むとは、とてもつらいです。本当に、本当に早く良くなりますように。――「親和力論」を今日書留で送りました。――シュピッツァーからは何の音沙汰もありません。原稿が届いたという確認の知らせさえも。――復活祭にサン・レモで会うというのは、この見込みによって少しでもあなたの気持ちがうれしくなるのなら、そしてほかの耐え難くつらいことを乗りきる助けになるなら、より具体的な話に思えてきます。ニースで、あなたにとって重要なフランス人[1]と会うということをお話ししていらっしゃったと思うのですが、それは実現したのでしょうか。わたしの健康状態は、今のところまずまずです。相変わらず頭痛がしますが、かならず偏頭痛というわけではありません。頭を上に引っ張る療法は、かなり有効でした。でも、この症状を取り除く徹底的な方法というのは、今までのところまだ誰も見つけておらず、今日ではそのチャンスはむしろ小さくなっています。

ヴィッシングは出発しませんでした。彼は目下のところパリにいます。で、次は？　このことはひどくショックでしたが、とにかく奇跡などというものは存在しないのです。おそらくこのことはここではまだ誰も知らないでしょう。せめてあなたとお話しできたらいいのに。思い出が残ることが許せる程度には、何もかもが卑小で不快なことになったりしなければいいのに。

今日もあなたの幸せを祈りつつ。いつものとおり

あなたのフェリツィタス

［原文：手書き］

（1）おそらく『カイエ・デュ・シュッド』誌の共同創刊者マルセル・ブリヨン（一八九五―一九八四）のこと。「マルセイユのハシッシュ」のフランス語訳を校正した。ベンヤミンには一九三四年一月末にニースで会っている。

83　グレーテル・カープルスから ヴァルター・ベンヤミン宛

ベルリン、一九三五年二月二日

一九三五年二月二日

親愛なるデトレフ様

あなたの質問[1]は、わたしのみに関わることではないだけに、とても答えにくいです。基本的に、わたしはEの行動を前もって説明したくはありません。きっと彼はすでにあなたに手紙を書いてきていることでしょうし、それどころかあなたはもうすぐ彼に会うのだろうと思っています。つまり、いずれにしても彼は明確にそういう目論見でした。つまり、あれやこれやの理由で、東アフリカへの旅は（残念ながら？）おじゃんになってしまったというわけです。現在のところEはパリのホテル・リトレにいて、でも来週のはじめにはマルセイユにむけて発つ予定です。彼の今後の計画を聞くのであれば、直接彼に問い合わせてください。このことに関するわたしの立場は、もちろんのこと少し複雑です。個人的な反応としては、かなり怒っていて、また大いにいらいらしています。こうした感情が何も生み出さないことは周知のとおりですが。今では状況が若干はっきり見えてきて、それゆえ前よりは冷静になってきていますが、それでもまだたっぷりと不快です。これはとりわけわたしがベルリンにいるからそうなのでしょう。突然自分の全生活様式を変えることが彼にとって恐ろしく難しいということはよくわかっています。今では、すべてはもっとよくなるだろうという希望がかすかにあります。もっとも、わたしには当面、それまで時間がまだ長く感じられるのと、それから日々起こることにいちいち悩まされるということはありますが。ひとつ、どうしてもお願いがあります。あなたは彼のことをもうずっと長く知っているのだから、判断してくれませんか？　つまり、彼は結婚生活の中で本質的に変わってしまい、それでいろいろなことがああなってしまっているわけであって、人格的な欠陥に帰すべきものではないという、そういうことなのかどうかです。わたしたちの計画がうまくいくかどうかは、彼がこのことに使っている膨大なエネルギーにもかかわらず、かなりの部分これにかかっています。それでも、もしうまくいってくれるなら、わたしはとてもうれしいのですが。

今現在わたしはとても状況が不利ですし、あまりに多くのことをかかえているので、新しい手袋の型の案件をEにお願いしました。Eはパリで最新のモデルを見たに違いありませんから。

どうかまたすぐにお返事ください。たとえわたしがときどき興奮したままであなたに手紙を書いたとしても、わたしがそのためにわたしたちの現実の友情のあり方を忘れたなどと思う必要はありません。幸せを願いつつ。

あなたの

フェリツィタス

［原文：手書き］

（1）ベンヤミンの手紙は残っていない。

84 ヴァルター・ベンヤミンから グレーテル・カープルス宛

サン・レモ、一九三五年二月一〇日頃[1]

親愛なるフェリツィタス様

私の表面上の不幸についてあまりにたくさんのことを聞かせてしまっているので、「それ以外は」元気なのだと言ったら、それは納得のゆく、――またひょっとすると望ましい――想定でしょう。その想定をあなたから奪わないとすれば、それはあなたを思ってのことです。

一方で、沈黙が毒のように作用する瞬間がたびたびあります。――そしてこの状況を話すことは、私の声が届く範囲において私に義務づけられているので、あなたの前にも突きつけられることになりますが、あなたはこの声からもやはり逃れたいとは思わないでしょう。

このところずっと、何年も経験をしたことのないような深刻な不調です。苦悩という感じではありません。苦悩は人生が満ち足りているときに抱くものですから。そうではなく、充満する苦味とでも言うようなもので、この苦味が空虚の中へと流れ出し、虚無の中に呑み込まれるのです。

この理由が、ここでの生活環境、つまり想像できないほどの隔離状態にあることは、私にはまったく明らかなことです。人との交流から隔離されているのみならず、それに加えて本からも、そしてついには、悪天候ゆえに自然からも隔離されているわけです。毎日九時前には床に就き、毎日誰にも会わないことが確実な数少ない同じ道を行き来し、しかもそこで、毎日同じように未来について虚しく頭を悩ます、これが、きわめて頑強な精神状態にも――私は元来、私の精神状態をきわめて頑強なものと思っています――、深刻な危機をもたらさざるをえない生活環境なのです。

奇妙なことに、私をいくらか癒してくれる可能性の最も高い環境、つまりは仕事ですが、これが危機を増幅させているのです。今は「バッハオーフェン論」とベルトルトの小説の批評(2)という大きな仕事を二つ終わらせたところですが、これで私の心の中は明るくはならないのです。

できることは何もありません。というのも、いずれにしても私のここでの滞在はそのうち終了しなければなりませんが（前の義理の母が来ることになっているのです）、私はそれすら歓迎できません。願うことはひとつだけ。あなたとお会いできれば。それをはっきりと頼みにすることさえできれば！

ヴィッシングについては、いずれにせよ何も期待していませんし、もし彼が、あらゆる方向から到着を予告(3)した後で本当に現れたら、私はほとんど驚くでしょう。（最後の知らせはパリからの出発の延期を伝えるものでした）

ベルトルトからは親切な手紙をもらいました。それどころかアーシャからも知らせ(4)が届きました。――でも、これは私の部屋の住人としては存在感が希薄です。

ほかに何もなければ、この手紙を、いつもであれば禁欲的な態度がまったくないわけではない私の告白の中の、変り種とでも思ってください。

あなたを深く想いながら

あなたのデトレフ

追伸　今聞いたのですが、P(5)がベルリンに行くそうです。そんなわけで、この手紙の変り種らしさを完璧なものにするために、彼からあなたに手渡してもらうことにしました。

［原文：手書き］

（1）言及されているブレヒトの「親切な手紙」の日付は二月六日であるため、ベンヤミンの手紙は二月一〇日頃に執筆されたものだろう。

（2）「ブレヒトの三文小説」（GS III, S.440-449 参照）をベンヤミンはクラウス・マンの雑誌『ザンムルング』のために書いた。しかし、ベンヤミンの要求した報酬額がクラウス・マンには高すぎると判断されたため、掲載されなかった。

（3）エーゴン・ヴィッシングは一月二四日、パリからベンヤミンに手紙を書いている。

「拝啓

連絡を怠りすみません。冒険的で空想的な旅や出来事にとりまぎれていました。（チューリヒ、バーゼル、ストラスブール、ブリュッセル、アントワープ、そして再びスイスにいました。今はここパリにいて、それも現実的な理由からなのですが、それを今説明することはできません。［…］私はここに来週の水曜日か木曜日（三〇日か三一日）まで滞在しなければならず（このことについて今回は心の底から「残念なことに」と言いますが）、その後おそらく（かなり確かです）マルセイユへ行き、そこでおそらくお会いできる可能性があるでしょう。このことは私にとっても非常に重要です。」

（4）一九三五年一月四日付の手紙のこと。

（5）おそらくロタール・ブリーガーのこと。書簡**69**の注（1）を参照。

85　グレーテル・カープルスからヴァルター・ベンヤミン宛

ベルリン、一九三五年二月一二日

一九三五年二月一二日

親愛なるデトレフ様

途方に暮れたあなたの手紙を読んで、とても悲しくなりました。これからあなたの気持ちを少しだけ明るくしてあげたいと思っていますが、はたしてうまくいくでしょうか。わたし自身も「裏切られた」（これは英語の「cheated」の上品な翻訳です）気持ちはあります――わたしの状況は、気が滅入ることに、一九三三年二月の状況とそっくりなのですから――。でも今日のところはもうこれ以上あなたに負担をかけるのはやめましょう。

①あなたが近いうちに訪問を受けるだろうことは、かなり確かだと思います。メリーゴーランドは、あなたが思っていらっしゃるより順調にいくでしょう。

②あなたの前の奥様の件は、すぐではなくても、近いうちにはうまく収まるでしょう。それに、たぶんそれほど火急のことでもないでしょう。

③ベンヴェヌート・チェッリーニは、レクラム文庫に

は入っておらず、今はそれを探す時間もないため、あいにく入手できませんでした。
④ヴィラ・ヴェルデにシャワーないしバス付きのきれいな続きのシングル・ルームを二つ、三食付きで頼むと、いくらくらいになるのか手紙で知らせてください。あなたが、それがいいと思うなら、もちろんわたしの方から直接ドーラ・ゾフィーの方に手紙を書きます。だって彼女にとって益のあるこの訪問は、ひとえにあなたのおかげで実現することになったのですから。
⑤もし、まだ意味があるなら、あなたのお友達のPさんに来週、花を届けます。

こちらの仕事は、ようやく大部分終わったような気がします。あなたは完全に健康を取り戻したのでしょうか。Eの援助でニースに行くという計画は結局だめだったのかしら。

でもあなたは、少なくともわたしにはこっそり、エルンストの本についてのご意見を書いてくださいました。もちろんこれは、わたしの手元にとどめておかねばなりませんが。エルンストはかなり恥知らずとしか言いようのないような手紙[1]をT［テディ］に送って、しかもあなたが褒めてくださったロットヴァイラー名の論文[2]についても仰天させられたなどと書いています。もう基本的には彼は八方ふさがりになっている気がします。わたしも、Tに忠誠を誓っている身として、もうあまり相手にはしないつもりです。もちろんあなたとしては、せっかく再開した関係を今また中断する気にならないことはわたしもわかっています。他方、テディがだれを差し置いても保ちたいと思っているあなたとの連帯感をどれほど大切に思っているかも、わたしは知っていますし、それはまた当然のことでしょう。わたし一人では、彼にはもちろん十分ではないのです。

わたしたち全員にとってかなり不快な感じで始まった一九三五年というこの年が、今ようやく少しよいところを見せてくれるように、あなたのために心より願っています。あなたにはとくに、少しばかりの喜びと気晴らしが与えられますように。

いつも変わらぬ、あなたのフェリツィタス

［原文：タイプ原稿、末文は手書き］

（1）このエルンスト・ブロッホの手紙については以下を参照。Ernst Bloch, *Briefe 1903-1975*. Zweiter Band, hrsg. von Karola Bloch u.a., Frankfurt a. M. 1985, S.423-431.

（2）アドルノがヘクトア・ロットヴァイラーの筆名でウィー

ンの音楽雑誌『23』に寄稿した論文「レコードの形態」のこと。GS 19, S.530-534 も参照。

86　グレーテル・カープルスから ヴァルター・ベンヤミン宛

ベルリン、一九三五年二月二四日

一九三五年二月二四日

使いの方に託されたあなたのお手紙[1]は金曜日に受け取りました。その間に、あなたの状況が好転したことを切に願っています。こちらはよい天気です。お友達のPさんは五つ半の花模様をうちのお店から選んでいきました。あなたの気にいるといいのですが。Eとあなたの距離は、さすがのあなたも次の出会いを疑わないですむ程度に縮まってきたようですね（最後の手紙はマルセイユからで、これからモンテ・カルロに向かうとのことでした）。

いろいろなことに原因があるわたしの神経症は、これまでにないほど高じています。手紙で理解しあったり、変化の兆しを感じたりすることがまったく不可能な状態で、完全に神経が鈍麻しています。あなたも、わたしにつきあっていてもあまり楽しくないのではないかしらと心配しています。今日のところは、これだけにしておきます。

いつもあなたの

フェリツィタス

ブリーガーのトランク
スーツ
交渉

［原文：タイプ原稿、メモ書きはベンヤミンの手書き］

（1）書簡84。

87　グレーテル・カープルスから ヴァルター・ベンヤミン宛

ベルリン、一九三五年二月二七日

一九三五年二月二七日

親愛なるデトレフ様
　わたしたちがせっかくこんなに素敵な計画を立てても、結局すべてが予定変更になるのだったら、いったい何の意味があるのかしら。でもあなたがちょうどそんな時、一人ぼっちではなくなり、Eが何とか間に合うように到着するだろう[1]というわたしの予言が当たって、とてもうれしいです。でも、そんなに難しい予言ではありませんでした。日曜日のわたしの手紙はたぶんもう届いていることでしょう。お友達のPさんから家族経営についての報告を受けた後は、突然の廃業も頭をよぎりました。ここでいっしょに話し合いをしたことは、あなたにも書きましたが、それ以後はもう、あなたがパリに行く決心をしたことに驚かなくなりました。もしあなたがパリでマックスと話ができれば、わたしとしても大歓迎です。研究所とのどんな契約であれ、それが本当に継続的なものなのかどうかについて、わたしはとても懐疑的なので、あなたに何か別の方面でアメリカにつてがないものかと思ってしまいます。パレスチナ行きの可能性はどうなったのかしら。アーシャ〔・ラッィス〕の故郷はどう思いますか??　こうして状況が新しくなった今、わたしたちの復活祭計画は当面延期することをわたしとしては大まじめで提案したいと思っています。だってわたしたちにはくつろぐ余裕がないのですもの。夏にあなたがデンマークにいらっしゃれば、ひょっとすると可能性はまだしもあるかもしれません。あるいは聖霊降臨祭の時に数日。わたしがそもそも復活祭に出かけられるのかどうか、今のところまだまったくわかりません。ですから今回はとりやめになっても、どうかわたしに腹を立てないように切にお願いします。でもわたしへの配慮のためにあなた自身の計画が妨げられないようにしてくださいね。そのご配慮にわたしが応えられないとなれば、なおさらのことです。どうかわたしのことを悪く思わないでください。わたしたちの友情をなおざりにする気持ちはありません。でも今のところはわたしの代わりになる方がいらっしゃいます。あなたの耐え難い孤独はさしあたり解決しています。少なくとも九月にあなたに会っておけたこと、そしてあなたがEの健康状態について良い知らせを送ってくださったことに、今日わたしは二重の喜びを感じています。近いうちに、あなたから見た印象をもう少し詳しくお知らせいただく時間があればと思います。それからもうひとつだけお願いです。このことについては完全にあなたの口の堅さに頼るほかありませんが、どうぞテディにはEがベルリンに来ることや、今わたしが彼と文通していることなどは内密にしておいてください。これがちょっとやっかいな、無理な要求だということはわかっていますが、アフリカ行きがだめになってから、テディのEに対する評価が落ちてしまい、わたしは二人の間で曲芸を演じなければなりません。というのも全員がそれぞれにどんなリスクを背負っているかをよく知っているからです。その一方で、わたしはテディには連帯意識を持ち続けていくつもりですし、同時にEにも絶対につらい思いはさせたくありません。この種のことでは、かつて一九三三年三月にも一度、あなたの巧みな手腕と信頼性を頼りにしたことがあります。そこで今回もまたわたしを支えていただけるように、こうしてあなたにお願いをしています。どうぞパリの住所を早く知らせてください。なにか良い知らせが聞ければうれしいです。心をこめて

あなたのフェリツィタス

〔原文：タイプ原稿、文末手書き〕

(1) ベンヤミンとE（ヴィッシング）はモナコで会っている。

88 グレーテル・カープルスから ヴァルター・ベンヤミン宛

ベルリン、一九三五年三月七日

一九三五年三月七日

親愛なるデトレフ様

ご報告[1]ありがとうございます。わたしたちの素敵な計画がふいになるのはわたしにとってもすごくつらいことだということは信じてください。あなたと話したいことは山のようにありますし、それに今のわたしには、一度のがしてしまったものは、もう二度と取り戻せないのではないかという不安がいつもあります。でも少なくともテディがパリ経由でこちらに戻るようにすることはできるかもしれません。彼にはもうそのことを提案してありますので、もしあなたがそれでよければ、一度彼に尋ねてみてください。昨晩、わたしはウィーンの従兄弟の一人[2]と〔電話で〕話をしました。彼は、まだわたしがわずかに家族意識を持てる唯一の人物です。その時、エルンスト・Bの話も出ました。正直に言うとその時、わたしは彼にとても会いたくなりました。今ちょうどあなたとEがいっしょにいるというのは、なによりあなた方二人にとってよかったと喜んでいます。なんといってもわたしは今、活動停止状態なので、それだけにあなたの助けがいっそう必要不可欠です。そんなときにWF[3]がパリにいるというのは、いずれにせよわたしには苛立ちの種です。これについてはわたしの方に言い分があると思っています。彼は芯のない、しょうがない人です。

デトレフさん、もしまた治療がうまくいかなかったら、最後はどういうことになるのか、わたしにははっきりわかっています。別段、良い生活を守りたいなどと、とくに今のような時代にはさらさら思っているわけではないのですが、それでも、そこで失われていくだろう活気と可能性がとても惜しまれるのです。他方、あなたがもうひどい状況にいないと思えるのはとてもうれしく、あなたの状況をいくぶん改善するのに、少なくとも間接的には少しばかりお役に立てたことを喜んでいます。

過去二か月、ほとんど日に日に悪化してきたこのひどい状況をもう変わりようのないものとして受け入れるのは本当に難しいことです。もちろん、そんなふうに受け入れられれば、これ以上に多くのことは降りかかってこないのかもしれません。でもそのためには、多くのものをあきらめなければなりません。それはやはりわたしにはときどき、まったく無意味とはいわないまでも、とても恐ろしいことのように感じられます。

エルゼ・ヘルツベルガーは今たぶんパリ一六区オートゥイユ河岸三八番地にいます。彼女に一度お願いしてみる意味があるかしら。

どうぞすぐに、頻繁に手紙を書いてください。自分がまだ完全に一人ぼっちではないと気づかせてもらえば、とてもうれしいです。

あなたのフェリツィタス

［原文：タイプ原稿］

(1) この文書は残っていない。
(2) 詳細不明。
(3) ヴァルター・フランク。彼はのちにアメリカ合衆国に向かったが、彼についての詳細は不明。

89 グレーテル・カープルスからヴァルター・ベンヤミン宛

ベルリン、一九三五年三月一七日

ベルリン、一九三五年三月一七日

親愛なるデトレフ様

素敵なお手紙[1]をありがとうございます。わたしを慰めるために、あなたがこんなにも心を砕いてくださったことに感動しました。でもわたしがほのめかしたことについては、当然のことですが、うまく伝わらなかったようです。それに、これを筋の通るようにお話しするのはかなり難しいことでもあります。口頭なら一五分もあれば簡単に説明できることですのに。つまり現実には、なにかひとつの圧倒的な状況がわたしを押しつぶそうとしているというよりも、あまりにも多くのことが積み重なってきていることが問題なのです。たとえば、今はもう完全な隔離状態になりはてた永続的な孤独、バラ色とはとても言えない事業の全体状況、わたしの住宅計画の断念、そしてなによりも、この状態が少しでも変化する兆しがまったく見えないこと。すべてが希望のないままにこうして続き、かすかな希望の光は手紙だけです。人はあいにく自分自身の人生からは抜け出せない、ということは分かっています。でも今になってようやく、わたしはどんなことにも立ち向かう覚悟ができました。どんな喪失にも、どんな喜びの欠如にも。ただ一つ、わたしが持ち続けたいと思うのは、ある種の受容能力です。それは、いつかそのような時がやってくることがあれば、その決定的な瞬間に、あるかもしれない喜びに加わるチャンスを逸しないためです。その点、わたしには素敵なお手本があります。このお手本がなかったら、過去数か月、わたしは純粋に身体的にすら耐えていくことはできなかったでしょう。その期間、あなたがわたしの人生でどんなに大切な役割を演じたかを、こんなふうにあなたに打ち明けても、わたしをお叱りにならないでくださいね。

わたしの復活祭計画はいまだに固まりそうもありません。テディの心づもりが、わたしたち自身、まだ見通しをもてないでいる種々の出来事に完全に依存しているためです。『最後のヴァイキング』[2]は今読み終えました。あの当時、あなたはあんな北の果てにいらしたのね。わたしはラップランドまでしか行ったことがないのに。本当をいうと、わたしはこの手の本はそれほど大好きではありませんが、今となってはあなたがなぜあんなに夢中になったのかが、すごくよくわかります。

ウィーンのエルンストからはほとんど何の知らせもありません。あいにく彼はわたしに腹を立てているんです。ひとつは一〇月のミーティングがうまくいかなかったため、もうひとつは彼の本に対してわたしがひどく控えめな発言しかしなかったためです。彼との友情を、彼の著作と切り離して考えることができないなんて、残念なことです。ウィーンで彼はピッツ〔マリー・ルイーゼのニックネーム〕・フォン・モテシッキーとよくいっしょにいますが、彼女もまた手紙は一切書きません。こう書いているうちに、今思いついたのですが、彼女の兄カール[3]と一度連絡をとってみたら、何かあなたの役に立たないかしら。昨秋は以下の住所でした。コペンハーゲン九区アンドレアス・ビョルン通り二一、彼はここで精神分析を受けています*。彼はつきあって面白い人ではまったくありませんし、わたしから見ると完全に病気ですが、でもひょっとするとあなたの助けになってくれるかもしれません。あなたには関心を持っていますし、喜んで手をさしのべてくれる人です。これは何といっても今の状況では、面白いことより重要です。もしこの住所でつかまらなかったら、以下のウィーンの住所に手紙を書けば、間違いなくそこから転送してもらえるでしょう。ウィーン四区ブラームス広場七、カール・フォン・モテシツキー。

わたしはEに出した最後の手紙で、やっぱり一度、わたしのことについてあなたと一度話をしてみてほしいと提案しました。もちろん彼の意に沿わないこともたくさんあるでしょうが、あなたは彼よりずっと長く、わたしのことをご存知です。だから彼がひょっとしてわたしのことを軽率だとか、シニカルだとか思っていることがあれば、わたしの立場を彼にわからせていただけるのではと思います。わたしが自分自身のことで、それほど多くの言葉を費やさなくても、あなたならわたしのことをわかってくださっているという気持ちがわたしにはあります。あなたの友情はそれほどまでに非利己的なものです。でも、結局のところ、友情と愛情のあの微妙な境界線はどこにあるのでしょうか。

デトレフ、あなたが今どんな具合なのか、つねにわたしに知らせてください。わたしに頻繁に手紙を書いてください。それが、あなたがわたしに与えることのできる最大の慰めです。昔からの忠誠と友情をもって

あなたの

フェリツィタス

兵役 「口頭なら一五分」
シュテファン 来訪
山登り お手本
ロシア コペンハーゲン
ブレヒト クラウス［・マン］

* ［ベンヤミンの筆跡で欄外にメモ］（ライヒ）

［原文：タイプ原稿、ベンヤミンの手書きのメモ書きを付記］

（1） この手紙は残っていない。
（2） ノルウェーの作家ヨハン・ボーヤー（一八七二―一九五九）の一九二一年の小説（ドイツ語版、一九二三年）。この本をベンヤミンは一九三四年九月にスコウスボストランで読

んだ。

（3）ヴィルヘルム・ライヒの弟子カール・フォン・モテシツキー（一九〇四―四三）の伝記についてはクリスツィアーネ・ロートレンダーの『家庭音楽とともに彼は死へと赴いた……』参照。ウィーンの精神分析医カール・フォン・モテシツキーの人生については以下の雑誌を参照。*Werkblatt. Zeitschrift für Psychoanalyse und Gesellschaftskritik* 2/1998, Nr. 41, S. 3-34.

90　グレーテル・カープルスから　ヴァルター・ベンヤミン宛

ベルリン、一九三五年三月二四日

一九三五年三月二四日

親愛なるデトレフ様

戻るとすぐにあなたが短いお手紙(1)でわたしを出迎えてくださって、どんなにうれしかったことでしょう。天気はあまりよくなかったのですが、よく休めました。あなたがわたしに起きるようにとまさしくも願ってくれたことが起きました。あたらしい躍動《エラーン》の感じです。しばらく続くといいのですが。実際に今のところはほんのわずかな不満の種もありません。テディはとても調子がよく、仕事が順調に進んでいます。普段より性格もバランスがとれてきていて、それでもわたしがどんな状態なのか、はじめてわかってくれたのかもしれません。さらには、Eと再会できる見通しが出てきました。とても楽しみにしています。この中断も今回は相当長期間続くことになることでしょう。――クシェネクの論文(2)はさっと読んでみました。彼に丁重な詳しい手紙を出してあげるのが賢明でしょう。もちろん、彼はすべてにわたってあなたを誤解していますし、それ以外のところでも、まったく月並みなことばかりですが。それでも、好意に溢れていますし、なにかのときに助けになってくれるかもしれません。彼の虚栄心をくすぐってみてもいいのではないでしょうか。エルゼ・Hは目下のところアスコナにいるようです。彼女のことでテディと連絡してみたらさらにいいのではないでしょうか。パリにはどのくらいおられるのでしょうか？　テディは夏学期が六月二〇日には終わります。彼をパリに誘ってくれないでしょうか。彼はパリをまだまったく知りませんし。あなたなら理想的な案内者でしょう。――ウィーン〔エルンスト・ブロッホ〕には三週間か四週間前に心を込めた手紙を送ったのですが、今日までのところまだ返事がありません。おそらく彼は結婚生活という港にしっかりと入港したので、もはや手紙ですらわたしの方に寄り道をする勇気がないのかもしれません。残念です。今ならひょっとしてプラハで会ってもいいのに。勝手な話ばかりで申し訳ないのですが、実際にはもう本気《エルンスト》（?）ではないのです。

お仕事の負担はよくわかっていますが、それでもときおりわたしにお手紙を書く時間を見つけていただけるなら、とてもうれしいです。デトレフさん、手紙でこんなに近く感じられる人は、あなたをおいていません。謎かけのようにあなたがそれとなくほのめかす言葉ほど、わたしを優しく包んでくれるものはどこにもありません。どうかお元気で。今日のところはここまでにしておきます。

あなたの　　フェリツィタス

［原文：タイプ原稿、用紙はエール・フランス社］

（1）残存せず。

（2）エルンスト・クシェネクの論文「芸術的および学問的歴史考察」は、一九三五年三月二四日『ウィーン政治新聞』に掲載された。同論文にはベンヤミンの『ドイツ悲劇の根源』からの引用があった。

91　ヴァルター・ベンヤミンから　グレーテル・カープルス宛

モナコ＝コンダマン、CA［コートダジュール］、一九三五年三月末(1)

下書き

親愛なるフェリツィタスへ

今あなたの小さな花模様がとどきました。あなたが考えている以上の値打ちがあるものです。第一に、また二日か三日、われわれが普通に生活していけるという展望が開けたためです。第二に、あなたが不在であっても、目の前にあなたが現前しているという唯一信じるに足る確かな証なのです。

W(2)に対するあなたのやはり問題がないとはいえない、微妙な関係が、私たちの――つまりあなたと私の――関係をこれまで以上に生き生きとさせたのは、私が考えていた以上に、奇妙なことです。逢えば私たちにそのことがはっきりすると思います。次に逢うのを期待するあらたな動機でもありますが、これはただ延期されただけですよね。

　とはいえWに関して言えば、ひょっとすると、あなたが予期していたよりも早く彼に会えるかもしれませんよ。というのも、彼がここからベルリンに戻るのは、しかもご存知の、いくつかの大きな計画を放棄して、それもパリにもう一度立ち寄らずに戻るのは、きわめて近いうちかもしれないからです。もちろんのこと、目下のところこれはひとつの可能性にすぎないですが、かといってまったくありえない話ではありません。あなたにとってはとりあえずは朗報のように聞こえるかも知れませんが、とはいえこれは憂鬱な可能性なのです。

　というのも、次のような事態だからです。彼はすべての連中から、とくにフランクから、また彼が確実にあてにできると思っても無理はないはずの、パリの他の知り合い[3]からも見捨てられているのです。信じられないことと思われるかもしれませんが、二週間以上も前から、私のきわめて乏しいお金で、二人分の生活費をまかなってきました。われわれの生活をこれまで私のまったく経験したことのない水準にまで下げることで、なんとかようやくできたことです。われわれにとって記憶すべき一週間でした（これからも似たような週がどれほどわれわれを待ち受けていることでしょうか）。われわれ——もっとも括弧内のこの文章の場合には、「われわれ」というのはあまり正しくないかもしれません。というのも、状況が根本的に変わらないかぎり、Wはベルリンに行くはずだからです。そうしたら、あなたも、どんな生活だったか、もっとこまかく聞けることでしょう。そして、これから私がどうなるかについても、わたしが今あなたにあえてほのめかすよりも、もっとこまかく聞けることでしょう。

　もちろん、いろんなことを試していないわけではありません。このあとすぐに印刷物扱いで（あるいは同封のかたちで）あなたに送るつもりの、怪しげな新聞に掲載された原稿[4]も「生存闘争」との密接な関係でのみ許されうること、あるいは理解されうることだと思います。

　この状態がどれだけ続くのか、私にはわかりません。アメリカの連中が五月に確実にジュネーヴにやってくるのか、知りたいです。つまるところ、彼らと会うのがとりあえずは、わたしにとって唯一の予定です。それまでは、なんとか暗闇の中を手探りで進んで行くことになります。とにかくひと月、あるいはひと月半、なんとか乗り越えられるなら、ちょっとしたものです。妹は病気で、——三日前に知ったことですが——私を泊めるのは無理なので、彼女をあてにすることはまったくできません。[5]パリへの旅費を調達するためになぜ努力しなければならないのか、わかりません。パリの駅に着いたところで、ここよりちょっとでも事態がよくなるわけではないのです。

　復活祭の頃にはエルゼ・Hにあたってみようと思っています。しかし、その前にするつもりはありませんし、ここから書く気もありません。というのも、彼女にはサン・レモから、復活祭まではそこにいるつもりだと手紙を書いておいたからです。

　ピッツさん〔マリー＝ルイーゼ・フォン・モテシツキー〕とあなたの話し合いに希望をもつのは、行き過ぎであることは知っています。でも、現実を見て、当然のことながら落胆している私のような者にとっては、敢えて希望を持つことに力を注ぐことができるだけなのです。なにかできるか、やってみてください。

　天気はとてもいいです。朝あるいは午後にたっぷり散歩すると、いろいろなことがあるにもかかわらず、まだ自分が存在していることがとてもうれしく感じられる場所に来ます。とはいえ、帰途は、宿賃未払いのホテルの敷居をまたぐ勇気が時になくなります。その敷居の上では、いやもっと大金を返していない、いや支払い不能なパトロンの表情がこちらに挨拶してくるのです。

　そしてあなたはどこへ〔ここで中断されている〕

〔原文：手書き〕

（1）この手紙はグレーテル・カープルスの三月一七日および一二四日の手紙〔書簡89、90〕を受け取ってから書かれている。
（2）エーゴン・ヴィッシングのこと。
（3）おそらくは、神経学者のフリッツ・フレンケル（一八九二―一九四四）であろう。〔書簡103注（5）も参照〕
（4）三月二四日の『フランクフルト新聞』に掲載された「コルソを見下ろす対話」。グレーテル・カープルスはこの文章を送ってくれたことに四月二日の手紙〔書簡92〕で礼を述べている。（Vgl. GS IV. 2, S. 763-771）
（5）妹のドーラ・ベンヤミンは、三月一三日のベンヤミン宛の手紙で、午前中に有料で五人の子供を預かっているため、ヴィラ・ランデ街の彼女の住居（たった一部屋の住居だった）に彼を泊めることはできないことを伝えている。

92　グレーテル・カープルスから ヴァルター・ベンヤミン宛

ベルリン、一九三五年四月二日

またまた楽しい復活祭を！

一九三五年四月二日

本当に愛しいデトレフ様

あなたがわたしへのお手紙を別の封筒に入れて送ってくださったことで、二人の人間宛の手紙を書くのはあなたも苦手なのだということがわかりました。わたしは、秘密めかしたことをするのが好きでないことはたしかですが、二人共通に書くと、触れ合う感じが簡単に消えてしまうのも本当ですね。わたしのこの前の手紙にどのようにして耐えられたのでしょうか？　あの手紙には悪い知らせがたくさんはいっていましたし、慰めになることがほとんどなかったのですが。わたしはすでに頭の中で知り合いを全部思い浮かべて検討してみましたが、新たな結論には到達できませんでした。少なくとも、研究所の方々に圧力をかける手段でもあったらと思うのですが。明日にでも、転送してもらうかたちですが、花模様をもうひとつ送るつもりです。

土曜にわたしたちは、二週間ゆっくり休むつもりで、ケーニヒシュタイン〔フランクフルトの北西タウヌス山地の保養地〕に行きます。『フランクフルト新聞』の切り抜き(1)をありがとうございます。もっとしょっちゅうお名前を拝見できるといいのですが。愛しい方、あなたがデンマークのご蔵書のもとに引っ越されるのは、可能だとしたら、そもそもいつ頃になるのでしょうか？　あなたの女友達のベルタさん(2)があなたを見捨てないといいのですが。それに近くE〔エーゴン・ヴィッシング〕が呼び戻されるとしたら、そちらでどうやって一人で暮らしていくおつもりでしょうか？

Eとわたしの関係は、基本的には真の問題ははらんでいません。なぜなら、わたしはいつも友人たちの間違いははっきりわかっていますが、それでも彼らをたいせつにするからです。この関係の特徴は、わたしたちがふたりともはまり込んでいったときの激情です。なにかぐずぐず様子を見て待っているのでなく、すぐさま飛び込んで行き、本当に大変な喜びを得たのです。これこそ、わたしがいつも望んでいたことでした。そのうえわたしは、皆さんの意見と違って――さらには、あなたの警告のささやき声も無視して――彼にかぎりない信頼をいだきました。そして、彼のなかの潜在的な力を信じるようになりました。この力はありとあらゆるガラクタによって覆われてしまっているだけなのです。彼の評判を再生させるための治療にはわたし自身も熱意をもっています。見栄からか、好意からか、情熱からか、あなたがどういうふうに言おうと、ともかく関心があるのです。でもこれは単に同情からの援助でもなければ、友情からのサービスでもなく、心からの全面的な献身なのです。もちろんのこと、これは大変なことを意味しています。そして、やはり前からの道を変えたくないというわたしのそれなりによく考えた決断は、Eにはほとんど理解できない問題です。あなたはわれわれ全員をご存知ですよね。あなたには、わたしのことをわかっていただきやすいかもしれません。あなたは、わたしがどれほど苦しんでいるかがわかっておられます。またさらには、なんのためにわたしがこういうことをしているかもご存知ですし、わたしが最終的に誰のものであるかも、よく理解できるはずです。もう一人の側にも大変似た面があり、またそちらにより大きなシンパシーを抱いていようともです。この手紙をすぐに処分することを切にお願いします。この手紙はあなたのためだけに書いているのですから、もしも他の人の手に入るようなことになれば、とんでもないことになります。わたしは、こうしたことはわたしだけで、なんとか切り抜けていけると思っていますが、もしも助けが必要なときは、あなた以上の方はおりません。

もしたまたま「親和力論」がもう必要でないなら、またわたしのところに置いておきたいのですが。Eはもう読めたはずですよね。彼は、あなたの最も重要ないくつもの仕事をほとんど知らないのですから。もしもわたしがお金持ちであなたを助けられるなら、あるいは少なくとも宝石を持っていて、あなたに送って換金してもらえるならいいのに。直接のつながりはわたしには明らかでないにしても、あなたの運命にはわたしとしても責任を感じています。デトレフさん、あなたのことがとても心配です。

わたしの友情とやさしい思いのいっさいを送らせていただきます。

つねに変わることなくあなたの

フェリツィタス

［原文：タイプ原稿、手書きで復活祭の挨拶が書き加えられている］

（1）書簡91注（4）の「コルソを見下ろす対話」のこと。
（2）ベルトルト・ブレヒトのこと。

93 ヴァルター・ベンヤミンから グレーテル・カープルス宛

パリ　一九三五年五月二五日頃

断片

［冒頭が抜けている］

プラハの沼地のこの鬼火から真理のたいまつを点火できるわけではありません。ついでに言えば、カフカの上にもこうした鬼火が揺れています。いずれにせよ、宗教哲学に関して彼が書きとめたもののかなりの部分は、それ以外のものではないと思っています。

私はユダヤ文学にはそれほど通じてはいませんが、それでも、ほんものの作品は、あなたが今読んでいるものからはまったく遠いところにあるでしょう。(1) ショッケン書店の文庫本叢書をためしに手にとってみてください。例えば、テンドラウの『ユダヤことわざ集』(2)というすてきな一冊があって、手に取った記憶があります。この叢書にあなたのまだ知らないアグノンのものがあるかどうかは(3)、わかりません。少なくともタイトルが思いつくのは、「曲がったものがまっすぐに」「新しいシナゴーグ」「トーラーの書き手の物語」などです。今こう書いているあいだに、これらの物語を集めた巻が実際にショッケン叢書に入っているのを思い出しました。今挙げたなかの二つ目の作品は比類ないものですが、遥か昔のこと、私のやるはずだった雑誌『新しき天使』の第一号に載るはずでした。

ヘブライ語の革新という長期的に見てきわめて重要な問題については、私はもちろん、いかなる具体的な知識ももちあわせていないので、なにも言うことができません。こうした試みに含まれる危険はおそらく、はかりしれないほどひどいものでしょう。それがはたして、押さえ込むことができるものなのか、私にはわかりません。ただ、こうした問題が向こうでは、もう相当に前から重要な人々をわずらわしている、ということだけは知っています。ところでエルンストはウィーンから消えてしまいました。当地に現れないところを見ると、カローラとともにパレスチナへ向かっているのではないか、と皆は思っています。カローラはパレスチナで建築の仕事をするつもりです。

今日のところはここまでにしておきましょう。心からの挨拶と、あなたの健康を祈ってのお願いの小さなろうそくをつけながら。

あなたのデトレフ

［原文：手書き］

(1) ベンヤミンがこの手紙で答えている、ユダヤ文学についてのグレーテル・カープルスの質問は残っていない。おそらく五月二八日の彼女の手紙［書簡94］はこれへの答えであろう。

(2) 『ドイツ＝ユダヤ人の昔の時代のことわざと成句。庶民の語りの聞き取り。アブラハム・テンドラウによる語注　簡略新版』ベルリン、一九三四年（ショッケン叢書第一〇巻）。

（3）ショッケン書店の叢書で「曲がったものがまっすぐに」が一九三四年に出ている（第一四巻）。この手紙で挙げられている他の二つの物語は、『敬虔な人々の共同体で』という、ベンヤミンが一九三四年一月にカープルスに送った巻にある（書簡41と注（5）を参照のこと）。

94　グレーテル・カープルスから ヴァルター・ベンヤミン宛

一九三五年五月二八日

一九三五年五月二八日

親愛なるデトレフ様

今ちょうどあなたの手紙が来たところです。Eについてのあなたの知らせでわたしはきわめて動揺してしまいました。そのことは残念ながら認めざるをえません。彼がついにヴィザ[1]を取得したことをあなたからはじめて聞いたゆえばかりではありません。こういうことには、なんといってもこんなときのために航空便があるのですから。彼がフランクによってまた昔の慰めの誘惑に浸っているのではないかと、あなたもいささか不安を抱いているようですね。わたしとEとの友情関係にとってこれより悪いことはないでしょう。彼には最大限注意するように言っただけではありません。それどころか彼のことを信じたので、ここで裏切られれば、もはや修復不可能です。今日こうしたことについて少し詳しく書いても怒らないでください。でもわたしは、この件にはあなたも関心があるという感じをもっています。でも、今日のこの手紙、つまりこの紙は、すぐに破いてくださるようにお願いしますね。あなた方おふたりの話し合いから、そしてわたしの数通の手紙から、あなたも現在の状況がどうなっているか、わかっていることでしょう。Eは生活の実際面に関して、また人生の喜びについて経験不足だとわたしのことをあれほど非難しますが、全体としては、わたしの方が、彼よりも成熟しています。若いわたしたちの齢で、そもそもこんなことばが使えるとしての話ですが。わたしから見て最も重要と思えるのは、Eがまず自分を取り戻すことです。そのために彼は安定した仕事が必要です。彼に生き甲斐を感じさせてくれる仕事がです。そろそろ自分でまたなにかをやり遂げなければなりません。彼の職業ではその機会が十分にあるはずです。さらには自分で自分を経済的に支えねばなりません。勝手気ままな生き方は知的分野にとどめ、日常生活に持ち込んで悪しきボヘミアンとなるべきではありません。表現の仕方がまずいのですが、あなたならわたしが言いたいことをわかってくださるでしょう。つまり、規則正しい生活と知的個性を結びつけることです。どうか傲慢だと思わないでいただきたいのですが、結果を見ると、彼の結婚生活がうまく行っていたのか、疑わしく思えることがしばしばあるのです。M抜きではまったくうまくいかなかったのではないかと。ああ、デトレフさん、これからの彼とのベルリンの日々がよいものになるように、念じてください。

あなたのお知らせをありがとうございます。――ブロッホは、もうわたしに手紙を書く必要がないと思っているようです。また一人の人間を失ったことが悲しいと同時に、怒ってもいます。わたしが知っているのは、彼がイタリアで友人のヒルシュラーたち(2)に会おうとしていたことだけです。最近、クラカウアーに会いました？　彼は今どういう仕事をしているのでしょうか。彼の小説を読みました？

――フリッツとの話し合い(3)のことはテディに知らせましたか。それはとても必要で、やった方がいいことだと思っています。彼は学期が終わったらパリに来るのでしょうか。

――カフカの断片については、明日調べてみるつもりです。さて、わたしがいちばん気になっていること、つまり「パサージュ論」です。(4)九月にデンマークで話し合ったことを思い出していますが、いくつかの計画のうちのどれをあなたが実行に移そうとしているのか、まったくわからないので、とてもつらいです。フリッツが断片として出す可能性を支持したことにわたしは驚いています。なにかの雑誌に出す文章として考えておられるのでしょうか。わたしから見るとそれは大変に危険だと思います。それでは、与えられた枠がどうしても相当に狭くなります。そして、あなたの本当の友人たちが何年も前から待っていることを書くことはできなくなります。つまり、それ自身のためにのみ存在して、いかなる妥協もしていない偉大な哲学的著作を皆は待っているのです。それが存在するという意義だけで、あなたにとってこの数年に起きたことの代償となるような著作です。デトレフさん、あなたを救わねばならないだけでなく、この仕事も救い出さねばならないのです。この仕事を危険に曝すようなことは、なんとか気をつけてあなたから遠ざけねばなりませんし、仕事を前に進めてくれるようなものは、最大の力を発揮して助けねばなりません。わたしがあれほどなにかの問題に感激したのをあなたが見たことは、滅多にないはずです。そのことからも、「パサージュ論」にわたしが期待していることの大きさがよくわかっていただけると思います。わたしのこの感激ぶりを悪くとらないでほしいです。憧れと心配をいだきながら、あなたからの知らせを待っています。「パサージュ論」の梗概について書いてくださいね。わたしには時間がたくさんあるので、あなたの孤独な時間にすこしでもお供ができれば、そしてあなたのメモについて知らせてくだされば、と思います。どうかお元気で、そして友情の中でわたしに好意をいだきつづけてくだされば、と思っています。

あなたのフェリツィタス

なんらかのかたちでしなければ

……

私は闘いそのものをまだあきらめていない。なぜなら私は……

リンダ

ドーラ――私は飢え死にしかかっているとのこと

ヴィーゼングルントへの手紙

最大の力を発揮して、など

梗概、また手に入ったらというのは無理だ。

……ヴィッシング

〔原文：エール・フランス社の便箋にタイプ書き。ベンヤミンのメモが書き加えられている〕

（1）エーゴン・ヴィッシングは、ソ連で医師として働くため、ヴィザを申請していた。
（2）医師のマクシミリアン・ヒルシュラー（一八八六―一九六三）は、子供時代に同じ学校に通って以来、ブロッホの友人だった。夫人のヘレーネ・ヒルシュラー（一八八八―一九七七）も女医だった。
（3）フリードリヒ・ポロックはベンヤミンに「パサージュ論」計画の金銭的援助について話し合う約束をしていたが、予定より早くヨーロッパ旅行を切り上げねばならなかった。ベンヤミンはポロックの要望で「パサージュ論」の梗概〔岩波現代文庫『パサージュ論』第一巻を参照〕を書いた。
（4）この梗概のタイトルは「パリ、十九世紀の首都」であり（Vgl. GS V, 2, S. 1237–1249）、ベンヤミンはこれを五月三一日にアドルノに送った。

95　グレーテル・カープルスからヴァルター・ベンヤミン宛

ベルリン、一九三五年六月二六日

一九三五年六月二六日

親愛なるデトレフ様

ここのところのやり取りはわたしにはあまりに悲しくて、このことについてもう黙っていられなくなりました。もうわたしたちはお互いに通じる道を見つけることなどできなくて、逆に無意識のうちにお互いをひどく痛めつけてばかりいるような、そんな気がしています。どれほどつらいか、まったく言葉にできません。これまで、わたしたちの友情は揺らぐことのない確固たるものに思えていました。このことが現在一層こたえるのは、わたしが仕事で大きなパニックに陥っているためです。金銭的負担が毎月新たに発生することになり、ほんの少しでも利益が残るかもという期待も水の泡になります。おまけに、わたしは莫大な責任を負っています。とても不安で、すべての人が怖いです。

「パサージュ論」の梗概、送ってもらえるものとまだ期待していてもよいでしょうか。お返事はすぐにでもいただけるのでしょうか。ひょっとしてわたしが間違っているだけなのでしょうか、それともあなたのお気持ちはわたしの悲しい予感を肯定するのでしょうか。

いつものように心を込めて

あなたのフェリツィタス

［原文：手書き］

96 ヴァルター・ベンヤミンから グレーテル・カープルス宛

パリ、一九三五年七月一日頃(1)

親愛なるフェリツィタス

あなたの今回の手紙に、私が詳しく、率直に答えるものとあなたは期待しているでしょう。それを、今いたしましょう。

手紙を読んだ最初の印象の中で、私たちが［ゲッサーで］会った少し前にあなたがドラウエアに送ってきた手紙を思い出しました。同じように不機嫌が爆発していましたよね。あのときはとりわけ電話での会話についてでした。わたしが第三者がいるところで電話をしなければならないかもしれなかったなどということは、あなたは思ってもみなかったのでした。でも当時はたいしたことにはなりませんでした。そのすぐ後にお会いしましたから。

今は状況が違います。でも、そうはいってもやはり、あなたが私の生活状況へ想像力を広げることができなくなってしまっているのは、またもや容易に説明しうるであろう衰弱、大いに根拠のある疲労のせい以外の何物でもないのです。現在の私の生活状況下では、私のした頼みごとは頼みごとというよりは強要となってしまいます。しかも、私の頼みごとが強要だということは、単に私がそう思っているだけではなく、私が思うのとは違った意味で、とはいえ一層はっきりと、あなたもそう思わざるをえないのでしょう。

　というのも、私が前の手紙[2]で頼みごとを繰り返したという状況以外のいったいどこに、あなたのいらだちは関係するでしょう。こうした頼みごとをあなたに叶えてもらうことは、頼みごとを口にせざるえないことで私が失っているものを補って余りあるものだということを、あなたはご存知ないのでしょうか。それにあなたは、この強制はけっして物質的なものに止まらないことを忘れてしまったのでしょうか。――というのも、あなたが以前このことを私から聞いて理解していたことを、私は知っているからです。

　言うならば、事のこの面についてのみ、あなたの手紙は関連しているのです。というのも私の手紙には、非常に消耗していると感じた先月のはじめと、作家会議[3]に時間を使っていた月末に、しばらく沈黙していたということ以外には、何の変化もないからです。いずれにしても、あなたの前の手紙が届いたとき、私の方ではまったく違ったものを期待していました。というのも、モンテ・カルロやパリから私があなたに書いたように、W〔エーゴン・ヴィッシング〕とのことがどうなっているのか、私に書いてきてくれるのが当然ではないですか。

　告白すると、この悲しい、不安な成り行きの中で、友情に関する私の昔からの原則を一回超えてしまったがために、Wやあなたの友情を失ってしまうのではないかとときどき怖くなります。Wがこちらでの滞在の最初の数日ですぐ逆戻りしてしまったこと、そしてそのありさまを見たときも、それは私の安心感を強めるにはいたりませんでした。私たちのようにこれほど長く離れていると、一方から他方へやってくる人なら誰もがメッセンジャーになります。しかもWは今私にとって役に立つメッセンジャーではないのです。彼の挫折が私にどういう意味を持つかということは、南国でのわれわれの生活の様子を、そして私がありったけの力を彼に注いだことをよく思い浮かべてみてはじめて理解できるでしょう。しかもこのあらゆる疑念に加えて、あなたがたが互いにどのようにわかり合っているのか、私にはわからないのです。

　もちろん、E〔エーゴン・ヴィッシング〕が「パサージュ論」への興味をあなたに目覚めさせたということはわかります。でもあなたの最後の手紙が私にとって少しもうれしくなかったのは、この点に関しても同様でした。それも、あなたの願いを叶えることが、目下のところは絶対に無理だからです。「パサージュ論」の梗概のジュネーヴのコピーは依然として出来上がっていません。今あるコピーは二つだけです。一つはT〔テディ〕が持っていて、おそらくオックスフォードにあるでしょう。もう一つは私のところにありますが、作業用です。いずれにしてもこの件については他の点でも疑念が抱かれているようですが、この問題はTが判断するでしょう。もし私たちがこれについて話し合うことができさえするなら、どんなにかよいでしょう！

でも、もしデンマークに行くまで待たなければならないのだとしたら、話し合えるのはだいぶ先のことになります。今年中に行くことにはならないだろうと思います。というのも、可能な限りここにいて、本のための資料整理を終わらせてしまいたいのです。

次の手紙は、もっとしっかりした基盤に立って、とりわけ、今度予定されているエルンストとの議論[4]について報告したいものです。前兆は必ずしも有利というわけではありません。とりわけよくないのは、カローラと私の間にすべての点において対立があるということです。

あなたにいろいろよいことがあるようにという思いとともに、いろいろよいことに使えるように、小さな青い便箋と封筒を送っておきますね。とりわけ、あなたの病気が早く、そして完全によくなるように。それから、私たちの関係が戻ることも、忘れずに願っておきます。

あなたのデトレフ

〔原文：手書き〕

（1）グレーテル・カープルスはこの手紙を七月三日に受け取っている。

（2）ベンヤミンの最後の手紙は五月二五日付となっている。失われたベンヤミンの手紙に頼みごとが書かれてあったかどうかは今ではわからない。また、その頼みごとが「繰り返された」もう一通の手紙も、同様に残されていない。

（3）六月二一日から二五日にかけてパリで開催された「文化防衛会議」のこと。ベンヤミンはこの反ファシズムの会議について『新ドイツ新聞』に記事を書きたいと考えていたが、実現しなかった。

（4）GB V-975 参照。

97 グレーテル・カープルスから ヴァルター・ベンヤミン宛

ベルリン、一九三五年七月三日

一九三五年七月三日

親愛なるデトレフ様

前の手紙を書いてから二日ほどフランクフルトに行ってきました。フランクフルトでは、アガーテの死(1)にテディがショックを受けていました。でも、わたしはあなたの手紙(2)と「パサージュ論」の梗概を目にする機会を得ました。この、本来テディとわたし両方に宛てられた手紙を読んで、あなたはあなたの友人があなたのいないところであなたの著作について話をすること、ましてやこうした会話の影響の下にそれをあなたに報告することを、あまり喜ばないように思えています。ですので、わたしたちのあいだのどんな不和をも何としても避けるために、テディの先回りをしないことにします。ことにわたしは完成した作品を見ないと全体像がつかめないたちで、構想段階のものを読んでもしばしば途方に暮れてしまうのだからなおさらです。個々の部分は素晴らしいと思っていて、今一番魅力的に感じているのは第五節(3)です。でもこれはすべて最初にさっと読んだ印象に過ぎないという留保付きのものです。完成した本を少しでも早く読むことができることを熱望しています。この本を国外で出版する可能性については、その後どうですか。アメリカからの報告はいかがでしたでしょうか。——フリッツは五月と六月の条件(4)をこの先の月々にも延長してくれましたか。あなたは寡黙であなたの計画や可能性について何も知らせてくれません。あなたからすぐにでもお便りがあることを願っています。あまり待たせないでくださいね。つねにいつもどおり

あなたの

フェリツィタス

ひょっとしてクシェネクは『ベルリンの幼年時代』のために何かできませんか?

今ちょうど到着した便箋のご送付、ありがとうございます。

［原文：タイプ原稿に手書きの追記］

(1) アドルノの叔母は六月二六日に死亡した。
(2) ベンヤミンの五月三一日のアドルノ宛の手紙。*Briefwechsel Adorno*, S. 116-121 参照。
(3) 梗概のこの節のタイトルは「ボードレールあるいはパリ

の街路」。
（4）ベンヤミンは四月から七月まで一〇〇〇フランを社会学研究所から受け取っていたが、八月からは再び五〇〇フランに戻った。

98 グレーテル・カープルスから ヴァルター・ベンヤミン宛

ベルリン、一九三五年七月五日

一九三五年七月五日

親愛なるデトレフ様

今回わたしたちの手紙が行き違ったことをどれだけ喜んでいることでしょう。――この四週間あなたの期待するような手紙を送っていないのだとすれば、それは要するに報告することがなかったためです。まさにセンセーショナルな出来事ばかりだった秋の三か月の後、今はものすごく静かな時間が続いていて、散歩をしたり、誰の瞳孔が一番大きくなるかを競う晩のゲームに勤しんだりしています。ただ、このゲームではいつもわたしは負けを認めなくてはなりませんでした。というのも、わたしの目はいつも茶色なのに対し、Eの目は青色の縁の端っこまでがなくなってしまうくらいだからです。彼のヴィザはとっくにパリに到着していて、ここに送られてくるのを毎日ずっと待っています。それまでは毎日、医者の仕事で埋まるものと思われています。重要なのは、Eがベルリンではまったく、あるいは少なくともパリよりは退屈していないということだと思います。なので、ドイツでのひと月はあなたたちのモンテ・カルロ滞在と比較できるというわけです。エルンストにわたしからのささやかな誕生日の挨拶[1]を伝えてくれればうれしいです。彼の住所を知らないので、あなたを煩わすことになりますが。青色の便箋について、自慢に思います。それを使って、すぐにでも最初の挨拶を受け取っていただくことになるでしょう。よい話を早く聞かせてくださいね。

いつもあなたの
心を込めて

フェリツィタス

［原文：タイプ原稿］

（1）残っていない。

99　グレーテル・カープルスから ヴァルター・ベンヤミン宛

ベルリン、一九三五年七月一二日

一九三五年七月一二日

親愛なるデトレフ様

　残念ながら今年も誕生日をあなたといっしょに祝うことができず、想像の中でのみあなたのそばにいます。あなたのためにいろいろなことを願っています。「パサージュ論」が無事完成しますように。そしてそれによってあなたの外的状況が楽になりますように。よりよい今後の展望が開けますように、約束の地でまずまずの冬が過ごせますように、そしてとりわけフェリツィタスと近く会えますように。何はともあれ昨年よりも喜びに満ちた年となりますように。

　おそらく、今月末にテディとシュヴァルツヴァルトに行くことになります。まだ一度も行ったことがないのです。——わたしからのプラリーヌ〔アーモンドを砂糖でコーティングした菓子〕が届いたのではないでしょうか。あなたの好みに合うといいのですが、そうすればまたいくつかすぐにあなたにお送りできますから。

幸運を、そしてそれ以上に愛を

いつも

あなたの

フェリツィタス

〔原文：手書き〕

100　ヴァルター・ベンヤミンから グレーテル・カープルス宛

パリ、一九三五年七月二九日

私の親愛なるフェリツィタス様

　この便箋は、あなたに休暇の挨拶を送るために、褒めちぎって、ある人から譲り受けたものです。運命があなたを手玉に取る腕前は、この象君が帽子を操る手ぎわのよさには遠く及びませんが、それでもこれからの数週間が、過ぎ去った春の長い陰鬱な何週間かをうまく穴埋めしてくれるようにと、心から願っています。ちなみにこの象君は近年のフランスの児童書の中でも最高の本からとられたもので、ババー〔ル〕という名前です。(1)

当方も自分なりのやりかたで休暇をとっています。休暇といっても仕事ができないわけではないので、そこが快適なところです。でもこの休暇の一番よいところは――だからこそ、これを休暇と称してるわけですが――二年間、家具付きの宿泊施設で過ごした後で、はじめてまた外部から分かたれた住居に住み着いた感覚がもてたことです。気持ちとしては、そんなことはもう諦めてもいいと思っていたのですが、いざ自分がいかに元気を取り戻しているかを目の当たりにすると、やはり自分で思っていた以上に、こうした感覚を必要としていたんだということが、証明された感じです。

仕事以外には、やらねばならぬことはほとんどありません。エルンストとリンダ(2)の関係が解消の一歩手前、あるいは最終段階にきていることについては、別に知りたいと思っていたわけではありませんが、エルンストが想像している以上に、また私自身が望んでいる以上に、最新情報が耳に入っています。リンダはもう出発しましたが、私が少し面倒をみてあげねばならないような状態だったからです。カローラには、私も当初からかなり反発を感じていましたので、リンダの話を聞いただけで、それがいかに理由のあることだったかがすぐにわかりました。今後エルンストと接する時に、彼の新刊書の話題も、前妻の話題も避けなければならないとなると、私の立場もなかなか容易ではありません。しかし、どちらももう動かしがたいことなので、もしエルンストがもう少し長くこちらに滞在するとなると、カローラが望んでいるに違いない衝突を私の手腕だけで回避するのは難しいかもしれません。というのも、私さえエルンストの生活圏から排除してしまえば、彼の内なる彼女の支配権を確立するための最後の障害が取り除かれるからです。

テディには、この前のお知らせ(3)についてよくお礼を言っておいてください。そしてくれぐれもよろしくお伝えください。ハーゼルベルクの『カフカ』(4)は期待しながら待っています。

映画でも観に行けるものなら、あるいはせめて戸外に散歩に出て、あなたが（仕事を抱えながらでも）読めるような本が見つけられれば、どんなものでも同封するのですが。というわけで今日のところは、私の部屋のイメージをあなたにお伝えして、あなたが想像力の中で私の部屋を居心地よく感じられるようにしてあげることで満足しなければなりません。じつはこの部屋の壁には、ベルリンでの最後の数日間にあなたが贈ってくれたポスターが架かっています。そしてそれに挟まれて、これもあなたがご存知の大きなタトゥーのパネルのうちの二枚が架かっています。

　時間というものは、いったん間違った道に迷い込んでしまうと、あっという間に過ぎ去ってしまうものです。ところがその時間が、最近、私に思いやりを示してくれたことがありました。何年間も関係が途絶えていたヘレン・ヘッセル[5]との交流を再開できたのです。彼女とは何年も前に、なかば偶然に縁が切れてしまいました。でも今回の出会いは、その別れの時よりも、快適かつ時宜を得たタイミングで実現しました。というわけで、もし万事うまくいけば、またあれこれのモードショーを観ることができそうです。ちなみに彼女は少し前にパリのモード業界について短い文章を書きましたが、この業界が受けている社会的制約について書いたものとしては第一級のものです。

　できるだけ早くあなたからお返事をいただけるよう待っています。

　心より

あなたのデトレフ

一九三五年七月二九日、パリ一五区

ヴィラ・ロベール・ランデ七にて

追伸

もしテディに可能性がありそうなら（あるいはすでにあったなら）、いちどノアックの「凱旋門」という文書[6]（ヴァールブルク図書館研究叢書）に目を通してくれるように頼んでもらえるでしょうか。「梗概」についての彼の手紙をとても心待ちにしています。

［原文：帽子を振りながら車を運転している象が描かれている便箋に手書き。冒頭の語りかけは、ベンヤミンが車のタイヤ部分に書き込んでいる］

（1）象のババールが登場する児童書の著者はジャン・ド・ブリュノフ（一八九九―一九三七）。

（2）画家のリンダ・オッペンハイマー。彼女はブロッホの二番目の妻で、一九二八年にブロッホと離婚した。この両者の関係の「解消段階」については詳細不明。

（3）残っている最後の知らせは、ベンヤミンのお悔やみの手紙に対する七月一二日付礼状だが、そこにはハーゼルベルクのカフカ論のことは話題になっていない。したがってアドルノからの葉書ないし手紙で、一通、紛失したものがあると見るべきだろう。

（4）一九三二年から一九三三年までアドルノの下で勉強をしたペーター・フォン・ハーゼルベルク（一九〇八―九四）は『フランクフルト新聞』の文芸欄のために「カフカについての覚え書」を執筆した。フォン・ハーゼルベルクはすでに校正刷りになったものをベンヤミンに送ったが、新聞には掲載されなかった。〔ハーゼルベルクはナチス時代に南米に亡命。戦後の西ドイツで主にラジオのコメンテーターとして活躍。文芸評論家としては三〇年代にエリアス・カネッティの発見者でもあった〕

（5）以下を参照。Helen Grund, *Vom Wesen der Mode*, München, 1935. また、以下のベンヤミンによる要約も参照のこと。GS V, 1, S. 121-123.〔ヘレン・ヘッセル（旧姓：グルント）はベルリン生まれのファッション・ジャーナリストで、フランツ・ヘッセル（書簡**28**注（5）参照）の妻〕

（6）以下を参照。Ferdinand Noack, Triumph und Triumphbogen（フェルディナント・ノアック「勝利と凱旋門」）in *Vorträge der Bibliothek Warburg*, 1925/26, Leipzig/ Belin 1928, S. 149ff.

101

ヴァルター・ベンヤミンからグレーテル・カープルスおよびテオドーア・ヴィーゼングルント＝アドルノ宛

パリ、一九三五年八月一六日

親愛なるフェリツィタス様

この短い手紙をあなたの手にゆだねるのは理にかなったことだと思います。

この手紙が届いたとき、私の予想に反してお二人がもうご一緒でなければ、あなたからこの手紙をヴィーゼングルントに転送していただけるものと思います。

この手紙には、お二人からいただいた四日付の貴重な長文のお手紙[1]についての議論は含まれていません。その議論はもっと後で、それも一通の手紙ではなく、私たちの文通の過程で何通かの手紙を通じて行うことになるでしょう。その文通は、あるときには川のように、あるときには細い水路のように、数多くの流れを経て、もちろん望むらくはそう遠くない日に、私たちが共有する現代という河床の中へと流れ込んでいくことでしょう。

そう、以下に記すのは議論ではありません。議論ではなく、あえていえば受け取り状です。ただしそれは、この両手であの手紙を受け取ったということだけを言っているのではありません。あるいは両手とともに、この頭がそれを受け取ったというだけでもありません。そうではなく、個別的なことに触れる前にお二人にあらかじめ明言しておきたいことは、お二人の手紙が私たちの友情を確認し、かくも多くの友情に満ちた対話を新たにしてくれたことで、私がどんなに深い喜びを感じたかということです。

私に対するお二人の異論はきわめて正確で、手厳しいものです。それでも、お二人の手紙の最も深く、特殊で実り豊かな意義は、この手紙のどこを見ても、私たちがともに経験してきた思索生活との緊密な関係の中で議論が展開されていることにあります。お二人の省察のすべて、あるいはほとんどすべてが、作品の生産的な中心部分に食い込んでおり、的を外しているものはほとんどありません。その省察がいかなる形をとって今後私の中で作用を及ぼしていくとしても、あるいはまた、その作用についていかに少しのことしか、今の私が知らないとしても、私には二つのことだけは確かなことのように思えます。ひとつはお二人のご意見が私を励ましてくれるものであること、もうひとつはご意見が私たちの友情を確認し強めてくれるものであることです。

私の側から言えば、これが今日のところ、私が言いたいことのすべてです。というのも当面はこれ以上のことを言おうとすると、すぐさま、まだはっきりしないこと、限定できないことの中に踏み込まざるをえないからです。でも、この手紙がお二人にそっけない印象を与えても困りますので、ごく暫定的で、ごく短いコメントを、少しリスクはありますが、あえていくつか記しておくことにします。

そのコメントは直接事柄に即したものというよりは、どちらかというと告白風のものになってしまいますが、これについてはどうぞ覚悟して読んでください。

最初に、お二人の手紙では熱のこもった言葉で「パサージュ論」の「第一」草稿のことが取り上げられていますが、確認しておきたいのは、この「第一」草稿からは一か所も削除はしておらず、そこからは一語も失われていないという点です。もうひとつ、こう言ってよければ、お二人の手元にあるのは「第二」草稿ではなく、「別」稿なのです。この二つの草稿は対極関係にあり、それぞれがこの作品のテーゼとアンチテーゼをなしているのです。したがってこの第二草稿は私にとっては決して結語ではありません。これをどうしても対置せざるをえなかったのは、第一草稿に書かれている考察が、直接それをふくらませていくことを許さないものだったからです。もちろん許容しがたいほど

「文学的」にふくらませるなら話は別ですが。だからこそ第一草稿の副題は、もうとっくにあきらめましたが、当初は「弁証法的フェリー〔夢幻劇〕」となっていたのです。

というわけで私は今、円弧の両端はつかんでいるのですが、その両端を結び合わせる力がまだありません。この力は長いトレーニングによってしか得られず、そのトレーニングの一つの要素をなすのは、他のさまざまな要素と並んで、素材内部での作業です。不運な状況のために、私はこの仕事の第二段階で、素材内部での作業を優先するあまり、その他のさまざまな要素を後回しにせざるをえませんでした。そのことは分かっています。この認識に対処すべく〔この箇所以下はコピーしか残っていない〕私はゆっくりとした歩調で仕事を進めていくつもりです。軽率さが私の計画に悪影響を及ぼすことのないようにしたいのです。

では、トレーニングの他のさまざまな要素とは何か。それは構成にかかわる諸要素です。Wが章割り(3)のことで疑問を呈しているのは、まさに急所をついた指摘です。たしかにこの計画には構成的な契機が欠けています。お二人が示唆してくださった方向でそれが見つかるかどうかは、とりあえず未解決のままにしておきます。ともあれ確実なことは、錬金術師が賢者の石を探すように、この本は構成的な契機を探し求めているということです。これについて今のところほかに言えることはただ一つ、この本では、この本と従来の伝統的な歴史研究との対立関係を新しい、簡明な、かつ非常に単純な仕方で要約できなければならないだろうということです。でもどうやればそれができるのかは、まだ判然としません。

以上の文章を読んでいただければ、他の異論に対する私の抵抗に、なにか強情さのようなものが混ざっているのではないかという疑念をお二人が持たれることはないでしょう。こうしたことで我を張ることなど、私には最も縁遠い不徳です。そして後の考察のためにとっておきたいと思いますが、お二人と私の意見が一致する点も数多く見うけられます（「黄金時代」についてWが述べている考察などは、めったにないほど意見が一致しています(4)）。いやそれよりも、今私の頭にあるのは、お二人の手紙の土星についての箇所です。「鋳鉄の露台こそが土星の輪とならざるをえないだろう(5)」こと――これを私ももちろん否定するつもりはまったくありません。しかし、おそらく私が説明しておかねばならないことは、この変身をなしとげるのは、けっして個々の観察に、いわんやグランヴィル〔フランスの風刺画家（一八〇三―四七）。『パサージュ』の「梗概」に引かれている〕の当該のイラストに課された仕事ではありえないということです。そうではなく、それはひとえにこの本が全体として引き受けねばならぬ課題だということです。この本にかぎっては、『ベルリンの幼年時代』で用いているような諸形式はいかなる箇所でも、またどんなにわずかでも用いることは許されません。私のこの内なる認識を理由づけることこそ、第二稿の重要な仕事なのです。ここでは、世紀末の敷居の上で遊んでいる子供の目に映った十九世紀の原史が、歴史地図に記入された記号の中とは、まったく違う表情をもっています。

きわめて暫定的なものにすぎないこれらの注釈は、いくつかの一般的問題しか扱っていません。その周辺にあるものをいちいち点検せずに、ここでは個別的なものをすべて度外視しています。その多くは、また後の機会にとりあげるつもりです。しかし最後にひとつだけ、これも告白調になってしまう危険はあるのですが、私にとって非常に重要な問題を指摘しておきたいと思います。それを通じて私が伝えたいと思っているのは二つのことです。ひとつは弁証法的形象を「布置 Konstellation」と呼んだWの規定(6)が、きわめて正確に的を射いたものに思えること、そしてもうひとつは、それにもかかわらずこの布置の中で私が指摘したある種の要素、すなわち夢の諸形態が、やはりどうしても放棄するわけにはいかないものに思えてくることです。弁証法的形象が夢を模写することはない——こんなことを主張しようと思ったことは一度もありません。しかしそれでも、弁証法的形象は覚醒が侵入してくる複数の箇所を、いわば関門を内包しており、そう、ちょうど光を発する点がいくつかあってはじめてそこから星座が浮かび上がってくるように、その箇所からはじめてその姿が浮かび上がってくるように私には思えます。つまりここでも、形象と覚醒の間にもうひとつの架け橋が必要とされ、両者の弁証法が克服されねばならないのです。

［原文：手書き、一部はグレーテル・カープルスのタイプコピー］

（1）八月二—四日、および五日付のいわゆるホルンベルク書簡。ベンヤミンの梗概に対する踏み込んだ議論が含まれている。以下の往復書簡集参照。*Briefwechsel Adorno*, S. 138–152.

（2）この「第二」草稿については前掲の *Briefwechsel Adorno*, S. 140 参照。ここでアドルノの念頭にあったのは「パリのパサージュII」（GS V, 2, S. 1044–1059）に含まれている断章で、ベンヤミンはこれらを一九二九年にアドルノに朗読して聞かせている。

（3）「個人別に章立てをするのは私にはあまり適切とは思えません。そのようにすると、そこから体系的な外的構造化へのある種の強制が生まれてきます。それは私にはやや違和感があります。以前には「プラッシュ〔布地の一種〕」「塵」など素材にちなんだ小見出しがあったのではないでしょうか」

(*Briefwechsel Adorno*, S. 144)

(4)「一〇頁目の黄金時代とは、もしかすると地獄への真の移行期なのかもしれません」(同前 S.146)

(5)「土星の輪が鋳鉄の露台となるのではなく、逆に鋳鉄の露台が具体性を備えた土星の輪とならざるをえないのでしょう。ここで私は幸運にも、あなたに対抗してなにか抽象的なものをもちだす必要はなく、あなた自身が書き上げたあの『幼年時代』の比類ない月の章をもちだせば十分です。あそこに含まれる哲学的内容こそ、この箇所にふさわしいものでしょう」(同前 S.146f.)

(6)「つまりそれによって弁証法的形象が夢として意識に移し替えられるのではなく、夢が弁証法的構築によって外化され、意識の内在性自体が現実的なものの布置として理解されるべきなのでしょう」(同前 S.140)

102　グレーテル・カープルスから ヴァルター・ベンヤミン宛

ベルリン、一九三五年八月二八日

一九三五年八月二八日

親愛なるデトレフ様

こんなにも長く、わたしからの手紙をお待たせしてしまいましたが、それでも時々は、わたしがいつでもおそばにいることを感じていただけたことと思います。その間に、本当にいろいろなことがありました。シュヴァルツヴァルトはとても素敵でした。でも中級山岳地帯に登ると、やっぱりわたしたちの大好きなドロミテの山々がとても恋しくなりました。それでも少し休養がとれて、今はまあまあの状態です。でもこれ以上体調のことを言うと、またそれがきっかけで急に悪くなるといけませんので、この辺にしておきます。わたしの仕事のことを気にかけてくださってありがとうございます。今のところはまだなんともいえません。主に冬用の手袋を扱っているので、できるだけ厳しい冬が早くやってくることに期待をかけています。まあうまくいくよう願っていましょう。父はいつでも身体を気遣っていなければならない身なので、回り階段のある三階建てのこの家は実に不便であることが判明しました。というわけで一〇月初めにヴェストファーレン通り二七番地に引っ越します。ホーホマイスター広場に面したところです。こんなことでわたしたちの文通が妨げられぬように、これからはドレスナー通り五〇番地のテングラーさん宛にお手紙をください。あなたの書籍や雑誌の中からまだ何か送ってほしいものがあれば、引っ越しのさいに不必要に傷んだりしないよう、できれば今のうちに送ってしまえるとうれしいです。妹は数週間アメリカに行ってきたところで、とても興味深いことをいろいろ話してくれます。もう少ししたら、あちらに最終的に移住したい意向のようです。テディは今フランクフルトです。それから二週間の予定でベルリンに来て、一〇月一〇日頃にまた［オックスフォードに］戻ります。でもその前に、もう一度フランクフルトと、数日ロンドンに滞在します。

あなたの梗概に対するわたしたちの返信についてテディと議論できたのはわたしにとってとても大きな喜びでした。そしてそれに対するあなたの返事はまさにわたしが望んでいたとおりのものでした。いいえ、それどころか、そこにはひそかにわたしに向けて書かれたようなニュアンスがあって、それは思いっきり大胆にわたしが望んでいたものさえ超えるものでした。そのことにとくにお礼を申しあげます。あなたご自身が第一草稿と第二草稿について書いてくださり、そして第一草稿が放棄されたと考えてはいけないときっぱりとおっしゃってくださったことで、わたしはとてもほっとしました。第二草稿だけではまったく不十分だということでは、あなたもわたしたちと同意見です。これだけでは、それがＷＢの手になるものとは誰も思わないでしょう。あなたがテディに出される二通目の手紙が今からすごく楽しみです。

ハーゼルペーター［ペーター・フォン・ハーゼルベルクのこと。書簡100注（4）参照］の論文は、その間にお手元に届いたでしょうか。フランクフルトに行った時に、彼とはあいにく電話でしか話せませんでしたが、その時の話ではアルプスに関する新しい仕事[1]を計画しているとのことでした。というのも、彼は本格的なアルピニストで、それに関する文献にも非常に精通しているのです。彼によると、アルプスが風景として発見されたのは、本当は十九世紀になってからのことで、しかもその中に人々は大都市の模範像と、その中の建築物を読みこんでいったというのです。『ベルリンの幼年時代』については、まず一度クシェネクに手紙を書いて、原稿をどこかに載せる可能性がないかを尋ねてみるのが一番だと思います。こんな時、エルンスト・ブロッホはどうやっているんでしょうか。彼はこうしたことでは実にすばらしい手腕を発揮してきました。

象のババールはとてもうれしかったです。また面白い推理小説ならいつでも大歓迎です。それで思い出しましたが、いろいろな解釈が付されたカフカの新版はどう思われますか。フレデリの本、『アジアの機械』[2]をわたしに送っていただくことは可能でしょうか。あなたが英語を読めないことは知っていますが、T・S・エリオットについて、ひょっとして何かお聞きになったことはありますか。彼は感嘆すべき、またとても興味深いフランス語のシュルレアリスムの詩を書いています(3)。

妹さんはどうしてますか。あなたのためを思うと、あまり早く戻ってらっしゃらないといいですね。ところでフレンケル〔書簡91注（3）参照〕と連絡をとっているのでしょうか。彼について耳にしたことから察すると、どうもそんな感じがしています。ヘレン・グルント〔書簡100注（5）参照〕とはぜひとも一度お話ししてみたいものです。それも、大手企業のモード商品生産についてだけでなく、モードがすそ野に向かって進み、最後は地方や中産階層に広がっていく際の法則についても議論してみたいですね。今、わたしは仕事上、ほとんど毎日のようにその問題にぶつかっています。といっても、単に商売のためにこの問題に関心をもっているわけではなく、昔から、わたしにとってこの経過はいつも謎めいていました。そして、この問題が身近になればなるほど、その答えをみつけるのがいっそう難しくなり、趣味という概念がわたしには疑わしく思えてきたとさえ言えます。

こんなに長々と手紙を書いてしまって、お読みになるのに退屈しなければよかったですが、でもこの何週間かのご無沙汰をどうしても取りもどしたいと思ったのです。どうぞお元気で。いつでもあなたの

フェリツィタス

〔原文：タイプ原稿〕

（1）詳細不明。

（2）Pierre Frédérix, *Machines en Asie. Oural et Sibirie soviétiques*, Paris 1934.

（3）おそらくグレーテル・アドルノの念頭にあったのは、エリオットの『詩集』（*Poems*, New York, 1920）に収録されているフランス語で書かれた四編の詩（"Le Directeur"（ディレクター）、"Mélange adultère de tout"（胡散臭いなんでも屋）、"Lune de miel"（蜜月旅行）、"Dans le restaurant"（レストランにて））のことだろう。この詩集にはこのほかにも "The Hippopotamus"（河馬）や "Mr. Eliot's Sunday Morning Service"（エリオット氏の日曜日の朝の礼拝）が含まれている。

103 ヴァルター・ベンヤミンから グレーテル・カープルス宛

パリ、一九三五年九月一日

親愛なるフェリツィタス様

お手紙、とてもうれしく拝見しました。お手紙には、本当に暗いニュースといえるものが一つも含まれていませんでした。今の情勢ではそれだけでも得をしたと思わなければいけないでしょう。それに住居の引っ越しも、あなたにとって非常に望ましいことだと思わずにはいられません。今まで住んできた地域にはおそらくそれほど未練もないでしょうし、新しい住まいを整えるときには、あなたが最優先する希望やあなたの独立性について、多少は自分の意見を押し通すこともできるのではないかと想像しています。もし推理小説を読むことで、見知らぬ部屋での最初の時間がいくらかでも居心地のよいものになるのであれば、その時間の舞台装置となりうるようなささやかなものをお送りします。『アジアの機械』についても当てにしていてください。

私の書籍については、あいにくこの機会に希望を表明することはできそうもありません。妹が今月中には戻ってくるでしょう。そうなれば、自分だけの壁に取り囲まれて短くも快適な時間を過ごしていた生活は終わってしまうでしょう。そして私はもちろん何一つ頼みの綱となるものがないままに、不確実な状況に直面することになります。こんな状況では、私のごくわずかな生活必需品を確保しておくのにさえ大きな努力を要します。ですからこれ以上の持ち物を背負いこみたくないのです。そのようなわけで、あなたには引き続き、私のものの管理を切にお願いしたいと思っています。

こうして私の事情に話が及んだので、この話題から離れる前に、あなたの前回のピンク色の贈り物〔郵便為替のこと〕についてあらためてお礼をもうしあげます。私には時に大きな奇跡のように見えるこの小さな帳票から、あなたの存在の確証がどれほど多くあふれ出てくることか。それをあなたにもう一度お伝えしたいと思います。

思索の水準をできるだけ高く保ちながらも、私はもう一瞬だけ、自分自身のことに踏みとどまらねばなりません。あなたは私の「第二草稿」について、「それがWBの手になるものとは誰も思わないでしょう」と書かれていました。でも、それはちょっと言い過ぎで、私の同意を――もちろん私の友情を、ではありませんが――確実に得られる限度を超えています。あまり性急なものの言い方をするつもりはありませんが、ここでは、あなたがTWの名前で語っているようにも思えません。WBは二本の手をもっているのです。これはどの作家にも言えることではありませんが、彼はそこに自分の使命と当然の権利があると思っています。十四歳の時、私はある日、左手で書く練習をしなくちゃ、と決心しました。そして今だに私はまだハウビンダ〔ベンヤミンが学んだテューリンゲンの寄宿ギムナジウム〕の学校机に何時間も何時間も座って練習をしている自分を思い出します。目下の学校机は国立図書館にあって、そこで私はこの筆記練習を一段高いレベルで——期限付きで！——再開しました。あなたも私と一緒にそんなふうに眺めてみる気はないですか、フェリツィタスさん。でもこれ以上細かいことは今日はやめにしておきましょう。

ここ何週間かに得られた大発見については、その具体例をあなたにお示しできないのが残念です。それでも、今私が取り組んでいるパリの形象のための比類ない材料をヴィクトール・ユーゴーの中に発見したことだけはお伝えしておきたいと思います。ユーゴーは、かつて生を受けた天才の中でも、もっともバランスと分別に欠けた、しかし自然の、あるいは歴史の根源にひそむ諸力を表現させれば、最も傑出した言語能力と想像力をそなえた人物の一人です。しかし、そんな彼のことはドイツでは何ひとつ知られていません。他方、私がヴィクトール・ユーゴーの中に新たに発見したものは、ここフランスでも知られないままになっています。せいぜいで、私の古き偉大な友シャルル・ペギーの中に、ユーゴーについてきわめて重要なことを指摘した短い箇所[1]がある程度だということは十分に言えると思います。しかもその箇所でさえ、ペギーの包括的なユーゴー論の中に紛れこんでしまっていて、この箇所以外にはあまり見るべきものがありません。それはそうと、最近の手紙からおわかりだと思いますが、私はかなり前からこの対象にアプローチしてきました。いずれにしてもユーゴーの絵についてはすでに手紙に書きました[2]。目下のところはもっぱら彼の散文作品に取り組んでいます。今書いている本のある箇所ではボードレールとユーゴーを対極的な存在として描くつもりです。

この手紙が着く頃には、ひょっとしてTWがそちらにいるかもしれませんね。いずれにしても彼からの手紙をとても楽しみにしていると、くれぐれもお伝えください。八月の長い手紙についてのさらなる考察は、ほどなくお手元に届くようにします。

『ベルリンの幼年時代』についてエルンストがクシェネクと交渉するのは、私のところに手持ちの本が——自分用以外には——一部もないことからしても不可能です。もしあなたが、たとえばタウのところにあったものを手に入れることができれば、大きな朗報になるでしょう。こちらにあった最後の一冊はレヴィ＝ギンスベルクが、コピーを作らせたいからという理由で持って行きました。ついでにいえばエルンストは旅行中です。何週間かサナリー〔フランス南部の町〕に滞在する予定です。彼は新しい本を執筆中(3)で、しかも猛烈な勢いでそれに没頭しています。しかし残念なことに、彼との対話から想定せざるをえないのは、彼の批判的能力にはもはや信頼がおけなくなったということです。自己批判が彼の強みであったことはおそらく一度もなかったでしょうが、それにしても以前の彼なら――最初の奥さんとはいうまでもなく――人づきあいでは、それなりの修復能力をもっていました。しかし今の生活状況では、それが彼には完全に欠落しているのです。

最後に私の手紙と、この試し書きの字面についてのお詫びを一言。実は使える唯一の万年筆が修理に出ているのです。Wはアーシャと会ったそうです(4)。これほど長い年月を経たあとで彼女と間接的に連絡をとれたのは、もちろん私にとってとても重要なことです。そう、こういう状況の下では、間接的な連絡は、手紙による直接的な連絡よりも私には好ましいのです。彼はいまだに部屋が見つからないそうです。でも、とても元気にしている様子です。エルンスト・シェーンはスイスの友人のところで世話になっています。そのことは、ほとんど一年間のブランクをおいた文通の中で、彼から聞きました。彼は、ロンドンに戻る時に、おそらくこちらに立ち寄ることになるでしょう。

フレンケルとの関係(5)については、そのうち機会があればお話しします。彼とのつきあいにはもう長い歴史があって、その始まりは私の学生時代です。あと、すっかり関係が修復されたように思えるヘレン・ヘッセルについても、同様に次の機会にお話しします。

それでは、あなたの幸せとさらなる愛を願いつつ

あなたのデトレフ

一九三五年九月一日
パリ一五区
ヴィラ・ロベール・ランデ七番地

〔原文：手書き〕

(1) シャルル・ペギー『ヴィクトール＝マリー・ユーゴー伯』からの引用を、ベンヤミンは「パサージュ論」で二度（GS V, 2, S. 912f.）、「ボードレール論」の第一草稿〔「ボードレールにおける第二帝政期のパリ」〕で一度（GS I, 2, S. 587）用いている。

（2）この手紙は残っていない。

（3）おそらく『物質の理論――実践』（のちのタイトル『唯物論の問題――その歴史と本質』）のことだろう。ただし、一九三七年にアドルノに向かって語った大部の草稿『啓蒙と赤い秘密』のことであった可能性も否定できない。この草稿は散逸した。（これについてはブロッホの以下の手紙を参照。Bloch, *Briefe 1903–1975*, hrsg. von Karola Bloch u.a., Bd.2, Frankfurt a.M. 1985, S.439, Anm.10 u. 11）

（4）エーゴン・ヴィッシングの一九三五年八月二八日付手紙に、この出会いについての報告が含まれている。この手紙は非常に早くベンヤミンの手元に届いたようである。

「拝啓

昨日、アーシャ・Lに電話をして、すぐに会う約束をしました。今日は（療養所で、二か所の病棟でのレントゲン検査の間を利用して）急いで君に手紙をしたためているので手短に書きます。われわれ二人はとても長い時間話をして、君のこともたくさん話し合いました。彼女は――これはおそらく自信をもっていえますが、君には非常に深い親愛の情をもっています。彼女はすでに半年ほど前にこちらで君の働き場所を作るために自ら奔走し、当時、非常に影響力を持っていた人たちを君の味方につけることができたのです。しかし計画は――ある意味で意表を突く人事となるはずだったのが――最後の瞬間に（君もよく知っている政治的情勢のゆえに）頓挫してしまったそうです。そこでわれわれ二人は今日、さまざまな攻め口からもう一度新たな突破口を探そうと思っています。われわれは、やはり君がこちらに来て、自分で状況を見てみるのがいいだろうと思っています。A・Lは、僕が思うに、君を招待することさえ考えているのかもしれません。ヴィザは（インツーリストではなく）パリで君が自分で調達しないといけないでしょう。パリで君にどんなコネがあるかは知りませんが、まちがいなくジッドを通じて手に入れることができるでしょう。ジッドは当地では信じがたいほど人気があります。

A・Lは明確な意図を持った批評が出版されていないことを残念に思っています。彼女が唯一、君のことで不満を持っているのは、君が政治的著作を刊行してこなかったこと、つまり君自身の立場を公に表明してこなかったことです。僕は彼女に君の立場を説明しようとしました。

今日のところはここまでにしておきます。僕は一〇月一日からは、おそらくモスクワだけで仕事をすることになるでしょう。九月一五日から一〇月一日まではひょっとすると旅行にでているかもしれません。できるだけ早い返事を待っています。"Lu"〔フランスの雑誌 *Lu dans la presse universelle*〕はとても楽しく読みました。どうか続く号も送ってください。今晩ベルリンのフェリツィタスに電話をするつもりです。

W・フランクの様子を一度見てきてくれませんか。彼は、自分はまあまあ元気だと書いてきていますが、本当でしょうか!?　フリ〔ッツ〕・フレ〔ンケル〕は今どこでしょうか。彼に手紙を書きたいと思っています。

当地の生活条件がどんなものかは、君も知ってのとおりで、簡便で住みやすいなどとは、とても言える状態ではありません。とくに住宅難は想像を絶するものがあります！　いまだに部屋が見つからない状態です。

お元気で。

君のEより」

（5）フリッツ・フレンケル（一八九二―一九四四）は当時すでに、一九三八年にベンヤミンが入居することになるドンバル街一〇番地の家に住んでいた。彼はベンヤミンが麻薬実験を試みた際に相談にのった医師である。〔書簡91注（3）参照〕

104 ヴァルター・ベンヤミンから グレーテル・カープルス宛

パリ、一九三五年九月一〇日[1]

親愛なるフェリツィタス様

今日はとりあえずこの紙で書かせてもらいます。フォーマットが変わったからといって、あなたに語るべきことが少しでも失われることはありません。他方、あなたの最後のお手紙[2]は、その短さが唯一の失望の種でした。『ベルリンの幼年時代』がまだ一部残っていたというのは、本当にほっとしました。しかも今ちょうどウィーンで出版のための試みが行われようとしているようです[3]。というわけで、その本を見栄えのよいものにするために、一部を近日中にこちらにお送りいただけますでしょうか（あまり期待を膨らませすぎないように、しかし同時に、出版が拒否されたときに原稿を取りもどせるよう、あらゆる保証をかけておくようにしないといけません）。エルンストの出版社[4]はさまざまな理由からまったく考えていません。本当にここだけの話ですが、あれは、驚くなかれ、自費出版型の出版社なのです。エルンストの本の出版の際にその条件が物を言ったかどうかは知りません。出版物の全部が全部そうだというわけではないと思いますが、ともかく著者に支払いを求める出版社なのです。

エルンストがサナリーに行ったことは、すでにあなたに書いたと思います。彼が出発する前に、彼の新しい本について少しだけ話を聞きました。その内容についてはあまり信頼感を抱けませんでした。ちなみに今出ているものについての批評は、会話の中で聞いた限りでは大方、否定的なものです。これは純粋に情報としてだけお伝えしておきます。

私の仕事では最近、いくつか文献上の幸運にめぐまれました。とくにお知らせしたいのはコッホの『湯治温泉の魔法』[5]が手に入ったことです。ちなみにこの本の目次を見たとき、私はあの〔ジャン・パウルの小説の主人公〕学校教師ヴッツが貧乏ゆえに陥ったのと同じ状況に陥りました。つまり本を買えないヴッツは、自分がタイトルを見て興味を持った本の内容を自分自身で書かねばならなかったのです。湯治温泉の魔法について著者が言っていることは単に、大物の存在が温泉訪問客の臨床的状態に良好な影響を与えてきたということだけです。それをこの著者はゲーテを例にとってじつにうまく説明しています。ただし、現代のヴァリエーション、カールスバートに集まる映画スターたちが駆使している医学上の魔法について語られていないのは残念です。それにアポロ神殿と公衆浴場、そして両者の関係の性質を知りたいと思っていた私には、その点ではとくに得るものがありませんでした。これよりももっと幸運だったのは、もう一つのケースです。それはとても変わったタイトルをもった『ヘリオガバルス十九、あるいはフランス十九世紀の伝記』[6]という本です。これは一八四〇年代にブラウンシュヴァイクで出版されたとてつもない稀覯本です。何か月もかかってついにこれを国立図書館の仲介でゲッティンゲンから借り出すことに成功しました。そして今は、この本が私の好奇心をそそったのは無駄ではなかったと確信しています。そこにはフランス政治についての一連のアレゴリー的形象が含まれており、そこから十九世紀半ばのもっとも特異な、最も隠されたモチーフが姿を現してきます。その中の絵図のひとつを写真にとる許可を得るために、これからおそらくまた何か月もかかることでしょう。

　というのも、私の研究にとって重要で、かつ遠いところにあるイメージについてノートを作ることは、私にとって新しい試みだからです。しばらく前から気づいていることですが、今書いている本には最も重要な画像資料を付けることもありうるので、その可能性を最初から断つようなことはしたくないのです。

　しかし今のところは、なんとか他の形象圏に目を向けなければなりません。フックス論[7]にもそろそろ真面目に取り組む必要があります。今回は、私の目的にもっと合うやり方でこの素材に取り組むつもりです。フックスは諷刺画について、たとえばドーミエとガヴァルニについて研究しています。これは私が日頃から取り組んでいるものと、少なくとも素材上の関連をもっています。フックスのこの研究を、今回は出発点にしたいと思っています。フックス自身は残念ながら弱ってきていて、体調悪化が感じられます。

　それにしてもTWから何の音沙汰もないのは、なぜなんでしょうか。それほど重要ではない人からの音信にはこと欠かないのに。シュテルンベルガーは『聖女とその道化』[8]に関する論文を送ってきました。この論文は、私の冬将軍が草木を一掃したユーゲント様式の畑を、彼が勤勉な農夫としてせっせと耕していることを証明しています。それでも私としてはこの一帯には、もう少し曲りくねった小道を思い描いています。あなたには、薬局の助手だったイプセンの姿をイプセンの後期作品に探し求めるという私のアイデアについて話したことがありましたか。たぶん話したと思います。ところが今や、精神分析医のタウスク(9)が同じ考えにたどりつき、一九三四年度の『精神分析年報』にそれについての論文が載っていることがわかりました。ただその年報が手に入りません。でもそれは急ぐものではありません。

今日のところは、ご覧のようにただただ本、本、本です。これは少しばかり逃避行動で、外の世界のことを正面から考える元気が出ないのです。これからの何週間かは、今のところあまりにも見通しが暗い感じです。でもここに座っている限りは、なんでもできます。

でもあとどれくらいもつでしょうか。もし可能なら、また九月に紙片を送っていただければと思います。

来週、小説をあなたにお送りします。『アジアの機械』はそこに入っていることでしょう。土曜日にようやく入手できる予定なのです。もしそれ以前に届けば、もっと早くに発送します。少しは新居を整える余裕はありますか。そしてその中に、同居人たちとは、きちんと切り離された居場所を確保することができそうですか。

テディによろしく伝えてください。そしてあなたにも昔からのやり方で、つまり今なお再会への希望を交えながら、心よりの挨拶を送ります。

あなたのデトレフ

〔原文：手書き〕

(1) 日付は消印の日付。
(2) この手紙は残っていない。
(3) この記述がこの時点ですでに本書の出版社を見つけるためのフランツ・グリュックの試みを指しているとは考えにくい。というのも一九三六年一月一八日のベンヤミンのグリュック宛の手紙（GB V-1013）は、その想定と矛盾するように思えるからである。
(4) 〔エルンスト・ブロッホの〕『この時代の遺産』の出版元であるオプレヒト&ヘルプリング社。
(5) リヒャルト・コッホ『湯治温泉の魔法——湯治客としてのゲーテの研究』シュトゥットガルト、一九三三年、参照。Richard Koch, *Zauber der Heilquellen. Studie über Goethe als Badegast*, Stuttgart 1933.
(6) 以下を参照。『ヘリオガバルス十九、あるいはフランス十九世紀の伝記（共感の記として一人のドイツ人より）偉大な国民に捧ぐ』[Hans, Graf von Veltheim,] *Héliogabale XIX ou biographie du dixneuvième siècle de la France dediée à la Grande Nation (en signe de sympathie par un Allemand)* [1843].
(7) ベンヤミンが論文「エドゥアルト・フックス、収集家にして歴史家」を『社会研究誌』に投稿するのは、ようやく一九三七年になってからのことである。GS II, 2, S.465–505 参照。
（8）「D・St」の署名で発表された「多くの涙」は、一九一三年に最初に刊行されたアグネス・ギュンタース（一八六三—一九一一）の小説についての論文で、一九三五年八月二七日付『フランクフルト新聞』（Nr.435–436, S.10）に掲載された。
（9）以下を参照。Viktor Tausk, Ibsen der Apotheker（ヴィクトア・タウスク「薬屋イプセン」）, in *Almanach der Psychoanalyse*, 1934, S. 161–166.

105　グレーテル・カープルスからヴァルター・ベンヤミン宛

ベルリン、一九三五年一〇月二日

一九三五年一〇月二日

親愛なるデトレフ様

本の小包を本当にありがとうございます。『機械』はすぐにとても面白く読みはじめています。そもそも職場への通勤が長くなっただけでも、ずっとたくさん本が読めるようになりましたが、さらには〔帰路は〕ヤノヴィッツ橋からハレンゼーまで電車に乗って行くので、なおさらです。テディはちょうどこのあいだ一四日間ベルリンに来ていて、わたしたちはとてもすばらしい時間を過ごしました。アガーテが亡くなったショックから少し立ち直り、これまでより調子がいいようです。彼があなたにすぐに手紙をよこさないとしても、なにか特別な理由があるわけではないはずです。これから一週間後にはロンドン、W1、レインスター・ガーデンズ、アルベマーレ、コート・ホテル宛に、それから二週間後からは、オックスフォードのいつもの住所宛に手紙を書いていただければよいと思います。あなたが「パサージュ論」についての最初の手紙を連帯感からわたし宛に出したことを彼が悪くとっていることはありえません。ついでに言えば、わたしたちは、お互いにどれがどちらのものであるかにあまりこだわらないので、テディがあなたの手紙のオリジナルを持っていて、わたしは、書き写したものを保存しています。彼が訪ねてくれているあいだは楽しかったのですが、ベルリンに一人残っているのは、時としてやはりつらく感じます。どんどん知り合いがベルリンを出て行きます。妹の出発の時期も日ごとに近づいてきました。たしかに広いには違いないですが、なんといっても同じフラットの五室のアパートで両親とのみ暮らすのはそう楽ではないです。とくにパパは、体がつらくなっていて、それが暮らしの気分全体をきわめて暗い調子にしているこどもあります。日常の細々したことの処理だけでも、相当な神経が必要です。三六年か、遅くとも三七年には、わたしが待ち望んでいる変化が来るとよいのですが。三四年の『年報』は来ているそうなので、じきに送れるでしょう。あなたは、Eが今住んでいる町〔モスクワのこと〕に場合によっては引っ越すことを考えていると聞きましたが、どうなっているのでしょうか？　この計画に関して今、いくつかお伺いしてもよいでしょうか？　あなたがベルリンを出た時をなつかしく思い出しながらです。そういえば、あの時にもお手伝いをさせていただきましたね。アーシャと同じ町に、かつてとは違った状況でずっと暮らすことに耐えられるでしょうか？　わたしのこういった質問をどうかただの好奇心からとは思わないでくださいね。目下のところあなたが考えていないかもしれないさまざまなことを本当に心配して言っているのですから。住居、食事、交通手段など、どれをとってもまったく生活条件の違うところで本当にうまくやっていけそうでしょうか？　職業上の可能性があちらでは十分あるのでしょうか。というのも、今でもほんの少しとはいえ存在している援助手段が、あちらに移ったらなくなってしまうことが、十分考えられるから伺っているのですが。たしかにEの場合には、わたしは実験と思って賛成しました。でも、その理由はあなたもご存知ですよね。過去のことや家族の思い出のあるベルリン、そしてそもそもドイツは、彼には危険でした。同じくフランスもです。代わりに、新しい未知の世界であることが、そして仕事に追われることが大変な利点となっていました。Eが健康でいられるように、そして〔モスクワでの〕新生活の試みがうまくいった、と言えるように期待しましょう。でも、あなたの場合は状況がもっと切迫していて、ずっと複雑ですから、わたしは大変心配しています。このことについてもう少し詳しく書いていただけないでしょうか？

今日のところは友情の挨拶を受け取ってください。

あなたの女友達の

フェリツィタスからの挨拶です

〔原文：タイプ原稿〕

106

ヴァルター・ベンヤミンから
グレーテル・カープルス宛

パリ、一九三五年一〇月九日

親愛なるフェリツィタス様

あなたからの詳しいお知らせにとても喜んでいます。まわりから人々が消えていくのを見るのは、本当につらいことでしょう。でもお手紙から察せられるとおりに、あなたにも大きな変化が近い将来ありそうなのは、私にも大変うれしいことです。そしてこの変化は、まさにあなたにとって最終的には最もよいかたちをとることでしょう。この前のあなたの報告からは、ともかくそうした希望を禁じるものは感じられませんでした。

ところで私の方の変化は――もっとも、まだ霧の中はるか彼方に浮かび上がっている程度なのですが――あなたの場合よりもずっと厄介なことになるというお考えは、そのとおりです。しかし重大な厄介に巻き込まれることよりももっと無責任なのは、あまりにも慎重を期した結果としてただ生きていく可能性すら放棄してしまうことでしょう。とはいえ、私にとってこの可能性が西ヨーロッパで今後長期に存在し続けるかというと、それはわかりません。私にわかっているのはただ、目下の可能性に関して言えば、それが時間とともに激減していることです。

つまり、私が必要としているのは――いざとなれば極限まで切り詰め可能な――私自身への援助ではなく、いかに慎ましいものではあっても確固とした最低水準を要求する私の仕事への支援なのです。この点でいっさいの希望を捨てなければならないとしたら、それを表現する勇気すらないことでしょう。目下のところはしかし、そこまでは行っていません。マックス［・ホルクハイマー］からの短くかつ暫定的な返答ですが、それでも肯定的な返事が私の「梗概」に関して届きました。[1] それに、たしかに客観的なものではありませんし、目下のところ同じく主観的なものですが、マックスの返事と同じくらいの重みのあることがあります。それは、最近、構築の経緯度線、資料の組み合わせといわば交差する経緯度に関して、決定的に前進したことです。これについてはたくさん話したいことがあります。文章ではなんと少ししか言えないことでしょう！　でも、もしもあなたにお話しできるならば、――この点は確信していますが――ご存知の「梗概」があなたにとって新たな光のなかで、また部分的にはより親しみのある光のなかで見えてくることになるでしょう。細かい具体的なことにはここでは入れませんが、それでも原則的にあなたに述べておきたいのは、この数週間で、現代の芸術における――芸術の現況における――隠れた構造的性格がわかったということです。[2] われわれにとって決定的なこと、十九世紀における芸術の「運命」について、今になってはっきりと浮かび上がってきたことを認識させてくれるような構造的性格のことです。これによって私の認識論、あなたすらあまり知らないかもしれない概念、私がきわめて秘教的に論じている「認識可能性を宿した今[3]」という概念を中心に結晶化している認識論を、ある決定的な範例を用いて検証できました。十九世紀の芸術の、今でしか「認識可能」でない側面、これまでは認識できなかった、そして今後は決して認識できないであろう側面を発見できたのです。

でも、こうしたいっさいのゆえに、あなたにお礼を言うのを忘れるつもりはありません。『精神分析年報』を送っていただいたお礼です。あなたもこの年報をぱらぱらめくったとしたら、本に関して私が発したお願いが軽卒きわまりないものであったと思われたに違いありません。というのも、「薬屋イプセン」についての逸話——タイトルのモチーフが私にとってどんなに重要だとしても——がいったい私になんの役に立つのでしょう。あなたがそう思ったならば、そのとおりでしょう。でも、あなたが思っているほどではないかもしれません。なぜなら、本に関して私は、あまり間違わない方だからです。もし間違ったとしても、「理念の狡智」が働いて、万事順調にしてくれます。あなたの小包は、薬屋イプセンについての報告が仮に決定的なものであったとしても、それ以上の意味がありました。この『年報』にある、テレパシーと精神分析についてのフロイトの論文[4]をあなたも読みましたよね。この論文について触れますが、これはすばらしいものです。筆者フロイトの、いくら褒めても足りないすばらしい晩年の文体をあらためて感じさせてくれるだけでもすばらしいものです。一般の人にわかりやすく書く最もすばらしい例のひとつです。でもわたしの頭にあるのはこの論のちょっと特別のことです。つまり、フロイトが自分の考察を進める途中で——彼が最高の考えを取り上げる時はいつもそうなのですが、いわば通りがかりに——テレパシーと言語のあいだに連関を作り上げているところです。すなわち相互了解の手段としてのテレパシーを——彼は説明の中で、昆虫の集団でも相互了解がなければ成り立たないことを論じていますが——系統発生的に言語の先駆的形態と見ています。ここには、私がイビサ島で書いた小さな素描——「模倣の能力について[5]」——の核心部分で論じたのと同じ考えがあることに気づきました。この考えをここでこれ以上詳しくほのめかすことはできませんし、この前会ったときにこの断片的文章についてはなにもお話ししなかった可能性があります——もっともお話ししなかったと言い切れるわけでもないのですが。私はこの文章をショーレムに送ってみました。彼は昔から、言語論にかんする私の議論にずっと関心を抱いてくれていますので。ところが、驚いたことに、いかなる理解も示してくれず、受け取った旨の連絡しかありませんでした。その点で、あなたからのこの『年報』のフロイトの箇所は、私にとって本当の贈り物となりました。感謝しています！

もしかしたら、これからしばらくは、言語理論に関する論文――『社会研究誌』に出すためのまとめの報告(6)にすぎませんが――をやれるかもしれません。あなたにはもうとっくにこのことを話しましたよね。この論文には私の考えはひとつも入っていません。とはいえ、終わりの方で、私自身の考察を支える新しいミメーシス論のいくつかを論じました。

手の空いている時に、短いお話「ラステリが語る……(7)」というのを書きました。数日中にあなたに発送しますね。

テディからもうじき手紙が来るのを落ち着かずに待っています。もしも私の住所がわからなかったら、彼はあなたから教えてもらえるはずですよね。私の新しい住まいは、そこからあなたに出した最初の手紙以降、なにも変わっていません。でも、アーノルト・L(8)が、最低限必要な家具をいくつかくれると約束してくれました。いずれにせよ、慰めになることはすべて知的領域で起きるので、今回はこの住まいを出るつもりはありません。

あなたを腕に抱きながら。あなたもこの私の腕の動きを忘れて久しいですね。

あなたのデトレフ

一九三五年一〇月九日
パリ一四区
ベルナール街二三番地

〔原文：手書き〕

(1) ホルクハイマーは九月一八日付の手紙でベンヤミンに以下のように書いてきた。

「手短に言うことしかできませんが、私の判断は以下のとおりです。あなたのお仕事は、大変すばらしいものになると期待できます。ある時代を、表面のさまざまな小さな徴候から捉えるという方法は、今回その力を見せてくれていると思います。あなたは、これまでなされていたような美的現象を唯物論的に説明するさまざまなやり方をはるかに超えています。ユーゲント様式についての補論、そしてさらにはこの論のそれ以外のすべての部分が明らかにしているのは、抽象的な美学論はありえないということ、そうではなく、理論はそのつど、ある特定の時代の歴史と一致しているということです。

あなたの論考の進め方の細部についての議論は、一二月に計画しているヨーロッパ行きを私にとって重要なものとしてくれそうで、旅の期待のひとつです」(GS V, 2, S. 1143)

(2) 「複製技術の時代における芸術作品」についての最初の言及。

(3) 「歴史の概念について」の下書きメモの中に、「認識可能性を宿した今」というタイトルのテクストがある（GS I, 3, S. 1237 f.）。および「パサージュ論」の中の「覚醒の瞬間」が重要な役割を果たしている「覚え書きおよび資料N」のいくつかの箇所も参照のこと（GS V, 1, S. 578 f., 591 f. および608）。この関連については「パサージュ梗概」の「ト書き」も参照。（GS V, 2, S. 1217 f.）

（4）この手紙で言及されている『年報』中のフロイトの論文のタイトルは「テレパシーの問題について」であった。ベンヤミンはこの論文をある断片「言語と模倣について」で引用している。この断片を全集の編集者たちは、「模倣の能力について」の一部としている。Vgl. GS II, 3, S. 958.

（5）「模倣の能力について」GS II, 1, S. 210–213 参照。

（6）『社会研究誌』四巻第二号（一九三五年）（S.248–268）に掲載されたベンヤミンの論文「言語社会学の問題」を参照。GS III, S. 452–480 に所収。

（7）この物語は一九三五年一一月六日付の『ノイエ・チューリヒ新聞』に掲載された。GS IV, 2, S. 777–780.

（8）これはレヴィ＝ギンスベルクのこと。

107　グレーテル・カープルスから
ヴァルター・ベンヤミン宛

ベルリン、一九三五年一〇月二一日

一九三五年一〇月二一日

~~マルセル・デ・ポンプ氏の葬儀~~
~~ローヴォルト版一冊ギンスバーク~~
~~ブロッホの住所~~
ニューヨークの知らせ
ウィーンの『幼年時代』
~~オックスフォード~~
~~待ちの立場~~
~~自分のことで頭を悩ます~~

親愛なるデトレフへ

ラステリのお話はすてきでしたが、モットー[1]がわたしにぴったりだと本当に考えておられるのでしょうか。これはあなたのすてきな夢にすぎないのではないか、と恐れています——。

わたしの訪問にともなうめまぐるしい日々はもうじき終わります。今回は長い別離になるのではないかという考えを抑えることができません。——冬を考えると陰鬱になります——。ふたつの推理小説のうち、『黄色い犬』[2]の方がずっと気に入りました。Eは、サブタイトルが「ポンプの葬式」[3]という本の話をしていました。彼の言っている本をご存知でしょうか。アーノルト・Lの助けは役に立ったでしょうか。彼は、まだわたしたちに借りがたくさんあるはずです。というのも、ひょっとしてあなたの役に立つかもしれないという計算から、われわれはベルリンで彼にたいへん親切にしてあげたからです。彼はまたあなたのいくつかの本のローヴォルト版を何冊かもって行きました。知り合いに売ってあなたの役に立てるためです。結果はどうでしょうか。ウィーンから『幼年時代』の件で返事が来たでしょうか。エルンスト・Bがサナリーからまたパリに戻っているか、たまたまご存知でしょうか。彼には手紙を書かねばならないのですが、引っ越しその他の雑事が入って、書くにいたっていません。

「梗概」についてニューヨークもしくはオックスフォードから詳しい知らせが来たでしょうか。著作の構成が進んだというあなたの文章は、とても注意深く読ませていただきました。そして書き写してテディに送りました。彼に向けても書かれたものでしょうし、また、あなたが全部をもう一回書く手間を省くことができればと思ったので。——フロイトの論文はすでにだいぶ前に彼の講義の新しい巻で読んでいました。イビサ島での下書きについては、秋の時は残念ながら話はありませんでした。すでにこの前の手紙に書きましたが、なんの明白な合理的な理由も挙げられないものの、ハレンゼーにはそう長くは住まないだろう、となんとなく思っています。ハレンゼーに住む決断は、Tからこれ以上離れたくないだけに大変でした。少なくともときどき、たとえあまりに短い時間であっても会えるようにしたいです。にもかかわらず、こうした待機の状況をまだ続けられるか自分でもわかりません。またまた自分のことで頭を悩ましています。悩ましてもこれまでのところはなんの成果もないし、なんの手がかりも得られないのですが。[X]のはじまりのことについてはあまり話したくないのですが、最終的には、この徹底したさびしい生活はもっとつらいのです。それゆえに、あなたにはこのことを話しておきたかったのです。一一月があなたにとってよい月になるように願っています。またお手紙をくださいね。無限の別離にもかかわらずね。

いつも変わらぬあなたの

フェリツィタス

［原文：手書き］

（1）この物語の掲載された版にもタイプ原稿にも、モットーは載っていない。それゆえグレーテル・カープルスがなんのことを言っているのかは不明である。

（2）ジョルジュ・シムノンのメグレ警部もののひとつ。
（3）ピエール・ヴェリー『マルセル・デ・ポンプ氏の葬式』パリ、一九三四年。

108 ヴァルター・ベンヤミンから グレーテル・カープルス宛

パリ、一九三五年一一月三〇日

［断片］

親愛なるフェリツィタスへ
　ようやくあなたからの手紙が来ました。ご想像どおりに、一生懸命に読みました。この手紙で私たちの予定が遠ざかりましたが、(1)他方では逆に予定が固まったようにも見えます。これは小さな慰めです。実際に私はあなたの来訪がもうずっと近いものと予想していて、すでに妹ともそのことを話しました。ですから、もしもなにか邪魔が入らなければ、春には彼女のところに泊まれるものと考えてくださって結構ですよ。これでパリはあなたにとって厄介な問題ではなくなるはずでしょう。
　あなたの手紙と同時に、別の方面からEについての知らせを受け取りました。(2)彼からはその後も直接に手紙が来ないので、情報を組み合わせるのに大変苦労していますが、残念ながら不都合な事態が起きているのではないかと、恐れています。それゆえ、もしも事実に即しているなら、少なくとも私の最悪の恐れを、根拠のないものとしていただけるようにお願いしたいところです。つまり、昔からの病気がまた戻っているという恐れです。アーシャからの長い手紙にEの名前すら出てこなかったのも、私の気持ちを落ち着かせることには役立ちませんでした。困っていろいろとあちこち探った結果、皮膚病がまたはじまったのではないかという考えにいたりました。残念ながら、ひとつの病気が他の病気の可能性を排除するわけではありませんし。
　いずれにせよ、この郵便と一緒にEにも書く予定です。
［このあと一頁ないし数頁欠如］
来週、ホフマンスタールの友人で、フランスのなんといっても最も有名な評論家のシャルル・デュ・ボスを訪問します。モニエとのつながりはうれしい方向に発展しています。彼女の図書館は、(3)私の目下の仕事に大変に役立ちます。私の住んでいる地域と国立図書館とは交通がきわめて不便で、できるだけ家で仕事をするようにしています。
　数日中に、探偵小説一冊と、言語理論についての私の論文が載っている『社会研究誌』がそちらに着くことと思います。
　できるだけ早くまたお手紙ください。私の熱い抱擁を受けてください。
一九三五年一一月三〇日

あなたのデトレフ

〔原文：手書き〕

（1）この手紙は残っていない。グレーテル・カープルスのパリ訪問が延期された理由はわかっていない。
（2）この知らせの発信者は不明。
（3）ベンヤミンは一九三〇年一月から、アドリエンヌ・モニエの「貸本屋」を利用していた。彼にこの利用を勧めたのはフェリックス・ベルトー〔フランスのドイツ文学者、ヘルダーリンの左翼的な新解釈で有名なピエール・ベルトーの父〕である。「マダム、ベルリン出身の著述家でエッセイストのヴァルター・ベンヤミンが私に昨日こう言いました。「六年前に『新フランス評論』誌に出て、私が大変に驚かされたいくつかの詩の著者をご存知でしょうか。フランス語で読んだすべてのなかで、これは私に最も強い印象を与えたものです」あなたの同意なしで彼にあなたの名前を教えていいとは思いませんでした。もしも、あなたがベンヤミン氏（プルーストの訳者です）に対して無記名のままでいることにどうしても固執するのでなければ、彼は、あなたからの連絡を受け取り、あなたに会えるならば、とても喜ぶことでしょう。彼の住所は、ラスパイユ街二三二、エグロン館です。マダム、私のぶしつけなやり方をおゆるしください。しかし、この珍しい読者があなたの詩に感激しているさまにとてもうたれたので、少なくもあなたがこの件に関わっていただけたらと望んでいます。同時に、あなたに対する私個人の鮮烈なオマージュを繰り返させてください」（モーリス・アンベールおよびラファエル・ソリン編『アドリエンヌ・モニエ、本の友の家　一九一五―五一年、アンベールおよびソランの収集によるテクストと文書』（パリ、一九九一年、四三頁）〔アドリエンヌ・モニエ『オデオン通り――アドリエンヌ・モニエの書店』岩崎力訳、河出書房新社、二〇一一年〕

109　グレーテル・カープルスから　ヴァルター・ベンヤミン宛

ベルリン、一九三五年一二月三日

親愛なるデトレフ様
　今日はあなたに小さなお知らせがあります。テディは多分来週のはじめに数日間の予定でマックスとの打ち合わせのためにパリに行くはずです。あなたも彼と必ず会いますよね。そうしたらわたしの今後のチャンスについてわたしよりも早く知ることになるでしょう。それで、あなたにとってはいつもどおり自明の秘密保持の約束をまたしていただけるでしょうか？　テディはEがどこにいるかを知っていますし、あちらでよい仕事に就いていることもわかっています。ただ、彼があまり楽しい感じで過ごしていないことは知りません。彼がベルリンに一〇月にいたことは知っていますが、夏のことは知りません。アガーテが亡くなったので、すべてのことが重要性を失ってしまったためです。テディとは、すべて平和的で友好的です。あなたはこのテーマを避ける必要はありません。でもあなたがたお二人は、どのみちわたしについてよりも、もっと重要なお話があるはずですよね。このところあなたに小説の続きを送る機会がありました。「エルゼ」嬢は、残念ながらサラミを持って行けません。食べる物はそもそもなにも持っていけません。理由は彼女があなたに直接言うのが一番よいと思います。彼女は土曜日に出発します。

　Eについてのあなたの推測はあたっていません。第一にそういうことはありえませんし、第二にこの病気はすでに治っています。もしも病気になるなら、退屈から適当な時期に新しい病気をもらわねばならないでしょう。皮膚はしかし、寒さにまいっています。またすばらしい状態がずっと続くとは、わたしも思っていません。でもどうしようというのでしょう？　われわれの誰にも、そんなに多くの可能性は残っていないのですもの。

　わたしは風邪をひいてしまいました。先週は、神経性の痛みでつらかったです。今は少なくとも動くことはできます。

　親愛なるデトレフさん、来週はどの問題にかんしてもあなたによいことがありますように。ああ、わたしもあなたがたのところに行けたらいいのに。どうか、詳しく教えてくださいね。それでも忘れないでくださいね、

　あなたの女友達のフェリツィタスのことを。

~~キーゴン~~
~~芸術理論~~
~~アーシャ~~
~~ヴィーゼングルント~~
記者カード
フラマンの展覧会
ハウプトマン
大学
~~状態~~

新しい美術書
秘密保持
ショーレム

［原文：タイプ原稿、ベンヤミンによるメモの書き込み］

110　ヴァルター・ベンヤミンから グレーテル・カープルス宛

パリ、一九三五年一二月三日以降(1)

親愛なるフェリツィタス様

お手紙をありがとうございます――あなた自身のことについてはまたもや非常に不満足なことしか書いていない手紙に、ありがとうと言えるとすればですが。神経痛は、少なくともしばらくはましになっているでしょうか。

それから、間違いなく同じくらい重い、別のいろいろな件についてはどんな状況でしょうか。あなた自身が将来についてどんな方向の展望を抱いているのか、まだ私はまったく知らないですし、そのためあなた以上に展望が描けないでいるのです。詳しいことはTWから聞けるでしょうか。

いずれにしても、彼が来るということについて私はまだ何も聞いていないですし、あなたが彼から来るはずと予告した手紙もまだ届いていません。なぜ情報が届かないのかは、このまま謎ということにしておきます。もし私と彼とが本当にここで会うことになったら、その時はあなたの前の手紙の指示は、従順にしっかりと受け止められたということになるでしょう。

このあいだ、Eについての知らせ(2)がありました。非常に不完全なものでしたし、あるいは、歪められているのかもしれません。とはいえ、これにより、私の抱いていた最悪の懸念でさえも楽観的な推測にすぎないとわかりました。今生じているこの破滅的な状況については、ぼんやりとではあっても想像することができるものの、それがどうしてそうなったのかということになると、私には皆目見当がつきません。でも、それが彼の犯罪的な軽率さなしに起こりえたとは、あまり考えられません。

この件に関して私はあなたよりもわかっていないのかもしれませんし、いずれにせよあなたと同じくらい途方に暮れています。私にとっては大きな打撃です。まずは彼自身のために、それからもうひとつは、あなたもご存知のとおり、私が彼に便宜を図ったかの地での人脈(3)に、悪影響があるかもしれないからです。

同時に、ここ数十年、多かれ少なかれ私に友好的だった別の人物のイメージに暗い影がさしてきました。それはショーレムです。私の状況は、これから予定されている交渉〔書簡 III 注（1）参照〕が決定的な変化を引き起こさない限り出口のない状態に限りなく近づいているわけですが、この私の状況をちゃんと理解してもらえるよう、彼と非常に親しい別の人[4]に頼んで口頭で働きかけてもらいました。これは、彼にある反応を引き起こしました。でも、その反応があまりに（不誠実とは言わないまでも）みじめったらしく困った様子だったので、彼のもともとの性質のみならず、この一〇年のあいだに彼を育ててきたあの地の倫理的環境についても理解できて、この上なく悲しくなりました。このことについて私たちの文通では、これまで何ひとつはっきりとは言葉にされていません。というのも私が上手くいかなくなって以来、彼はこの文通を非常に先延ばしするようになったからです。かつては急き立てるように書いていたのに。でも、私へのちょっとした手助けを避けるときにも、いかに自分が困っているかを大仰に、秘密めかして伝えてくる彼の調子に、私がどんな思いをつのらせているかを彼に伝えたいとは思いません。それはあなたにも想像がつくことでしょう。彼は、私の状況を、私がデンマークの友人との友情で怒らせてしまった神からの復讐によるものとでも考えたいのかもしれません。

私の新しい論文は大いに進み、完成を迎えようとしています。形が整ってくればくるほど、いつか重要な大通りにつながる細い通りを造っているのだという確信は、強くなってきています。現在の区分けでは、だいたい二五の章[5]になりそうです。

『芸術史』のほかの巻[6]もあなたのところにあるか知らせてください。あるのであれば、できるだけ早く送ってください。第二巻が最近届きましたが、もう読んでしまいました。

優しい抱擁をあなたに

あなたのデトレフ

〔原文：手書き〕

（1）一二月三日のグレーテル・カープルスの手紙〔書簡 109〕への返信である。
（2）この知らせの情報源については不明。
（3）ベンヤミンがここでアーシャ・ラツィス以外に誰のことを考えていたかは、不明。ヴィッシングがモスクワからの手紙で名前を挙げているのはアーシャ・ラツィスのみ。

（4）キティ・マルクス＝シュタインシュナイダー〔一九〇五—二〇〇二、文献学者〕のこと。

（5）「複製技術の時代における芸術作品」の第一稿は一九章で構成されている。

（6）どの『芸術史』のことを言っているのかは不明。

III

グレーテル・カープルスから
ヴァルター・ベンヤミン宛

ベルリン、一九三五年一二月一三日

一九三五年一二月一三日

親愛なるデトレフ様

市電の中で慌ただしく書くことをお赦しください。

このあいだ、古本屋で『芸術史』の第三巻を入手することができました。——きっとあなたは今パリ交渉の真っ最中で、これはわたしたち全員にとってジュネーヴ交渉と同じくらい重要なものですが[1]、もう一度念のためテディの住所をご連絡しておきます。ラスパイユ大通りのホテル・リュテティアです。彼が書いてこないからといって、あれこれ気にしないでください。わたしはこの災難と一〇年も闘っていますが、成功したりしなかったりです。——ショーレムについての解釈のなかで、辛辣なユーモアを発揮していましたね。それと同じようなユーモアで、Eの状況を受け止めてくだされればいいのにと思っています。この実験がうまくいっていたら、彼は非常に満足だったことでしょう。彼は間違いなく、わたしたちをあちらへ招待して援助することを楽しみにしていたことでしょう。よい職を得たこと、多くのことを達成したことを大いに誇りに思いながらです。彼は彼にできたことをすべて試みたでしょうから、事が違うふうになるなら、それは大いに彼の意志に反していたことでしょう。そのことによって人間関係に影響があるとは思えませんが、白状すると、あそこの気候はわたしにも耐えられないだろうと思います。ここですら、右半身の神経痛からどうにもこうにも逃れることがほとんどできないのですから。——いずれにしてもEは治ったわけで、これはよいこととして完全に認められるべきです。故郷は失ってしまいましたが。それにやはりガラス造りの壊れやすい家にいるわたしたちは、結局のところそのことで彼を非難できるのでしょうか。わたしは彼の次の冒険を楽しみにしています。噂を信じるなら、気分転換には南アメリカ、たとえばウルグアイがいいと思います。

クリスマスに四日ほどフランクフルトに行きます。できれば、そのあと少しだけテディがベルリンに来てくれるとよいのですが。

マールブルクの本の一冊をわたしからのクリスマスプレゼントと思っていただいてもよいでしょうか。代わりの本は出来るだけ早く送ります。(2)

あなたからの次の知らせを、今か今かと待っています。

心をこめて

いつもあなたのフェリツィタス

(1)「パリ交渉」により、ベンヤミンは社会学研究所から再び一〇〇〇フランを受け取ることになった。さらに一九三六年五月からは研究奨学金の額が一三〇〇フランに引き上げられた。——国際連盟の「ジュネーヴ交渉」では、イタリアのエチオピア併合が議題となっていた。英仏はイタリアへの制裁に反対を表明していた。

(2) 不詳。

112 グレーテル・カープルスから ヴァルター・ベンヤミン宛

ベルリン、一九三六年一月九日

一九三六年一月九日

親愛なるデトレフ様

新年初のお便りになります。あなたがよいスタートを迎えているものと期待しています。マックスと会ってどうだったのか、とくに、給与の引き上げの件について、テディが力を尽くして協力した後でうまくいったのかどうか、もっと詳しく報告していただけるとうれしいです。ひょっとするとあなたがたはエドゥアルト論についても話をして、ここでも意見が一致したかもしれませんね。つまり、この仕事は行われないという方向で。——テディは帰っていってしまいましたので、わたしは再び、ほとんどいつも一人の状態です。彼はここでたくさんヘルダーリンを読み、完全に魅了されたようです。同時にベルタ〔ブレヒトのこと〕への怒りが湧き上がったに違いないと思いますが。——ロンドン訪問は、もっと気候のよい時にということで、聖霊降臨祭まで延期することになりました。そうすれば帰りにあなたのところにちょっと寄れるでしょう。——ほかにもたくさん感謝することがあります。新年にハンカチを送ってくださるとは、なんて素敵なんでしょう。大切にいたします。探偵小説を読みました。正直なところ、わたしには基本的にあまりにもフランス的、あまりにもエロティックです。純粋にイギリス的な即物的なもののほうが好きだと言ったら、あなたはひどく気を悪くされるでしょうか。──ハーゼルペーターの仕事について、まだ何も書いてくださいませんね。テディによれば、あなたには気に入らなかったとのことでした。確かにわたしも不満はたくさんあるのですが、それでも非常に重要な作品だと思います。もしあなたがペーターに返事を書いて、懸念を伝えるとともに彼を勇気づけてくださるなら、とてもうれしいのですが。──ところでベルリンのあなたの最大のファンの一人、ハンス・ヘンネッケ(1)をご存知でしょうか。エーリヒ・ライス出版のところの元編集者です。彼のことについてお伝えしたことはありませんでしたか?

Eはあなたから手紙がないことに驚いています。今月一日から職を放棄してしまいました。わたしが知る限りですが、彼の計画は今エチオピアかアメリカに向いているそうです。アメリカでは、わたしの妹が彼のために問い合わせてくれたとのことです。

あなたが英語ができないのはとても残念です。有名な児童書『不思議の国のアリス』にわたしは余すところなく感激しました。もしよいフランス語の翻訳があるなら、フランス語ででもお読みになることをお勧めしたいくらいです。

次のお便りを楽しみにしています。心からたくさんの愛を込めて。

あなたの

フェリツィタス

今また、マールブルクの本を探す時間ができました。

[原文:タイプ原稿]

(1) 作家のハンス・ヘンネッケ(一八九七─一九七七)。

113 ヴァルター・ベンヤミンからグレーテル・カープルス宛

パリ、一九三六年一月九日以降(1)

親愛なるフェリツィタス様

まず、ごちゃごちゃになる危険を冒しつつ、あなたの手紙の諸々のことについて触れましょう。

アルファベット順に始めると、『不思議の国のアリス』はもちろん知っています。それどころか、私が英語で数頁にわたって読んだことのある唯一の本です。というのも、私が英語を学ぶという無駄な試みが行われたのは、この本を使ってのことだったからです。その後、二年前にドイツ語（あるいはフランス語だったでしょうか）で読み、さらに機会があったので、この本を基にした映画を観ました。これについてはあなたに報告したと思います。素晴らしい作品で、シュルレアリスムの人々のあいだでも当然のことながら大いに評判になりました。(2)

この話が出たので、私の新しい論文の翻訳者を通して、初めてブルトンのサークル(3)と接触することになりそうという面白い話をしておきましょう。当然のことながら、たくさんの深謀遠慮が必要な接触となります。次の火曜日に、このグループの催し物を傾聴することになります。興味深い話を聞いたのですが、私の〔「複製技術時代の芸術作品」の〕翻訳者は今自分自身の論文「サドからフーリエへ」の準備をしているとのことです。(4) 私の仕事の進むスピードが遅いので、私が自分の仕事で取り組むことになる前にほかの人の仕事をいくつか利用できるといううれしい確信が芽生えています。出来上がるのを生きて経験できればの話ですが。

ここで私の仕事の話に戻りましょう。確かにエドゥアルト論という重荷はまだ私の肩から降ろせていないのですが、――これも予期していなかったことに――締切が少なからず延びてくれたため、ほっとしているところです。いずれにしてもこれが今のところマックスと会った唯一の確かな成果です。決定的な話し合い(5)は彼がオランダから帰ってきてからになるでしょう。それまでは結構きつい風がなおも吹き続けることになります。しばらくのあいだ、『芸術史』の新しい巻――送ってくださったこと、心より感謝します――に没頭して心配を忘れることができるのを、とてもうれしく思っていたところです。

この『芸術史』は、とりわけ私の関心に沿うもので、ここ数日の研究と非常によく調和しています。ここ数日というのは、久しぶりにまた〔国立図書館の〕版画部門小部屋で過ごしていたわけですが、そこで、ボードレールの一節に導かれるように、(6) 一人の銅板画家を発見しました。その「パリの銅版画」を見たとき、息が止まりました。この画家はボードレールと同時代の人で、――この銅版画がボードレールの文章を付けた版で完成していたとしたら、それがどれほどのものだったか想像もつかないほどです。しかしながらこの計画は、この画家の気まぐれな性質によってだめになってしまいました。彼の名はメリヨンと言います。この「パリの銅版画」は彼の代表作で、数にして二〇作品もありません。けれども、何という作品でしょう！　こちらにいらしたら、あなたも見ることができるでしょう。メリヨンは、四〇歳を過ぎてまもなく、狂気のうちに亡くなりました。

それにしても、聖霊降臨祭とはいつのことでしょう。そう言うことで、あなたが来訪をずっと先まで延ばしたのではと心配になっています。今年もまたデンマークに行くというわたしの計画については今は述べませんが――可能性はあります。もちろんまだ計画を確定させる必要がありますが。とりわけ、今回は前回ほど長く滞在したいとは思えないだけに。でもそれには聖霊降臨祭の後にきっと時間があるでしょう。

ハンカチを喜んでいただけたようで、うれしいです。良かった時代によく買っていたお店のものです。そのお店も、いらしたら見ることができますよ。

ハーゼルベルクについて喜んで詳しく書きたいところですが、個人的に知り合いでない場合にはなかなか難しいものです。ひょっとするといつか知り合いになるかもしれませんが。

心から最上の挨拶を

あなたのデトレフ

［原文：手書き］

（1）グレーテル・カープルスの手紙［書簡113］への返信。

（2）［アンドレ・］ブルトンは、『不思議の国のアリス』のフランス語訳から「ロブスターのカドリール」の章を彼の著書『黒いユーモア選集』に取り入れている。『不思議の国のアリス』の映画は一九三三年の作品で、ノーマン・マクロードが監督し、シャーロット・ヘンリーがアリス役を演じた。――アドリエンヌ・モニエが『新フランス評論』一九三五年一月号の一七二―一七四頁でこの映画のことを報告している。

（3）一九三五年秋にブルトンと［ジョルジュ・］バタイユが設立した「コントル・アタック（反撃）」のこと。ブルトンを囲む「古い」シュルレアリスムのグループと、バタイユが指導者を務めたボリス・スヴァリーヌの「民主的共産主義サークル」のメンバーによる団体。このグループは一九三五―六年の冬に、右翼団体、とりわけ［フランソワ・ド・］ラロック大佐に反対するパンフレット『行動への呼びかけ』を発行した。一九三六年春に「コントル・アタック」は解散した。André Breton, *Œuvres complètes II*. Édition établie par Marguerite Bonnet avec, pour ce volume, la collaboration de Philippe Bernier, Étienne-Alain Hubert et José Pierre, Paris 1992（Bibliothèque de la Pléiade. 392）［アンドレ・ブルトン、全集第二巻。マルグリット・ボネ編、この巻についてはフィリップ・ベルニエ、エチエンヌ＝アラン・ユベール、ジョゼ・ピエール編集協力。パリ一九九二年（プレイヤード叢書、三九二巻）］p.585-611 所収の André Breton, Trois interventions à Contre-Attaque［「コントル・アタック」についての三つの介入］およびその注も参照。ベンヤミンの「このグループの催し物」への参加については不詳。

ことは不可能でしょう」 ←

(4) 作家で翻訳家、かつ画家のピエール・クロソウスキーのこと。一九〇五年にパリに生まれ、青少年期にドイツ、イタリアおよびスイスを回った後、一九二三年からパリに住んでいた。パリではリルケ、ジッド、〔ピエール・ジャン・〕ジューヴと親交し、精神分析とサドの作品を見出した。オットー・ファルケのサドに関する本（一九三三年）やフリードリヒ・ジーブルクの『ロベスピエール』（一九三六年）と『ドイツよ、生まれよ』（一九三三年）をドイツ語から翻訳した。この時期までのサドについての論文には以下のものがある。Éléments d'une étude psychanalytique sur le marquis de Sade〔サド侯爵の精神分析的研究のための下書き〕(1933), Le mal et la négation d'autrui dans la philosophie de D.A.F. de Sade〔D・A・F・サドの哲学における悪と他者否定〕(1934/35) および Temps et agressivité. Contribution à l'étude du temps subjectif〔時間と攻撃性　主観的時間の研究のための論考〕(1935/36)。「コントル・アタック」の一員であったクロソウスキーは、グループの唯一の刊行物の中で、〔シャルル・〕フーリエについての論文を予告していた。「古い政権の道徳的規範は、経済的貧困の上に成立しており、これは情熱の自由な戯れを何よりも恐るべき危険として排除するものであった。フーリエはこれと反対に、経済的豊かさは情熱の自由な戯れの結果であると考えていた。豊かさが人間の道徳的な貧しさからの逃避ではなく人間の手の届く範囲のものとなったとき、それは、今日この貧しさを強いる身体障害者や去勢した男たちに別れを告げ、社会的拘束から自由な人間への道を、その義務であるところのすべての楽しみへの候補者に人間がなる道を開くべき時ではないか。――フーリエが一世紀も前に示したように」(Georges Bataille, *Œuvres complètes I : Premiers Écrits 1922-1940*, Présentation de Michel Foucault, Paris 1970, p.391)〔ジョルジュ・バタイユ、全集第一巻、初期作品集一九二二―四〇年、解説ミシェル・フーコー、パリ、一九七〇年〕。数十年後になってやっと、クロソウスキーは「サドとフーリエ」と題する論文を出版した。Pierre Klossowski, Les derniers travaux de Gulliver suivi de Sade et Fourier, Montpellier 1974〔ピエール・クロソウスキー「ガリヴァー最後の御奉仕」と「サドとフーリエ」、モンペリエ、一九七四年〕, p.31-77 を参照。

(5) 一九三六年一月二二日の手紙でホルクハイマーはアドルノに宛てて次のように書いている。「ベンヤミンとはすでに話し合いをしました。彼の論文が何かしらブレヒトと関連するということを、彼は完全に否定しました。いくつかの箇所において、私の、そしてあなたの異議の正しさを説明しておきました。翻訳が始まる前に、彼はもう一度これとしっかり取り組むことになるでしょう。気がめいるのは、この論文の欠点が部分的に、現在彼が陥っている物質的困窮に起因していると感じることです。この困窮から脱せるように、私はなんでもするつもりです。ベンヤミンは、その思考力ゆえに、破滅させてはいけない数少ない人間の一人です。」アドルノはこれに一月二六日に返信している。「私たちは一千フランへの給料引き上げについて話しました。――この数字を思い出していただきますが、少し思いやりが足りないのではないでしょうか。彼は当面、余分に稼ぐということがまったくできないので、これより少ない金額では、どれほど上手にやりくりしたとしても、パリでやっていくことは無理でしょう」

(Adorno/Horkheimer, *Briefwechsel I*, S.108–110)

（6）ボードレールは「一八五九年のサロン」の中でシャルル・メリヨン（一八二一―六八）について、次のような文章を書いている。「数年前、噂によれば海軍士官だという、あるたくましくて風変わりな男が、パリの最も趣のある風景を基に一連の銅版画の習作を始めた。その構想の厳しさ、精巧さ、そして確実性から、メリヨン氏は古い時代の卓越した銅版画家を連想させたものだった。大都会の自然な荘厳さをこれ以上に詩的に表現したものを、私はほとんど見たことがない。集積した石の荘重さ、空に向けて指を指す鐘楼、煙の混合物を天空に向かって吐き出す産業のオベリスク、頑丈な建築物の上に矛盾した美しさの現代の建築物を重ねるような、修理中のモニュメントの巨大な足場、怒りと恨みを負わされて荒れた空、そこで続くありとあらゆる悲劇を思わせることで深みを増す遠近法の奥行。痛ましくも輝かしい文明の舞台装置から成るどんな複雑な要素も、一つとして忘れられることなく描かれていた。〔…〕彼の始まりかけたばかりの栄光と作品は、突然中断されてしまった。それ以来つねに私たちは、一日にしてたくましい芸術家となり、首都の何よりも不安で暗鬱な荘厳さを描くために海の神オケアノスの冒険に別れを告げた風変わりな士官についての、慰めとなるような知らせを不安な思いで待ち続けているのだ」（Charles Baudelaire, *Œuvres complètes II*. Texte établi, présenté et annoté par Claude Pichois, Paris 1976〔シャルル・ボードレール、全集第二巻、編集・解説・注釈クロード・ピショワ、パリ、一九七六年〕p. 666 f. [Bibliotèque de la Pléiade. 7]〔プレイヤード叢書、第七巻〕〔シャルル・ボードレール（阿部良雄訳）『ボードレール批評2』筑摩書房、一九九九年、三、一一九―一二二頁も参照〕

114　グレーテル・カープルスから ヴァルター・ベンヤミン宛

ベルリン、一九三六年一月二五日

一九三六年一月二五日

親愛なるデトレフさま

書き始める前に、今日のお手紙に対して格段のご容赦をお願いしなければなりません。本来であれば手紙でなど処理することのできないことに触れるためには、わたしたちの友情の特別な地位に訴えるしかないのです。口でお話しした場合にも、この友情が当たり前であることはまったく変わらないとは思いますが、それでもこの実験をやってみようと思います。――わたしが知るかぎり、あなたのお仕事はマックスに評判が悪いわけではありません。彼は間違いなくあなたを支援しようという気でいます。それも正しい方法で、すなわちあなたの生産能力が外的なことで損なわれることがないようにです。支援が長期的には避けられないということは簡単に見通せることですし、――わたしたちの友情を度外視したとしても――あなたの生産能力の外的要因による喪失をわたしたちが全力で阻止しないとしたら、わたしはそれを死に値する罪だと思うことでしょう。わたしは決してテディの宣伝部長ではありませんが、テディのあなたへの友情はあなたが思っている以上に誠実なものです。あなたがたの友情に、わたしは双方にとってチャンスがあると思っていて、それは二度と見つけることの容易ではないものなのです。

　わたしには、あなたの新しい論文(1)をオックスフォードに送れば、それが一番簡単なのではないかと思えます。――アルバン・ベルクのための記念論文(2)は、すばらしいと思います。ジャズ論のプロジェクト(3)について、何か聞いていますか?

　聖霊降臨祭は五月の最後の日です。わたしたちの夏の計画はまだまったく決まっておらず、というのもドロミテ＝アルプスが今年は無理だからです。――『芸術史』の最後の巻をあなたに直接お送りしました。

　デトレフさん、どうかこの手紙を破り捨てて、あなたのフェリツィタスへの昔の愛情と誠実さを、ときどき思い出してください。

あなたの

フェリツィタス

［原文：手書き］

(1)「複製技術の時代における芸術作品」のこと。

(2) Adorno, Erinnerung an den Lebenden, in: *23. Eine Wiener Musikzeitschrift*, 1. 2. 1936. Nr. 24/25, S.19-29 およびのちに改定された版 GS 18, S. 487-512 を参照。

(3) ホルクハイマーとアドルノは、一月初頭にアムステルダムで、ジャズについての経験的研究を行う約束をしており、このためにアドルノは梗概を書く予定だった。この研究の計画はその後続けられなかったが、作曲家のシェイベル・マーチャーシュ（一九〇五―六〇）も協力した梗概を、アドルノは論文「ジャズについて」に書き改めた。

115　グレーテル・カープルスから
ヴァルター・ベンヤミン宛

ベルリン、一九三六年二月一九日

一九三六年二月一九日

親愛なるデトレフ様

さて今日は、できるだけ客観的なご報告をするよう努力するつもりです。とはいっても、最後にはいくつか個人的なコメントが混ざりこんでくるかと思いますが、それについてはどうぞ大目に見てください。もちろんこの手紙で、とやかくあなたに指図するつもりはまったくありません。ただ、こうでもしないと、あなたが他から詳しい手紙を受け取る機会がまったくないかもしれないと感じているだけです。それにこの場合、わたしはなんといってもベルリン在住ということで有利な立場にいますので、あなたにもわたしの知識を共有していただきたいと思っているのです。三月初旬ないし中旬にEはアメリカに行くことを考えています。とりあえずはニューヨークに向かい、後のことはすべてそれからです。さまざまな情報や、また部分的には妹の話からも、またとくに彼の専門領域を考えても、少なくとも今のところ見通しはまだそれほど悪くないようです。彼の以前の上司もシカゴにいます。ただその上司に過大な期待をかけてよいものかどうか、わたしにはわかりません。それより、Eが最後の勤務先から、ニューヨーク宛にとてもよい推薦状をもらえたことの方が大きいでしょう。というのも、彼はおおぜいの医師団の中で、きわめて重要な人物を救うことができた唯一の人物だったようで、非常によい形でかの地を去るすべを心得ていたからです。しかもその時使用した薬剤は、パリとアメリカからの電報でも唯一の治療薬として提案されていたものでした。アメリカでの最初の生活はまちがいなくそれほど甘いものではないと思いますが、彼の能力をもってすればなんとかやっていけるに違いありません。それに、友人たちとの距離は今より遠くなっても、あちらなら自由をすっかり奪われてしまう心配はありません。気候は都市部でさえこれまでよりましでしょうし、それに何でも買うことができます（ロサンゼルスで暮らす夢がはたして実現するかどうかは、今はまだわかりませんんが）。わたしが判断するかぎり、治療の方は成功したようです。過去六か月は無駄になりませんでした。考えてみると、他の人々とは対照的に、全体の経過は彼にとってきわめて好都合なものになっています。というのも、今ならば彼の再出発の理由を、個人的事情にはまったく触れることなく、堂々と納得いく形で説明することができるからです。彼はもう女性たちに決定的に振り回されることがなくなることで、ようやく壮年期の男性らしくなっていくだろうと、わたしには容易に想像できます。そしてそうなれば、彼はきっと何か特別なことを成し遂げることができるでしょう。これがわたしの美しい夢に過ぎないのか、あるいはいつの日か、彼を訪ねてみたくなるほどの現実と化すのか、それはまだわかりません。いずれにしてもわたしには、あなたがたお二人ともに上向きになって来たように思えます。それはわたしにも、状況の好転に希望をかける勇気を与えてくれます。

Eからは、あなたにくれぐれもよろしくとのことでした。そしてわたしもまた同じようにその言葉を心をこめて送ります。

いつもあなたの

フェリツィタス

［原文：タイプ原稿］

116 グレーテル・カープルスからヴァルター・ベンヤミン宛

ベルリン、一九三六年三月八日

一九三六年三月八日

親愛なるデトレフ様

体調をくずしていらっしゃるとのこと、本当にお気の毒です。今はまた元気になって、お仕事が続けられるようだとよいのですが。昨日、オックスフォードから手紙[1]が届き、テディはあなたのお仕事にとても感心したとのことでした。あなたは多分、彼に近々お会いになるでしょうから、彼の異論については彼自身の口から説明することでしょう。わたしは当面はそのお仕事を読めないので、議論の断片で満足しなければならないのがとてもとても残念です。

十日ほど前の手紙については、わたしは本当に何も知りません。ジッドの講演に関する報告[2]についても何も知りません。

Eのことについては、もうわたしたちがこれ以上頭を悩ます必要はないと思います。あの鈍麻した無為の領域から、彼は完全に解放されていますし、「困難な死[3]」を想わせるものはもはや何一つありません。そしてもしかするとアメリカは新しい活動分野を開拓するのに格好の場所かもしれません。あちらではお金を稼ぐことができますし、また稼がねばなりません。もう女性にばかりかまけることなく、働くことになるでしょう。もちろん大きなリスクはあるでしょうが、それだって、わたしたちみんなが背負っているリスクほど大きくはないでしょう。少なくとも今度の試みは彼が完全に納得したうえでのことで、強いられたものではありません。あなたはEのことをもうずっと前からご存知です。今彼とお会いになれば、彼がゲルトと知り合いになる前の時代のことを思い出されるかもしれません。でも今はもう、なりふりかまわず女性に迫るといったふうではなく、挫折したとはいえ立ち直りが見込める状態です。何かまだお聞きになりたいことがあれば喜んでお答えします。サンフランシスコはあまり見込みがないようですので、気候のよいロサンゼルスに惹かれているようです。でもこれはすべて憶測にすぎません。何週間か経てば、もう少し詳しい様子がわかってくることでしょう。

　わたしたちはまだはっきりした復活祭の計画は立てていませんが、テディにはできるだけ早く会いたいと思っています。わたしは祭日しかここを離れられないので、彼の方がこちらに来ることになるでしょう。ただ彼には、ベルリンがいよいよ人影のない荒涼とした場所に感じられてしまうのではないかと心配しています。カールさんやアルフレート・ゾーン(4)など最後まで残っていた知りあいたちも、その間に立ち去ってしまったからです。でも彼の方はO〔オックスフォード〕で何はともあれたくさん見るところがあるんですから、時にはこちらでわたしと一緒に過ごすことで満足しないといけませんよね。いずれにしても彼からの知らせを心待ちにしています。そしてもちろん、彼がこちらに来てくれることを。彼の滞在はいつもあまりにも短かすぎます。

　でもこれがわたし自身について報告できる、少なくともわたしの楽しみについて報告できるすべてのことでしょう。わたしはいつでもあなたからの知らせを待ちわびています。どうかわたしをあまり長く待たせないでね。そして失われてしまった手紙の代わりになるものをどうかわたしに送ってください。心の底から切に、切に願いつつ

　あなたのフェリツィタスより

〔原文：タイプ原稿〕

（1）グレーテル・カープルスとアドルノの間のこの文通は散逸している。

（2）ベンヤミンの報告「アンドレ・ジッドと彼の新しい敵」は雑誌『ダス・ヴォルト』の一一月号に掲載された。GS III, S. 482-495 参照。

（3）ルネ・クルヴェルの一九二六年刊の同名の物語にかけたもの。

（4）カール・ドライフース〔書簡 II 注（4）参照〕は一九三六年初頭にイギリスに、アルフレート・ゾーン＝レーテルは一九三六年二月初めにルツェルンに亡命した。

たしをさせてください。ただ、天気だけは春めいた暖かさで、少し慰められます。奇跡が起こって、わたしは一人でたくさん散歩に出かけています。今日はすっかりわたしのことばかり話してしまい、ごめんなさい。心をこめて、

いつも　あなたの

フェリツィタス

［原文：復活祭のウサギが印刷された葉書。消印はベルリン＝シャルロッテンブルク、一九三六年三月二四日、手書き］

117

グレーテル・カープルスから ヴァルター・ベンヤミン宛

ベルリン、一九三六年三月二四日

親愛なるデトレフ様

とりあえずわたしの状況がはっきりしてきました。今やピンクの花束［郵便為替のこと］は、わたしからあなたに送って喜ばせるどころか、むしろ、あなたからわたしに送っていただくことになりかねない雲行きです。わたしは飢え死にすることはありませんが、わたしの旅行計画はたぶん実現しないでしょう。三三年の春と似た状況です。Ｅは一九日に出発しました。もしかするとあなたのところにも、すでに知らせがあったかもしれませんね。テディがパリに立ち寄る話はどうも立ち消えになってしまったようです。残念だわ。

わたしはちょっとした励ましを切実に必要としています。どうかわたしに手紙を書いて、あなたのことを話してください。わたしが夜遅くあなたの部屋にいて、あなたのそばですべての心配事を忘れている、そんな気持ちにどうかわ

118

グレーテル・カープルスから ヴァルター・ベンヤミン宛

ベルリン、一九三六年四月二四日前後(1)

親愛なるデトレフ様

あなたの最後の手紙(2)の調子には、ほんの少し機嫌の悪さを感じました。でも、これだけは断言できますが、わたしたちの共通の友人の中で、あなたが後回しにされたように感じる必要のある相手など、誰一人いません。ただわたし

は本当にまいっていたので、一番親しい友人になにかを書くことすら苦痛だっただけです。ですからすべてのことを起こるままにして、通り過ぎるのを待っていたのです。復活祭が過ぎた今、わたしの体調はほんの少し回復しました。わたしは三日間、フランクフルトにいて、テディはパリと同様にベルリンにもほんの短い滞在でした。店を閉じることはすでに決まりましたが、わたしはこれからどうしたらよいのでしょう。パリになにか可能性があると思われますか。何にもまして、あなたがいるという理由から、わたしはパリ行きを考えてしまいます。それはもうずっと前からあなたがお見通しのとおりです。そうでもしなければ、いつわたしたちが再会できるのかがますますわからなくなってしまいます。そしてわからなくなればなるほど、この問いを真剣に考えてみたくなります。わたしの聖霊降臨祭の旅行は中止（延期？）になりました。今のところお会いできる見通しはまったくありません。わたしたちのウィークエンドを、あなたがどんなに楽しみにしていたかを知っている身として、あなたが本当にお気の毒でなりません。でも文章では不完全にしか伝えられない数限りない大切なことをあなたとお話しするはずだったわたしはさらに悲惨です。そんなわけで、もしあなたが偶然になにかを耳にしたら、以下が私の経歴です。大学で化学の学位を取得、商業関係の該博な知識、一〇年間の実務経験、専門領域は手袋用皮革、革手袋。

でもここからはあなたのお話をしましょう。今のお仕事(3)が近いうちに刊行されることをとても喜んでいます。でもさしあたってわたしがそれを読めないなんて、ついてないわ。アドリエンヌ・モニエについては、どうぞもう少し詳しいお話をきかせてください。彼女と出会って、あなたはパリでようやく本当の意味でつきあえる、しかもあなたが会いたいと思える人を見つけられたみたいですね。

エルンストからは先ごろ長い手紙を受け取りました。とても元気で著作に励み、遠大な計画をもっているようです。わたしはローヴォルトのところに行ってきたばかりです。ローヴォルト本人は病気なので、電話で約束をしていたのに、あいにく彼には会えませんでした。愛想のよい女性が彼の委託で懸案を処理してくれました。ベルリンには本の在庫がないそうで、ライプツィヒに手紙を書いて、そのあとでわたしに連絡をするか、書籍を直接送ってくれるそうです。そのときには、わたしからあなたに連絡します。ニューヨークからの音信が直接あなたの方に届いていればよいのですが(4)、今までのところ、Eはとても楽観的です。今回はぶりかえしが来ないことを祈りましょう。もしあなたがもうお使いにならない本があれば、送っていただけると、すごくうれしいです。こんなふうに多くの時間を一人ぼっちで過ごすわたしのような身には、娯楽小説は馬鹿にできない助けになります。今日は、この前よりはわたしに満足していただけたかしらと思っています。そしてあなたからの早いお手紙を待っています。

深く、深く思いをこめて

あなたの

フェリツィタス

［原文：手書き］

(1) 手紙は四月一二日の復活祭の直後に書かれている。

(2) この手紙は残っていない。

(3) 芸術作品論の短縮されたフランス語訳で、これは『社会研究誌』一九三六年第一号に掲載された。GS I, 2, S.709–739参照。

(4) エーゴン・ヴィッシングのニューヨークからの最初の手紙は一九三六年四月一六日付で、以下のように書かれている。「当地では、なんとかぎりぎりでうまくいったように思います。というのもニューヨーク州では国家試験を受けなくても単なる語学試験で「ライセンス」がとれるのですが、それを変更する法案が準備されているようだからです。私はいわゆる「訪問者《ヴィジター》」ヴィザでこちらに来ていますが、たぶんカナダ経由で正規の移民資格が取れるでしょう。というのもわれわれはここには親戚が一人もいないからです。それでも、いろいろな種類の私の人間関係は今までのところ、私が予想していた以上にうまく役立ちました。よくホルクハイマー教授と一緒になる（そのおり、ときどき、貴兄のことが話題になります）ことは、ご存じのとおりです。

私の職業上の見通しもここではそう悪くありません」（未刊行）

119 グレーテル・カープルスからヴァルター・ベンヤミン宛

ベルリン、一九三六年六月一九日

一九三六年六月一九日

親愛なるデトレフ様

お手紙ありがとうございます。あなたがわたしより先にテディと会って話をする機会がまたありそうです。でも今回もまたわたしぬきでの出会いになるのが残念です。

ひとつ打ち明けてもいいでしょうか。あなたが今年はわたしの誕生日をお忘れになったことで、ちょっとだけ悲しい気持ちになりました。とくに今のような時には親身に思ってくれる方の言葉は特別にありがたかっただろうと思います。でもこんな感傷的なことであなたを困らせるのはやめて、あなたに一つだけお願いがあります。聞くところによると、エルゼ・Hは、テディがあなたを見放したと言って、とてつもなくひどい態度でテディに当たっているそうです。わたしたちの関係（デトレフ゠テディ゠フェリツィタスの関係のこと）がどんなものなのかを本当にご存知なのはあなただけです。この厭わしいお節介をできるだけ早く世界から取り除き、わたしたち相互の連帯感をもう一度確認するために、もしあなたのできることで協力していただけるなら、心から感謝します。

変わることのない親しみをこめて、愛情と切なる思いをお届けします。

あなたの

フェリツィタス

［原文：手書き］

120 ヴァルター・ベンヤミンから グレーテル・カープルス宛

パリ、一九三六年七月初め(1)

親愛なるフェリツィタス様

なぜあなたから短い手紙もいただけないのでしょうか。しかも、目下、あなたの手紙が来ないだけでなく、他にも来ない手紙がいくつもあってつらい状況なのに。つらく思う気持ちがさらなるつらさに加わっている状況なのに。テディが来るのをもう長いこと大変楽しみにしていたところが、もう二週間も彼からの知らせを待っているのに、来ないのです。この再会も、明確な期待から曖昧な希望へと変わりつつあるようです。

今月中にパリを離れようと思っています。どこへですって？　私自身にもまだわかりません。いずれにせよ、休暇の時期を一人で過ごしたくないのです。一人だと、今私が本当に必要としている保養をするには、あまりよい環境とはならないだろうからです。今はシュテファンからの連絡(2)を待っています。なんらかのかたちで近くにシュテファンをしばらくのあいだ置いておけるようにしたいのです。

でもパリを離れる前に、レスコフ論の原文を翻訳してもらえるのではないかと期待しています。(3) 出版できそうなチャンスが出てきていて、できるだけ早くその機会を捉えたいのです。それゆえ、あなたの持っている版をまた送り返していただけないかとお願いする次第です。しかも、できたら次の便でお願いしたいのですが。あなたは、それほど長く手放していることにはならないでしょう——遅くとも六週間で済みます。なぜならドイツ語版が九月にはスイスで出るはずだからです。

なによりも、今書いたことは、お手紙をいただきたいという強い願いです。心からの挨拶を、昔ながらのままに送らせてください。

あなたのデトレフ

追伸　さあ、これから呻きつつ歯をがたがた鳴らしつつ、私の「エドゥアルト・フックス論」のテクストにかかります。

［原文：手書き］

(1) グレーテル・カープルスのこれ以前の最後の手紙は六月一九日付である。そしてこの手紙の次の、ベンヤミンへの返事は七月一四日付である〔書簡121〕。

(2) シュテファン・ベンヤミンからの次の手紙は、七月一三日付になっているが、何年のものかが記されていない。

(3) おそらくここで言われているのは、『ヨーロッパ』誌の編集長であるジャン・カスーのことであろう。アドリエンヌ・モニエ（『オデオン通り』フランクフルト、一九九五年、一四九頁〔書簡108参照〕）の証言によれば、「物語作家」が掲載されることになっていた。一九三七年夏にベンヤミンは、この「自分の論文」の翻訳を自ら行った（GB V-1172〔目下のところ、フランス語ヴァージョンを作ろうと努力しているところです〕）。この翻訳原稿には、誰だかわからない「ネイティヴ・スピーカー」が手書きで訂正を入れている。一九三八年七月にカスーは、フランス語版とドイツ語版を読み、自分が翻訳したことを明かさなかったベンヤミンに、フランス語テクストの推敲を訳者に依頼するように頼んでいる。カスーは七月一五日付のベンヤミン宛の手紙で、推敲された版をすぐに印刷にまわすつもりだと述べている。（ナタリー・ライオー「ベンヤミンへのジャン・カスーの六通の手紙と『ヨーロッパ』誌からの一通の手紙」、『ヨーロッパ』七五巻〔一九九七年〕二〇二―二〇六頁〔一・二月合併号〕、引用箇所は二〇五頁」。しかし、この文章は活字にはならなかった。一九三六年一〇月に「物語作家　ニコライ・レスコフの作品についての考察」と題して、雑誌『東洋と西洋』に掲載された）。(GS II, 2, S. 438-465)

121

グレーテル・カープルスから ヴァルター・ベンヤミン宛

ベルリン、一九三六年七月一四日

一九三六年七月一四日

とても愛しいデトレフ様

どうしてもあなたの誕生日にあわせてわたしのこの手紙が届かねばなりません。電車のなかで書いているのでとても読みにくいかもしれませんが。お誕生日、心からおめでとうございます！　こちらの何か簡単なものでご所望のものがあれば、送れるかもしれません。でも、どんなものがよいかしら？

こちらは目下のところきわめて多くのことがあって、昨日は疲労困憊して倒れてしまいました。一二時間ほど死んだように眠った結果、ようやくやっとの思いで、のそのそと起き上がることができました。一日おきに五、六時間あるとても厄介な交渉が、山場にさしかかってきたので、ウィークエンドにはテディにベルリンに来てもらったほどです。もちろん激しい偏頭痛があり、この数週間というものまともに睡眠がとれません。でも、テディと過ごせた静かな数時間はすばらしかったです。彼は一〇日から二週間以内にこんどはもう少し長期の予定でこっちへ来るつもりだそうです。目下のところ妹はボストンからこちらに来ています。とても満足しているようで、Eについてもよい知らせをもってきてくれました。

お誕生日のお祝いの手紙にこんなに自分のことばかり書くなんて、なんとお行儀の悪いことでしょう。

「レスコフ論」、大変ありがとうございます。すぐにフランクフルトに送りました。テディもすぐにあなたに送り返すことでしょう。そしてあなたにこれについても書く気持ちがあるようです。おっしゃるとおり、この論でのあなたの考え方は今でもわたしにはとてもなじみのあるもので、これについてはもうとっくに詳しく話し合ったような感じがしています。そのため、もう言い残したことはないような気持ちです。また、ロッテが持ってきてくれたフランス語で書かれたあなたの「複製技術時代論」も手元にあります。読むのを大変楽しみにしています。夏の計画ははっきりしてきたのでしょうか。シュテファンは今どこで暮らしていて、何をしているのでしょうか。

この前のひとつ前の手紙に、亡くなったカール・クラウスはなんらかのかたちで自分に影響を与えた最後の人だと書かれていましたね。影響を受けた人のリストの中でルドルフ・ボルヒャルトを忘れてはおられないでしょうか。わたしはボルヒャルトをとても重要だと思っていますが、それだけではなく、彼とあなたのあいだにはとても強い関係があるのではないかと思っています。知り合いになりたい数少ない人のひとりです。ちょうど今また彼のピンダロスの翻訳(1)を読んだのですが、なんの留保もなく感嘆しました。もっとも彼の文章によるあとがきを理解するためには、わたしには前提となる多くの知識が欠けていますが。テディもボルヒャルトを大変評価しています。ひょっとしてオックスフォードでボルヒャルトのためになにか画策することが可能かもしれません。

昔ながらの友情を込めてどうかお元気で。そして心からの抱擁を

あなたのフェリツィタス

［原文：手書き］

（1）ボルヒャルトによるピンダロスの翻訳は一九二九―三〇年に出版された。

122

グレーテル・カープルスからヴァルター・ベンヤミン宛

ベルリン、一九三六年一〇月一四日

一九三六年一〇月一四日

とても愛しいデトレフ様

（人前の席であなたをヴァルターと呼ぶ日が来るなんて考えられませんね。でもわかりませんよ）。これ、ちょっと寄り道ですが――。

お手紙(1)をいただいてとてもうれしく思います。なんといっても、あなたとテディのつながりが、わたしがもうずっと前から願っていたとおりの完全なかたちにようやくなったのですもの。わたしの方からこの問題に直接触れることはなかったとしても、あなたが言葉の本当の意味で彼の友達となることをテディがいつも強く願っているのをわかっていました。

といっても、わたしのこの前の手紙が当然のことながらあなたに気にいらなかったのは、よくわかっています。だから、あなた方お二人の話し合いについて、わたしにもう

少し詳しくお知らせいただければ、とてもうれしいのですが。なぜなら、そうすればあなたの反論がどういうものなのかがわかるからです。それにこの一件全体は、わたしにもとても関係があることなのですから。次にお目にかかるまで待っていることなどとてもできません。それではあまりにもサディズムになってしまいます。

この便箋の大きさに合った小さい青い封筒を五〇枚送っていただけるでしょうか。アドレスは同封します。

心からの抱擁を込めて

うれしくて仕方のないあなたのフェリツィタスより

〔原文：手書き〕

（1）九月二七日付のアドルノ宛のベンヤミンの手紙。Vgl. *Briefwechsel Adorno*, S. 195 f.〔サン・レモから出されたこの手紙には、アドルノとパリで落ち合うための到着時間やホテルの手配など、もっぱら事務的な内容のみが記されている〕

123

グレーテル・カープルスから
ヴァルター・ベンヤミン宛

ベルリン、一九三六年一一月九日

親愛なるデトレフ様

一九三六年一一月九日

ご著書[1]を送っていただいたことに心から御礼を言わせてください。送っていただいたことがまさに今のわたしにとってどんなに重要なことか、想像がつくでしょうか？　慰めとか回復とか、こんな言葉ではまったく足りません。なんといっても本が、生きている人たちが占めるべき場のほとんどすべてを占めてしまっているのですから。わたしのことをわかってくださる友人なら、まったく外されている感じがどういうことなのか、理解してくれることでしょう。当然のことですが、こうした陰鬱な、にもかかわらず楽しい気持ちをすべてあなたに転換して、一九三二年／三三年のわたしたちがしょっちゅう一緒に熱っぽく会っていた時のことを思いだします。当時、わたしが遠くから賛嘆していたあなたが、友人になった時のこと、そしてわたしが、こうした奇跡がどうして起きたのかしらと自問していた頃のことを。

本の造りもとても気に入りました。そしてあなたの書いた多くのことはもう知っていても、それを再読するのが、楽しいです。

わたしの親戚の者たち(2)が、あなたに面倒をおかけしなかったとのこと、うれしく思います。でも一方では、わたしたちはこんなに親しくしているんですもの、こういうお願いはまあ普通のことかしらとも感じました。

いずれにしても、この冬は少なくとも最低限の必要は満たせそうだという気持ちで冬を迎えられている様子は、うれしいです。心からの抱擁を

あなたの

フェリツィタスより

〔原文：手書き〕

（1）出版されたばかりの『ドイツの人々』のこと。

（2）不明。

124 ヴァルター・ベンヤミンから グレーテル・カープルス宛

サン・レモ、一九三六年一二月二日頃(1)

親愛なるフェリツィタス様。葉書というこの通信手段にも、またこの数週間私がまったく連絡しなかったことにも、気分を害さないでいただけると思います。私の本に対するすばらしいお手紙にすらお礼を申し上げることができませんでした。今日この場で心からお礼を言います。シュテファンとコミュニケーションをとるのがまったく不可能な状態が私にも、また彼の母親にも続いていて、この状態はもうまったく耐えられなくなったので、私がウィーンに（サン・レモを経由して）行くことを決めました。ところがこの地でこの決定はひっくり返されました。一四日間厄介な状況が続いたのちにシュテファンと会うことができました――最初はヴェネツィアで私だけで会いましたが、今はここにいます〔思春期のシュテファンは、ベンヤミンとは離婚していた母親のドーラと折り合いが悪くなり、ウィーンの親戚のところから学校に通っていた。ベンヤミンは、シュテファンの若干の心理的障害を心配していた〕。不安な状況が極まっていた時点で恐れていたほどには事態が悪くないことはた

しかですが、とはいえ、そんなに単純でもありません。私は、問題の所在を明確に理解するにはまだほど遠いところにいます。数日後にパリに戻る前にそこまでいたるかどうかも、わかりません。いずれにしてもパリからまた詳しく書きますね。目下のところ疲労困憊なので、この数行だけで終えてしまうこと、ご理解いただけると思います。もしもすぐにお返事いただけるなら、こちら宛にお願いします（手紙でお願いしますね。葉書ではなく）。この地では絵画と写真についての論[2]を終わりまで書いてみました。私ができたのはこれだけです。また連絡をください。あなたの昔ながらのデトレフより。サン・レモ　ヴィラ・ヴェルデ

追伸　週末にパリに向かいます。

馬[3]は何をしているのでしょうか。簡単にするために、あなたにオリジナルの接吻を馬の代わりにGに送ります。

［原文：サン・レモ旧市街の写真の絵葉書。消印があり、その上にまた切手が貼ってあり、絵葉書の写真の側にグレーテル・カープルスがオックスフォードのアドルノに転送すべく、鉛筆で一言追記している］

（1）ベンヤミンは一二月の第一週の終わりにサン・レモを離れている。そしてグレーテル・カープルスは、一二月四日にこの葉書をオックスフォードに転送している。
（2）Vgl. GS III, S. 495-507.［「絵画と写真」］
（3）グレーテル・カープルスが使っていたアドルノの愛称。

125　グレーテル・カープルスからヴァルター・ベンヤミン宛

ベルリン、一九三六年一二月二日

一九三六年一二月二日

親愛なるデトレフ様

あなたから少なくともお葉書でご挨拶をいただいたこと、どれほどうれしかったことでしょう。おそらくテディからももうじき報告があることでしょう。あなたたちがこれほど良い関係になったことがうれしく、あなたと会っていることで彼に少しばかりやきもちを焼かなければならないのでないかと思ってしまうほどです。――ひょっとするともうお聞きになったかもしれませんが、わたしは会社を売

りました。でも、三月末までは煩わしいことがたくさんあるだけでなく、仕事も同じくらいたくさんあるのは間違いありません。その後は？　まだわかりませんが、ひょっとすると数日のうちにこの点についてもはっきりしてくるかもしれません。

あなたのさまざまな懸案については、まだそれをまったく知らないので今日は深入りしませんが、でもあなたに助言を求めたいと思います。Eが向こうに行ってもう九か月が経ちましたが、最近では手紙のやりとりもまったくうまくいきそうにありません。まるで、友情がゆっくりと消滅していくかのようです。それはとても嫌なのですが、近く会える見込みもないのにいったいなにができるというのでしょう。あなたはわたしたちを二人ともご存知ですし、ひょっとして何か助言をいただけないでしょうか。彼がこちらにいた当時、彼はわたしをぜひとも必要としていましたし、彼も病気が治ったのはわたしのことを考えてのことでしたし、わたしのほうでは彼の風変わりなところ、規格外のところに惹かれました。今、彼はわたしには、この点に関して正常化されてしまっているように見え、彼の「所有欲」の状態は、わたしを面白がらせてはくれますが、それもその時だけのことだったように思われます（わたしの思考経路を省略してしまったので少し説明しますと、わたしは「ある状態でありたい」ということについては学んだつもりですが、この本来のものは「認識欲」であって、この代表者についてはあなたに名前を挙げる必要はないでしょう）。残る疑問は、どこで半永久的に続く共通の基盤を、同じ興味を見つけることができるのかということです。二重の意味であなたはわたしに答えることができるはずです。ひとつにはあなたがたの長い友情から、もうひとつは、二年も前にお約束してくださったとおり、Eのゲルトとの結婚について報告してくださることによってです。

テディとのことについては、今日はお話ししないといけないことは何もありません。一緒にいてどれだけよい感じか、彼からも聞いていることと思います。どんな言葉も不要なくらいです。

よい祝日をお過ごしください。少しはゆっくりして、まだ時間があったら、クリスマスのすぐあとに届いているように——わたしがベルリンに帰ってくるのは二七日の晩です——お手紙をいただけると大変うれしいです。

あなたのことをお慕いしているあなたの

フェリツィタス

［原文：手書き］

126 グレーテル・カープルスからヴァルター・ベンヤミン宛

フランクフルト―ベルリン、一九三六年一二月二八日

一九三六年一二月二八日

親愛なるデトレフ様

旧年のうちに急ぎ送るこの手紙をお受け取りください。――フランクフルトはとてもよかったこと、とくにあなたからのお手紙(1)がうれしかったこと、そしてテディはベルリンに来て年を越す予定であることをお伝えするため、あなたに汽車の中で書いています。彼はあなたたちの議論についてはあまりたくさん話してくれませんでしたが、でも大雑把には教えてくれました。「パサージュ論」からの引用やアルフレートとの議論(2)についての報告があれば、どれほどうれしかったことでしょう。今は彼についてどんな印象をお持ちですか。昔は彼に異議をお持ちのようでしたが。マンペ家での会合のことをまだよく覚えています。フロイント嬢(3)もいっしょでしたね。たしかあなたの言い方では、彼女の本はよくなったそうですね。――『郵便配達人(4)』にとりわけお礼を申し上げます。またもやわたしの好みをぴったりあてましたね。モンテルラン〔書簡129注(10)参照〕の他の作品ももっとご存知ですか。

わたしがこちらでときどきフランツ・H(5)に会うとよいと思っていらっしゃるなら、彼にわたしの住所を伝えておいていただけないでしょうか。そうすれば電話帳でわたしを簡単に見つけられると思いますので。以前は彼に会うのはあなたのところでごくたまにでしたが、状況が変わったので、会うのも難しくないでしょう。――シュテファンの治療がうまくいくとよいのですが。ベルンフェルト(6)にはよい印象をお持ちになりましたか――

一九三七年はあなたの仕事が進みますように。そしてなんとかまたお会いできますように。

希望がまったくないわけではない

あなたのフェリツィタス

リッターの『ある若き物理学者の断章』〔物理学者ヨハン・ヴィルヘルム・リッター(一七七六―一八一〇)の『ある若き物理学者の遺稿断章』(一八一〇)のこと〕は、必要でしたらいつでも書留で送れますよ。あるいは、一月四日までにご連絡いただければ、テディに預けることも可能です。あなた方がいつ会うのかは知らないのですけれど。

［原文：手書き］

（1）おそらく一二月二日付のアドルノ宛のベンヤミンの手紙のこと（*Briefwechsel Adorno*, S. 214-216）。この手紙をアドルノはフランクフルトでグレーテル・カープルスに渡し、読ませている。

（2）アドルノとベンヤミン、［アルフレート・］ゾーン＝レーテルは、一二月一四日頃にパリで会い、ゾーン＝レーテルの『認識論の社会学理論』（*Soziologische Theorie der Erkenntnis*, Frankfurt am Main, 1985）の草稿をめぐって長い理論上の議論を行った。

（3）ジゼル・フロイント（一九〇八―二〇〇〇）。ベルリン出身。一九三〇年にフランクフルトに移り、芸術社会学を専攻し、写真の歴史についての博士論文を書いた。一九三三年にフランスへの移住を余儀なくされた。ソルボンヌで研究を続け、*La photographie en France au dixneuvième siècle. Essai de sociologie et d'esthétique*［十九世紀フランスの写真　社会芸術論］を執筆。これはアドリエンヌ・モニエ［の「本の友の家」］から出版された。ベンヤミンの書評は以下。GS III, S. 542-544.

（4）おそらくジェイムズ・ケインの小説を指す。一九三六年に出たフランス語訳のタイトルは *Le facteur sonne toujours deux fois*［郵便配達はいつも二度ベルを鳴らす］で、ベンヤミンはこれを秋の終わり頃に読んでいた。

（5）フランツ・ヘッセルのこと。

（6）オーストリアの精神分析医ジークフリート・ベルンフェルト（一八九二―一九五三）のこと。ベンヤミンは彼をすでに青年運動の活動中に知っていた。ベルンフェルトはこの時期マントン［フランス南東部の町］に住んでいて、ベンヤミンは息子シュテファンのことで相談しようと思っていた。

127　グレーテル・カープルスから
ヴァルター・ベンヤミン宛

ベルリン、一九三七年一月一二日

一九三七年一月一二日

親愛なるデトレフ様

サン・レモからのお便り、ありがとうございます。――あなたの方からそうやって話題にしてこられたので、この話題について、説明のために少しだけ付け加えておきたいと思います。そうすれば、そもそもなぜ私がこの問題にこだわるのか、ご理解いただけるでしょう。Eはアメリカ合衆国が気に入ったようで、よく働いていますし、成功もしていて、また確かにうまく適合もしているようです。彼はよくわたしの妹と会っていて、そのためにわたしはどちらからもよく報告をもらっています。彼との友情を遠距離で続けることの難しさは、わたしの見方では、主に、彼が手紙を書くために決して十分な時間をとらないということにあります。でも、わたしはこのことで文句を言うことはできないのかもしれません。わたしの手紙だって、決して傑作というわけではありませんから。——わたしにとって奇妙なのは、そしてほとんど腹立たしいのは、ゲルトがその死後いったいどれほど大きな影響をわたしの人生に与えたかということです。Eとの友情、これを通してわたしはまだ彼女の所有物をかなり使用させてもらっているわけですが、これのみならず、最近も彼女と非常に仲のよかった女性(1)と親しくなりましたし、そんなわけで再びあちらでもこちらでもゲルトの慣れ親しんだものにぶつかっているわけです。だから、当然のことながら、彼女がいったいどんな人だったのかを聞ければと、興味を持っています。ダメになってしまった初めの結婚のほかにも、たくさん飲んだというアルコールのこと、病気のこと、車の運転のこと。わたしにあなた以上にうまく教えてくれる人がいるでしょうか。あなたはわたしたち二人を知っていますし、間違いなく、わたしが何を知りたいのかわかっていらっしゃるのですから。繊細な問題の名手さん、この難しい問題を解決するために、どうかお助けください。

あなたの目が完全によくなっているといいのですが。

ドルフ・St〔シュテルンベルガー〕が『フランクフルト新聞』にハイデガーの講演についての批評(2)を書いたところ、Hはすぐに次の講演をキャンセルしたという話、ご興味があるかもしれませんね。いずれにしても一つの成功です。彼の論文は素晴らしかったです。

新しい年も、どんなお手紙でもうれしく思います。たとえ短くても。

愛をこめて、いつもあなたの

フェリツィタス

〔原文：手書き〕

(1) おそらくドーリス・フォン・シェーンタン（一九〇五—六八）のこと。

(2) ドルフ・シュテルンベルガーの論文「根源で？ マルティン・ハイデガーのフランクフルトの講演について」『フランクフルト新聞』六二七—六二八号、一九三六年一二月八日、一一頁（Dorf Sternberger, Am Ursprung? Zu Martin Heideggers Frankfurter Vorlesung, in *FZ*, Nr. 627–628, 8. Dezember 1936, S.11）を参照。ハイデガーは自由ドイツ財団で「芸術作品の根源」について三回の講義を行った。最終回は一九三六年一二月四日に開催されている。

128

グレーテル・カープルスから
ヴァルター・ベンヤミン宛

ベルリン、一九三七年一月一八日頃(1)

一月一八日

わたしの親愛なるデトレフ様

再びパリにおられることと思います。いつものとおり、片づけることのできない特別なことが心に掛かっているときには、あなたにお手紙を書かずにいられません。——ある新しい——残念ながら悪い——性質を自分の中に見つけてしまいました。つまり、臆病さです。わたしが言っているのは、見込みの見えてきたテディとわたしの関係の合法化のことです。もちろん、何年も前からこれ以上に切実に望んできたことはありませんし、わたしの全存在を基本的にこの結婚に注いできました。これ以外に何をすべきか、もはやわからないくらいです。でも、それにもかかわらず、わたしは自分を過信してきたのではないか、わたしにはこの任務をこなすだけの力があるのか、という疑念が襲ってきたのです。わたしはエリッツェ・フォン・Str(2)ではありませんし、少なくとも一度は、慣れによる感覚の鈍化を、つねに一緒にいるにもかかわらず免れるチャンスがありました。わたしはテディが華やかさ、美しさ、気晴らしが必要な人であることを知っています。でも、どこでわたしはこれらすべてを絶えず手に入れるというのでしょう。わたしはもうすごく若いというわけではとっくにないですし、自分の収入も、財産もないというのに。——デトレフさん、行間をあまり読みすぎないでくださいね。わたしはまったく元気で、ただ、とにかくあなたの助言と言葉を必要としているだけなのです。——わたしもときには少しばかり、とるに足らないとは言えないことであなたを助けてさしあげられるとわかれば、どんなにうれしいことでしょう。あなたの方はどんなご様子か、早くお手紙をくださいね。愛をこめて、心をこめて。強い連帯感の中で。

つねにあなたの

フェリツィタス

［原文：手書き］

（1）ベンヤミンは消印の日付か受取りの日付のどちらかを便箋の上端にメモしている。
（2）エルンスト・ブロッホの最初の妻であるエリッツェ・フォン・ストリツキーのこと。

129

ヴァルター・ベンヤミンから
グレーテル・カープルス宛

パリ、一九三七年三月二七日

親愛なるフェリツィタス様

今、あなたのところへ、復活祭の散歩を企てています——私の出発に際してパリの空が冷たい雨模様をしているとか、ひょっとするとこれ以外にあなたが私には何もとっておいてくれていないかもしれないとか、そういう状況のことは考えずに。セレクトホテルのテラスの唯一のストーブの横に陣取りました。ときどき太陽が雲間から顔を出して、私の体に、目なら薄明りということになる程度のほのかな温かさを注いでくれています。

ひょっとすると遅くなってしまったこのお手紙すら、急ぎすぎているかもしれません。というのも、喉がインフルエンザでやられている感じがしているのです。ベッドで寝る必要が生じれば、そこで手紙を書く時間ができるはずなので、今ここでそれを先取りしない方がいいのかもしれないですからね。いずれにせよ——黄色い便箋はふたたび相応の権利を手に入れたようです。いつもであればこの便箋から聞き知るはずであった多くのことを、今回あなたはテディからすでに聞いていることでしょう。今回も彼の滞在中には、素晴らしいこと、重要なこと[1]がたくさんありました。ギースの素晴らしいお祭りともいえる展覧会[2]について、彼はあなたに話したことでしょうし、きっとアルフレートとの特別な晩[3]のことについても、それからひょっとすると私が彼に伝えた文学上の発見[4]のことも話したかもしれませんね。彼の出発の日にはフリードリヒ[5]がやってきて、少しだけ話をしました。彼は、「フックス論」があちらで非常に好意的に受け入れられたと保証してくれました。しかも同じ日にマックスからも、このことを確認する手紙[6]が届きました。誰にも手紙をあまり書かなかったことが幸いしたのかもしれません。この仕事がロットヴァイラー[7]の仕事と同時に出版されるという可能性もありますね。事前にフックスを訪問しなければならないという難しい問題がありますが、数日中に持っていくつもりです。

私の次の仕事に関しては、これに加えて、私が気持ちよく引き受けられるような提案があります。[8] テディから出たものです。もちろん、マックスからのこの前の手紙によれば、これが受け入れられるかどうかはまだ疑問です。その間、芸術理論の新刊書にいくつか取り組んでいます。しばらくできなかったことですが、ふたたび自分の楽しみのために一冊手に取りました——前世紀の英国の幽霊物語集で、[9] 中にはいくつかとても楽しいものがあります。

シュテファンは復活祭にサン・レモに行く予定です。私はここに残ります。彼にかんする報告は相変わらず非常に不満足なものです。

エルンストからは、プラハから好意的な手紙が届きますが、ごくたまにです。エーゴンからはだいぶ前からなんの音沙汰もありません。

モンテルラン[10]は気に入りましたか。一度少し詳細に感想を聞かせてください。

私の目に——何年分も遅すぎましたが——ラーエルの手紙[11]が止まりました。ぜひとも解説を書きたかったのにと思わざるをえない手紙です。この手紙は、彼女がゲンツ[12]の死の報告を受けた際に書いたものです。（ご存知のとおり、二人は長く愛し合っていました。）この手紙を読んで、目から鱗が落ちたように、プルースト理解が驚くほど進みました。

心からの挨拶を。この挨拶も、マジパンのイースターエッグのように、テディと分け合ってくださいね。

一九三七年三月二七日あなたのデトレフ

パリ一四区
ベルナール街二三

［原文：手書き］

（1）この手紙は復活祭の土曜日に書かれた。
（2）パリ装飾芸術美術館で開催されたコンスタンタン・ギース（一八〇五—九二）の作品の展覧会。ギースはボードレールの『現代生活の画家』で中心的位置を占めている。
（3）アルフレート・ゾーン゠レーテルのこと。アドルノがパリからホルクハイマーに宛てた三月二三日付の手紙も参照。
（4）ベンヤミンはカール・グスタフ・ヨッホマン（一七五〇—一八三〇）の論文「詩の退歩」を見つけ、これを『社会研究誌』に掲載することを勧めた。これは、ベンヤミンの序論［「カール・グスタフ・ヨッホマン『詩の退歩』への序論」GS II, 2, S. 572-598］付きで一九四〇年に実現した。
（5）ポロックのこと。
（6）ホルクハイマーの三月一六日の手紙。Horkheimer, *Briefwechsel 1937–1940*, S. 81-88 参照。

(7) アドルノのマンハイム論「新しい価値自由の社会学」(GS 20-1, S. 13-45) のこと。

(8) アドルノは、ベンヤミンにアルカイックな形象と弁証法的形象についての論文を書くことを提案した。これは、同時にルートヴィヒ・クラーゲスやC・G・ユングへの批判ともなるべきものだった。——実際には、ベンヤミンはホルクハイマーの希望によりボードレールについての論文を書いた。

(9) *Histoires de Fantômes anglais*, présentées par Edmond Jaloux. Traduites de l'anglais par Georgette Camille, Paris, 1936.〔イギリスの幽霊物語　エドモン・ジャルー解説、ジョルジェット・カミーユによる英語からの翻訳、パリ、一九三六年〕

(10) ベンヤミンはグレーテル・カープルスにアンリ・ド・モンテルランの『若き娘たち (*Les jeunes filles*)』(パリ、一九三六年) を送っていた。〔モンテルラン『若き娘たち』新庄嘉章訳、一九四八年、新潮文庫〕

(11) おそらく一八三二年六月一五日付のラーエル・ファルンハーゲンのレオポルト・フォン・ランケ宛の手紙。

「あなたに手紙を書かずには、この数日をやり過ごすことなどできませんし、またゆるされてもいません。

わたしたちは、自分の表現したいことを、なんと間違って、なんと歪ませて口にしてしまうことでしょう。それに、人は事前に知らないことは、何一つとして理解できないものです。ですのであなたは、わたしがわたしの亡き友人のことを愛したのは、彼がまったく子供っぽいことを言ったりしたからこそなのだ、ということを理解されてはいないでしょう。わたしが彼を愛したのは、だからこそなのです。彼は、自分は幸せだ、というのも、プラハで一番偉い人になったから、最上級の役所が、重要人物が、みな自分のところに使いを送り込んでこなければならないのだから！　などと言っては、有頂天に笑いながら、わたしの目を覗き込みましたが、わたしが彼の言葉を繰り返したのも、彼を愛していたからこそでした。どんなならず者でも、教育されて嘘を覚えれば、こんなことは言わないでおく程度には知恵を持っているものです。でも、誰がこれを言ってしまうほど、無心な魂を、愛すべき子供の心を持っているでしょうか。彼にも陰険なところはあり、——彼はそれをわたしに対してたっぷりと用いましたが——これはほかの人の陰険さとは別のものです。彼は、ある軌道の上を幸福の橇で飛ぶように滑っていましたが、この軌道の上には彼のほかは誰もおらず、誰も彼を自分と比べることができませんでした。この道の上では、彼は、もはや地上におけるようには右も左も見ることはありませんでした。けれども、彼が痛みを感じたり矛盾に苦しんだりした時には、この軌道から外れていました。そういうときは、彼は助けと慰めを要求しました。彼が決して人に与えることはなかったものです。こんなことをしておきながら、それでも愛すべき、魅力的な人間でいることなど、ゆるされることではありません。彼が生きているあいだ、わたしはそれを罰せずに大目に見ることなどしませんでした。でも今、結論として、わたしに残っているのは、純粋な、なまなましい愛だけなのです。これが彼の墓碑銘になりますように！　彼はいつも、わたしを愛へと駆り立てました。彼はいつも、彼が真実だと思ったものへと駆り立てられていました。彼は嘘を、真実への情熱でもって捉えていました。部分、部分をほめなければならないような人はたくさんいますが、そういう人たちはわたしたちの心に愛情を芽生えさせはしません。でも、そうではないわずかな人たち、大いに非難しなければならないような人たちは、わたしたちの心を開き、愛へと動かすのです。これをわたしにしてくれたのが、ゲンツでした。そして彼は、わたしの中では、決して死ぬことがないでしょう。

　いずれにしてもわたしは今、わたしたちは死後にお互いがわかるだろうと思っています。あるいはむしろ、互いを見つけて一緒になるでしょう。この言葉を、あなたへのご挨拶としたいと思います。この手紙をあなたがお喜びになることを確信しています」（フリートヘルム・ケンプ編集『ラーエル・ファルンハーゲン交友録（書簡集　一七九三—一八三三）』ミュンヘン、一九六七年、二一〇頁以下）（*Rahel Varnhagen im Umgang mit ihren Freunden* (*Briefe 1793-1833*), hrsg. von Friedhelm Kemp, München 1967, S.210)

（12）フリードリヒ・フォン・ゲンツ（一七六四年生まれ）。カントに学び、はじめはフランス革命を支持したが、のちにこれを厳しく批判し、最後にはメッテルニヒの頭脳として働いた。一八三二年六月九日に死去。

130　テオドーア・ヴィーゼングルント＝アドルノとグレーテル・カープルスからヴァルター・ベンヤミン宛

ヴュルツブルク、一九三七年三月三一日

ヴュルツブルク、一九三七年三月三一日
　親愛なるヴァルター様、これは当地に無事到着したことのお知らせ、およびフランケン地方の都市めぐりの旅の挨拶です。これからまだ少なくともバンベルクとニュルンベルクまでは足を延ばす予定です。貴兄の仕事が好評を得たことを喜んでいます。[1] 題材となったご当人のところでも変わらぬ評価を得られるよう願っています。[2]
　あの郊外風の家の階段をもう一度貴兄と一緒に上ってみたいものです。その穴埋めとして、もう少し都会風の建物の絵葉書をお届けします。感謝を込めて。
テディ

親愛なるデトレフ様
　復活祭のお手紙をありがとうございます。あのお手紙へのお返事は改めてベルリンから差し上げます。今日のところは心を込めてご挨拶まで、あなたのフェリツィタス

［原文：ヴュルツブルクのハウス・ツム・ファルケン［鷹の家］の絵葉書。手書き］

（1）ホルクハイマーはベンヤミンのフックス論についてきわめて好意的な論評を書いた。

（2）アドルノは三月一八日から二二日前後までのパリ滞在中に、ベンヤミンとともにエドゥアルト・フックスをその住居に訪ねている。

131　グレーテル・カープルスからヴァルター・ベンヤミン宛

ベルリン、一九三七年四月二二日

三七年四月二二日

親愛なるデトレフ

今はまたベルリンでの静かな一人暮らしが戻ってきました。もう一度、復活祭のお手紙に心から感謝の気持ちをお伝えします。どんな文通でも、とくにあまりに長いあいだ（わたしたちの場合には、今またすでに二年半のあいだ）互いに会っていないと、どうしても隙間が空いてしまいます。でもその隙間をテディからの手紙が埋めてくれました。

四月一日からわたしはもう会社に縛られることもなくなり、あとは商売をたたむための残務が時々あるくらいです。もっとも共同経営者の相続に関する最終的な取り決めは、残念ながらいまだに見通しが立っていません。ここ十年来、やっと訪れたこの息抜きの期間を、とりあえずは徹底的に身体を休め、これまでの疲労感や頭痛症を克服するために使うつもりです。そのためには非常におとなしくしていないといけないので、当分はわたしのことで面白いご報告はできないことでしょう。でもこうした力の配分は、わたしの将来計画のためにはぜひとも必要だと思っています。

目下の状況からすると、わたしたちはおそらく八月末にドイツで結婚することになりそうです。五月末にわたしは、あちらの様子を自分の目で確かめるためにテディをO［オックスフォード］に訪ねるつもりです。それから二人で一緒にフランクフルトに戻ってこようかと思っています。もちろん、その帰り道に数日間、こんなに長く計画してきた再会をついに実現するために、パリへの寄り道を旅程に組みいれることができれば素晴らしいでしょう。あなたがどんな夏の計画を立てていらっしゃるのか、わたしたちは知りませんので、できたらテディと一度連絡をとっていただけるでしょうか。あなた方お二人が一緒になってわたしにパリ案内をしてくださり、何よりも万博〔一九三七年五月から一一月まで開催されたパリ万国博覧会、ピカソの「ゲルニカ」やドイツとソ連のパビリオンで有名〕での発見を二人で競いあう様子が今からもう目に浮かびます。おわかりでしょうが、そのためにならわたしは可愛い踊り子さんたちの学校は全部諦めてもかまいません。それでも二人だけで話す時間もなんとか見つかるでしょう。そして第二章についての最終的な議論もできるでしょう。そしてこの章は、わたしたちがなじんできた多くの作品の仲間入りを果たすかもしれません。

　モンテルランの『若き娘たち』については、今日のところは、数多くの細部の問題に加えて、ちょっと期待外れだったことだけをお伝えしておきます。愛についてなら、わたしたちだってこんなに素敵に語り合っていますし、tombeau〔墓〕とtomber〔落ちる〕、Falle〔罠〕とfallen〔落ちる〕の言葉遊びだってもう発明済みです。フランスの小説には、読書の楽しみを台無しにしてしまうようなものがよくあります。でもどうぞこれを悪意のあるコメントとしてでなく、単に前節の末尾に書いた意味での褒め言葉として受け取ってください。それではまた。あなたを抱擁しながら

あなたの

フェリツィタス

〔原文：手書き〕

132

グレーテル・カープルスから
ヴァルター・ベンヤミン宛

ベルリン、一九三七年四月三〇日

三七年四月三〇日

親愛なるデトレフ様

　この前の手紙では、あなたのご質問の一部に先回りしてお答えしましたが、今日は残りの回答です。二冊目のモンテルラン[1]は無事届きました。でもまだ読み始めてはいません。〔マックス・〕タウのカッシーラー出版社とは、今はもう関係していません。［X］の値段は五―六ライヒスマルクです。レクラム版ジャン・パウルは絶版で、他の廉価版

は存在しません！　ボタンの色の選び方はあれでよかったでしょうか。いまだにひどい頭痛症があります。いい加減に雨が終わってくれれば、わたしの療養プログラムに毎日の散歩を組み込む予定です。ヨッホマン〔書簡**129**注（4）参照〕についての情報は別の青い便箋にあります。(2)

わたしの印象では、あなたは海の向こうの方々ととてもよいビジネス関係を築くことができて、ようやく小銭に神経を使う生活から解放されたのかしらと感じています。そのことを誰よりも喜んでいるのはこのわたしです。

できるだけ早くお返事をください。心を込めて

いつもあなたの

フェリツィタス

~~ヨッホマン~~
~~部屋の家具~~
~~歯医者~~
~~再会~~
演劇
カイヨワ
〔ジャン・パウルの小説〕レヴァナ／
~~フランス語~~
~~＊夏の予定。~~

〔原文：手書きにベンヤミンによるメモの加筆〕

（1）おそらく〔『若き娘たち』と同じ〕一九三六年に刊行された小説『女性への憐憫』であろう。〔モンテルラン『女性への憐憫』堀口大學訳、一九五三年、新潮文庫〕

（2）イルムガルト・クンマー〔不詳〕からの回答が記された青い便箋はベンヤミンの遺品の中には残っていない。

133　グレーテル・カープルスからヴァルター・ベンヤミン宛

ベルリン、一九三七年六月一五日

三七年六月一五日

親愛なるデトレフ様

わたしの手紙にあまりにも少しのことしか書かれていないからといって、どうか、どうか怒らないでね。わたしの人生は報告することが何もないくらいに、とても単調でつまらないものなんです。あなたがこの手紙の行間に、すぐ

に落ち込んでしまうわたしの思いのすべてを読み取ってくださるなら別ですが。ちょうどニューヨークから電報が届いたところです。万事、とてもうまくいっています。わたしはかなり疲労困憊してこちらに到着し、あなたの心のこもったお手紙(1)がわたしを迎えてくれて、ようやくほっと一息ついたところです。あいにく、ある裁判の証人としてベルリンに戻らなければならないかもしれませんが、もしそれがなければ木曜日にリューゲンのビンツに向かい、ヴィラ・エーギルに七月五日から八日あたりまで滞在します。あちらではまったくの一人ぼっちで、わたしの良き友人たちに思いを馳せることになるでしょう。

まだヴェストファーレン通りの住居にある書籍はバルザックの『風流滑稽譚』と『あら皮』、フローベールの『ボヴァリー夫人』、アスリノーの『ロマン派ライブラリー』です。

そうですね、頼りがいはあっても実りがないというわたしに対するあなたの痛烈な判定(1)はあたっていますね。ところが、それでもなおわたしは、あなたがわたしを友人の一人に数えることをやめないようにと望んでいるのです。切なる思いをこめて

あなたのフェリツィタス

[原文：手書き]

(1) この手紙、および「あなたの痛烈な判定」は残っていない。

134 グレーテル・カープルスからヴァルター・ベンヤミン宛

ベルリン、一九三七年六月三〇日

一九三七年六月三〇日

親愛なるデトレフ様

本当を言えば、たぶんあなた(方お二人)にお祝いを言わなければいけないのでしょうね。その間にわたしが受け取った唯一の知らせである電報によれば、わたしたちは当面、イギリスに滞在するとのことです。「内省にふける人の横目使い(1)」というあの表現を思い出しながら、わたしの現状のカフカ的様相をできるだけ顕在化させないように、むしろこの判断の純粋に主観的な利点に思いをめぐらすよう努めています。あなたの友情はその中にあって客観的な、

数少ない本物の友情です。

ここは素敵です。孤独を最後に味わい尽くすのにもよい点があります。よくわたしはまだ刈り取りのすんでいない麦畑の広がる田舎に散歩に出かけます。わたしたちがエーバースヴァルトにアーシャやダーガを訪ねた、あの一九三一（？）年七月とそっくりです。

そこで、わたしがどういう状態かをご存じのあなたに、もう一つだけお願いです。デンマークには、どうぞ行かないでください。わたしのことを差し出がましいと思われるかもしれません。そんなことを言う権利はわたしにはないと思われるかもしれません。それでも、あなたには説明しなくても、わたしのことを正しく理解していただけるとわたしは基本的に信じています。

シュテファンについてできるだけ早くあなたからよい知らせがあることを願っています。どうぞお大事に、素敵な毎日をお過ごしください。心を込めて

いつもあなたの

フェリツィタス

［原文：手書き］

（1）ハムレットの憂愁に満ちた内省を、ベンヤミンは著作『ドイツ悲劇の根源』の中でこのように形容している。（GS I. 1, S.335）

135 ヴァルター・ベンヤミンから テオドーア・ヴィーゼングルント＝アドルノおよびグレーテル・アドルノ宛

パリ、一九三七年九月二三日

親愛なるテディ様

貴兄の九月一三日付の手紙[1]に心からお礼を申し上げます。実はそのお手紙をいただいた少し前から、私のポケットの中には、貴兄に向けて書いた手紙が何日も入ったままでした。しかし、それを投函する決断がつきませんでした。

実はパリに戻ってきたときに、現在の状況ではきわめて痛い、衝撃的なできごと[2]が待ち受けていました。なんとも不誠実な、とはいえ、いかにしても回避しようのないさまざまな事情のために、ベルナール街の私の部屋が、もっと都合のいい借り手に回ってしまい、住めなくなってしまったのです。この借り手は、国外退去処分を受けていて、移

転届けの必要のないかたちで暮らせることが重要なために、とても太刀打ちできない金額の家賃を払うと言ってきたのです。

それにしてもまた時期が時期で、他の時ならこれほど愕然とさせられなかったかもしれません。というのも万国博覧会のために、パリのホテルの値段はボロ宿も含めて五割かそれ以上も値上がりしているからです。いくらかでも人間らしい宿泊場所は、私の手持ちのお金では手が出ないので、数百フランは出すという新しい借り手からの損害賠償の申し出を、真に受けて、ともかく頑張ってまともな部屋を借りようと思ってしまったのです。いとも簡単に予想できることですが、申し出のあった六〇〇フランを受け取ることはできませんでした。それでもなんとか回収しようと無理にやってみたり、ホテルの事務室に出向いて相談したり、それはもはや嘆願に等しいものでしたが、そうしたことのために時間がとられてしまいました。

こういう状況で書いた手紙を投函する決断がなかなかできなかったことは、おわかりいただけることと思います。ようやく数日前にエルゼ・ヘルツベルガーが、彼女がアメリカ旅行をしているあいだ、彼女のお手伝いさんの部屋を使っていいと言ってくれました。こうなってしまった以上、この申し出を受ける以外ありませんでした（この部屋は彼女のアパートメントの中にあるのではなく、中庭にあって独立しています）。今そこに住んでいる女性が退去したら、私の住所はブーローニュ（セーヌ）、シャトー街一番地となります。

そこで昨日、こうしたことすべてについてマックスと話し合う機会ができました。経済的な問題について私の方からなにか切り出すことはしないという私の望みというか決断というか、それがいかに強かったかは、貴兄が誰よりもよく知っています。それでも、予想せざる今回の事件のせいで、こちらから切り出さざるをえませんでした。

私のもくろみは、マックスにも言ったとおりですが、今回のような乱暴なことが起きないように、たとえ貧相な水準であってもいいですから、独立した部屋もしくはワンルームの住まいをできるだけ早く借りられるようにすることです。家具はなんとか手に入るでしょう。マックスは、状況を説明したところ完全に理解してくれ、戻ったら必要な措置をとると約束してくれました。また彼の方から、もともとフランの切り下げとは別に、年末には私の生活状況に応じた新たな対応をするつもりだったとひそかに打ち明けてくれました。私の生活状況は年末になる前にこうして崩壊してしまったわけですが、それでも、このきわめて困難な九月をひとりでなんとか乗り切って、マックスに現金を無心しないでも済む程度には、気を配ったことになります。

こうした状況の直接の結果として、これから数週間は、仕事には部分的にしか力を割けなくなりそうです。住まいを探さねばなりませんし、部屋探しはそんなに簡単ではないでしょう。あなたとフェリツィタスには、自前の新しい住居に引っ越されたとのこと、お祝いを言わせてください。ここであなたのこの前の手紙に戻ります。手紙を出さなかったのは、別に神経に障ったからではなく、どうしようもなかったからだということ、これでおわかりいただけたことと思います。これについてはもう終わりにしましょう。

ロンドンで私のことについてマックスと詳しく相談していただいたことに、とても感謝しております。彼とパリで話をしたのはまだ一晩だけですが、その晩はとても気持ちよく、またわれわれふたりの気分があらためて一致していたので、本当は話し合ってもよかった細かい技術的なことをすべて論じたわけではありません。そのようなわけで、「パサージュ論」の出版資金について決定されたことも、貴兄の手紙で知りました。私としても自分にお祝いの言葉を述べておきます。アドリエンヌ・モニエに関しては、マックスと彼女がこれから数日のうちに知り合えるように力を尽くすつもりです。(3) いずれにしてもこの問題は、私たちの意に適うようになるでしょう。また雑誌のゲラを今後も貴兄を通じて受け取れるようにするという提案は、私にとっては考えられるかぎり最良のものです。

マックスとの話し合いは深夜まで続きましたが、そこでは前に述べたとおり、こうした問題には、触れたとしてもせいぜいほんのちょっとだけでした。研究所が依拠している資金的基盤を支えている経済的かつ法的な重要な枠組みについてマックスがはじめて話してくれたのは、わたしにとってはとても重要でした。テーマそのものがわくわくしますし、そのうえ、マックスがあれ以上に上機嫌だったのはめったにないことです［一般にホルクハイマーは気難しい人柄だったと言われている］。話し合いの前には、アベス広場の小さなレストランに行きましたが、これは、貴兄とフェリツィタスが今度こちらに来られた時に一緒に行くつもりです。残念ながら再会は、もうすこし辛抱しなければならないようですね。その代わり、時がきたら、お二人を私自身の住まいにお迎えできればと望んでいます。

ベルク(4)に関しては別れた妻に、サン・レモの郵便局で調べるように依頼の手紙をすぐに書きました。まだ返事は来ていませんが、貴兄のところにはすでに本が着いているのではと望んでいます。

まさにこういう状況の日々ですからすぐに貴兄からお知らせをいただければ、とてもうれしく思います。お手紙はニコロ街の方にお願いします。事態によってはそこから私の後を追ってブーローニュに転送されるはずです。

心からの挨拶を

あなたのヴァルターより

親愛なるフェリツィタス様

テディへの手紙の最後に記したお願いは、はっきりとあなたにも申し上げておきたいところです。早めにお返事をください。なによりも詳しいお返事を。

問題(5)がいかに簡単に解決できるかわかったでしょう。同じような怒った文章が――そういうことはもう過去になることを望んでいますが――同じような不愉快な事態を引き起こさないためにも、ベルリンからのあなたの手紙が最近遅れがちだったのとは違って、私たちの文通が、活発になるようにしてください。お返事はお待たせしないようにしますので。

今日のところはこれにて、気持ちを込めて

デトレフより

一九三七年九月二三日
パリ一六区
ニコロ館

ニコロ街三番地

［原文：手書き］

（1）アドルノとの往復書簡 *Briefwechsel Adorno*, S. 271–275 参照。

（2）すでに八月二七日付でウルセル・ブート〔彼女はベルリン出身の亡命者でパリで秘書として働き、ベンヤミンと住居を共同使用していた〕は、サン・レモにいたベンヤミン宛に以下のような手紙を送っていた。「私の伯父〔不詳〕が、半ば公的な立場から上層部のさまざまな人々といっしょに特別な任務を果たしていることをご存知かどうか知りません。この任務は少し長引いていますが、そのために伯父としては今少し、同じ住所にとどまることが必要となりました。

九月一日には当地に戻られるというあなたのお手紙〔残存せず〕で、私は厄介な状況に立ち入ることになりました。なぜなら、一方でご承知のように、あなたがまたここにいらっしゃることはわたしにとって大変うれしいのですが、他方で、目下のところ伯父の側としてあなたのために部屋を空けることを許すわけにはいかないのです。というのも、わたしはこの伯父の任務がうまくいくことに関心を持っているだけではありません。それ以上に、伯父の仕事上の友人たちから、伯父を泊めることが厄介な事態になることを理由に、私が何年も前から求めていた労働許可の約束が得られたのです。

全体のことはご理解いただけないかも知れませんが、お手紙ではこれ以上詳しく述べることはできません。でも、なかば公的な任務なのだとこうやって繰り返して申し上げれば、わかっていただけると思います。

伯父はあなたにとても好感をいだいておりますので、あなたに不愉快な思い、つらい思いをさせないためにはどうしたらいいかと、私と一緒にいろいろと考えました。結局のところしばらくのあいだ（二週間から三週間でしょう）、あなたが今のところにとどまられるか、あるいはどこかお好きなところに行かれるか、なんとかしていただけるようにお願いするしかないのです。この空白期間に生じる費用は当然のことですが、伯父の方で持たせていただきます。」

（3）ホルクハイマーは、ベンヤミンの勧めでアドリエンヌ・モニエと社会研究所のあいだの関係をより緊密にしようと望んでいた。それは、『社会研究誌』がパリであまり知られていないのを改善するためでもあり、またフランスの有能な協力者が足りない状態をなんとかしたいためでもあった。

（4）以下の本のこと。Alban Berg, *Mit Bergs eigenen Schriften und Beiträgen von Theodor Wiesengrund-Adorno und Ernst Křenek*, Wien/Leipzig/Zürich 1937〔『アルバン・ベルク——ベルク自身の論文およびテオドール・ヴィーゼングルント＝アドルノおよびエルンスト・クシェネクの解説』〕

（5）Vgl. *Briefwechsel Adorno*, S. 275〔結婚したアドルノからベンヤミンへの、なぜ連絡がないのかを尋ねた長い手紙の最後にグレーテルも添え書きで、連絡が欲しい旨の記述があり、そこでも Rebus〔問題、謎〕の語が使われている〕

136　グレーテル・アドルノから　ヴァルター・ベンヤミン宛

ロンドン、一九三七年九月二九日

三七年九月二九日

小夜曲第二番
（アーロンの巻）
ニューヨークの決定
イギリス旅行
デンマーク旅行
円卓の騎士
住居（ドーラ）
シュテルンベルガー
ヴァイル
（ブレヒト）
トッパー

親愛なるデトレフ様

実際問題として、あなたはとてつもなく難しい課題をわたしに与えてくれました。テディの横で、別にあなたと手紙を交換し合うという課題です。ふたりの学者のあいだに座ってどもりながら、お二人がわたしの間違った発言に愕然としつつもわたしを教育し直そうとしてくださるのを肝に銘じていなければならないのです。それでも、敢えてわたしがこの課題に立ち向かうというのは、少しずうずうしすぎはしないでしょうか。

来年、数週間の予定でロンドンに来るのは無理とお考えでしょうか。百ドルもあれば、ここでは生活していけます。見る目を持っている人なら、この地では見るべきものがいくらでもあるはずだとおっしゃっていたので、この話を切り出したのですが。

わたしはあなたのお薦めにしたがってみました。そしてあなたのおっしゃるとおりだと思っています。オペラと市場だけでも、そしてわたしたちの将来の住まいからあまり遠くないところにある見事な水浴場も行ってみるに値します。

あなたのお部屋の件はどんな感じでしょうか。今年は妹さんのところには住めないのでしょうか。

日曜日にイギリスの風景をはじめて少し見ました。有名なコッツウォルズです。なんとも奇妙な一帯です。村々は貧しい町のように見えますが、一戸建て家が多く、農家はないのです。すべてが古いのですが、多少ある新しいものとも区別がつかないのです。狩場番人が動物の死骸を木々につるしています（小さな猛禽類、うさぎ、ハリネズミ、モグラ）。オーナーたちの狩猟の楽しみのためにキジを有害な生き物から守るためです。アメリカの本当の野蛮の方がまだいいのではないでしょうか。とはいえわたしはここにきても、またW博士夫人[1]としても元気にしていますし、自分はまったく変わっていないと思っています。すてきな映画を二本観ました。『イージー・マネー』と『天国漫歩』です[2]。わたしの好意をこうやって示すことができたと思いますが、この試みに厳しい点数をつけないでくださいね。

どうかおたいせつに
つねにあなたの

フェリツィタス

［原稿：手書き。ベンヤミンの手になるメモが書かれている］

（1）グレーテル・カープルスは八月にドイツを離れ、九月八日にロンドンでヴィーゼングルント゠アドルノと結婚した。
（2）前者のアメリカ映画は一九三六年、後者はケーリー・グラント主演で一九三七年制作である。

137 ヴァルター・ベンヤミンから
テオドーア・ヴィーゼングルント＝アドルノおよびグレーテル・アドルノ宛

一九三七年一〇月二日

セーヌ河畔ブーローニュ
シャトー街一番地、三七年一〇月二日

親愛なるフェリツィタス様

今後手紙をさしあげるときは、お二人のどちらか宛の呼びかけではじめることになりますが、たいていの場合はお二人の両方に宛てているつもりです。これまで馴れてきた冒頭の書き方から離れたくないので、かわるがわるになるのをおゆるしください。

私からの連絡が不規則になっていること、外的な形式から外れていること、住所が変わったこと、こうしたことから、私の状況がかんばしくないことは、あなたもわかることと思います。マックスはわかっていて、今月中に彼がなにかをしてくれると思っています。

目下のところは、すでに報告したように、E・Hの別室で暮らしています。マックスが奨学金の値上げを決めてくれたら、すぐにワンルームのアパートを探すつもりです。

ここ数週間のような事態である以上、「パサージュ論」についても「ボードレール論」についても、新しい話は期待していないことでしょう。偶然が好都合に重なって、新しい論文が予定されることになりました[1]。マックスは私にオプレヒト[2]を紹介してくれ、私たち二人で社会研究所の活動について大きめの紹介論文を『尺度と価値』に出す予定です。編集上の厄介さは無視しているわけではありませんが、オプレヒトは影響力があるので、この問題はなんとかなると思っています。

目下のところ仕事ができておらず、そのうえ、少し前のことをお知らせしてもとり返しはつかないという二重の意味で、申し訳ありません。「複製技術時代」の論文の最終版は一セットしかコピーがありません。あなたがパリに来るまで我慢していただくよりしかたないです。テディは、一〇月第二週に来られるかもしれないと言っています。今回は無駄な希望に終わらないとよいのですが。

すでにお知らせしたように、マックスとは一晩ゆっくり話し合いました。その後ある午後に短い時間会い、一緒にモニエを訪問しました。テディがうまく紹介してくれたおかげで、この件はうまく済みました。一〇月にパリに来られるなら、オデオン街〔この通りにモニエの店があった〕にも行きましょう。

ところで「フッサール論」(3)(親愛なるテディへ、ここでは冒頭の呼びかけを手紙の途中で変更させてください)ですが、ニューヨークでは貴兄の論文に対する反論が――こちらから質問して話のきっかけを作ったわけではないのですが、マックスが言うことには――強かったとのことです。それがレーヴェンタール(4)に由来するのかどうかは、私にはわかりません。ただマックスは反論の方向をほのめかしてくれました。現象学のかたちをとって最終的にみずからを清算したように見える観念論的認識論への全面攻撃は、まさにその射程の長さゆえに、多少の動きを惹き起こしたようです。同時にマックスは、この論文を最大の関心と興味をもって読んでみようと、あたりまえといえばあたりまえの約束をしてくれました。貴兄の基本的意図は、貴兄とのニューヨークでの対話ももちろん働いて、マックスには完全にわかっています。いずれにせよ、こうした暫定的印象をあまり気にしないでください。どのみちじきにニューヨークから直接に知らせがあるでしょうから。

「小夜曲第二番」(5)はマックスからもらうことはできませんでした。じきに写しをいただけるものと期待しています。また「アンサンブル」(6)にも心からお礼を申し上げます。ドゥドウ(7)は、貴兄の手紙にたいへん喜んでいました。マックスに会わせたかったのですが、時間的に無理でした。大衆芸術についての貴兄のエッセイ集を出すという考えは、彼にも私にも大きな意味を持っています。とはいえ、彼と一緒であれ、彼抜きで出すのであれ、今後どうしたらよいのかがわかればよいのですが。

ゾーン゠レーテルは姿を見せません。またクラカウアーもなかなか連絡がつきません。私は電話がないので、向こうから何か言ってくるのを待つ以外にないのです。

――テディにはわかっていることですが、カイヨワへのクラカウアーの批判(8)、とくに、カイヨワの仕事が持っている政治的機能に関する評価には賛成です。とはいえ、カイヨワの仕事を「通俗マルクス主義」と言ってよいかどうかは、私にはまだはっきりとはわかりません。彼と「対等な仲間として」話し合うことがどのような外交的無駄となるかは別として、ともかくこの計画を持ち続けることをおすすめします。

あたらしい住居になじんできたかどうか、ロンドンで詳しく知ったことどもを、また時にはドイツに行くかなども、早めに知らせてください。

知らせてくれる際に、私がお貸ししたフランス語の本をどうしたかなども教えてください。もしもロンドンにお持ちならうれしいです。もしそうでなかったら、書留小包で送ることは可能でしょうか。

パリに住んでいると、政治的側面はきわめて陰鬱に映ります。道路に出れば、アメリカ旅団[9]の雑兵どもを見かけます。ファシズムに完全に取り囲まれているのではないかと思ってしまいます。仕事の資料に没頭して、できるだけこうした印象から身を守れればと思っています。そしてお二人とも遅くならないようにお返事ください。

私の心からの挨拶を受けてください。

〔原文：タイプ原稿のカーボン紙コピー〕

（1）『基準と価値』誌第一号（一九三七―三八年）掲載（S. 818-822, Heft 5. Mai/Juni 1938）の「自由な研究のためのドイツの研究所」（GS III, S. 518-526）参照。

（2）『尺度と価値』を発行していたチューリヒの出版社経営者エーミール・オプレヒトのこと。

（3）アドルノはオックスフォードで書いたフッサール論の最終章をドイツ語で『社会研究誌』に載せる計画を抱いていた（Vgl. *Briefwechsel Adorno*, S. 231）。この最終章はなんども改稿されたが、『社会研究誌』には掲載されなかった。「フッサールの哲学について」という一九三八年の稿は、GS 20, 1, S. 46-118 収載。

（4）フランクフルト生まれのレオ・レーヴェンタール（一九〇〇―九三）は、アドルノやクラカウアーの友人だった。フランツ・フォン・バーダー論で一九二三年に博士号を取得し、その後ギムナジウムの教師として働いていたが、一九三〇年に社会研究所の所員となった。彼は一九三二年から四一年まで『社会研究誌』の編集にあたっていた。

（5）アドルノの遺稿として出版されている。Vgl. GS 18, S. 45-53.

（6）アドルノの音楽的アフォリズム。Vgl. GS 16, S. 275-280 および GS 18, S. 40-44.

（7）ブレヒトと映画『クーレ・ヴァンペ』を撮影した監督のスラタン・ドゥドウ（一九〇三―六三）は「独占資本主義における大衆文化」という研究所のプロジェクトを担当する予定だったが、プロジェクトは実現しなかった。

（8）*Briefwechsel Adorno*, S. 276-278. アドルノは『社会研究誌』のためにロジェ・カイヨワ（一九一三―七八）の『かまきり女――神話の本性と意味についての研究』（本の友の家社、パリ、一九三七年）についての批判的書評を書いた。Vgl. ZfS 7 (1938), S. 410 f. (Heft 3); GS 20-1, S. 229 f.

（9）一九一九年にパリで設立されたアメリカの退役軍人からなる右翼的な在郷軍人会。

138 グレーテル・アドルノから ヴァルター・ベンヤミン宛

ロンドン、一九三七年一二月一日

親愛なるデトレフ様

わたしたちが一二月後半から一月にかけて、サン・レモのヴィラ・ヴェルデに行くのはほぼ確実です。クリスマスと大晦日をロンドンで過ごさねばならないと考えるだけでぞっとするので、トランクに詰めたり、長旅をすることですら、楽しい休養と言えるほどです。向こうで会うことは可能でしょうか〔実際にベンヤミンも合流して、サン・レモでアドルノ夫妻と過ごし、「ボードレール論」などを議論している〕。パリに居るよりも向こうの方が高くつくということは考えられないのですが。そうすれば、ゆっくりお目にかかる時間がたっぷりありますね。しかもわたしたち二人で。というのも、テディはサン・レモでも仕事をして、「ヴァーグナー論」(1)のテクストを書くつもりですから。

書籍類は、わたしが知っているかぎり目下のところ送ることは不可能です。というのも、わたしの本もいっしょに大きな箱に入ったままだからです。じきにお目にかかれるのが楽しみです。心をこめて。

いつもながら

あなたのフェリツィタス

〔原文：手書き〕

(1) アドルノの『ヴァーグナー試論』のこと。このうちの数章が「ヴァーグナーについての断章」という標題で『社会研究誌』に掲載された。Vgl. GS 13, S. 7-148.

139 グレーテル・アドルノから ヴァルター・ベンヤミン宛

ロンドン、一九三八年一月一五日

一九三八年一月一五日

親愛なるデトレフ様

ブリュッセルでの心のこもった数日を過ごしたあと〔アメリカ行きの決まったアドルノ夫妻はブリュッセルでアドルノの両親と会って、別れの数日を過ごした〕、二つの嵐のあいだの静かな船旅でまた好きなロンドンに戻ってきました。新しい情報では、ヨーロッパを去るのは二月一六日発のシャンプラン号に延期になりました。それまでの時間の割り振りはまだ決まっていませんが、ひょっとしたらテディはもういちどパリに行くかもしれません。そうでなければ、彼は、来週はじめからヴァーグナーのテクストの作成にとりかかるはずです。新しい住居への引っ越しがうまくいきますように。

いつもながらあなたのフェリツィタス

フリックの原稿(1)を送り返してくださいね。

［原文：葉書。一九三八年一月一七日パディントン局の消印。手書き］

（1）不詳。

140

テオドーア・ヴィーゼングルント＝アドルノおよびグレーテル・アドルノから ヴァルター・ベンヤミン宛

ロンドン、一九三八年二月一日

一九三八年二月一日

親愛なるヴァルター様

ラザースフェルド(1)――私にラジオ研究についての仕事を世話してくれた男ですが――が、彼のプロジェクトについてのメモを送ってきて、回答およびラジオ「問題」のリストの作成を依頼してきました。このメモや私の返信を送ってあなたを煩わすのはやめておきたいと思います。逆に、以前ジャズについて作成した論文構想にも似て、このリストが一本の論文構想(2)に発展したうえ、ゾーン＝レーツェル(3)が親切にも熱心に筆写してくれたので、こちらの方を今日お送りし、コピーを保存しておくことも併せてお願いしたいと思います。この件についてのあなたのご意見を切望していることは、言うまでもありません。もしこの構想をクラカウアーに見せたいと思われるなら、それも差し支えありません。ただ、ひとつ付け加えておきたいのは、私は一番気になっている問題を、薄めて書いておいたということです。その理由はおわかりいただけることでしょう。つまり、誰一人として聴かない、氾濫する音楽(4)からいったい何が生まれるのか、という問題です。そういうわけでこの論文構想のなかでは、私は基本的には背景に押し込められたバックグラウンド・ミュージックについてのみ扱っていて、そもそも聴かれることのまったくない音楽については扱っていません。ですが、この後者こそが本当のところは私たちの目下の関心事なのです。でも、私は精神病院に入るのを無駄に急ぎたくはありませんでした。そのため、すでに私はこの構想の効果についてはいささか懐疑的です。とはいえ貴兄には、こうした誰も聴かない音楽は不幸な結果に終わるだろうという私の見解について、心のうちをお知らせしておきたいと思います。このことの論理的な根拠付けはまだまったく欠けていますが、音楽の時代との関係が一枚かんでいるのだろうと推測しています。

　ほかにご報告すべきこととしては、「ヴァーグナー論」の第一章を書き終わり、第二章も数日のうちに終わりそうだということです。これほど大きな喜びをもって仕事に取り組むことは稀です。いずれにせよ、この文章では、哲学的な専門用語を極力使わないようにしています。

　ニューヨークからは、パリに行く可能性について何の電報も受け取っていません。おそらく実現しないのではと思っています。それだけ一層、貴兄からのお返事を心待ちにしています。

　心をこめて

あなたのテディ

親愛なるデトレフ様、葉書(5)とフリック論の原稿をありがとうございました。アルフレート・ゾーンは、社会化された感覚器としてのラジオと映画についての理論(6)を持っているようです。これはフリックの考えを補うものになるでしょう。それ以外でも彼は以前と変わらず不思議な魅力を持っています。でも、もちろん、彼の仕事がどんな結果になるのかは、わたしたちには何もわかりません。愛をこめて。

いつもあなたのフェリツィタス

［原文：手書き］

（1）ウィーン出身の社会学者ポール・フェリックス・ラザースフェルド（一九〇一―七六）。すでに一九三三年の時点でアメリカに渡っていた。「プリンストン・ラジオ・リサーチ・プロジェクト」を主宰しており、その音楽部門をアドルノが引き受けていた。

（2）タイトルは「問いと命題」。*Adorno/Horkheimer, Briefwechsel* II, S. 503-524 参照。

（3）ゾーン＝レーテルの名前をもじったもの［「こんな謎」といった意味になる］。

（4）アドルノの構想に該当箇所がある。*Adorno/Horkheimer, Briefwechsel* II, S. 512-515 参照。

（5）残っていない。

（6）*Briefwechsel Adorno / Sohn-Rethel*, S. 73-78.

141

テオドーア・ヴィーゼングルント＝アドルノおよびグレーテル・アドルノからヴァルター・ベンヤミン宛

ニューヨーク、一九三八年三月七日

プリンストン大学
プリンストン、ニュージャージー
スクール・オヴ・パブリック・アンド・インターナショナル・アフェアーズ
ラジオ研究所
203 ENOホール

一九三八年三月七日

親愛なるヴァルター様

ニューヨーク滞在の最初の数週間は、ラジオ・プロジェクトにすべて時間をとられ、目の回るような忙しさでした。今日その合間を縫ってお便りするのは、無事旅を終えて到着したこと、とても気持ちのよい部屋に一時的に落ち着いたことをお伝えするためです。ラジオ・プロジェクトについては、非常に大きな可能性を持っていること、そしてきわめて多くの人に訴えかけるものであることがわかってきました。私は音楽部門の統括を任されていて、それどころか、そもそも理論的な面での全体の統括を任されているようなものです。というのも、私をここに呼んでくれた公式のチーフ、ラザースフェルドは、基本的にマネジメントで手がふさがっているからです。

今日は貴兄に、以前貴兄がドイツでラジオで行った「リスニングモデル」(1)を使った試みについて、ごく短く、タイプで二、三頁ほどの報告を、貴兄の名前で書いて送っていただくことをお願いできればと思っています。それをアーカイブに加え、私のメモの中で詳しく扱いたいのです。それが貴兄にとって何か有益なものをもたらす可能性も、私は決して否定しません。

研究所の仕事について今日私がお伝えしたいのは、ラジオ関係の仕事があまりに多く、またそれが編集者的な仕事のため、数週間「ヴァーグナー論」を脇においておかなければならないということ、マックスのモンテーニュ論(2)は完全に私たちの意向に沿ったもので、モンテーニュ批判というよりは懐疑の機能変更というテーマを扱っており、私の見解では、政治的発言のきっかけとしても非常に成功しているということ、そしてグレーテルと私はクラカウアーの原稿(3)に取り組んでいますが、あまり成功しそうには思えないということくらいです。一体全体そこから何か使えるものがあるかどうかは、私にはまだはっきりしません。ただ、そこからそもそも何かを救い出そうとするのであれば、これを完全にバラバラにして、その小さな破片を集めて組み立てるしか方法はないだろうということだけは確かです。クラカウアーは、引用した素材に明らかに表れている広告という大きなテーマを、彼の社会心理学的な御託宣のために完全に見過ごしています。理論的な構成も必然性のない即興的なものですし、扱っている素材も一貫して二番煎じです。――私のマンハイム論は、おそらく全部が没になり、単にタイプ原稿あるいは校正用ゲラ刷りの形で少人数に配布されるだけとなるでしょう。それに対してフッサール論は何らかの形で、ただしかなり短縮して出版されるでしょう。貴兄の「ボードレール論」のこともあるのでお知らせしておきたいのですが、状況はさらに困難になってきています。つまり、雑誌〔社会研究所の機関誌『社会研究誌』のこと〕はまたはじめの頃のボリュームにまで縮小されるのです。そのため、印刷全紙二枚半以上の長さの論文の掲載は不可能になります。

私たち二人が予想していたとおり、こちらの生活に慣れるのはそれほど難しくないようです。ここは大真面目に言ってロンドンよりもはるかにヨーロッパ的で、私たちの家から近くの七番街はモンパルナス大通りを、私たちが住んでいるグリニッジ村は聖ジェヌヴィエーヴの丘を思い出させ、心穏やかな気持ちになります。貴兄がここにいらっしゃったなら、私たちは本当に申し分なく感じることでしょう。世の中の関心の半分がヒトラーに対するチェンバレンの政治に、もう半分がスターリンの粛清裁判に支配されているような世界にあって、可能なかぎりのことですが。お手紙をくださる場合には、私たちのプライベートの住まいに送っていただくのが一番速くて確実です。住所はクリストファー街四五番地、一一G、ニューヨーク市、N.Y.USAです。カメレオンのようにわかりにくいレターヘッドに惑わされないように、そして早くお手紙をください。ショーレムの到着がいつごろ見込めるかについても、それから見込みでは彼のマンハッタン滞在がどんなカバラの徴《しるし》の下に考えられるべきなのかについても教えてください。

二人から愛を込めて

あなたの旧友　テディ

親愛なるデトレフ様

わたしたちはロンドン以上にここが気に入りましたが、それだけでなく、あなたがもしここに来たらまったく同じことになるだろうと確信しています。わたしがびっくりしたのは、すべてのものが進んでいるというわけでも新しいというわけでも決してない、ということです。そんなふうに人は思っているだろうと思うのですが。逆に、どこにもかしこにも、最先端のものと、ぼろぼろに古びたもののコントラストが見られるのです。シュルレアリスムのものをここでは探す必要がありません。一歩歩くごとにそういうものに躓くのですから。摩天楼は晩の早いうちには堂々たるものですが、事務所がしまって明かりが少なくなると、ヨーロッパの表通りに面さない、十分な明かりのない家々を思い出します。それに考えてもみてください、ここには、避暑地で見ることができるような星々と、水平線上の月と素晴らしい日没があるのです。――Eは週末、我が家に遊びに来ました。とても元気でした。ただ、どのくらい長くこの比較的平和な生活に彼が耐えられるのだろうと、わたしはいぶかしんでいます。――あなたがここにいらしたらとどれほど強く願っていることか、あなたには想像もつかないことでしょう。ただ、わたしはひとつ不安になっています。あなたはパサージュがあまりに気に入ってしまったため、その素晴らしい建築物からもはや離れたくなくなっていて、やっといったんこの建築物のひとつの扉を閉じても、またすぐに新しいテーマに興味を抱いてしまうのではないかと。あまりわたしを笑わないでくださいね。お便りを早くください。

あなたの旧友フェリツィタスより、異国にて

フェリツィタス

［原文：タイプ原稿。印刷されたレターヘッド付］

（1）ベンヤミンの「リスニングモデル」についてはGS IV, 2, S.627–720および編者の注（1053 f）を参照。「リスニングモデル」のテクスト（S. 628）は一九三八年のはじめ頃に、アドルノの手紙での依頼によってはじめて書かれたものかもしれない。

（2）Max Horkheimer, Montaigne und die Funktion der Skepsis, in: *Zeitschrift für Sozialforschung* 7（1938）, S. 1–52（Heft 1/2）参照。現在は Max Horkheimer, *Gesammelte Schriften*, Bd. 4: *Schriften 1936–1941*, hrsg. von Alfred Schmidt, Frankfurt a. M. 1988, S. 236–294 所収。

（3）クラカウアーは、パリで書いた「ドイツとイタリアの全体主義的プロパガンダ」のために奨学金を得ていた。研究所の雑誌に載せる予定でアドルノはこの長大な文章を短縮したが、クラカウアーがこの版を拒否したため、出版はされなかった。

142　ヴァルター・ベンヤミンから テオドーア・ヴィーゼングルント＝アドルノおよびグレーテル・アドルノ宛

パリ、一九三八年三月二七日

一九三八年三月二七日

ドンバル街一〇番地
パリ一五区

親愛なるテディ！

ついに報告が、しかもこれほど良いものが届いて、とてもうれしく思いました。あなたも私も、最近は良い報告というものにとんと縁がありませんでしたからね。

ご想像のとおり、少なくとも私の息子がオーストリアの悲惨〔三月一三日のナチスによる併合〕を遅きに失せずに免れたことをうれしく思っています。ウィーンで起こったようなことは、強制でもされないかぎり誰も思いつきもしないでしょう。クシェネクから聞いたことが事実に基づいていればよいと願っています。それによると、彼はオーストリアでの地位をほぼ解消して、今アメリカにいるとのことです[1]。ショーレムも同様に、もうとっくにそちらにいます。でも、これまでまだ何の知らせも受けていません。なので、彼が今ニューヨークにいるのか、シカゴにいるのか、あるいはまったく別のところにいるのか、私にはわかりません。もしあなたがニューヨークのユダヤ人の集まりにコネクションがあれば、彼の居場所をおそらく簡単に見つけられると思うのですが。

想像できることかと思いますが、一連の出来事があったので、国籍取得を全力で進めることにしました。こういうことに関してはいつもそうですが、思いもかけずまったく予想もしていなかった困難にぶつかるものです。目下の困難は、膨大な書類を用意しなければならないことです。同時にこのために膨大な時間が浪費されています。

国籍取得の試みが成功するのかどうか、非常に不確かとはいえ、大いに努力するというのが今まさに私に求められていることです。――たとえそれが法務省の書類にしかるべき書類を追加するためだけだったとしても。

ひょっとするとマックスから聞いているかもしれませんが、『尺度と価値』誌から研究所についての論文[2]のゲラ刷りをもらいました。――これは、リオン(3)という危険なサボリ屋からはなかなか得ることのできない成果です。

あなたの新しい仕事が、あなたの構想が狙ったような重要な展望を開いたのは、素晴らしいことです。その一方で、フェリツィタスが描写してくれたあなた方の近隣地域の様子には、心動かされて懐かしい気持ちになりました。都市から都市へと誘惑されたいという気持ちは私にはなじみ深いものであって、あなた方はその目的のために正道を歩んでいるといっても過言ではないように思われます。

予期しなかったことに、最近、ベルリンに残してきた蔵書のうちさらに一〇冊ないし二〇冊(4)を手に入れました。デンマークの本(5)も同じように近いうちに手元に置けないものかと考えています。

フェリツィタスさん、荷解きの際に私のフランス語の本を見つけたら、研究所を通してできるだけ早く私のところに届けるようにしていただけませんか。

聞いたところによると、プラハからはどんどん人が逃げ出しているようです。エルンストがそこに残るのが安全かどうか、わかりません。でもひょっとすると彼は「ポーランドの」ルージ［ポーランド語ではウッチ］に行くかもしれませんね。

リスニングモデルは、わたしがドイツを去るときに失った原稿の中に含まれています。この仕事の構成を、記憶を頼りに可能な限り復元しました。草稿を添付しました。

早く、とても詳しく、手紙をください。

友人たちによろしく。あなた方にも心からの挨拶を。

あなたがたの

ヴァルター

追伸　「ヴァーグナー論」(6)の関係で興味を持たれるかもしれない本のタイトルを二つ挙げておきます。

ヴァルター・ランゲ『リヒャルト・ヴァーグナーの一族』ライプツィヒ、一九三八年、ベック社

オイゲン・シュミット『今日の私たちの目に映るリヒャルト・ヴァーグナー』ドレスデン、一九三八年、ベンシュ財団

［原文：タイプ原稿］

（1）クシェネクは八月三一日にアメリカに到着した。

（2）ホルクハイマーの希望で書かれた論文「自由な研究のためのドイツの研究所」のこと。GS III, S. 518-526.

（3）フェルディナント・リオン（一八八三―一九六五）は『尺

度と価値』誌の編集部長だった。
(4) ベンヤミンの妹ドーラは、三月八日付の手紙で、ベルリンから三つの小包が届いたことを報告している。どのような本が届いたのかについては、彼女は書いていない。
(5) スコウスボストランのブレヒトのところにおいていたベンヤミンの本のこと。
(6) ベンヤミンは二冊目のタイトルの著者名を間違えている。正確には以下のとおり。Walter Lange, *Richard Wagners Sippe. Vom Urahn zum Enkel*, Leipzig 1938 および Eugen Schmitz, *Richard Wagner, wie wir ihn heute sehen*, Dresden, Verlag Heimatwerk Sachsen 1937. (Schriftenreihe Große Sachsen, Diener des Reiches. 2)

143 グレーテル・アドルノから ヴァルター・ベンヤミン宛

ニューヨーク、一九三八年四月一日

一九三八年四月一日

親愛なるデトレフ様

なぜあなたから何のお便りもないのでしょう? あるいはせめて間接的にだけでも知らせがないのでしょう? というのも、日曜日にティリヒ〔書簡23注(11)参照〕のところでショーレムと知り合いになりました。目につく小生意気なベルリンのユダヤ人風の話し方は置いておくとして、私はかなり彼に魅せられました。とくに、彼の激しさと情熱は気に入りました。彼がシンシナティから帰ってきたら、今後はもっと頻繁に会えるといいと思います。

テディは本当に馬のように働いていて、「ヴァーグナー論」という馬車を引いています。九章分の口述が終わり、今第五章のタイプアップをしている最中です。この仕事はひょっとするともっと忙しくなるかもしれません。というのも、この論文をどうしても次号に掲載したいというのが研究所の方針らしく、五月一日までにたったの四〇頁ほどに切り詰めたヴァージョンを用意しなければならないからです。もちろん、テディは、この事情にもかかわらず、まず長いヴァージョンを仕上げました。そのほかにも彼は一五〇から二〇〇頁の大部の英語のメモを作成しました。[1] わたしは、たいてい家で仕事をするテディの負担を、可能な限り取り除いてあげることに注力しています。今のところこちらでは彼の能力がどちらかというと必要とされていて、これはもちろん非常にうれしいことです。

エルンスト・ブロッホからは最近なにか連絡がありましたか——「複製技術時代論」のドイツ語拡大版を作成する

可能性は本当にまったくないのでしょうか。わたしでよろしければいつでも喜んで清書しますよ。たとえ手書きのコピーが読者から読者へという形に過ぎなかったとしても、それがドイツ語で広められることに、せめて何かの貢献をしたいものです。

愛を込めて、昔からの、いつもあなたの

フェリツィタス

〔原文：手書き〕

（1）「ラジオにおける音楽」と題されている。

144　グレーテル・アドルノから ヴァルター・ベンヤミン宛

ニューヨーク、一九三八年四月一〇日

一九三八年四月一〇日

親愛なるデトレフ様

今は日曜日の早朝で、テディはまだ寝ています。というのも、昨日わたしたちは遅くなってやっと帰ってきたのです。マックスのところでの晩の小さな集まりに招待され、それからみんなで小ぢんまりとした素敵なナイトクラブに移りました。〔ロッテ・〕レーニャが出演しているところです。そうなのです、ここにはなんでもあるし、ベルリンよりも充実しているくらいです。二五年から三二年に連れ戻されたような感覚を強烈に覚え、わたしにはときどき気持ち悪いくらいで、このあとはどうなるのだろう、と問わずにはいられません。でもわたしはまだアメリカの内政のこと、経済構造のことをまったくわかっていませんし、ひょっとするとここではすべてが違っているのかもしれません。この隠れ家がしばらく続くことを願いましょう。

リスニングモデルについてのあなたの手紙、無事に届きました。ただ、マックスが研究所についてのあなたの論文を高く高く賞賛しているというのを聞いただけで、残念ながらわたしはまだ見ていません。――フランクフルト新聞の文芸版、届きましたか。――ドルフ・シュテルンベルガーの新しい本(1)、偶然にもあなたの目に止まっていないでしょうか。ヨッホマンの文献の件はどうなっていますか。イルムガルト・クンマー(2)は役に立ちましたか。わたしの本はニューヨークに届きましたが、まだ倉庫にあります。そんなわけで、残念ながらもう数か月間お待ちいただくようお願いしなければなりません。——テディが知るかぎり、マックスはテディの「ヴァーグナー論」をとても気に入ったようで、論文あるいはその短縮版〔短いヴァージョンをどういうふうに作るのかはまだはっきりしていません〕はマックスの前書き付きで掲載されるようです。研究所の機構についてはそのどれも急激に変えるのは無理だと思います。せいぜいよい例を示し、根気強く意見を主張していくしかありません。

さて、あなたはサン・レモで軽率にも、もっと手紙を書くようにとわたしを勇気づけてしまいましたね。そんなわけでわたしは書き続けるしかなく、状況をご存じないあなたにはおそらくほとんど助けていただける見込みのない事柄について、助言を求めることになってしまいます。つまり、わたしの妹〔ロッテ〕とEとの友情は、おそらく結婚するだろうというところまで発展してきたのです〔おわかりのとおり、こういうややこしい手紙では、Eはいつもへま男の役回りです〕。わたしの妹は、概してわたしの言うことをよく聞いてくれますし、わたしは彼女にわたしの懸念を話して聞かせました。もちろん彼女を止めることはできませんが、わたしはいつも彼女に対してある種の責任を感じていて、この結婚は失敗に終わるのではないかと不安を感じているのです。わたしは彼とは再びよい関係を保っていますし、彼に文句をつけることは何もありません。妹にとって、今日そもそも可能なかぎりにおいてですが、彼と一緒にいれば楽しいことがあるのだろうということもわかります。でも、こうした楽しみは、一方でとても高くつくのではないか。今もわたしは、あなたがかつて書いてくださった手紙のことをよく覚えています。確かに、ロッテの場合にはライバルはいませんが、「おれはあてにならない男だぜ」という文言[3]がEにあてはまらないのかどうか、わたしにはわかりません。わたしの〔義〕母〔書簡177注(2)参照〕は俗物的で、一度会っただけでEに強い嫌悪感を抱いていましたが、当然のことながらわたしたちみなを大いに罵るでしょう。でも、これは決定的なことではありません。彼女はもちろん、ここでもすべてが未定のままということについて何ひとつ知りません。ロッテは今ニューヨークに三か月ほど来ようとしているところで、その後おそらくここに住むことになるでしょう。わたしはEがボストンで長く我慢できるとは思えず、彼も遅かれ早かれこちらへ引っ越してくるのではと見込んでいます。

シュテファンからはどんな知らせがありましたか。

妹さんの療養はうまくいきましたか。

早くお手紙をくださいね。友情を込めて

いつも

あなたの
　フェリツィタス
ブロンドのレーニャ
文芸版
~~シュテルンベルガー（レーヴェンタール）~~
ヨッホマン（クンマー）
　パリ
私の本
Eの結婚
シュテファン
ドーラの療養
ショーレム　フランク主義者？〔一八世紀、当時ポーランド領のポリージア地方でヤーコプ・フランクが中心になって起きたユダヤ教のメシア主義運動〕

〔原文：手書き原稿にキーワードがベンヤミンの手によって一枚目の左端に書かれている〕

（1）Dorf Sternberger, *Panorama oder Ansichten vom 19. Jahrhundert*, Hamburg 1938 参照。ベンヤミンはこの本に厳しい書評を書いたが、生前には印刷されなかった。GS III, S. 572-579.
（2）不詳。
（3）ブレヒトの詩「哀れなB・Bについて」にある一文。

145

ヴァルター・ベンヤミンから テオドーア・ヴィーゼングルント＝アドルノ宛

パリ、一九三八年四月一六日

パリ一五区
ドンバル街一〇番地

一九三八年四月一六日

親愛なるテディ様

昨日、ガストン〔ニューヨークのフレンチレストラン〕の復活祭のカード[1]がこちらに届きました。

貴兄が周知の事実のようにほのめかしたあの二人の仲[2]については、ほかならぬ貴兄のほのめかしではじめて知ったということをお伝えしておきます。ということはつまり、われわれ、貴兄と私は、同じ家系樹につらなる葉っぱとして手を振りあう関係になろうとしているわけですね。われわれはすでにそよ風の言葉がかなりわかるようになりましたが、これからやってくる嵐の中では、神の助けを得てなお一層多くのものを生み出していきたいものです。

今回のことでさらに私がうれしく思ったのは、エーゴンがこれで二人の補佐役によって両側から支えられるようになったことです。彼女たち二人は〔カフカの『城』の主人公〕Kの助手たちほど気まぐれでなく、それでも同じように機略に富んでいます。そして彼女たちは程度の差こそあれ「城」の中の事情についていつでも最新情報を得ています。彼には私のこの確信をぜひ伝えておいてください。長い祝電の代わりになることでしょう。

考えてみると、貴兄がこの長い手紙を読む羽目になったのは、ひとえに前に話した新しい作品の件があったからです。というのも私の前回の手紙に対して、貴兄からまだ詳しい返事をいただいていないように思うからです。ただし「ヴァーグナー論」は別で、こちらの方はすでに四章まで手元にあります。その中には私にとってたくさんの魅力的な、また一部はきわめて重要な主題が含まれています。でも私から何かまともな意見を期待されるのであれば、もちろんその前に全体をいただいて詳しく読むことが必要です。私には、ご承知のように、このテーマはなかなか手ごわいところがあり、しかも残念なことに、お送りくださったコピーの質がその手ごわさに拍車をかけています。字が薄くて読むのにひどく苦労するのです。余分が生じたら、もう少しましなコピーを送っていただけるとありがたいです。

私にとってとくに印象深かったのは、ヴァーグナーの音楽にみられる「〔物語に〕付随する性質」についてのコメントです[3]。またシューベルトにおける「森と洞窟」の言葉――垣間見えるファウストの引用！――とは好対照をなすヴァーグナーの言語についての貴兄の考察[4]もきわめて魅力的でした。ライトモチーフの中のアレゴリー[5]についての洞察が、私にとってとくに重要だったことは言うまでもありません。このテクストの中を逍遥し、いたるところに私自身の思索の跡を探すことができる瞬間を今から楽しみにしています。

ここで、親愛なるフェリツィタスさんに一言。復活祭おめでとうございます。また四月一日のお手紙〔書簡143〕もありがとうございました。とてもうれしく読ませていただきました。「複製技術時代論」の複写作成を引き受けてもいいというあなたのお申し出にはもう感謝の言葉も見つかりません。大喜びでお言葉に甘えさせていただきます。原稿をもう一度見なおす時間が見つかり次第、お手元にそれをお届けします。あなたが関わってくださったおかげで、まるで私の小品群の上に幸運の星が昇ってきたかのようです。というのも、ちょうど昨日、『ベルリンの幼年時代』の原稿をレヴィ＝ギンスベルクから取り戻すのに成功したのです。[6] そして今や、あなたが以前にローヴォルトから勝ち取ってくれた本[7]〔ローヴォルト刊の『ドイツ悲劇の根源』と『一方通行路』の各二〇部〕まで入手できそうな見通しです。

　エリーザベト[8]がとても魅力的で素晴らしい人物であることは、私も容易にうなずけます。ただ残念なことに彼女はあれからまもなく杳《よう》として行方をくらましてしまいました。でもまたひょっこりと姿を現すかもしれません。

　以下のニュースは、今回書いているものと、以前中断した文通とのギャップを橋渡しするのによいかもしれません。

　ドルフ・シュテルンベルガーは『パノラマ――十九世紀の光景』を出版しました（ハンブルクのゴーヴェルツ／クラーセン出版）。このタイトルは、同書が私の作品の剽窃の試みであることを自ら認めたもので、しかもその唯一の成功例でもあります。同書の基本思想は、私の作品が提供したものです。そこでは「パサージュ論」の思想に二重のフィルターがかけられています。つまりシュテルンベルガーの頭（フィルターⅠ）を透過できたもののうちで、さらに帝国著述院〔書簡40注（4）参照〕（フィルターⅡ）を透過したものだけが姿を現しています。そこに何が残ったかは容易に想像がつくでしょう。ちなみに「アフォリズム風序文」に書かれた綱領的な説明をみれば、その想像はさらに容易になります。「過去は、たとえ分散した、不完全な形ではあれ、変更不能な証言をわれわれの目の前に提示している。その過去の中にある条件と行為、強制と自由、素材と精神、無垢と罪責を互いに切り離すことはできない。これらすべてはむしろつねに相互に絡み合っている。……ここにあるのは歴史自体の偶然性であり、それが偶然に選択された引用、偶然で無秩序に錯綜した、しかしそれでも文書の形をとった諸特徴の内に捕捉され、保存されている。」

　シュテルンベルガーの筆舌に尽くしがたいほどお粗末な概念装置はブロッホ、貴兄、そして私から盗み取って混ぜ合わせたものです。なかでもひどいのは三頁に一回出てくるアレゴリーの概念の使い方です。感動についての低劣な二つの補論[9]は、彼が私の「親和力論」までつまみ食いしていたことを立証しています。

　しかしその彼も、帝国著述院に配慮して、あそこで中心的な役割を果たしているフランス語の文献にまで言及する勇気はなかったようです。彼の考えた概念装置で扱う対象といえばベルシェ〔一八六一―一九三九。自然科学の啓蒙書で知られるドイツの作家、著述家〕、ヘッケル〔一八三四―一九一九。ダーウィンの進化論を広めたドイツの生物学者〕、シェッフェル〔一八二六―八六。十九世紀ドイツでよく読まれたドイツの作家、詩人〕、マルリット〔一八二五―八七、ドイツの女流ベストセラー作家〕などといった人物です。文章になったものを目の前にすれば、まさかと思うようなことですが、これで貴兄もこの本についての的確なイメージをもてることでしょう。

あの若造はこの大作に取りかかる前に、デビュー作として、退廃芸術を攻撃したヒトラー演説についてミュンヘンからの報告[10]を書いています。それも、さもありなんというところです。

いずれにせよ、あの本を取り寄せてみるとよいと思います。私があれについて公に書評をする――はっきり言えば、やっつける――べきかどうか、よければ一度マックスと話してみてください。

今はもっぱら「ボードレール論」の構想作りにうち込んでいます。これについてはマックスに簡単な報告をしておきました。長い時間をかけて、何冊も何冊も本を読み、何枚も何枚も抜き書きを作成し、今ようやく、一連の省察の中で、非常に透明性の高い構造の基礎作りに着手したところです。その構造はその弁証法的厳格さにおいて、「親和力論」の後塵を拝することのないようにと願っています。

最後に、数か月分の種々の連絡事項です。

何はさておき、まずはいくつかのお願いです。フェリツィタスさんにお願いしたいのは、フランスのイラスト本をできるだけ早く、できれば書留で送っていただきたいことです。貴兄には、繰り返しになりますが、貴兄の『キルケゴール』の送付をお願いします。同じく重要なのは、この間に貴兄が何度かお会いになったショーレムのことを聞かせていただくことです。最近、ベルクソンを訪問した直後のジャン・ヴァール[11]と話をしました。彼によると、ベルクソンは中国軍がすでにパリに進軍しつつあると思っているそうです。しかもそれはまだ日本が勝利をしていた時のことです。またヴァールが言うには、ベルクソンはすべての責任を鉄道に帰しているのだそうです（いつの日か八〇歳になったジャン・ヴァールが何を言うかは、また別問題です）。グレーテ・ドゥ・フランチェスコ[12]がパリに立ち寄りました。彼女とは電話で話しただけです。彼女はひどく悲しんでいました。彼女の両親が莫大な資産とともにオーストリアの罠に落ちたのです。

できるだけ早く、くわしい手紙をいただけるよう願っています。貴兄とフェリツィタスとまわりの方々に、心を込めて

あなたの

ヴァルター

［原文：タイプ原稿］

（1）*Briefwechsel Adorno*, S. 318 参照。
（2）〔グレーテルの妹〕リーゼロッテ・カープルス（一九〇九―？）と〔ベンヤミンの従弟〕エーゴン・ヴィッシングは一九四〇年五月三〇日に結婚した。
（3）Adorno, GS 13, S. 57, 118 を参照。
（4）同前 S. 57 f. 参照。
（5）同前 S. 43 f. 参照。
（6）ベンヤミンからグレーテル・アドルノ宛の一九三五年九月一日付の書簡 103 によれば、アーノルト・レヴィは『ベルリンの幼年時代』の最後のタイプ原稿コピーを筆写させるために持ち去った。
（7）GB IV－841 およびその注を参照。
（8）グレーテル・アドルノの友人エリーザベト・ヴィーナー。グレーテルは四月一日付の未刊行書簡の中でエリーザベトのことを問い合わせている。
（9）シュテルンベルガーの本の中の「涙の宗教」と「気高き蒼白」の章に付されている。
（10）「芸術の神殿――アドルフ・ヒトラー、《ハウス・デア・ドイチェン・クンスト〔ドイツ芸術の家〕》の開館を宣言」『フランクフルト新聞』一九三七年七月一九日（Jg. 81, Nr. 361）朝刊一・二面。および同三面の「祝賀ムードの町、《ハウス・デア・ドイチェン・クンスト》開館祝典」参照。
（11）キルケゴールについての著作を発表した哲学者ジャン・ヴァール（一八八八―一九七四）は一九三六年以後、ソルボンヌで教鞭をとっていた。
（12）オーストリアの文筆家グレーテ・ドゥ・フランチェスコはフランクフルト新聞に勤務していた。彼女の著作『シャラタンの力』は一九三七年に出版された。

146

ヴァルター・ベンヤミンから
グレーテル・アドルノおよびテオドーア・ヴィーゼングルント＝アドルノ宛

パリ、一九三八年六月一九日

一九三八年六月一九日

パリ一五区
ドンバル街一〇番地

親愛なるテディ様

　ようやく貴兄の「ヴァーグナー論」について手紙を書けるところにまでこぎつけました。貴兄はおそらくこの手紙が遅れた理由よりも、事柄自体についての意見を早く聞きたいでしょうから、ずばり本題に入ることにします。

　この作品はずいぶん読み込んだおかげで、ようやくなじみの場所を歩き回っているくらいの感覚は持てるようになりました。ただ、この私にも、いつか他の人が読む時と同じくらいの読みやすさを提供してくれればよかったのにと思いました。まあ、状況が状況だからしかたないと、一人で何度もため息をついたものですが、複写を読むというのは手書き原稿を愛する人間にはなんとも味気なく、ことに神経を集中して解読するにはあまり適していないものです。

　さて、無駄口はやめて本題に入りますが、この作品は豊かな内容にあふれていて、しかもじつに驚くべき明晰さで書かれています。素材について不案内な私のような読者が貴兄のエッセイを読む際の不利な条件は、まさにこのエッセイの真価を証しする優れた試金石となります。最初の通読で、すでに細かな技術的研究を自分がそれとなく理解し、それどころか他の部分についてのはっきりとした展望をもって読みとおすことができるなどとは、まったく考えてもいませんでした。これがいかに貴兄の文章家としての成功を物語っているかは言うまでもありません。

　私の知るかぎり、貴兄がこれほどまでにくっきりと人物の特徴をとらえた作品を書いたことはありません。貴兄の手になるヴァーグナーの肖像は頭のてっぺんから足の先まで絶対的な説得力をもって迫ってきます。彼の志操と身振りが互いにどのように呼応していたのかを、貴兄はじつに見事にとらえています。

　これまで私がときどきやってきたように、目の付け所や表現の点でとくに成功しているように思える個々の点をここで挙げることはできません（それでもとくに魅力的な箇所の中から思いつくままに拾い上げれば、ヴォータンと乞食のモチーフ[1]の絡み合い、ヴァーグナーの姿勢に宿る「ドイツ的社会主義[2]」、指輪《リング》のモチーフの政治的解読[3]、国際連盟の始祖としてのマルケ王[4]についての文章などです。マルケ王についての一文などは、イヴニング・ニューズの有名な風刺画と同じくらい喚起力をもつ文章です）。

　さて本題に戻ると、私をとくに魅了したのは、ヴァーグナーの作品に明らかに通底している独特の「無形式性[5]」を、貴兄がいかに見事に浮き彫りにしているかということです。「付随する音楽」という用語——これは貴兄が創り出したものですよね⑹——は、じつにみごとな掘り出し物です。また同様に、ヴォータンやジークフリートといったヴァーグナーの登場人物が互いに濃淡のある影のように入り混じっているというのも、私には教えられるところの多い指摘でした。一言でいえば、「ヴァーグナー論」の個々の要素がその全体構想に由来しており、その全体構想は貴兄の省察が真の歴史的独創性をそなえているがゆえに説得力を持つのだということは、私にとってはまったく疑問の余地のないことです。

それでも、オスペダレッティのテラスで話し合ったとき⑺、私たちの間に亡霊のように浮かびあがってきた問いを、貴兄はまだ葬り去ってくれてはいません。今日は私の方から、あの問いへの記憶をもう一度、呼びおこさせてください。貴兄は、すでに最初期のヴァーグナー体験の中で、彼の作品への洞察をいつも身近に感じていたのでしょうか。たとえて言えば、誰かがピストルの決闘場となった草原で敵に相対したその瞬間に、思いがけず、その草原がじつは少年時代に自分がよく遊んでいた懐かしい原っぱであることに気づかされるといった状況です。そんな状況に特有の緊張感が「ヴァーグナー論」にも根強く残っているように私には思われます。私たちの会話の主題であった「救済」の成功をおびやかすのは、まさにこの緊張感なのではないでしょうか。貴兄はこうした救済を告げるモチーフを、明確に、また同時に細心の注意を払って描き出しました。今私の念頭にあるのは、あの金色の無と銀色の小待機⑻という貴兄の素晴らしい表現です。こうした箇所によって、もちろんヴァーグナーの唯物論的解明の精密さが響きを失っているわけではありません。しかし、こうした箇所が完全な響きを保っているわけでもまたありません。それはなぜか。それは、こうした箇所が貴兄の構想に当初から予定されていたものではなかったからではないか、と考えるのは、私の誤解でしょうか。「ヴァーグナー論」のような作品には、構想されたモチーフの反響が戻ってくる深い谷や洞窟が存在しないわけにはいきません。ではなぜその反響は戻ってこないのでしょうか。なぜ、そのモチーフが響いている美しい箇所（貴兄が「ホルダの女神が山から下りて」を引用しているあの驚嘆すべき箇所など⑼）は、その美しさによってのみならず、その孤立によって際立っているのでしょうか。

簡単にまとめれば、「ヴァーグナー論」の基本構想は十分に優れたものですが、それは論争的なものだということです。論争的なものこそがわれわれにふさわしい唯一ののであり、貴兄がここで行っているように、われわれが思いのままに利用できる唯一のものであることを思えば、これも驚くには値しないでしょう。この構想においては貴兄の音楽技法上の精力的な分析もまた、いやまさにその分析こそが本領を発揮しているように思えます。ヴァーグナーを論争的に扱うことは、貴兄がまさに行っているように、彼の作品の進歩的要素に光を当てることを排除しません。ヒツジとヤギが容易に区別できないように、進歩的要素が退行的要素から容易に切り離せないとすれば、なおさらのことです。

　しかしながら――親愛なるテディさん、ここで貴兄は私の不意を突いて、貴兄の好きなインディアンごっこに出てくる戦闘の斧を取り出してくるわけですが――救済という歴史哲学的視点は、私が思うに、進歩と退行を問題にする批判的視点とは一致しえないことが判明します。より正確に言えば、われわれが「進歩」という表現で折にふれ議論してきた特定の哲学的連関の下でしか二つの視点に一致しえないことが判明します。進歩的なもの、退行的なものというカテゴリーを、貴兄の作品の中心部分で用いることの正当性については、否定する気は毛頭ありません。しかし、このカテゴリーをあまりに見境なく使ってしまうと、ヴァーグナーの救済（それにこだわる気は――とくに、貴兄の作品の手厳しい分析を読んだ後では――目下のところまったくありませんが）をめざすアプローチはきわめて疑わしいものになってしまいます。

　哲学的傾向としての救済は、ある文章上の形式を必要としており、それはまた（もっとましな表現が思いつかないので）舌足らずに言えば、音楽的形式と特別な関係を持っている。そんなふうに私が言っても貴兄はきっと反対されないでしょう。救済は円環的な形式であり、論争は進歩的な形式です。「ヴァーグナー論」の全一〇章は私には円環というよりは進歩と感じられます。そしてまさにこの連関の中でこそ、社会批判的研究と技術的研究は自律的な展開を遂げるのです。しかしこの連関は他方で貴兄の音楽理論の昔からの重要なモチーフ、たとえば慰めとしてのオペラ、抗議としての音楽[10]といったモチーフを押し潰してしまいます。その連関は、永遠のモチーフを幻想との機能的連関[11]の中に押しとどめ、それがもつ幸福のモチーフとの親縁性を看過させてしまうのです。

　これらすべては、言ってみれば、最近の私たちの会話[12]の一つで問いとして浮かんできたものです。私がここで語っていることについて、貴兄が私より不案内だなどと思っているわけではありません。ひょっとしてヴァーグナーの救済は、貴兄のはるか以前のモチーフのひとつ、つまりデカダンスと貴兄の大好きなトラークルの引用[13]のモチーフを扱うための余地を作り出したのかもしれません。救済における決定的要素――ではないのでしょうか――は、けっして進歩的なものではありません。それはカール・クラウスでは起源と呼ばれている目的地と同じく、退行的なものにきわめて似ているように見えます。[14]

私が「ボードレール論」を書く際の難しさは貴兄の場合とちょうど正反対なのかもしれません。論争のための余地は、見かけ上でさえ、いわんや中に足を踏み込むならなおのこと、ほとんど残っておらず、見下げたものや時代遅れなものは、そこにほとんどありません。ですから救済の形式をこの対象に当てはめること自体が問題と化す可能性があります。少し時間をかければ、これについてはもう少しわかってくると思います。

さて貴兄からの何通かの手紙と、私が返事を書かなかったことについて一言。今、目の前にあるのは四月一〇日付(これはフェリツィタスから私宛のもの)、五月四日付、六月八日付の三通です。[15] 私はその間に、マックスに一通の長い手紙を、ショーレムに一通の詳しい手紙を書き送りました。そんなわけで私の事はその時期に、彼らから間接的にお二人の耳に入っているものと思っていました。そうでなければ、私はもっとばつが悪かったことでしょう。ちょうどその時期に、『ベルリンの幼年時代』のコピーを遅まきながらお二人にお届けしようと思い立ったのですが、その時、突然にまたそのテクストに新たにとりかかることになり、踏み込んだ改訂を行ったのです。そのうちの何篇かは『尺度と価値』誌の最新号で読むことができます。[16]

本当を言うと、この筆不精の理由一覧はまだ完全ではありません。じつは六週間にわたって慢性的な重い偏頭痛にとりつかれていたのです。ついに私は医者通いをすることに決めました。最初の疑いはマラリアのぶりかえしでしたが、しかしそれを示す兆候はありませんでした。ところがちょうど眼の精密検査を受けに行ったときに症状がふいに消えたのです。そろそろ潮時だったのでしょう。というのも、もう疲労困憊の極致だったからです。こうした事情はもちろん私の仕事には好都合ではありませんでした。デンマークでこの失われた時間を取り返すべくできるだけ頑張るつもりです。明後日、出発します。

国籍取得のために必要な領事館での面談がこのところ重なりました。これについては一番最近の五月二八日付の手紙でマックスに詳しく報告しておきました。私としては、彼が西部に出発する前にあの手紙を受け取っているものとほぼ確信しています。ですから、国籍取得に必要な証明書[17]についての私の頼みは、おそらくその出発前にポロックに伝えてくれたのではないかと思います。この想定が間違っている場合を考慮して、私がマックスに書いた手紙の当該箇所のコピーを同封しますので、申し訳ありませんが、ポロックにそれを渡していただけますでしょうか。ポロックは私の計画について基本的にはすでに承知しています。こちらでの手続きには、じつにうんざりするほど時間がかかります。研究所からの証明書の発行は早ければ早いほどありがたいです。

お二人が送ってくださった新聞の文学付録[18]のお返しに、先日、『フィガロ』紙に載ったクローデルの文章[19]を印刷物扱いでお送りします。このとんでもない人物の卓抜な視線と類稀な能力のよき証明です。

もうひとつ、お二人には奇妙に思われるかもしれませんが、ニューヨーク関係のミニ情報をひとつ付け加えておきます。当地では目下、アメリカ芸術回顧展[20]が開かれています。おかげで一八〇〇年から一八四〇年までの時代の作者不詳の一〇枚から二〇枚の原住民の絵を見ることができました。この種の絵から、こんなに強烈な印象を受けたのは初めてです。ジョン・ロックフェラー・ジュニア氏所有のもの以外はほとんどが「アメリカ民衆芸術美術館《フォークアートギャラリー》」所蔵のものです。この展覧会がニューヨークでも開かれるようなら、ぜひ逃さずに見てください。アメリカの話になったついでに、お二人はメルヴィルをご存知ですか。こちらでは彼の重要な作品がいくつか出版されています。

最近の私の文学関係の仕事について二つだけ報告しておきます。たぶん最近、ショーレムから少しは聞いておられるでしょうが、とくに〔マックス・〕ブロートのカフカ伝に取り組んでいます。そしてこの機会に自分でもカフカについて、以前のエッセイとは違った視点からいくつかメモをとりました。そしてその際、テディがカフカについて書いた一九三四年一二月一七日付の手紙[21]をもう一度、非常に興味深く読み返しました。それがあまりに緻密に書かれているだけに、同じく手元にあるハーゼルベルクのカフカ論[22]の粗雑さがいっそう目立ってしまいます。もう一つ、初めてロンサールを読んで、「ボードレール論」の扉に使える言葉[23]を見つけました。あと、翻訳でプリーストリーの『行き暮れて』を読みました。この原作をもとに『魔の家』という映画がつくられていますが、これは非常に注目すべき映画の一つです[24]。旧作の回顧上映などがあれば、ぜひ見逃さないようにしてください。

親愛なるテディさん、リヴァイアサン[25]がビヒモスのところに立ち寄るという貴兄のたとえには、心底、笑ってしまいました。敬意をもって心にとどめおくことにしましょう。それだけに一層、この文章を前にして、ショーレムはフランク主義者なのかというフェリツィタスの質問に自分が答えられないでいるのは、なんとも情けない感じです。いや違う、と答える権利は私にはあると思うのですが、そんなふうに言ってしまえば、彼女としてもなすすべがないでしょう。お二人がショーレムと初めて知り合ったのは招待旅行の時だったことを思い出してください。他のことはさておいて、この一事をもってしても、彼から何かを引き出せる確率は、私よりも、お二人のほうが一〇倍も大きいことでしょう。ちなみに私はパリでもう一度、彼と出会うチャンスがあるのではないかと思っています。しかしこれについてはまだはっきりとはわかりません。

　ブロッホはまだプラハにいて、アメリカ移住の準備をしています。彼は『世界舞台』誌にブレヒトについてとてもよい論文を、ブハーリンの最後の言葉(26)についてとてもひどい論文を書きました。アイスラー〔書簡62注（3）参照〕やブハーリンについてお二人が提供してくださったような種類のニュースは、私にとってはいつでも大歓迎だということを、この機会にぜひ知っておいてください(27)。

　エルゼ・ヘルツベルガーのアメリカ旅行は、私にとってはあまりよいことではありませんでした。その後は何度か電話で話しただけですが、その主な内容といえば彼女がこうむった損害をそれとなく匂わすといったものでした。お二人のご想像どおり、私としてはとても気の毒に思っていますが、かといって、これといってやってあげられそうなことも見つかりません。

　貴兄たちのプロジェクトの中では、弁証法の新しい形(28)についての仕事に断然、興味があります。でも時間的には「ラジオにおける音楽」(29)〔手紙143注（1）を参照〕についての仕事の方がたぶん優先されるのでしょうね。

　貴兄が書いていたグライト氏(30)と会う機会があれば、ご意向に沿って対処します。幸いに、お手紙からはとくに高い確率があるように思えませんでしたが。もっとも彼がデンマークにいるなら、話は別でしょうか。

　シュテルンベルガーについては、つまり刑の執行を延期するということですね(31)。では今日のところはこれで終わりにしておきます。最後に心よりのご挨拶を送ります。

あなたがたの

ヴァルター

〔原文：タイプ原稿。〔独語版原書で書簡145になっているのは間違い〕〕

（1）『ヴァーグナー試論』第九章参照（GS 13, S. 127 f.）

（2）同前、S. 126 f.

（3）同前、第一〇章参照（GS 13, S. 134-142; S. 111-114）

（4）アドルノ「ヴァーグナーについての断章」『社会研究誌』八号（一九三九—四〇年）、一—四九頁（一・二分冊）所収。この引用は同四〇頁の「マルケは国際連盟の始祖である」から取られている。この箇所は『ヴァーグナー試論』では「マルケは宥和政策の始祖である」と修正されている。(GS 13, S.137)

(5) GS 13, S. 38-40.

(6) Vgl. ebd. S. 118. この用語はアドルノの創作ではない。

(7) 一九三七年末から三八年初頭にかけてグレーテルとテオドーア・アドルノがサン・レモに滞在していた時の対話。リグーリア州オスペダレッティはサン・レモの西数キロのところに位置する。

(8)「ヴァーグナーについての断章」の印刷前にすでに手稿で削除された以下の文章が一〇章に置かれていた。「金色の無には銀色の小侍機が付きまとっている」(Theodor W. Adorno Archiv, Ts 2927)

(9) リヒャルト・ヴァーグナー『タンホイザーとヴァルトブルクの歌合戦』第一幕、第三場。アドルノはこの箇所を六章で引用している。(GS 13, S. 88)

(10)「オペラの真の理念、すなわち慰めの理念が失われている。それを前にすれば、黄泉の国の門も開かれるあの慰めの理念が」(同前 S.118)。ベンヤミンが手にしていたと思われるヴァージョンでは以下のように書かれていた。「あらゆる表現にもかかわらず、ヴァーグナーの特徴をなすのは、その音楽体験に魂の欠如という契機がつきまとっていることである。ヴァーグナーにあっては、オペラの根源的な力、すなわち慰めの力が失われている」(Theodor Adorno Archiv, Ts 2897 f.)。最後の一〇章の以下の結語も参照のこと。「しかしあらゆる感覚を押し流すヴァーグナーのオーケストラの津波の中から、このようにきらりと輝くものをすばやく抜き取ることができる人には、そこで変化した響きが慰めをもって報いてくれるだろう。この慰めこそは、ヴァーグナーのオーケストラがその陶酔や幻想にもかかわらず、かたくなに拒絶してきたものだ。それは無力な人々の不安を語ることによって、どんなに弱く、不完全なものであっても、無力な人々にとっての助力となり、音楽の古くからの抗議が約束していたものを、すなわち不安なき生を、もう一度新たに約束してくれるかもしれない」(GS 13, S. 145)

(11) GS 13, S.84.

(12) 一九三七年末から三八年初頭にかけてのサン・レモでの会話。

(13) 一九三六年夏、アドルノは『社会研究誌』のために、デカダンスに関する論文を計画していた。そのために彼は次のようなメモを書いていた。「デカダンス論文のための扉の言葉。《すべて生成するものは、なんと病んで見えることか》ゲオルク・トラークル」(『緑の本』三八頁)。この詩句は『晴れやかな春』の三番目の詩の第一連にある。

(14) カール・クラウス『詩となった言葉』I、ライプツィヒ、一九一六年、六九頁(「死に行く人」第四〇行)参照。

(15) この手紙は残っていない。

(16) 発表されたのは以下のとおり。"Krumme Straße"〔曲がった道〕, "Pfaueninsel und Glienicke"〔孔雀島とグリーニッケ〕, "Der Strumpf"〔靴下〕, "Unglücksfälle und Verbrechen"〔不幸な出来事と犯罪〕, "Die Farben"〔色〕, "Zwei Blechkapellen"〔ブリキのるつぼ〕, "Winterabend"〔冬の夜〕。

(17) ベンヤミンは国籍申請のために、研究所の委託により三年間、フランスで学術研究に従事した旨の証明書を必要としていた。
(18) 送られた『フランクフルト新聞』文芸欄付録の一つはおそらく、ハインリヒ・ツィンマーがドルフ・シュテルンベルガーの著書『パノラマ――十九世紀の光景』についての書評を書いた一九三八年四月一七日号だったろう。ベンヤミンはこの書評の切り抜きを保存していた。
(19) たぶんポール・クローデル(一八六八―一九五五)が一九三八年三月二六日に『フィガロ』紙に発表した論評「ヴァーグナーの毒」だろう。原文は以下を参照。Paul Claudel, *Œuvres en prose*. Préface par Gaëtan Picon, édition établie et annotée par Jacques Petit et Charles Galpérine, Paris 1965, pp. 367-372 (Bibliothèque de la Pléiade. 179)
(20) この回顧展については不詳。
(21) 一九三四年一二月一七日付のアドルノの手紙。以下を参照。*Briefwechsel Adorno*, S. 89-96.
(22) ペーター・フォン・ハーゼルベルクは『フランクフルト新聞』の文芸欄のために書いた「カフカ覚え書き」を一九三五年夏にベンヤミンに送っている。しかし、それは実際には掲載されなかった。
(23) この扉の言葉は、ピエール・ロンサールの「死の賛歌」から採られた。GS V, 1, S. 301.
(24) ここで言及されているジョン・ボイントン・プリーストリー(一八九四―一九八四)の小説は一九二七年に出版された。アメリカ版のタイトルは『暗い陋屋〔The Old Dark House〕』で、ジェイムズ・ホエール監督による同名の映画は一九三二年の作。この映画のドイツでのタイトルは『恐怖の家〔Das Haus des Grauens〕』。
(25) 以下を参照。*Briefwechsel Adorno*, S. 324-326.
(26) 以下を参照。エルンスト・ブロッホ「演劇界のレーニン主義者」『新世界舞台』三四(一九三八年)、六二四―六二七頁(三八年五月一九日、第二〇号)、同「ブハーリンの最後の言葉」『新世界舞台』三四(一九三八年)、五五八―五六三頁(三八年五月五日、第一八号)。
(27) 以下を参照。*Briefwechsel Adorno*, S 328f.
(28) アドルノは以前に以下のように書いていた。「ちなみにマックスと私の執筆計画はいよいよ非常に具体的な形をとりつつあります。われわれがとりあえず新しい形の、未完結な形の弁証法について長い論文を共同で執筆するだろうことはほぼ確実です」(*Briefwechsel Adorno*, S.331)。しかしこれは計画にとどまった。
(29) アドルノのラジオ研究は、『音楽の動向』というタイトルで彼が計画していた本に収録される予定だったが、断章に終わった。
(30) アドルノはスウェーデンに亡命した俳優、演出家ヘルマン・グライト(一八九二―一九七五)の著作『オプティミズム』に関する審査報告を「ドイツの文化的自由のためのアメリカ協会〔American Guild for German Cultural Freedom〕」に提出するために一九三八年一月に執筆していた。グライトはスウェーデンではブレヒトとも共同作業をしており、〔社会研究所からの〕奨学金を得られなかった。ベンヤミン宛のアドルノの手紙には以下のような文章が見られる。「その審査報告は、私の了承の下で、グライト氏にも読めるようにしました。そして同氏は私にじつに恥知らずな手紙をよこしたのです。もしその手紙にグライトのブレヒトとの関係についてあれほど明確に書かれていなければ、こんなことはすべてとるに足らないことだったでしょう。ところがこの手紙にはまた、グライトの知人には、私について、またマルクス主義方面の私の審査資格について話してくれた人は誰一人いないという主張が含まれていました。これは実に腹立たしいことで、もし貴兄にあまり不愉快な思いをさせないですむならば、一度、いったいどうなっているのか確かめていただければ、とてもうれしく思います」（*Briefwechsel Adorno*, S. 322 f）

(31)「シュテルンベルガーについては、その本を入手するように言っておきました。やっつけることについては別に異存はありません。ただ一つだけ考えておいていただきたいのは、最新の、しかもきわめて信用できる情報によると、今の新聞社［フランクフルト新聞］のシュテルンベルガーのポストはもはや維持できなくなったとのことで、ここで運命の先取りをするのがいいのかどうか、私にはちょっと分かりません」（*Briefwechsel Adorno*, S. 327）

147　ヴァルター・ベンヤミンから グレーテル・アドルノ宛

スコウスボストラン、一九三八年七月二〇日

親愛なるフェリツィタス様

お二人からの誕生日カード[1]が、まさに一五日［七月一五日はベンヤミンの誕生日］の正午きっかりに私のもとに届くなんて想像していましたか。本当にその時間に、郵便屋さんが現れたのです。喜びと同時に、この前は私の方がうっかりしてしまったあの気まずさが強く甦ってきて[2]、痛恨のきわみです。これにはまったく弁解の余地はなく、ただただ赦しを請う以外にありません。それだけにいっそう日付はしっかりと頭に叩き込むことにします。いったん頭に入ってしまえばもう大丈夫です。

私が想像するに、お二人は、身近なきっかけから、お二人の記憶を一五日に新たにされたのではないでしょうか。こう想像してみると、ごく自然に、妹さんの結婚式はもうすんだのか、まだこれからなのかを知りたくなってきます。このことについてはあなたがすでに詳しく書いてくださり、私もお返事を差し上げました。それは前回の手紙だったように思いますが、その手紙へのお返事はまだお二人からいただいていないと思います。

こちらでの私の様子については、二週間前にエーゴンに手紙を書きましたので[3]、彼からお聞きになっているかもしれませんね。ブレヒトの家から至近距離にある、まあまあ静かな部屋に住んでいます。書き物用には、もう何年もごぶさたしていたようながっしりした大きなデスクがあり、

そこからゆったりとした海峡を見渡すことができます。その岸辺には帆船や小さな汽船が行きかっています。こうして私は、ボードレールが言う「明日の仕事について粘り強く考え抜く」[4]生活を送っています。そしてこの仕事の主題こそ、ボードレールその人なのです。

この仕事には、もうすでに一か月間、毎日八時間から九時間の時を費やしており、パリに帰るまでに素稿の形での原稿を書き上げる予定です。そのようなわけでショーレムと会う計画は、非常に残念なのですが、あきらめざるをえませんでした。そうしないと、作品を仕上げるための非常に重要な段階で、中断が入ってしまうからです。たぶんその間に、お二人もそのことを彼からお聞きになっていることでしょう。

続いてひとつ、言いたくはないのですが、打ち明け話があります。打ち明けるのはあなたが最初で、それも内緒にしておいてほしいからというよりも、むしろ分かっていてほしいからです。じつは、どんなにがんばっても、九月一五日の締切は守れそうもないのです。

こちらからポロックに宛てた手紙[5]には、ほんの少し締切を超えてしまうのは避けられないかもしれないと書いておきました。パリで慢性的な偏頭痛に苦しんでいた時期にむりやり図式化したものを、その間に、もう一度新しくやりなおすことを決心せざるをえなかったのです。

「ボードレール論」のような仕事では、構想こそが決定的に重要です。この点では、われわれの意見は一致しています。構想で無理をしたり、ごまかしをしたりすることは絶対に避けねばなりません。それに加えて「パサージュ論」の土台となっているカテゴリーのいくつかは、ここで初めて練り上げたものです。たぶんお二人にはサン・レモですでにお話ししたと思いますが、新しくかつ永遠に同一なるもの、といったカテゴリーなどは、その最たるものです。さらに、この仕事では――これが一番あなたにとっては分かりやすいかもしれませんが――これまでどちらかといえば互いに切り離された思考領域でしか浮かんでこなかった、たとえばアレゴリー、ユーゲント様式、アウラといったモチーフがはじめて相互に関係づけられたのです。概念的コンテクストが濃密になればなるほど、もちろん言語的コンテクストは、いっそう磨かれた都会的洗練をかもしだす必要があります。

それにはいろいろと難しい点がありますが、その難しさは、事柄自体の中にあるというよりも、むしろ時間の中に、つまりこの時代の中にあります。もしあなたに、たとえ一週間でも会えるのであれば、私はそのためにどんなものでも手放すことでしょう。よくあることですが、あなたは私が半句話せば、たちまち私の言いたいことを理解してくれます。まさにそれが、残りの半句を思いつく手助けとなるのです。それに比肩できるものは、ここにはまったくありません。ただその一方で、私の強いられた孤独にブレヒトが理解を示してくれていることは、とてもありがたく感じています。それがなければ、状況はもっと不快なものになっていたことでしょう。そしてまたそれがあったからこそ、私は自分の仕事に没頭することもできたのです。あまり没頭しすぎて、半分完成した彼の新しい小説[6]もまだ読んでいないくらいです。もっともそれは読む時間がないというよりは、むしろ自分の仕事からかけ離れているものには入り込めないという理由からですが。

他のどんな仕事とも両立できないという、この仕事の気難しい性格が、あまりにも短い締切期限にそれを押し込むことを難しくしている理由でもあります。年末までには——私としては一一月一五日を最終締切日とする予定ですが——仕上げなければならないのは当然としても、少なくとも五週間の期限延長なしには完成がおぼつかないであろうことを、今の段階ですでに言っておかないのは愚かしいことでしょう。

私としてはもちろん、マックスにもいずれこのことを伝えざるをえないでしょう。でも、マックスへの手紙は、この手紙があなたに届くよりもずっと後に書くことになると思います。というのも、ポロックには最近になってようやくこのことで手紙を書いたばかりですし、私としては——これが一番大事な点ですが——この編集上の厄介ごとについては、まずあなたのご理解とご助力、そしてまたテディのご助力がいただけるかどうかを確認したかったからです。そんなわけで、こんなに長々と書かせていただいた次第です。

でもこれでまだ終わりではありません。じつは引き続きもう一つ、私のデスク全体をあなたに目の前に思い浮かばせるようなお願いがあるのです。有名なR・L・スティーヴンソン〔一八五〇—一九四。イギリスの小説家。晩年は南太平洋のサモア諸島に移り住んだ〕がガス灯について何かを書いているということを知りました。ガス灯についての彼のエッセイ[7]があるのです。これまでのところそれを入手するための私の努力はすべて無駄に終わりました。このエッセイが私にとってどんなに重要な意味をもちうるかについては、説明の必要はありません。それを私のために入手する努力をしていただけますでしょうか。そしてこれが本当に最後のお願いですが、あなたのところにまだある私のフランス語の本をこれから何週かのあいだに当地に送っていただくことは可能でしょうか。フランスへの送付は当局が書籍に関税をかけたがるので、もしそれが可能なら、面倒を避けることができます。そうしていただければそれらの本は、こちらから他の書籍と一緒に船荷でパリに送ることができます。

小耳にはさんだところではエルンスト・ブロッホがニューヨークにいるそうですが、本当ですか。[8] もし本当なら知らせてください、そして彼によろしくお伝えください。雑誌の最新号から察するに、そちらには彼の弟子のヨアヒム・シューマッハーもいるようですね。シューマッハーが書評欄に書いたものは悪くないと思いましたが、彼が出版した『混沌への不安』という本は、彼が受けてきた教育に問題があることを感じさせるものでした。[9]

ここにいると、パリにいるときよりも、党路線に忠実な文書を目にすることが多く、最近たまたま『国際文学』誌のある号[10]を手にしました。そこに、私の「親和力論」の一部を引いて、私をハイデガーのとりまきとして紹介しているものがありました。こうした文書類のレベルの低さは深刻です。これにブロッホがどんなふうに調子を合わせるのか、お二人なら聞いてみる機会があることでしょう。ブレヒトについて言えば、ロシアでの多民族政策の必要性についての憶測から、ロシアの文化政策の理由をできるかぎり理解しようとしています。しかしその彼にしてももちろん、こうした理論的路線が、われわれが過去二〇年間、守ろうと努力してきたあらゆるものにとって破滅的なものであることを認識しないわけにはいきません。あなたもご存知のように、彼の翻訳者であり、また友人であったのはトレチャコフです。彼がもうこの世にいないことは、ほぼ確実です。

天気は陰鬱で、散歩に心を誘われることはほとんどありません。でも、それもかえって好都合です。散歩はしないからです。私のデスクは斜めになった屋根の下にあるので気温の点では好条件です。というのも、乏しい陽光がときおり提供してくれる暖気がここでは他の場所よりも長く保たれるからです。生活にちょっとした気晴らしをあたえてくれるはずの一、二局のチェスにも、灰色の海峡とその単調さが影を落としています。というのも私が勝つことはめったにないからです。

親愛なるフェリツィタスさん、どうぞ元気で過ごしてください。こんなふうに仕事をしていると、手紙を書くためには、何か特別に背中を押してくれるものが必要だということをわかってください。そしてたくさんのことを私に伝えてくださることで、私の背中を押してください。あなたのお手紙はいつでも短いです。そしてテディと他の人たちにもくれぐれもよろしくお伝えください。心を込めて。

あなたのデトレフ

一九三八年七月二〇日
スヴェンボル、スコウスボストラン
ブレヒト方

最近——生まれてはじめて！　——キャサリン・ヘップバーンを見ました。彼女は素晴らしいですね。そしてあなたにとても似ています。人からそんなふうに言われたこと、まだ一度もないでしょうか。

［原文：手書き］

（1）この誕生日カードは残っていない。
（2）ベンヤミンは六月一〇日のグレーテル・アドルノの誕生日を忘れていた。
（3）エーゴン宛のこの手紙は残っていない。
（4）この引用はボードレール「若き文学者たちへの忠言」の中の「日々の仕事と霊感」の節から採られている。
（5）この手紙については草案だけが残っている。
（6）一九三八年一月からブレヒトが書き始め、未完に終わった小説『ユリウス・カエサル氏の商売』をさす。
（7）ロバート・ルイス・スティーヴンソン「ガス灯のための弁」。以下に所収。*The Works of Robert Louis Stevenson*, Tusitala Edition, vol. 25: *Virginibus puerisque and Other Essays in Belles Lettres*, London 1924, pp. 129-132.
（8）ブロッホは七月中旬にニューヨークに到着した。
（9）ヨアヒム・シューマッハー（一九〇四—八四）は一九三三年にブロッホと知りあい、その後、親しくなり、一九三七年にアメリカに移住した。シューマッハーは同年の『社会研究誌』三号に、レオ・バーレトとE・ゲルハルトの共著『十八世紀におけるドイツの芸術、文学、音楽のブルジョワ化』（シュトラースブルク、チューリヒ、ライプツィヒ、一九三六年）についての書評を、一九三八年一—二号にナイツ『ジョンソンの時代の演劇と社会』（ロンドン、一九三七年）、およびニューマン『ジョナサン・スウィフト』（ボストン、一九三七年）についての書評をそれぞれ発表している。彼自身の著書『混沌への不安』は、シューマッハーが妻と不法滞在していたフランスで書かれ、一九三七年にパリで出版された。
（10）この雑誌の一九三八年第六号（一一三—一二八頁）にアルフレート・クレラ〔のちに東ドイツの教条主義的文化政策の推進者となる〕が、『カイエ・デュ・シュッド』の特集号「ドイツのロマン主義」についての書評を書いている。その一二七頁には、そこに所収されているベンヤミンのエッセイ「ゲーテにおける神秘的不安」について次のように書かれている。「ここに見られるのは、ゲーテの基本的な態度をロマン主義的に解釈し、ゲーテの人生における《アルカイックな審級の力》と形而上学的不安を、彼の偉大さの本来的な源泉として説明しようとする試みだ。ハイデガーの名誉を大いに高めてくれるであろう試みだ」

148 テオドーア・ヴィーゼングルント＝アドルノおよびグレーテル・アドルノからヴァルター・ベンヤミン宛

メイン州バー・ハーバー　一九三八年八月二日

メイン州バー・ハーバー
一九三八年八月二日

八月一五日以降の住所
ニューヨーク州ニューヨーク　一三D
リヴァーサイド・ドライヴ二九〇番地

親愛なるヴァルター様

「ヴァーグナー論」への批評を書いてくれた六月一九日のお手紙〔書簡146〕に心からお礼を申し上げます。まずは、質の悪い複写をお届けしてしまったことを、お詫びしなければなりません。しかし読むに堪えるのは、あいにくオリジナルだけで、しかもそこにはたえず加筆修正を書き込んでいるものですから、それを手放したくないということなのです。

貴兄の批評については、認めていただいた点については、この上なくうれしく思いました。また否定的評価については、貴兄の意見に同意する以外にないという事実があるため、簡潔に述べざるをえません。ただしそうなった理由は、貴兄が挙げた理由とはわずかにずれているように思います。私が思うにそれは、貴兄が、そしてついでに言うと非常に似た形でマックスもまた、あの仕事に欠如していると感じたような種類の経験を、私がしていないという理由によるのです。ヴァーグナーは私の子供時代の憧れの作曲家には属していませんでした。[1] そして今日にいたってもなお、ローベルト・ライニックに関連して、[2] いくつかの箇所で試みた以上には、彼のアウラを呼びおこすことができないでいます。とはいえ情状酌量として言っておきたいのは、私はヴァーグナーの救済というモチーフをけっして手放しで彼の進歩的特徴に結び付けてはおらず、むしろいずれの箇所でも進歩的なものと退行的なものが一体化している点を強調してきたという点です。最終章を丁寧に読んでいただければ、貴兄にもそれを認めていただけるものと思います。それは、この作品が貴兄が認めておられる以上に円環的な形式をとっていることを示す、貴兄の言う意味での一つの指標なのかもしれません。最終章のモチーフは第一章のモチーフにぴったりと合っているからです。〔当該箇所の欄外にアドルノの手書きで〕すみません、さっきタイプの不具合でこんなふうになってしまいました、I am so sorry![3]

ちなみに、この作品のこれからの運命はまだ決まっていません。その短縮版を作ることは、最初のうち、いずれにせよ途方もなく難しいと思っていましたので、これはあきらめることにして、その代わりフッサール論の根本的な書き直しと短縮[4]に取り掛かりました。こちらの作品には特別な愛着があって、これに関しては貴兄にも楽しんでもらえるものと思っています。だからといって、このフッサール論自体が楽しいものかどうかは別ですが。新しい稿は九月一〇日までには確実に完成すると思います。そして同じく確実に、次の号には掲載されるだろうと思います。ですから、それまでにもし「ボードレール論」ができていれば、私としてはますますうれしい限りです。ついでに言うと、貴兄の「ボードレール論」が念頭にあったことが、私がフッサールを優先し、ヴァーグナーを後回しにした理由の一つでもあります。ボードレールとヴァーグナーが同じ号に載るというのは、たぶんあまり具合がよくないでしょうからね。

われわれが今いるところは、アメリカとしてはとびぬけて楽しい場所で、南仏とリューゲン島とクローンベルク〔フランクフルト郊外の高級住宅地。ホルクハイマーがかつて住んでいた〕を足して割ったような感じの島の中にあります。エーゴンとロッテも一週間、ここに滞在しました。彼らの車があったおかげでわれわれの地理的経験が、そして彼らがいてくれたおかげで人間的経験が広がりました。あとは、ヘーゲルの論理学を新たに読み直していますが、これは掛け値なしにすごい本で、今日の状況下では、あらゆる部分が私に語りかけてきます。これについての省察を貴兄は今度のフッサール論の中に見出すことになるでしょう。そのほか、ヒンデミットのじつに嫌悪すべき作曲の手引[5]を読んでおり、これについてはわれわれの雑誌か、あるいは『23　ウィーン音楽雑誌』誌上でやっつけたいと思っています。嫌悪すべきものが話題になったついでに、カイヨワが『ムジュール』誌に「枯渇」という論文を発表しました[6]。その中で彼は一方では意志強固な人間を演じていますが、他方では思考の規制にすっかり夢中になってしまい、どんな官庁が規制を発動すべきなのかも分かっていない始末です。もちろんそのことで十分に馬脚を現しています。ただし、アルプスの風景美に関する理論が書かれている論文の最初の頁は、またしてもたぐいまれな才能を示唆していますす。これほど才能の浪費が惜しまれる人間はめったにいません。同じ号でバタイユがまた親愛なる神をののしっています[7]。うまくいきますことやら。

『ベルリンの幼年時代』の複写[8]をもうすぐ受け取れるとのこと、二人でとても喜んでいます。『尺度と価値』の当該号はまだ見ていません。もし一冊私の方に送っていただければ、とてもありがたいです。貴兄が偏頭痛から完全に解放されているようにと念じています。国籍取得の件についてはすぐにポロックと連絡をとりました。うまくいくように願っています。

貴兄が教えてくれたアメリカの絵画は、シャピロ(9)と一緒に見に行くつもりです。彼はこの方面のことなら少しは手引きをしてくれると、私に約束してくれています。とてつもなく風変わりな男です。私が貴兄の立場なら、レダ(10)のことなど気にせずに、ぜったいすぐにシャピロと連絡をとると思います。シャピロが貴兄に手紙を書かないのは、たぶん単なる内気のなせるわざでしょう。シャピロが貴兄の作品をどんなに熱心に研究してきたかは、彼が私にした質問からもわかることでしょう。彼はこう質問したのです。アウラ的なものへの批判と、貴兄自身の著作のアウラ的性格とはどのように関係しているのか、と。もし誰かが『一方通行路』の記念献本を受け取る資格があるとすれば、それは間違いなくシャピロでしょう。ついでに言っておきますと、彼はグランヴィルに特別な関心を持っています。

ショーレムとは実のある交際をしていて、研究所と彼の関係も親密さを増してきました。最近一緒に過ごした夜には、貴兄がカフカについて書いた素晴らしい手紙(11)を、ショーレムが私の前で朗読してくれました。そして、カフカについて貴兄に何か書いてもらうという彼のお気に入りの計画について話してくれました。この計画に私はとても感激して、レーヴェンタールもとても心を動かされていました。私たちの雑誌に少し長めのカフカ論を載せることは間違いなくできると思います。唯一の難しい点は、ショーレムも貴兄も、それを書籍の形で出したいと思うであろうことで、本の出版となると、ご存知のとおりの難しさがあります。今日のところは貴兄が受け取ってくれることを願いつつ、このボールを投げるだけにしておきます。われわれの雑誌にブロートの本〔カフカ伝〕を徹底的にやっつける批判を載せるのは大歓迎です。念のため、誤解を避けるために言っておきますが、シュテルンベルガー氏への徹底批判についても、別に反対しているわけではありません。彼の職は前より安定しているように思えますので。その間に、彼はアイスバイン・ダケ(12)の功績をたたえる仕事をやっています。その一方で、『フランクフルト新聞』は最近Baudelaire〔ボードレール〕をBeaudelaireと綴っていました。願わくは、いかなる徳も消えゆくことなきように。

ブロッホはその間にこちらに到着。ひょっとすると八本マストの船に乗ってきたのかもしれません。いずれにせよ彼はアイスラーと手に手を取って彼の世紀に挑戦しています。もっとも彼が、アイスラーの大衆向け講義[13]に嫌気がさして、かつての赤旗の下を去ることになれば、話も違ってくるでしょうが。しかし、たとえそうなったとしても、ブロッホがわれわれの雑誌に加わるチャンスはそう大きくないでしょう。ブハーリン論には、マックスもまた、貴兄や私と同じように憤慨していました。ブロッホのようなタイプの人間は、知恵をつけ始めると必ずや痛い目にあうものです。それでも、アイスラーから聞くところによれば、ブロッホは以前よりずっと良くなり、はるかに明晰になり、もう昔のように神秘主義的ではなくなったとのことです。そうなると、私がいまだに心をときめかすのは、かのインディアンです。もっともショーレムの報告を信じれば、インディアン的＝ユダヤ的神秘主義の本山は、ビュビュ・ドゥ・モンサルヴァッチュ[14]のドイツ語なのだそうですが。

ショーレムにはホテル・リトレを勧めておきました。貴兄と彼がヴェルサイユ[15]に座っているのを目に浮かべながら、ショーレムと貴兄とヴェルサイユをうらやんでいます。一口、グレナディン〔ザクロのシロップ〕でも注文して、私の事を思い出してください。

早くお返事をください。

旧友テディ

親愛なるデトレフ様

庭は風があまりに強くて、手紙のタイプがこんなにひどくなってしまい、ごめんなさいね。わたしたちはあと一〇日ほどこちらにいて、その後、わたしはたぶんまだ温室みたいに暑いニューヨークでわたしたちの住まいに家具をそなえ付ける予定です。一四階にある三部屋の住まいで、川が見わたせます。自分たちで選んだ家具ではなく、ひどく高額な関税を節約するために、フランクフルトとベルリンからもってきた古い家具です。大勢が集まるには不向きかもしれませんが、それでもわたしたちと数人の友人が集うにはきっと快適な住まいになるだろうと思っています。当面はまだ研究所事務局から全部の書類が届かないようですが、それでも万博の年〔一九三九〕にはあなたに会えることを期待しています。その時はまず市街をご案内するか、あるいはそれまでにはもう車で市街まで行くことができるかもしれません。（ただニューヨークでは車は大問題です。たいていは駐車場が見つからず、日曜日はどこも渋滞していて前に進めず、税金と保険がかなり高額です。本当を言えば、わたしは運転手付きの、とてもおしゃれな車が大好きなのですが）。

ロッテとEはまだ結婚していません。たぶん仕事の見通しがつくまでは待ちたいと思っているのでしょう。マス・

メモリアル病院でのEの契約期間はまもなく終わり、新しい職を得るにはおそらく国家試験にまず合格しなければなりません。詳細についてはきっと彼自身があなたにお手紙を書くでしょう。彼らがバー・ハーバーを発った二〇日以降、短い挨拶以外、彼らからは何も知らせはありません。でもわたしたちは多分帰りにボストンに寄っていきます。Eに対する私の疑念をひと言。本当に正直に言うと、わたしにはアヘンをやっていた頃の彼の方が気にいっていました。彼の長所はすべて認めたうえでも、長い目で見れば彼とはつきあいきれないと思っています。これについては、あなたがロッテちゃんと知り合いになって、彼の様子が今どんなふうかをご覧になったら一度ちゃんと話し合わなければいけませんね。心から愛を込めて、古き良き時代のようにキスを送ります。

いつもあなたの

フェリツィタス

［原文：タイプと手書き］

（1）アドルノがヴァーグナーの研究を始めたのは、アルバン・ベルクのもとで指導を受け、ベルクからそれを勧められて以後のことである。それはベルクに宛てた以下のアドルノの手紙からもわかる。「ヴァーグナー受容については、まったく大真面目に考えています。（先生以外の何物をもってしても、私をその気にさせることはできなかったことでしょう）」（*Briefwechsel Adorno/Berg*, S. 45）

（2）GS 13, S. 141 f.

（3）手紙の裏面を書く際に、カーボン紙がずれてしまったため、表面の何行かの行間に裏面の字が反転して映ってしまった。

（4）論文「フッサールの哲学について」を指す。GS 20-1, S. 46-118.

（5）パウル・ヒンデミット『作曲の手引――理論編』（マインツ、一九三七年）参照。同書についてのアドルノの書評は、一九三九年秋に出版予定の『社会研究誌』に掲載されるはずだったが、戦争勃発のために、この号ともども刊行されなかった。アドルノは一九六八年にそれを『ヒンデミットに寄せて――資料集』に、第四部として収録した（GS 17, S. 229-235 参照）。

（6）この論文は季刊『ムジュール』（一九三八年四月一五日、第二号、パリ、ジョゼ・コルティ書店）に発表された。『社会研究誌』の書評集に含まれているベンヤミンの匿名書評については『社会研究誌』七、一九三八年、四五一頁（第三号）参照。GS III, S. 549 f.

（7）ジョルジュ・バタイユ「オベリスク」『ムジュール』四、一九三八年、三五―五〇頁（四月一五日、第二号）。ベンヤミンは一九三八年五月二八日付のホルクハイマー宛の手紙でバタイユの論文について書いている。GB VI, S. 93 f.

（8）ベンヤミンが『一九〇〇年頃のベルリンの幼年時代』の原稿をアドルノに送ったのは一九四〇年四月になってからだった。GS IV, 2, S. 968.

（9）芸術史家メイヤー・シャピロ（一九〇四―九六）は一九二八年からコロンビア大学で教鞭をとっていた。
（10）ジェイ・レダ（一九一〇―八八）は一九三六年からニューヨーク近代美術館に新設された映画部門の副キュレーターを務めていた。
（11）一九三八年六月一二日付のショーレム宛のベンヤミンの手紙。以下参照。*Briefwechsel Scholem*, S. 266-273.
（12）ドルフ・シュテルンベルガー「変身――エドガー・ダケ六〇歳を記念して」『フランクフルト新聞』一九三八年七月八日号（Jg. 82, Nr. 342/43）、第一〇面。〔アイスバインはドイツの代表的な豚肉料理〕
（13）アイスラーがニューヨークのニュースクール・フォー・ソーシャル・リサーチで行っていた作曲の講義をあてこすったもの。
（14）おそらくマルティン・ブーバーをあてこすったもの。シャルル＝ルイ・フィリップの小説『ビュビュ・ドゥ・モンパルナス』〔一九〇一〕と『パルジファル』の「モンサルヴァート」城を掛け合わせた言葉遊び。
（15）モンパルナス駅の向かい側、レンヌ通りのカフェ・ドゥ・ヴェルサイユを指す。

149
グレーテル・アドルノから
ヴァルター・ベンヤミン宛
メイン州バー・ハーバー、一九三八年八月三日

ドゥ・グレゴワール
メイン州バー・ハーバー

一九三八年八月三日

親愛なるデトレフ様

あなたのお手紙は、あなたに会いたいという荒々しい憧れの念をわたしの内に呼び覚ましました。その思いのあまりの激しさに、できることなら、なにか当たり前のことのように次の船に乗って、あなたのもとに旅立ちたいと思ったほどです。いえ、それどころか、サン・レモであなたにもっと優しくしてあげられなかったのかと、もう今となっては手遅れですが、自分を責めたほどでした。もちろん言いわけのための理由はいくつかあります。宿のこと、二つの大陸の間を行き来してわたしの体調が最善ではなかったこと、そして何よりも、自分が何かもう付録のようにしか評価されていないのではないかという思い。それはもちろんわたしの虚栄心にはとてもつらいことでした。それでも

やはり、悔いは残ります。

でも、一番大切なことに移りましょう。「ボードレール論」のことです。あなたの手紙が着いたのはまさに最高のタイミングでした。というのも、ちょうどレオ・レーヴェンタールが数日間われわれを訪問していたのです。わたしたちは、彼にあなたの手紙を直接見せるのが一番よいだろうと思いました（あなたが、それを信頼を傷つける行為とは思わないだろうことはわかっています）。レオは感激して、この論文はぜひとも次の号に載せないといけない、自分には他の代替案はないし、時間がもうない、もう合併号を、それも年末までに出せるものを出すしかなく、その合併号は、あなたとグロスマンとテディの三本の論文で第一級のものにしなければならない。それにはたった一つしか可能性はない。それはつまり、あなたがこの論文をきっかり一か月後に、つまり一〇月一五日にニューヨークで読めるように提出することだ、というのが彼の意見でした。親愛なるデトレフさん、わたしはあなたの言い分はわかっていますし、わたしたちはこの問題について根本的には同意見です。それでも、あなたには次のことをわかっていただきたいのです。研究所がその名声、その唯一無二の立場を守れるかどうかは、今のこの瞬間、あなたにかかっているのです。この機会をあなたはどんなことがあっても逃すべきではありません。あなた自身、五週間ほどの期限延長が必要不可欠だとわたしに書いてくれました。この延長期間はほぼ一〇月一五日までに終わります。なんとか間に合わせられないものでしょうか。

大好きなあなたを、こんなふうにせっつくのはわたしもいやです。でもこれはあなたのためです。不可能なことを可能にしてください。そしてそれをわたしのためにもなしとげてください。アメリカの風習に従えば、わたしはあなたに賭けた、と言わなければならないでしょうから。

さてここでわたしから、あなたのお手紙に対して特別な賛辞を送らねばなりません。それは単に美しく、信じがたいほどに深く考え抜かれたお手紙であるだけではありません。そこではまた数々の褒め言葉がじつに繊細に選び抜かれていて、わたしはそれを喜び、誇りに思い、また幸せに感じました。同時にこのお手紙は、研究所でのわたしの評判をとても高めてくれるという副次的効果ももっていました。ひょっとすると、何年かすれば、わたしもいつかは「研究所の奥方」としてだけではなく、自立した人間として評価されるようになるかもしれません。

ブロッホはニューヨーク州で夏休みを過ごしています。わたしたちが彼に会うのは、たぶん秋になるでしょう。

ヘップバーンはわたしもとても好きで、あなたがわたしを思い出してくださったなんてうれしいわ。今までそんなこと言ってくれた人は一人もいませんでした。数日前、ウィーン出身の絶世の美女ヘディ・ラマー[2]、以前のヘディ・キースラーがボワイエと映画『アルジェ』で共演しているのを観てきました。

あなたの書籍は八月中旬に研究所からスコウスボストラン宛に送っていただくようにします。スティーヴンソンのエッセイはシャピロを通じて探してみます。

ブレヒトについてお書きになっていたことは、とてもうれしく読みました。彼の見解のこうした変化を読み取れるような何か書かれたものがあれば、わたしに送ってくださるようにお願いします。そうすれば研究所にも、それを文書で伝えることができます。

もしわたしをとても喜ばせてくれるお気持ちがあれば、どうぞわたしにとってはじめての自分の住まいへの入居祝いに、ブレヒトのポルノグラフィ風の詩[3]の写しをわたしに送ってくださいな。

ところであなたの住まいはどうなっているのかしら。きれいになりましたか。

テディからくれぐれもよろしくとのことでした。最後にくちづけを、あなたの忠実な

フェリツィタス

［原文：手書き］

（1）ヘンリック・グロスマン（一八八一―一九五〇）は法律と経済学を学び、一九二五年にフランクフルトに来て、三〇年に員外教授に任命された。グロスマンはアドルノと同様に一九三八年にイギリスからニューヨークに移った。この組み合わせの号は出版されなかった。

（2）ヘディ・ラマー（一九一三―二〇〇〇）、本名ヘートヴィヒ・エファ・キースラーは、一九三八年のこの映画『望郷』のリメイク版、邦題『カスバの恋』でギャビー役を演じた。ペペ・ル・モコ役はシャルル・ボワイエ（一八九九―一九七八）。監督はジョン・クロムウェル。

（3）これらの詩の多くは一九八二年になってようやく出版された。ブレヒト『愛の詩集』ヴェルナー・ヘヒト選、フランクフルト、一九八二年。Bertolt Brecht, *Gedichte über die Liebe*. Ausgewählt von Werner Hecht, Frankfurt a. M. 1982.

150　テオドーア・ヴィーゼングルント＝アドルノおよびグレーテル・アドルノからヴァルター・ベンヤミン宛（メイヤー・シャピロからアドルノ宛の手紙に）

メイン州バー・ハーバー、一九三八年八月一二日頃(1)

サウス・ロンドンデリー、ヴァーモント州

一九三八年八月一〇日

親愛なるヴィーゼングルント＝アドルノ様

ニューヨークに二週間ほど行って戻って来たところです。みんな出払っていました。町で貴兄にお目にかかれるかと思っていたのですが。とはいえこのすごい暑さと湿気にあなたが苦しまないですんだのはうれしいことです。

勝手ながら貴兄をブルックリン研究所(2)に推薦してみました。本当はあなたが講演する気があるかどうか、あらかじめ確かめてからすべきことだったのでしょうが。ちょっとした手違いから手紙はまずロードアイランド博物館に送られてしまいました。というのも、ニューヨークの近代美術館の人々はまず貴兄の名前をA・ドーナーと勘違いしたからです（電話のためです！　機械を通じての伝達が音を、とくに名前のニュアンスをどんなふうにしてしまうか、おわかりでしょう）。私はまた、クシェネクも、現代音楽に関する講演者として推薦しておきました(3)。しかし、彼と連絡がつきませんでしたし、またいつニューヨークに着くのか、そして英語を十分に話せるのかどうかも、わからなかったので、このアイデアはあきらめざるをえませんでした。彼の本はとてもいいと思いましたが、社会学的な解釈と悲愴な調子は別です。

ブロッホは一〇月までニューヨークにいるのでしょうか。もしも彼に会えないと、たいへん残念です。私がニューヨークに戻るのはおそらく九月中旬だと思います。なんなら貴兄たちは来月にはニューイングランドを車で旅行し、その途上で一日か二日、ここにブロッホと立ち寄ってみてはいかがでしょうか。シドニー・フック(4)はそう遠くないところに住んでいますし、近所にはアーネスト・ナーゲルも（彼はコロンビア大学で哲学を教えています(5)）、またゼーリヒ・ヘヒト（色彩知覚を研究している生物物理学者です(6)）もいます。『ダス・ヴォルト』誌における表現主義論争の一部を読んでみました(7)。ブロッホの言うことには大部分において同意しますが、どうやら議論の全体は、政治的内実をもった別の問題を覆い隠しているのではないでしょうか（［クラウス・］マンに対する態度や、ルカーチが弁証法についての昔の本を驚くべきことに撤回したことからもあきらかです）。

ガス灯についてのスティーヴンソンのエッセイは知りませんでした。ベンヤミンが考えているのが、ロバート・ルイス・スティーヴンソンだとするなら、『子供の詩の園』のなかの「ランプの灯」という題の可愛い小さな詩のことを彼に知らせたいと思います。ロバート・ルイス・スティーヴンソンの作品集は簡単に見つかります。おそらくそのなかに、ガス灯についてのエッセイが入っているのでしょう。貴兄もご存知のことと思いますが、スティーヴンソンは、学生の頃に冒険やミステリーが大好きで、深夜に外套の下に灯を隠し持って路地を歩き回ったそうです。……おそらくベンヤミンは、一八七〇年代の評論家たちが、印象主義をガス灯の影響によるものとしたこと、そして、ボードレールが味覚に対するガス灯！　の影響を論じたことをご存知なのでしょう（彼の「美的好奇心」をご参照ください）。

ニューヨークにいるドイツ人で英語への有能な翻訳者を必要としている方を、ひょっとしてご存知ではないでしょうか。私のある友人は何年もドイツ語とフランス語（彼はまたスペイン語の翻訳もします）からの第一級の翻訳をサイモン・アンド・シュスター社のためにしてきて、現在はオックスフォード大学出版の仕事をしています。彼はまた自身が文学的素養のある男で、英語の原稿を文法や文体の面から添削できるでしょう。彼は目下のところ生活に困っています。研究所が彼を雇うことは可能でしょうか？　彼は、社会科学や経済学の文献、また歴史、伝記、そして小説、さらには自然科学なども訳した経験があります。ただ、哲学の専門的な著作は未経験です。

お二人に挨拶を。敬具

メイヤー・シャピロ

親愛なるヴァルター様

この手紙をそのまま貴兄に送ります。ひとつにはガス灯についての情報のゆえに、またもうひとつには、この手紙の書き手のメイヤー・シャピロのことがいくらかわかるからです。ひょっとして貴兄も彼に手紙を書く気を起こすかもしれないでしょう。もし手紙を書いてくだされば、貴兄のアメリカでの可能性を広げることをたえず考えている私としては、大変うれしいです。そしてシャピロは本当に私たちの仕事の雰囲気をわかっている人です。九月半ばまでの彼の住所は以下のとおりです。

M・シャピロ教授

サウス・ロンドンデリー（ヴァーモント）

USA

私たちは明日にはニューヨークに行き、自分たちの住居に入ります。このところさらにシベリウス批判[8]と彼の有名な三つの小曲の分析[9]を書きました。
どうかお元気でご活躍ください。

昔からの友人のテディより

シャピロはドイツ語を読むのも話すのも上手です。ところで最近ゾーン゠レーテルの新しい原稿[10]のなかで私が地獄の大公として描かれています。悪い気はしませんが、似ていません。

親愛なるデトレフ様
あなたの蔵書とともに『誘惑者の日記』も送れそうです。エリーザベト・ハウプトマン〔書簡17注（4）参照〕もニューヨークに来ているのでしょうか。彼女のアドレスはご存知でしょうか。もうひとつですが、ブレヒトはバトラーの『エレホン』[11]を知っているでしょうか？　その中に奇妙な話があります。どんな考えも終わりまで考え抜いてはならないとか、お金を持っていないと罰せられるとかです。今日のところはこのご挨拶を送るだけです。どうかお元気で。いつも変わらぬあなたの　フェリツィタスより

〔原文：タイプ原稿および手書き原稿〕

（1）テオドーアおよびグレーテル・アドルノの手書きのこの手紙は、八月一〇日付のメイヤー・シャピロの手紙に書き記されている。アドルノ夫妻がメインからニューヨークに戻ったのは八月一三日金曜日のことだった。そして、メイヤー・シャピロの手紙は早くても八月一一日、どちらかといえば一二日に着いたと考えられるので、この手紙の日付は一二日、場合によっては、一三日（彼らの出発の日）ということになる。

（2）一九三九年一月、アドルノはブルックリン芸術科学研究所でメイヤー・シャピロが企画した「ラジオの美的側面」という連続講演をしている。

（3）アドルノからクシェネクの『新音楽論』を受け取ったメイヤー・シャピロは、ブルックリン研究所での講演にクシェネクを招待しようとしたが実らなかった。（『アドルノ／クシェネク往復書簡』一三〇頁参照）

（4）シドニー・フック（一九〇二―八九）はニューヨーク生まれの哲学者。

（5）アメリカの哲学者エルンスト・ナーゲル（一九〇一―八五）は一九三一年以来、ニューヨークのコロンビア大学で教えていた。

（6）シュレージエンのグローガウ生まれのゼーリヒ・ヘヒト（一八九二―一九四七）は、コロンビア大学で生物物理学を

教えていた。

（7）Vgl. *Die Expressionismus-Debatte. Materialien zu einer marxistischen Realismuskonzeption*, hrsg. von Hans-Jürgen Schmitt, Frankfurt a. M. 1973.

（8）B・ド・テルネの『シベリウス――ひとつのクローズアップ』の書評として『社会研究誌』（七巻、一九三八年、第三号四六〇―四六三頁）に掲載されたもののこと。のちに「シベリウス評釈」として論集『インプロムプトゥス』に収められた。（Vgl. GS 17, S. 247-252）

（9）「手配書」という標題でまとめられたタイプ原稿では、「グノーのアヴェ・マリア」「ラフマニノフのプレリュード、嬰ハ短調」および「ドヴォジャークのユーモレスク」が扱われていて、のちに『音楽の商品分析』の第一部に収められた。

（10）ゾーン゠レーテルが七月八日に手紙を添えて送ってきたタイプ原稿は、『哲学的観念論の批判的抹消　歴史唯物論の方法に関する研究』という印刷されなかった原稿の最初の二章である。Vgl. *Briefwechsel Adorno/Sohn-Rethel*. S. 87-93.

（11）サミュエル・バトラー（一八三五―一九〇二）の『エレホン、もしくは境界を越えて』（一八七二／一九〇一）のこと。

151　グレーテル・アドルノから　ヴァルター・ベンヤミン宛

ニューヨーク、一九三八年八月二四日

一九三八年八月二四日

親愛なるデトレフ様

数日のうちにあなたの本を発送します。この手紙にリスト[1]を添えますね。また『キルケゴール』は早めに送り返してください。今はとても追われていて、疲れきっています。一週間前に新しい住居に引っ越しました。[2]どれだけの仕事か想像がつかないと思いますが、ともかく二つの別々の町の住居から持ってきた家具、それに大変な量の書籍、楽譜、またレコードを、なんだかんだいってもやはり相当に小さな住居に収めねばなりません。さらに最悪なのは、テディの未整理の原稿が、四箱分のゴミとなっていることです。でも、じきにここで快適に暮らせるようになることでしょう。そしてあなたもこのわたしたちのこの我が家を見る機会が近いうちにくることを望んでいます。これまでのところ唯一の欠陥と言えば、まわりから丸見えなことです。でもその代わりに、多くの長所があります。たとえば、住居に郵便ボックスがついていますし、当然ながら新しく備え付けた収納庫がたくさんあることです。とても明るく、よくできた台所、そして風呂場つきですし、ハドソン川の景色がすばらしいです。わたしの部屋は本当に素敵で、大きなソファから川が見えます。窓の前には時代物の美しい書き物机がありますし、椅子の二つついたテーブルもあります。ソファの横には小さな箪笥があり、右の壁にはガラス戸棚、そしてさらに絨毯が敷かれていて、タイプライター用の机と椅子といった具合、これで全部です。かたづけにあたって、『フランクフルト新聞』『フォス新聞』『文学世界』に載ったあなたの論文がたくさん見つかりました。こうした記事が皆揃っているのはよいことです。

「ボードレール論」が当地に早く到着することがとても重要です。そうしていただけることを大変期待しています。

急ぎの調子をおゆるしください。でも、本当にへとへとなのです。

思いを込めて。いつもあなたの

フェリツィタスより

テディからもよろしくとのことです。マックスが戻って来るまで、彼は狂ったようにラジオ・プロジェクトの仕事をしています。

［原文：手書き］

（1）リストは残っていないようである。

（2）アドルノ夫婦は八月一五日にリヴァーサイド・ドライヴ二九〇番地の住居に引っ越した。

152 ヴァルター・ベンヤミンからテオドーア・ヴィーゼングルント＝アドルノおよびグレーテル・アドルノ宛

スコウスボストラン、一九三八年八月二八日

親愛なるお二人に

新鮮な緑の代わりに、この黒っぽいシミのついた紙を新しいアパートにお届けします！　似たような効果を発揮する蘭の花があるとか。

このところお二人からいただいたお手紙はとてもうれしかったです。自分の手紙が私にとってもつ重みをとかく過小評価しがちなフェリツィタスが、近いうちにもっと長い手紙を書く気になっていただけるとうれしいのですが。仕事を中断してもいいと思う数少ないもののひとつが彼女の手紙なのです！

今日は簡潔にします。私が一分でも惜しい状況にあるのだという以外の推測はしないでください。この手紙と一緒

にポロック宛に発送するつもりの手紙の中心部分のコピー(1)を同封しますので、その理由がわかると思います。私が八月三日にマックスに宛てて「ボードレール論」の状況について書き送った非常に詳しい手紙(2)が転送の途中でなくなってしまったことが、このポロック宛の手紙の前提です。

お二人に、「ボードレール論」についてちょっとお話ししたくて仕方ありません。それも目下の第二部ではなく、むしろ第一部と第三部についてです。両者がいわば枠組みを設定しています。第一部は、ボードレールにおけるアレゴリーの叙述を問題として設定し、第三部ではその社会的解消が扱われます。このために――パリでの深刻な偏頭痛の期間も加わってですが――仕事が遅れて、ともかく相当量の全体をどうしてもすみずみまで頭に入れてから、最初の一行を書き始めようと思ったのです。当地滞在の最初の二か月でたくさんメモが書けて、当初の目標を達成できました。

しかし、メダルには裏側があります。こうしたプレッシャーが第二部の執筆に重くのしかかってきたのです。それどころか、まだその重みを十分に感じ取れていないのかもしれません。というのも、第二部全体の分量が普通の分量になるとはとても思えないからです。

そのうえに、家を移らねばならなくなりました。これまで泊まっていた家では、子供の声がうるさくて、とても物の役に立たないのです。別の家に移るつもりですが、その家には心を病んでいる人が住んでいます。私がこうした心を病んでいる人々にたいして抱いている根の深い症癖を、フェリツィタスならばひょっとして覚えておられるかも知れません！　実際のところこの地には、適切な住まいがないのです。

シャピロの手紙の件、ありがとうございます！「ボードレール論」が終わったら彼に手紙を書くつもりです。そうしたらまた自由に人々と交流できることでしょう。でも終わるまではちょっと無理でしょう。

それだけに、シャピロに私からの感謝の気持ちをよくお伝えください。問題のスティーヴンソンのエッセイは、実際に彼の全集に入っていますね。全集の中の文章を見つけました。印象主義についての彼の言葉は私には大変興味深く思われますし、初耳でした。

カイヨワについてのテディの言葉は大変うれしく思いました。今年の五月二八日付でマックス宛に書いた私の手紙のなかのある箇所と比べてみてください(3)。ところで、マックスは手紙のこの箇所と、それ以外の何箇所かを場合によっては活字にするつもりでした。この前の行方不明の手紙には、それにたいする私の完全な同意の文章が含まれてい

たのですが。彼が戻って来たら、そのことを伝えていただけるとありがたいです。（ただバタイユについてのところは公刊して欲しくありませんし、その理由は書いておきました）

『ベルリンの幼年時代』を送ることも覚えていますし、ブレヒトの詩のことも忘れてはいません。ただ、これからまた引っ越すにあたってあまりにもぎりぎりなので、この手紙にはブレヒトの家の庭側のドアの前で撮った写真を同封します。[4] 彼の息子が撮ってくれました。この写真は、元の焼き付けも、これまで誰の目にも触れなかったものです。あなた方のところでも、人目に触れないところがあると思います。

ブロッホによろしく伝えるのを忘れないでください。崩壊しつつある大陸から、お二人にも私の心からの挨拶を。

一九三八年八月二八日　　　　お二人のヴァルターより
スコウスボストラン
スヴェンボルのブレヒト方にて

追伸　いろいろと考えた末に、同封の手紙の抜き書き部分に記された第二部のタイトルについてちょっと申し添えておきます。昨晩、見通しをつけるために、第二部の全体量をできるだけ正確に想定してみました。その際に明らかになったことですが、第二部もすでに次の号で私に与えられた量を遥かに超えそうです。それゆえ私は、第二部の基本的な二章、つまり、遊歩の理論とモデルネの理論に集中して、他は放棄せざるをえないでしょう。そうすると、原稿のタイトルは、ポロック宛の手紙で予告していたものと異なることになるでしょう。

もしかするとテディが興味をもつかもしれないので——もしもまだテディがそれを知らないとしてですが——お伝えしておきますが、彼の『キルケゴール』がレーヴィットの『ニーチェの永遠回帰の哲学』（ベルリン、一九三五年）[5]の重要なところで出てきます。

〔原文：手書き〕

（1）Vgl. GB VI - 1256.
（2）Vgl. GB V - 1254.
（3）Vgl. GB VI - 1241. この「論述の手紙」の抜き書きについては以下を参照のこと。GS III, S. 549-552.
（4）前頁の写真を参照。
（5）『ニーチェの永遠回帰の哲学』ベルリン、一九三五年、一六六頁（注三〇）参照。（邦訳『ニーチェの哲学』柴田治三郎訳、岩波書店）

153 グレーテル・アドルノから ヴァルター・ベンヤミン宛

ニューヨーク、一九三八年九月一二日

一九三八年九月一二日

親愛なるデトレフへ

あなたのとても素敵なお手紙、たいへんありがとうございます。わたしはあなたが締切を守るとはじめから確信していたので、『社会研究誌』の次の号についてどうして研究所が心配しているのかが、あまり理解できませんでした。あなたが少し内容を教えてくれた今では、これまで以上に「ボードレール論」を心待ちにしています。研究所があなたをせかしたことをほとんど喜んでいるくらいです。なぜなら、こうしたかたちで、少なくとも近いうちにあなたのものをちょっとは読むことができるからです。こうして好奇心に溢れている今のわたしとしては、だいたいいつ頃に「ボードレール論」が終わると予定をされているのか、知りたいところです。この質問をただの知りたがりとは受け取らないでください。むしろわたしが考えているのはこういうことです。つまり、「パサージュ論」のためにあとどれくらい時間がかかりそうかを想像してみることは、あなたから見てそもそも可能で、意味のあることなのかどうか、ということです。あるいは、わたしが思いをめぐらすにあたってもっと重要に思える問いなのですが、あとどのくらいどうしてもパリにいなければならない、とお考えでしょうか。目下のところ政治面ではまたなんとかなめらかに収まるように見えはしますが、当分のあいだヨーロッパはあなたにとってあまりにも不快な状況のままでしょう。とするならば、「パサージュ論」はなにがどうあろうと、ともかく安全に保管しておく必要があります。皆さんは、あなたがこの仕事のためにどうしてもパリにいなければならないのだ、と考えているようですが、テディとわたしは違う見解です。当地の何人かは、あなたがこちらに来たいと思えるくらいに魅力的だと思いますが、それは別としても、わたしたちは、ベルリンのあなたをもう長いあいだよく知っているので、それから推して、あなたにとってニューヨークは少なくとも不快ではないだろうと信じています。

あなたの写真はわたしたちにとってとてもうれしかったです。そのお礼にロッテとわたしの写真(1)を送りますね。もっともロッテちゃんは実際にはもっとずっときれいですし、いつもこんな変な顔をしたりしません。ともかくあなたが彼女の様子を知るためだけに送ります。Eのお父上が(2)最近亡くなったことは、お聞き及びでしょう。それ以外にEに関して新しいことはなにもありません。まだなにも決まっていません。

ブロッホは一〇月初めになってからニューヨークにやってきます。とはいえ、『世界舞台』での彼のさまざまな記事のゆえに、ちょっと問題もあるようです。とくに、わたしたちとは意見が異なるようです。とはいえ、彼とわかり合うのは、アイスラーやカローラのことにもかかわらず、それほど難しいことではないと思います。――ドーラ・ゾフィーやシュテファンはどうしていますか。イタリアでの新しい法律(3)で厄介なことになっているのでしょうか。――エリーザベト・ヴィーナーからはなんの連絡もありません。彼女はわたしに怒っています。というのも、いろいろな理由があるにせよ、彼女の亡命には――彼女の友人全員と同じく――大いに危惧を抱いていたからです。そのことでなにかお聞き及びでしょうか。あなたの書籍は無事に着いたと思いますが、いかがでしょうか。書棚を整理しているうちに、ハウフの『メルヘン集』と『ボヴァリー夫人』を見つけましたが、この二冊は、ほぼあなたのものだと思うのですが、いかがでしょうか？　あなたのためにこちらで取っておきましょうか。――わたしはちょうど今、カフカの「アメリカ」を読み直したところです。ところが――本当のところ、ちょっとがっかりしました。記憶のなかではもっと素敵で、今回読んだときほど、決まり文句が多くなく、もっと自由な文章だったのですが。テディには最後の巻『手紙と日記』を贈ったところです。――わたしの日課はふたたび用事でいっぱいとなりました。午前中は家事と料理です。あるいは、魅力的な黒人のハーフ、あるいはインディアンのハーフでしょうか、彼女に家事と料理の訓練をします。午後はテディの秘書代わりの仕事です。それに相当量の手紙書きがあります。つまるところは、あなたに手紙を書くようにと鼓舞してくれたことがとてもよかったようです。手紙を書く以上に好きなことは当地ではあまりありません。

どうか、どうかお大切に。あなたのフェリツィタスからの抱擁を

［原文：手書き］

（1）次頁の写真参照。
（2）エミール・ヴィッシングの父のアレクサンダー・ヴィッシングについて詳しいことはわからない。

（3） 布告によって、一九一九年一月一日以降にイタリアに移住して来たユダヤ人は、六か月以内にイタリアを離れることが要求された。

154
ヴァルター・ベンヤミンから グレーテル・アドルノ宛

パリ、一九三八年一一月一日

親愛なるフェリツィタス様

また以前の便箋が出てきたことに気づかれたことでしょう。そしていろいろと新しいことの多かった秋が終わって、いくつかのことは以前の状態に戻ったことになります。もしも私の夏の生活を振り返って見てみたいとお望みならば、私の「ボードレール論」(1)の原稿を通じて、もしもまだ読んでいなかったらの話ですが、夏の様子が見えてくることでしょう。ここにはこの数か月の仕事が凝縮されています。数日のうちにニューヨークでこの原稿をどのように扱うかの返事が来るものと期待していますし、テディが返事に関する議論に加わるものと強く望んでいます。

ニューヨークが二回目のまなざしにどのように映るか書いてくださいね。とくにこの二回目のまなざしが、新規住民の何人かをも捉えることになるのですから。この点で、エルンスト・ブロッホについて、また彼に対するお二人の関係をあなたがどのように話すかに、とくに興味があります。それに劣らず、お二人の日常生活、そして、お二人での生活を親しい人々のあいだでどのようにつくっているのかについて話を聞きたいところです。

スヴェンボルから出した最後の手紙から、――デンマークでの生活がいかに窮屈であっても――パリに戻るのをうれしく思っていないことは感じとっていただけたことと思います。大きな変化があるに違いないと思っていました。そして今日ではこうした大きな変化がよい方向への変化であることはきわめて稀です。とはいえ、どの程度にまで私の恐れが正しいものであったかを、フランスの知り合いたちにまだ十分に尋ねまわってはいません。まだアドリエンヌ・モニエに会っただけです。彼女のところでは大きな変化などは考えられません。その代わりに、私がまったく予期しなかったところで変化に遭遇しました。私の妹が重い病に、それも治る望みのない病にかかっていました。もう何年も前からの慢性的な苦しみに加えて、一種の動脈硬化が進展しているのです。妹は身体をほとんど動かせなくなってしまい、時には一日中床に臥しています。こうした状況では、彼女のすぐ近くに住んでいることは、好都合です。こうした状況では、彼女のすぐ近くに住んでいることは、好都合です。弟はヴィルスナク〔ブランデンブルク州の北西部の町〕の刑務所に入れられ、道路工事をさせられています。(2) そこでの生活はまだまだ耐えられる程度のものだそうです。彼がおかれている状況に重くのしかかっているのは、ドイツからの連絡でよく耳にすることですが、これからの刑務所暮らしの日々のことではなく、数年の懲役のあとに待っているかもしれない強制収容所の方です。私の妻にかんして言えば、彼女は、予想もしなかったのですが、私がパリに戻った直前にパリを通過して、今はロンドンにいます。ロンドンではまたペンション経営をしようと思っているようです。クリスマス頃にはここに彼女がやってきて、イギリスでのシュテファンの将来の展望についてよい知らせが得られるものと望んでいます。

もういちど政治の動向について触れてみますと、表立って努力の的になっているドイツとフランスの融和〔ミュンヘン協定のもたらした状況を指している〕によって、お互いにまだ近い立場にいる少数のドイツ人とフランス人が切り離されることになるでしょう――直接的にであれ、間接的にであれです。今週末に「外国人地位令」が出るようです。

目下のところわたしは国籍取得を慎重に、しかし、いかなる幻想も抱かずに進めています。これまで成功の可能性は疑わしかったのですが、もうこうなっては成功した場合の利点もあやういものとなりました。ヨーロッパにおける法秩序の崩壊のために、いかなる種類の合法化による保証も嘘っぽいものとなってしまいました。

一九三三年三月にあなたの手に委ねた原稿のどの一枚も失われずに運よく残ることを望むだけの理由が生じています。ベルリンにおいてある本のいくらかでも、とくに原稿を救い出そうとずっと努力していますが(3)、これまでのところほとんど確実なただひとつの結果は、私が全部集めたハインレ兄弟の遺稿、そして市民的左派の青年運動の歴史に関する代替不能のアーカイヴ、そして私の青春時代の論考——とくにそのなかには一九一四年のヘルダーリン論(4)がありますが——これらすべてが打ち捨てられてしまったことです。

主は彼の民が起きているときに奪ったものを、彼らが寝ているときに返す〔詩編一二七編より〕、ということを、まあ気分を明るくするために、つけ加えておきたいと思います。ヘッセル(5)は柱の奥に潜むネズミのように五年半もベルリンで頑張っていましたが、相当な支えと強力な筋からの保護を受けて最近パリに到着しました。この話はちょっとしたもののようで、数日のうちに彼に話してもらおうと思っています。

お二人に勧めたことのあるアメリカの原住民の絵のこと覚えておられますか？

一九三八年一一月一日　あなたも、そしてテディもどうか
お大切に

あなたのデトレフ

パリ一五区
ドンバル街一〇番地

〔原文：手書き〕

(1)「第三帝政下のパリ」と題したベンヤミンの論文。Vgl. GS I, 2, S. 511-604.

(2) 弟のゲオルク・ベンヤミンは、「一九三八年八月から一一月の懲役期間に、「アッベンドルフ外部労働キャンプ」で、堤防建設をさせられていた。アッベンドルフはエルベ川流域で、バート・ヴィルスナック（ベンヤミンは**Wilsnak**と書いているが、実際には**Wilsnack**）の近くにある。しかし、このキャンプは、ブランデンブルク刑務所の管轄下にあった」（一九九九年五月二日付のミヒャエル・ベンヤミン〔ゲオルク・ベンヤミンとその妻で旧東ドイツの法務大臣になったヒルデ・ベンヤミンの息子」の編者への手紙）。

(3) 当時、フランツ・ヘッセルを迎えにベルリンに来ていたヘレン・ヘッセルがこれを試みたのかもしれない。
(4) ショーレムによる筆写原稿が残っている。
(5) フランツ・ヘッセルは、当時フランス外務省の高級官僚だったジャン・ジロドゥーが手配したフランスのヴィザを使ってフランスに逃げることができた。ヘッセルは、フォッシュ街にあった遠縁のアリックス・ドゥ・ロートシルトの住居に住むことになった。

155 グレーテル・アドルノから ヴァルター・ベンヤミン宛

ニューヨーク、一九三九年一月一〇日

一九三九年一月一〇日

親愛なるデトレフ様

良い新年をお迎えのことと思います。ドーラ・ゾフィーとシュテファンがあなたとたぶん一緒だったのでは、と思っています。彼らは元気でしょうか。こちらは、クリスマス休暇のあいだすらほとんど静かな時間がないくらいでした。わたしの活動も、研究所のゼミナール、テディとマックスと一緒の仕事、それに個人的に英語の速記術の習得をすることで新たなスタートを切りました。このことをとてもうれしく思っています。——今日、ハウフを書留で送りました。——マックスと話をしていたときに、ある子供向けの本の名前[1]が挙がりました。『リヨネ氏』です。マックスはあなたから勧めてもらったと記憶しているようです。著者はなんという人でしょうか。入手は難しいでしょうか。ところであなたはヘンリー・ジェイムズの『ねじの回転』〔書簡162注(3)参照〕はご存じですか。間違いなくフランス語で出ているはずです(フランス語では *tour d'écrou*)。絶対に読むべきです。一八九一年に出版されたもので、精神分析のほとんどを先取りしています。

去年の今頃は、ヨーロッパを離れるまでもう間もないという時期でした。この一年間は、ドイツからの悪い知らせを別にすれば——テディの両親はおそらく、ここに来る許可が下りるまでキューバに行くようです——わたしたちが望んだものを基本的に叶えてくれました。願わくは、あなたにもニューヨークを見る機会が間もなく訪れますように。テディからもです。次回は彼も自分で書くでしょう。

愛情をこめて。

いつも、そして昔からのあなたの

グレーテル

美味しいチョコレートムースのレシピを送ってくださいませんか。テディはこれが好物なのです。

［原文：手書き］

（1）レオポール・ショヴォー（一八七〇―一九四〇）の一九三〇年に出版された長編『リヨネ氏』のこと。

156 グレーテル・アドルノから ヴァルター・ベンヤミン宛

ニューヨーク、一九三九年三月二日

一九三九年三月二日

親愛なるデトレフ様

ここに来てからすでに一年を少し超えました。ニューヨークにいることがもうまったく珍しく感じられない状況に、すでに慣れました。唯一、今でも会えないのが残念な方がいます。あなたです。たしかに、目下のところドイツ人の割り当て分を超過しているというだけの理由で、こちらへの移住の見込みはバラ色というわけではないように見えます。でも、長期的にはあなたもいずれにしても、こちらへ来るという考えに慣れなければならないと思います。ここでわたしはたちどころに大きな障害にぶつかっています。英語です。もしあなたが勉強をちょっとでも始めようと思っているのであれば、早ければ早いほどよいのですが。とりわけ考えずにいられないのは、メイヤー・シャピロが六月に、八か月の予定でフランスに行くということです。絶対に彼に会うべきなのは言うまでもありません。でも、アメリカでの今後のあらゆる見通しについて、もしあなたが英語で話し合えるなら、はるかに詳細な話ができるということも同様に確かなのです。（というのも、フリードリヒ・クラカウアーがすでに英語がかなりできると友人から聞いて、彼がどれほど感心していたかをわたしは知っているからです。）あなたがたは素晴らしく理解しあえるでしょう。彼はとても面白く、教養があってしかもとても上品な人間です！　今わたしはコロンビア大学で彼の現代絵画についての連続講義を聴いています。あなたが参加していないことが残念でなりません。前回、彼は付け足しとしてこんなことを言いました。グランヴィルは、当時のディズニーのような存在で、ただディズニーよりも才能があったと。印象主義については、ルノワールやセザンヌ以外では、若くして露仏戦争〔普仏戦争の間違いか〕で亡くなった画家バジール[1]（?）を高く評価しています。この画家のことを何かご存じですか。

ボストンからはほとんど連絡がありません。互いの関心は残念ながらどんどん離れていき、今では彼の方はネクタイとかそんなことばかりです。――エルンスト・ブロッホは嫌な人物の役どころをただひたすら見事に演じていて、涙が出るほど悲しくなります。アルフレート・ゾーン＝レーテルはバーミンガムで歓待を受けています。彼の仕事の終わりはもちろんまだ見えません。――かわいそうなカール・ドライフース君はアルゼンチンの農家にいます。ひどい状況のようです。――ショーレムからはなにか連絡があったでしょうか。わたしたちはよく彼について話します。あなたの妹さんと弟さんはどうされていますか。そしてはるかに重要なこととして、あなたの状況はいかがですか。早くお返事をください。心をこめて、テディからも

いつもあなたのフェリツィタス

〔原文：手書き〕

（1）モンペリエ出身のフレデリック・バジール（一八四一―七〇）のこと。

157 ヴァルター・ベンヤミンから グレーテル・アドルノ宛

パリ、一九三九年三月二〇日

ドンバル街一〇番地
パリ一五区

一九三九年三月二〇日

親愛なるフェリツィタス様

あなたに宛てて書くとずっと前から決めていた手紙を、今、口述する羽目になっています。四日前からインフルエンザにかかっており、寝込んでいて（エレベーターシャフトが貫いている〔うるさい〕自分の部屋の中でです。拷問です）、まだ熱が下がらないのです。こういう時はいつもそうであるように、何もかもが一度に起こります。加えて、仕事ができなくて、何時間もずっと読書に時間を費やすほかありません。それゆえいっそう、昨日届いた本の到着を

喜んでいます。

この手紙は、先ほど言ったように、ずっと前からあなたに書こうと思っていたものです。さまざまな仕事が間に入って遅くなりました。その最後がテディへの長い手紙であり、これは受け取ったとあなたも昨日の手紙で書いていましたね。手紙からは、私が最近コーリッシュと会ったことがわかるでしょう。月末にもう一度彼に会うチャンスがあります。――その場合には、あなたはひょっとするとこの手紙を読んだあとにもう一度、私についての報告を口頭で受けることになるかもしれませんね。

もっとも、いろいろな観点から、あなたはおそらく伝言など何も必要としていないのでしょう。というのもあなたは私の境遇を左右する直接的な情報をもっているのですから。あなたから手紙をもらう少し前にマックスからも一通受け取りましたが、その中でもこうした情報がものを言っています。マックスによれば、研究所の財産の動産の部分は使い切られてしまうだろうし、より大きな不動産部分については目下のところ現金化できないとのことです。同時に彼が私に伝えたところによれば、研究所はアメリカで、私のために奨学金を申し込んでくれたようですが、私のほうでもここで何かそうしたものを試みるようにとのことです。

マックスが計画しているとおり、こうした私への研究委託は終わろうとしているわけですが、こうした私の生活を脅かす危険がなかったとしても、彼の要求に応えるのは当然のことです。再び起き上がれるようになったら、できることを始めるつもりです。でも、周囲の様子をいろいろと見てみると、亡命当初から誰一人として、私と似たような意味において、似たような状況で仕事をして、なおかつフランスで生活基盤を与えられた人はいないということがわかります。かつて教授だったマルク(1)やグンベル(2)は別ですが。同様に小説家のノート(3)もです。でも、私が知っているかぎり、知的活動を行ってここで報酬や支援を受けて生きていけている人のリストは、これで全部なのです。

ですので、ここでは長期的にはやっていけないことは火を見るよりも明らかです。あなたがおっしゃったとおり、英語を学ばなければいけないという事実から目をそらすことはできませんし、この夏にでも始める予定です。問題は、アメリカにまだ渡ることができるのかどうかということです。――さしあたってショーレムに聞いてみました。あなたも想像できるとおり、彼はショッケンに影響力を持っていますから。私が切り札として提示できるとすれば、それはカフカについての本でしょう。でも、こういうやり方でショッケンを動かせる見込みは、大きくありません。彼にはユダヤ研究にこだわりがありますし、ユダヤ系の著作家から彼に押し寄せているこうした依頼の数は、膨大でしょうから。

　そういうわけで、私が必要としている希望のほとんどすべてを、そちらの研究所の私のための尽力にかけざるをえません。三週間前にマックスは、「パサージュ論」のフランス語の梗概(4)を電報で送るようにと言ってきました。そろそろ届いているころだと思います。でも、あなたがご存知の版とは多くの点で内容が違っています。短い期間にできた範囲でではありますが、「パサージュ論」の基本コンセプト、すなわちファンタスマゴリーとしての商品生産社会の文化を、論文の中心に持ってくるよう努力しました。

　より遠い未来の問題に戻りますが、さまざまな方面から、私の名前をここの米国領事館のリストに登録すべきという助言を受けています。そうすれば移住の候補者リストに確実に載せてもらえるというわけです。一方で別の方面から聞いたところでは、ケースによっては、たとえばそちらの大学から招聘された場合など、移民割り当て枠とは別に扱ってもらえる人々が出発できることがあるようです。でも、すでに候補者リストに載っている場合には、このチャンスを失うとのことです。——というわけで、どう行動すべきか、私にはわかりません。

　レーヴェンタールに送った前の原稿はあなたのところに届いたでしょうか。『フランス百科事典』についての書評(5)がありますが、とりわけこの中に、絵画についての部分があり、あなたの現在の研究との関連で面白いと思っていただけるのではと考えています。この話が出たので繰り返しますが、アメリカ民衆芸術美術館《フォークアートギャラリー》の素晴らしい原住民の作品をぜひ見てくださいね。——シュテルンベルガーの『パノラマ』についての私の批評が、あなたにちょっとした素敵な時間をもたらすことを願います。この本はできるだけ早く送ります。

　一月の手紙でお尋ねになった『リヨネ氏』の著者は、レオポール・ショヴォーと言います。マックスがこの本を持っています。でもこちらで見つけたらお送りしますね。

　テディのご両親はもう安全なところに移られたのでしょうか。——お尋ねの私の妹の状況ですが、変わりありません。弟からはときどき間接的な報告がありますが、そこから読み取る限り、そこでの生活に負けてしまったというわけではまだないようです。

　ミュンツェンベルクは公開書簡で共産党からの離脱を公表しました(6)。これを読んだのと同時に、党のパンフレット『ヒトラー打倒への道』(7)が届きました。この編者のバカさ加減は、私の理解を超えています。このプロパガンダ冊子は、党への攻撃として持ち出すことのできる、党にとって最も有害な文書の一つです。――政治的情勢は日に日に切迫しています。

マックスもポロックも春にこちらに来たりはしないのでしょうか。

シャピロに会えるのを楽しみにしています。

早くお返事をください。あなたがいてくださることを、今またとても必要としています。

テディとあなたに、心からの挨拶を

あなたのデトレフ

〔原文：手書き〕

(1) 哲学者ジークフリート・マルク（一八八九―一九五七）のこと。出身地ブレスラウの社会民主党の市会議員で、一九三〇年からは同地で正規の教授として教鞭をとっていたが、一九三三年にフランスに亡命した。一九三四年まで高等師範学校の社会研究センターで働き、その後一九四〇年までディジョンの大学で教えた。一九三六年から三九年まで「科学研究国家基金」の年間一万七千フランから一万八千フランの奨学金を受け取っていた。（Gilbert Badia, Jean-Baptiste Joly, Jean-Philippe Mathieu, Jacques Omnès, Jean-Michel Palmier, Hélène Roussel, *Les bannis de Hitler, Accueil et luttes des exilés allemands en France [1933–1939]*, Études et Documentations Internationales / Presses Universitaires de Vincennes, Paris 1984, p.155.〔『ヒトラーの亡命者たち　フランスへのドイツ人亡命者の受け入れと闘い（一九三三―三九）』〕参照）

(2) 数学者で経済学者のエミール・ユリウス・グンベル（一八九一―一九六六）。社会民主党員で人権連盟の会員。一九二三年から三二年までハイデルベルクで統計学を教えた。一九二九年には「社会研究所」のいくつかのコースで教鞭をとった。一九三三年から一九四〇年まではリヨンで教えた。亡命期間中も政治活動を行っていたグンベルは一九四〇年にアメリカに亡命し、そこで「新社会科学院」の教師を務めた。

(3) エルンスト・エーリヒ・ノート（一九〇九―八三）。同氏の著書『あるドイツ人の思い出』（ハンブルク／デュッセルドルフ、一九七三年。*Erinnerungen eines Deutschen* (Hamburg/Düsseldorf 1973)）を参照。

(4) GS V, 1, S.60–77 参照。

(5) フランスの百科事典の第一六巻および第一七巻へのベンヤミンの書評は、〔社会研究?〕雑誌に掲載されなかった。現在は GS III, S. 579–585 に収録。

(6) ヴィリ・ミュンツェンベルクは、モスクワ裁判やスペイン内戦の際のスターリンの政策から受けた印象によって、すでに一九三七年に共産党から脱党していたが、その理由を一九三九年三月一〇日に、自身が創刊した雑誌『未来』の中で公開した。抜粋は以下に収録。Babette Gross, *Willi Münzenberg. Eine politische Biografie*, Leipzig 1991, S.464–466.

(7) 不詳。

158 グレーテル・アドルノから ヴァルター・ベンヤミン宛

ニューヨーク、一九三九年三月二六日

一九三九年三月二六日

親愛なるデトレフ様

もうだいぶ前から書いているとおり、あなたの「複製技術時代論」のドイツ語タイプ原稿を作らせていただければ、どれほどうれしいでしょうか。できるだけ早くそのための原稿をお送りいただけるなら、これ以上のご親切はありません。というのも、今わたしはいわば失業状態で、多すぎるくらいの自由時間を持て余しているのです。テディは今後六、七か月ほど、ラジオ・プロジェクトの英語の本[1]のために忙しくなりますし、その間わたしは、せっかく英語の速記術が上達しているのに、それを使うところがまったくないのです。研究所でもわたしの使い道がないようですし、この夏は不安になるほど長く感じられます。アメリカに来て一年たって、わたしは回復して元気です。ベルリンで一人孤独でいる必要はついになくなり、何か意味のあることを始めることができるわけです。でも何を？　残念ながら自分では途方に暮れています。わたしの悩みであなたを煩わせてしまってごめんなさい。でも、しばらくなかったほどに鬱々としています。早くお便りをいただければと思います。心をこめて

つねにあなたのフェリツィタス

〔原文：手書き〕

（1）『音楽の潮流』の計画のこと。

159 ヴァルター・ベンヤミンから グレーテル・アドルノ宛

パリ、一九三九年四月初め

親愛なるフェリツィタス様

三月二六日の短いお手紙〔書簡158〕を、心を痛めながら読みました。私の「複製技術時代論」がほしいとのこと、大

変うれしいのですが、それだけに、その背景に心配や憂鬱があることを悲しく思います。しかも、ヨーロッパという大陸には涙が充満していて、慰めの照明弾が打ち上げられたとしても、それが幸運をもたらすことはめったにないのです。

　原稿[1]は同じ便で書留で送ります。よく整理された原稿ですので、勝手がわかるのにまったく苦労しないものと期待しています。文面はあなたがご存知のものとはいろいろな点で違っています。第一にずっと長くなっています。もちろん、今回の改稿の後にも、さらにいろいろと省察したもののメモ[2]を作成しています。この省察をあなたの作るコピー全体のどこに入れるべきかを指示できるようにするというのが、あなたの作るコピーに期待する最重要の役目です。ですので、コピーには比較的広い余白を作るようにお願いします。そうしておけば、さらに手を加えるのが容易になりますから。

　それはそうと、精神的なものであれ、物質的なものであれ、動産を急いでアメリカに送るというのは、当然とるべき保障措置に見えることでしょうね。実際、状況は九月に比べてはるかに不穏です。最も貧しい人々でさえ――お金のある人々についてはすぐ後で話します――なんとか新大陸にたどり着くためにこちらを出発しています。昨日聞いたところでは、数日中にフリッツ・シュテルンベルク[3]もそちらへ行くようです。こちらでは、情報によれば、――もちろん、この情報はあなたのところに届くときにはすでに古くなっているでしょうが――四月二〇日までは「平和」が続くだろうと言われています。この期限の後にポーランドへの攻勢が始まるとのことです。こうした動きが脅迫の段階にとどまるかどうかは、誰にもわかりませんが。

　九月にはデンマークはこの騒ぎから隔絶されていたため、同じような状況でもしっかりと仕事をすることができました。でも残念ながら現在は同じことは可能ではありません。加えて、次々と外国人に対する新しい指令が出るので、息をつく暇がありません。国籍取得が困難になるなどということは、私に関係するさまざまな措置の中で最も些細なことかもしれません。外国人の義務的動員[4]が噂になっていますが、これは五二歳まで対象になるとのことです。――私は今、フラヌール〔遊歩者〕の章のまったく新しい概要を書いていますが、これはテディにとりわけ喜んでもらえるものと思いたいです。フラヌールは、今回は、支配的な労働倫理を前にして、市民時代に無為というものが帯びる特別な性質を研究する枠組みの中で登場しています。――あなたと、それが無理なら誰か物のわかる人とこのことについて話をすることができたなら、どれだけ意味があることでしょうか。そうできれば、いったいどれだけ仕事がはかどることでしょうか。私の現在の孤独は、今日私たちに属するすべてのものを押し流す流れに、あまりにもふさわしいものです。この孤独は単に精神的な性質のものではないのです。

ここで、先ほどほのめかしたお金のある人々の話に戻ります。近日中に、私が知っている中で唯一本当に境遇の恵まれた家族で、私の最も大きな後ろ盾となったかもしれなかった家族が、アメリカに渡ります。その人というのはルネサンス・メダルの蒐集家で、——蒐集家以上に私が上手くつきあえる人間はいないわけです。より重要なのは、その息子で、ラックナーという名前で小説家としての人生を模索中のエルンスト・モルゲンロート[5]に、シュパイアーとの経験に基づきいくつか示唆を与えることができたということです。私は、この最後の砦の喪失から最大のものを引き出そうと、老モルゲンロート氏にマックスを訪ねてもらうよう働きかけています。とっかかりがうまくいったなら、きっと私のアメリカへの移住について彼に興味を抱いてもらうことができるでしょうし、それどころかひょっとするうと、後々研究所のさまざまな企画についても興味を持ってもらえるかもしれません。息子のモルゲンロートも父親に倣うでしょう。彼の属する世代の中では、彼は比較的教養がある人物ですし、親切です。彼は学ぶ気持ちがありますし、あまり厳しく彼を扱うべきではありません。

ブレンターノ[6]が数日間こちらにいたということはあなたに書いたでしょうか。グラッセ社から彼の本が一冊出るのですが、ジャーナリストたちはこの機会にとばかりにこの作家のご機嫌取りに躍起になっています。でもこれでも、彼の心の平和を確かなものにするのには足りないようです。というのも、彼は話の中で、彼が賭けている競走馬に世界史上の悪いスタートを切らせたロシアその他の強国を、激しく恨んでいると表明しているのです。彼の激白の調子は堪え難いものがありました。この訪問が私を最も考え込ませたのは、ブレンターノがシローネ[7]と近い関係にあるということです。私には、ブレンターノが抱えているような政治的ルサンチマンがシローネのようなともかくも重要な作家の日々の糧になっているということがうまく想像できません。ブレンターノの言うことを信じるとするならば、ロシアの状況はドイツよりも「千倍も悪い」というのが、このチューリヒのアヴァンギャルド作家のモットーだというのです。

今パリにはティーメがいます。彼も半ば亡命を始めていて、それもスイスからです。彼はかなり長いあいだドイツのカトリック系の抵抗勢力で活動していて、四年前からバーゼル近郊の田舎に住んでいます。スイスは国境に大規模な部隊を配置したようです。

最後に、パレスチナへの帰路の途中で、ショッケンがパリに来ました。後から聞いたことです。私はショッケンを個人的に知りませんし、ショーレムを通して以外には何のつながりもないので、彼の滞在を知っていたとしても、それを何か役に立てることはできなかったことでしょう。いずれにしても、そこからは何も望めません。ショーレムの前の手紙によれば、ショッケンはもう何もドイツ語では印刷する気がないとのことです。ショーレム自身のユダヤの音楽についての短い百科事典的な記事(8)が、ひょっとすると最後の刊行物になるかもしれません。

私が前に送った原稿のどれを見ましたか。「パサージュ論」の新しいフランス語の梗概は見ましたか。シュテルンベルガーの書評はどうでしょうか。それから、コーリッシュに渡してあなたに届けてもらった本自体はいかがでしょうか。

「複製技術時代論」のコピー作成がもたらす以上の気晴らしがなにかあることを願っています。でも、コピーをしてくださることには感謝いたします。四部作成していただけるとありがたいです。

私がこれを書いているあいだにあなたから詳しい手紙がこちらに向かっている、などと期待してはいけないでしょうか。いただいた短いお便りは、それが端から端まで旅する膨大な隔たりと、愛すべきコントラストをなしています。でも、今度はちゃんとした手紙をいただければと思います！　できれば、その手紙に、あなたの境遇について喜ばしいことが書かれていますように。

あなたとテディの幸せを心から願いつつ

あなたのデトレフ

［原文：手書き］

（1）ベンヤミンは「複製技術時代論」の拡張した第二稿（追記のない第二稿。GS VII, 1, S. 350-384）のタイプ原稿を送ったものと思われる。ただし、この稿のタイプ原稿は残っていない。アメリカのタイプライター用紙で作られたコピーは、おそらくグレーテル・アドルノの仕事によるもので、前半部分（第八章まで）のみがカーボンコピーである可能性があり、一方、第九章からはオリジナルのタイプコピーである。これには、『全集』の編集者の想定（GS I, 3, S. 1056）と異なり、ベンヤミンの手による修正は入っていない。作成日は不明で、ベンヤミンの生前に作成されたという手がかりもない。ベンヤミンやグレーテル・アドルノの手紙からは、コピーの完成やその送付についての話題は見当たらない。

（2）一九三八年から四〇年に作成された「省察したもののメモ」については、GS VII, 2, S. 673-680 を参照。

(3) 政治家でジャーナリストのフリッツ・シュテルンベルク(一八九五—一九六〇)。帝国主義についての本の著者で、チェコスロヴァキア、オーストリアおよびスイス滞在を経て一九三八年にフランスに来た。一九五〇年にはアメリカの国籍を取得している。一九三五年に『権力の座についたファシズム』(*Der Faschismus an der Macht*) を出版。

(4) この命令は四月一二日から一六日に出された。この強制動員には、一八歳から四八歳までのすべての外国人男性が該当した。

(5) エルンスト・グスタフ・モルゲンロート(一九一〇—二〇〇〇)。フランクフルトとベルリンで芸術史と哲学を学び、両親のルーツィエおよびジークムント・モルゲンロートとともに一九三三年にパリに亡命した。シュテファン・ラックナーのペンネームで執筆活動を行った。長編小説『故郷喪失者』(*Jan Heimatlos*) は一九三九年にスイスで出版された。

(6) 作家ベルナルト・フォン・ブレンターノ(一九〇一—六四)。長編『テオドーア・ヒンドラー』のフランス語訳がグラッセ社から出版された。

(7) 長編小説『フォンタマーラ』(一九三〇)、『パンと葡萄酒』(一九三七)やエッセイ『独裁者の学校』(一九三八)——これは部分的に雑誌『尺度と価値』に掲載された——の著者イニャツィオ・シローネ(一九〇〇—七八)。一九三〇年から四四年までスイスに亡命した。イタリア社会党青年部の代表者としてイタリア共産党の結成に参加したが、一九三〇年にはすでに離党し、四五年以降はケストラーとともに共産党に反対する主要な証言者の一人となった。(Ein Gott, der keiner war. Arthur Koestler, André Gide, Louis Fischer, Richard Wright, Stephen Spender schildern ihren Weg zum Kommunismus und ihre Abkehr. Mit einem Vorwort on Richard Crossman und eine Nachwort von Franz Borkenau. Zürich 1953. S. 73-105. [Rote Weißbücher 6]〔「神ではなかった神　アーサー・ケストラー、アンドレ・ジッド、ルイス・フィッシャー、リチャード・ライト、スティーヴン・スペンダーが共産党への道とそこからの転向を描く」〕を参照)

(8) 本来は『パリ・ユダヤ百科事典』(*Briefwechsel Scholem*, S. 299) に載る予定だったが、実際には「ユダヤの神秘主義とカバラ」および「スペイン追放後のメシア運動」(『過去と現在のユダヤの人々』三〇八—三二七および三三五—三四七頁)として一九四六年になって英語の翻訳で出版された二本の記事のこと。ショーレムは、ひょっとするとショッケンがドイツ語の原稿を個人用に印刷してくれるかもしれないと書いていた。

160

グレーテル・アドルノから
ヴァルター・ベンヤミン宛

ニューヨーク、一九三九年四月二四日

一九三九年四月二四日

親愛なるデトレフ様

シュテルンベルガーの本をありがとうございました。読み終えたら、すぐあなたに送り返しましょうか。それともそんなに急がなくてもいいかしら。ルーディ・コーリッシュはポルテリコ（?）〔Porterico とあるが、プエルトリコの綴り間違いであろう〕に発つ前にここに立ち寄ってくれましたが、あんまり慌てふためいていたので、ほとんど話もできないほどでした。というわけで、あいにくあなたのこと、あなたの健康状態のことは、まだちゃんと口頭で聞けないでいます。——もちろん研究所の経費節減策のことは、悲しいことに知りすぎるくらい知っています。でも今なら、あなたがシャピロと会えれば、本当にチャンスがあると思います。彼はおそらく何かアドヴァイスをしてくれるでしょうし、あるいは力にさえなってくれるかもしれません。アメリカ移住については、パリにだって状況を正確につかんでいる人はいるはずです。たとえばクラカウアーです。でもあなたはもう彼とはつきあっていないのかもしれませんね（それも無理のないことですが）。でもせめて領事館に問い合わせてみてはどうでしょうか?

テディの両親はあさって船でキューバに発つそうです。すべてが予想以上に素早くうまくいった様子です。

わたしは今、ガートルード・スタインの『アリス・B・トクラスの自伝』[1]を読み終えたところです。

この本はぺらぺらめくってみると、あなたもきっと楽しめるだろうと思います。そこにはたくさんあなたの知り合いが登場します。あのシルヴィア・ビーチやモニエなども。仕事をしたいというわたしの切なる願いが、何日か前かならかなえられました。マックスの秘書が病気になったため、彼の仕事を手伝っているのです。あとは、テディが「決定論」についての論文[2]を準備しています。

わたしたちがほかのどんなことよりも心を痛めているのはあなたの運命だということ、そしてわたしたちはできることなら何でもするつもりだということは、わかっていてくださると思います。「ボードレール論」の修正版と第三部、今からとても楽しみにしています。

もう夏の計画は決まりましたか。またデンマークにいらっしゃるおつもりですか。

眼下のハドソン川沿いをあなたと散歩しながら、ありとあらゆることを落ち着いてお話しできたらなあ、と思います。残念ながらわたしたちが近々ヨーロッパに行ける見込みはありません。それにマックスやフリッツにその気があるとも思えません。

二週間ほど前に思いもかけないプレゼントがありました。ショーレムがエルサレムからゾーハルの章[3]を送ってきたのです。彼からはほかに何か連絡がありましたか。カフカの本についての提案に、彼は何か返事をくれましたか。
どうかお元気で。いつもいつもあなたのことを大切に思っています。

あなたのフェリツィタス

テディからも、くれぐれもよろしくとのことでした。

〔原文：手書き〕

（1）一九〇〇年から三二年までのパリ時代のことを書いたこの本は三三年に出版された。
（2）アドルノはこの論文を執筆しなかった。
（3）以下を参照。Gershom Scholem, *Die Geheimnisse der Schöpfung*, Berlin 1935.〔『創造の秘密』〕

161 グレーテル・アドルノから ヴァルター・ベンヤミン宛

ニューヨーク、一九三九年五月一日

一九三九年五月一日

親愛なるデトレフ様

あなたの原稿を読ませていただきましたが、正直言って、翻訳版よりドイツ語版の方がわたしはずっと好きです。翻訳版ではすべてが難なくわかってしまい、手書きの注釈もまったく付いていなかったので、なんだか肩すかしをくらったような感じさえしました。それにあなたがサン・レモでわたしたちに試案を読んでくださった補遺がなくなったのも寂しい感じです。わたしは今、マックスと一緒に集中的に仕事をしているので、コピーを作るのは少しだけ遅れるかもしれませんが、とくに問題はないでしょうね。

今日は、ルーディ・コーリッシュが旅の途上で一日だけニューヨークに滞在し、その一日をほとんどまるまるわたしたちのところで過ごしました。「ボードレール論」の改稿章のこと、わたしたちは首を長くして待っています。もうじき着くのかしら。あなたがとことんパリに愛着を感じていることは、わたしは誰よりもよくわかっていますが、それでも当地はあなたにとってそれほど居心地の悪いところにはならないだろうと信じています。あなたの将来のことでどうぞ無用なご心配はなさらないでください。マックスが言うように、人間、飢え死にはしないものです。テディとわたしはあなたのためにできることは何でもします

（そんなこと、あまり深く考えなくてもプライベートに解決できればいいのに、残念ながら今のわたしたちにはそれだけの経済的余裕がありません。そのことがすでにわたしたちには苦痛です）。マックスも問題の所在はわかっています。こんなことであなたのお仕事がこれ以上妨げられるようなことがあってはなりません。

（コーリッシュ自身も、弦楽四重奏団のメンバーがおそろしく連帯感に欠ける態度をとるので、すべてをぶち壊しにしかねないといってすごく心配しています。でもこれはここだけの話にしておいてね。）

テディの両親は先週水曜日に、ハンブルクからキューバに向けて船で出発しました。

最近、スターリン崇拝のお先棒担ぎにしかならないような声明に署名することを、ブレヒト同様にアイスラーも拒否したという噂がまわりまわってわたしたちのところにも届きました。ちなみにアイスラーはその間に国外追放され、再度こちらに入国できるようになるかどうかははっきりしないそうです。

デンマークからは何か連絡がありますか。本当に美しいパリの五月を楽しんでください。そしていつでもわたしのことを考えてね。

あなたの小さなフェリツィタス

［原文：手書き］

162 ヴァルター・ベンヤミンから グレーテル・アドルノ宛

ポンティニー[訳注1]、一九三九年五月一九日

私の小さな親愛なるあなた[訳注2]へ

この手紙は少し運がよければ、あなたの誕生日に着くことでしょう。そしてあなたへの挨拶を「私の小さなあなたへ、と」このような新しい言葉で「フランス語で」するのは、あなたのこの前の手紙の最後のうれしい一言から、こうしたいという気持ちが出てきたためです。同じく、これからの数年あなたが大きくなっても、それ以上には齢をとらないような場というものがあるのだと感じていただきたい気持ちからです。この書き出しに関してはあと、もうひとつのインスピレーションについても述べねばなりません。それは、プルーストの書簡集を熱心に読んだことから来ています。[1] 彼の手紙のなかにストロース夫人[2]というのが出てき

ます。彼女のいくつかの有名な言葉をテディが思い出してあなたに語ってくれると思いますが、彼女がプルーストに手紙の冒頭で呼びかけるその仕方にとても魅了されたことがあります。なによりも「わたしの小さな、親愛なるマルセル」という独特の表現には真似のできないやさしさがこもっていました。

ポンティニーでは、一万五千冊の蔵書のある大きな図書室が一番よいものです。今、そこであなたにこの手紙を書いています。この図書室は、訪問者は誰でも自由に使えます。どれほど私がこの図書室から得るところが多いか、おわかりいただけることでしょう。施設はそれ以外の面ではとてつもなくよくないです。スカンジナビアの若者たちによる乱暴狼藉ぶりに関して珍妙な話を書くことができるかもしれません。あるいは、もっと嘆かわしいことならば、この館の主人のポール・デジャルダンの没落についても、そしてこの件で彼の夫人が果たした役割についても書けるでしょう。そこでの彼女の夫の状況には、サン・レモでの私のそれをどうしても思い出させる要素がいくつかあります。それ以外の点では、このポンティニーの様子を私なりに詳しく書いた手紙がマックスのもとに行っているはずです。

数年前にヘンリー・ジェイムズ（哲学者ウィリアムの弟でしたっけ？）の本を私に勧めたのは、あなたでした？最近『ねじの回転』[3]を読むことがありました。なんともたいしたものです。いずれわれわれ三人で集まって、十九世紀こそは幽霊小説の古典的時代であるという重大な事実を解明する必要がありますね。そうしたらヘンリー・ジェイムズという人物は驚くばかりの生彩をもった存在として浮かび上がることでしょう。

ここの図書室でのもうひとつの発見はジュベール[4]でした（フランスの偉大なモラリストたちの最後の存在で、王政復古主義の時代に生きていました）。彼の『パンセ』にはまったく驚きました。文体に関しては私がこれまで書いて来た文章のすべてがこうあれば、と思うようなものです。ジュベールに私が見いだしてうれしいのは、模範というよりもむしろ、その見事な定義の仕方です[5]。

「ボードレール論」は、ゆっくりとしか進んでいませんが、次の機会には必ず。「……時代の芸術作品」をようやくあなた宛に送れてうれしいです。原稿に挿入されるのを待っているかなりの数のメモがありますが、そうしたメモ群は、あなたによる書き写しが出来次第、その適切な場を得ることになるでしょう。あなたの書写が私にとって役に立つ理由はそこにあります。つまり、私はテクストの写しがひとつしかないのでは、仕事ができないのです。

ブレヒトについてあなたが教えてくれた新しい情報には、

おどろくべきことはなにもありません。彼がスターリンについてどう考えているかは昨年の夏以来よく知っています。ついでに言えば、ブレヒトはフュン島を引き払いました。あそこではもう安全とは思えなくなったためです。彼はスウェーデンに落ち着くことになるでしょう。

今あなたにフランス語で書いている理由が三つはあります。第一の理由はこの手紙の冒頭に書きました。

第二は、このフランスの環境にいると、その方が私には自然だからです。第三の理由は、このお誕生日のお祝いの日に、あなた方お二人への私の昔からの好意を新しいやり方であなたにお伝えしようという意図にあります。

(最後に言えば、この前いただいた手紙の信頼の言葉が私にとってどれほどの価値があるかをあなたに知っていただきたいのです。この地に閉じ込められている不安から解放されるのに本当に役立ちました)。

どうかお元気で。

デトレフ

ポンティニー修道院

一九三九年五月一九日

追伸　シャピロがいつパリに来るのか教えてください。私自身は月曜日に戻ります。

〔原文：手書き〕

(1) 一九三一年から三六年にかけてプロン社から出たプルーストの『書簡全集』六巻のこと。

(2) ジュヌヴィエーヴ・ストロース(一八四九—一九二六)。作曲家フロマンタール・アレヴィの娘で、ジョルジュ・ビゼーと、一八六九年から彼の死の一八七五年まで結婚していた。彼女の息子のジャック・ビゼーは、プルーストの学校友達だった。彼女は一八八六年に弁護士のエミール・ストロースと再婚している。〔『失われた時を求めて』のゲルマント公爵夫人のモデル〕

(3) Henry James, *Le Tour d'écrou*(『ねじの回転』『アスパンの恋文』付き) M・ル・コルベイエによる英語からの訳。エドモン・ジャルーによる前書き。パリ、一九二九年。

(4) ジョゼフ・ジュベール(一七五四—一八二四)。きわめて少量の著作しか著さなかったが、毎日自分の個人的な「パンセ」を書き記したノートが死後に公刊された。ジュベールは一七七八年にパリに移住し、ディドローの仲間となった。ディドローは彼に、「普遍的好意についての試論」を書くように勧めたようである。この試論の断章は残っている。ベンヤミンが抜き書きをした『パンセ』の版は、一八八三年のそれである(Vgl. GS V, 2, S. 1302, Nr. 460)。一九三八年には、アンドレ・ボミエの編になる二巻本の『メモ帖面』が出版された。

(5) Vgl. GS V, 1, S. 604 および GS II, 2, S. 579.

(訳注1) ブルゴーニュ地方の町、古いシトー会の修道院で有名。哲学者のポール・デジャルダンが一九三九年まで毎年、ジッ

ドやサルトル、アンドレ・モロワやポール・ヴァレリー、トーマス・マンやサン゠テグジュペリを集めて討論会を開催していた。

（訳注２）この手紙は全文がフランス語で記されている。その理由は、冒頭と手紙の末に書いてある。

163 グレーテル・アドルノから ヴァルター・ベンヤミンへ

ニューヨーク、一九三九年五月三一日

一九三九年五月三一日

六月一〇日
この日です。(訳注1)

とても愛しいわたしのデトレフへ
あなたのこの前の手紙にはとても魅せられました。それで、どうしてもすぐにお返事を書かねばなりません。でも、テディだけが反応できませんでした。つまり、彼は、ストロース夫人の有名な言葉を思い出せないのです。――月曜日には息子さんの方のモルゲンロートが我が家のちょっとした談論会に来ました。メイヤー・シャピロも来ました。シャピロは奥さんの病気のために、旅行計画に支障をきたし、ようやく六月二一日に出発できるそうです。でも、最初はしばらくイギリスに滞在する予定です。彼には出発前に必ず会うはずなので、そのときは、いつ彼がパリに行くつもりなのか、聞き出すようにしますね。
当地では最近まで、ピカソの「ゲルニカ」の巨大な白黒の絵の展覧会をやっていました。パリでご覧になる機会はあったでしょうか。
テディは明日から一〇日間の予定で、キューバにいる両親のところに行きます。明日からわたしは初めて（当地の言い方で言えば）、グラス・ウイドウ〔出張やもめ〕です。わたしは元気にしています。マックスのもとでの仕事は――とくに今は政治的テーマを扱っているだけに――たいへん楽しいです。(1) 残念なことに彼は研究所のそれ以外の雑用に忙殺されています。――このまえ、シュテルンベルガーの本を読みました。アラン・ボットの『アワー・ファザーズ』(訳注2)をどうしても思い出してしまいます。ようするに、十九世紀の絵入り雑誌のさまざまな挿絵を集めただけのものなのです。なんだかんだといってもそれほど薄くないこのような本がテクストなしでできているのは、私にはまったく理解できません。解釈なしにただ事実だけを集めたこのような本は、そもそも好きではありません。

ルーディ・コーリッシュも、どのみち彼のコンサート・シーズンのはじまりはヨーロッパなので、できるだけ早くヨーロッパに出かけたがっています。とはいえ、彼は目下のところ、カルテットに関してとても厄介な悩みを抱えています。こう言うともうほとんど皮肉な言い方に聞こえてしまいます。というのも彼は一人の演奏家だけでなく、共演者全員から見捨てられてしまったからです。

あなたの誕生日に喜んでもらえる小物がなにかあったら、期限どおりに間に合うように手に入れたいので、急いで知らせてください。(また昨年と同じにバー・ハーバーに休暇に行ければと思っています。でも、テディの夏休み計画はまだまったくわかっていません。)

どうかお元気で。

いつもあなたのフェリツィタス

〔原文：手書き〕

(1) この時期のホルクハイマーは、「ユダヤ人とヨーロッパ」という論文にとりかかっていた。

(訳注1) 六月一〇日はグレーテルの誕生日。

(訳注2) アラン・ボット(一八九三―一九五二)。第一次世界大戦のイギリス軍の戦闘機乗り。撃墜王。戦後、雑誌や写真集などを出版していた。そのひとつが *Our Fathers* (1931, London)。

164 ヴァルター・ベンヤミンから グレーテル・アドルノ宛

パリ、一九三九年六月二六日

親愛なるフェリツィタス

今日は「なじみのドイツ語」に舞い戻ることにしましょう。それでもポンティニーから出した手紙が、時折めざめるフランス語欲の残り火をあなたのうちに保ってくれたなら、そして気が向いたときに『悪の華』の一冊を開いて、私の目を通してそれを読んでみてくださるなら、とてもうれしいです。昼夜を問わず、私の思索はこのテクストにかかりきりになっているので、きっと私たちはそこで出会うことができるでしょう。

これらの思索の成果についていえば、もうその中に昨夏のボードレールを探り当てるのは容易ではないでしょう。フラヌール〔遊歩者〕の章、そう、私が今かかりきりになっているのはまさにこの章なのですが、この章の新ヴァージョンは、「複製技術時代論」と「物語作家論」の重要なモチーフを、「パサージュ論」のモチーフと結びつけながら統合しようとしています。私のすべての省察が、しかもまったくかけ離れた視点からの省察がこれほどまでに一つの消点に向かって収斂していくように思えたことは、これまでのどんな作品でもなかったことです（もっとも今ではずっと前からそうだったように感じられますが）。私の古い貯蔵庫の中から取り出してきた最も極端な考察をも、お二人がなんとかしようと固く決意されていることを、私はすぐに理解しました。それでももちろん全部というわけではありません。お二人にお願いすることになるのは、フラヌールの箇所だけで、「ボードレール論」全体ではありません。それでもこの章は、昨年の「フラヌール」の分量をはるかに超えてしまうでしょう。でもそのかわり、今回は互いに独立した三つの部分、パサージュ、群集、類型にテクストが分割されると思いますので、編集上の扱いはいくぶん容易になるかと思います。最終稿の完成にはまだまだ時間がかかりそうですが、じっくり想を練る段階はすでに終わり、筆をとることなく一日が過ぎることはまったくありません。

うれしいことに、最近、『フランス百科事典』第一六巻の私の執筆項目の校正刷りが送られてきました。それをきっかけにもう一度思い出されたのは、シュテルンベルガーの『パノラマ』に関する私の書評に関しては、どこからも何の反応も聞かれないということです。あなたでさえ、先日あの本のことをお書きになったとき、沈黙を破ることはありませんでした（アラン・ボットの素晴らしい写真コレクションのことは知っています）。あの書評では、その批判的論調はいったん横におくとしても、「ジャンル」の構造に目を向けた考察を通じて私なりに新しいことを語ったつもりでした。それについて何かご意見をお聞かせいただけないでしょうか。

小さな文筆上の成果があげられそうです。もう一〇年前になりますが、『フランクフルト新聞』に頼まれて「叙事的演劇とは何か」(1)という評論を書いたことがあります。校正刷り（それは今でも手元にあります）まで印刷された後になって、ディーボルトの最後通牒を受けたグーブラーがそれを撤回したのです。その評論が、今度ブレヒトに関する議論を始める『尺度と価値』誌に、わずかな修正を経ただけで掲載されることになりました。次の号で読めます。あなたが尋ねておられた夏の予定ですが、シャピロがいつ頃こちらに来ることになるかにかかっています。それとも彼がパリで予定しているのは長期滞在なのでしょうか。もしそうならば、彼と会うチャンスは必ずあるでしょう。今年は「フラヌール」の粗稿が完成するまではフランスを、いやパリをさえ離れないつもりです。

私の誕生日プレゼントのリクエストのことですが、まだ間に合うでしょうか。正直言うと、「複製技術時代論」のコピーをそのリクエストにしたいような気がしています。でも、そんなふうに言うと締切日を指定しているようにあなたが受けとるといけないので、念のため本も一冊あげておきましょう。[2] 最近亡くなったロベール・ドレフュスの最後の著書をプレゼントしていただけるならとてもうれしいです。彼はプルーストの古い友人で、本のタイトルは『ティエール氏からプルーストへ』といいます。そこにはストロース夫人の話もたくさん書かれているので、それについては読んだあとでお二人にぜひともご報告するつもりです。

あなたがお尋ねのピカソの絵は見ていません。

テディにはくれぐれもよろしくお伝えください。つきせぬ思いをこめて

あなたのデトレフ

一九三九年六月二六日

パリ一五区、ドンバル街一〇番地

〔原文：手書き〕

（1）"Was ist das epische Theater?": Vgl. GS II, 2, S. 519-531.

（2）Robert Dreyfus, *De Monsieur Thiers à Marcel Proust. Histoire et Souvenirs*, Paris 1939.〔『ティエール氏からマルセル・プルーストへ——歴史と回想』〕。「ストロース夫人とマルセル・プルースト」の章は同書 pp.13-36 参照。ロベール・ドレフュス（一八七三—一九三九）はコンドルセ高校以来のプルーストの友人で、一九二六年には『マルセル・プルーストの回想』を出版している。

165 グレーテル・アドルノから ヴァルター・ベンヤミン宛

ニューヨーク、一九三九年七月七日

一九三九年七月七日

私の親愛なるデトレフ様

悲しいかなわたしには才能がないので、あなたがわたし

にくださったような素敵な手紙は書けないのですが、それでもわたしからのささやかな誕生日のお祝いの言葉を快く受け取ってくだされればと願っています。こちらでは外国図書の購入がとても不便なので、もう少しだけ辛抱してください。

ここのところまた、わたしたちはずいぶんとたくさん仕事をしたので、睡眠不足ですっかり頭がぼやけています。ちょうどマックスのファシズムについての論文ができあがったところです。メイヤー・シャピロはとりあえず八月までイギリスにいます。もし今から彼と連絡をとっておきたいと思われるなら、連絡先はロンドンのアメリカン・エクスプレスです。わたしたち二人は当面ニューヨークにいなければなりませんが、その後、八月になったらまたきっとメイン州バー・ハーバーに行くことになるでしょう。

短い手紙でごめんなさいね。口づけをそえて

いつも

あなたのフェリツィタス

テディからも、よくお祝いの言葉を伝えて欲しいとのことでした。

［原文：手書き］

166

テオドーア・ヴィーゼングルント＝アドルノおよびグレーテル・アドルノからヴァルター・ベンヤミン宛

ニューヨーク　一九三九年七月一五日

一九三九年七月一五日

親愛なるヴァルター様

貴兄の誕生日のためにマックスはわれわれにこれ以上ない素晴らしい贈り物をしてくれました。それは貴兄がじきにこちらに来られるという見通しです。[1] そしてそれに劣らずうれしい見通しは、「ボードレール論」がまもなくわれわれのもとに届くということです。[2] どんなに私たち二人が喜んでいるかは言葉に尽くしがたいほどです。初めてわれわれは当地の習慣を採用して本物のインディアン踊りを踊りました。そしてマックスもまたわれわれと同様に喜んでいます。でも今日のところは大急ぎで今後の計画についていくつかのことをお伝えします。『パリ情景』についてのフランス語のレポート[3]は昨日ようやくこちらに届きました。

これについては腰をすえて読んでから、またお返事をします。

まずは「ボードレール論」についてですが[4]、これを今年度の第一分冊（合併号）に載せられれば願ったりかなったりです。というのもこの分冊には、「ボードレール論」の他、マックスのきわめて重要な論文と、私の「ヴァーグナー論」の四章分（一、四、九、一〇章とこれらをつなぐ短いテクスト）が収録される予定だからです。マックスの論文の仮タイトルは「ヨーロッパとユダヤ人」となっていますが、実際にはファシズムの理論の最初の概要となるはずで、この論文には私も深く関与しました。もしこの号がこんな形で出せれば、実際これはもうこの雑誌について私が思い描いていた理想像に近いもので、それはマックスの描いていたものにも近いはずだと思います。

訪米の予定についてですが、九月末か一〇月初めに時期を設定することを提案します。というのも、そのころになれば大学の活動も全面的に再開するからです。貴兄には研究所の公式行事で「パサージュ論」の主要なアイデアを披露していただけるように願っています。招待する著名人は多ければ多いほどよいでしょう。コロンビア大学の哲学科で美学理論の何かの問題について講演をしていただくのもよいかもしれません。私自身も数か月前に避けて通れないフッサールについての話をして、非常に好評を得ました[5]。九月末を提案するのはもう一つ、メイヤー・シャピロが八月二五日以前にパリに行くのはまず無理だからです。しかし、貴兄が彼と会うことはとても重要なことだというのは、われわれ全員の認識です。彼は、専門分野を通じてわれわれの仕事にきわめて強い関係を持っており、われわれが彼に刺激を与えられるだけでなく、われわれの方も彼から刺激を受けることができます。しかし、理由はそれだけではありません。むしろもっと決定的なのは、シャピロが、貴兄のこちらへの最終的な移住を援助してくれるかもしれない、ないしは、アメリカからフランスでの研究委託をしてくれるかもしれない最も有力な仲介者だとわれわれが思っているからです。貴兄がシャピロと一緒に十分な時間を過ごせるためには、少なくとも四週間の滞在期間は見ておくべきだと私は強く思います。この手紙と同時に、ロンドンの彼にも貴兄のことで手紙を書いておきます。彼がトロツキストに強く共感しているのは貴兄もご存知でしょう。彼を誰かに会わせる時には、そのことに若干配慮した方がよいでしょう。公式路線に忠実な人とは容易に衝突する可能性がありますから。

マックスが私に言うには、貴兄がヴィザを取得する際、場合によっては一定額の金を所有していることを証明しなければならないかもしれないとのことです。その種の証明書なら研究所で発行することができるということを貴兄に伝えておいてほしいとマックスから頼まれました。ただし、当然ながらこれは単に形式上のものです。マックスの言ったことを私が正しく理解したとすれば、旅費は貴兄の負担になりますが、ニューヨークの滞在費は研究所がもつとのことです。

八月は去年と同様におそらくバー・ハーバーで過ごすことになるでしょう。それまでに一言、貴兄からの便りがいただければとてもうれしく思います。私はゲオルゲとホフマンスタールの往復書簡をとても興味深く読みました。少し長めの書評を書いてみようかと考えています[6]。

慌ただしい手紙で申し訳ありません。でも再会の日が近づいていることで少しはその穴埋めができるでしょう。

われわれ二人より、親愛をこめて

貴兄のテディ

親愛なるデトレフ様

私はもううれしくて心ここにあらずといったふうです。そしてこの野蛮の地が、それでもあなたの気にいってもらえるように、ニューヨークの魅力をどんな順番であなたにお見せしたらよいかしらと、今からもうそんなことばかり考えています。考えてもみてください。二か月半後に再会できるのよ。これほど期待に胸ふくらませて埠頭に立ったことは未だかつてありません。では、どうぞ素敵な夏を、そしてシャピロとも大いに楽しんでくださいね。

いつもあなたの

フェリツィタス

［原文：タイプ原稿］

（1）ベンヤミンは六月二四日、ホルクハイマー宛の手紙で、アメリカ領事館の側では合衆国への訪問ヴィザを発行することにまったく問題はない旨を伝えている。このニューヨーク訪問計画は理論上の議論とベンヤミンのアメリカ移住の可能性について検討するためのものだった。

（2）ベンヤミンは「ボードレールにおけるいくつかのモチーフについて」の原稿が七月末に届くことをホルクハイマーに電報で知らせた。

（3）一九三九年五月にポンティニーで講演の形で行われた報告 "Notes sur les Tableaux parisiens de Baudelaire".（vgl. GS I, 2, S. 740-748）

（4）「ボードレールにおけるいくつかのモチーフについて」は『社会研究誌』の以下の号に掲載された。*Zeitschrift für Sozialforschung*, 8（1939）, S. 50-89（Heft 1/2）; vgl. GS I, 2, S. 605-653.

（5）アドルノはこの講演「フッサールと観念論の問題」を一九三九年五月に行っている。テクストについては以下を参照。GS 201, 1, S.119–134.

（6）以下を参照。*Briefwechsel zwischen George und Hofmannsthal*, Berlin 1938. アドルノは長い書評を書く代わりに「ゲオルゲとホフマンスタール、その文通、一八九一―一九〇六」と題する長い論文を執筆した。これは一九四二年に社会研究所が謄写版印刷で発行した冊子『ヴァルター・ベンヤミンを偲んで』に掲載された。vgl. GS 10［1］, S. 195–237.

167

ヴァルター・ベンヤミンから テオドーア・ヴィーゼングルント＝アドルノおよびグレーテル・アドルノ宛

パリ、一九三九年八月六日

パリ一五区
ドンバル街一〇番地

一九三九年八月六日

親愛なるテディ様

今はフェリツィタスと休暇旅行に出ておられる頃と思いますので、多分、この手紙はすこし遅れてお手元に届くことになるでしょう。でもそのおかげで、先週マックス宛に発送した「ボードレール論」の原稿が、先を越されたこの手紙に追いつけるかもしれませんね。

ちなみに、以下の文面は手紙というよりキーワードの列挙のようになってしまうかもしれませんが、どうぞ気を悪くなさいませんように。なにしろ「ボードレール論」を完成するために何週間もこもって仕事に集中し、しかも最悪の天候の影響もあって、めったにないほど疲労困憊しているからです。でもそうした中でもなお、私もまた近々お二人に再会できることをどんなにうれしく思っているかをお伝えしないではいられません（ただし、この見込みとその実現との間には、なお克服すべき困難が介在していることを忘れてはいけませんが。私の所持するクレーの絵を売却する件でモルゲンロートに手紙を書きました。もし彼にお会いになることがあったら、忘れずにそのことを彼に尋ねてみてください）。

新しい「ボードレール論」はお二人がご存知の前作の「修正版」とはもはや言えないものですが、それでも、昨夏の「ボードレール論」についてのわれわれの文通の影響がそこに実を結んでいることは、たぶんお気づきのことと思います。とくに、自分ならば素材群へのパノラマ的な展望を少し諦めてでも、理論的骨組みをもっと精密に描き出すだろうという貴兄の言葉には、一も二もなく従うことにしました。そしてまた、そうした理論的骨組みはかなり高い位置にある以上、そこに辿り着くために、自分なら急峻な坂を這い上がることを厭わないだろうという貴兄の言葉にも従うことにしました。

先に述べたキーワードの列挙というのは、今回の新しい章で（それに対応する昨夏のフラヌールの章と比べて）省略された多数かつ多様なモチーフの一覧です。もちろんこれらのモチーフを「ボードレール論」全体から取り除くわけにはいきませんが、それぞれの箇所で踏み込んだ解釈上の説明を加えています。

パサージュ、夢遊病、文芸欄などのモチーフ、そして幻想という概念の理論的導入などは第二部第一節にゆずりました。痕跡、類型、商品の魂への共感などのモチーフは第三節で扱われます。第二部の中間に位置する今回の第二節は、先行する第一節と後続の第三節と一体となって初めて「フラヌール」の完全な全体像を浮かび上がらせます。

二月一日のお手紙で貴兄が疑問を呈しておられたエンゲルスとジンメルの引用についてもご意見に従って考え直しました。ただし、単に削除するという方法はとらず、エンゲルスの引用については、なぜこれが私にとって重要なのかを説明しておきました。またジンメルの引用については、最初から貴兄の疑義はもっともだと感じていましたので、現在のテクストではこの引用の重みを変えて、もっと軽い役割を負わせることにしました。

このテクストが次号に掲載される見通しだということで、とても喜んでいます。マックスには、すべての断片的なものを論文から取り除き、規定の枚数制限を厳格に守るよう、自分がいかに努力したかを書き添えました。なんとか大幅な変更（つまりは原稿カット）なしに載せてもらえれば幸いです。

今私は、自分のキリスト教的ボードレールを、大勢のユダヤ教天使の力添えで天に昇らせようとしています。でも昇天まで最後の三分の一という所まできて、栄光への入り口を目前に、その天使たちがまるで偶然の出来事のように彼をふたたび落下させるかもしれないことは、すでに織りこみずみです。

末筆になりますが、テディさん、刊行予定の記念号に私の「ヨッホマン論」を掲載していただけるとのこと、感謝しています。

貴兄とフェリツィタスが素晴らしい休暇を過ごされ、無事帰宅されることを祈りつつ。

貴兄のヴァルター

フェリツィタスさん、ドレフュスの本と、本のことをお知らせいただいた手紙、そして本に添えられていた手紙に[1]、心から感謝いたします。いつもお二人のことを思っていいます。

［原文：タイプ原稿と手書き］

（1）いずれも残っていない。

168 グレーテル・アドルノから ヴァルター・ベンヤミン宛

ニューヨーク、一九三九年九月九日

一九三九年九月九日

親愛なるデトレフ様

今日は短い手紙を英語で書いてみます。まだこの言葉で物事をうまく説明できるところまではいっていないのですが、それでもなんとかわかっていただけるのではと思います。いずれにしても来年中には英語をものにしなければなりません。

戦争について語ることは学者たちにまかせておくつもりです。なぜって、今何が起こっているのかは、本当のところ誰も知らないし、すべてはお茶飲み話だと思うからです。ただ、あなたの運命にわたしがどんなに心を痛めているかだけはお伝えしておきたいのです。いっそあなたがこちらに来られた時に戦争になって、あなたがそのまま居続けるほかなくなればよかったのに。あなたに再会できるかもしれないということで、わたしの心はどんなにときめいたことでしょう。でも今はすべてが一変してしまいました。

あなたの身に何かが起こりはしないかと心配で、心配でなりません。どうぞできるだけ早くに何か知らせをください。

愛をこめて、いつまでもあなたの

フェリツィタス

「ボードレール論」の新ヴァージョンにはすっかり心を奪われました。もっと丁寧に読んでみなければなりませんが、今の段階ですでに素晴らしい構成であることはわかります。

［原文：［英語の］手書き］

169　ヴァルター・ベンヤミンから　グレーテル・アドルノ宛

ヌヴェール、一九三九年九月二五日以降(1)

愛しい人
　とても短い手紙になりますが、気を悪くなさらないでください。仕方のない事情があるのです。

　あなたは私の精神が生来的に安定していることを、いろいろな証拠からよくご存知と思います。私の運命について、あなたが過度に心配することがないよう祈ります。何よりも、私たちが互いにもっと近くで暮らせるよう、そして世界がヒトラーの悪夢から解放された時代が来るよう、願いましょう。

　もう三週間以上前になりますが、私はパリを去らなければなりませんでした。しばらく宙ぶらりんの状態に置かれたあと、今はある収容所にいます。私と同じ建物に全部で三百もの人がいます。ほかの亡命者は同じようなグループに分かれて別の収容所にいます。

　あなたがたお二人からの知らせがどれほど私にとって重要かをお話する必要はないでしょう。おそらくあなたがたは、「ボードレールのいくつかのモチーフについて」を受け取った後で私にお手紙をくださったのではないかと思います。そうだとしても、私はあなたがたからの知らせを、七月末以来受け取っていないのです。(2)

　さて、まずは私の住所(3)をお知らせします。志願労働者センター、サン・ジョゼフ農場グループ六、ヌヴェール（ニエーヴル県）です。フランス語で書いてくださるようお願いします。検閲の仕事を容易にするためです。

　すこしばかり時間が経ったので、落ち着いてきました。感じるのは、適切な備品が不足しているのはなんとつらいことか、ということです（十分な肌着もありませんし、ちゃんとした暖かい毛布もありません）。そのうえ、つねに情報がありません。妹の情報も、フランスやスイスの友人たちの情報もです。〔社会研究所のジュネーヴ支部の責任者だったジュリアーヌ・〕ファヴェ夫人にはとくに手紙を書いて、研究所が私に割り当てたお金を管理してくれるようお願いしました。マックスにはこのお金を私の銀行口座に払い込むよう依頼してしまいました。われわれの口座は一時的に差し止められていたようですので、この方法は実現不可能ということに彼がすぐに気づいたならよいのですが。

当面はこのお金は必要ではありません。けれども、必要になった時にファヴェ夫人に問い合わせることができると[4]いうことが大いに重要なのです。

ここの住人にとびきりの有名人がいるというわけではありませんが、何人かの名前にはあなたがたも興味を持つことでしょう。たとえば、私はブルック[5]と一緒にいますが、これはあなたがたの古い知り合いですね。そのうえ、ここにはハンス・ザール[6]もいます。テディは彼の仕事をいくつか知っていることと思います。小説家ヘルマン・ケステンもここから遠くないところにいます。

これまでのところ、私たちの今後の運命について何も確かなことはわかっていません。言うまでもなく、待ち続けていると時間は暗澹たるものに感じられます。大規模な、しかもさまざまな人がいる共同体での生活は、いつも容易というわけではありません。しかしながらその反面、収容所はかなりの仲間意識に溢れていて、当局も公明正大な態度を見せていることを認めざるをえません。

こんな時代では、手紙の運命は不確かなものです。受け取ったらすぐにご連絡ください。あまり待たせないでください。でも、私の「ボードレール論」についての印象を知らせるのを忘れないでください。私の状況が、多くの点であなたがたの一九三七年の時点と似ていることを思い出してくださいね。

テディによろしくお伝えください。マックスとフリードリヒ〔・ポロック〕に心からの挨拶を伝えてください。

シャピロはそちらに戻ったのではないかと思います。私たちは楽しい晩を過ごしました。

もしパリのあなたがたの友人で私に興味を持つ人がいたら、私からとくになにか言い出さなくても、必要なことをしてくださって結構です。でも、おそらく当面は待っているのが一番でしょう。

あなたの　　デトレフ

追伸　この手紙[7]を書き終えたと同時に、パリを離れて以来最初の手紙が届きました。妹からのもので、あなたがたの電報に書いてあったことを伝えてくれました。パリを出てしまったために受け取ることができなかったものです。あなたがたの考えの中であなたがたが私からこれほど近いところにいたことを知ってどれほどうれしく思ったかは、話すまでもないでしょう。「ボードレール論」についての私の仕事に対して書いてくださったことは、月初めから抱いていた苦悩のすべてに報いるものでした。この夏をこの仕事にくぎ付けになって過ごしたことは無駄ではなかったということですね。

おそらく、あなたがたは、雑誌の次号をすぐに出版するつもりというわけではないのだと思います。ゲラ刷りを一セット手元に置いておくことができれば、非常に役立ちます。もし原稿がなくても困らないのであれば、どうぞこちらに送っていただけませんか。（ゲラ刷りか、それが無理ならタイプ原稿でもかまいません。）

　私の大きな心配の一つは家のことです。三か月分の家賃は約一四〇〇フランです。ファヴェ夫人にお願いして支払ってもらいました。私が目下必要としているのはこれがすべてです。――妹が書いてきたところによれば、ファヴェ夫人が私に手紙を送ったとのことで、その中でファヴェ夫人はフリードリヒが私に対して抱いている心配を伝えているとのことです。もう一度お礼を申し上げます！

　ジュネーヴと連絡をとり続けるよう努力します。

［原文：［フランス語の］手書き］

（1）ドーラ・ベンヤミンのこの葉書は九月二五日付である。

（2）グレーテル・アドルノの九月九日の短い手紙［書簡168］をベンヤミンが読むことができたのはパリへの帰還後である。

（3）ベンヤミンは、戦争勃発後にドイツ人亡命者が集められていたコロンブ市からヌヴェールの「ヴェルヌック城」に送られた。

（4）ジュリアーヌ・ファヴェは九月二九日に収容所のベンヤミンに宛てて手紙を書いている。

「あなたの手紙［消失］であなたは元気だと聞いて、大変うれしく思いました。あなたの最初の手紙を受け取った後で、コロンブに向けてすでに葉書を送ったところです。ホルクハイマー氏にはご依頼のとおり連絡しておきました。レヴィ＝ギンスベルク夫人とはわたしは連絡をとっています。なんでも必要なことがあればわたしにご連絡ください。もしお金が必要であれば、いくらをどのような方法で送るのがよいかお知らせください。

　心よりあなたの健康と幸運をお祈りいたします。『ルヴュ』誌の最新号のためのゲラ刷りがいくつかすでに届いており、ニューヨークに向けて発送されました。心をこめて」

（5）ハンス・ブルックについて残っているわずかな情報は、ブルックの一九五六年八月八日のアドルノ宛の手紙から読み取ることができる。これによると、ハンス・ブルックはエルンスト・シェーンの友人で、一九二八年から三三年まで当時の「フランクフルト南西ドイツ放送」で数多くのコンサートの指揮者を務めていた。さらにブルックは、「持ち出すことのできた数少ない品物の中に、偶然にもクレンペラー［ヴィクトール・クレンペラー（一八八一―一九六〇）、ユダヤ系ドイツ人著述家。著書に『第三帝国の言語「ＬＴＩ」』（法政大学出版局、一九七四年）。死後にナチス時代を含む膨大な日記が公刊された］が一九三三年に書いてくれた素晴らしい推薦状があった」と書いている。ハンス・ブルックはのちにフランスからアメリカへと亡命できた。

(6) 作家ハンス・ザール（一九〇二―九三）は回想録『亡命中の亡命』（フランクフルト、一九九〇年、七八頁）で収容所に到着した際のことを書いている。

(7) ドーラ・ベンヤミンの九月二五日付の葉書にはグレーテルおよびテオドーア・アドルノとホルクハイマーからの電報が書き写されていた。「ボードレールについての素晴らしい研究が届きました。一条の光です。私たちの思いはあなたと共にあります」。さらにドーラ・ベンヤミンは以下のように続けている。「加えてファヴェ夫人からの手紙も届いたので、L＝ギンスベルク夫人と一緒に開封しました。九月九日付の手紙です。彼女は「ポロック氏は、この難しい時代にあってあなたを助けるためにできるすべてのことをやるつもりです。そうあなたに知らせるよう依頼してきました。あなたの状況をつねにお知らせいただければ幸いです。合衆国・スイス間の電報はこれまでのところ双方向できちんと遅滞なく届いています」と書いています。ギンスベルク夫人はこの手紙のことをご存知なので、すでにお手紙があったことと思います。」

170 ヴァルター・ベンヤミンから グレーテル・アドルノ宛

ヌヴェール、一九三九年一〇月一二日

愛しい人

昨夜、麦わらの上で、あなたにお話しせずにはいられないほど美しい夢を見ました。ここ収容所にはあなたにお話しすることのできる良いもの、快いものはあまりに少ないのです。――それは、ひょっとすると五年に一度くらいしか見ないような夢で、「読む」というモチーフをめぐるものです。テディは、認識についての私の考察の中でこのモチーフが演じた役割を思い出すことでしょう。夢の終わりの方に進むにつれ、私がはっきりと発音するフレーズは、たまたまフランス語でした。私が同じ言語でこの物語をあなたに語って聞かせる二重の理由があるわけです[1]。夢の中で私に同行してくれる医者のドースは、私がマラリアにかかっていたときに私を世話してくれた友達です。

私とドースは、何人かの人々と一緒でした。この人々についてはもう覚えていません。ある瞬間に、私たち、つまりドースと私はこのグループを離れました。他の人々から離れると、私たちは窪地にいました。そのほとんど底の方に、変わった型の台がいくつかあるのに気づきました。棺のような大きさと形で、石でできているようにも思えました。けれども、その台に半ばひざを乗せてみると、ベッドに体を預けているかのようにゆったりと沈み込むことに気づきました。台は苔と木蔦で覆われていました。二つずつ分かれて配置されているようでした。ドースのためのものと思われた台と隣り合う台に身を横たえようと思ったとき、その台の枕元にすでに別の人がいることに気づきました。そのため、私たちは再び歩き始めました。一帯はずっと森のようでした。けれども、幹や枝の配置には人工的なところがあって、そのためにこの景色は、なんとなく水中の建造物にも似ていました。丸太に沿って進み、木でできた階段をいくつか通ると、私たちは小さな船の甲板のようなところ、板でできたテラスの上にいました。ドースが一緒に暮らしている女性たちがいたのは、ここでした。それは全部で三人か四人で、私にはとても美しい人たちに見えました。初めに驚いたのは、ドースが私を紹介しなかったことでした。とはいえ、そのことは、私が帽子をグランドピアノの上に置いた時にした発見以上には私を狼狽させはしませんでした。それは古い麦わらの「パナマ帽」で、私が父から受け継いだものでした。（それはもうずっと前になくなっていたものです。）帽子をとりながら、その上部に大きな裂け目があることに驚いたのです。しかも、裂け目の縁には、赤色の染みがありました。——誰かが私に椅子を持ってきてくれました。けれども、私は構わず、もうひとつ椅子を持ってきました。その椅子を、みんなが座っているテーブルからは少し離れたところに置きました。私は座りませんでした。そのあいだに、女性の一人が筆跡学に夢中になっていました。見てみると、彼女の手には、私が書いたもので、ドースが彼女に渡したものがいくつかありました。私は、私の隠れた特性がいくつかこれによって見抜かれてしまうのではないかと、この鑑定が少し不安になり、近づいていきました。見えたのは、一面に図案が描かれた一枚の布でした。そこから唯一見分けることができた図形的要素は、Dという文字の上部で、その鋭い縦のラインからは、精神的なものへの強い渇望が表れていました。しかも、文字のその部分は青い縁取りのある小さな薄布で覆われていて、その薄布は、まるでそよ風にでも吹かれているかのように、絵の上で膨らんでいました。まさにそれこそ私が「読む」ことのできた唯一のものでした。——残りの部分は波と雲の不明瞭なモチーフでした。しばらくのあいだ、この文字をめぐって会話が交わされました。ここで述べられた意見ついては、覚えていません。けれども、ある時に私がこう言ったのを一言一句覚えています。「詩をスカーフ（fichu）に変えることが問題である（訳注1）」と。私がこの言葉を口にした途端、不思議なことが起こりました。私は女性たちの中に一人、とても美しい人がいて、ベッドの中に寝ていることに気づきました。彼女は、私の説明を聞きながら、素早くぱっと身動きしました。ベッドで彼女がかぶっていた毛布の端っこをほんの少しばかり持ち上げたのです。この動作を彼女が終えるのに、一秒とかかりませんでした。これは、私に彼女の体を見せるためではなく、ベッドのシーツの図柄を見せるためでした。この図柄は、私がドースへの贈り物として何年も前に「書く」必要のあった模様と似ていたに違いありません。私はこの女性がこの行動をとったことをよく覚えていました。けれども、ドースへの贈り物の模様と似ているとわかったのは、ある種の解釈を補助的に後から加えたことによってです。というのも、私の体についている目はどこか別の方向を向いていて、私は、一瞬だけベッドシーツが見えたときに垣間見せたかもしれないものを見分けることはできなかったのです。

夢を見た後、数時間眠ることができませんでした。幸福でした。そして今あなたに書いているのは、この幸福な時間をあなたと共有するためです。

それ以外に何も変化はありません。われわれの今後の運命についての決定も、今のところ行われていません。「選別委員会」が来るという報告がありました。――けれども、それがいつになるのかは誰も知りません。私の健康状態はよいとは言えません。雨天のため、回復しません。お金については、まったくありません。二〇フラン以上の金額を持ち歩くことは許されていないのです。お手紙をいただければ、大いに励ましになります。また、ファヴェ夫人がポロックからの指示を受け取ったとのこと、うれしく思います。私のパリの持ち物に関しては、友人のフランス人女性が管理してくれています。妹も手伝ってくれています。

お手紙を別にすれば、私の「ボードレール論」のゲラ刷り（あるいは原稿）を送ってくださるのが、何よりもうれしいです。

もしこの手紙に間違いを発見されたら、大目に見てくださらないといけません。この手紙は、一か月以上も前から私を取り囲んでいる絶え間ない騒音の中で書いたものなのです。

私の今の状況を変えて、友人やヒトラーの敵対者たちのためにもっと役立ちたいと、居ても立ってもいられない気持ちでいることは、付け加えるまでもないでしょう。私は変化を期待することをやめませんし、あなた方の努力と願いが、私とともにあることを確信しています。

すべての友人に心からの思いを。あなたを胸に抱きしめつつ

デトレフ

一九三九年一〇月一二日

志願労働者キャンプ

サン・ジョゼフ農場グループ六
ヌヴェール（ニエーヴル県）

〔原文：〔フランス語の〕手書き〕

（1）カミーユ・ドース。医師で「ファシズムについての国際展覧会」のための「実行委員会」のメンバー。
（訳注1）ベンヤミンの手で括弧書きでドイツ語訳が付されている。この fichu（「スカーフ」の他に「ひどい」「絶望的」という意味がある）という言葉について、ジャック・デリダが論じている。ジャック・デリダ『フィシュ　アドルノ賞記念講演』（逸見龍生訳、白水社、二〇〇三年）参照。

171　グレーテル・アドルノから ヴァルター・ベンヤミン宛

ニューヨーク、一九三九年一一月七日

一九三九年一一月七日

親愛なるヴァルター様

　あなたがこんなに遠くにいて、わたしたちと今この瞬間に一緒にいることができないことをどれほど悲しく思っているか、とても伝えることができません。すぐにでも変化が起こることを願いましょう。マックスもわたしたちも、できることはすべてやっています。

　「ボードレール論」の校正刷りをご所望でしたね。残念ながら、校正済みのコピーが二つあるだけで、これらは将来印刷するために研究所に残しておかないとならないものです。ですので、お送りすることができません。雑誌がどうなるかはまだわかりませんが、少しでも情報が入りましたら、すぐにでもお知らせいたします。——あなたの日々のお仕事はいかがですか。少しは自分の書き物や読書ができているのでしょうか。英語の勉強は始めましたか。この国に暮らすなら、語学力はどれほど過大評価してもしすぎることはありません。エルンスト・ブロッホがいい例です。彼は、英語を学ぶことができず、どんな重要な会話でも一言も理解できないことで、まったく絶望的になっています。

　テディはラジオ・プロジェクトでとても忙しくしています。研究所のために、彼はヒットソングの分析を三つ書き[1]ましたし、シュテファン・ゲオルゲとホフマンスタールの書簡について何かを書くつもりのようです。——エルゼ・

ヘルツベルガーは三週間ほど素晴らしいプードル犬とともにニューヨークに滞在していましたが、今は、リクス・ヴァイル[2]とその新しい奥さんと同じ船でブエノスアイレスに向かっています。——ハンス・ブルックがそちらにいるのであれば、どうぞよろしくお伝えください。以前彼はものすごく面白いことをたくさん知っていました。彼はまだそれを覚えていることでしょうし、あなたもたまには楽しい時間を過ごせることと思います。エリーザベト・ヴィーナーは今ではメルボルンにいて、誰にも邪魔されない自由な生活を続けています。

わたしたちみなが、願う気持ちを一つにして、いつかヒトラー主義を打ち破ることをご想像ください。——あなたのことを考えない日、話さない日は一日もありません。いつも

あなたの

フェリツィタス

〔原文：〔英語の〕手書き〕

（1）「新しいヒット曲の分析」というタイトルの原稿にまとめられた「Especially for you」「In an eighteenth century drawing room」および「Penny Serenade」の三曲のこと。これをアドルノはのちに「音楽商品の分析」の第二節として公表した。GS 16, S. 289–294 参照。

（2）経済学者かつ社会学者フェリクス・ヴァイル（一八九八—一九七五）のこと。研究所の創設者とその二人目の妻マーゴットの息子。

172 グレーテル・アドルノおよびテオドーア＝ヴィーゼングルント・アドルノからヴァルター・ベンヤミン宛

一九三九年一一月二一日

親愛なるデトレフ様

たった今、あなたがパリに戻られたというニュースを聞きました[1]。あなたが無事と知ってどれほどうれしいか、言葉にできないくらいです。——最近あなたの、素敵な夢のことを書いた二通目の手紙を受け取りました。心より感謝申し上げます。——もしあなたのクラウス論[2]のコピーを送っていただけるなら、感謝いたします。わたしの健康については、あまり良くはなく、新しい内科医に行かなければ

なりませんでした。ブレンハイム博士といい、内分泌学者です。というのも、Eが、わたしの偏頭痛は「脳下垂体」と関係していると考えているためです。この機能については、わたしはよくわかっていないのですが。でも、三か月か四か月もすれば、この内科医がわたしを助けてくれるのかどうかわかってくるでしょう。そうでなければもう諦めるしかなく、自分のことを病気持ちのおばさんと思わなければならなくなるでしょう。あなたからのお便りを心待ちにしています。

　愛をこめて

　　　　フェリツィタス

あなたがご帰宅されたこと、うれしく思います。――とてもあなたにお伝えできないほどです！　そして「ボードレール論」(3)へのわたしの感激は高まるばかりです！　ドイツ語の梗概と英訳を作りました。――梗概のフランス語訳を確認していただけますか。まだ満足はしていないのです。幸運を、そしてまた近いうちに《ア・ビャントー》！　いつもあなたの　テディ

［原文：［英語の］手書き］

（1）ベンヤミンがヌヴェールの収容所から解放されたという知らせ。この解放は、外務省で働いていたアンリ・オプノ（一八九一―一九七七）の支援によって実現した。

（2）一九三一年のベンヤミンの論文。GS II, 1, S. 334-367.

（3）『社会研究誌』に掲載されたドイツ語の論文には、英語とフランス語の要約が付されていた。アドルノはおそらくまずドイツ語で要約を作成し、それからそれを英語に翻訳したものと思われる。

173　ヴァルター・ベンヤミンから グレーテル・アドルノ宛

パリ、一九三九年一二月一四日

親愛なるフェリツィタス様

　英語で書いていらっしゃいましたが、私はあなたのお手紙を読むのには何の困難もありません。ドイツ語で書かれている場合よりも簡単に読めることすらあるくらいです。目下、英語を教えてくれる先生を探しているところです。収容所でも試みたのですが、じきに諦めざるをえず、要するにそこでは何もできませんでした。書いた唯一の文章は、

すぐにあなたに送りました。つまり、私を幸福で満たした、夢の物語です。その手紙が届いていないのだとしたら、とても残念です。でもあなたがそれに言及していない以上、おそらく届いていないのだろうと思っています。

私は今でもしばしば、考えにふけっていると、収容所にいるような気持ちになることがあります[1]。まだそこにいる人々には、事情がどう変わるのか分らないのです。なにしろ、自由の身である人々にとってすら、何ら確信はないのですから。ブルックとはここで再会することを願ったものでしたが、彼はまだここに戻ってきていませんし、近いうちに再会が実現するという確信も私にはありません。

二週間前にあなたの一一月七日の手紙を受け取りました。読んでいて心地よい気持ちになりましたし、体がこれほどひどく弱っていなかったらもっと早くお返事を差し上げていたはずです。こちらへ戻って最初の数日間は、私の時間のすべて（と残されたわずかな力）を、欠かせない手続きと「ボードレール論」のゲラ刷りの校正に打ち込めるだけ打ち込んで費やしました。（フランス語の梗概は確かに、少なくとも言語の観点からすればまったく不十分で、これを書き直すことができたことを私はうれしく思っています。）結局のところ、次のものが決定稿となるように思えます。ドイツ人亡命者の精神的活動（日常生活におけるありふれた事柄も、政治的状況の事柄も）が最も低調となるようなこの時点でも、研究所の出版活動がこれほど輝かしく行われ続けていることは素晴らしいことです。マックスに宛てた手紙で、彼の卓越した論文に私が見出した良い点については、すべて伝えました。そのうえ、この論文は、見事な力強い文体で書かれています。

テディがゲオルゲとホフマンスタールの文通を題材に何を書くのか、興味津々です〔書簡166注（6）参照〕。この手紙に付された日付を見ると、この往復書簡（私は読んでいませんが）が書かれた時代と私たちの時代のあいだには大きな時間的距離があります。その一方で、あまりにこの時代に敏感なのも、まったく推奨できることではありません。私たちの友人エルンストの場合がそうだったのではないかと私は思っています。そして彼の噂を聞くと、私は、目下のところ彼は少しばかりはずれていると感じます。地理的にのみならず、世界で起きている出来事から。

そちらでマルティン・グンペルト[2]には会いましたか。私がかつて非常によく知っていた人物です。自伝を出版するようなので、ひょっとすると私もそこに登場するのではと思ったりしています。こんなことがありうると思ったのは、これが初めてです。

マックスがあなたに国立難民局からの手紙[3]のコピーを見

せることになると思いますが、これは深刻な問題をもたらします。この手紙の中で提供されるチャンスが、私に二回起こりうるとは、思っていません。これをよく考えていただけるでしょうか。（いずれにせよ、よくわらないことがあれば、かならずあなたがたにお尋ねします。）問題はきわめて複雑で、あなたがたなしにこれを解決するのは私には無理に思えます。

私が家に戻ったちょうど最初の夜に、警報がありました。それ以降は鳴っていません。それにもかかわらず、生活は大きく変わりました。午後四時以降は、町は暗闇に沈みます。晩には人々は外出することなく、孤独が待ち伏せしています。それゆえ私にとっては、仕事が目下のところ正真正銘の避難所であり、近いうちに是が非でも再開するつもりです。

友情をこめてあなたに抱擁を。そしてテディにたくさんの挨拶を。紙については本当にごめんなさい。あなたに書きたいという気持ちが起こったとき、他のものが手元になかったのです。

デトレフ

一九三九年一二月一四日
パリ一五区
ドンバル街一〇番地

［原文：〔フランス語の〕手書き］

（1）ベンヤミンは解放されたのちにキャンプで一緒に捕えられていた人々――マックス・アロン、アルブレヒト・ナイサー、ヨーゼフ・フィルツヴィーザー――から郵便を受け取っている。アルブレヒト・ナイサーは、一一月二一日にヌヴェールからこう書いている。

「あなたの解放という素晴らしいニュース――いわゆる福音――を知って、大喜びであなたに書かずにはいられません。あなた以上に、私たちがその一般的適用を望む人道主義と正義のルールへの帰還の証人に値する人がいるでしょうか。

私の許嫁、マリアンヌ・マルキュスに、ぶしつけにならない範囲であなたと知り合う機会を与えていただくようお願いしても、よろしいでしょうか。彼女は、パリ一五区のエドモン・ロジェ街四番地にいます（電話はルクールブ八九―七九です）。彼女はきっとそれを喜びますし、大いに感謝することと思います。

あなたの解放という事実は、あなたと知り合うという幸せを享受し、あなたの著作を高く評価し、率直で永遠なる安らぎの感情とともになされた老子の伝説の朗読に励まされたすべての人々に歓迎されています。

この気持ちをお伝えすることをお許しください。そしてベンヤミン様、信じていただけるでしょうか。私の献身の表現が、このうえなく誠実で敬意のこもったものであることを。

アルブレヒト・ナイサーより」

マックス・アロンの手紙とヨーゼフ・フィルツヴィーザーの葉書（どちらも一二月七日付）からは、ベンヤミンが小包を少なくとも二つ、苦難をともにした仲間に送ったことが明らかになっている。

（2）グンペルトは自伝『天国のなかの地獄』（*Hölle im Paradies*, Stockholm 1939, *S*. 54）の中で、青年運動時代の友人たちに触れるなかで、ベンヤミンについてこう書いている。「最も才能のある男で、現在、哲学者としてパリに亡命中。マルクス主義者となった。」

（3）パリのアメリカ領事館国立難民局からの一一月一七日付の手紙は、セシリア・ラゾフスキーの送り状とともにベンヤミンの収容所に送られた。

「ここに、テネシー州ナッシュビルのミルトン・スター氏より提出されたヴァルター・ベンヤミン教授のヴィザ申請書類一式をお送りいたします。

以下の書類が同封されております。

一、支援の供述書のコピー。二、スター氏による米国領事宛の推薦状。三、テネシー州ナッシュビルの財務省からの声明文。

これらの書類に漏れがないことを願っています。ご申請を心よりお待ち申し上げます。」

174　ヴァルター・ベンヤミンからグレーテル・アドルノ宛

パリ、一九四〇年一月一七日

私のフェリツィタス様

あなたからは短い葉書以外はいただいておらず、——テディからはこの六か月というもの一通の手紙もいただいていませんが、あなたに長い手紙を書くつもりです。あなたからの最後の知らせは一一月二一日付で、それ以降はなにもいただいておりません（けれども、やっと二三日に実現した私の〔パリへの〕帰還について言及していることから見ると、この知らせがそちらを出発したのはもっと遅いのでしょう）。あなたの健康状態は相変わらず満足のいくものではないとのことですね。ブレンハイム博士がこの間にあなたに行った治療に成果があったことを心より願っています。私の健康状態について言えば、こちらもまたあまりたくさんよいことが書けるというわけではありません。厳しい寒さが居座るようになってから、屋外を歩くことが非常に難しくなっていると強く感じます。街中で三分か四分ごとに立ち止まらなければなりません。もちろん医者には行き、そこで心筋炎と言われました。どうやら最近非常に大きくなったもののようです。目下私は心電図を作成してくれる医者を探していますが、必要な設備を使いこなせる専門家はわずかですし、同時に外科の先生とうまく連絡のとれる人でもなければなりません。そうしたことの金額は、思うにかなり高くなるでしょう。

天候、私の健康状態、そして世間の一般的な状況——これらすべてのことがいっしょくたになって、私は出不精な生活を余儀なくされています。でも、私のアパートは暖房は入っているものの十分ではなく、寒い日には書くのが困難です。そんなわけで私は、今まさにそうであるように、一日の半分を横になったまま過ごしています。この数週間、こうしたことすべてにもかかわらず、町に出てみる機会があったのは事実です。日常生活の些細なことすべてをやり直す必要があったためです。つまり、止められていた銀行口座を開けてもらわなければならないとか、国立図書館の利用を再び願い出なければならないとか、そんなことです。こうしたことすべてのため、あなたが考える以上に多くの奔走が必要となるわけです。でもようやく、これで終わりです。国立図書館を再び訪問した最初の日は、ちょっとしたお祭りのようだったことをお伝えしておかなければなりません。とりわけ、複写サービスにおいてです。何年も前[1]に私の書類の一部のフォトコピーを作ったのですが、その後この数か月のあいだに、コピーを作るためには私の個人的な書類を山のように持ってこなければならなくなっていました。

最近で最も力づけられたのは、一二月二一日付のマックスからの素晴らしい手紙[2]です。その中で彼は、私にフランス文学についての論文を再開するように求めていて、それと同時に今後の仕事の予定について問い合わせてきています。フェリツィタスさん、彼の手紙を読んでどれほどありがたく思ったか、彼にさしあたり伝えていただけますでしょうか。そして同時に、その返信の草案を伝えていただけますか。「草案」という言葉を使ったのは、問題の核心をどこに置くべきか、まだ決めかねているためです。つまり、ルソーとジッドの比較研究[3]を行うのがよいか、それとも「ボードレール論」の続きに今すぐ取り組むのがよいかです。私のためらいの理由は、いったん「ボードレール論」の続きに手を付けるや否や、それをほったらかしにしなければならなくなるのではないかという不安があるためです。大がかりな仕事なので、再開と中断を繰り返すとしたら、それは不安定なものになってしまうでしょう。けれども、これこそは〔「ボードレール論」を書くなら〕避けては通れないリスクであり、しかもそのリスクを、少し前に入手したガスマスクのために、私はこの小部屋の中でつねに思い出すことになるのです。勤勉な修道士がその僧房を飾った頭蓋骨の二倍くらい落ち着かない気分にさせられます。これこそが、私が「ボードレール論」の続きに腰を据えて着手することに踏み切れない理由です。この「ボードレール論」は、他の仕事に比べてより深く私を引き付けているのにもかかわらず、不幸にも放っておかれるということになるかもしれないわけです。そうしたほうが、著者はより確実に生きながらえることになるのだとしても。（いずれにせよ、このテーマについて意味あることを考えるのは、たとえ仮定の中であっても、不可能とは言わないまでも非常に難しいというのは事実です。私には、事前の許可なくパリを去る手段がありませんし、事前の許可は得るのがとても難しく、ひょっとするとこれを求めることは、同時にここに戻る可能性を不確かなものにする以上、あまり賢いことではないのかもしれません。）

ほかの仕事とは別に、私はフランス語の新刊書の分析を再開し、楽しむつもりです。しかも、一作、かなり面白いもので、アルゼンチンで出版されたばかりのものがあります。カイヨワ(4)が恋に落ちてビットリア・オカンポについていった先が、アルゼンチンなのです。オカンポというのは、アルゼンチンの有名な女流作家です。カイヨワは、彼の地の小冊子でナチズムに対する挑発文を公表したところです。ナチズムについてのその議論の中では、何ひとつぼかすことも修正を施すこともなく、すべての人々の日常生活にかかわる事柄を取り上げています。このことを報告するのに、知的世界からも世俗の世界からも一番遠い地域へ行く必要はなかったことでしょう。他方では、カイヨワが『新フランス評論』の中で祝祭の理論(5)を発表しているのも事実です。これについてはマックスへの最初の報告(6)に書くつもりです。同じくらいのめりこみそうなのが、ミシェル・レリスの奇妙な本『成熟の年齢』(7)です。この戦争の始まる前には大いに注目されたものです。

マックスが私に一二月二一日に書いた手紙は、私が一二月一五日にマックスに送ったものと途中ですれ違ってしまいました。その間に、私はアメリカ領事館に行き、お決まりの質問票について聞かれました。たとえば第一四点目として、こんな質問があります。「あなたは何らかの聖職者か、単科大学、ゼミナール、アカデミーあるいは大学の教授ですか」。この質問は、私が間違っていなければ、私にとって決定的な重要性をもっています。というのも、一方では、これに肯定的な回答をすれば、移民割当の枠外での権利が得られる（非割当ヴィザが得られる）のですが、他方では、同じ領事館で確かめたところによれば、割当での順番の待ち時間は、五年から六年もかかるだろうとのことなのです。したがって、フランクフルトの研究所で教えた講義を証拠にできれば、それは決定的に重要な意味を持ちます。研究所の同意なしにこの点を考慮に入れてもらうことはしたくなかったので、まだこの質問票を埋めてはいません。そういうわけで、あなたがたの側から知らせがあるまで、私は手続きを中断しなければならないでしょう。(領事館のサービスはボルドーに移転しました。必要な場合には、そこから私の番号を知らせてもらえるはずです。ただしそれは質問票を送った後の話です。)

前回の雑誌が、ここ数年のあいだに研究所が出版した最高のもののひとつと私には思えるのですが、これは虚栄心からというわけではないでしょう。マックスの記事は私にはとても印象深いもので、連絡のとれたすべての人に、読むように勧めました。こうした人々とこのテーマについて私は何度も会話をし、それによってその記事の確かさがより一層明確になったわけですが、こうした会話の中で、記事で分析された反ユダヤ主義の運動が、中世の反ユダヤ主義にどのくらい影響されているのか、あるいは逆行しているのかという問題を――テディが「ヴァーグナー論」(いばらの中のユダヤ人)(8)で喚起したように――掘り下げることは、興味深くまた有用だという考えが浮かんできました。

このヴァーグナーについての断章(9)を再読してその印象は得るところが多いものでした。それから、テクスト全体を調べて、はじめに読んだときに私に最も強い印象を与えた個所と、今回雑誌でアンダーラインを引いた場所を比較してみました。この比較の結果、全体を見ることによって本質的な真実が見えてきたので、この問題のある特殊な一面に、私は現在、以前にもまして執着しています。私たちが戻ってこなければならないテーマとは、ファンタスマゴリーの技法としての縮減(10)です。このフレーズで、私の最も古いプロジェクトのひとつを思い出しました。これについて私が話していたのを、あなたも覚えているかもしれません。つまり、ゲーテの『新メルジーネ』についての解説のことです。この解説の最後の方でウンディーネのような生き物(11)について語りましたが、この種類にメルジーネが疑いなく属しているということは、その分だけ一層適切ということになるでしょう。――いくつかの巧みなフレーズをその梗概の中に見つけて驚きました。たとえば、ヴァーグナー自身の作品に内在するフロイトとユングの潜在的な対立についてのフレーズです。あるいはまた、ヴァーグナーの「スタイル」の均質性が、本質的な退廃の兆候であるとするフレーズもです。(12)(いつかテディは分析の中で、抗議としての音楽についてのフレーズを集めて、そこに含まれるオペラの理論を発展させるべきですね。)

この長い手紙の最後に、あなたの興味を引く可能性のある人々についてお知らせをしておきましょう。少し前に、ロンドンに帰ろうとしているドーラに会いました。彼女はシュテファンの近況を教えてくれましたが、――率直に言って悪いというわけでも、非常によいというわけでもないものでした。二人の関係は特段よくなっているのではないような印象でした。シュテファンは、毎日母親の事務仕事を手伝っているだけのようです。ドーラはイギリス人のボーイフレンド⒀と一緒にいるのですが、このボーイフレンドについて、私はとてもよい印象を受けました。――あなたにはまだお話ししていなかったと思うのですが、グリュックは、二年ほど前からブエノスアイレスに身を落ち着けています⒁。そこで彼は、おそらく前ほど輝かしいものではないものの、どうやらとても堅実な仕事を見つけました。戦争が始まってからは彼から何の連絡も受けていません。――どう見ても兵役不適格な私たちの友人クロソウスキーは、パリを去って、ボルドーの市役所で仕事を見つけたところです。キッシュ⒂のことはあなたも多かれ少なかれ覚えているに違いないと思いますが、彼はチリで教職を得ることに成功しました。最後に、私たちの憐れな友人ブルックは、相変わらず収容所にいます。彼がすぐに出てくる見こみはまったくないというわけではありませんが、それまでのあいだ彼は大いに苦しむことになります。私の近況をあなた方に近々口頭で伝えることになるのは、ゾーマ・モルゲンシュテルンです。彼は春になる前にニューヨークに向けて出発する予定⒃との噂です。

郵送料が目下あまりにも高いので、マックスも、あなたよりはるかに彼に関係する情報を、あなたに託したことを、赦してくれるでしょう。そしてあなたも、私をお赦しくださいね。次回は、小さな青いカードで義務を果たしたとお思いにならないでいただけるとうれしいです、それがどれほど素敵なものであろうとも。あなたからも、テディからも、数頁に及ぶような手紙を心から期待しています。（彼の仕事についてのニュースもぜひお伺いしたいです。）友情をこめて抱擁を。

あなたの旧友

デトレフ

一九四〇年一月一七日
パリ一五区
ドンバル街一〇番地

追伸　私の英語のレッスンは来週始まる予定です。

［原文：［フランス語の］手書き］

（1）ジゼル・フロイントは国立図書館で、ペンクラブとオプノに働きかけるために必要な書類、とりわけ「供述書」を写真複写させた。
（2）この手紙の原本は残っていない。タイプのコピーの日付は一二月二二日となっている。
（3）ベンヤミンがこの論文を書くことはなかった。
（4）カイヨワは、一九三一年に雑誌『シュール』を創設したアルゼンチンの女流作家ヴィクトリア・オカンポ（一八九一―一九七九）と、そのパリ滞在中（一九三八年末から三九年六月）に知り合った。彼女と一緒にアルゼンチンに赴き、――思いがけず戦争が勃発したので――四五年までそこに滞在した。ベンヤミンは、カイヨワが一〇月に『シュール』の第六一号（九三―一〇七頁）に発表し、バタイユに送った記事「ヒトラー主義の本質」（Naturaleza del hitlerismo）のフランス語版を読んだものと思われる。
（5）『新フランス評論』の一九三九年一二月号（八六三―八八二頁）および一九四〇年一月号（四九―五九頁）に掲載された。ベンヤミンのホルクハイマー宛の手紙を参照。GB VI-1241.
（6）一九四〇年三月二三日付の手紙。GB VI-1352.
（7）ミシェル・レリスの『成熟の年齢』（*L'âge d'homme*）
（8）グリム童話集からの引用。GS 13, S.20.〔このタイトルのグリム童話（KHM110）には、ユダヤ人差別的な表現が多く含まれる〕
（9）ベンヤミンがアドルノの『ヴァーグナー試論』の原稿を読んだ後に書いた書簡145も参照。
（10）「ヴィーナス山の音楽のファンタスマゴリー的な性質は技術的なカテゴリーの中で決められる。その独特な響きは縮減の手法によって生み出される。縮減されたフォルテ、遠くの音のイメージが支配的である。」（GS 13, S. 82）
（11）GS 13, S. 140-142 参照。
（12）『社会研究誌』には掲載されなかった二―五、七、八章の梗概のこと。GS 13, S. 497-503 参照。「ヴァーグナーの作品はこれによって、彼の神話という題材の層との関係において非常に両義的なものとなる。一方では、神話学的な意図は、個人の心理の意識的な解明を追求し、一見自律的な個人の全体への依存に目を向ける。しかしその一方では、神話自身が太古への、むなしい変更不可能性への退行として機能する。フロイトとユングの対立は、ヴァーグナーの作品の中に潜在的に存在している。この両義性は、一連の題材の持つさまざまな面から、そしてオペラの形式が持つ機能の中で実証される」（同上、S.502）――「オペラにおける音楽の反抗する権利は、すなわち盲目的な自然に対する抗議の権利は放棄され、音楽そのものは盲目の運命の道具となる。ヴァーグナーの歌劇の一見完全な形式、すなわちその「スタイル」は、音楽に特徴的な抗議機能の放棄と同じ意味を持つ」（同上、S. 501 f）
（13）おそらく彼女の二人目の夫モーザーのこと。
（14）グスタフ・グリュックは一九三九年七月一五日にベンヤミンに手紙を書いている。グリュックは一九三七年にベルリンからロンドンへと移住したが、そこでは、ドイツの国際取引の専門家としての仕事を見つけることができなかった。結局ブエノスアイレスの銀行で雇われ、アルゼンチン国籍の申請を試みた。
(15) エーゴン・エルヴィン・キッシュはメキシコに亡命した。
(16) モルゲンシュテルン（一八九〇―一九七六）は、フランスで拘留され、危険を冒しつつ同国をマルセイユ経由で出国したのち、カサブランカ、リスボンを経て一九四一年にやっとニューヨークへと逃れた。彼の死後に公開された報告『フランスでの逃亡』（*Flucht in Frankreich*, Lüneburg 1998）を参照。

175 グレーテル・アドルノから ヴァルター・ベンヤミン宛

ニューヨーク、一九四〇年一月二〇日

一九四〇年一月二〇日

親愛なるデトレフ様

あなたの一九三九年一二月のお手紙をいただいてとてもうれしく思いました。あなたの英語のレッスンに関しては、わたしの英語の先生に話をしてみたところ、同封のとおりの答え(1)をもらいました。おそらく何らかの助けになるのではないでしょうか。最近、マックスが話してくれたところによれば、ラソフスキーが身元保証をしてくれるとのことです。このおかげで間もなく会えることになるのではと期待しています。

ヴィッシングから最近手紙が届いたかどうかは知りませんが、彼は今、メモリアル病院で仕事の約束を取り付けました。今年中には彼とロッテは結婚することになるのではと思っています。ことの成り行きにはまったく確信が持てませんが、反対することはやめにしました。彼らがどれほどにまでプチブル的に自足してしまっているかを知れば、あなたは唖然とすることでしょう。私の好きだった彼の冒険的なところは失われてしまいました。

『社会研究誌』の最新号にわたしたちはみな満足しています。次号も同じように素晴らしいものとなることを期待しましょう。

一九四〇年に入ってから、わたしの体調は非常によくなっています。おそらく新しい治療が効いているのでしょう。――テディの仕事はうまくいっていて、ゲオルゲとホフマンスタールについての論文の草稿を仕上げました。彼のこれまでに書いた中でも最良のもののひとつだと思います。あなたがどういうふうに反応するか、早く知りたいです。テディからも挨拶を。

愛情をこめて
あなたの
フェリツィタス
［原文：［英語の］手書き］

（1）「親愛なるアドルノ夫人へ　パリ一五区ヴィクトール街三番地に住んでいる（ブランシュ・）プルネ譲は、大いにお薦めできる先生です。彼女は長年バーナード・カレッジで教鞭をとり、現在はパリで、個人教授をしています。
彼女はパリの知的サークルでたくさん友人を持っています。
心よりご挨拶を
あなたの
フローレンス・ワーナー」

176　グレーテル・アドルノから ヴァルター・ベンヤミン宛

ニューヨーク、一九四〇年二月一〇日

グレーテル・W・アドルノ
二九〇　リヴァーサイド・ドライヴ
ニューヨーク、N.Y.

一九四〇年二月一〇日

親愛なるデトレフ様

外国語であなたに書くなんて、なんといやなことでしょう。とはいえ、航空便の手紙にはこの方がよさそうです。わたしたちからの数通の手紙を受け取っていただけたでしょうか。あなたの住んでいる区にいる英語の先生のアドレスも添えてあります。手紙のひとつでは、クラウスについてのあなたの論文やそれ以外のものの写しをお願いしたのですが。それ以外にもいくつかあります。テディは数日中にドイツ語であなたに手紙を書くつもりです。まずは、あなたの問題に関してマックスと話してからです。

ニューヨークへのあなたの手紙に関して言えば、航空便をウルム街四五の払い出し勘定で送るのがいいと思います。アドルノに手紙を出す時も、ウェスト一一七番街四二九にしてください。——あなたの気分がどうなのか、また心臓の状態になにかおかしいところが本当にないのか、とても心配しています。これはとても大切なことで、健康が回復するためにできることならなんでもすべきだと思います。もしもちょっと勧めてよければですが、わたしがあなたの立場なら、マックスに自分の状況を率直にすべて話してみますが。そうしたら、彼はなにかしてくれるのではないかと思います。でも、それはテディやわたしが横からなにか言うのでなく、あなたの方から自分でするほうがずっといいと思います。

わたしたちの知り合いでは、エルゼ・ヘルツベルガー以外にはカール・ドライフースがいます。ヴィンセント・ロペス、F・C・C・A・アグエナガ〔?〕一〇三〇。それからブエノスアイレスのペーター・フォン・ハーゼルベルク〔書簡100注（4）参照〕です。ひょっとしたらグリュックにとっても関心があるでしょうか。ペーター・ヴァイス(訳注1)のアドレスはわかりませんが、調べるのはそんなに難しくないはずです。〔このパラグラフのみここまでドイツ語〕（この部分、英語で書くのを完全に忘れて間違ってドイツ語で書いてしまいました？　英語で書くなんてことになじむ日が来るのでしょうか）。

前回一九三七年五月にパリに行ったときのことです。(訳注2)ゾーン＝レーテルとテディと一緒にすてきな晩ご飯を食べた時に、あなたの進歩の理論〔「歴史の概念について」のこと〕をわたしたちに説明してくれたのを思い出します。もしもお持ちでしたら、そのときのメモでも送っていただけたら、うれしいのですが。

わたしの健康状態ですが、やることがたくさんある時は気分がいいのです。誰もがわたしたちのような主婦の立場になるのが好きだとは思いますが、わたしは主婦の役割にはまったく合いません。次にお会いできる日取りが決められさえすればよいのですが。あなたにものすごく焦がれています。わたしがあなたのことを思うとき、あなたがそのことを感じ取れたらいいのに！

いつもあなたを愛している

フェリツィタス

〔原文　手書き〔主として英語〕〕

(訳注1) ペーター・ヴァイス（一九一六―八二）。ユダヤ系ドイツ人の作家。ナチス時代はスウェーデンに亡命。六〇年代から七〇年代にかけて戦後の西ドイツで活躍。『マラー＝サド』（一九六三）は国際的にも有名。西ドイツでは戯曲『ヘルダーリン』（一九七一）が話題を呼んだ。

(訳注2) グレーテルは三七年五月にはパリに行っていない。

177　グレーテル・アドルノから
ヴァルター・ベンヤミン宛
ニューヨーク、一九四〇年二月二九日

一九四〇年二月二九日

親愛なるデトレフ様

数日のうちにW・クラフトがマックスに書いた手紙(1)を、それに対するマックスの返事とともにお受け取りになることと思います。「ヨッホマン論」の掲載に関することです。これに関してわたしが聞いた話は、まったく理解できないものです。忠告してよければ、わたしがあなたの立場なら、すぐにでもマックスに手紙を書いて、あなたがヨッホマンを発見したことに関して覚えているかぎりのことを正確にできるだけ詳しく書くことです。マックスが全体の輪郭をつかめるようにです。ほんの少しでもあなたの神経に障ることは、どんなことであろうと絶対に避けたいのですが、わたしなら、マックスにとって厄介なことになるのをできるだけ避けるためには、やれるだけのことはなんでもやるでしょう。(訳注1)

週末にはEと話しましたが、彼は六月に結婚式を挙げる予定です。（わたしの義母(2)は、この二人が一緒になることに怒り狂っているので、戦争にもそれなりにいいところがあると言いたいです。ドイツからはなんの連絡も来ないので）。彼は、あなたのレントゲン写真を送ってくれるようにと言っています。あなたの健康状態のおおよそがわかるから、というのです。

思いのたけをこめて
いつもあなたの

フェリツィタス

［原文：手書き］

（1）ヴェルナー・クラフトの手紙は、GB VI-1354 の注にある。
（2）アマーリア・カープルス（一八七八―一九五六）、旧姓ヤツァク。
（訳注1）ベンヤミンはカール・グスタフ・ヨッホマン（一七八九―一八三〇）のテクスト「詩の退歩」を『社会研究誌』に解説を添えて掲載したが（第八巻、一九三九／四〇年号）、長年の友人ヴェルナー・クラフト（一八九六―一九九一）は、このテクストは自分が発見したものだと主張し、雑誌の責任者ホルクハイマーおよびベンヤミンに抗議した。ベンヤミンもさまざまに反論したが、真相は不明である。戦後アドルノは、一九五五年に最初のベンヤミン選集を編むにあたって「ヨッホマン論」は排除した。一九六三年には収録したが、そのときの注に、ベンヤミンが「クラフトによる発見に触発

されて」ヨッホマンの復刻と解説文の作成を行った旨を記している。アドルノの考えでは、この争いはベンヤミンに分が悪いようだ。なお、クラフトとベンヤミンは同時期にパリにいたが、この争いを機に袂を分かち、ベンヤミンの早世もあって、二度と会うことはなかった。その後、エルサレムに亡命したクラフトは、一九七二年にヨッホマンについての浩瀚なモノグラフィを出版している。

178　ヴァルター・ベンヤミンから　グレーテル・アドルノ宛

パリ、一九四〇年四月末／五月初め

親愛なるフェリツィタス様

　そうです。長いこと押し黙っていました。でも、あなたのためにいろいろ考えながらいくつかのものを揃えました[1]。着くときにあなたの調子がいいとよいのですが。六月にはじまる年〔六月一〇日のグレーテルの誕生日の暗示〕のための本です。それと、気分のいい時、落ち着ける時のために私の書いたいくつかのテクストです。新たな療養休暇がうまくいくとうれしいです。

　この前の数通の手紙ありがとう。すぐには英語で返事を書けませんが、読むのは問題ありません。とくにヨッホマンの件に関する手紙にお礼を言いたいです。マックスは私の詳しい手紙を受け取っているはずです。もちろん、判断は彼に完全にまかせています。彼の思ったとおりのかたちで、これ以上に手紙のやりとりをしないでも解決できるはずです。同じ手紙でマックスに私の健康状態について詳しく知らせました。数日中に私の心臓のレントゲン写真をヴィッシングに送るつもりです。

　近いうちにクラウス論が行くはずです（この前の手紙で触れておられる、私のそれ以外のテクストも欲しいという記述は、それまでのあなたのどの手紙にもありませんでした）。マロニエの木々の下での議論にさかのぼる書き付けに関してですが、これは私がこうしたメモをよくしていた頃の話です。戦争とそれに伴う状況のゆえに多少の考えを書きとめることになりました。二〇年代は頭の中で保存していた考え、いや自分に対しても保存していた考えだと言えるでしょう。それが、お二人にすらほんのちょっとですらお見せしなかった理由です。マロニエの木々の下での議論は、この二〇年間でのひとつの突破口でした。今日でも私は、テーゼのコレクション[2]として以上に、考え込みながらの散歩で集めた草花で編んだ花束として、この時の突破口をあなたに手渡したいのです。あなたが受け取るテクストは、ただ普通の意味でいう以上に凝縮されたものです。読んでみてあなたがどのくらい驚かれるか、あるいは、そうは思いたくないのですが、違和感を抱かれるか、わかりません。いずれにしても第一七番の考察を見てください。この議論こそは、ここでの考察と私のこれまでの仕事との隠れた連関、しかし考えてみれば筋道の通った連関をわからせてくれます。これまでの仕事の方法について的確に述べています。この断章は実験的な性格が備わっているとはいえ、「ボードレール論」の方法的な準備となるだけではありません。おそらくは、これまでとは異なった次元でここに出てくる追想の問題（あるいは忘却の問題）は、これからも私の関心を引き続けるだろうと思われます。この断章を出版することほど目下の私にとって縁遠いことはない（ましてや今のこのかたちではなおさらですが）という点は、あなたに言う必要はないでしょう。出版するなら、熱烈な誤解に道を開くことになるでしょう。

シュルレアリスムが引き潮になって、文学の荒廃した岸辺に奇妙な貝殻が打ち上げられています。ジュリアン・グラック[3]というこれまで知られていない名前でコルティ社〔ブルトン、エリュアール、ルイ・アラゴンなどシュルレアリスム系の作家を出版していた〕で出た小品に注目していただきたいと強く思います。タイトルは『アルゴールの城にて』というものです。最初のうちは、最も重要な贈り物としてあなたにさしあげるべき本を入手したと思ったほどです。しかし、続きを読むうちにこの『アルゴールの城にて』はどうにもならないほどの失敗作だと思うようになりました。もちろん、ただの失敗作というにはちょっと違ったものがあります。私には、まさにあなたこそがこの点を見通せる方だと思います。最初の百頁のあとでも、駄作と混乱を予想させる前書きにもかかわらず、私の期待は最高に高まっていましたし、今でも城の描写などは私たちのような読者ならば大変に感動しないわけにはいかないものです。このことは白状します。にもかかわらず私はこの本（私自身は持っていないのですが）をあなたへの贈り物にしようと思わないことにしました。むしろ贈り物は、別の、それほど重要性のない本にします。この本の魅力に身を任せても、あなたは後悔することはないでしょう。

こういったものがこれからじきにあなたのもとに届くでしょう。できるだけよい手紙を書くことにしましょう。というのも、わたしたちの再会が近いと思える事態ではとてもないからです。

あなたの昔からの、そして齢をとりつつある

デトレフより

昨日はじめて英語の本を読み始めました。今ベーコンのすばらしい何冊かの『反定立』を読んでいます。
数日のうちに『一九〇〇年頃のベルリンの幼年時代』の原稿が届きます。どうかとっておいてください。予告しているテーゼが届くまでは、できるだけこれで楽しんでください。

〔原文：手書き〕

（1）〔これに対する〕五月三〇日付のグレーテル・アドルノのお礼の言葉は、グレーテル、テオドーア・W・アドルノ、ロッテ・ヴィッシングが添え書きをしたエーゴン・ヴィッシングの手紙にある〔次の書簡179を参照のこと〕。
（2）「歴史の概念について」のベンヤミンのテーゼのこと。（Vgl. GS I, 2, S. 691-704）
（3）ルイ・ポワリエ（一九一〇年生まれ）のペンネーム。本の題は『アルゴールの城にて』（パリ、一九三八年）〔岩波文庫、二〇一四年〕

179

エーゴン・ヴィッシング、ロッテ・ヴィッシング、テオドーア・ヴィーゼングルント＝アドルノ、グレーテル・アドルノからヴァルター・ベンヤミン宛

スプリングフィールド　一九四〇年五月三〇日

私の親愛なる方
ロッテ、グレーテル、テディ、そして私はここスプリングフィールドで、ロッテと私の結婚式に集まっています。結婚式そのものは、今日ボストンで挙げました。レヴェンス（綴りが怪しいです）博士（私の「ボス」です）の家で、とても素晴らしい午餐でした。そこからこちらまで四人揃っての小さなハネムーン旅行となりました。今日のところはこれまで。あなたへのお知らせです。数日後にまた書きます。

愛を込めて
エーゴンより

親愛なるヴァルター様。私の思い、私の心配、私の希望のすべては、あなたとともにあります。うまく行きますように。もしわれわれの信頼と愛が幸運をもたらすのであれば、うまくいかないはずはありません。
いつもながらのあなたのテディより

親愛なるデトレフへ
　ボストンに向かう直前にモーパッサン、クラウス論、そして素敵なプレゼントの入った小包をいただきました。感謝、感謝です。あなたがわたしたちと一緒にここに座っていないのは、あまりに残念です。
　愛を込めて　　　　　　　　あなたのフェリツィタス
気持ちのこもった挨拶をあなたのロッテから
追伸　重要なことをひとつ。アブラミ教授の所見の写真版コピーをマックスを通じて受け取りましたが、あなたのエックス線写真は今のところ着いていません。資料をうまく使える可能性があれば、必ずそうしてみます。
　それではまた。E

〔原文：手書き〔冒頭の呼びかけ、および最後の一行はフランス語だが、それ以外は全文英語〕〕

180　ヴァルター・ベンヤミンから グレーテル・アドルノ宛

ルルド、一九四〇年七月一九日

親愛なるフェリツィタスへ
　八日付のあなたの手紙(1)が一週間で到着しました。どんなに慰めになったことか言う必要はないでしょう。慰めというより喜びと言いたいところです。とはいえ、近い将来にこういう気持ちをまた味わえるかどうか、私にはわかりません。なによりも私の気持ちを暗くしているのは、私の原稿の運命です。パリからの出発のこまかい状況を書いている余裕はありませんが、ガスマスクと洗面用具の入った袋以外なにも持ち出せなかったと書けば、いくらか想像がつくでしょう。言えることは、こうなることは私なりに予想していましたが、なにか対応できる可能性もなかったのです。つけ加えれば、私の心にかかっているものがなにひとつ手元にないとしても、少なくとも十九世紀についての詳細な研究の原稿については、それが残ることに多少の希望を持てる状況です。
　あなたのお手紙が短いのはよくわかります。逆にあなたも私の手紙が簡潔なのをわかってください。目下の状況では、厳密に個人的なことを超えたことはいっさい私たちの手紙交換には適していません。この枠内でまずお伝えしたいのは、七月八日付のあなたのお手紙は、私がルルドに着いてからはじめてあなたからいただいたものだ、ということです。またそれとは別に、私が研究所で働いていることを証明する文書を発送したとのマックスからの電報[2]を受け取りました。私の感謝の気持ちをマックスに伝えていただけるものと思います（他方で、すでにファヴェ夫人[3]を通じてこの感謝の気持ちはマックスに伝わっているはずですが）。私のいつもの仕方で私の望みに叶ったかたちで彼に詳細かつこまかく書くことがいかに難しい状況かは、彼も分かってくれると確信しています。

彼とあなたの努力がうまくいくことをわたしも心から望んでいます。私たちにはもう残された時間が少ない可能性があります、いやそれどころか、たぶんそうでしょう。お二人の協力による努力を私がいかに信頼しているか、決意がもたらす困難と、それが必要とする辛抱についても私がわかっていること、この点はお二人とも理解してくださることを望んでいます。また、前もってわかっていなければならないはずのリスク、またその理由を（ほとんど）知りながら、自らに課しているリスクに晒された者にふさわしい心の状態を保ってきたことについてもです。

一週間か一〇日ほど、ここからマルセイユに行く許可を得る試みをするつもりです。ファヴェ夫人が言うには、クラカウアーがマルセイユのアメリカ領事館の近くにいて、アメリカ亡命をなんとか達成しようとしているとのことです。もう大分前に申し込みの登録をしているので、事案は手早く進むと、彼は期待しています。あなたからの郵便に関しては、こちらからなにかお知らせするまでは、ルルド宛でお願いします。

私の妹[4]は収容所から釈放されて当地にいますが、どちらかというと結構危ない容態です。山地はサン・レモ以来はじめてなので、私の心臓がいかに弱っているかをつくづくと感じます。この数か月の気持ちの持ちようが、こんな状態になった理由なのはあきらかです。一時間後には予想もしない変化が起きるかもしれない事態に追い込まれかかっているために、たえず〔走り出すために〕爪先立ちしていなければならないのだ、と言えばおわかりいただけると思います。

たった一冊だけ持っていくつもりです。ドゥ・レッツ枢機卿の回想録です。そして一人で部屋にいて「偉大なる世紀」万歳と言いたいです。

テディにくれぐれもよろしく。マックスと彼の友人に深い感謝の気持ちも。

いつもながら昔からのあなたの

デトレフ

ルルド（オート・ピレネー県）
ノートルダム街八番地
一九四〇年七月一九日

〔原文：〔フランス語の〕手書き〕

（1）残存せず。
（2）七月五日の電報。
（3）社会研究所のジュネーヴ支部の責任者だったジュリアーヌ・ファヴェ夫人の手紙であるが、残存せず。
（4）ドーラ・ベンヤミンは、それまではギュルスの収容所にいた。

ベンヤミンのフランス亡命（一九三三年）から本格的に始まるこの往復書簡の中で、二人の友情は次第に明確な像を結ぶようになるが、その像のいわば額縁の役割を果たしたのは、すでに陰りつつあったとはいえ、一九二〇年代末のベルリンの知識人世界の残照だった。グレーテル・カープルスこそは、ベンヤミンを亡命へと急き立て、アドルノの様々な研究計画や〔エルンスト・〕ブロッホの滞在地を教え、そうすることによってかつてのベルリンの友人関係・知人関係を維持した人物であった。彼女は、定期的な送金によって最悪の時期のベンヤミンを助け続け、当初はまだ第三帝国から独立していたザールラントから経済的支援を行った。しかしまたこの往復書簡からは、二人の書き手の個人的な意見交換が彼らにとって大きな意味をもっていたこと、そして、その意味で彼らの友情が他から独立したものであったこともまた読み取れる。

ベンヤミンのモードへの関心――この関心においてベンヤミンはボードレールやマラルメを研究していた――を、グレーテル・カープルスは共有していた。彼女は、一九三五年八月に「ヘレン・グルントとはぜひとも一度お話ししてみたいものです。それも、大手企業のモード商品生産についてだけでなく、モードがすそ野に向かって進み、最後は地方や中産階層に広がっていく際の法則についても議論してみたいですね。今、わたしは仕事上、ほとんど毎日のようにその問題にぶつかっています。といっても、単に商売のためにこの問題に関心をもっているわけではなく、昔から、わたしにとってこの経過はいつも謎めいていました。そして、この問題が身近になればなるほど、その答えをみつけるのがいっそう難しくなり、趣味という概念がわたしには疑わしく思えてきたとさえ言えます」と書いている。

ニューヨークに来てからは、グレーテルは街並みやそこへやってきた人々を描写して、ベンヤミンをアメリカへと誘おうと試みる。彼女は一九三九年五月には「眼下のハドソン川沿いをあなたと散歩しながら、ありとあらゆることを落ち着いてお話しできたらなあ、と思います」とベンヤミンに書いている。

残念ながら、グレーテルからベンヤミンに送られた手紙のすべてが残っているわけではなく、いくつかの重要な穴が埋められないままとなってしまっている。ベンヤミンの書いた手紙は、『書簡集』の編集に拠った。『書簡集』で加えられた注釈はほとんどそのままこの往復書簡集でも採用した。グレーテル・アドルノの手紙は、ss, ae, oe, ue をそれぞれ ß, ä, ö, ü に置き換えた以外はそれぞれの手書き原稿、タイプ原稿どおりに原文に忠実に再現した。断りなく修正したのは、書き手の特性に属さないような書き間違いのみである。判読不能な単語は［x］という形で、読みにくいものは［?］で表記した。

往復書簡の原本はベルリン芸術アカデミーのベンヤミン・アーカイヴに保存されている。

訳者解説

ベンヤミンの命を支えた手紙

一九六九年八月一三日、フランクフルトの中央墓地で、テオドーア・アドルノ（一九〇三―六九）の埋葬が行われた。『啓蒙の弁証法』の著者にしてフランクフルト学派の拠点「社会研究所」所長の葬儀である。参列者は二千人以上。二〇世紀を代表する哲学者の六五歳という早すぎる死を、世界中が悼んだ。

その約二四年後の一九九三年七月、同じ墓の前で再び葬儀が行われる。参列者はごくわずかで、二四年前のものとの比較がグロテスクに映るほどにささやかな葬儀だったという。このとき埋葬された女性、彼女こそが、アドルノの妻にして本往復書簡集におけるヴァルター・ベンヤミン（一八九二―一九四〇）の文通相手、グレーテル（マルガレーテ）・アドルノ（旧姓カープルス、一九〇二―九三）である。

本書を手にする読者に、ヴァルター・ベンヤミンを知らない人は少ないだろう。ユダヤ神秘主義者にしてマルクス主義者、映画や写真におけるアウラの喪失を論じたポストモダンの先駆者。そのあまりの視野の広さに一言で言い表すのが困難なのがベンヤミンの最大の特徴ではあるが、いずれにせよ、一九四〇年の自殺から八〇年近くが経った現在においても、いやむしろ時間が経てば経つほど、その仕事の先進性に驚かざるをえない二〇世紀の知的アヴァンギャルドである。

その思想は、ホロコーストという二〇世紀の歴史の悲劇と結びついて今なお重々しい知的課題を後世に与え続けるとともに、アドルノに、そして現在のフランクフルト学派に受け継がれ、シリア難民の急増、ブレグジット、トランプ政権の成立と大きく揺れ動く現代社会を問う一つの視座として、今一層重要性を増している。

その一方でグレーテル・カープルス／アドルノについては、名前すら知らなかった読者も少なくないはずである。しかし、アドルノを取り巻く知識人のあいだでは、グレーテルは必ずしもアドルノの恋人あるいは妻としてのみならず、グレーテル個人として独自の人間関係を築き、彼らを支え、また彼らに多くの影響を与えた存在であった。特に亡命中のベンヤミンに対しては、本書に見られるとおりの膨大な数の手紙を送り続けた。これは――後に見るように――ベンヤミンの生命を支え続けた行為であった。

むろん、この往復書簡の存在がこれまで知られてこなかったわけではない。この書簡についてはアドルノの伝記など[1]でもしばしば言及・引用されており、また一九九五年から二〇〇〇年にかけて刊行されたベンヤミンの六巻本『書簡集』の中には、本書に掲載されたグレーテル宛の手紙はすべて含まれていたため、ベンヤミンのグレーテルに対する通常の友情を超えた一種独特な書きぶりはすでに知られていた。しかし、それに対するグレーテルの応答が全面的に公表されたのは、グレーテルの死後一〇年以上を経て二〇〇五年に公刊されたこの往復書簡集が初めてである。これによってベンヤミンとグレーテルの具体的なやりとりとともに、ベンヤミンの亡命期の――思索の発展のみならず――日々の生活の一端が、そしてグレーテルというこの時代のユダヤ知識人の接点を演じた一人の女性の肉声が明らかになったのである。

以下、このグレーテル・カープルス・アドルノという女性について、簡単な概略を示すとともに、書簡集から見えてくるベンヤミンの生涯を再構成し、解説としたい。

1　グレーテル・カープルス／アドルノとは誰か

1・1　家族と生い立ち

カープルス家は、ウィーンからベルリンに移ってきた裕福な同化ユダヤ人の一家である。[2] 一九〇五年に正式にユダヤ教から離れ、プロテスタントに改宗した。父親ヨーゼフ・アルベルト・カープルス（一八六三―一九三六）は化学者で皮製品メーカー「カープルス＆ヘルツベルガー」を共同経営していた。一九三〇年にはその地位をグレーテルに譲り、三六年五月に死去した。一方母親のエミーリエ（生没年不詳）は、グレーテルがまだ子供の頃に死去した。ヨーゼフ・アルベルトの後妻はアマーリア（一八七八―一九五六）といい、[3] ユダヤ人ではなく、グレーテルの渡米後もドイツに残った。一九四〇年二月二九日の手紙に登場してグレーテルの妹のロッテの結婚に反対しているが、グレーテルとはそりが合わなかったようである。グレーテルは、むしろ父親の影響下に育った。ちなみに、父親の弟の孫（グレーテルにとっては従弟の息子）が、二〇一三年のノーベル化学賞を受賞したマルティン・カープルスである。

妹のリーゼロッテ（ロッテ）が生まれたのは一九〇九年。二人姉妹で、親密な関係にあったことがこの書簡集からもうかがえる。グレーテルに先んじて渡米し、ベンヤミンの従弟エーゴン・ヴィッシングの後妻となった。

グレーテル・カープルスは、一九〇二年六月一〇日にベルリンで生まれる。当時女性に解放されたばかりのギムナジウムに一九一五年に入学、二一年にアビトゥーアに合格すると、ベルリンのフリードリヒ・ヴィルヘルム大学（現在のフンボルト大学）で化学を専攻し、二五年に「水素化カルシウムのケトンへの影響について」と題する論文によって博士号を取得した。彼女が化学で博士号を取得したのは、父親の会社を継ぐことを視野にいれてのことであり、これは、必ずしもグレーテル自身が望んだことではなかったともいわれている[4]。とはいえ、職業を持つことなど難しかった当時の女性にとっては、父親の会社を継ぐこと、またそれを想定した教育を受けること自体がきわめて例外的なことであった。

1・2 アドルノとの婚約期

博士号取得前の一九二三年、二〇歳のときにグレーテルは生涯の伴侶となるアドルノと出会う。グレーテルの父親の経営するカープルス&ヘルツベルガー社は、皮製品の加工に必要なタンニンをアドルノの父親の経営するワイン会社から購入していた。カープルス&ヘルツベルガー社の共同経営者であり、両家の共通の友人であるエルゼ・ヘルツベルガーを介して二人は知り合うと、親しく交際するようになり、まもなく婚約する。そしてその後、グレーテルはアドルノやベンヤミンをはじめ、アドルノのギムナジウム時代からの年長の友人ジークフリート・クラカウアーやアドルノの「上司」と言える社会研究所所長マックス・ホルクハイマーなどから構成されるドイツ知識人たちのサークルに、生涯身を置くことになる。

博士号取得後、グレーテルはフランクフルトのIG・ファルベン社（のちにナチスに協力したことでも知られる。一九五一年に解散）で経験を積み、先述のとおり一九三〇年に父親の共同経営者の地位を相続する。ただし、カープルス&ヘルツベルガー社は、三二年にグレーテルが所有する株をおそらくエルゼ・ヘルツベルガーに売却したことで解消し、クネル社と名を変えた（四七年に解散）。グレーテルの方は、皮手袋を扱うゲオルク・テングラー社に出資して三四年一月一日にその共同経営者となり（一九三四年一月四日の手紙、以下関係する手紙の日付のみを示す）、さらに同年夏にテングラーが死去すると、二〇〇人の従業員を抱える同社の唯一の経営者となった

（七月二五日）。その後ナチスによるユダヤ人の経済的排除が深刻化するなか、三六年に会社は解散する（一二月二一日）。

翌年、会社の売却が最終的に解決すると（四月二二日）、グレーテルは生まれ故郷のベルリンを離れ、八月にアドルノとともにロンドンに向かい、九月八日にはアドルノの両親、グレーテルの義母、社会研究所の所長マックス・ホルクハイマー夫妻の立ち合いのもと、アドルノと正式に結婚した。一四年に及ぶ婚約期間を経ての、念願の結婚であった。

グレーテルとアドルノの婚約期が一四年と長く続いた理由、そして一四年経って急に二人が結婚を決意した理由は定かではないが、(5) 少なくともいくつかの事情が考えられる。まず一点目は、アドルノの経済的条件が整わなかったことである。この時期のアドルノについては伝記などに詳しいが、概略だけを述べておこう。アドルノは一九二四年に二〇歳の若さで博士号を取得（指導教授はハンス・コルネリウス、論文のタイトルは「フッサールの現象学における物的なものとノエマ的なものにおける超越」）、音楽評論を様々な新聞・雑誌に発表しつつ、ウィーンでアルバン・ベルクに師事する一方、フランクフルトで教授資格論文を執筆し、さらにベルリンの出版社での音楽評論家としての採用を模索するなど、音楽評論家と哲学教授という二兎を追い、しかも双方の分野で着実に実績を積んでいった。三一年二月、二七歳の時、教授資格論文（『キルケゴール――美的なものの構築』）がフランクフルト大学哲学部で認められ、哲学科の私講師の職を得た。そこに至るまでにいくつかの挫折はあったとはいえ（教授資格論文は一度受け取りを拒否されている）、また私講師から正教授までの道のりはまだ遠かったとはいえ、ここまでの実績をしかも多方面の分野において積んだ型破りな二七歳の若者は、通常の状況であったならば前途有望というべきところだろう。ちなみに、ベンヤミンが同じフランクフルト大学で文学部の教授資格論文を拒否されていることは周知のとおりである。（ただし、これは当時ドイツ・ナショナリズムの温床であったド

イツ文学科のポストにユダヤ人がつけるわけなどない状況を理解していなかったベンヤミンの無謀さゆえという面も大きい）

とはいえ、給与が学生の聴講料のみという私講師の立場上、この時点では経済的に自立できたとはいいがたい。しかも、一九三三年一月ナチスが政権をとると、その年の夏学期は休講を余儀なくされ、さらに九月八日には教授資格を剝奪される（九月一三日）。ベルリンやフランクフルトでの音楽個人教師の資格（四月一五日、六月四日および七月六日の手紙）や、ウィーン大学やオックスフォード大学での講師としての受け入れを模索するもかなわず、最終的に三四年六月からオックスフォード大学のマートン・カレッジに登録するが、これは不本意ながら大学院生としてであった。

同じ頃、すでにカープルス&ヘルツベルガー社の経営を引き継いでいたグレーテルの年収は、本人の記憶によれば八〇〇〇ないし二〇〇〇〇ライヒスマルクであった。(6) 当時の一般労働者の月収が一〇〇—一五〇ライヒスマルクであったことを考えるならば（大衆車「フォルクスワーゲン」はそれを前提に一〇〇〇ライヒスマルクで売り出された）、その五倍から一五倍の経済力があったことになる。ただし、グレーテルの経済力によって結婚生活を成り立たせることは想定されなかった。その理由は推測するほかないが、ナチス政権の成立後、二分の一ユダヤ人で左翼知識人のアドルノがドイツに留まることは命の危険を意味し、一方、妹のロッテと違い、グレーテルには家族と会社に対する責任があった。本書簡集の三五年八月二八日および一〇月二日の手紙からは、父親の末期の看病をグレーテルが行っている様子を読み取ることができるが、三六年五月に父親が死亡すると間もなく会社を売っていることからも、ユダヤ人である病気の父親を残してベルリンを離れることはグレーテルには考えられなかったのかもしれない(7)（ちなみにベンヤミンの従妹の女性作家ゲルトルート・コルマールは父親の看護のためにドイツを離れることができず、最後にはアウシュヴィッツで犠牲になっている）。

また、一九三五年のいわゆるニュルンベルク法とその関連法令の施行以降、「第一級混血」のアドルノと「完全ユダヤ人」のグレーテルの結婚はドイツ国内では許されなくなっていたため、アドルノと結婚するには会社を整理してグレーテルが国外へ出る必要があった。なお、父親の死去した三六年には、資産を安全に国外に避難させることは不可能になっていた。グレーテルが会社の売却によってどのくらいの利益を得たのかはわかっていないが、いずれにせよナチス政権下においてそれらをすべて国外に持ち出すことはできず、多くを義母に譲り渡した(8)。

婚約期間が長引いたもう一つの理由としては、この時代の知識人の常として、結婚という伝統的な形式が男女の唯一の正しいあり方とは必ずしも認識されていなかったという事情も挙げられる（『アドルノ伝』七一頁）。手紙からも読み取ることができるとおり、婚約期間中から、アドルノは数週間の休暇をグレーテルと過ごすことを毎年の慣例とし、イタリアなど方々をグレーテルとともに旅行している。また、オックスフォードに移ってからも、危険を承知で頻繁にベルリンのグレーテルを訪れている。アドルノにとってグレーテルが本命であるということ自体は揺るがなかったようである。

その一方で、彼の女性関係は決して地味なものでなかった。アドルノは、グレーテルと婚約後の一九二五年のウィーン滞在中にも、何人もの女性と関係を持ち旅行に出かけている。二六年には友人カール・ドライフースの前妻でフランクフルトの女優エレン・ドライフース゠ヘルツ（同上一一四頁）との関係が生まれ、後のロサンゼルス時代には女優のルネ・ネル（同上七三頁）やかかりつけの医師ローベルト・アレクサンダーの妻シャルロッテ（同上）とのロマンスが生まれた。さらにドイツ帰国後もアドルノの死の一年前までミュンヘンの女優（同上六一七頁）との関係があるなど、挙げればきりがない。しかもグレーテルはそれらの関係を知っていた。よく言えば

「オープン」な二〇世紀前半のこうした知識人文化の中で、二人は必ずしも結婚という形式にこだわってはいなかった。

にもかかわらず、アドルノの経済的展望が見えないままに二人は結婚という伝統的形式を最終的に踏襲した。その最大の理由は、アドルノがホルクハイマーに宛てて書いた手紙のとおり、ナチス・ドイツの「地獄から彼女を救い出すために、彼女と結婚する義務を感じる」[9]ことにあったに違いない。ただし、これには別の事情も指摘されている。ドイツでの教授資格を失い、イギリスでの展望もあいまいだったアドルノにとって、最も可能性のある定職への道は、ホルクハイマー率いる社会研究所の正式メンバーとしてニューヨークへ移住することであった。フランクフルトで一九二三年に独自の基金により設立された大学付属の社会研究所は、ナチス政権成立後いったんジュネーヴに避難し、その後アメリカに移転して根を張りつつあった。アドルノはヨーロッパを永久に去り、ホルクハイマーとともにアメリカの地で研究を進める意志があることを、明確に示す必要があったのである。アメリカでは結婚していることが立場を有利にするという助言がホルクハイマーからあったという報告もある。[10]

1・3　アドルノ夫人として

いずれにせよ、様々な思惑が錯綜するなかで実現したアドルノとの結婚によって、グレーテルの長年の願いは成就した。この時からアドルノの死亡する一九六九年までの約三〇年間は、グレーテルにとって最も幸福な時期だったに違いない。アドルノが研究所のプロジェクトの一つ「ラジオ・プロジェクト」への参加を条件にアメリカに亡命できることになると、結婚の五か月後、「シャンプラン号」での一週間の船旅を経て、一九三八年二月二三日、二人はニューヨークの地を踏む。ベンヤミンをアメリカに誘うための多少の誇張はあるとはいえ、グレーテルのベンヤミン宛の報告は新世界での興奮に溢れている。

社会研究所の正式の共同研究員となったアドルノを、グレーテルは非公式に、あるいは半公式に支えた。つまり、グレーテル自身が社会研究所の所員になることはなかったものの、グレーテルの貢献がアドルノの昇給の理由にされているのである。[11] グレーテルの果たした役割は、まずアドルノの著作の審査係ともいうべきものであった。グレーテルは、アドルノの考えを最初に聞き、その計画を力づけたのみならず、原稿の表現がまずい箇所、誤解を与えかねない箇所に「要注意、TWA（テオドーア・ヴィーゼングルント・アドルノ）」と書き込みを入れ、アドルノが間違った道に迷い込むのを防いだ（『アドルノ伝』六八頁）。

また、それに劣らず重要だったのが、グレーテルの口述筆記者としての役割であろう。アドルノの超人的なスピードによる著作は、アドルノが口述するアイディアを、グレーテルがタイプ原稿に落とし、それを基に推敲を重ねたものであった。アドルノのアフォリズム集『ミニマ・モラリア』の一三五番目のアフォリズム「禿鷹」には口述筆記における筆記者の決定的で能動的な役割が称賛されているが、これがグレーテルへの謝辞であることは疑いえない。その後四一年に移住したロサンゼルスでホルクハイマーとともに書き上げたアドルノの主著『啓蒙の弁証法』――この執筆にあたっても、日々行われる議論をグレーテルが口述筆記しており、第二版の序文にはグレーテルへの謝辞がある[12]――は、グレーテルにとって自分自身の著作でもあったのかもしれない。

一九四九年には、生活等の準備のために先に帰国していたアドルノを追って、まだ戦争による破壊の跡の残るフランクフルトに戻り、グランドピアノが広々と場所を占めていることを除けば必ずしも豪華とはいえない家に新たな居を構えた。その後、短期・長期でのアメリカ滞在を経て、五三年、二人は最終的にドイツに帰国した。ドイツ国籍の再取得は、アメリカのパスポートの切れた五五年に行われている。

ドイツ帰国後のアドルノは、研究生活の絶頂期を迎える。アドルノは、五七年にフランクフルト大学正教授へと昇任し、翌年にはホルクハイマーの退官に伴って社会研究所所長に就任した。研究所の仕事や講義、次々と舞い込んでくる講演の依頼に忙殺されながらも、精力的に執筆活動を続け、アドルノの文学的才能を世に知らしめることになったアフォリズム集『ミニマ・モラリア』（五一年）、彼の哲学的主著であり、「太っちょの子ども」と呼ばれた大作『否定弁証法』（六六年）を発表し、さらには遺稿となった『美の理論』を書き進めた。こうしたアドルノの仕事を、グレーテルは管理し、支えた。むろん、婚約期間中から絶えず行われてきた年に数週間の休暇や旅行、家庭での頻繁の来客の時間、そして家庭での休息の時を、アドルノとともに過ごした。

しかしながら、この幸福な生活は、アドルノの死とともに突然の終わりを告げる。アドルノは、過激化する学生運動に講義を妨害され、疲れ果てて迎えた夏の休暇中、アルプスの標高三〇〇〇メートルの山頂へケーブルカーで登山した際に心臓障害を発症、病院に運ばれたものの、翌日心筋梗塞で帰らぬ人となった。——そしてこれが、アドルノとの関係を「共生」関係と位置付けていた（『アドルノ伝』六一七頁）グレーテルにとっても人生の終わりを意味した。残された『美の理論』の手稿を整理して出版し、『全集』の刊行に参加し、さらに彼の遺稿がテオドーア・W・アドルノ・アーカイヴに保存されるように取りはからうことに全力を尽くしたグレーテルは、アドルノの死から一年後、自殺を図ったのである。命はとりとめたものの、記憶を失い、生涯介護を必要とする身となった。『美の理論』の編集をともに行ったロルフ・ティーデマンは、グレーテルが肉体的にもその生涯を終えた一九九三年、「彼女の最後の二〇年は途方もなくつらく、彼女の人生のうちでその重さは軽く、これを彼女はもはやカウントすることはなかった」と述べている。

2　デトレフとフェリツィタス

本書簡集に収められたグレーテルの手紙は、その四分の三ほどがアドルノとの婚約期にベルリンで書かれ、残りの四分の一がアドルノと結婚したのち、主にニューヨークからアドルノ夫人として書かれたものである（部分的にアドルノの手紙と併記されているものを含む）。一方ベンヤミンからの書簡は、初めの二通を別にすれば、すべて一九三三年三月にベンヤミンがベルリンを離れてから、転々とする亡命地（主にパリ）で書かれた。言語は主にドイツ語であるが、第二次世界大戦が始まってからは、フランスの検閲に対して反ヒトラーの立場を読み取ってもらうべくフランス語で書かれたものが増え、またグレーテルの渡米以降は英語のものも含まれる。一九四〇年のベンヤミンの服毒自殺の二か月前に書かれた手紙を最後に、往復書簡はぷっつりと途切れている。

アドルノがベンヤミンに初めて出会ったのは一九二三年のことで、この時期ベンヤミンは大学教授資格を目指して頻繁にフランクフルトに滞在していた。その後二五年九月にナポリで、あるいは二八年二月にアドルノがベルリンで数週間過ごした際などに議論をする機会を持ち、二人はベンヤミンの死まで続く親密な関係となった。翌年秋には、ベンヤミンが「パサージュ論」の構想をフランクフルト郊外のケーニヒスシュタインの小さな会合で披露し、これがアドルノを完全に魅了したことはしばしば語られるとおりである。

一方ベンヤミンがグレーテルと知り合ったのも、ベンヤミンの一九二八年のベルリン滞在中とされている（『アドルノ伝』六三九頁）。また、一九年の「パサージュ論」の構想披露の際には、グレーテルもその場に居合わせていた。アドルノのベルリン不在中も、ベンヤミンがグレーテルを家での集まりに招待するなどグレーテルとベンヤミンの交流は続いていたようである。そしてこの友情は、ナチスが政権をとった一九三三年初頭、急速に親密なものになる。

この時期のベンヤミンは、「三つの大きな愛の経験」の終了とともに、深い絶望の中にあった。アドルノについては先ほど触れたが、ベンヤミンも、その女性関係はこの時期の知識人の御多分に漏れないものであり、息子シュテファンを得たドーラ・ゾフィーとの結婚を解消する前から、同級生の妹で美術学生のユーラ・コーンや、ラトヴィア出身の革命家アーシャ・ラツィスと恋愛関係になり思想的な影響を受けるなど、同時進行的な恋愛を展開していた。しかしこれらの恋愛は、一九三〇年にアーシャがモスクワに去ってしまったことで一つの終焉を迎えていた。しかも、これらの女性関係も不利な条件となって、ドーラとの離婚訴訟によりベンヤミンは財産をほとんど失ってしまう。ベンヤミンは深刻なうつ状態に陥り、「生き終えた」と感じて一九三二年夏には自殺を考えていた。

一方のグレーテルは、前述のとおり、いつ結婚できるともわからない気の多いフランクフルト大学私講師アドルノを、会社経営という大きな荷を負いながら待ち続けていた。世界恐慌後のドイツで経済が混乱を極め、ヒトラー政権の樹立、国会議事堂放火と信じがたいような事件が続く不穏な時代。ベルリンに残った孤独なユダヤ人同士が、お互いの必要性をより強く感じるようになったとしても、なんら不思議はないだろう。

むろん、二人が急接近し、のちの手紙で何度も思い返しているこの一九三三年初頭に、二人の間にどの程度のロマンスがあったのかは、推測するほかない。ただ、本書簡集からうかがえるとおり、少なくとも初期においては、グレーテルはアドルノに対しベンヤミンとの関係を隠そうとしていた。また初期の手紙では二人は親称と敬称を使い分けており、同年四月一四日のグレーテルの手紙の願いに応じて、ベンヤミンは、おそらくグレーテルだけが読むことを想定した親称の手紙と、アドルノにも見られてよい敬称の手紙とを二重にして送っている。さらに何度も滞在地のイビサやパリにグレーテルを誘い、三四年九月にはデンマークのゲッサーで一年半ぶりの「逢瀬」を実現させている。

ただ、どの程度までかは別として、アドルノは、ベンヤミンとグレーテルの関係が通常の友情よりは少なくともかなり親密なものになったことを知るようになったようだ。一九三三年一〇月二五日の手紙で、グレーテルはアドルノが「わたしたちが親称を使っていることをまったく知りません」と報告する一方、ベンヤミンとの関係についてアドルノと話をしたことを伝えている。また、本書簡集のベンヤミンとグレーテルの手紙の一つの特徴は、ベンヤミンがそのペンネーム「デトレフ」を、グレーテルがベンヤミンの友人シュパイアーが書いた戯曲『外套、帽子、手袋』（ベンヤミンはこの執筆に協力している）のヒロインの名「フェリツィタス」（幸運・幸福の意）を使っていることにあるが、ベンヤミン宛の三四年三月四日の手紙においてアドルノはグレーテルのことを「フェリツィタス」と呼んでおり、またグレーテルとベンヤミンのゲッサーでの「逢瀬」についてもアドルノがすでに知っていたことを、同年一一月六日のアドルノのベンヤミン宛の手紙が伝えている。

また、いずれにせよこの二人の「ロマンス」は、きわめて短期間のものであった。それは――そもそもそれが二人の往復書簡が始まった理由でもあるが――一九三三年一月のナチス政権成立後、身の危険を感じたベンヤミンが三月中旬にあわただしくベルリンを去り、亡命生活へと入ることになったからである。こうして急に生じた別離の結果、互いに対する強い憧憬の想いとともに生まれたこの往復書簡は、その後七年にわたって継続し、結果的にロマンス以上の役割を果たすことになるのである。

2・1　ベンヤミンの経済的困窮を救う手紙

ベンヤミンがドーラとの離婚訴訟で父親から譲り受けた財産のほとんどを失ったことはすでに述べたとおりであるが、大慌てでベルリンを去ることになったベンヤミンは、高価な蔵書コレクションを持ち出すこともできなかった。そのうえ、当時はリベラルだった大手の『フランクフルト新聞』をはじめ、多くの新聞・雑誌・ラジオ等が、ナチス政権成立の前からユダヤ人の記事の掲載をためらうようになり、政権成立後はその傾向がさらに強まった。亡命を始めたベンヤミンがまず直面したのは、日々の生活費にすら事欠く経済的困窮だった。

ベンヤミンは、ベルリンを発つ前に数百マルクを何とか調達し、[13] パリを経由してイビサに向かった。物価の安いイビサであれば、これだけの金額があれば二か月程度は暮らせるという見込みのもとだった（三三年四月一九日―二〇日頃）。

おそらくこの二か月という言葉を意識してであろう、グレーテルはベンヤミンのイビサ到着から一か月もたたない時期に、郵便為替での送金方法について調べ（四月二四日）、その後まもなく第一回目の送金を行っている（六月四日、六月一〇日頃）。さらに六月一七日には、グレーテルはおそらくは受け取るベンヤミンの側の精神的負担を気づかってか、郵便為替のことを「ピンクの紙片」という表現で呼び始め、これがその後、「花模様」「花束」などと多少のバリエーションを伴って二人の間だけの共通の隠語となっていった。二人の往復書簡の前半は、この「花模様」の必要を訴え、その送付を報せ、そのお礼を伝える一連の定型句とともに進行することになるのである。

当時、外国への送金はかなりの困難と手間を伴うものであった。世界恐慌後、一九三一年頃からすでに外国への送金は厳しく制限されていたが、三三年にナチスが政権を取得して以降は、ほとんど不可能となった。[14] 往復書簡にも、外国への送金をする際にはパスポートに送金経歴を記さねばならず（三三年一一月四日）[15]、また大金を一度に送ることは嫌がられた（一一月四日）ことが記されている。そのためもあってか、グレーテルの送金は一〇マルク単位と、必ずしも多額ではない。さらには、グレーテルのパスポートが切れ、更新しようとしたところ、カープルス家が「東方ユダヤ人」とみなされ、三三年七月の法律により国籍を剥奪されていたことが発覚するなど、送金を一層困難にする事情には事欠かなかった。

とはいえ、手紙から読み取るに、グレーテルは送金をその後ほぼ少なくとも一、二か月に一度の頻度で繰り返している。これは、ベンヤミンの「パサージュ論」の研究が三五年末の研究所との「パリ交渉」（一二月一三日）によって社会研究所の研究として採択され、ベンヤミンが月に一〇〇〇フラン（その後一三〇〇フラン）の研究費をもらって最低限の生活を送ることができるようになるまで、じつに二年半にわたって継続した。またグレーテルは、アドルノの叔母のアガーテ（当時国際連盟の管理下にあったザールラントのノインキルヒェンにいた）や、元共同経営者のエルゼ・ヘルツベルガーを動かしてベンヤミンの窮地に月々四五〇フランの援助の手を差し伸べている（継続はしなかったようである）。さらには、ベンヤミンの蔵書の管理を任されたグレーテルは、ベンヤミンからの要望に応じてこれらをベンヤミンに送付し、場合によっては換金する仕事も任されている。

もちろん、ベンヤミンへの経済的支援のすべてをグレーテルが担っていたわけではない。社会研究所からはすでに一九三四年初頭から最低限（月額五〇〇フラン）の研究費を得ていたし（GS V, 2, S. 1097）、当然のことながら、新聞雑誌等にうまく掲載された際にはその原稿料も収入として入ってきた。ショーレム宛の手紙からは、全イスラエル連合からの七〇〇フランの援助金のほか、フリッツ・ラットとユーラ・ラット夫妻からも援助を受けていたことを読み取ることができる[16]。また、こうした支援のみでは物価の高いパリでの暮らしが難しくなり、しばしば元妻ドーラの経営するサン・レモのペンションに滞在しているほか、三四年と三八年の夏にはブレヒトを頼ってデンマークのスヴェンボル（手紙の発信地名としてはスコウスボストラン）に仕事場を見つけている。しかし、グレーテルという少なくとも一時は互いに恋焦がれる関係にあった熱烈なファンからの支援が、ベンヤミンにとって大きな慰めであり、最後のよりどころの一つであったことは間違いない。

この往復書簡は、伴走する「花模様」によってベンヤミンの日々の住まいを、食事を、筆記用具を供給し、少なくとも一定の期間ベンヤミンの生命を、そしてその間に書かれたいくつもの主要作品を救うことになったのである。

2・2 「恋焦がれる相手」から「兄」へ、そして救い出すべき対象へ

むろん、残されただけでも一八〇通に及ぶ往復書簡は、金銭面の必要事項を伝えることにのみ終始していたわけではない。グレーテルがフランクフルト学派を中心とする知識人の議論に大いに関与していたことは先述のとおりであるが、この往復書簡の中でも、グレーテルはベンヤミンの著作や交友関係について自分の意見を持ち、それを率直にベンヤミンに伝えている。中でも目を引くのは、一九三四年夏にベンヤミンがデンマークに行く前、ブレヒトのベンヤミンへの影響を懸念している手紙や、三五年夏、「パサージュ論」の梗概が必ずしも求めていたものでなかったことを伝える手紙（七月三日。その後八月四日に、アドルノが踏み込んだ批判の手紙を書いている）などであろう。グレーテルからの批判に、ベンヤミンは丁寧に答え、自分の意図を説明している。むろん、こうした議論の常で、二人の意見は完全なる一致を見たわけではない。しかし、幾度かの小さな衝突によって、むしろ二人は知的なレベルにおいても互いへの理解を深めていった。

また、二人の間で交わされる、ベンヤミンが読み漁った書物のリストとそれらの作品に対する

二人の反応もこの書簡集の読みどころの一つである。ベンヤミンは、それが「花模様」に対して自分にできる唯一のお礼だとでも言わんばかりに、ベルリンで孤独を訴えるグレーテルに次から次へと文学作品を紹介し、場合によっては本そのものを送っている。いくつか例を挙げるだけでも、ダウテンダイ、ベルル、セリーヌ、ジョルジュ・シムノン、アグノン、アンドレ・マルロー、モーム、ジュリアン・グリーン、アンドレ・ブルトン、ジェイムズ・ケイン、モンテルラン、ヘンリー・ジェイムズ、ジュベール、カイヨワ、ビットリア・オカンポ、ミシェル・レリスと、まさに手当たり次第ともいえるほどだ。ショーレムには「精神のみで肉体がない」と言われてしまうベンヤミンであり、文学批評という仕事は、まさに「霞を食べる」仕事である。ただし、ベンヤミンの場合は、霞を手の届く限りかき集めて吸い尽くし、むさぼり食らうというような食べ方である。

　とはいえ、この往復書簡集は、やはりベンヤミンとグレーテルの「ロマンス」とその後を追うことで、一つの物語として読むことができる。ベンヤミンが生涯にかかわった女性は、先に挙げた三人に限られるわけではなく、たとえば往復書簡が始まった頃、イビサに滞在していたときにも彼は女性を伴って行動していた。しかし、そうした短いアヴァンチュールとは異なり、継続的にベンヤミンの中に大きな位置を占めていたという点において、ベンヤミンにとってグレーテルは先の三人の女性にも匹敵する存在だった。特にベンヤミンの亡命初期においては、自分の写真を送り、それに添えて「撫でられるように」と写真の中で着ている服の布地見本の端切れを入れる（三三年三月三〇日）ほどに、グレーテルのベンヤミンへの恋慕は情熱的である。

　返信するベンヤミンも負けてはいない。たとえば、同年五月一六日の手紙には、「寝る前にはもう一度、あなたからのお休みの挨拶が、ドアの隙間から、大騒ぎをすることなく、こっそり滑り込んできます。そんな時は、こうした夢想がどんなにか居心地よく、軽やかに感じられることでしょう。そしてもう一度、少し夢を見てみようかという気になるのです」と、詩的な表現でその思いを伝えている。この往復書簡は、ベンヤミンの経済的困窮を救ったのみならず、ベンヤミンの孤独を癒すことによって再度の自殺の試みを防ぐ役割も担っていた可能性がある。

しかし、先述のとおり、二人が重ねることのできた時間はごく短期間に過ぎず、多くの時間において二人は、手紙によってのみ存在を確かめあうことのできる関係だった。ベンヤミンの亡命後、二人が実際に会ったのは、先述のゲッサーでの逢瀬(一九三四年九月)と、アドルノとグレーテルのアメリカ亡命前のサン・レモでの会合(一九三七年末から三八年初頭)の二回のみである(もちろん、会う約束がたびたび交わされながらそのたびに反故にされた。(たとえば、三三年五月二五日、三四年一月一五日頃、三五年三月七日の手紙)のには、グレーテルにとってはアドルノが本命だったという事情もある。そのたびにベンヤミンが大きな失望を味わったことは、手紙からも読み取ることができる)

そして、二人が会えずにいるあいだにグレーテルにもう一つ別のロマンスが生まれることで、二人の物語は新たな方向に展開していくのである。グレーテルは、偏頭痛をはじめとするさまざまな体調不良や、会社経営の困難やベルリンでの孤独な生活から生じる精神不安に悩まされ、それをしばしばベンヤミンに訴えている。グレーテルの状態を気遣うものの、パリにいて直接これを改善する手段を持たないベンヤミンは、自分の従弟で、当時妻を亡くしてすさんだ精神状態にあった医師のエーゴン・ヴィッシングの診察を受けるように勧めた。当初これを断っていたグレーテルは、三四年夏にこの「ワル」で「サディスティック」な男の治療を一度受けると(七月一五日)、その後は友情を超えた関係になったようである。ベンヤミンは、いわばアドルノに次ぐ「二号」の位置を、自分の紹介した従弟に奪い取られた形である。しかもグレーテルは、そのことをかつての「ロマンス」の相手であるベンヤミンに相談(一一月一五日)し、そのうえヴィッシングとの関係をアドルノに対して伏せておくよう依頼している。そのあまりのオープンさには驚かされるが、それはともかく、この事態に対してベンヤミンは特段慌てた様子も見せず、ヴィッシングの精神状態等について否定的な意見を述べることで、グレーテルと従弟の接近をやんわりと批判するのみである。

むろん、実際のところベンヤミンが何を思っていたかは推測するほかないが、グレーテルにとってベンヤミンは、この時点でほとんど兄のような存在に変わっていたのかもしれず、ベンヤミンも少なくとも表面上はそれを受け入れざるをえなかったのだろう。あるいは、じつはグレーテルの方が一つ上手《うわて》で、「わたしがお手伝いできる可能性よりも、わたしの方が助けてもらえる可能性の方が高そう」（一一月二九日）と、ベンヤミンを立てて相手を丸め込んでいただけかもしれないが。

ヴィッシングのロシア行き、そしてアメリカ行き（さらに付け加えるならば、のちに結婚に発展した妹ロッテとの関係）は、グレーテルにそれなりの衝撃を与えたようである。しかし、一方で、グレーテルには「待ち望んでいる変化」、すなわちアドルノとの関係の「合法化」（三七年一月一八日頃）が訪れた。会社を整理し、アドルノ夫人となり、アメリカに渡ったグレーテルの言葉からは、初めて本当の安堵と解放が感じられる。この時点で、グレーテルは少なくともそれまでのような相談者としては、ベンヤミンを必要としなくなっていたと言わざるをえない。しかし、その分だけ純粋に、あまりにも生きることに長けていないこの稀有な才能を、いかにしてこの世にとどめ、ヨーロッパの地獄から救い出すかが彼女の関心事になった。グレーテルはニューヨークの地で、ベンヤミンの執筆を鼓舞し、渡米を勧めた。そのために「一歩歩くごとに」（三八年三月七日）シュルレアリスムに出会うニューヨークがいかにベンヤミンにとって住み心地の良い場所であるかを強調し、あの手この手を使って英語の勉強を勧め、友人やパリを訪れる研究所員との連絡を仲介した。

そしてついに一九三九年夏、グレーテルの努力が功を奏してか、ベンヤミンのアメリカでの講演旅行が計画される。——まさしくこの三度目の会合が実現しようとしたそのとき、何の運命の皮肉か、ナチスのポーランド侵攻によりフランスがドイツに対して宣戦布告し、敵性外国人とされたベンヤミンはフランスのヌヴェールの強制労働収容所に入れられた。そして収容所からからくも解放されながらも、ついにアメリカにたどり着くことなく、スペインへの亡命途上で命を絶った。このことを聞き知ったとき、どれほどの後悔がグレーテルの胸を去来したことか、書簡集は、それを語ることなく終わっている。

2・3　亡命期知識人の交友関係に見る往復書簡の位置

化学の博士号を持ち、企業家として二〇〇人もの従業員に対して采配を振るい、二〇世紀を代表する哲学者たちを相手に議論をし、彼らを支えた女性。そう聞くと、グレーテルに、自分の道を開き続ける現代的で強い女性を期待する人もいるかもしれない。しかし、書簡から得られる彼女の像は、どちらかというとそういった期待を裏切るものである。ベンヤミンとの手紙から垣間見ることができるのは、むしろ、アドルノとの結婚という安定を望み、アドルノやベンヤミンを立てて時に身を引き、基本的にサポートに回る女性、そこに多少の計算や狡猾さはあったとしても、自分に期待される「伝統的な女性らしさ」をはみ出すことのない女性である。

そして、しばしばまさにこの「伝統的な女性らしさ」を駆使することによって、この往復書簡において、あるいは当時の知的交友関係においてグレーテルは重要な役割を果たした。それは、人々をつなぎとめる役割である。

ベンヤミンやアドルノの属していた知的交友関係においては、つねにほとんど醜いほどの争いがあった。ベンヤミンも、最も身近とも言えるアドルノとの間に一年以上にわたる空白期間を置いている。ベンヤミンのブレヒトとの交流はアドルノの非難の対象となり、経済的に困窮するベンヤミンが社会研究所の雑誌に間に合わすべく持てる時間をつぎ込んで書き上げた原稿も、手厳しく批判されて不採用となる。むろん、それは、議論の真剣さのみならず、社会と文化のすべてを論じつくそうとする彼らの問いの本質的な困難さの表れであったと言えよう。しかし同時に、これは「絶望的な共食い」（『ミニマ・モラリア』「庇護と援助と助言」）であり、こうした争いは、亡命という精神的余裕を奪う厳しい環境の中で激烈さを増した。『アドルノ伝』の著者によれば、彼らの間にあったのは「それほど厳密ではなかった集団のコンセンサス」であったにもかかわらず、一見これから逸脱しているように見える行為に対して、ほとんど狭量で平静さを欠いた批判がなされたのである。これが、亡命者の孤独をさらに強め、それどころか生存を脅かすものであったことは言うまでもない。

その中にあってグレーテルは、七年という長い期間にわたってベンヤミンに手紙を送り、ベンヤミンを力づけ、支え続けた。むろん、先述のとおりグレーテルもしばしばベンヤミンに対して批判的な言葉を投げかけ、ときには論争を挑んでいる。しかし、その目的は、相手を正すこと、あるいは相手を論破することにあるのではなく、むしろベンヤミンから弁明あるいは説明を引き出すことによって、ベンヤミンをアドルノに、社会研究所の人びとに、自分たちのサークルにつなぎ続けることにあった。グレーテルは、いったんの弁明・説明ののちには、それを追求することはしないのだ。こうしたグレーテルの配慮あるいは戦略によって、ベンヤミンとグレーテルの関係は、二人のやり取りがしばしば論争や人間関係の困難を含むものだったにもかかわらず、たとえ緩むことはあったとしても、決して途切れることはなかった。そしてまさしくその継続性によって、この往復書簡は、しばしば中断を余儀なくされたベンヤミンと友人たちとの交友関係をつなぎとめることに、少なくとも七年の間、現実に成功したのだ。

彼女は、ベンヤミンとアドルノの関係を心配する一九三四年二月一〇日の手紙で「わたしになにか役目があるとすれば、それはむしろ逆に、お二人の違いを埋めていく役割だと思います」と書いている。この書簡によって少なくとも一定の期間ベンヤミンの生命と作品が救われたのだとしたら、この言葉は、二人の往復書簡が二〇世紀の知的交友関係において果たした役割を象徴している。

ただし、こうした彼女のある種の「保守性」が、どこまで自主的に選び取られた方法だったのかは、疑問の余地が残る。彼女が、無意識にではあっても「期待された」役割を演じていたのだとすれば、それはそれを期待する周囲の外圧があったことを示すからである。実際、ベンヤミンの書くグレーテル宛の手紙においては、伝統的な男女の役割が堅持されている。「感情的」に悩みを訴えるグレーテルに、ベンヤミンは「理性的」に答えようとする。手紙の内容面においても、たとえばこの書簡集と並行して頻繁に手紙をやり取りしていたアドルノやショーレムとの往復書簡と比べるなら、アドルノ宛やショーレム宛の手紙が基本的に哲学的な議論に終始し、またショーレム宛ての手紙がベンヤミンの弟ゲオルクの逮捕（その後マウトハウゼン強制収容所で死亡）のことなど直接的・即物的な内容なのに対し、グレーテル宛の手紙は（検閲を恐れていたという事情を差し引いたとしても）電灯の暗さやエレベーターの騒音に悩まされながらの仕事、散歩の途中で見た情景や、天候のことなどの日常生活の細かな報告にあふれている。また先に引用した「もう一度、少し夢を見てみようかという気になるのです」という手紙や、ヌヴェールの収容所で見た「美しい夢」について報告するフランス語の有名な手紙（三九年一〇月一二日）に代表されるように、詩的な表現を持つものが多い。ここにベンヤミンの一種の「女性観」を見ることは間違いとは言えまい。

この書簡集の持つこうした側面は、先進的な思想家たちの、ある種の保守性を指摘する。グレーテルの、アドルノの死後の悲しい二十数年は、彼女の従属性を象徴しており、そのことが逆にこの書簡集の属する世界への糾弾ともなっているのである。本往復書簡集は、ベンヤミンやベンヤミンを取り巻く二〇世紀知識人の交友関係における知的議論の研究に寄与するのみならず、その限界にも光を当てるものであり、むしろそうした限界の指摘によってこそ、彼らの議論の現代的発展――それが今まさに重要性を増していることは冒頭で述べたとおりである――に寄与するものと言えるかもしれない。

3　往復書簡に見るベンヤミンの仕事

解説の最後に、グレーテルの手紙がベンヤミンの生命と作品を救っていなかったとしたら現在読むことができなかったであろう亡命期のベンヤミンの作品のうち、主なものを下に挙げておこう。

■フランス作家の現在の社会的立場について

亡命当初にベンヤミンが抱えていた原稿は、社会研究所のために書いた「フランス作家の現在の社会的立場について」である。これは一九三三年五月に完成したのち[17]、一部分を追記した（三四年一月一五日頃）形で、『社会研究誌』第三号（一九三四年）に掲載された。ショーレムが「あれは共産主義への告白か[18]」という批判を行っているが、同年一〇月一五日の手紙で、グレーテルも「それほど大喜びしていません」と書いている。

■ベルリンの幼年時代

ベンヤミンの生前には本として出版されることのなかったベンヤミンの代表作のひとつ『ベルリンの幼年時代』も、この書簡集と重なる時期に執筆された。短いエッセイの集合体であるこの作品は、一九三二年一二月二四日の『フォス新聞』にデトレフ・ホルツのペンネームでまず「クリスマスの天使」が発表されたのち、三三年二月二八日のショーレム宛の手紙の中でいったんの完成が表明されながらも、その後さらに書き進められ、各種新聞に断続的に発表された。ベンヤミンは手紙の中で「私が一番心惹かれる仕事」（一二月三〇日）とも呼んでいる。「バルコニー」と「熱」の関係を指摘するグレーテルの発言に答え、「先に書いた「熱」よりも、前者、「バルコニー」の方が私にはずっと親密で、その中に私はある種の自画像を見出しています」（八月一二日頃）という意外な発言が引き出されていることも興味深い。

またこの書簡集は『ベルリンの幼年時代』の成立時期の研究に一定の役割を果たすものとなっている。書簡集編者が注等で使用する用語を解説しておくならば、「フェリツィタス稿」とは、一九四〇年四月末／五月初めの手紙の予告どおりアドルノ夫妻に送られ、全集に収められる際に編者が参照したとされる手書き原稿を言い、「シュテファン稿」とは、三二年という早い時期に成立し、息子シュテファンへの献辞があり、ベンヤミンの死後妹のドーラ経由でアドルノに送られ、一九五〇年の出版作業の後に再びシュテファンに送り返された手書き原稿を指す（どちらも現在アドルノ・アーカイヴに収蔵）。また、「一九三八年の『自家用完成本』」と言われているのは、パリ脱出の直前に国立図書館司書だったジョルジュ・バタイユに預けられ、一九八一年に発見された「最終稿」のことを指している。なお、本として出版されたのは、フェリツィタス稿をベースに一九五〇年にアドルノによって編集された「アドルノ稿」、それに修正を加え、全集に入れられた「アドルノ・レックスロート稿」、そして「最終稿」である。

■パサージュ論

「パサージュ論」は、前述のとおり、一九二九年にベンヤミンがアドルノをはじめとする交友関係において朗読し、アドルノを魅了した作品である。ただし、このときにベンヤミンが読んだのは、「パリのパサージュII」として全集に収められている短い断章であった。これを発展させるため、ベンヤミンは三四年初頭に再びこの題材に取りかかる（「私が再び「パサージュ論」の圏内に戻って来ていて、この原稿が何年もの中断を経て再び名誉ある扱いを受けていると聞いたら、喜んでくれることでしょう」（一月四日以降））。同年三月にはその章立てを示した構想メモが作成され（三月一八日以降）、「パリ、十九世紀の首都」というタイトルが冠せられた。さらに翌年五月には、社会研究所の副所長であったフリードリヒ・ポロックに促されてベンヤミンは同じタイトルを持つ梗概を書いている。受け取ったアドルノはこれを厳しく批判し、その後二人の間で激しい議論が交わされた。ただし、この梗概により、ベンヤミンのパサージュ研究は三五年末に社会研究所の支援するテーマとして採用され、ベンヤミンは前述のとおり最低限の生活を保障する研究費を得ることとなった。

この原稿のほか、三九年三月に、ホルクハイマーの仲介で、あるアメリカ人から支援を受けるために作成したフランス語梗概（三月二〇日）があるものの、ベンヤミンのライフワークであり、ベンヤミンがパリから逃げ遅れる原因の一つともなったこの作品が、最終的に一つの「作品」として著者にまとめられることなく、引用文と覚書の集積としてのみ残されていることは周知のとおりである。

■複製技術の時代における芸術作品

「パサージュ論」の副産物的な関係にあるのが、アウラの喪失を論じた著作として日本でも人気の高い「複製技術の時代における芸術作品」である。この作品については、一九三五年一〇月一六日のホルクハイマー宛の手紙における言及がしばしば指摘されるが、本書簡集の編者は、それよりも一週間早い一〇月九日の手紙にその最初の言及を見出している（「現代の芸術における――芸術の現況における――隠れた構造的性格がわかった」）。この論文はピエール・クロソウスキーによってフランス語に翻訳され、三六年の『社会研究誌』で公表された。

■ボードレール論

「パサージュ論」のために集めた資料をベースに、その中核となるテーマを取り出して執筆されたのが一連の「ボードレール論」である。厳密には、原稿として成立したのは、ベンヤミンの構想する膨大な論文の第二部のみである（三八年八月二八日）。その第一草稿は、「ボードレールにおける第二帝政期のパリ」と題された論文で、三七年四月執筆開始、同年末にサン・レモで行われたアドルノとの議論を経て書き進められた。その後、『社会研究誌』に載せるべく、グレーテルは幾度もベンヤミンを鼓舞して執筆を急がせている（三八年八月三日以降など）。最終的にこれは三八年九月に脱稿し、ニューヨークに送られた[19]。しかし、ベンヤミンの意に反して雑誌に掲載されることなく終わる。その理由を記した批判の手紙をアドルノは一一月一〇日に書いており、一二月九日にはベンヤミンがこれに返答している。その後修正作業が翌年二月から七月にかけて行われ、これが「ボードレールにおけるいくつかのモチーフについて」として三九年の雑誌に掲載された。

最終的に第一部は書かれることなく終わり、第三部のためのメモが「セントラル・パーク」として、第二部の第一草稿、および雑誌掲載稿とともに全集に収められている。

■歴史の概念について

ベンヤミンの最後の作品「歴史の概念について」については、本書簡集の中ではわずかに触れられるのみである。このテーゼ集についてのベンヤミンの最初の言及は四〇年二月二二日のホルクハイマー宛の手紙であるが、その一〇日前に、ベンヤミンがこの哲学的断片について話してくれたとして、グレーテルはそのメモを所望している。ベンヤミンはこれに答えて一九四〇年四月末／五月初めに「これまでとは異なった次元でここに出てくる追想の問題（あるいは忘却の問題）は、これからも私の関心を引き続けるだろうと思われます」と書いている。

なお、「歴史の概念について」というタイトルは、ベンヤミンの死後一九四二年に『社会研究誌』の特別号としてこの断片集が公表されたときのものであり、書簡においては、これは単に「テーゼのコレクション」と言及されている。

*

本書は、Adorno, Gretel; Benjamin, Walter: *Briefwechsel 1930–1940*. Herausgegeben von Christoph Gödde und Henri Lonitz. Suhrkamp Verlag, Frankfurt am Main 2005 の翻訳である。翻訳にあたっては、すでに刊行されていた英語版と仏語版を併せて参照した。

翻訳の進め方について一言記しておくと、翻訳作業は、お互いの分担を書簡五点ぐらいずつに切って訳し、結果を数回にわたって持ち回り修正した。そのため、文体的にもある程度の融合が見られ、担当範囲を挙げることには意味がない。三人全員が全体に責任を負っているとして差し支えないだろう。

四年にわたる共同作業は、次から次へと浮上するドイツ語解釈の疑問点についてのみならず、当時のユダヤ系知識人をとりまく複雑で豊かな交友関係と、結末を知る私たちには痛みに満ちた政治・文化の状況について、他の二人の訳者とたえず議論を交わす機会を与えてくれた。この企画をご提案いただき、丁寧な編集作業を行ってくださったみすず書房の川崎万里さん、そして遅れ続ける作業を忍耐強く見守ってくださった守田省吾さんに、心からお礼を申し上げたい。

伊藤　白

（1）『アドルノ伝』六六頁。*Adorno. Eine Bildmonographie.* Herausgegeben vom Theodor W. Adorno Archiv. S. 118-130;『アドルノ　政治的伝記』一〇三、一一一、一六九頁等。

（2）以下、グレーテルおよびその家族についての概略は主に以下の資料による。von Boeckmann, Staci Lynn, *The life and work of Gretel Karplus/Adorno: Her contributions to Frankfurt School theory*, University of Oklahoma, 2004.

（3）シュテファン・ミュラー＝ドームの『アドルノ伝』では、グレーテルの母親としてAmalie（S. 87 日本語訳では「アミーリエ」六六頁）およびMaria（S. 317 日本語訳では「マリーア」二四三頁）、Amilie（S. 356 日本語訳「アミーリエ」二七四頁）、という名前の女性が登場しているが、これらは産みの母と義母を混同したものであろう。

（4）Boeckmann, p. 58.

（5）二人の往復書簡は紛失してしまっている（『アドルノ伝』七〇頁）。

（6）*Bildmonographie*, S. 116.

（7）ただし、三六年四月頃には売却を決心していることから、その直接の理由はナチスのユダヤ人政策であろう。

（8）Boeckmann, p. 64.

（9）ホルクハイマー宛の一九三五年五月一三日の手紙。
（10）Boeckmann, p. 64.
（11）Boeckmann, p. 129.
（12）Max Horkheimer und Theodor W. Adorno: *Dialektik der Aufklärung : philosophische Fragmente*. Frankfurt am Main, 1969, S. X.
（13）ショーレム宛の一九三三年三月二〇日の手紙。
（14）『ベンヤミン／アドルノ往復書簡』一九三四年四月一三日の手紙の注8。
（15）ただし、その後パスポートが失効していた時期にも送金を行っていることから、これは法的な制度でなかった可能性もある。
（16）ショーレム宛の一九三四年三月三日の手紙および一九三四年七月二六日の手紙の注2。
（17）ショーレム宛の一九三三年五月三一日の手紙。
（18）ベンヤミン宛の一九三四年四月一九日の手紙。
（19）アドルノ宛の一九三八年一〇月四日の手紙。

［主要参考文献］（＊現在入手しやすい版を記載した）

ベンヤミン、ショーレム『ベンヤミン──ショーレム往復書簡　1933-1940』山本尤訳、法政大学出版局、一九九〇年。

ベンヤミン、アドルノ『ベンヤミン／アドルノ往復書簡　1928-1940』H・ローニツ編、野村修訳、みすず書房、二〇一三年。

シュテファン・ミュラー＝ドーム『アドルノ伝』柴嵜雅子ほか訳、作品社、二〇〇七年。

ローレンツ・イェーガー『アドルノ　政治的伝記』大貫敦子・三島憲一訳、岩波書店、二〇〇七年。

三島憲一『ベンヤミン：破壊・収集・記憶』講談学術文庫、二〇一〇年。

von Boeckmann, Staci Lynn: *The life and work of Gretel Karplus/Adorno. Her contributions to Frankfurt School theory*. A Dissertation submitted to the graduate faculty, in partial fulfillment of the requirements for the degree of Doctor of Philosophy. Norman, Oklahoma, 2004.

Max Horkheimer und Theodor W. Adorno: *Dialektik der Aufklärung : philosophische Fragmente.* Frankfurt am Main, 1969.

Tiedemann, Rolf: Gretel Adorno zum Abschied. Gretel Adorno zum Abschied. In: *Frankfurter Adorno Blätter* III, München, 1994.

Adorno. Eine Bildmonographie. Herausgegeben vom Theodor W. Adorno Archiv. Frankfurt am Main, 2003.

人名索引

ア　行

カ　行

サ 行

タ 行

ナ 行

ハ 行

マ　行

ヤ　行

ラ　行

ワ　行

文献の省略表記一覧

GS [1-20]

Theodor W. Adorno, *Gesammelte Schriften*. Herausgegeben von Rolf Tiedemann unter Mitwirkung von Gretel Adorno, Susan Buck-Morss und Klaus Schultz. Band 1-20, Frankfurt am Main 1970-1986.

T・W・アドルノ『全集』1-20巻、R・ティーデマン他編、フランクフルト・アム・マイン、1970-1986年

GS [I-VII]

Walter Benjamin, *Gesammelte Schriften*. Unter Mitwirkung von Theodor W. Adorno und Gershom Scholem. Herausgegeben von Rolf Tiedemann und Hermann Schweppenhäuser. 7 Bände, Frankfurt am Main 1972-1989.

W・ベンヤミン『全集』全7巻、14分冊、R・ティーデマン／H・シュヴェッペンホイザー編、フランクフルト・アム・マイン、1972-1989年

GB [I-VI]

Walter Benjamin, *Gesammelte Briefe*. Herausgegeben von Christoph Gödde und Henri Lonitz. Band I-VI, Frankfurt am Main 1995-2000.

W・ベンヤミン『書簡』1-6巻、C・ゲッデ／H・ローニツ編、フランクフルト・アム・マイン、1995-2000年

Briefwechsel Adorno:

Theodor W. Adorno / Walter Benjamin, *Briefwechsel 1928-1940*. Herausgegeben von Henri Lonitz, 2. Auflage, Frankfurt am Main 1995.

T・W・アドルノ／W・ベンヤミン『往復書簡 1928-1940』H・ローニツ編、フランクフルト・アム・マイン、1995年

〔H・ローニツ編『ベンヤミン／アドルノ往復書簡　1928-1940』上・下　野村 修訳、森田 團解説、みすず書房、2013年〕

Briefwechsel Adorno / Berg:

Theodor W. Adorno / Alban Berg, *Briefwechsel 1925-1935*. Herausgegeben von Henri Lonitz, Frankfurt am Main 1997.

T・W・アドルノ／A・ベルク『往復書簡 1928-1935』H・ローニツ編、フランクフルト・アム・マイン、1997年

Adorno / Horkheimer, Briefwechsel II:

Theodor W. Adorno / Max Horkheimer, *Briefwechsel 1927-1969*. Band II: *1938-1944*.

Herausgegeben von Christoph Gödde und Henri Lonitz, Frankfurt am Main 2004.
T・W・アドルノ／M・ホルクハイマー『往復書簡 1927-1969　第二巻：1938-1944』C・ゲッデ／H・ローニツ編、フランクフルト・アム・マイン、2004 年

Briefwechsel Adorno / Sohn-Rethel:
Theodor W. Adorno und Alfred Sohn-Rethel, *Briefwechsel 1936-1969*. Herausgegeben von Christoph Gödde, München 1991.
T・W・アドルノ／A・ゾーン＝レーテル『往復書簡 1936-1969』C・ゲッデ編、ミュンヘン、1991 年

Briefwechsel Scholem:
Walter Benjamin / Gershom Scholem, *Briefwechsel 1933-1940*. Herausgegeben von Gershom Scholem, Frankfurt am Main 1985. [suhrkamp taschenbuch 1211]
W・ベンヤミン／G・ショーレム『往復書簡 1933-1940』G・ショーレム編、フランクフルト・アム・マイン、1985 年
〔ゲルショム・ショーレム編『ベンヤミン－ショーレム往復書簡 1933-1940』山本尤訳、法政大学出版局、1991 年〕

Benjamin-Katalog（『ベンヤミン・カタログ』）:
Walter Benjamin 1892-1940. Eine Ausstellung des Theodor W. Adorno Archivs Frankfurt am Main in Verbindung mit dem Deutschen Literaturarchiv Marbach am Neckar. Bearbeitet von Rolf Tiedemann, Christoph Gödde und Henri Lonitz (Marbach Magazin 55.) 3. Aufl., Marbach a. N. 1991.
『ヴァルター・ベンヤミン 1892-1940 年　展示カタログ』R・ティーデマン／C・ゲッデ／H・ローニツ編、マールバッハ・アム・ネッカー、1991 年

Horkheimer, Briefwechsel 1913-1936:
Max Horkheimer, *Gesammelte Schriften*. Band 15: *Briefwechsel 1913-1936*. Herausgegeben von Gunzelin Schmid Noerr, Frankfurt am Main 1995.
M・ホルクハイマー『全集　第 15 巻　書簡（1913-1936）』G・S・ネル編、フランクフルト・アム・マイン、1995 年

Horkheimer, Briefwechsel 1937-1940:
Max Horkheimer, *Gesammelte Schriften*. Band 16: *Briefwechsel 1937-1940*. Herausgegeben von Gunzelin Schmid Noerr, Frankfurt am Main 1995.
M・ホルクハイマー『全集　第 16 巻　書簡（1937-1940）』G・S・ネル編、フランクフルト・アム・マイン、1995 年

著者略歴

(Walter Benjamin 1892-1940)

ベルリンに生まれる．高校時代からドイツ青年運動に参加．ベルリン大学とフライブルク大学で哲学を学ぶ．1925年フランクフルト大学に提出した大学資格教授論文が拒否されて以降，雑誌や新聞への寄稿，ラジオ放送の脚本執筆，翻訳に従事．33年ヒトラー政権樹立とともにパリに亡命．35年フランクフルト大学の国外に出た社会研究所の所員となり，パリの国立図書館に通いながら研究活動を行う．39年9-11月，第二次世界大戦の勃発にともないヌヴェールの収容所に入れられるが釈放された．40年パリ陥落のため逃亡，ピレネー山中で服毒自殺．著書に『ベンヤミン著作集』(全15巻，晶文社)『ベンヤミン・コレクション』(全6巻，ちくま学芸文庫）など．

(Gretel Adorno 1902-1993)

ベルリン生まれ．化学の博士号を取得後，手袋工場を経営．37年，14年間の婚約期間をへてテオドーア・アドルノと亡命先のロンドンで結婚．38年米国に移住，53年ドイツに帰国．69年のアドルノ死去の翌年，夫の『美の理論』を刊行，全遺稿をアドルノ・アーカイヴに保存する作業が終わると，睡眠薬自殺を図る．一命をとりとめたが，以後23年間，四六時中介護を必要とする身として生きた．

訳者略歴

伊藤白〈いとう・ましろ〉 1976年山口生まれ．専門はドイツ文学．国立国会図書館勤務を経て現在，学習院大学文学部准教授．著書に『トーマス・マンの女性像　自己像と他者イメージのあいだで』(彩流社，2014)，訳書にゼーフェルト／ジュレ『ドイツ図書館入門　過去と未来への入り口』(日本図書館協会，2011）など．

鈴木直〈すずき・ただし〉 1949年東京生まれ．ドイツ思想史専攻．現在，東京経済大学経済学部教授（社会思想史)．著書に『輸入学問の功罪』(ちくま新書)『マルクス思想の核心』(NHK出版)，訳書にマルクス『資本論』第一巻（共訳，筑摩書房)，ベック『〈私〉だけの神』(岩波書店)，シャバス『勝者の裁きか，正義の追求か』(岩波書店)，シュトレーク『時間かせぎの資本主義』(みすず書房）など．

三島憲一〈みしま・けんいち〉 1942年東京生まれ．大阪大学名誉教授．主著に『ニーチェ』『戦後ドイツ』(ともに岩波新書)『ベンヤミン　破壊・収集・記憶』(講談社学術文庫)『歴史意識の断層』(岩波文庫)，訳書にベンヤミン『パサージュ論』(共訳，岩波書店)，ハーバーマス『近代未完のプロジェクト』(岩波現代文庫)，レーヴィット『ヘーゲルからニーチェへ』(岩波文庫）など．

ヴァルター・ベンヤミン／グレーテル・アドルノ
往復書簡 1930–1940
ヘンリー・ローニッツ／クリストフ・ゲッデ 編
伊藤 白・鈴木 直・三島憲一 訳

2017年11月15日 第1刷発行

発行所 株式会社 みすず書房
〒113-0033 東京都文京区本郷2丁目20-7
電話 03-3814-0131(営業) 03-3815-9181(編集)
www.msz.co.jp

本文組版 キャップス
本文印刷所 平文社
扉・表紙・カバー印刷所 リヒトプランニング
製本所 誠製本

ISBN 978-4-622-07989-7
［ヴァルターベンヤミングレーテルアドルノおうふくしょかん
せんきゅうひゃくさんじゅうねんせんきゅうひゃくよんじゅうねん］